U0922867

历朝通俗演义

南北史通俗演義

蔡东藩◎著

中共中央党校出版社

第五十一回　战韩陵破灭子弟军
入洛宫淫烝大小后

却说高欢自信都发兵，出御尔朱氏各军。因闻尔朱势盛，颇费踌躇。参军窦泰劝欢用反间计，使尔朱氏自相猜疑，然后可图。欢乃密遣说客，分途造谣，或云世隆兄弟阴谋杀兆，或云兆与欢已经通谋，将杀仲远等人。兆因世隆等擅废元晔，已有贰心，至是得着谣传，越发起疑，自率轻骑三百名，往侦仲远。仲远迎他入帐。他却手舞马鞭，左右窥望。仲远见他意态离奇，当然惊讶，彼此形色各异。兆不暇叙谈，匆匆出帐，上马竟去。确是粗莽气象。仲远遣斛斯椿、贺拔胜追往晓谕，反为所拘。仲远大惧，即与度律引兵南奔。狼怕虎，虎怕狼，结果是同归于尽。

兆既执住椿、胜，怒目叱胜道："汝有二大罪，应该处死！"胜问何罪，兆厉声道："汝杀卫可孤，罪一；卫可孤为拔陵将，与兆何与？兆乃指为胜罪，一何可笑！天柱薨逝，尔不与世隆等同来，反东击仲远，罪二；杀可孤事见四十六回，击仲远事见四十九回。我早欲杀汝，汝尚有何言？"胜抗言道："可孤乃是贼党，胜父子为国诛贼，本有大功，怎得为罪？天柱被戮，是以君诛臣，胜当时知有朝廷，不暇顾王，今强寇密迩，骨肉构隙，不能安内，怎能御外？胜不畏死，畏死不来，但恐大王未免失策啰。”兆闻胜言，恰是有理，倒也不欲下手，再经斛斯椿婉言劝解，乃释二人使归，自待高欢厮杀。

欢尚恐众寡不敌，更问段荣子韶，韶答道：“尔朱氏上弑天子，中屠公卿，下虐百姓，王以顺讨逆，如汤沃雪，怕他甚么！”欢又道：“若无天命，终难济事！”韶申说道：“尔朱暴乱，人心已去，天从人愿，何畏何疑！”欢乃进至广阿，与兆一场鏖斗，果然兆军皆溃，兆亦遁走，俘得甲士五千余人，随即引兵攻邺。

相州刺史刘诞婴城固守，相持过年，欢掘通地道，纵火焚城，城乃陷没。刘诞受擒，欢授杨愔为行台右丞，即令愔表达新主元朗，迎入邺城。朗至邺后，进欢为柱国大将军，兼职太师，欢子澄为骠骑大将军。

尔朱世隆闻欢得邺城，当然忧惧，急忙卑辞厚礼，向兆通诚，与约会师攻邺。并请魏主恭纳兆女为后，兆乃心喜，更与天光、度律申立誓约，复相亲睦。斛斯椿与贺拔胜自兆处释归，仍入尔朱军。椿密语胜道：“天下皆怨恨尔朱，我辈若再为所用，恐要与他同尽了，不如倒戈为是。”胜答道：“天光与兆，各据一方，去恶不尽，必为后患，如何是好！”椿笑道：“这有何难！看我设法便了。”妙有含蓄。遂入见世隆，劝他速邀天光等，共讨高欢。世隆自然听从，立即遣人征召天光。

天光意存观望，延不发兵，斛斯椿自愿西往，兼程入关，进见天光道：“高欢作乱，非王不能平定，王难道坐视不成？高氏得志，王势必孤，唇亡齿寒，便在今日。”天光瞿然道：

"我亦正思东出哩。"时贺拔岳为雍州刺史，天光召与熟商，岳献议道："王家跨据三方，士马强盛，料非高欢所能敌。诚使戮力同心，往无不胜。今为王计，莫若自镇关中，固守根本，分遣锐卒，与众军合势，庶进可破敌，退可自全。"若用岳言，天光何致遽死？天光颇欲从岳，偏斛斯椿力请自行，乃留弟尔朱显寿守长安，自引兵赴邺城。椿即返报世隆，世隆亟檄兆与仲远两军同会天光，又遣度律自洛往会。于是四路尔朱军陆续到邺，众号二十万，列着洹水两岸，扎满营垒，如火如荼。返跌下文。

高欢尽起徒众，步兵不满三万人，骑兵不过二千，此时既遇大敌，只好一齐调出，往屯紫陌。时封隆之已升任吏部尚书，留使守邺，欢亲出督师。高敖曹进官都督，也率里人王桃汤等三千人从欢。欢见敖曹部曲统系汉人，恐未足济事，欲分鲜卑兵千余人接济敖曹。敖曹道："兵与将贵相熟习，鲜卑兵素不相统，若羼杂旧部，适起争端，反足碍事，不如各专责成为是。"我亦云然。欢乃罢议，便在韩陵山下设一圆阵，后面用牛驴连系，自塞归路，以示必死。尔朱兆出营布阵，召欢答话，问欢何故背誓？欢应声道："我与汝前曾立誓，共辅帝室，今天子何在？"兆答道："永安枉害天柱，我出兵报仇，何必多议！"欢又道："君要臣死，不得不死！况天柱未尝不思叛君，罪亦应诛，何足言报？今日与汝义绝了！"说着，即擂鼓开战。欢自将中军，高敖曹将左军，欢从父弟岳将右军，各奋力向前，拚死决斗。兆为前驱，天光、度律为左右翼，仲远为后应，仗着兵多将众，包抄过来，恰是厉害得很，且专向中军杀入，意欲取欢。欢虽督众死战，怎奈敌势凶猛，实在招架不住，前队多被杀伤，后队未免散走。高岳、高敖曹两军未曾吃紧，岳遂抽出五百锐骑，直冲尔朱兆，敖曹亦率健骑千人横击尔朱左右翼。别将斛律敦收集散卒，绕出敌军后面，攻击仲远。尔朱各军，各自受敌，便皆骇奔。欢见他阵势分崩，麾众皆进，大破尔朱军，贺拔胜与徐州刺史杜德解甲降欢。兆知不可敌，对着慕容绍宗抚膺太息道："不用公言，乃竟至此！"说着便驱马西走。勇而寡谋，实是无用。还亏绍宗返旗鸣角，取拾溃兵，始得成军退去。仲远亦奔往东郡，度律、天光逃向洛阳。

都督斛斯椿语别将贾显度、显智道："尔朱尽败，势难再振，今不先执尔朱氏，我辈将无噍类了。"乃夜至桑下立盟，倍道先还，入据河桥，把尔朱氏的私党一并捕戮。度律、天光闻变，整兵往攻，适值大雨倾盆，士卒四散，两人只率数十骑，拖泥带水，向西窜去。斛斯椿遣兵追捕，捉住度律、天光，解至河桥。再由贾显智等入袭世隆，也是马到擒来。尔朱彦伯入直禁中，闻难出走，同为所执，与世隆牵至阊阖门外，枭了首级，送往高欢。就是度律、天光两人，虽尚未死，也被槭送入邺，归欢处治。欢将二人暂系邺城。

魏主恭使中书舍人卢辩赍敕劳欢。欢使见新主元朗，辩抗辞不从。欢不能夺志，遣令还洛。尔朱部将侯景，本与欢并起朔方，辗转投入尔朱军，至是仍奔邺依次。不略侯景，为下文伏案。还有雍州刺史贺披岳，闻天光失败，亦生变志，商诸征西将军宇文泰。泰为征西将军，见四十九回。泰劝岳径袭长安，并为岳至泰州，诱约刺史侯莫陈悦，一同会师，直抵长安城下。长安留守尔朱显寿见上。猝闻敌至，一些儿没有防备，只好弃城东走。泰等追至华阴，得将显寿擒住，送与高欢。欢令岳为关西大行台，泰为行台左丞，领府司马。嗣是泰在岳麾下，事无巨细，悉归参赞。这且待后再表。

且说高欢奉主元朗，自邺城出发，将向洛阳。行至邙山，又复变计，密与右仆射魏兰根商议，谓新主元朗究系疏族，不如仍奉戴元恭。兰根道："且使人入洛觇视，果可奉立，再决未迟。"欢即使兰根往观。及兰根返报，主张废恭。看官道是何因？原来魏主恭丰姿英挺，兰根恐他将来难制，所以不欲奉戴。欢召集百官，问所宜立，太仆綦母俊称恭贤明，宜主社稷。黄门侍郎崔㥄作色道："必欲推立贤明，当今莫若高王！广陵本为逆胡所立，怎得尚称天子？若从俊言，是我军到此，也不得为义举了！"好一只高家狗。欢乃留朗居河阳，自率数千骑入洛都。

魏主恭出宫宣慰，由欢指示军士露刃四逼，竟将魏主恭拥入崇训寺中，把他锢住。自己仗剑入宫，拟往杀尔朱二后。

小子前曾叙过，魏主子攸纳尔朱荣女为后，魏主恭复纳尔朱兆女为后，当时宫中有大尔朱后、小尔朱后的称呼。尔朱兆入洛时，尝污辱嫔御妃主，只因大尔朱后为从妹，当然不好侵犯，仍令安居，至广陵王恭入嗣，大尔朱后尚留宫内，未曾徙出。既而兆女为后，与大尔朱后有姑侄谊，彼此素来熟识，更兼亲上加亲，格外和好，不愿相离。偏偏高欢发难，把尔朱氏扫得精光，死的死，逃的逃，单剩姑母侄女，在宫彷徨，相对欷歔。总叙数语，贯串前后。不料魏主恭又被劫去，累得这位小尔朱后越加惊骇，忙至大尔朱后宫寝中，泣叙悲怀，不胜凄惋。大尔朱后亦触动愁肠，潸然泪下。

正在彼此呜咽的时候，忽有宫人奔入道："不好了！不好了！高王来了！"这语未毕，小尔朱后已吓做一团，面无人色。还是大尔朱后芳龄较长，究竟有些阅历，反收了泪珠儿，端坐榻上。才经片刻，果见高欢仗剑进来。大尔朱后不待开口，便正色诘问道："你莫非是贺六浑么？我父一手提拔，使汝富贵，汝奈何恩将仇报，杀死我伯叔兄弟？今又来此，难道尚欲杀我姑侄不成！"欢见她柳眉耸翠，杏靥敛红，秀丽中现出一种威厉气象，不由得可畏可慕。旁顾小尔朱后，又是颤动娇躯，别具一种可怜情状。当下把一腔怒气，化为乌有，惟对着大尔朱后道："下官怎敢忘德！当与卿等共图富贵。"不呼后而呼卿，意在言中。语毕，仍呼宫人等好生侍奉，不得违慢。随即趋出，派兵保护宫禁，不得损及一草一木，违令处死。

当下与将佐议及废立事宜，将佐等不发一言，欢独说道："孝文帝为一代贤君，怎可无后！现只有汝南王悦尚在江南，不如遣人迎还，使承大业。"将佐等唯唯如命，乃即派使南下迎悦。舍近就远，究为何意，看官试阅下文。

斛斯椿私语贺拔胜道："今天下事在尔我两人，若不先制

人，将为人制。现在高欢初至，正好趁势下手，除绝后患。"胜劝阻道："彼正立功当世，如欲加害，未免不祥。"椿尚未以为然。嗣与胜同宿数宵，胜再三谏止，椿乃不行。

那高欢借迎悦为名，乐得安居洛都，颐指气使，享受一两月的尊荣。就中有一段欢娱情事，也得称愿，真是心满意足，任所欲为。天未厌乱，故淫人得以逞志。原来欢本好色，前娶娄氏为妻，却是聪明伶俐，才貌双全，所以伉俪情深，事必与议，女子好时无十年，免不得华色渐衰，未餍欢欲。欢娶娄氏，见四十四回。欢又屡出从军，做了一个旷夫，见有姿色妇女，当然垂涎。不过位置未高，尚是矜持礼法，沽誉钓名。到了战败尔朱，攻入邺城，威望已经远播，遂不顾名义，渐露骄淫。相州长史游京之有女甚艳，为欢所闻，即欲纳为妾媵，京之不允，欢令军士入京之家，硬将京之女抢来，迫令侍寝。一介弱女，如何抗

拒，只得委身听命，供他受用。京之活活气死。

及欢自邺入洛，本意是欲斩草除根，杀毙尔朱二后，嗣见二后容貌，统是可人，便将杀心变作淫心。每日着人问候，加意奉承，后来渐渐入彀，索性留宿宫中。大尔朱后原没甚气节，既做了肃宗诩的妃嫔，复改醮庄宗子攸，册为皇后，此时何不可转耦高欢？而且高欢见了大尔朱后，把平时雄纠纠的气象一齐销熔，口口声声自称下官，我我卿卿，誓不薄幸。大尔朱后随遇而安，就甘心将玉骨冰肌赠与老奴。小尔朱后也是个水性杨花，便跟了这位姑母娘娘，一淘儿追欢取乐。再经高欢是个伟男子，龙马精神，一夕能御数女，兼收并蓄，游刃有余，于是大小尔朱后，又俱做了高王爷的并头莲。尔朱氏真是出丑。高欢一箭双雕，快乐可知。

光阴似箭，倏忽兼旬，汝南王悦已自江南至洛。欢又不愿推立，说他素好男色，不礼妃妾，性情狂暴，及今未悛，不堪继承大统，乃另求孝文嫡派，奉为魏主。

是时魏宗诸王多半逃匿，独孝文孙平阳王修，为广平王怀第三子，匿居田舍，竟被访着。欢使斛斯椿往见。椿知员外散骑侍郎王思政为修所亲，乃特邀与同行，见修行礼，说明来意。修不禁色变，问思政道："得毋卖我否？"思政答了一个"不"字。修又问道："可保得定么？"思政又道："变态百端，未见得一定可保哩！"确是真言。斛斯椿在旁却为欢表诚，谓无他意。修支吾不决，椿即返报高欢。

欢便遣四百骑迎修入都，相见帐下，涕泣陈情。修自言寡德，欢再拜固请，修亦答拜。当下进汤沐，出御服，请修装束停当，彻夜严警。诘旦命百官入谒，由斛斯椿奉表劝进。修令思政取表，瞧阅一周，顾语思政道："今日不得不称朕了！"欢又遣人至河阳，迫元朗作禅位书，持入示修。一面筑坛东郭，出郊祭天。还御太极殿，受群臣朝贺。

礼毕升阊阖门，下诏大赦，改元太昌。命高欢为大丞相天柱大将军太师，世袭定州刺史。欢子澄加侍中开府仪同三司。从前尔朱党中的侍中司马子如与广州刺史韩贤，与欢有旧，所以子如虽已出刺南岐州，仍由欢召回，委充大行台尚书，参军国事，韩贤任职如故。余如尔朱氏所除官爵，一概削夺。另派前御史中尉樊子鹄，兼尚书左仆射，为东南道大行台，与徐州刺史杜德往追尔朱仲远。仲远已窜往梁境，寻即病死，乃命樊杜等移攻谯城。

谯郡曾为魏所据，梁主衍特遣降王元树，乘魏内乱，占夺谯郡。树为魏咸阳王禧第三子，因父罪奔梁，受封郧王。禧被诛事。见四十一回。此时踞住谯城，屡扰魏境，魏因遣樊杜二将往攻。元树坚守不下，樊子鹄使金紫光禄大夫张安期，入城游说，勖以无忘祖国，树乃愿弃城南还。安期返报子鹄，子鹄佯为允诺，诱令出城，杀白马为盟。誓言未毕，那杜德竟麾兵围树，把树擒送洛阳，迫令自尽。子鹄等便即班师。已而杜德忽发狂病，喧呼元树打我，至死犹不绝口，身上俱成青黑色。子鹄亦不得善终，冤冤相报，不为无因。劝人莫做亏心事。

高欢因谯郡已平，拟即还镇，但尚虑贺拔岳雄踞关中，未免为患，乃请调岳为冀州刺史。魏主修当即颁敕，敕使入关，与岳相见。岳即欲单骑入朝，右丞薛孝通问岳道：“公何故轻往洛都？”岳答道：“我不畏天子，但畏高王！”孝通道：“高王率鲜卑兵数千，破尔朱军百万，威势烜赫，原是难敌，但人心究未尽服。尔朱兆虽已败走，尚在并州，余众不下万人，高王方内抚群雄，外抗劲敌，自顾不暇，有甚么工夫来争关中！公倚山为城，凭河为带，进可控山东，退可封函谷，奈何反甘为人制呢？”岳矍然起座，握孝通手道：“君言甚是！我决不南行了。”遂遣还敕使，并逊辞为启，复奏朝廷。

高欢亦无可如何，便整装还邺。先挈大小尔朱后出宫，派兵载归，并访得任城王妃冯氏、城阳王妃李氏，青年嫠居，都生得国色天姿，不同凡艳，当下遣兵劫至，不管从与不从，一并带回邺中。也好算得惠及怨女。魏主修亲自饯行，出城至乾脯山，三樽御酒，一鞭斜阳，这大丞相天柱大将军太师高王毕饮辞行，向东北去讫，魏主修也即还宫。

过了旬日，邺中解到尔朱度律及尔朱天光二犯，由魏主命即正法，骈戮市曹。于是尔朱子弟只剩一尔朱兆，由晋阳遁至秀容，负嵎自固。高欢一再声讨，师出复正，直至次年正月，潜遣参军窦泰，带领精骑，日夜行三百里，直抵秀容，欢复率大军继进。兆正在庭中宴会，突闻欢军驰至，仓皇惊走，当被窦泰追杀一阵，众皆溃散。兆只挈数骑遁去，爬过赤洪岭，窜入穷谷，见前后统是峭壁，几乎无路可奔。兆下马长啸数声，拔剑杀死乘马，解带悬树，自缢林中。部将慕容绍宗收众降欢，欢厚待绍宗，并厚葬兆尸。并州告平，尔朱军皆尽。惟尔朱荣子文畅、文略由欢挈归，仍给厚俸。看官，你道高欢果真不忘旧德，无非顾着大小尔朱面上，所以格外周全呢。小子有诗叹道：

甘将玉体事仇雠，国母居然愿抱裯；
虽是保家由二女，洛波难洗尔朱羞！

欢既平兆，上书告捷。魏主当然优奖，欢反表辞天柱大将军名号。是否得邀俞允，容待下回说明。

尔朱氏以二十万众夹击邺城，高欢以三万人御之。众寡悬殊，欢似有败而无胜，乃韩陵一战，胜负之数，反不如人所料，此非欢之能灭尔朱，实尔朱之自取覆亡也。天道喜谦而恶盈，如尔朱氏之所为，骄盈极矣，虽欲不败，乌得而不败！智如曹操，犹熸于赤壁，强如苻坚，犹覆于彭城，况如尔朱氏者，而能不同就败亡耶？惟欢之骄恣，不亚尔朱，尔朱立晔而复废晔，欢亦立朗而复废朗，晔朗俱无过可指，忽立忽废，其道何在？借曰疏远，则推立之始，胡不审慎若是！且入洛以后，举大小尔朱后而尽烝之，二后虽亦无耻，为尔朱家增一丑秽，然欢尝臣事二主，奈何敢宣淫宫掖耶？去一尔朱，又生一尔朱，是又关于元魏之气运，非仅在二族之兴亡已也。

第五十二回　梁太子因忧去世　贺拔岳被嫌丧身

却说魏主修接阅欢表，见他词意诚恳，坚请辞去天柱名号，料知欢借鉴尔朱，不愿有此称呼，因即优诏允许。惟魏主恭尚幽居崇训寺，朗自河阳入都，受封为安定王。嗣主修势不相容，先议除恭，次议除朗。恭在寺中赋诗云："朱门久可患，紫极非情玩，颠覆立可待，一年一易换，时运正如此，惟有修真观！"这诗一传，益触时忌。即由魏主修派遣心腹，导恭入门下外省，逼令服毒自尽，时年三十五，葬用殊礼。过了旬月，安定王朗亦被鸩死，年只二十。既而又将东海王晔、汝南王悦一并加害。总道是嫌疑尽去，当可高枕无忧，哪知当时的大患，不在宗室，却在强藩！平白地残害同宗，究竟有甚么好处？为魏主修下一定评。史家称恭为前废帝，朗为后废帝，独晔为尔朱氏所立，称帝不过三月，所以不入帝纪。至西魏摈斥高欢，连元朗亦被削去，但追谥恭为节闵帝，所以后人作北魏世系图，仅列前废帝恭，未及后废帝朗。梳栉详明。

事已叙过。且说魏主修已经定位，所有宗室诸王渐次还朝，诣阙进谒。淮阳王欣、赵郡王谋俱系献文帝弘孙，为魏主修从叔。欣系广陵王羽子，谌系赵郡王幹子。南阳王宝炬，京兆王谕子。清河王亶，清河王怿子。俱系孝文帝宏孙，为魏主修从兄弟。魏主修授欣为太师，谌为太保，宝炬为太尉，亶为骠骑大将军，兼官司徒，侍中长孙稚为太傅。追谥魏主子攸为孝庄帝，葬宣武皇后胡氏，就是从前两次临朝的胡太后。胡太后被尔朱荣沉死，遗尸收殡双灵寺中，至此乃得安葬，仍用后礼，加谥曰“灵”。补叙胡太后葬谥，笔不渗漏。又追尊皇考广平王怀为武穆帝，皇太妃冯氏为武穆后，皇妣李氏为皇太妃。迎丞相欢女高氏为皇后，遣使纳币。

高欢时已徙居晋阳，特建大丞相府，坐镇西北。朝使到了晋阳，由欢迎见，彼此乃是故交，握手言欢，很是亲昵。看官道来使为谁？原来就是李元忠。见五十回。元忠曾随欢入洛，留任太常卿，此次充纳币使，正是魏主修因事择人。欢从容与宴，述及旧事，元忠连饮数巨觥，酒鬼作冰上人，恰合身分。方笑语道：“昔日与王起义，却是轰轰烈烈，很有趣味，近来寂寞得很，无人过问，倒弄得郁郁寡欢了！”欢亦大笑，指示旁座道：“此人逼我起兵。”元忠戏言道：“若不令我为侍中，当别求起义的地方。”欢亦戏应道：“起义原无止境，但虑如此老翁，不可再遇！”元忠道：“正为此老翁不可多得，所以不去。”说着，起座捋欢须，大笑不已。欢亦知他意诚，殷勤款待。元忠复坐下酣饮，直至夜静更阑，方才罢席。一住数日，大宴小宴，几不胜计，乃迎欢女至洛阳，诹吉行册后礼。仪文隆备，龙凤呈祥，不消细说。

小子因魏乱迭起，梁尚太平，所以连叙魏事，几把梁朝情事搁起不提。此处不得不将梁廷要事约略叙入。却是要紧。

梁主衍篡齐据国，已过了三十年，改元约有数次。天监十九年，改元普通，普通八年，改元大通，大通二年，又改元为中大通。中大通元年以前，事已略见上文，就是图洛纳颢，功败垂成。陈庆之狼狈奔还，也是中大通元年事。见四十八回。陈庆之为南朝骁将，败归后不闻加谴，仍得任右卫将军。平时尝语散骑常侍朱异道："我前谓大江以北，必无异人，哪知到了洛阳，衣冠文物，几非江东可及，才知北朝实未可轻图呢！"异正以经术邀宠，入参机密，梁祸始自朱异，故特别提出。既闻庆之言论，便即转告梁主，梁主乃稍戢雄心，不复北略。

是年冬季，妖贼僧强起乱北徐州，自称天子，土豪蔡伯龙纠众响应，竟将北徐州城占去。还亏庆之出镇北兖州，就近讨贼，擒斩僧强蔡伯龙，克日肃清。先是庆之在洛曾与萧赞通书，劝令回国，赞即梁主次子豫章王综，见四十六回。降魏后得任职司徒，且尚魏主子攸姊寿阳公主。时方出镇齐州，故庆之致书相劝，赞复答庆之，颇愿南归。嗣因庆之奔归，遂不果行。及尔朱发难，齐州归附尔朱兆，赞走死阳平。梁人窃赞柩归南，梁主衍尚葬以子礼。不意假子去世，真子也接踵而亡。而且还是一位贤明仁孝的储君，竟致不禄，害得梁主衍晚年哭子，几乎丧明。

梁主长子名统，即位初年，便立为太子。见前文。统幼年聪叡，三岁受《孝经》、《论语》，五岁能遍诵五经，十余岁尽通经义。又善评诗文，每出游宴，祖道赋诗，动辄数十韵，随口吟成，不劳思索。天监十四年，始行冠礼，梁主使省录朝政，辨析诈谬，秋毫必睹。但徐令改正，未尝纠弹一人。平断刑狱，往往全宥，士民交称为仁慈，更且宽和容众，喜怒不形，好引才俊，不蓄声伎。每遇霪雨积雪，必遣左右巡行闾巷，赈济贫寒。平居在东宫坐起，面常西向，不敢乱尊。入朝必在五鼓以前，守待殿外，毫无倦容。至普通七年，生母丁贵嫔有疾，亟入宫侍奉，夜不解带。贵嫔薨逝，水浆不入口，腰带十围，减削过半。梁主屡遣使戒谕，劝进饮食，统稍食馇粥，日止数合，不尝兼味。至葬后始进麦粥一升。惟贵嫔葬后，有一道士操堪舆术，谓将来不利长子，宜预先厌禳，乃为蜡鹅及诸物，埋藏墓侧。

宫监鲍邈之初得太子亲信，后忽见疏，进蜜白梁主，谓太子有厌祷事。梁主遣人发掘，果得鹅物，免不得惊疑交集，便欲付有司穷治。幸经右光禄大夫徐勉固谏，乃止诛道士，不问太子。道士欲为太子厌祷，何不先自禳灾，乃致轻生若此！太子虽幸得无事，但终身引为惭恨，闷闷不乐。到了中大通三年，竟生就

一种绝症，病不能兴。惟尚恐乃父增忧，奉敕慰问，尚力疾书启，不假人手。既而疾笃，左右欲入白梁主，尚摇手戒止道："奈何使至尊知我如此。"是仅得谓之小孝。未几即殁，年才三十一。梁主亲幸东宫，临哭尽哀，殓用衮冕，谥曰"昭明"。司徒左长史王筠奉敕为哀册文，词甚悱恻，由小子节录如下：

式载明两，实惟少阳，既称上嗣，且曰元良。仪天比峻，俪景腾光，奉祀延福，守器传芳。睿哲应期，旦暮斯在，外弘庄肃，内含和恺。识洞机深，量苞瀛海，立德不器，至功弗宰。宽绰居心，温恭成性，循时孝友，率由严敬。咸有种德，惠和齐圣，三善递宣，万国同庆。轩纬掩精，阴羲弛极，缠哀在疚，殷忧衔恤。孺泣无时，蔬馇不溢，禫遵逾月，哀号未毕。实惟监抚，亦嗣郊禋，问安

肃肃，视膳恂恂。金华玉藻，玄驷班轮，隆家干国，主祭安民。光奉成务，万机是理，矜慎庶狱，勤恤关市。诚存隐恻，容无愠喜，殷勤博施，绸缪恩纪，爰初敬业，离经断句。奠爵崇师，卑躬待傅，宁资导习，匪劳审谕，博约是司，时敏斯务。辩究空微，思探几赜，驰神图纬，研精爻画。沉吟典礼，优游方册，餍饫膏腴，含咀肴核。括囊流略，包举艺文，遍该湘素，殚极邱坟，卷帙充积，儒墨区分，瞻河阐训，望鲁扬芬。吟咏性灵，岂惟薄技！属词婉约，缘情绮靡。字无点窜，笔不停纸，壮思泉流，清章云委。总览时才，网罗英茂，学穷优洽，辞归繁富。或擅谈丛，或称文囿。四友推德，七子惭秀。望苑招贤，华池爱客，托乘同舟，连舆接席。摛文掞藻，飞觞汎醳，恩隆置醴，赏逾赐璧。徽风遐被，盛业日新，神器非重，德輶易遵。泽流兆庶，福降百神，四方慕义，天下归仁。云物告征，祲沴褰象，星埋恒耀，山颓朽坏。灵仪上宾，德音长往，具僚无荫，咨承安仰。呜呼哀哉！皇情悼愍，切心缠痛，胤嗣长号，跗萼增恸。慕结亲游，悲动氓众，忧若殄邦，惧同折栋。呜呼哀哉！首夏司开，麦秋纪节，容卫徒警，菁华委绝。书幌空张，谈筵罢设，虚馈馕馕，孤灯翳翳。呜呼哀哉！简辰请日，筮合龟贞，幽埏夙启，玄宫献成。式校齐列，文物增明，昔游漳滏，宾从无声，今归郊郭，徒御相惊，呜呼哀哉！背绛阙以远徂，轥青门而徐转，指驰道而讵前，望国都而不践。陵修阪之威夷，遡平原之幽缅，骥蹀足以酸嘶，挽凄怆而流泫。呜呼哀哉！混哀音于箫籁，变愁容于天日，虽夏木之森阴，返寒林之萧瑟。既将反而复疑，如有求而遂失，谓天地其无心，遽永潜于容质。呜呼哀哉！即玄宫之溟漠，安神寝之清闷，传声华于懋典，观德业于徽谥。悬忠贞于日月，播鸿名于天地，惟小臣之纪言，实含毫而无愧。呜呼哀哉！

自昭明太子薨逝，朝野惋愕，京师士女，奔走宫门，号泣满路。就是四方氓庶，亦闻讣含哀。梁朝有此贤储贰，偏不永年，这也未始非关系气数哩。太子遗有文集二十卷、古今典诰文言正序十卷、文章英华二十卷、文选三十卷，传诵后世，推为词宗。太子有数男，长男名欢，已封华容公，梁主欲立为太孙，历久未决。嗣竟立第三子晋王纲为太子，时议多以为未顺。侍郎周宏正尝为纲主簿，上笺谏纲，劝纲为宋目夷、曹子臧。俱春秋列国时人。纲不能从。孰不乐为嗣君？无怪萧纲。已而梁主因人言未息，特进封欢为豫章王，欢弟誉为河东王，誉弟詧为岳阳王，这且待后再表。

且说魏主修既纳欢女为后，欢权势益隆，仿佛当年尔朱荣。斛斯椿在都辅政，受职侍中，本来是有意图欢，至是与南阳王宝炬，将军元毗、王思政等，屡加谗构，劝魏主预先戒备。中书舍人元士弼又劾欢受诏不敬，魏主惩尔朱覆辙，也觉动疑，遂用斛斯椿计，添置阁内都督部曲，约数百员，统由四方骁勇募集充选。一面密结关西大行台贺拔岳，倚为外援。又封贺拔胜为荆州刺史，佯示疏忌，实建屏藩。

时高乾已入任侍中，兼官司空，因父丧解职，不预朝政。魏主修欲引为己用，尝召乾入华林园，特别赐宴。宴罢与语道：“司空累世忠良，今日复建殊勋，虽与朕名为君臣，义同兄弟，愿申立盟约，历久不渝！”乾莫明其妙，但答言道：“臣以身许国，何敢有贰！”魏主修定欲与盟，乾不便固辞，共申盟约。当时亦未尝报欢。

嗣闻元士弼、王思政等往来关西，情迹可疑，乃致书晋阳，密陈时事。欢得书后，即召乾至并州，面谈一切。乾因劝欢逼魏禅位，欢用袖掩乾口道："幸勿妄言！今当令司空复为侍中便了！"欢此时尚无歹意。乾辞欢回洛，欢为乾表，请许乾复任，魏主不允。

乾知祸变将作，自愿外调，再作书告欢，乞代求徐州刺史。欢再为陈请，魏主乃授乾为骠骑将军，出刺徐州。乾尚未发，魏主闻乾漏泄机关，即传诏与欢道："乾邕即高乾子。与朕私有盟约，今乃反复两端，令人不解！"欢未闻乾谈及盟事，也疑乾暗中播弄，离间君臣，遂将乾前时密书，遣使呈入。魏主便召乾对责，乾勃然道："陛下自有异图，乃斥臣为反复，欲加臣罪，何患无辞！臣死有知，尚幸无负庄帝！"魏主竟敕令赐死，又遥敕东徐州刺史潘绍业，往杀乾弟敖曹。敖曹方镇守冀州，闻乾死耗，急遣壮士伏住要路，得将绍业拘住，搜出诏敕，遂率十余骑奔晋阳。欢抱敖曹首大哭道："天子枉害司空，可悲可叹！"汝亦未尝无功。乃留敖曹居幕下，优待如初。敖曹次兄仲密，方为光州刺史，亦由间道奔晋阳。

仲密名慎，因字著名，就是敖曹本名，也只是一昂字。高氏兄弟三人，惟仲密颇通文史。乾与敖曹素来好勇，敖曹尤为粗悍，少就外傅，便不遵师训，专事驰骋。尝言："男儿当横行天下，自取富贵；若徒端坐读书，做一个老博士，有何益处！"乃父次同道："此儿不灭吾族，当光大吾门。"嗣与兄乾四出劫掠，骚扰闾里。乾求博陵崔圣念女为妻，崔氏因乾强暴无行，当然不许。敖曹即引乾往劫，硬将崔女牵回，置诸村外，且促乾道："何不行礼？"乾遂胁崔女交拜，野合而归。实是强盗出身。既而乾颇改行，且系前中书令高允族侄，因得入仕。

欢自乾被戮后，才知为魏主所卖，悔恨交生，乃与魏主有隙。魏主修方信任贺拔岳，屡遣心腹入关，嘱令谋欢。岳尝使行台郎冯景往晋阳，欢与景设盟，约与岳为兄弟。景归语岳，谓欢奸诈有余，不宜轻信。府司马宇文泰自请至晋阳侦欢。欢见泰状貌非常，欲留为己用。惺惺惜惺惺。泰固求复命，欢乃遣还。泰料欢必后悔，兼程西行，驰抵关前，后面果有急足追至。他亟纵辔入关，关内守卒如林，那追来的晋阳急骑只好回马自去。

泰入语岳道：“高欢已欲篡魏，所惮惟公兄弟，侯莫陈悦等皆非所虑。公但先时密备，图欢不难，今费乜头代北别部，后遂为姓。骑士不下万人，夏州刺史斛拔弥俄突有胜兵三千余名，灵州刺史曹泥、河西流民纥豆陵伊利，各拥部众，未有所属，公若移军近陇，威爱两施，即可收辑数部，作为爪牙。又西抚氐羌，北控沙塞，还军长安，匡辅魏室，一高欢不足畏了！”岳闻言大喜，遂遣泰往诣洛阳，密陈情状。魏主面加泰为武卫将军，仍令返报如约。寻即授岳都督雍、华等二十州军事，兼雍州刺史，并割心前血赐岳。岳因西出平凉，借牧马为名，招抚各部。斛拔弥俄突、纥豆陵伊利及费乜头、万俟受洛干、铁勒斛律沙门等，相继归附，惟曹泥不服。

众推宇文泰出镇夏州。岳沉吟道：“宇文左丞乃我左右手，怎可遣往？”继思外此乏才，乃表请用泰为夏州刺史。魏廷自然依议。泰奉敕赴夏州。

这消息传到晋阳，高欢即遣长史侯景，劝谕纥豆陵伊利，伊利不从。欢得景归报，即引兵袭击伊利，把他擒归。魏主闻信驰诏责欢道：“伊利不侵不叛，为国纯臣，王无端袭取，且未尝预报朝廷，究出何意？”欢含糊答复，惟力图贺拔岳。且恐秦州刺史侯莫陈悦，与岳连合，更觉可忧，右丞翟嵩入请道：“何不用反间计？嵩愿为王效力，管教他自相屠灭呢。”欢改忧为喜，立遣嵩赴秦州，凭着三寸利舌，一说便妥。嵩驰还晋阳，报知高欢，安坐观变。

贺拔岳因曹泥不服，正拟往讨，特使都督赵贵至夏州，商决行止。泰说道：“曹泥孤城远阻，未足为忧；侯莫陈悦贪诈无信，不可不防！”哪知岳误会泰言，反邀悦会师高平，一同讨泥。悦欣然前来，与岳叙宴，两下里很似投契，实是一真一假，心志不同。悦且愿作前驱，先至河曲立营，俟岳引兵继进，便邀他入帐，坐议军事。谈论未毕，悦伪称腹痛，托辞如厕，岳毫不觉察。忽有一人趋至岳后，拔刀斫岳，那砉的一声，岳已身首分离，倒毙座下。看官欲知何人下手？乃是悦婿元洪景。

洪景既将岳杀毙，复出谕岳众，只说是奉旨诛岳，不及他人。岳众尚无异言。悦却未敢招纳，自率部众还水洛城。岳尸被悦取去，由赵贵诣悦请尸，方许收葬。岳众散走平凉，未得统帅，赵贵道：“宇文夏州，英略盖世，远近归心，若迎为军帅，无不济事了！”都督杜朔周应声赞成，遂由朔周驰至夏州，请泰还统岳军。泰与将佐共议去留，大中大夫韩褒倡言道：“这乃天授，何必多疑！”泰点首道：“我意也是这般。悦既敢害我元帅，不乘势直据平凉，反退屯水洛，可知他无能为了。天下事难得易失，我当速往！”开口便胜悦一筹。当下与诸将共盟讨悦。察得都督元进阴怀异谋，便叱出斩首。立率帐下轻骑驰赴平凉，收集岳众，为岳举哀。将士悲喜交集，无不如命。小子有诗咏道：

一波未了一波生，大陆龙蛇竞战争；
优胜无非由劣败，枭雄多向乱邦鸣！

泰至平凉，便拟为岳复仇。欲知发兵情形，待至下回再表。

于魏事杂沓间，忽插入梁太子病殁事，非为时序起见，实因太子贤孝，不得不特别表明，阐扬潜德耳。录入王筠哀文，亦本此意。否则储君之殁亦多矣，作者尝随事带叙，固非皆另成片段也。高欢之恃宠怙权，固失臣道；然衅隙之生，始之者为斛斯椿，成之者实魏主修，贺拔岳之死，亦半由魏主致之。侯莫陈悦，一庸才耳，而岳且死于其手。岳不能拒悦，亦安能敌欢耶！魏主修之联岳，拒欢，亦徒促其死已耳，吾于魏主修无讥焉。

第五十三回　违君命晋阳兴甲
谒行在关右迎銮

却说宇文泰到了平凉，一经招抚，众心已定，即令杜朔周引兵据弹筝峡。朔周沿途宣抚，士民悦附，泰很加器重，令复本姓，改名为达。原来朔周旧姓赫连，曾祖库多汗避难改姓，至是乃仍得复原。高欢闻贺拔岳已死，亟令侯景往抚岳众，偏被宇文泰走了先着。行至安定，两下相遇，泰语景道："贺拔公虽死，宇文泰犹存，卿来此何为？"景失色道："我身似箭，随人所射！"泰乃遣还。及泰至平凉，欢复使劳泰，并令散骑常侍张华原、义宁太守王基偕行。泰不肯受命，且欲劫留华原。华原不屈，乃俱使还晋阳。王基归见高欢，请速出兵击泰，欢笑道："卿不见贺拔、侯莫陈悦么？我自有计除他。"大轻觑宇文了。

魏主正遣将军元毗收还贺拔岳部军，并召侯莫陈悦，悦不肯应召。泰与元毗相见，请朝廷暂留岳众，即托毗赍还表文。略谓：臣岳惨遭非命，臣泰为众所推，权掌军事；今高欢已驱众至河东，侯莫陈悦尚屯水洛，岳众多是西人，顾恋乡邑，且必欲逼令赴阙，恐欢与悦前后邀击，势且立尽，不如少赐停缓，徐令东行。巧言如簧。魏主乃命泰为大都督，使统岳兵，并遣卫将军李虎，西行佐泰。虎本在贺拔岳麾下，岳死，乃奔诣荆州，至贺拔胜处告哀；劝胜往收岳众，胜不肯行。虎还至阌乡，为高欢部将所获，解送洛阳，魏主反拜为卫将军，使往就泰。泰与虎叙谈，已知朝廷意向，乃贻侯莫陈悦书，内言：贺拔公为国立功，尝荐君为陇右行台，君背德负盟，反党附国贼，共危社稷，岂非大谬！今我与君俱受诏还阙，进退惟君是视。君若下陇东趋，我亦自北道还朝，倘或首鼠两端，我即为贺拔公复仇，指日相见云云。

悦置诸不理，泰即进拔原州，留兄子导居守，自引兵上陇，秋毫无犯，百姓大悦。出木峡关，时适春季，北道尚寒，

雪深二尺。泰引军速进，为悦所闻，但留万人守水洛，自己退守略阳。泰至水洛，守兵即降。再趋略阳，悦又退保上邽，召南秦州刺史李弼，与同拒泰。弼本悦妻妹夫，曾致书与悦道：“贺拔无罪，公乃加害，又不抚纳遗众。今宇文夏州前来，声言为主复仇，理直气壮，恐不可敌。公宜解兵谢过，否则难免噬脐！”悦不肯从，乃弼至上邽，料知悦必败亡，便遣人诣泰，愿为内应。谏悦不从，便即图悦，亦未免对不住姨夫。泰依约逼城，弼即开门迎泰。悦惊窜南山，欲往灵州依曹泥，偏泰将贺拔颖率军追来。悦手下不过数十骑，如何抵敌，没奈何投缳毕命。

泰入上邽，收悦府库财物，尽犒士卒，不取纤毫。左右窃一银瓮，由泰察出，立即加罪，命将银瓮剖赐将士。无非笼络人心。即命李弼镇原州，部将拔也恶蚝镇南秦州，可朱浑镇渭州，赵贵行秦州事，征豳、泾、岐、东、秦各州粟米，赡给军糈。

氐酋杨绍先前已逃归武兴，仍然称王，闻泰并有关中，忙上表称藩，且送妻孥为质。高欢闻泰军甚盛，复用甘言厚币向泰结欢，泰仍然拒绝，且封欢书上达魏主，一面使雍州刺史梁御入据长安。魏主封泰为关西大都督，略阳县公，承制封拜。泰因命都督寇洛为泾州刺史，调李弼为秦州刺史，起前略阳太守张献，为南岐州刺史，练兵储粟，东向图欢。

从前欢入洛阳，曾留封隆之孙腾等在朝辅政，隆之为侍中，腾为仆射。适魏主妹平原公主丧夫守寡，颇有姿色，腾与隆之并省丧妻，争欲娶公主为继室，魏主令妹自择，平原公主愿适隆之，乃许隆之尚主。想是隆之年轻貌秀。腾且妒且忿，屡思中伤。可巧隆之有密书致欢，谓斛斯椿等擅权，必构乱祸。欢未知隆之与腾有隙，尝与腾书，述及隆之关白，请并防斛斯椿。腾正欲加害隆之，竟向椿告发，椿即转白魏主。隆之闻密书被泄，恐不免祸，逃归乡里。公主曾带去否？欢召隆之诣晋阳。嗣腾带仗入省，擅杀御史，亦惧罪奔欢。

欢使大都督邸珍潜至徐州，胁逼守吏华山王鸷缴出管钥。魏主亦将欢党建州刺史韩贤、济州刺史蔡俊免去官职作为报复。又增置勋府庶子骑官各数百人，欲伐晋阳。因即下诏戒严，佯称将南下征梁。大发河南诸州兵，与斛斯椿出阅洛水，部署戎行。

越日颁诏晋阳，令欢守密，内言：宇文泰、贺拔胜等颇有异志，所以朕托辞南伐，潜为防备，王亦宜共为声援，此诏读讫，请付丙丁等语。欢亦复奏云：闻荆、雍将有逆谋，臣今潜勒兵马三万，自河东渡往，又遣恒州刺史库狄干等统兵四万，自来达津出发，领军将军娄昭等率兵五万，南讨荆州，冀州刺史尉景将山东兵七万、突骑五万，东讨江左，现皆部勒成军，伏听处分等语。

魏主览奏，料欢已猜透秘谋，乃再行颁敕，谕止欢军。欢复上表云：“臣为嬖佞所间，致动主疑，若臣果负陛下，使身受天殃，子孙殄绝。陛下能垂信赤心，愿赐酌量，亟废黜佞臣一二人！”魏主不答，但遣大都督源子恭守阳湖，汝阳王元暹守石济，又令仪同三司贾显智为济州刺史，率豫州刺史斛斯元寿等赴镇。元寿为斛斯椿弟，与贾同往，是恐他为欢所诱，特加监束的意思。偏前刺史蔡俊不肯受代，拒绝显智，显智逗留长寿津，据实奏闻。魏主愈怒，乃使中书舍人温子升撰敕赐欢，大略说是：

朕不劳尺寸，坐为天子，所谓生我者父母，贵我者高王，今若相安无事，则使身及子孙，宜如王誓。近虑宇文为乱，贺拔应之，故京邑戒严，并欲王遥为声援。今观其所为，尚无异迹。东南不宾，为日已久，我国乱离甫定，不堪再事穷兵。朕本暗昧，不知佞人为谁？高乾之死，岂独朕意！王忽对昂言乾枉死，且闻库狄干语王云：本欲取懦弱者为主，无庸立此长君，使其不可驾驭，今但作十五日行，自可废之。此论出自王间勋人，岂属佞人之口？且封隆之孙腾，逋逃晋阳，王若事君尽诚，何不斩送二首？王虽启云西去，而四道俱进，南渡洛阳，东临江左，闻者宁能不疑？王若举旗南指，纵无马匹只轮，犹欲奋空拳而争死，纵令还为王杀，幽辱齑粉，了无遗憾！本望君臣一体，若合符契，不图今日分疏至此，言之增怅，惟王图之！

敕书颁去，欢亦不答。一报还一报。中军将军王思政入白魏主道：“高欢心术，昭然可知。洛阳非用武地，不如往就宇文泰，再复旧京，无虑不胜！”欢不可恃，岂泰果可恃乎？魏主因遣柳庆西往，与泰陈述上旨，泰愿奉迎车驾，遣庆复命。会东郡太守裴侠应征诣洛，王思政与商西巡事宜。侠答道：“宇文泰雄踞秦关，所谓已操戈矛，怎肯轻授人柄？今车驾往投，恐也似避汤入火呢？”言之有理。思政道：“如君言，今将何往？”侠皱眉道：“东出图欢，祸在眉睫，西巡依泰，患在将来；且至关右，再作良图。”暂济眉急，也是无策。思政也以为然，乃荐侠为中郎将。魏主意欲西行，尚未决议，忽闻高欢派遣骑兵，出屯建兴，并添河东及济州兵，拥诸和籴粟入邺城，将逼魏主迁邺。魏主益觉惊惶，复颁敕谕欢道：

> 王若厌伏人情，杜绝物议，惟有归河东之兵，罢建兴之戍，送相州之粟，追济州之军，使蔡镌受代，邸珍出徐，止戈散马，各事家业。脱须粮廪，别遣转输，则谗人结舌，疑悔不生，王可高枕太原，朕亦垂拱京洛矣。王若马首南向，问鼎轻重，朕虽不武，为宗庙社稷计，欲止不能。决在于王，非朕能定，为山止篑，甚为王惜之！

看官，试想这时候的高大丞相，已与魏主修势不两立，怎肯降心受诏，如敕施行？当下作书答复，极陈斛斯椿、宇文泰罪状，谓将代主除奸。魏主亦下敕罪欢，命宇文泰为关西大行台，且愿将爱妹妻泰，令泰遣骑奉迎。一面敕贺拔胜引兵入洛，同敌高欢。

欢已召弟定州刺史高琛守晋阳，长史崔暹为辅，自引大军南向，用高敖曹为先锋，星夜前进，声言率兵赴阙，但诛斛斯椿，不及他人。宇文泰亦传檄讨欢，自将大军屯高平，命前队出驻弘农。两虎争雄，俱由斛斯椿一人所致。独贺拔胜出屯汝水，作壁上观。此子惟狡猾一事，尚算胜人。魏主也下诏亲征，督军十万至河桥，令斛斯椿为前驱，列营北邙山。

椿请率精骑二千，乘夜渡河，掩欢不备，魏主称善，偏黄门侍郎杨宽进言道：“高欢不臣，人所共知，斛斯椿心亦难测；若渡河有功，恐灭一高欢，又生一高欢了。”魏主即命椿停行。当信不信，不当信而信，安得不败！椿叹道：“近日荧惑入南斗，天象告警，今上信左右谗间，不用我计，这真所谓天道了！”遂驰书报泰。泰亦顾语僚佐道：“高欢远道急驰，数日行八九百里，这是兵家所忌，正当出奇掩击，主上不能渡河决战，但知沿河据守，试想黄河万里，防不胜防，一处疏虞，令彼得渡，大事去了！”说着，亟命赵贵自蒲坂渡河，直趋并州，又遣都督李贤率轻骑千名，往洛扈驾。

魏主使斛斯椿守虎牢，令行台长孙稚，大都督元斌之为副，行台长孙子彦守陕州，贾显智、斛斯元寿守滑台，总道是扼要居守，欢军不能飞渡，哪知才阅两日，滑台军司元玄驰至河桥，报称显智怯退，速请济师。魏主亟遣大都督侯几绍赴援。未几又接到警报，绍已阵亡，显智降欢，欢已从滑台渡河了。魏主当然着忙，急向群臣问计，或请奔梁，呆话。或请南依贺拔胜，也靠不住。或请西就关中，下策。或请守洛口死战，不能。纷纷聚讼，整日不决。忽见元斌之踉跄奔还，喘声报告道：“高欢来了！”吓得魏主修不知所措，匆匆还洛。但挈妃主数人，及从妹明月西奔。不及高后，隐伏下文。

南阳王宝炬、清河王亶、广阳王湛，扈跸随行，沙门惠臻负玺持千牛刀相从。途次遣人至虎牢，飞召椿还，椿及长孙稚，方与欢将窦泰相持，闻召却归，奔至瀍西，得见魏主，方知为元斌之所卖。斌之与椿争权，潜归给主，诡言高欢已至，以致魏主骇奔。椿益加叹息，只好随主西行。椿弟元寿因滑台失守，已为乱军所杀。长孙稚在虎牢，独力难支，也即奔赴行在。就是长孙子彦，闻滑台、虎牢均已失败，也弃陕西走。子彦即长孙稚冢男。长孙父子尚得重逢，斛斯兄弟不能再见，这也是有幸有不幸呢！百忙中有此骈句，亦可谓好整以暇。

清河王亶、广阳王湛，竟从半途逃归，仍还洛阳。惟武卫将军独孤信却单骑追及魏主，奉驾西进。魏主叹道："将军辞父母，抛妻孥，竟来从朕。古人有言：世乱识忠臣。朕始知非虚语了！"比诸清河、广阳两王，应该优奖。嗣是西向奔驰，途次糗浆乏绝，惟饮涧水。到了湖城，有村民献上麦饭壶浆，聊解饥渴，魏主命免该村徭役十年。再行至崤西，方与泰所遣李贤相遇，奉驾同归。及入潼关，大都督毛鸿宾迎献酒食，从行各员才得一饱了。

高欢长驱入洛，使娄昭、高敖曹等，往追魏主，不及乃还。欢乃召集百官，启口诘问道："为臣奉主，理应匡救危乱，若处不谏争，出不陪从，无事时希宠徼荣，有事时委主逃窜，臣节何在？请诸君自陈！"你好算得尽臣节么？众莫敢对，独尚书左仆射辛雄道："主上与近臣图事，雄等不得预闻。及乘舆西幸，若即追往，恐迹同佞党，所以留待大王，今又以不从蒙责，是转使雄等进退俱无从逃罪了。"未免遁辞。欢叱道："卿等备位大臣，理应尽忠报国，群佞用事，卿等曾有一言谏诤么？国事至此，罪将何归？"说至此，即指示左右，拿下辛雄及仪同三司叱列延庆，兼吏部崔孝芬、都官尚书刘廞、兼度支尚书杨机、散骑常侍元士弼一并处死。曾自记前言否？推司徒清河王亶为大司马，承制决事，居尚书省。孝芬子中郎猷出避家难，间道入关。

宇文泰使赵贵、梁御引兵二千，出迎魏主。魏主循河西上，与赵、梁二人相遇，指河示御道：“此水东流，朕乃西上，若得复见洛阳，亲谒陵庙，统是卿等的功劳哩！”言已涕下。莫非自取。泰备仪卫接驾，行至东阳驿，得见魏主，免冠伏谒道：“臣不能式遏寇虐，使乘舆播迁，实为有罪！”魏主忙亲为扶起，且慰劳道：“朕实不德，负乘致寇，今日相见，自觉厚颜！此后当以社稷委卿，愿卿勉力！”

泰山呼万岁，方才起身。将士等亦齐呼万岁。随即导魏主修入长安，即以雍州廨舍为行宫，颁诏大赦。进泰为大将军雍州刺史，兼尚书令，取决军国大事。又命行台尚书毛遐、周惠达为左右尚书，分掌机要。二尚书戮力办公，积粮储，治器械，简士马，利赖一时。魏主即将爱妹冯翊长公主嫁泰为妻，借践旧约。公主曾适开府张欢。欢性贪残，遇主无礼，魏主将欢杀死，因把公主改嫁与泰。后来生子名觉，就是北周的孝闵帝，这且待后再表。

先是荧惑入南斗，去而复还，留止六旬，江南北有童谣云：“荧惑入南斗，天子下殿走。”梁主衍恐灾及己身，特跣足下殿，为禳灾计。及闻魏主西奔，不禁赧颜道：“北虏亦应天象么？”当时传为笑柄。不知修德禳灾，乃徒跣足下殿，岂非丑态！

自魏主入关，贺拔胜尚在汝南，未决进止。从前胜出发时，掾吏卢柔曾进三策，上策是席卷赴都，仗义讨欢；中策是拒欢联泰，观衅乃动；下策是举州归梁，苟全性命，胜俱不用。至欢已入洛，胜再与僚佐会议，意在南归，行台左丞崔士谦进议道：“今帝室颠覆，主上蒙尘，公宜倍道兼行，往朝行在，然后与宇文行台同心戮力，倡举大义，天下闻风，自当响应；若舍此遽还，恐人人解体，一失事机，悔无及了！”胜乃使长史元颖行荆州事，居守南阳，自率部众西进。

行次淅阳，探得前途消息，高欢已攻克潼关，擒住守将毛鸿宾，进屯华阴，当下毛骨森竖，踉跄奔回。哪知欢已遣行台侯景等攻荆州，荆民邓诞，袭执元颖，送往侯景，害得胜无路可归，不得不与侯景争锋。偏偏众情涣散，各无斗志，一遇景军，便即弃甲曳兵，四处奔窜。胜无计可施，只得依了当日卢柔的下策，奔往梁朝。其名曰胜，实则善败。

侯景驰入荆州，向欢告捷。欢自晋阳至洛，由洛至华阴，连上四十启，奏达魏主，不得一答，乃拟另立新主。返至洛阳，再遣使奉表魏主云：“陛下若远赐一诏，许还京洛，臣当率领文武，清宫以待；若返正无日，宗社不能无主，臣宁负陛下，不负社稷”等语。魏主仍然不报，欢乃召集百僚耆老，议立新君。

清河王亶已视帝座为己有，出入警跸。偏大众开议，由欢首倡，谓嗣主应继承明帝，不应昭穆失序，因语亶道：“今欲立王，不如立王的世子，较为顺次。”语未说完，但听得在座诸人同声赞成，亶只好俯首趋出，由愧生愤，由愤生忧，竟尔轻骑南奔。子得为帝，便是大喜，何必狂奔如此？欢遣人追还，遂于永熙三年孟冬，立清河王世子善见为帝，年才十一。改永熙三年为天平元年，于是魏分为二，高氏所立为魏主，史家称为东魏，宇文氏所奉的魏主，便叫作西魏了。小子有诗叹道：

世乱都从主暗来，江山分裂魏风颓；
北方从此无宁宇，虎斗龙争剧可哀！

魏既分裂，东西并峙，成为敌国，高欢遂定议迁都。究竟迁往何处？下回再当说明。

尔朱氏亡而高欢兴，高欢兴而宇文泰又起，一雄得势，而一雄继之，要之皆乱世之雄，欲其乃心魏室，始终不渝，是责莽懿为伊周，固世所罕有事也。但魏主修之得立为帝，实出高欢，欢虽雄鸷，而出镇晋阳，纳女为后，君臣之间，初无芥蒂，魏主修乃误信斛斯椿言，始倚贺拔岳，继依宇文泰，卒至激成欢怒，引兵向洛。斛斯椿乘夜渡河之计，又复不从，前何信椿，后何疑椿！愚而多疑，安能处变，有徒为二雄之傀儡已耳！天下本无事，庸人自扰之。此二语实可为魏主修之定评。

第五十四回　饮宫中魏主遭鸩毒　陷泽畔窦泰死战场

却说高欢还洛，另立新君善见。善见尚在冲年，当然不能亲政，一切黜陟大权，全握欢手。欢请授赵郡王谌为大司马，咸阳王坦为太尉，仪同三司高盛为司徒，高敖曹为司空，以下文武百官，各有定职，规模粗具，再议西侵。忽闻宇文泰进攻潼关，杀毙守将薛瑜，虏去戍卒七千人，欢不禁彷徨，遂把迁都的计议，重复提起，即欲实行。当下入朝申谕，谓洛阳西逼关中，南近梁境，在在可虞，不如迁邺为是。嗣主善见，有何主意！王公大臣等，势难与抗，只得依议迁都。欢只限期三日，即奉驾启程，四十万户，狼狈就道，百官无从备马，多半乘驴东行。至车驾已到邺中，留仆射司马子如、高隆之，侍中高岳、孙腾，在邺辅政，改相州刺史为司州牧，魏郡太守为魏尹，司州改作洛州，命尚书令元弼为洛州刺史，镇守洛阳，欢仍还原镇。当时有童谣云："可怜青雀子，飞去邺城里，羽翮垂欲成，化作鹦鹉子。"时人指青雀为清河王，鹦鹉为高欢，这也无庸评断了。洛阳遂为战争地。

且说魏主修在洛阳时，性颇渔色，有从妹三人，不准他适，留侍宫中。最爱宠的就是明月，本与南阳王宝炬同产，受封平原公主，次为清河王亶妹，亦封安德公主，还有一个名叫蒺藜，史家未详为何王儿女，也照例封为公主。这三公主留居宫掖，公然与魏主相奸，差不多与妃嫔相似，所以高欢女虽入宫为后，未蒙垂爱，绿衣黄裳，已成惯例。魏主修尝设内宴，使明月侍坐首席，诸宫人因羡生慕，即席赋诗，或咏鲍照乐府云："朱门九重门九闺，愿随明月入君怀！"魏主也不以为意，惟视明月如掌中珠，爱不忍离，就是弃洛西奔，把高皇后撇置宫中，独有明月不肯舍去，挈领入关。

宇文泰因魏主淫及从妹渎伦伤化，暗令元氏诸王诱出明月，置诸死地。及魏主闻报，已是玉殒香消，不得重生。看官，试想魏主所爱，只此一人，平白地为宇文泰所害，如何不悲！如何不愤！恨不得杀泰报仇！又弄错了。有时弯弓，有时推案，无非注意宇文泰。泰亦心不自安。

未几已是残腊，有高车别部阿至罗遣使入朝，魏主幸逍遥园，宴待外使，顾语侍臣道："此处仿佛华林园，使人触景生悲。"已而宴毕，命取所乘波斯骝马，驾载还宫。偏该马不受羁勒，跳跃异常，魏主命南阳王笼辔扳鞍，马亦不服，一蹶而死。魏主乃另易他马，还至宫门，马又惊跃，未肯遽进，连下鞑扑，方才驰入。近侍潘弥颇通术数，晨间曾启奏魏主，谓今日不可不慎，防有急兵。魏主记着，还宫后语潘弥道："今日幸无他事。"弥答道："须过夜半，方称大吉。"魏主似信非信。晚餐时多饮数杯，聊解忧闷，不意过了片刻，胸腹搅痛，竟不可当，连忙卧倒床上，痛益难耐，辗转呼号，神疲力尽，未几即殁，目瞪舌伸。侍臣料是遇毒，想由宇文泰主使，不敢发言。可怜魏主修在位，不满三年，年仅二十五岁。泰命将魏主棺殓，移殡草堂佛寺中，谥曰“孝武”，直至十年以后，方得安葬云陵。弑主事不问可知。

先时已有歌谣云：“狐非狐，貉非貉，焦梨狗子啮断索。”至魏主遇弑，人方谓谣言有验。魏本索发，故称为索，焦梨狗子，就指宇文泰。泰小字叫作黑獭，籍隶武川，相传为系出炎帝。远祖葛乌兔，始为鲜卑酋长。数传至普回，得一玉玺，篆文有“皇帝玺”三字，惊为天授。鲜卑呼天为宇，君为文，因号宇文国，并以为氏。普回子莫那，徙居辽西，九传为前燕所灭，遗胤陵由燕奔魏，遂居武川。陵曾孙名肱，肱妻王氏生泰时，有黑气如盖，下覆儿身，所以取名黑獭，非狐非貉，便是暗寓黑獭的意义。宇文泰家世，前未叙及，故就此带过。

泰既毒死魏主修，遂率王公大臣推立南阳王宝炬。宝炬为孝文帝孙、京兆王愉子，官拜太宰，录尚书事。宝炬循例三让，然后允诺。时已岁暮，遂于次年元旦即位长安，大赦改年，纪元大统。追尊皇考愉为文景皇帝，皇妣杨氏为皇后。立妃乙弗氏为正宫，世子钦为太子。进宇文泰为大丞相，封安定郡公，都督中外诸军，录尚书事，斛斯椿为太保，广平王赞为司徒，广陵王欣为太傅，万俟寿乐干为司空。遣都督独孤信招抚荆州，东魏令恒农太守田八能，候途邀击，为信所败。信直抵荆州，复击破东魏刺史辛纂，纂败遁入城，门未及阖，被信前驱杨忠，追入斩纂，遂据荆州。既而东魏复遣侯景、高敖曹等攻荆州城，信因众寡不敌，复与杨忠奔梁；荆州又入东魏。

会渭州刺史可朱浑元，潜与欢通，率部众三千户奔往晋阳。高欢始闻魏主修遇弑事，因启请素服举哀。太学博士潘崇和谓君以无礼待臣，不必素服，商民不哭桀，周臣不服纣，便是此意。国子博士卫既隆、李同轨等但主张高后守制，谓高后未绝永熙，应为服素，东魏主乃命依议。

高后尚在青年，不耐守寡，勉强为故主素服，暗中却另思择配。适彭城王韶为司州牧，温文尔雅，年貌翩翩，韶为彭城王劭子，见四十八回。被高后瞧入眼波，惹动情思，屡与乃父谈及。高欢爱女情深，料她有意求合，遂召入彭城王韶，愿将嫠女嫁与为妃。韶见高家势盛，乐得借此攀援，遂满口称谢。欢遂令嫠女改服盛装，配韶为妇，并将洛阳宫中的珍宝，赠作妆奁。就中有珍器二具，最称奇美，一是成对的玉钵，晶洁无瑕，雕工尤妙，用水贮入，虽经倒置，亦不渗漏，一是玛瑙榼，能容三升，凑缝中用玉嵌入，好似生成一般。相传为西域神工所制，献入魏廷，传为秘宝。余物不可胜计，韶既娶国母为妻室，复得了许多珍品，真是喜出望外，欣感莫名。那高氏女亦幸获佳偶，深慰渴念，鱼水谐欢，无容絮叙。只是伦纪上说不过去。

那高欢亦愈老愈淫，自载归尔朱两后后，左拥右抱，非常欢暱。大尔朱后生子名湝，小尔朱后生子名湝，俱为欢所钟爱。他如冯娘、李娘，即五十一回之任城、城阳二王妃。由洛阳取归，均被欢奸占为妾；还有韩娘、王娘、穆娘等，随时纳入，亦随时侍寝。王娘有子名浚、穆娘有子名淹，浚、淹未长，两母已亡。及迁都邺城，复得一广平王妃郑氏，芳名叫作大车，丰容盛鬋，妖冶绝伦，欢复据为已有，宠冠后庭。郑氏产得一男，取名为润。

东魏天平二年，欢因稽胡、刘蠡升据云阳谷，僭称皇帝，屡为边患，乃督军出征，兼程掩击，破灭蠡升，斩首而归。到了晋阳，忽得侍婢密报，说是世子高澄与郑大车有暧昧情事，欢因澄年才十四，未必遽敢淫烝，反斥侍婢妄言。嗣又经二婢为证，方勃然大怒，召澄入室，加杖百下，幽禁别室。澄系正妃娄氏所生，欢得发迹，半由娄氏为助，见四十四回。所以情好甚笃。娄氏连生六男二女，俱获长成，自欢广纳妾媵，把爱情移到美姬身上，不免与娄妃相疏。负心汉。偏又长子澄奸案发觉，恨子及母，竟与娄妃隔绝不通，且欲立大尔朱氏子潋为嫡嗣，将澄废黜。何不并锢郑氏？

澄很是焦急，忙向司马子如处求救，子如在邺辅政，得澄密书，即至晋阳谒欢。欢与子如向系旧交，无论国事家事，彼此从不讳言，而且妻妾俱得相见，不必趋避。此次子如到来，明明是为高澄母子说情，他却佯作不知，惟与欢谈论国事，直至无语可说，始请谒见娄妃，欢乃述及澄奸庶母，娄妃失察情状，子如微笑道："孽子消难，亦奸子如妾，家丑不宜外扬，只可代为掩饰。亏得老脸说出家丑。况娄妃是王结发妇，常把母家财物助王，王在怀朔镇时，触怒镇帅，受杖伤背，妃昼夜看护，目不交睫，后避葛贼，同走并州，沿途劳顿，日暮履穿，妃又亲燃马粪，代为制靴，此等恩义，怎可忘却！今日女嫁男婚，相安已久，更不宜为一妇人，自伤和气。况婢言亦未必可信呢！"欢答道："君言未尝无理，但事果属实，究难轻恕！"子如道："待子如鞫问情伪，再作计较。"欢即许诺。子如趋至别室，令释澄候质。澄既得见子如，尚未开口，子如便诘责道："男儿何故畏威，甘心自诬？"好一个问官。澄闻子如言，自然抵赖，且称三婢挟嫌诬告。子如召入数婢，厉声威吓，不令诉辩。三婢料不敢抗，统皆自缢。子如即报欢道："果系刁婢妄言，已情虚自尽了！"欢乃大悦，亟召娄妃母子进见，父子夫妻，相对泣下，嗣是和好如初。欢命设盛筵，款待子如，自起斟酒道："全我父子，皆出君力！"子如也避席称谢。这一席宴饮，自傍晚到了夜半，方才停撤，彼此散寝。次日子如辞行，欢赠子如黄金百三十斤，澄亦馈他良马五十匹，子如乐得叨惠，取金及马，驰还邺城。

澄自是不敢亲近郑大车，大车安然无恙，仍得欢宠眷，始终不衰。但如此重案，化作冰消，后庭侍姬，渐渐放纵起来。欢弟赵郡公琛，留居晋阳，总掌相府政事，他常出入帷闼，见小尔朱氏楚楚动人，竟引起邪心，随时挑逗。小尔朱氏也爱他弱冠年华，丰神韶秀，竟伺欢外出时，邀琛入室，私与交欢。婢媪等惩着前辙，莫敢告发，一任她送暖偷香，消受温柔滋味。但天下事若要不知，除非莫为。欢本老奸巨猾，阴为伺察，稍有所闻，即设法赚他二人，果然奸夫淫妇，中了欢计。一夕正续旧欢，偏被欢破门突入，当场捉出一对露水夫妻，当时怒极欲狂，即取过大杖，猛力击琛，接连数十百下，打得琛皮开肉烂，僵卧地上。再欲殴挞小尔朱氏，那小尔朱氏早长跪膝前，凭着那一双泪眼，两道愁眉，娇滴滴地吐着珠喉，向欢乞怜，竟把欢的铁石心肠渐渐熔化。结果是说出数语道："你欲求生，立刻离开此地，免我动手！"小尔朱氏无可奈何，只好磕头拜谢，草草整装，听欢发落。欢将她逐出灵州，置诸不齿。琛自被曳出户，因受伤甚重，延挨了一两日，便即毕命，年只二十有三。色之害人大矣哉。欢讣告邺中，但说是暴病身亡，东魏主善见，不得不追赐官阶，即赠琛为太尉尚书令，予谥曰"贞"。贞字不知如何解法？后来又加给太师，进爵为王。那小尔朱氏至灵州后，寂寞无依，孤苦了一两年，遇着一个范阳人卢景璋，娶为继室，竟随他过活去了。还算幸事。

惟东西魏已经分峙，北方各镇，东投西奔，忙个不了。关内都督赵刚，举东荆州归附西魏。宇文泰命为光禄大夫。刚劝泰召还贺拔胜等，泰甚以为是，即遣刚南下请求。刚至梁州，与刺史杜怀瑶相识，因托他移书建康。梁主衍尝优待降将，得书以后，召贺拔胜等入朝，令他自陈行止。胜等俱愿北返，梁主乃亲饯南苑，厚礼遣归。贺拔胜与独孤信、杨忠三人，同时返至长安，各得就职。泰爱忠勇，且留置帐下。胜感梁主恩礼，凡鸟兽南向，概不复射，借示报答的意思。西魏主宝炬喜胜北还，特加隆眷，累擢胜至太师，胜乃与宇文泰部勒三军，专谋东略。时斛斯椿已死，宇文泰专政，进位柱国大将军，用李虎、元欣、李弼、独孤信、赵贵、于谨、侯莫陈崇七人为辅。进行台郎中苏绰为左丞，绰博闻强记，熟谙掌故，尝与泰终夜叙谈，娓娓不倦。泰目为奇士，一切机密，辄令参预。绰始作文案程式，朱出墨人，及计帐户籍诸法，推行一时，秩然不紊。后人多遵为定制，用备钩稽，这也好算一个吏治家了。特别钩元。

那东魏大丞相高欢，令世子澄入邺辅政，副以左丞崔暹，澄年方十五，用法严峻，威震中外。澄弟名洋，亦得封太原公，貌似不飏，内独明决。欢尝令诸子治理乱丝，试察智愚。诸子多脚忙手乱，不堪纷扰，洋独抽刀断丝，顾语兄弟道：“乱即当斩，何必费心！”后来狂暴，已见端倪。欢因此儿有识，宠爱逾恒。嗣是邺城有澄，晋阳有洋，欢以为内顾无忧，尽可与西魏争衡。

适梁遣镇北将军元庆和侵入东魏，乃遣高敖曹率三万人趋项城，窦泰率三万人趋城父，侯景率三万人趋彭城，控御东南。元庆和闻报退还，侯景进陷楚州，掳去刺史桓和，且乘胜至淮上，梁都督陈庆之发兵邀击，杀败景军，景抛弃辎重，仓皇北遁。

欢方锐图西魏，不暇南顾，遂想了一条远交近攻的计策，遣使南下，与梁修和。梁主衍亦得休便休，许与通好，敕庆之班师。于是欢调回各军，自率轻骑万人，径袭西魏夏州。沿途但食干粮，不遑火食，及抵夏州城下，正值夜半，见城上无人守御，便令军士缚稍为梯，猱升而上，顿时攻破全城，擒住刺史斛拔俄弥突，带回晋阳。并将部落五千户悉数迁归，留都督张琼镇守。会闻灵州曹泥为西魏将士所围，因复调兵往援，拔出曹泥，也令他徙至晋阳。可巧西魏传诏，数欢二十罪，指日东征。欢不禁大怒，亦斥宇文泰、斛斯椿为逆徒，谓当分命诸将，刻日西讨。两下里互相指斥，各说得我是人非，有道有理。欢欲先发制人，因高敖曹、窦泰等已皆北归，遂令敖曹移攻上洛，窦泰出逼潼关，自率军赴蒲坂，命筑浮桥三座，拟即渡河。

546. 西魏大行台宇文泰督兵出拒，进次广阳，既探悉欢军行踪，便语诸将道："贼犄我三面，浮桥待渡，这无非虚张声势，牵缀我军，使窦泰得乘虚西入呢！欢计被泰喝破。窦泰尝为欢前驱，屡战屡胜，必有骄心，我不如径袭窦泰，泰军一破，欢不战自走了。"将佐齐声道："舍近袭远，恐非良图；如欲往击窦泰，何不分兵前往！"泰笑语道："欢虽作桥，未能径渡，不过五日，我已可破灭窦泰呢。"乃扬言欲保陇右，退还长安，潜行东出。

诸将犹有异议。泰有从子名深，幼即好兵，尝叠石为营，折草为旗，与群儿布列行阵，井井有条，此时为直事郎中，屡预军谋。泰因向深问计，令他先陈意见。深答道："窦泰为高欢骁将，与欢东西分出，我若至蒲坂攻欢，欢扼我前，窦泰袭我后，岂不是表里受敌么？今若简选轻锐，潜击窦泰，彼性躁急，必来决战，欢不及往援，我就可一鼓擒窦了。窦既受擒，欢势自沮，回军击欢，定可决胜。”泰欣然道：“我原作这般想，汝与我同心，我计决了。”遂夤夜东发。

又行了一昼夜，已抵小关，窦泰猝闻敌至，自恃骁勇，渡河直前。宇文泰列营牧泽，用四面埋伏计，引诱窦泰。窦泰不知厉害，怒马当先，陷入重围，泽中泥淖相间，铁骑不得驰突，再加西魏各军，万弩齐发，把窦泰手下将士，射死了一大半。窦泰见士卒垂尽，身上亦中了数箭，料知无法脱围，便拔出佩剑，自刎而亡。窦泰为高欢姨夫，战无不从，此次由邺出发，曾有惠化尼云：“窦行台，去不回！”至是果验。小子有诗叹道：

将军一去不回头，拚死前驱未肯休；
牧泽陷围溅颈血，半由好勇半无谋！

窦泰既死，被西魏军枭了首级，送往长安。高欢尚在蒲坂，闻报大恸，几乎晕倒。欲知他后来处置，但看下回自知。

魏主修猜忌高欢，以致蒙尘出走，西入关中，幸宇文泰迎入雍州，尚有容身之所。为惩前毖后计，宜勇于改过，推诚待下，则以秦关之固，宇文之力，东向而待高欢，未始不可有为。奈何身为雄狐，效禽兽行，为一女子而怨及功臣，卒被毒毙，甚矣哉魏主修之淫且愚也！夫天下之好淫者，祸不及身，必及子孙，魏主修之死，死于淫，固已。高欢淫占多人，虽若无恙；然生前有子弟之烝报，死后有子孙之荒耽，有恶因必有恶果，高氏宁能幸免乎？且弄兵不戢，忽东忽西，骁勇如窦泰，终堕黑獭计中，陷死牧泽，泰虽寡谋，要不得谓非高欢害之也。泰妻为欢妃娄氏妹，夫死妻寡，惨及一门，欢岂不可以已乎！

第五十五回　用少击众沙苑交兵
废旧迎新柔然纳女

却说高欢闻窦泰死耗，不胜悲悼，自思泰既陷没，大违初愿，遂撤去浮桥，退回晋阳。宇文泰亦还军长安。惟高敖曹尚未得闻，引军急进，直抵上洛城下。洛郡人泉岳及弟猛略，与顺阳人杜窋等，欲翻城出应敖曹。洛州刺史泉企探悉阴谋，捕戮泉岳兄弟，独杜窋得缒城出走，奔归敖曹。敖曹猛力扑城，城上矢石交下，连中敖曹三矢。敖曹晕坠马下，良久复苏，复上马督攻。泉企固守旬余，二子元礼、仲遵，皆有勇力，随父拒敌，日夕不懈。会仲遵被流矢伤目，不能再战，城遂失陷，企与二子皆被擒。及企见敖曹，大声呼道："我系力屈，本心原不服哩！"敖曹也不去杀他，系诸幕下，即用杜窋为刺史。

休兵数日，拟进攻蓝田关。忽来了晋阳使人，传述欢令道："窦泰战殁，人心摇动，宜收军即还；万一路险贼盛，但求自脱罢了。"敖曹不忍弃众，令部曲先行，自己断后，徐徐引退。西魏军却不敢追蹑，任他自归。泉企子元礼由敖曹带还。仲遵伤重不能行，仍使在洛州城。企在途中，私诫元礼道：“我余生无几，死不足畏，汝兄弟二人，才器足以立功，须自觅生机，勿因我已东去，遂亏臣节！”此君颇似王陵母。元礼乃伺隙逃还，与仲遵阴结豪右，袭杀杜窋，西魏遂授元礼为洛州刺史，准令世袭，企竟病死邺中。

高欢欲为窦泰报仇，大阅兵马，再拟出师，适宇文泰出拔恒农，把东魏陕州刺史李徽伯掳去，欢即发兵二十万，由壶口趋蒲津，使高敖曹率兵三万出河南。时关中大饥，人自相食，宇文泰部下不满万人，留屯恒农就食，已阅五旬，探报谓欢将渡河，乃引兵入关。高敖曹进围恒农，城中有备，一时攻打不下。欢长史薛淑语欢道：“西人连年饥馑，故冒死来陕州，欲取仓粟，今敖曹已围陕城，粟不得出，但宜置兵诸道，勿与野战，待他麦秋无收，民自饥死，宝炬、黑獭，无虑不降，今且不必渡河！”侯景时亦从军，也进谏道：“今日举兵西来，关系极大，倘或不胜，猝难收集，不如分作二军，相继进行，前军得胜，后军方进，前军若败，后军亦可往援，这乃是万全之计。”欢不肯依议，竟从蒲津济河。

华州刺史王罴首当冲要，宇文泰致书相勉，罴答复道：“卧貉子怎得轻过？”及欢至冯翊城，呼罴问道：“何不早降？”罴戎服登陴，朗声传语道：“此城是王罴冢，死生在此，汝等何人善战，请来一决雌雄！”欢知不可攻，乃移驻信原。

宇文泰因欢军入境，亦驰诣渭南，征调诸州兵马，急切未能召集，泰不堪久待，便欲进兵击欢，诸将以寡不敌众，请俟欢西进，再观形势。泰正色道：“欢若得至长安，人情必且大震，今乘他远来，兜头迎击，彼衰我锐，何患不胜！”遂下令军中，就渭水架设浮桥，即日渡渭，直抵沙苑，与东魏军相隔，只六十里。

诸将虽不敢违令，各有惧色，独宇文深称贺，并语泰道：“高欢镇抚河北，甚得众心，若据境自守，却是难图；今悬军渡河，非众所欲，彼无非为窦泰战死，挟恨前来，这就是叫作忿兵，忿兵必败。今愿假深一节，发王罴兵，截欢走路，前犄后角，使无遗类，怎得不贺？”深有此智，不愧为宇文家儿。泰乃遣颍昌公达奚武往觇欢军。武只率三骑潜往，改作东魏军装，日暮去营数百步，下马潜听，得敌军号，夜间上马历营，与巡夜相似。欢毫不备防，所有军中情状，俱被武窥悉，还营报泰。泰正思进逼欢营，忽由侦骑报到，欢兵且至，泰又召集将佐，商议对敌的方法。仪同三司李弼献策道：“彼众我寡，不可平地列阵，此东十里有渭曲，请先行据守为佳。”泰亦称善，便徙至渭曲，背水列营，令李弼为右拒，赵贵为左拒，将士皆埋伏苇中，闻鼓乃起，待至日暮，欢军乃至，望见西魏营内，偃旗息鼓，毫无声响，营旁苇深土泞，不堪进逼。欢亦防有伏兵，拟纵火焚苇，偏侯景进言道：“我军大举前来，应生擒黑獭，晓示百姓，若徒用火攻，就使将黑獭烧死，也是无名无望，不足示威！”他将彭乐愤愤道：“我众贼寡，百人擒一，亦尚有余，要用什么火攻计！”好好一条计策，徒被二人破坏。欢乃麾兵直进，大众争前恐后，一涌而上，无复行列。俄闻西魏营内，鼓声骤震，芦苇丛里的伏兵执戈齐起，来杀欢军，赵贵从左冲入，李弼自右突进，把欢军裂作数截，欢军立即大乱。李弼弟檦年少胆壮，隐身鞍甲中，跃马陷阵，伺敌不防，露首出矛，左搠右刺，应手落马。欢军争噪道：“当避此小儿！”欢将彭乐使性善斗，且带着三分酒意，跃马乱闯，好像猘尤一般。既而杀得性起，把甲胄尽行卸去，裸体驰入宇文阵内，适遇西魏征虏将军耿令贵，一枪挑来，不偏不倚，刺入乐胸。乐忙用刀格开，肠已流出，鲜血狂喷，他却大吼一声，拚死再战。旁有他将驰至，接住令贵厮杀，乐方得回马出阵，纳肠裹胸。还欲返身杀入，怎奈各军俱已败还，连让步都来不及，怎能再入敌阵？那后面亦鸣金收军，只好随众退回。宇文泰也不追赶，勒兵还营，各将都上前献功。泰见了李檦，顾语左右道："出兵打仗，全靠胆壮，不必昂藏七尺，但看他年轻身矮，亦能杀贼哩！"语未毕，又见耿令贵入帐，甲裳尽赤。泰又说道："甲裳中有如许血迹，奋勇可知！"遂一一记功，静待犒赏。各将士散归本营，休息去讫。

那高欢奔回信原，尚欲收拾残军，再行决战，使张华原巡视各营，照簿点兵，无人出应。急忙还白道："众已散尽，各营皆空虚了！"欢尚未肯去，阜城侯斛律金在侧，便启请道："众心离散，不可复用，宜速还河东为是！"遂命左右牵马入帐，促欢上马。欢跨上马鞍，尚未纵辔，由金用鞭拂马，方才东驰。到了河滨，蓦闻后面人声马沸，震荡波流，料知有追兵到来，只好匆匆急渡。偏偏船离岸远，一时不能驶近，有许多将士情急逃生，跃马入河，俱被流水漂去。欢改乘橐驼就船，始得东渡。共计丧失甲士八万人，铠仗十有八万件。

宇文泰闻欢遁走，始督军追至河上，遥望欢已过河，乃停军不追。可巧征调各兵，陆续报到，都督李穆道："高欢已经破胆，请速渡河追去，毋令漏网。"泰叹道："穷寇莫追，兵家至言，我军已获全胜，得意不宜再往了！"乃返至战所，令每人种柳一株，留旌武功。越日凯旋渭南，奏捷论功，李弼、赵贵以下皆进爵增邑有差。

高欢还入晋阳，忿懑异常。侯景亦愤然道："黑獭新胜而骄，必不为备，愿得精骑二万，擒归黑獭，报复前恨！”又来说大话了。欢迟疑未决，入白娄妃，娄妃道：“果如景言，景岂尚有还理？得一黑獭，失一侯景，究有何利？”欢乃罢议。娄妃却是知人。高敖曹得欢败耗，也解恒农围，退保洛阳。

宇文泰自沙苑得胜，复欲图洛，乃遣行台王季海与独孤信率步骑二万，径趋洛阳，又命洛州刺史李显赴三荆，贺拔胜、李弼围蒲坂。蒲坂守将为东魏秦州刺史薛崇礼，登陴力御。别驾薛善系崇礼族弟，密语崇礼道：“高欢有逐君大罪，善与兄忝列簪缨，世荷国恩，今大军已临，尚为高氏固守，一旦城陷，函首送长安，署为逆贼，死有余愧，不如先行归款，尚得自全！”崇礼嘿然不答，善竟与族人开城，迎纳贺李等军。崇礼仓猝出走，中途被获。宇文泰闻捷驰至，赐薛善等五等封爵。善固辞不受，崇礼为善从兄，因得宥死，不复加罪。泰遂略定汾、绛二州。

独孤信行至新安，高敖曹引兵北去，只留广阳王元湛守洛阳。湛无胆略，也弃城奔邺，信遂得据金墉城。东魏颍川长史贺若统，又执住刺史田迄，举城降西魏军。梁州、荥阳、广州望风归附。东魏行台任祥，往攻颍川，为西魏大都督宇文贵击败，任祥奔还。阳州刺史邢椿被州将是云宝刺死，亦奔降西魏军。西魏都督韦孝宽复攻陷东魏豫州，河南诸州郡多半没入西魏。

东魏大行台侯景治兵虎牢，谋复河南诸州，韦孝宽等未免胆怯，又弃城遁去。侯景出兵四略，夺还南汾、颍、豫、广四州，遂邀同高敖曹，进围金墉。高欢亦率军继进，独孤信飞报长安，请即济师。西魏主宝炬正因洛阳得手，拟谒园陵，凑巧洛使告急，遂命尚书左仆射周惠达，辅太子钦守长安，自与宇文泰督军东行，令李弼、达奚武为前驱，直达穀城。

日暮下寨，李弼登高遥望，遥见群鸟向西北飞来，便道：“天色已晚，鸟应归栖，今尚西翔，必有贼军前来，不可不防!”遂偕达奚武移屯孝水，遣人哨探，并令军士取薪为备。约过片刻，果有探马入报，敌军来了！弼即命部众曳薪扬尘，鼓噪前进，敌骑不过千人，未测弼军多寡，当即返奔。弼麾军追上，斫毙敌将一人，一将逃免，余众尽得俘获，解送恒农。看官道敌将为谁？一将叫作莫多娄贷文已经被杀，一将就是可朱浑元，竟得逃脱。叙笔矫变。原来侯景闻西魏军至，拟整兵待着，偏莫多娄贷文不受景命，邀同可朱浑元，率千骑来袭西魏军，刚被李弼侦觉，一场追击，贷文丧命，元得幸还。

李弼待泰同进，共至瀍东，侯景撤围引去。泰率轻骑追至河上，景回马布阵，北据河桥，南倚邙山，与泰对仗。两军交锋，才及数合，景见泰执旗指挥，便拔箭射去，正中泰坐马。马负创惊逸，不可羁勒，泰随马窜去，约经里许，竟为所掀，坠落地上。侯景瞧着，骤马追来，泰身旁并无他人，只有都督李穆紧紧随着。穆见侯景来追，手下约有百余骑，孤身如何抵挡，眉头一皱，计上心来，佯用马鞭扶泰背上，厉声叱道：“笼东军士，笼东系披靡之意。尔主何在？乃尚留此，不急上马，更待何时？”好似曹阿瞒的急智。景听得此言，还疑自己看错，停马不追。穆即以己马授泰，与泰俱走，回入大营，调军再进。

侯景方才回营，总道泰军已去，不致复来，哪知西魏兵如潮涌至，不及列阵，竟被蹂躏。景拨马遁去，部兵四散，独高敖曹自恃勇悍，尚建着麾盖，与泰角战。泰尽锐围攻，杀得敖曹部下七倒八歪。敖曹仗着长槊，突出重围，单骑走投河阳南城。守将高永乐为欢从子，与敖曹有宿嫌，闭门不纳。敖曹潜匿桥下，追骑趋至，见有金带浮出，竞向桥下攒射。敖曹自知不免，始奋首与语道：“来！来！好给汝开国公！”说着，那头颅已被人斫去。强盗结果，应该如此。

高欢得报，如丧肝胆，召责永乐，加杖二百下。追赠敖曹太师，兼大司马太尉。一面督率大军，自往争洛。两下相遇，彼此阵势绵亘，首尾远隔，从旦至未，战至数十百合，氛雾四塞，莫能相知。西魏左右翼独孤信、赵贵等战并不利，又未知君相所在，弄得茫无头绪，弃军奔还。此外各军，当然溃散。宇文泰尚在营中，亦觉保守不住，毁去营寨，奉主西归，留仪同三司长孙子彦守金墉城。西魏将军王思政尚与东魏军猛斗，举稍横击，一举辄踣敌数人。既而陷入敌阵，左右尽死，思政亦受创晕仆。他平时出战，尝着破衣敝甲，敌人疑是末弁，由他倒地，不暇枭首，还有他将蔡祐，率亲兵数十人，下马步

斗，齐声大呼，击毙东魏兵甚多。东魏兵四面绕集，围至数十重，祐弯弓持满，盘旋四射，发无不中，敌不敢近。突有壮士数名，身穿厚甲，手执长刀，跃马径入，去祐骑仅三十步。祐随身只有一矢，左右劝祐速射，祐从容道：“我等性命，在此一矢，怎可虚发！”道言未绝，那来兵相距不远，方把弓弦一扯，飕的一声，正中来兵头目，流血坠下，余人却退。祐乘势突出，徐徐引还，东魏兵不敢追逼，也收军回营。思政部将雷五安失去主将，复至战场寻觅尸首，可巧思政已苏，即割衣裹创，扶他上马，驰还恒农。宇文泰已入恒农城检阅大将，尚少王思政、蔡祐二人，正在着急，见祐引军回来。祐字承先，泰即呼道：“承先得还，我无忧了！”再问及战斗情形，祐毫不言功。最难得者在此，可为孟之反第二。经部下替祐述明，泰益惊叹道：“承先有功不伐，真算是难得了！”未几思政亦到，见他创痕累

累，黯然泣下。笼络将士。因授思政为东道行台，留镇恒农，自奉宝炬还长安。不料长安变乱，留守周惠连偕太子钦出奔渭北，关中大扰。这变乱的原因，是由留守兵少，前所虏东魏士卒，拥戴故将赵青雀，伺隙据城。又有雍州刁民于伏德等，亦劫咸阳太守慕容思庆，同时作乱。西魏主宝炬留驻阌乡，由宇文泰入关讨贼。泰因士马疲敝，不愿速进，且谓青雀等乌合，不足为患，散骑常侍陆通进谏道："蜂虿有毒，不宜轻视！今军虽疲乏，精锐尚多，加以明公声威，麾军压贼，立可荡平；若养痈贻患，转非良策。"泰即依议，整军西入，父老见泰回师，且悲且喜，士女亦交相庆贺。华州刺史宇文导，系泰从子，继王罴后任，起兵袭咸阳，斩思庆，擒伏德，渡渭会泰，同攻青雀。青雀败死，泰遣使至阌乡报捷，迎驾入长安。泰出屯华州。东魏丞相高欢进攻金墉，长孙子彦毁去城中室庐，开门潜遁，欢入城巡视，遍地已成瓦砾，索性将城砦毁去，但使洛州刺史王元轨镇辖，自返晋阳。

是年冬季，西魏复遣将军是云宝掩入洛阳，王元轨弃城东走，广州亦为西魏将赵刚所陷，襄、广以西，复为西魏有。

是时柔然复强，头兵可汗阿那瓌雄踞朔方。见前文。起初尚向魏称臣，及魏已分裂，遂把臣字削去，通使东西，居中取利，先向东魏求婚，东魏许将宗女兰陵公主嫁与为妻。柔然遂帮助东魏，侵扰西魏，宇文泰方有事东方，不遑北顾，也只好设法羁縻，饵以女色。无非晦气几个宗女。乃使中书舍人库狄峙北赴柔然，与议和亲，头兵可汗有弟塔寒，未曾婚娶，因向西魏求妇，西魏封舍人元翌女为化政公主，遣嫁了去。

但东西两魏，虽都用着美人计笼络柔然，究竟东魏宗女配与可汗，西魏宗女不过一个可汗的弟妇，两边权势，相形见绌。宇文泰特劝主子宝炬，纳头兵女为妃，再向柔然议婚，偏头兵可汗定欲纳女为后，方肯如约。泰不得已为废后计，请宝炬割爱从权。以女易女，却还值得，只难为了乙弗后。看官，试想宝炬已纳乙弗氏为后，生男育女，已有数人，就是太子钦亦乙弗后所出。后父瑗曾为兖州刺史，母为淮阳长公主，乃是孝文帝第四女，本来是阀阅名媛。更兼容德兼全，仁而且俭，此次顾全大局，不得不游居别宫，后且自愿为尼，削发参禅。乃令扶风王元孚至柔然迎女。

柔然送女南来，有车七百乘，马万匹，橐驼千头。行次黑盐池，遇着卤簿仪仗，来迎新后。孚请柔然女正位南面，柔然女答道："我未见汝主，尚是柔然女儿，汝国以南面为尊，我国却尚东面，各守国俗便了。"于是西魏仪仗尽皆南向，柔然营幕仍然东向。及迎入长安，即行册后礼。后号郁久闾氏，年

才十四，容貌端严，颇饶才识，只有一种大病，便是一个妒字。她因废后乙弗氏尚在都中，常有违言。西魏主宝炬取悦新后，特遣次子戊为秦州刺史，奉母乙弗氏赴镇。母子入宫辞行，与宝炬相见，并皆泣下。宝炬本无芥蒂，为势所迫，勉强出此，此时触起旧情，也泪下不止。且密嘱乙弗氏在外蓄发，再图后会。乙弗氏母子乃拜辞而去。小子有诗叹道：

废后原来事不经，况兼妇德足仪型；
如何迎入侏儒女，诀别妻孥泣帝庭！

光阴易过，倏忽经年，那柔然竟来犯边。究竟为着何因，待小子下回再表。

沙苑之役，为东西魏第一次大战。高欢发兵二十万，渡河而西，当时已目无关中，几视黑獭如囊中物，卒之渭曲交兵，遭人暗算，曹操之败于赤壁，苻坚之败于淝水，高欢之败于沙苑，皆恃众不整，出以轻心故耳。厥后河东、河南，没入西魏，莫多娄贷文以轻战而死，高敖曹以轻敌而亡，轻躁者之不可行军，固如此哉！洛阳再战，宇文失利，一则因屡败而惧；一则因屡胜而骄，甚矣用兵之不可不慎也。若夫两国相争，结邻为助，而柔然适得博渔人之利，智如黑獭，且劝宝炬废旧迎新，纳侏儒之女，逐上国之母，毋乃悖甚！况女德无极，妇怨无终，和亲岂果足恃耶！识者于此，当亦以轻率讥之矣。

第五十六回　战邙山宇文泰败溃
幸佛寺梁主衍舍身

却说西魏立柔然女郁久闾氏为后，是大统四年间事。越年废后乙弗氏，随子戊出居秦州。又越年二月，柔然入犯，举国南来，直抵夏州。西魏主宝炬免不得遣使诘问，究为何事兴兵？柔然主头兵可汗谓一国不能有二后，西魏故后尚存，将来仍拟复封，我女总要被黜，所以兴师问罪云云。看官，试想柔然远居塞外，如何晓得魏宫中情事？这无非是郁久闾氏闻知乙弗氏临别，由西魏主嘱她蓄发，所以暗中怀妒，通报柔然，叫他兴兵内逼，好把故后除去，免贻后患。西魏主宝炬接得去使还报，踌躇了好多时，便叹息道："岂有百万番兵，为一女子大举？但朕若不肯割爱，自招寇患，亦有何面目自见诸将帅呢！"外人要你杀妻，你便将爱妻杀却，若叫你自杀，你将奈何？乃遣中常侍曹宠赍手敕赴秦州，令乙弗氏自尽。乙弗氏洒泪，泣语曹宠道："愿至尊享千万岁，天下康宁。我死无恨！"说着，召次子武都王戊至前，嘱他后事。且令传语皇太子，善事阿父，勿念生母，语多凄怆，惨不忍闻。左右皆垂涕失声，莫能仰视。时乙弗氏已蓄发鬑鬑，因复召僧供佛，再向佛像前落发，始入室服毒，引被自覆而殁，年三十一。

当下凿麦积崖为龛，殓棺告窆，柩将入穴，有二丛云先入龛中。一灭一出，人皆诧为异事，后来号为寂陵。曹宠还都复命，西魏主又遣人报告柔然，头兵可汗乃引兵退去。

是年郁久闾氏怀妊将产，居瑶华殿，辄闻狗吠声，心甚不安。继而临盆坐蓐，胞久不下，医巫相继召集，或为诊治，或为祈祷，郁久闾氏惟双睁凤目，满口谵言，忽言有盛饰妇人入室，忽言妇人立在床边，用物击我，医巫皆无所见，都吓得毛骨森竖，齿牙皆震。好容易产下一儿，那郁久闾氏已两目一翻，呜呼哀哉，年只十六。当时宫禁内外，统说是故后为祟，因致产亡。容或有之。西魏主宝炬命将遗骸安葬少陵原，不消细述。 559.

东魏接连改元，始因南兖州获得巨象，称为祯祥。及改年元象，越年册立高欢次女为皇后，营立新宫，复改元兴和。禁民间立寺，改停年格，命百官就麟趾阁议定新制，号为麟趾格，颁敕施行。命侯景为吏部尚书，兼尚书仆射，出任河南大行台，随机防御。

适北豫州刺史高仲密阴谋外叛。高欢遣将奚寿兴代掌军事，仲密竟执住寿兴，通款西魏，以虎牢为贽仪。原来仲密为高敖曹次兄，见前。本来是忠事东魏，官拜御史中尉，遇事敢言，颇有直声。嗣因与妻室反目，将妻休弃，遂致与妻舅崔暹有嫌。所选御史均被暹排去，免不得怏怏失望，怨及朝廷。暹为高澄心腹，与澄同在邺中，见五十四回。澄为大丞相世子，姊入为后，又娶东魏主妹冯翊公主为妻，真是元勋贵戚，权焰熏天。崔暹倚作党援，当然是指挥如意，他妹被仲密休弃后，即由澄出为媒介，别嫁显宦，格外备仪。仲密亦娶一继妻李氏，美艳工文，澄借贺喜为名，亲往审视，果然是丰姿绰约，比众不同。嗣是暗地垂涎，伺仲密外出时，竟驰至高宅，挑诱李氏。李氏拒绝不从，澄竟用出强暴手段，硬胁李氏入室，为强奸计。当由高氏家人飞报仲密，仲密踉跄归家，澄乃自去。李氏衣裳破裂，泣告仲密，仲密怀恨益深，遂乞请外调，出为北豫州刺史，挈眷赴镇，潜通西魏。可巧高欢激变，索性明目张胆，背东归西。仲密无故弃妻，惹出许多祸祟，这也自贻伊戚，不能尽咎他人。

高欢闻仲密叛去，事出崔暹，即召暹赴晋阳，将加死罪。如何不知子恶？暹忙向高澄乞怜，澄匿暹府中，浼人说欢，一再请免，欢乃宥暹不问。嗣闻西魏授仲密为侍中司徒，并由宇文泰督率诸军，来收虎牢，且进围河桥南城，欢因发兵十万，亲至河北，御宇文泰。泰退军瀍上，令军士驾舟，纵火上流，欲毁河桥。东魏将斛律金使行台郎中张亮用小艇百余艘，阻截敌船，用链横河，系以长锁，钉住两岸，敌人不得近桥，桥始获全。欢渡河据邙山，依险立营，数日不进。泰在瀍曲留住辎重，乘夜袭欢，侦骑驰报欢营，欢笑道："贼距我四十里，蓐夜前来，必患饥渴，我正好以逸待劳呢。"乃整阵待着。候至黎明，泰军果然驰到。欢将彭乐不俟泰军列阵，便率数千精骑，冲将过去。泰军见欢有备，已是惊惶，更遇着骁勇善战的彭乐，执着一杆长刀，左右乱劈，但见头颅滚滚，飞掷空中，不由地旁观股栗，纷纷逃回。泰亦只好退走。

欢军见彭乐得胜，统上前力追，杀死泰军无数。彭乐且一马当先，追至瀍上，踹入泰营，泰弃营再遁。西魏侍中大都督临洮王元柬、蜀郡王元荣宗、江夏王元升、巨鹿王元阐、谯郡王元亮、詹事赵善等，仓猝不及遁逃，俱被掳去。泰正策马西奔，忽背后有人大呼道："黑獭休走！"泰急返顾，见一敌将威风凛凛，杀气腾腾，禁不住一身冷汗，勉强按定了神，徐声与语道："汝非大将彭乐么？从泰口中呼出彭乐，笔势好不平。一个伟男子，可惜太呆，试想今日无我，明日岂尚有汝么？何不急速还营，收取金宝！"彭乐闻言，也觉有理，遂停住不赶，泰得脱去。

乐还入泰营，得泰金带一囊，携去归营。诸将各收军还报，载归甲仗，不可胜计。欢升帐记功，已有人报乐纵泰。及乐入帐复命，且行且呼道："黑獭漏刃遁去，但已是破胆了！"欢不禁怒起，勃然离座道："汝敢来欺我吗？"乐本已心虚，慌忙伏地，欢亲捽乐头，三举三下，拔出佩剑，置诸乐颈，责他私纵黑獭，并前日沙苑一役轻战致败的罪状。乐嗫嚅道："愿
乞五千骑士，再为王擒取黑獭！"欢益怒叱道："汝纵他使去，尚说好擒取么？"说至此，又取剑欲斫，将下未下，共计三次。诸将已窥透欢意，均上前乞情，黑压压的跪满座下。欢乃还座，令左右取绢三千匹，压乐背上，乐兀自负住，不闻气喘。欢又道："有力不忠，也是徒然！今日饶汝，汝应自知前愆，效力赎罪！"乐连声遵令，欢因命将绢卸下，仍赐与乐，不没前驱的功劳。好权术。乐拜谢而退。

越日复与宇文泰交战，泰自将中军，领军若干惠若干系复姓。为右军，两路夹击欢军，欢军败绩，所有步卒悉为泰军所擒。欢落荒东走，随员只有七人，后面追兵大至，都督尉兴庆奋然道："王速去！兴庆腰佩百箭，尚足杀敌百人。"欢乃留兴庆拒战，纵辔急奔，兴庆独截追兵，矢尽而死。

泰料欢东奔不远，更召健卒三千人，令执短兵，用贺拔胜为统将，再往追欢。胜与欢本来相识，执槊当先，竟得追及。欢见胜到来，驱马急奔，胜率十三骑力赶，驰至数里，槊已及欢马尾，便大呼道："贺六浑！今日在贺拔破胡手中，誓必杀汝。"胜字破胡，故自称表字。欢吓得胆落，坠落马下。胜正挺槊刺欢，不防坐马一蹶，也将胜掀落尘埃。原来东魏将军段韶正来救欢，见欢命在须臾，忙弯弓射胜，正中胜马；因此胜亦仆地。及胜跃起，韶已驰至，扶欢上马，向东逸去。胜易马再追，复有东魏河州刺史刘洪徽引兵拦阻，连射二矢，毙胜从骑二人。胜知不能得欢，便即长叹道："今日不执弓矢，岂非天意！"泰遇彭乐，欢遇贺拔胜，终得脱免，不可谓非天意。乃引骑西还。

惟东魏骑兵尚能再战，将军耿令贵整众复出，突入敌阵，锋刃乱下，杀伤相继。西魏将士不防有此回马兵，多半懈怠，怎禁得令贵冲入，似虎似狼，霎时间旗靡辙乱。西魏将赵贵等禁遏不住，也俱回窜。宇文泰亲自出拒，交战数合，那东魏兵陆续攒集，气势甚锐，弄得泰亦无法拦阻，没奈何策马返奔。东魏兵鼓勇追蹑，幸亏西魏将独孤信、于谨等收集散卒，从后绕出，大呼杀贼，追兵也徬徨惊顾，倒退下去，西魏各军才得保全。若干惠且建旗鸣角，徐徐引还。

泰走入关中，屯兵渭上，欢进至陕城。泰使达奚武拒守，东魏行台郎中封子绘白欢道："混一东西，正在今日。昔魏太祖平汉中，不乘胜取巴蜀，失在迟疑，后悔无及。愿大王不以为疑！"欢点首称善，集诸将会议进止。诸将多说野无青草，人马疲瘦，不可远追。欢乃收军东归，但令侯景等收复虎牢。

时高仲密亦随泰入关，家属尚在虎牢城内。留偏将魏光居守。宇文泰遣谍赍书，送给魏光，令他固守待援。中途为侯景所获，搜得书札，改易数字，叫他速去。乃复将书发还，纵谍入城。光见书即夤夜遁走。景麾军入城，捕得仲密妻子，解送邺都。高澄得报，不禁喜出望外，忙盛服出城，往迎仲密后妻赵氏。待了半日，方见心上人儿被军士押至，花容惨澹，云鬓蓬松，越觉可怜可爱，当即令军士释缚，载以良马，导入都中私第，召集婢媪，替赵氏沐浴梳妆。到了黄昏，饮过交杯酒，搂入合欢床，绝处逢生的赵美人，身不由主，只得任他所为。从此仲密妻变作高澄妾，又另是一番天地了。千古艰难惟一死，伤心岂独息夫人！

高欢因高乾有义勋，高敖曹死王事，家属皆免连坐。尚有仲密幼弟季式，曾行晋州事，镇守永安，至是先诣晋阳请罪，欢亦相待如初。惟高澄借父威势，得升任大将军，领中书监，移门下机事，总归中书，文武赏罚，皆由澄主张。想是肉战的功劳。侍中孙腾自恃为高澄父执，不肯敬澄。澄叱左右牵腾至阶，筑以刀环，使立门下。定州刺史库狄干为澄姑夫，自定州入谒，立门下三日，始得相见。尚书令司马子如、太师咸阳王坦为澄心腹崔暹所劾，说他贪黩无厌，并削官爵。高欢反与邺中诸贵书略言儿年寖长，公等不宜撄锋，即如咸阳王司马令两人，皆我故交，同时获罪，我尚不得相救，他人更不必论了。纵容儿子，一至于此。自是公卿以下，无不惮澄。澄又授崔暹为御史中尉，宋游道为尚书左丞。二人俱系高澄鹰犬，所有弹章，无不照行，或黜或死，几难胜数。澄威权几过乃父，东魏主善见，简直是个木偶，毫无能力，徒拥虚名罢了。为北齐篡位张本。

西魏丞相宇文泰自邙山败后，方惮东略，并且太师贺拔胜悔恨致疾，又复去世，国中失一大将，愈觉灰心。胜弟岳早被杀关中，见五十二回。兄允留官洛阳，为高欢所忌，闭置一室，竟致饿死。胜诸子亦多为欢所杀。胜既悔失欢，又痛覆家，因此不得永年。临死时，自写遗书致宇文泰，书中略云：“胜万里杖策，归身阙廷，每望与公扫除捕寇，不幸殒毙，微志不伸，死若有知，尚当魂飞贼庭，借报恩遇”等语。泰览书流涕，表请赠胜为太宰，录尚书事，予谥“贞献”。贺拔氏三弟兄从此皆亡，后来贺拔岳子纬纳宇文泰女为妻，受封霍国公，得承宗祀，事且慢表。前段了过高仲密兄弟，此段了过贺拔胜兄弟，两人关系较大，故特表明始末。

且说梁主衍中大通七年，复改元大同，江南无事，坐享承平。虽与北方屡有交涉，但北魏正东分西裂，无暇顾及江淮，且东魏与梁修和，边境安宁，更觉得囊弓戢矢，四静烽烟。梁主衍政躬多暇，竟欲皈依佛教，为参禅计。特在都下筑一同泰寺，供设莲座，宝相巍峨，殿宇弘敞，他即亲幸寺中，设四部无遮大会，居然披服缁衣，趺坐蒲圃，扮做一个老和尚，自号三宝奴，叫做舍身为僧。尤可笑的是公卿以下，醵钱一亿，纳入寺中，替梁主赎身还宫。这种法制，好似从平康里中采来。既而又舍身同泰寺，仍然戴毘卢帽，穿黄袈裟，亲升法座，为四部众讲涅槃经，说得天花乱坠，有条有理。其实统是佛学皮毛，未得大乘真谛。就使识得真谛，亦与治道无关。讲毕以后，拟在寺中居住，不复还宫，再经群臣出钱奉赎，表请返驾。第一、二表还不肯从，三表乃许。做出甚么鬼态！

南印度僧菩提达摩得悉梁朝重佛，从海路航至广州。梁主闻有高僧到来，亟命地方有司护送入都，召见内殿，赐他旁坐，且婉问道：“朕欲多造佛寺，写经度僧，可有功德否？”达摩答道：“没有甚么功德，参禅不在形迹，须由静生智，由智生明，从空寂中体会出来，方有功德可言！”梁主复道：“朕在华林园中，总集许多经典，高僧前来，可能为朕逐日讲解，指误觉迷否？”达摩微笑道：“佛学在心不在口，一落言诠，仍非上乘，所以明心见性，自能成佛，不在区区经论呢。”确有至理。梁主被他两番驳斥，反弄得哑口无言。达摩便起身告辞，梁主亦不挽留，由他自去。他乃渡江北行，至嵩山少林寺中，面壁十年，方才入寂，是为中国禅宗第一祖。弟子慧可承受衣钵，这却是佛学真传。

那梁主衍但尊俗僧慧约为师，亲自受戒，并令太子王公以下，亦皆师事慧约，受戒至五万人。究竟佛学弘旨，无一了解，徒然开口谈经，闭口坐禅，有何益处？况且梁主是身为天子，一日万几，怎得无端佞佛，反将政事搁起？为这一误，遂使朝纲废弛，宵小弄权。贤相周舍、徐勉等又相继逝世。侍中朱异、尚书令何敬容，表里用事。敬容还有些朴实，异才足济奸，辩能惑主，任官三十年，广纳贿赂，蒙蔽宫廷，所有园宅玩好，饮膳声色，均极华备。性又甚吝，不肯施舍，厨下珍羞腐烂，每月尝弃十余车。梁主衍却非常宠眷，言听计从，于是赏罚无章，隐生乱祸。并因梁主好佛，上行下效，士大夫争向空谈，不习武事。

丹阳处士陶弘景少年好学，有志养生，齐高帝萧道成尝召为诸王侍读，虽应命入都，仍然谢绝交游，不愿与闻朝事，旋即上表辞禄，归隐茅山。梁主衍早与相识，即位后通问不绝，大事必谈，且劝令出山。弘景颇为献替，惟终不就征，当时号为山中宰相。梁主每得复书，辄焚香虔受，遥申敬礼。太子纲未为储贰时，曾出督南徐州，想望风采，延弘景至后堂，谈论数日，才许辞去。弘景年八十，得辟穀导引诸术，尚有壮容，又越五年乃殁。弥留时尚口占一诗道：“夷甫即晋王衍，任散诞，平叔善论空，平叔即晋何晏字。岂悟昭阳殿，遂作单于宫！”时人谓弘景此诗，明明是讥讽时事，且为侯景乱梁的预谶。可惜梁廷不悟，卒致大乱，梁主衍闻弘景丧讣，特赠中散大夫，谥曰“贞白先生”。前述达摩，此述陶弘景，畸人高士，亦必阐扬，是作者本意。

大同八年，安城郡民刘敬躬妖言惑众，逐去郡吏萧说，据郡造反。攻庐陵，陷豫章，党徒多至数万，进逼新淦、柴桑。是由梁廷佞佛，感召出来。梁主第七子湘东王绎，方出为江州刺史，亟遣中兵参军曹子郢、府司马王僧辩，引兵往讨。南方久弛兵革，甲士窳惰，幸僧辩颇有智计，刘敬躬众皆乌合，因此一鼓荡平。

交州刺史武林侯萧谘，梁主从侄。苛暴失民心，郡民李贲纠众为乱。谘不能御，由梁廷派遣高州刺史孙冏、新州刺史卢子雄，会师往援。适值春瘴方起，众皆溃归，谘诬奏冏与子雄，

通贼逗留，并皆赐死。子雄弟子略为兄复仇，举兵攻谘，谘奔广州。高要太守陈霸先召集精甲三千，克日出讨，大破子略，子略走死。霸先因功进直阁将军。梁廷召谘还都，改任杨瞟为交州刺史，霸先署府司马，进征李贲。贲方自称越帝，创置百官，屯兵苏历江口，阻遏官军。瞟推霸先为先锋，直逼苏历江，拔去城栅，所向摧陷。贲走嘉宁城，转奔典撤湖，俱被霸先攻入。再窜入屈獠洞中，由霸先谕令缚送，屈獠斩贲以献，传首建康，交州乃平。嗣是霸先威名，震耀南方。

霸先系吴兴人，字兴国，小字法生，自云为汉太邱长陈实后裔，少有大志，不事生产，及长乃涉猎史籍，好读兵书，身长七尺五寸，日角龙颜，垂手过膝。梁主闻他状貌过人，特令图形以进，并因更造建功，除拜西江督护，兼高要太守，都督七郡军事。陈霸先、王僧辩俱为后来重要人物，惟霸先后为陈祖，故叙述处详

略不同。小子有诗叹道：

盛衰倚伏本无常，佞佛容奸即兆亡；
乱世偃文只尚武，但能平贼便称强。

欲知后事如何，且看下回再叙。

沙苑败而高欢不复西行，邙山败而宇文泰不复东出，分据之势，自是遂定。要之欢、泰两人，智力相埒，故忽胜忽败，变幻靡常。惟欢性好色，纵子淫暴，邙山之战，实自高澄酿成之。其得战胜宇文，实出一时之侥幸，或者由宇文助叛，名义未正，故有此挫失，俾高氏得以幸胜耳。梁主衍安据江南，不乘两魏相争之际，修明政治，渐图混一，乃迷信释教，舍身佛寺，一任朱异擅权，紊乱朝纪，何其愦愦乃尔！夫梁主衍手造邦家，未始非一英武主，其所由误入歧途，攻乎异端者，得毋鉴沈约之死，获罪齐和，自省亦未免多疚，乃欲借佛教以图忏悔耶！然而愚甚！然而谬甚！

第五十七回　责贺琛梁廷草敕
防侯景高氏留言

却说梁主信佛，太子纲独信道教，尝在玄圃中讲论老庄。学士吴孜每入圃听讲，尚书令何敬容道："昔西晋丧乱，祸源在祖尚玄虚，今东宫复蹈此辙，恐江南亦将致寇了。"这语颇为太子所闻，很滋不悦。后来敬容妾弟费慧明充导仓丞，夜盗官米，为禁司所执，交领军府惩办。敬容贻书领军将军，代为乞免。领军将军河东王萧誉为太子纲犹子，见五十二回。当然与太子叙谈，太子即嘱令封书奏闻，梁主大怒，立将何敬容除名。敬容既去，朱异权势益专，更得引用私人，搅乱朝政。散骑常侍贺琛不忍缄默，因上书论事，略云：

窃闻慈父不爱无益之子，明君不畜无益之臣，臣荷拔擢之恩，曾不能效一职，献一言，此所以当食废飧，中宵叹息也。今特谨陈时事，具列于后，倘蒙听览，试加省鉴，如不允合，乞亮赣愚。

其一事曰：今北边稽服，戈甲解息，正是生聚教训之时，而天下户口减落，关外弥甚。郡不堪州之控总，县不堪郡之裒削，更相呼扰，莫得治其政术，惟以应赴征敛为事。小民辗转流离，或依于大姓，或聚于屯封，盖不获已而窜亡，非乐之也。国家于关外，赋税盖微，乃至年常租课，动致逋积，而民失安居，宁非牧守之过欤？东境户口空虚，皆由使命烦数，驽困邑宰，则拱手听其渔猎，桀黠长吏，又因之而为贪残，虽年降复业之诏，屡下蠲赋之恩，而民终不得反其居也。

其二事曰：天下宰守，所以皆尚贪残，罕有廉白者，实由风俗侈靡使然。夫食方丈于前，所甘一味，今之燕喜，相竞夸豪，积果如山岳，列肴同绮绣，露台之产，不周一燕之资，加以歌姬盛畜，僻女盈庭，竞尚奢淫，不问品制，凡为吏牧民者，竞事剥削，虽致资巨亿，而罢归以 569.
后，不支数年。率皆尽于燕饮之物，歌讴之具。所费等于邱山，为欢止在俄顷，乃更追恨向所取之少，今所费之多，如复傅翼，增其搏噬，一何悖哉！其余淫侈，日见滋甚，欲使人守廉隅，吏尚清白，安可得耶！今宜严为禁制，导之以节俭，贬黜雕饰，纠奏浮华，使众皆知变其耳目，改其好恶。盖论至治者必以淳素为先，正雕流之弊，莫有过于俭朴者也。

其三事曰：圣躬荷负苍生以为任，弘济四海以为心，不惮胼胝之劳，不辞癯瘦之苦，岂止日昃忘饥，夜分废寝。至于百司，莫不奏事，上息责下之嫌，下无逼上之咎，斯实道迈百王，事绝千载。但斗筲之人，藻棁之子，既得伏奏帷扆，便欲诡竞求进，不论国之大体，但务吹毛求疵，运挈瓶之智，侥分外之求，以深刻为能，以绳逐为务，迹虽似于奉公，事更成其威福，长弊增奸，实由于此。所愿责其公平之效，黜其邪慝之心，则上安下谧，无侥幸之患矣！

其四事曰：曩昔征伐北境，帑藏空虚，今天下无事，而犹日不暇给者，何也？去国弊则省其事而息其费，事省则民养，费息则财聚。止五年之中，尚能无事，必能使国丰民阜，若积以岁月，成效愈巨，斯乃范蠡灭吴之术，管仲霸齐之由。今应内省职掌，各简所部，或十省其五，成三除其一，至国容戎备，在昔应多，在今宜少，凡四方屯传邸治，或旧有，或无益，有所宜除除之，有所宜减减之，兴造有非急者，征求有可缓者，皆宜停省，以蓄财而息民，蓄其财者，正所以大用之也，息其民者，正所以大役之也。若扰其民而欲求生聚，耗其财而徒务赋敛，则奸诈盗窃，日出不已，何以语富强，图远大乎？伏思自普通以来，二十余年，刑役荐起，民力雕流，今魏氏和亲，疆埸无警，不于此时大息四民，使之殷阜，减省国费，使之储峙，一旦异境有虞，关河可扫，则国弊而民疲，事至方图，恐无及矣！臣心所谓危，罔知忌讳，谨昧死上闻！

梁主衍览书，不禁大怒，立召侍臣至前，口授敕书，令他照录，大旨是诘责贺琛，令他据实指陈，不得徒托空言。第一事谓牧守贪残，应指出某官某吏，以便黜逐。第二事谓风俗侈靡，不便一一严禁，自增苛扰。朕常思本身作则，绝房室三十余年，不饮酒，不好音，雕饰各物，从未入宫。宗庙牲牢，久未宰杀，朝廷会同，只备蔬菜，且未尝奏乐。朕三更即起理事，每至日昃，日常一食，昔腰十围，今裁二尺，勤俭如许，不得谓非淳素。舍本逐末，无益于事。第三事谓百司干进，谁为诡竞？谁为吹毛求疵？谁为深刻绳逐？若不令奏事，专委一人，与秦二世宠信赵高，汉元后付托王莽，亦复何异？第四事谓省事息费，究竟何事宜省？何事宜息？国容戎备，如何减省？屯传邸治，如何裁并？何处兴造非急，何处征求可缓？宜条具以闻，不得空作漫语，徒沽直名。这道敕文，颁给贺琛，琛不禁畏缩，未敢复奏，但申表谢过罢了。原来是银样镴枪头。

大同十二年三月，梁主衍又幸同泰寺，讲三慧经，差不多过了一月，方才罢讲。再设法会，大赦天下，改元中大同。是夜同泰寺竟肇火灾，毁去浮图，梁主叹道："这便佛经上叫作魔劫呢！"浮图成灾，并非魔劫，似你这般佞佛，却是要堕入魔劫了！遂令重造浮图十二层，格外崇闳，需工甚巨，经年未成。梁主衍年逾八十，虽精神尚可支持，终究是老态龙钟，不胜繁颐。再加平时览诵佛经，时思修寂，尤觉得耄期倦勤，厌闻政治。

是时储嗣虽定，诸子未免不平，因为梁主不立嫡孙，但立庶子，大家资格相等，没一个不觊觎神器，猜忌东宫。邵陵王纶，系梁主第六子，性最浮躁，喜怒无常，车服尝僭拟乘舆，游行无度。梁主屡戒不悛，曾将他锢置狱中，免官削爵，已而仍复旧封，命为扬州刺史，纵肆如故。遣人就市购物，不给价值，商民怨声载道，甚至罢市。府丞何智通具状上闻，纶竟遣人刺杀智通。梁主乃将纶召回，锁禁第舍，免为庶人。过了数月，又赐复封爵，何溺爱乃尔！授丹阳尹。纶恃宠生骄，妄思夺储，太子纲当然嫉视，请出纶为南徐州刺史，有诏依议。还有梁主第五子庐陵王续，出镇荆州，第七子湘东王绎，出镇江州，第八子武陵王纪，出镇益州，皆权侔人主，威福自专。惟次子豫章王综，已死北朝，四子南康王绩、长孙豫章王欢，俱已去世，免为东宫敌手。但太子纲终不自安，常挑选精卒，为自卫计。

梁主衍未察暗潮，反因舍嫡立庶的情由，未免内愧，所以待遇昭明太子诸男，不亚诸子。河东王誉得为湘州刺史，岳阳王詧，亦授雍州刺史。詧见梁主年老，朝多秕政，也不免隐蓄雄心，预先戒备。自思襄阳形胜，为梁业开基地，正好作为根据，遂聚财下士，招募健卒数千人，环列帐下。一面究心政事，拊循士民，辖境称治。未几庐陵王续，病殁任所，调江东王绎继任。绎喜得要地，入閤欢跃，靴履为穿。

梁主怎知诸子用意，总道是孝子贤孙，不复加忧，整日里念佛诵经，蹉跎岁月。中大同二年，又复舍身同泰寺，群臣出金奉赎，如前二次故例。满望佛光普照，天子万年，哪知祸为福倚，福为祸伏，平白地得了河南，收降了一个东魏叛臣，遂闹得翻天覆地，大好江南，要变做铜驼荆棘了。直呼下文。

且说东魏大丞相高欢，自邙山战后，按兵不动，休养了两三年。东魏主善见复改元武定。嗣闻柔然与西魏连兵，将来犯境，乃亟令高欢为备。欢仍执前策，决与柔然续行修好，遣行台郎中杜弼为使，北诣柔然，申议和亲，愿为世子澄求婚。澄已有妻有妾，还要求什么婚！头兵可汗道："高王若须自娶，愿将爱女遣嫁。"还要悖谬。杜弼归报高欢，欢年已五十，自思死多活少，不堪再偶柔然公主，因此犹豫未决。何必犹豫，将来替汝效劳，大有人在。事为娄妃所闻，遂白欢道："为国家计，不妨从权，王无庸多疑！"欢半晌才道："我娶番女，岂不要委屈贤妃？"娄妃道："国事为大，家事为轻，枉尺直寻，何惜一妾！"欢一笑而罢。已而世子澄与太傅尉景俱劝欢迎纳柔然公主，欢乃使慕容俨为纳采使，迎女南来。

欢出迎下馆，但见柔然仆从，无论男女，统皆控骑而至，就是这位新嫁娘，亦坐下一匹红鬃马，身服行装，腰佩弓矢，落落大方，毫无羞涩态度。最后随着一位番官，也是雄赳赳的少年，与新嫁娘面庞相似。欢又惊又喜，问明慕容俨，乃知送亲的随员便是女弟秃突佳。当下彼此接见，问讯已毕，始引还晋阳城。欢妾大尔朱氏等，也出城相迎，一拥而归。柔然公主素善骑射，在途见鹍鸟飞翔，便在佩囊中取出弓矢，一发即中，鹍随箭落。大尔朱氏亦不禁技痒，由从人手中取过了弓箭，亦斜射飞鸟，应弦而落。既有此技，何不前时射死高欢，为主复仇！欢大喜道："我得此二妇，并能击贼，岂非快事！"说着，便纵辔入城。

到了府舍，与柔然公主行结婚礼，娄妃果避出正室，令柔然公主安居。欢感激异常，寻至别室，得见娄妃，不由地五体投地，向妻拜谢。娄妃慌忙答礼，且笑且语道："男儿膝下有千金，奈何向妾下跪！况番国公主有所察觉，反觉不美，王尽管自去，与新人作交颈欢，不必多来顾妾了！"欢乃起身去讫。是夕老夫少妻，共效于飞，不必絮述，惟大尔朱氏器量褊窄，未及娄妃的大度，她情愿出家为尼。欢特为建筑佛寺，俾她静修。

秃突佳传述父命，谓待见外孙，然后返国，因此留居晋阳。看官！试想这高欢年经半百，精力渐衰，况他是好酒渔色，宠妾盈庭，平时已耗尽脂膏，怎能枯杨生稊，一索得男！柔然公主望儿心急，每夕嬲欢不休，累得欢形容憔悴，疾病缠身。有时入宿射堂，暂期休养，偏秃突佳硬来逼迫，定要欢去陪伴乃姊，欢稍稍推诿，秃突佳即发恶言。可怜欢无从摆脱，没奈何往就公主，力疾从事，峨眉伐性，实觉难支。欢乃想出一法，只说要出攻西魏，督军经行。肉战不如兵战。

先是西魏并州刺史王思政居守恒农，兼镇玉壁，嗣受调为荆州刺史，举韦孝宽为代。孝宽莅任后，闻高欢率军西来，即至玉璧扼守。欢至玉璧城下，昼夜围攻，孝宽随机抵御，无懈可乘。城中无水，仰给汾河，欢堵住水道，并就城南筑起土山，拟乘高扒城。城上有二楼，孝宽缚木相接，高出土山，居上临下，使不得逞。欢愤语守兵道："虽尔缚楼至天，我自有法取尔。"因凿地为十道，穿入城中。孝宽四面掘堑，令战士屯守堑上，见有地道穿入，便塞柴投火，用皮排吹，地道变成火窟，掘地诸人，悉数焦烂。欢又改用攻车撞城，孝宽缝布为幔，悬空遮护，车不能坏。欢命兵士各执竹竿，上缚松麻，灌油加火，一面焚布，一面烧楼，孝宽用长钩钩竿，钩上有刃，得割松麻，竿仍无用。欢再穿地为二十道，中施梁柱，纵火延烧，柱折城崩。孝宽积木以待，见有崩陷，立即竖栅，欢军仍不得入。城外攻具已穷，城内守备却还有余。孝宽更夜出奇兵，夺据土山。

欢知不能拔，乃使参军祖珽，呼孝宽道："君独守孤城，终难瓦全，不如早降为是！"孝宽厉声答道："我城池严固，兵多粮足，足支数年，且孝宽是关西男子，怎肯自作降将军！"珽复语守卒道："韦城主受彼荣禄，或当与城存亡，汝等军民，何苦随死？"守卒俱摇首不答。珽复射入赏格，谓能斩城主出降，拜太尉，封郡公，赏帛万匹。孝宽手题书背，返射城外，谓能斩高欢，准此赏格。欢苦攻至五十日，始终不能得手，士卒战死病死，约计七万人，共为一冢。大众多垂头丧气，欢亦旧病复作，入夜有大星坠欢营中，营兵大哗，乃解围引还。欢悉众攻一孤城，终不能下，所谓强弩之末，势不能穿鲁缟。

当时远近讹传，谓欢已被孝宽射死。西魏又申行敕令道："劲弩一发，凶身自殒。"欢也有所闻，勉坐厅上，引见诸贵。大司马斛律金为敕勒部人，欢使作敕勒歌，歌云："敕勒川，阴山下，天似穹庐，笼罩四野。天苍苍，夜茫茫，风吹草低见牛羊。"斛律金为首倡，欢依声作和，语带呜咽，甚至泪下。死机已兆。自此病益沉重，好容易延过残冬，次年为武定五年，元旦日蚀，欢已不能起床，慨然叹道："日蚀恐应在我身，我死亦无恨了！"日蚀乃天道之常，干卿甚事！遂命次子高洋往镇邺郡，召世子澄返晋阳。

澄入问父疾，欢嘱他后事，澄独以河南为忧。欢说道："汝非忧侯景叛乱么？"澄应声称是。欢又道："我已早为汝算定了，景在河南十四年，飞扬跋扈，只我尚能驾驭，汝等原不能制景，我死后，且秘不发丧，库狄干、斛律金，性皆遒直，终不负汝。可朱浑元、刘丰生远来投我，当无异心。韩轨少戆，不宜苛求。彭乐轻躁，应加防护。将来能敌侯景，只有慕容绍宗一人，我未尝授彼大官，特留以待汝，汝宜厚加殊礼，委彼经略，侯景虽狡，想亦无能为了。"说至此，喉中有痰壅起，喘不成声，好一歇始觉稍平，乃复嘱澄道："段孝先即段韶字。忠亮仁厚，智勇兼全，如有军旅大事，尽可与他商议，当不致误。"是夕遂殁，年五十二。

澄遵遗命，不发丧讣，但诡为欢书，召景诣晋阳。景右足偏短，骑射非长，独多谋算，诸将如高敖曹、彭乐等，皆为景所轻视。尝向欢陈请，愿得兵三万，横行天下，要须济江缚取萧衍老公，令作太平寺主，欢因使景统兵十万，专制河南。景又尝藐视高澄，私语司马子如道："高王尚在，我未敢有异心，若高王已没，却不愿与鲜卑小儿共事。”子如忙用手掩住景口，令勿多言。景复与欢约，谓自己握兵在外，须防诈谋，此后赐书，请加微点，欢从景言，书中必加点以作暗号。高澄却未知此约，作书召景，并不加点，景遂辞不就征。且密遣人至晋阳，侦欢病状。

旋接密报，晋阳事尽归高澄主持，料知欢必不起，乃决意叛去，通书西魏，愿举河南降附。西魏授景为太傅，领河南大行台，封上谷公。景遂诱执豫州刺史高元成，襄州刺史李密、广州刺史暴显等，潜遣兵士二百人，夜袭西兖州，被刺史邢子才探悉，一律掩获，因移檄东方诸州，各令严防。高澄即派司空韩轨督兵讨景。

景恐关、陕一路为轨所断，不如南向投梁，较无阻碍，乃遣郎中丁和奉表至梁。内言臣景与高澄有隙，愿举函谷以东，

瑕邱以西，如豫、广、颍、荆、襄、兖、南兖、济、东豫、洛阳、北荆、北扬等十三州内附，所有青、徐数州，但须折简，即可使服。齐、宋一平，徐事燕、赵，混一天下，便在此举云云。忽降西魏，忽附南朝，景之狡猾已可想见。

梁主衍接阅景表，因召群臣廷议，尚书仆射谢举进谏道：“近来与东魏通和，边境无事，若纳彼叛臣，臣窃以为未可！”梁主怫然道：“机会难得，怎得胶柱鼓瑟？”群臣多赞成举议，请勿纳景。独有一人鼓掌道：“天与不取，反受其咎；况陛下吉梦征祥，臣曾料是混一的预兆，今言果验，奈何勿纳！”梁主亦欣然道：“诚如卿言，朕所以拟纳侯景呢。”小子有诗叹道：

竖牛入梦叔孙亡，故事曾从经传详；

尽说春秋成答问，如何迷幻自招殃！梁武曾作《春秋答问》，见《梁书本纪》。

究竟梁主曾梦何事，与梁主详梦及劝纳侯景，又为何人？俟小子下回再详。

贺琛上书言事，胪陈四则，未尝无理。梁主衍护短矜长，颁敕诘责，昏髦情形，已可概见。然读其敕文，犹令琛指实具陈，琛少振即馁，仍作寒蝉，主不明，则臣不能伸其直，于琛何尤焉！惟梁主信佛过甚，教子无方，琛上书时，亦未闻提及，舍本逐末，皮相虚谈，绳以国家大体，琛固未足知此也。高欢年已五十，尚娶蠕蠕公主，老犹渔色，不死何为？玉壁之围，五旬不下，虽由韦孝宽之善守，亦由高欢之精神不济，未能振作军心。将帅疲敝，而望士卒之振奋，不可得也。及归死晋阳，犹能智料侯景，以慕容绍宗为嘱，工心计于生前，贻智谋于身后，此其所以为乱世之雄也欤！

第五十八回　悍高澄殴禁东魏主
智慕容计擒萧渊明

却说梁主衍太清元年正月，曾得一梦，梦见中原牧守，并举地来降，盈庭称庆，醒寤后尚觉得意。诘旦召入中书舍人朱异，详述梦境，且语异道："我平生少梦，若有梦必验。"异便即献谀道："这便是宇内混一的预兆哩。"至是侯景来归，群臣皆主张拒绝，就中有一人反对，援梦相证，请即纳景，便是曲意迎合的朱舍人。是梁朝祸魁。

梁主听了异言，即优待来使丁和，令居客馆俟命。越宿复召异入语道："我国家固若金瓯，无一伤缺，今忽受景地，倘自致纷纭，悔将无及！"异答道："圣明御宇，南北归仰，今侯景来降，为北方的先导，若一见拒，反绝人望，愿陛下勿再疑！"仍是揣摩迎合。梁主乃授景为大将军，封河南王，都督河南北诸军事。令丁和赍敕还报，续遣司州刺史羊鸦仁、兖州刺史桓和、仁州刺史湛海珍等，发兵三万，同趋悬瓠，接应侯景。

平西将军谘议周弘正素善占候，数年前即语人道："国家将有兵变。”及闻朝廷纳景，不禁长吁道：“乱阶在此了！”

东魏高澄已派韩轨督兵讨景，复恐诸州有变，自出巡抚，乘便入邺都谒主。东魏主善见特赐盛宴，澄酒酣起舞，欢跃异常，好似乃父未死时情状。及宴毕出宫，闻韩轨调兵未齐，不能遽发，因另遣将军元柱等率兵数万，往袭侯景。哪知景已有备，设伏待柱。柱等遇伏中计，大败而还。景因梁军未至，亦退保颍川。

既而韩轨督军趋集，围颍川城，景见他兵势甚盛，阴有畏心，再遣使至西魏求救，愿割东荆、北兖、鲁阳、长社四城为赂。西魏尚书仆射于谨道：“景奸诈难测，不必遣兵。”荆州刺史王思政谓不若乘机进取，乃率荆州兵万余人，出鲁阳关，向阳翟进发。宇文泰时镇华州，承制加景大将军，兼尚书令，遣太尉李弼、仪同三司赵贵率兵万人，援颍川。韩轨闻西魏军至，引兵还邺。

景又因通款西魏，恐被梁主诘责，特遣参军柳昕，上表朝廷，只说是王师未至，不得不乞援西魏，暂救目前。一面欲诱执李弼、赵贵，讨好梁廷。赵贵正虑景有诈，不愿见景，且闻东魏退兵，乐得与弼引归。惟王思政带兵入颍川，景畏他兵盛，不敢生谋，惟托词略地，出屯悬瓠，向西魏乞师。宇文泰再调同轨戍将韦法保等往助侯景，且令召景入朝。景待遇法保，佯表谦恭，法保长史裴宽，密白法保道：“景外示隆礼，内实藏奸，宽料他必不入关，公能设伏杀景，最为上策，否则当时时防备，愿勿信他诳诱，自贻后悔！”法保遂不敢信景，亦不敢图景，竟辞别还镇。王思政亦料景多诈，分布诸军，据景州镇。景乃决意归梁，致书报宇文泰道：“我耻与高澄雁行，怎能比肩大弟！”泰乃召还前后所遣各军，示与景绝，且将授景各职，移给王思政。思政固辞，经泰再四敦谕，但受都督河南军事职衔。

梁司州刺史羊鸦仁得引兵入悬瓠城，梁主命改悬瓠为豫州，寿春为南豫州，合肥为司州，即授鸦仁为司、豫二州刺史，镇守悬瓠。西阳太守羊思达为殷州刺史，镇守项城。

已而梁廷下诏，大举伐东魏，拟选鄱阳王萧范为元帅。范即恢子，系梁主侄。朱异忌范英武，忙入阻道：“鄱阳王雄豪盖世，颇得人死力，但所至残暴。恐未足吊民。”梁主踌躇良久，乃答说道：“会理何如？”异对道：“陛下得人了！”适贞阳侯萧渊明亦上表请行，乃遣渊明、会理两人分督诸将，陆续北赴。渊明系梁主兄懿子，本无将略，会理为梁主孙，即南康王绩子，袭封王爵，庸懦骄倨，在途常不礼渊明。渊明致书朱异，请调还会理，异乃申请召还。梁主溺爱儿孙，故不察智愚，一味乱用。时当盛夏，天气酷暑，军士不便就道，只好徐徐进行，所以沿途逗留，缓期出境。盛暑行军，并非赴急，这也是违悖天道。

东魏高澄自邺下还晋阳，方为父欢发丧。东魏主举哀东堂，追赠欢为相国，进爵齐王，备九锡殊礼，谥曰“献武”。且亲临送葬，命高澄为大丞相，都督中外诸军，录尚书事，袭爵勃海王，澄表辞大丞相职衔，有诏依议。澄弟洋为京畿大都督，仍至邺都辅政。柔然世子秃突佳尚在晋阳，因高欢已殁，始欲还国。澄因柔然公主适在盛年，不愿令她守寡，意欲替父效劳。好在柔然国俗，子妻后母，数见不鲜，他即援以为例，与秃突佳面商。秃突佳转告乃姊，乃姊入偶高欢虽已逾年，历时不过数月，正在懊恨得很，蓦闻此信，倒也忧喜兼并。况澄年才逾冠，又生得仪表雄伟，弓马精通，与公主是一对佳偶，移花接木，乐得随缘，便即应允下去。秃突佳转告高澄，澄喜如所愿，便即趋入正室，与公主略迹表情，两下里同会巫山，男贪女爱，不问可知。后来产了一女，毋庸细表。这也可谓之世袭。惟秃突佳急欲北还，由澄厚赠贶仪，出城饯别，自回柔然去了。了过秃突佳，并了过蠕蠕公主。

那东魏主善见，多力善射，又好文学，时人谓有孝文风烈。高欢在日，尚敬事善见，事无大小，必先上闻，可否听命。有时入朝侍宴，亦必俯伏上寿，或随主行香，执炉步从，鞠躬屏气，承望颜色。所以群下奉主，莫敢不恭。及澄既当国，与乃父大不相同，尝使黄门侍郎崔季舒伺察深宫动静。善见未免不平，一经季舒报告，澄顿时怒起，立驰入邺，愤愤上朝。善见看他满面怒容，料知他怀恨在胸，只好盛筵相待。澄斟着大觞，强主饮尽，善见辞不能饮，澄勃然道："臣澄劝陛下酒，陛下如何却臣？"善见忍耐不住，拂袖起座道："从古无不亡的国家，朕连饮酒都不能自主，何用求生？"澄亦怒叱道：
"朕、朕！狗脚朕！"随呼季舒道："可殴他三拳！"亏他说出。季舒恃澄威势，竟举拳相餉，连击三下，澄乃趋出。

越日复遣季舒入谢，善见亦只好优容，反赐季舒绢百匹。真是买打。及季舒退后，随口咏谢灵运诗道："韩亡子房奋，秦帝鲁连耻，本自江海人，忠义动君子！"侍讲荀济闻诗知意，乃与祠部郎中元瑾、华山王大器、淮南王宣洪、济北王徽等，谋诛高澄。诈称在宫中作土山，隐开地道，通至北城千秋门，达澄寓所，拟募勇士从地道刺澄。计亦太愚。

偏门吏日夕巡逻，听得地下有发掘声，忙向澄报闻。澄使人掘视，下面有地道通入宫中，越气得神色咆哮。当下勒兵入宫，见了主子善见，竟不行礼，昂然就座，怒目视主道："陛下何意欲反？"善见听了，也觉无名火高起三丈，骤声答道：

“从古只闻臣反君，未闻君反臣，王自欲反，奈何责我！”澄又道：“臣父子功存社稷，何负陛下！陛下想亦不欲害臣，或系左右嫔妃等从中谗构，所以致此。”善见复答道：“我不害王，王亦必害我，我身且不能顾，何惜妃嫔，必欲弑逆，迟速惟王！”口齿亦健。澄觉得语言太重，乃下座叩头，号泣谢罪。善见不得已扶他起坐，亦勉强慰谕，更设席与宴。澄借酒浇闷，饮至酣醉，夜久始出。

越日使人追究地道情事，知由荀济等所为，乃捕济等付有司。济少居江东，博学能文，与梁主衍为布衣旧交，梁主篡齐，济心不服，常语人道：“我若得志，当就盾鼻上磨墨草檄。”梁主闻言，很觉不平。嗣后上书规谏，以信佛筑寺为戒，词多激切。梁主怒不可遏，便欲斩济。舍人朱异令济逃生，济因奔往东魏。高欢颇加爱重，但虑他锋芒太露，不加大任。及高澄入邺辅政，欲用济为侍讲，欢叹道：“我欲全济，故不用济。”澄固请乃许。至此谋泄被捕，侍中杨遵彦问济道：“荀侍讲年力已衰，何苦乃尔！”济答辩道：“正因年纪衰颓，功名不立，所以上挟天子，下诛权臣！”澄颇追忆父言，欲宥济死，特亲加审讯道：“荀公，汝何为造反？”济抗声道：“奉诏诛高澄，怎得谓反！”澄当然加怒，立命就烹。有司见济老病，用鹿车载至东市，纵火焚死，余如华山王大器以下，一并被焚，遂将东魏主善见软禁含章堂，派心腹人临守，限制出入。谘议温子升方为高欢作碑文，澄疑他与济通谋，俟碑文告成，即牵往晋阳，饿毙狱中，弃尸道旁，籍没家口。澄也自归晋阳。

适值彭城急报，杂沓前来，略言梁军来攻，请速发援兵，澄乃遣大都督高岳，往救彭城。拟令金门郡公潘乐为副，行台丞陈元康道：“乐才不如慕容绍宗，况系先王遗命，何不遵行！”

澄因命绍宗为东南道行台，与乐偕行。侯景在悬瓠治兵，方拟进攻谯城，闻绍宗督军南来，叩鞍有惧色，且皇然道："谁教鲜卑儿，使绍宗来？难道高王尚未死么？"死高欢能料生侯景。遂遣人至萧渊明军，请勿轻视绍宗，如或得胜，逐北切勿过二里。

渊明在途数月，始抵彭城，梁廷复遣侍中羊侃，赍敕示渊明，令就泗水筑堰，截流灌城，俟得城后，再进军与侯景相应。渊明乃驻军寒山，距彭城约十八里，令羊侃监工筑堰，两旬告成。侃劝渊明乘水进攻，渊明正在狐疑，适接侯景来书，心下更忐忑不定。俄有探骑来报，慕容绍宗已率众十万，至橐驼岘，来援彭城了。羊侃在旁进言道："敌军远来，不免劳乏，请急击勿失！"渊明不答。翌晨又劝渊明出战，仍然不从。侃知渊明必败，索性自率一军，出屯堰上。

又越日，绍宗率众进逼，自引前驱万人，攻梁左营。营将为潼州刺史郭凤，急忙抵御，矢如雨集，渊明正饮酒过醉，卧不能起，帐下叠报左营受敌，尚是鼾睡无闻。糊涂虫。好容易把他唤醒，他才发出军令，叫诸将出救郭凤，诸将皆不敢发，独北兖州刺史胡贵孙鼓勇出营，往扑东魏军，劲气直达，所向无前，斩首二百级。绍宗见来军轻悍，麾众使退。当有探卒报知渊明。渊明闻贵孙得胜，顿时胆大起来，便上马督军，驰往战场。望将过去，果然东魏军弃甲曳兵，向北乱窜，一时情急徼功，竟把侯景书中要语撇诸脑后，并力追赶。约追了三五里，不意后面有敌兵杀到，冲散梁军，前面又由绍宗麾兵杀转，首尾夹攻。梁军本无斗志，不过乘兴前来，蓦见前后皆敌，统吓得东逃西窜，抱头狂奔。渊明亦叫苦不迭，策马乱撞，被东魏兵围裹拢来，你牵我扯，把他硬拖下马，活擒了去。胡贵孙也杀得力疲，身中数创，也被擒住，他将被虏，不可胜计，丧失士卒数万名。惟羊侃结阵徐退，不失一人。看官不必细问，便可知渊明各军是陷入绍宗的诱敌计了！找足一笔。

梁主衍方昼寝殿中，由宦官张僧胤入报，谓朱异有急事启闻。梁主慌忙起床，出殿见异，异才说出寒山失律四字，惊得梁主身子发晃，几乎堕落座下。老头儿禁不起吓了。僧胤急从旁扶住，方叹息道："我莫非再为晋家么？"异亦嘿然而退。已而复闻潼州失守，郭凤遁归，嗣见风声鹤唳，触处生惊，忽又传到东魏檄文。略云：

皇家垂统，光配彼天，惟彼吴越，独阻声教，元首怀止戈之心，上宰薄兵车之命，遂解絷南冠，谕以好睦，虽嘉谋长算，爰自我始，罢战息民，彼获甚利。侯景竖子，自生猜贰，远托关陇，凭依奸伪，逆主定君臣之分，伪相结兄弟之亲，岂曰无恩，终成难养。俄而易虑，亲寻干戈，衅暴恶盈，侧首无托，以金陵逋逃之薮，江南流寓之地，甘辞卑礼，委贽图存，诡言浮说，抑可知矣。

而伪朝大小，幸灾忘义，主荒于上，臣蔽于下，连结奸恶，断绝邻好，征兵保境，纵盗侵国。盖物无定方，事无定势，或乘利而受害，或因得而更失，是以吴侵齐境，遂得勾践之师，赵纳韩地，终有长平之役。矧乃鞭挞疲民，侵轶徐部，筑垒壅川，舍舟徼利，是以援枹秉麾之将，拔巨投石之士，含怒作色，如赴私仇。彼连营拥众，依山傍水，举螳螂之斧，被蛣蜣之甲，当穷辙以待轮，坐积薪而候燎。及锋刃暂交，埃尘且接，已亡戟弃戈，土崩瓦解。掬指舟中，衿甲鼓下，同宗异姓，缧绁相望，曲直既殊，强弱不等。获一人而失一国，见黄雀而忘深阱，智者所不为，仁者所不向，诚既往之难逮，犹将来之可追。侯景以鄙俚之夫，遭风云之会，位班三事，邑启万家，揣身量分，久当止足；而周章向背，离披不已，夫岂徒然，意亦可见。彼乃授之以利器，诲之以慢藏，使其势得容奸，时堪乘便。今见南风不竞，天亡有征，老贼奸谋，将复作矣。然御坚强者难为功，摧枯朽者易为力，窃计江南军帅，虽非孙吴猛将，燕赵精兵，犹是久涉行阵，曾习军旅，岂同剽轻之师，不比危脆之众，拒此则作气不足，攻彼则为势有余。若及此不图，以恶为善，终恐尾大于身，踵粗于股，屈强不掉，狠戾难驯。呼之则反速而衅小，不征则叛迟而祸大。会应遥望廷尉，不育为臣，自据淮南，亦欲称帝，但恐楚国亡猿，祸延林木。城门失火，殃及池鱼，横使江淮士子，荆扬人物，死亡矢石之下，夭折雾露之中。彼梁主操行无闻，轻险有素，射雀论功，荡舟称力，年既老矣，耄又及之，政散民流，礼崩乐坏，加以用舍乖方，废立失所，矫情动俗，饰智惊愚，毒螫满怀，妄敦戒素，躁竞盈胸，谬治清净，灾异降于上，怨讟兴于下，人人厌苦，家家思乱。履霜有渐，坚冰且至，传险躁之风俗，任轻薄之子孙，朋党路开，兵权在外，必将祸生骨肉，衅起腹心，强弩冲城，长戈指阙。徒探雀鷇，无救府藏之虚，空请熊蹯，讵延晷刻之命？外崩中溃，今实其时，鹬蚌相持，我乘其敝。

方使精骑追风，精甲辉日，四七并列，百万为群，以转石之形，为破竹之势，当使钟山渡江，青盖入洛，荆棘

> 生于建业之宫，麋鹿游于姑苏之馆。但恐革车之所辚轹，剑骑之所蹂践，杞梓于焉倾折，竹箭以此摧残。若吴之王孙，蜀之公子，归款军门，委命下吏，当即授客卿之秩，特加骠骑之号。凡百君子，勉求多福，檄到如约，决不食言！

这篇檄文，系是东魏军司杜弼手笔，后来梁室祸败，多如弼言。怎奈梁主不悟，反因渊明被擒，愈欲倚重侯景。景遣行台左丞王伟驰赴建康，奏称东魏主为高澄所幽，元氏子弟多避难南朝，请择立一人为主，镇抚河北云云。梁主令太子舍人元贞为咸阳王，拨兵护送，使还北方。贞系魏咸阳王元禧孙，梁降王元树子，树被东魏擒戮，贞留梁为太子舍人，至是由梁主诏敕，许他渡江即位，称为魏主。

586. 那东魏将慕容绍宗已乘胜进攻侯景，景退保涡阳。绍宗长驱而进，与景交锋，景令部众被短甲，执短刀，驰入绍宗阵内，但斫人胫马足，不少仰视，东魏军纷纷倒地，连绍宗坐下的马足也被砍断，把绍宗掀落马下。亏得绍宗身材伶俐，急忙跳起，方得易马返奔。东魏仪同三司刘丰生也受伤遁去。显州刺史张遵业为景所擒。

绍宗等奔回谯城，裨将斛律光、张恃显等因绍宗失律至败，互生讥议。绍宗道：“我曾经百战，未见如侯景狡悍，汝等不服，尽可再试；看汝胜负何如！”光与恃显，乃引军再攻侯景，到了涡水，被侯景一阵乱射，恃显落马被擒，光狼狈走还。绍宗微哂道：“今果如何！怎得咎我！”光惶恐谢罪。

越日恃显由侯景纵还，再约与绍宗决战。绍宗下令各军，不准妄动，深沟固垒，为持久计。这一着却是抵制侯景的上计。小子有诗叹道：

善战何如用善谋，凭城固垒且深沟；
跛奴纵有兼人技，末着终还逊一筹。

侯景与绍宗相持数月，粮食将尽，不能再持，绍宗乃下令出兵，突击侯景。欲知战时情状，待至下回表明。

语有之：其父行劫，其子必且杀人。高欢逐君为逆，改立少主，而每事上闻，恪恭将事者，岂果真心出此，毋乃由缘饰虚文，掩人耳目欤？及其子高澄当国，敢殴君主，且从而幽禁之，彼直视主上如犬马，而尚有下座叩头，号泣谢罪之伪态，狡黠如父，而凶悍过于父，是非所谓父行劫，子且杀人耶！高欢能防景于身后，而梁主衍不能察景于生前。杜弼谓年既老矣，髦又及之，正不啻一梁主写照。且误用从子渊明，自覆全军，昏耄之征，一至于此，无怪其终困死台城也。

第五十九回　纵叛贼朱异误国
　　　　　　却强寇羊侃守城

却说慕容绍宗固守谯城，自冬经春，未尝出战。是年为梁太清二年，东魏武定六年。侯景求战不得，攻城又不克，营中粮食将尽，正在愁烦。忽报城中发出铁骑五千，由绍宗亲自督领，前来攻营。景急上马出寨，见敌骑甚是踊跃，士饱马腾，勇气百倍，不由地畏忌起来。旁顾部众亦俱带惧容，他即想了一计，出言诳众道："汝等家属，已为高澄所杀，若要报仇，全仗此战。"部众不禁切齿，向敌大呼道："可恨高澄！歼我父母妻孥，我等当与汝拚命！"慕容绍宗听得此言，急从马上立着，遥应景军道："汝等休信跛奴诳言，现在汝等家属，并皆完好，若去逆归顺，官勋如旧！"景众尚未肯信，绍宗免冠散发，向北斗设誓。于是景众信为真情，一声呐喊，哄然散去。景将暴显等统挈领部曲，奔降绍宗。侯景自知不佳，忙招众退还，偏众情已经北向，多半掉头不顾，那绍宗又麾骑杀来。此时穷极无法，惟有向南逃走。好容易渡过涡水，手下已经散尽，只剩得心腹数人，自硖石渡淮。散卒稍集，得步骑八百人，昼夜兼行，闻后面尚有追兵，乃遣人走语绍宗道："景欲就擒，公尚有何用？"绍宗乃收军不追。这是绍宗误处，然若景得受擒，梁亦何致遽乱？景奔至寿春，监南豫州事韦黯闭城不纳。景遣寿阳人徐思玉入城说黯，黯乃开门迎景。景入据寿春，上表告败，自求贬削。梁廷闻景败耗，未知确实消息，或云景与将士尽没，上下皆以为忧。时何敬容起为太子詹事，入侍东宫，太子纲语敬容道："侯景生死未卜，近有人传说，谓景已得免。"敬容道："量若遂死，还是朝廷幸福。"太子惊问原因，敬容道："景反复叛臣，终当乱国。"太子尚将信将疑，嗣由梁主接得景表，喜景未死，即命景为南豫州牧，本官如故。光禄大夫萧介上书切谏道：

窃闻侯景以涡阳败绩，只马归命，陛下不悔前祸，复敕容纳。臣闻凶人之性不移，天下之恶一也。昔吕布杀丁原以事董卓，终诛董而为贼，刘牢反王恭以归晋，还背晋以构妖。何者？狼子野心，终无驯狎之性，养虎之喻，必见饥噬之祸。侯景以凶狡之才，荷高欢卵翼之遇，位忝右司，任居方伯，然而高欢坟土未干，即遭反噬，逆力不逮，乃复逃死关西，宇文不容，故复投身于我陛下。

前者所以不逆细流，正欲比属国降胡以讨匈奴，冀获一战之效耳。属国汉官名，疑指汉班超事。今既亡师失地，直是境上之匹夫。陛下爱匹夫而弃与国，臣窃不取也！若国家犹待其更鸣之晨，岁暮之效，臣窃思侯景必非岁暮之臣，弃乡国如脱屣，背君亲如遗芥，岂知远慕圣德，为江淮之纯臣乎？事迹显然，无可致惑。臣老朽疾侵，不应干预朝政；但楚囊将死，有城郢之忠，卫鱼临亡，亦有尸谏之道。臣恭为宗室遗老，不敢不言，惟陛下垂察！

梁主阅书，恰也叹为忠言，但终不能用。那豫州刺史羊鸦仁闻景军败溃，弃悬瓠城，走还义阳，殷州刺史羊思迁亦弃项城走还，河南诸州又尽入东魏。梁主衍怒责鸦仁等，鸦仁乃启申后期，屯军淮上。何不责景？

东魏大将军高澄既复河西，乃遣书梁廷，复求通好，一面优待萧渊明，和颜与语道："先王与梁主和好，已十余年，今一朝失信，致此纷扰，料非梁主本心，当是侯景煽动所致。卿可遣人启闻。若梁主不忘旧好，我岂敢违先王遗意？所有俘虏诸人，并即遣归；就是侯景家属，亦当同遣。"言甘必苦。渊明大喜，立遣从人奉启梁廷，备述澄言。梁主衍前得澄书，尚不欲

许和，及得渊明奏启，即召群臣商议。朱异首先开口道："静寇息民，不若许和。"又是他来迎合。御史中丞张绾等亦随声附和。独司农卿傅岐道："高澄方得胜仗，何必求和？这无非是反间计，欲令侯景自疑，景意不安，必图祸乱，他好从中取利呢！"数语喝破。偏朱异等固请宜和，梁主亦厌用兵，乃赐渊明书，令来使夏侯僧辩赍还。

僧辩还过寿阳，为侯景所遮留，索书启视，内云高大将军既待汝不薄，当别遣行人，重修睦谊云云。景不免懊怅，虽然遣去僧辩，心下很是不欢，遂上梁主书道："高澄忌贾在狄，恶会在秦，春秋晋灵公时，贾季奔狄，士会奔秦，晋人患之。求盟请和，欲除彼患，若臣死有益，万殒无辞，惟恐千载，有秽良史。"又致书朱异，并赂金三百两，托他挽回。异将金收纳，所有景上梁主书，却阻使不通。好一个贪利法门。

梁主遣使赴晋阳，吊高欢丧，并与澄申议和约。侯景乂上书道："臣与高氏衅隙已深，仰凭威灵，期雪仇耻，今陛下复与高氏连和，使臣何地自处？乞申后战，宣扬皇威。"梁主复谕道："朕与公大义已定，岂有忽纳忽弃的道理？今高氏有使求和，朕亦更思偃武，所以暂与修好，公但宁静自居，不劳多虑。"景更申请战期，梁主仍把前言敷衍，叫他不必渎陈。景乃诈为邺中书，求以贞阳侯易景。梁主不知真伪，即欲答允，司农卿傅岐已升任中书舍人，朱异兼官中领军，两人入朝计事。傅岐道："侯景因穷来归，既已收纳，不必再弃；况景系百战余生，难道肯束手受缚么？"异独抗声道："景战败势蹙，但教一使传诏，便好就絷了。"谚谓得人钱财，替人消灾，异贪而且凶，令人发指！梁主竟用异言，复书有贞阳旦至，侯景夕返二语。景得复报，出书示左右道："我原知吴老公是薄心肠呢。"

从前侯景归梁，曾由行台左丞王伟献议，此次伟复进言道："今坐听亦死，举大事亦死，惟王裁察！"景始为反计，编寿春居民为兵，百姓子女，悉令配给将士，且屡向梁廷需索，并因妻孥陷没东魏，求与王、谢二家结婚。梁主复答道："王、谢门高，不便择配，可就朱、张以下，访求佳偶。"景闻言生恨道："会当使吴儿女配奴。"又表求锦万匹，为军人制袍，异但给以青布，景益愤愤。梁廷又遣建康令谢挺，散骑常侍徐陵，往聘东魏。景得知消息，反谋益甚。

咸阳王元贞见景有异志，累请还朝。景与语道："河北事虽不能成，江南在我掌握，何不忍耐一二年？"贞闻言益惧，逃回建康，据实上闻。梁主但命贞为始兴内史，并不问景。

时临贺王萧正德，履历见前文。得任左卫将军，贪暴日甚，阴聚死士，潜谋不轨。正德前曾奔魏，与侯景有一面交，且与徐思玉素有交谊。景令思玉为司马，使他往见正德，赍笺以进，略言天子年尊，奸臣乱国，大王位当储贰，中被废黜，海内俱代为不平。景虽不敏，实思自效，愿王允副苍生，鉴景诚款云云。正德大喜，立写复书，令思玉带还。景启书审视，内云朝廷事如公所言，仆亦存心多日，志与公同。今仆为内应，公作外援，何事不济？事贵从速，幸勿缓图！癞虾蟆想吃天鹅肉了。景遂部署兵马，指日发难。

鄱阳王萧范，即恢子，系梁主侄。方为合州刺史，居守合肥，已知景谋，密遣人报达梁廷。梁主也觉动疑，偏朱异谓景众皆散，必无反理。还要误人。梁主乃报范道："景孤危寄命，譬如婴儿仰人乳哺，何能为反？汝且勿忧。"范又上书道："不早翦扑，祸及君臣，朝廷若不欲发兵，臣范愿自率部众，往讨侯景。"梁主仍然不许，朱异且语范使道："鄱阳王太属多心，难道不

许朝廷容纳一客么？"范得去使返报，大为愤闷。再请黜异讨景，均被异阻住，匿不上闻。

既而羊鸦仁执送景使，谓景邀臣同反，所以执使献阙，请朝廷从速预防。异反嚣然道："景手下只数百人，有何能为？"竟将景使释还。景益无忌惮，遂举兵叛梁，也公然移檄四方，但言中领军朱异、少府卿徐驎、太子右卫率陆验、制局监周石珍，蟠踞宫廷，荧惑主聪，所以兴师入朝，志清君侧云云。原来驎、验、石珍，并奸佞骄贪，为世所嫉，号为三蠹，故景托词除奸，耸动众听。当下出攻马头，执住戍将曹璆等。警报飞达梁廷，梁主反拈须笑道："景何能为？我一折箠，便足笞景了！"谈何容易！遂命合州刺史鄱阳王范为南道都督，北徐州刺史封山侯萧正表为北道都督，司州刺史柳仲礼为西道都督，散骑常侍裴之高为东道都督，特简侍中邵陵王纶为统帅，持节督

军，会讨侯景。另悬赏格，谓斩景立功，得封三千户公，除授州刺史。

景闻台军已发，更向王伟问计，伟答道：“邵陵若至，彼众我寡，必为所闲，不如决志东向，直掩建康，临贺内应，大王外攻，天下可立定了！兵贵神速，请即进兵！”景乃留外弟王显贵守寿阳，佯称游猎，径袭谯州。助防董绍开城出降，刺史萧泰竟为所获。泰系范弟，贪虐百姓，所以人无斗志，遇寇即降。转攻历阳，太守庄铁复举城降景，劝景速趋建康。景即命铁为前导。引兵临江，江上镇戍，连番报警。尚书羊侃，入朝献策，请急发二千人往据采石，截住贼景。一面遣邵陵王袭取寿阳，使景进退无路，方可就擒。却是要着。朱异又出阻道：“景必不渡江，何必发兵！”朱异昏愦，梁主何亦如此糊涂！侃出叹道：“这遭要败事了！”梁主再授临贺王正德为平北将军，都督京师诸军事，出屯丹阳郡。正德遣大船数十艘，诈称载荻，实是装运粮械，接济侯景。景大喜道：“我得济事了！”遂从横江渡采石，部下不过八千人，马止数百匹，分兵袭入姑熟，直趋慈湖。

梁廷闻侯景渡江，统惊惶得了不得，太子纲戎服入觐，禀受方略。梁主支吾道：“这是汝事，何必更问！今将内外军一概付汝，汝可便宜行事！”大事已去，乃一概推与儿子，真变作萧娘了。太子乃出留中书省，指挥军事，命扬州刺史宣城王大器，系太子纲子。都督城内诸军事，尚书羊侃为副，分派各将士守城，敛集各寺库公藏钱，聚置德阳堂，充作军需。何奈人情惶骇，莫肯应募，再加临贺王正德叛情，自梁主以下，无一察悉，反令他屯守朱雀门。这朱雀门是建康要户，乃使叛党把守，还有甚么好处？

侯景到了板桥，尚未知都城虚实，特派徐思玉入都，求见梁主。梁主当即召见，思玉入朝俯伏，诈称背景，请间白事。梁主命左右退去，舍人高善宝在旁，大声叱道："思玉方从贼中来，情伪难测，怎可使他独在殿上？"朱异侍坐道："徐思玉岂是刺客么？"还似做梦。梁主闻善宝言，却也迟疑，善宝令思玉直陈无隐。思玉乃出景奏启，内言异等弄权，臣景愿带甲入朝，肃清君侧。梁主阅毕，递示朱异，异且览且惭，赧然不答。

梁主乃遣中书舍人贺季、主书郭宝亮，随思玉赴景营，宣敕慰抚，景还算北面受敕。季问景道："今日此举，究属何名？"景直答道："无非想作皇帝呢！"直捷得妙。王伟趋进道："朱异等乱政，所以兴师除奸，皇帝一语，尚是戏言：”景复道："萧老公可做皇帝，难道我不配做皇帝么？"说着，即将贺季拘住，

但令宝亮还报。

是时梁主建国已四十七年，境内无事，公卿士大夫罕见甲兵，宿将又俱凋谢，后进少年多在边戍，或随邵陵王军前。全仗羊侃一人指挥军旅，威爱两施，都下还勉强支住。景率众至朱雀桁南，正德已与密通音问。东宫学士庾信，率宫中文武三千余人，立营桁北，拟开桁冲击，借挫贼锋，正德不从。俄而景众大至，信始开桁迎敌，甫出一舶，见景军俱戴铁面，不禁骇退。信方含甘蔗，突有一飞矢射来，拂过信手，将蔗撞落。信亦魂胆飞扬，弃军遁还。正德遂派游军沈子睦开桁渡景，正德率众出迎，至张侯桥相遇。马上交揖，并辔入朱雀门。景望阙下拜，佯作欷歔。先是童谣有云："青丝白马寿阳来。"景欲应谣，特跨白马，用青丝为辔，乘胜犯阙。

都中汹惧异常，羊侃诈称得邵陵王书，揭示大众，谓已与

西昌侯萧渊藻引兵入援，众心少安。惟石头白下石头城俱戍，已皆奔散。景得进围台城，鸣鼓吹角，喧声动地，纵火毁大司马东西华诸门，羊侃亲自督守，使凿门上为窍，喷水灭火。太子纲亦自捧银鞍，赏赐将士，将士始奋，逾城洒水，火才得灭。景又令众执长柄大斧，奋斫东掖门，羊侃又令凿门为孔，用槊戳出，刺死二人，景众乃退。景党宋子仙入据东宫，掠得东宫妓数百人，分给军士。范桃棒入据同泰寺，寺中蓄积被掠一空。景复作木驴数百攻城，城上投下大石，木驴多碎。景更作尖顶木驴，石不能破。侃使作雉尾炬，灌渍膏油，且燃且掷，尖驴又被焚尽。既而景又作登城车，高约十余丈，欲临射城中，侃笑说道："车高堑虚，彼来必倒，但教安坐看他啰!"及敌车推至堑中，果然尽覆。景屡次失败，乃但筑长围，断绝内外。又射入启文：请诛朱异等人。侃亦射出赏格，购募景首。

两下里相持数日，朱异请出兵击贼，梁主召问羊侃，侃答言不可。异一再固请，总是他来作梗。竟使千余人出战，侃子鷟亦执殳从军。景麾众来争，城中兵未及交锋，已先吓退。鷟单骑断后，因被捉去，景令推鷟至城下，招侃出降。侃愤然道："我倾宗报主，犹恨不足，岂顾一子？生杀任便!"景乃将鷟牵归。越数日又复牵来，侃语鷟道："我道汝已早死，哪知汝尚在世么？"说着，即引弓注射。景忙令牵鷟回营，因乃父忠义可风，倒也不敢杀他，留住营中。

太清二年十一月，景奉正德为帝，刑白马为盟，就太极殿前，祭祀蚩尤，正德被服衮冕，在仪贤堂登位，景率众朝谒，齐呼万岁。正德也下伪诏，略言普通以来，奸邪乱政，主上久病，社稷将危，河南王景释位来朝，猥奉朕躬，绍兹宝位，可大赦改元正平，立世子见理为皇太子，授景为丞相，以女妻景。并出私家宝货，悉助军资。

景立营阙前，护卫正德，实是监守。分兵二千人攻东府，三日乃克。杀死守将南浦侯萧推，且诈言梁主已死，令官民改奉新帝正朔。都中得此讹传，也觉疑信参半，太子纲请梁主巡城，梁主亲御大司马门，城上闻警跸声，并鼓噪流涕，于是谣言始息。

南津校尉江子一，当侯景济江时，曾率舟师拒景，舟师皆溃。子一奔还，梁主面责子一，子一拜谢道："臣以身许国，常恐不得死所，今所部皆弃臣遁去，臣只一人，怎能击贼？若贼敢犯阙，臣誓当碎首报君，自赎前罪！"梁主乃赦罪不问。至是与弟左丞子四、东宫主帅子五，领百余人出城，直抵景营。景发兵围攻，子一引槊四刺，杀贼数十人，贼众攒集，斫断子一左肩，乃倒毙地上。子四中槊，洞胸而死。子五伤股驰还，方至堑上，一恸径绝。小子有诗赞道：

舍身报国赎前愆，战死疆埸剧可怜！
兄弟三人同毕命，义碑好把姓名镌。

侯景围都城月余，城中日望外援，忽有临川太守陈昕夜缒入城。究竟为着何事？待至下回再叙。

劝纳侯景者为朱异，激叛侯景者亦朱异，纵容侯景者又为朱异，吾不知朱异何心，必欲覆梁，并不知梁主何心，必欲信异，景之智力，并无大过人处，渡江时众不满万，设用萧范、羊侃之言，俱足制贼。叛王正德，前已奔魏，心术之坏，不问可知，废黜不用，绝景内线，景亦不至遽敢犯阙。乃一误再误，既不逆击叛首，反且委任叛党。梁主固昏耄无知，太子纲亦一庸才耳。古人有言：小人之使为国家，菑害并至，虽有善者，亦无如何。观羊侃之纳谋不用，又复率众守城，随宜却贼，实一梁朝社稷臣，然硕果仅存，内外无继，一善士其如梁何哉！

第六十回　援建康韦粲捐躯
陷台城梁武用计

却说临川太守陈昕，前曾出戍采石，为景所擒，景囚诸帐下，令党徒范桃棒监守。昕诱劝桃棒归梁，使率所部袭杀王伟、宋子仙等，桃棒颇也动心，纵昕出囚，令他缒城入报，愿为外援。梁主大喜，敕镌银券赐桃棒，俟侯景平定，即封桃棒为河南王。独太子纲疑他有诈，不肯轻信。小心过甚，亦觉误事。昕出城还报桃棒，桃棒又使昕入启，请开城纳降。太子纲终以为疑，不肯开门。俄而桃棒事泄，为景所杀。昕尚未知桃棒遇害，仍出城赴侯景营，景把昕拘住，逼令射书城中，诈称桃棒来降，好乘势入城。昕不肯从，反痛詈侯景，也被杀死。不没昕忠。

景乃射书入城，招降罪奴。朱异家有奴仆，缒城降景，景即授他仪同三司，奴乘良马，着锦袍，往来城下，且行且诟道："朱异，朱异，汝做官至四五十年，才得一中领军，我方降侯王，便已仪同三司了。"于是群奴陆续偷出，趋降景营，共计千数。景一一厚抚，配入军伍。奴隶何知忠义？统皆感激私恩，愿为效死。

景初至建康，军令颇严，不许侵扰，及攻城不下，人心渐散，仰食石头常平诸仓，又将告罄，不得已纵兵掠民，无论金帛菽粟，并尽情劫夺。百姓流离荡析，无从得食，甚至升米万钱，多半饿死沟壑。正德太子见理镇守东府，素性贪险，夜与群盗出掠大桁，中矢竟死。

梁荆州刺史湘东王绎移檄湘州刺史河东王誉、雍州刺史岳阳王詧、江州刺史当阳公大心，大器弟、郢州刺史南平王恪，梁主侄，即萧伟子。使发兵勤王，自督兵三万人，由江陵出发，向东进行。就是邵陵王纶，前曾督师出都，行至钟离，闻侯景已渡采石，乃还军入援。渡江遇风，人马溺毙不少。纶率步骑三万，从京口西上，前谯川刺史赵伯超，在纶麾下，因即献议道："若从黄城大路进行，恐与贼遇，不如径指钟山，突据广漠门，出贼不意，围城当可立解了！"纶依伯超言，由黄城进兵，夜行失道，迂回二十余里，诘旦始立营蒋山。景正分兵至江，防遏纶军，不意纶军猝至，也觉惶骇，遂送所掠妇女玉帛，贮石头城，更分兵三路攻纶。纶击破景军，景退至覆舟山北，召集败军，倚山列营。纶进逼玄武湖，与景对垒，相持不战。

到了日暮，景收军徐退。安南侯萧骏，懿孙。疑景怯走，即率壮士追赶，不料景麾众还攻，骏不能敌，败奔纶营。赵伯超见景众杀来，望尘先遁，诸军俱相顾惊溃，纶率余兵千人，奔入天保寺。景纵火烧寺，纶复遁往朱方。时值隆冬，冰雪盈途，士卒四处窜散，多半冻毙。西丰公大春，大器弟。及前司马庄邱慧、军将霍俊，不及逃避，均为所擒，辎重亦被景夺去。

邵陵一路败退。

景将大春等推至城下，胁令给城中守卒，只说邵陵王已死军中。偏霍俊不肯从景，朗声呼道：“邵陵王稍稍失利，已全军还京口，城中但坚守待着，援兵即至。”说至此，景众用刀击俊背，俊辞色益厉。景尚怜他忠义，不忍加害，那伪皇帝萧正德独不肯放松，竟将俊杀死。比强盗更凶。

是日晚间，鄱阳王范遣世子嗣与裴之高及建安太守赵凤举，各将兵入援，驻营蔡洲。封山侯萧正表本受命为北道都督，偏与景暗中勾通，受伪封为南郡王，兼南兖州刺史，正表系正德弟，无怪他与兄同逆。统军万人，立栅欧阳，佯言将入援都城，实是阻截上流援军，一面诱广陵令刘询，使烧城为应。询转告南兖州刺史南康王会理，见五十八回。会理使询领步骑千人，夜袭正表，攻入欧阳营栅。正表败走钟离，询取得正表军粮，返就会理，再行部署，为勤王计。

侯景闻正表败还，恐援军四集，索性大举攻城，就台城东西两面，高筑土山，临城攻扑，城中亦随筑土山，与他相持。会大雨倾盆，城内土山骤崩，景乘隙登城，与守卒城上鏖斗，两边死了多人，景众不退。羊侃忙令兵士争抛火炬，乱烧景众，又在城内筑垒为防，景众乃退。侃因连日忧劳，竟至遘疾，疾且日剧，旋即告终。城中所恃惟侃，侃既谢世，人心益震。幸有材官吴景，素有巧思，善制守具，随宜抵御。右卫将军柳津潜凿地道，出挖城外土山，景未及豫防，土山猝倒，贼众压死甚多。嗣是弃去土山，自焚攻具，另决玄武湖水，灌入台城，阙前皆为洪流，势甚岌岌。

适衡州刺史韦粲募兵五千，兼道赴援。司州刺史柳仲礼亦率步骑万余人至横江，与粲相会。裴之高亦自蔡洲渡江，接应仲礼。粲正推仲礼为大都督，偏之高自命先进，负气不服。粲单舸至之高营，当面谯让道："今两宫危迫，猾寇滔天，惟柳司州久镇边疆，名足骇贼，所以粲等奉为主帅。公为梁臣，应以灭贼为期，不宜意气用事，必欲立异，咎将归公，公亦何苦受人唾骂呢！"之高乃垂涕致谢，便决推仲礼统军，集众十万，沿淮列栅，与景争锋。景亦在淮水北岸，列栅自固，且因之高弟侄子孙俱在东府，令部众搜捕至营，驱列阵前，后面摆着刀锯鼎镬，遥呼之高道："裴公不降，即烹他弟侄子孙！"之高从容自若，反令弓弩手注射己子。再发不中，景乃撤回。

仲礼入韦粲营，部分众军择地据守，令粲往扼青塘。粲说道："青塘当石头城要冲，贼必来争，粲义无可诿，但恐所部寡弱，奈何！"仲礼道："青塘要地，非兄不可，若嫌兵少，当拨军相助。"乃使直阁将军刘叔胤助粲。时已年暮，粲不敢逗留，便即启行。太清三年元旦，大雾漫天，不辨南北，粲军迷路迂行，及到青塘，夜已过半，立栅未就，景即率锐卒掩入，刘叔胤遁去，粲将郑逸战败，自相蹴踏，全营大乱。左右牵粲避贼，粲兀立不动，叱子弟力战，究竟寡不敌众，血战未几。粲弟助警构、从弟昂及子尼，陆续殉难，粲亦身受重伤，呕血毕命。一门忠义，足表千秋。

仲礼方徙营大桁，早起就食，闻粲死耗，投箸起座，披甲上马。麾众至青塘，掩击景军。景军败退，仲礼挺槊追景，相去咫尺。忽来了贼将支伯仁，从旁面骤斫一刀，适中仲礼左肩，仲礼慌忙闪避，已是不及，马又倒退数步，陷入淖中。贼众环刺仲礼，亏得仲礼骑将郭山石，力救仲礼，杀退贼众，仲礼才得走归，经此一战，景不敢复渡南岸，仲礼亦索然气馁，不敢再言战事了。血气之勇，不足济事，仲礼各军，又复退却。

邵陵王纶再会同东扬州刺史临城公大连等，进驻桁南，亦推仲礼为大都督，湘东王世子方及假节总督王僧辩并至都下。台城被困多日，内外不通，就是援军音信，也无从递入。城中官民，共诟朱异，异惭愤成疾，因即致死。大是幸事。梁主还很加痛惜，特赠异为尚书右仆射，大众益视为恨事。太子纲迁居永福省，募人献计，使达援军音问。有小吏羊车儿进策，请作纸鸢系敕，顺风遥放，冀达众军，太子恰也依议。偏纸鸢放出城外，被贼射下，仍不得达。已而鄱阳王世子嗣，募人送启入城，部吏李朗想出一条苦肉计，先受鞭扑，佯为得罪，往降景营，因得伺隙入城，城中方知援兵四集，鼓噪一时。也欠镇定。梁主授朗为直阁将军，赐金遣还。朗乘夜出城，从钟山后绕道归营，宵行昼伏，积日乃达。于是鄱阳世子嗣，湘东世子方，征集各军，相继渡淮，攻毁东府前栅，景众少退。

各援军立营青溪，再拟进攻。可巧高州刺史李迁仕，天门太守樊文皎，引兵五千人来援。文皎骁勇善斗，与迁仕驱兵独进，所向披靡，及抵菰首桥东，景将宋子仙用埋伏计，诱文皎陷入伏中，四面围集，毕竟双手不敌四拳，任你文皎如何勇力，怎禁得悍贼环攻，战了半日，力竭身亡。迁仕逃命要紧，管不及文皎生死，便即遁回。各军闻文皎战死，又复夺气，再加柳仲礼自惩前辙，不肯再进，待遇各将，又傲慢不情。邵陵王纶每日候门，常被拒绝，坐是彼此离心，不愿再进。数路援军，并皆失势。

那侯景却也戒惧，更因士卒饥馁，无从掠食，未免加忧。王伟又献策道："今台城不可猝拔，援军日盛，我军乏食，何弗佯与求和，为缓兵计，俟他内外懈怠，一举攻入，方可得志。”景连声称善，遂遣将任约、于子悦二人，至城下跪伏，拜表求和，请赐还原镇。太子纲以城中穷困，入白梁主，劝许和议，梁主勃然道：“和不如死！”此语尚有见地。太子固请道：“都城久困，援军怯战，不如暂且许和，再作后图。”梁主踌躇多时，方嗫嚅道：“随汝自谋，勿令取笑千载！”太子乃承制许和。景乞割江右四州地，并求宣城王大器出送，然后退兵。中领军傅岐固争道：“怎有贼起兵犯阙，尚与许和？这不过欲却援军，借此给我，戎狄兽心，必不可信！且宣城王系皇室冢孙，国脉所关，岂可轻出！”诚然！诚然！梁主乃命大器弟石城公大款为侍中，出质景营，并敕诸军不得复进。敕文中有“善兵不战，止戈为武”两语。堕贼狡计，还想虚词粉饰。授侯景为大丞相，都督江西四州诸军事，领豫州牧，仍封河南王。设坛西华门外，遣仆射王克，吏部郎萧瑳，与景将任约、于子悦、王伟等，登坛为盟。又令右卫将军柳津出西华门，与侯景遥遥相对，歃血为誓。一方面是专望解围，情真语挚，一方面是但知行诈，口是心非。

两下里盟誓既毕，总道景遵约撤兵，哪知他仍然围住，托词无船，不能还渡。嗣又遣大款还台，复求宣城王出送，种种刁难，无非是设词迟宕。会南康王会理等至马邛州，景复表请勒归会理。太子纲不得不从，饬会理退屯江潭苑。已而复称永安侯萧确及直阁将军赵威方截臣归路，请即召入以便西还。有诏授确为广州刺史，威方为盱眙太守，即日入觐。确为邵陵王纶次子，固辞不入。邵陵王纶泣语确道：“围城既久，主上忧危，不得已从景所请，遣归贼众，汝宜遵敕入朝，奈何拒命？”确亦泣语道：“侯景虽云欲去，仍然长围不解，情迹可知。召确入城，究属何益？”未几由朝使出城，一再征确，确尚不肯入。纶不禁怒起，喝令斩确，确乃流涕入城。

城中粮食将尽，御厨中蔬菜亦绝，梁主时常蔬食，至是乃食鸡子。纶献入鸡子数百枚，由梁主亲自检点，欷歔不已。湘东王绎驻兵武城，河东王誉驻军青草湖，桂阳王慥驻军西峡口，慥系萧懿子。皆观望不前。湘东参军萧贲屡请进兵，为绎所恨。及得梁主和诏，贲仍执前议，竟被杀死。侯景闻援师已怠，并将东府米运入石头，遂有意败盟。伪皇帝正德及左丞王伟更从旁怂恿，景乃决计背约，胪陈梁主十失，上启梁廷。略云：

陛下与高氏通和，岁逾一纪，舟车往复，相望道路，必将分灾卹患，同休等戚，宁可纳臣一介之服，贪臣汝、颍之地，便绝好河北，檄詈高澄。聘使未归，陷之虎口，扬兵击鼓，侵逼彭宋，天下宁有万乘之主，见利忘义若

此！其失一也！第一条即使梁主愧死。臣与高澄既有仇憾，又不同国，归身有道，陛下授以上将，任以专征。臣受命不辞，实思报效，方欲荡涤夷氛，一匡宇内，乃陛下始信终疑，欲分臣功，使臣击河北，自举徐方。遣庸懦之贞阳，任骄贪之胡赵，才见旗鼓，鸟散鱼溃，慕容绍宗，席卷涡阳，诸镇靡不弃甲，疾雷不及掩耳，散地不可固全，使臣狼狈失据，妻子为戮，斯实陛下负臣之深。其失二也。梁主任将非人，反令叛贼借口。臣退保淮南，方欲收合余烬，尅申后战，封韩山即寒山。之尸，雪涡阳之耻，陛下丧其精魄，无复守气，便信贞阳谬启，复请通和。臣屡表谏阻，终不见从，反覆若此，童子犹且羞之，况在人君！其失三也。畏懦逗留，军有常法，贞阳精甲数万，不能拒抗敌国，反受囚执，以帝之犹子，而面缚虏庭，实宜绝其属籍，以衅

征鼓，陛下曾不追责，悯其苟存，欲以微臣相贸易，人君之道，可如是乎？其失四也。悬瓠大藩，古称汝颖，臣举州内附，而羊鸦仁无故弃之，弃之者不闻加罪，得之者未见加功，其失五也。臣涡阳退缩，非战之罪，实由陛下君臣，相与见误，乃还寿春，曾无悔色，祇奉朝廷。鸦仁自知弃州，内怀惭惧，遂启臣欲反；欲反当有形迹，何所征验，诬陷乃尔。陛下曾无辨究，默然信纳，岂有诬人莫大之罪，而可比肩事主者乎？其失六也。此条实含血喷人。赵伯超拔自无能，任居方伯，惟渔猎百姓，行货权幸。朱异之徒，积受金贝，遂拟胡、赵为关、张，胡指贵孙，上文胡赵同此。诬掩天听，谓为真实。韩山之役，女妓自随，才闻敌鼓，与妾俱逝，不待贞阳，故只轮莫返。论其此罪，应诛九族，而纳贿中人，还处州任。伯超无罪，臣功何论？赏罚无章，何以为国？其失七也。臣御下素严，无所侵物，关市征税，咸悉停原，寿阳之民，无不慰悦。乃裴之悌等助戍在彼，惮臣检制，无故遁归，又启臣欲反。陛下不责其违命离镇，反受其浸润之谮，处臣如此，使何地自安！其失八也。此条未见上文，借景启中补入。臣虽才愧古人，颇无遗策，及委贽陛下，罄竭忠规，每有陈奏，恒被抑遏。朱异专断军旅，周石珍总尸兵仗，陆验、徐驎，典司谷帛，皆明言求货，非赂不行。臣无贿于中，故常遭抑责。其失九也。鄱阳之镇合肥，与臣邻接，臣推以皇枝，每相祇敬。而嗣王无端疑忌，臣有使命，必加弹射，或声言臣反，或启臣纤介，招携当须以礼，忠烈何以堪此！其失十也。此条又是诬罔。其余条目，且不胜陈。

臣心直辞戆，有忤龙鳞，遂发严诏，便见讨袭。昔重华纯孝，犹逃凶父之杖，赵盾忠贤，不讨杀君之贼，臣何亲何罪，而能坐受歼夷？韩信雄桀，亡项霸汉，末为女子所烹，方悔蒯通之说。臣每览《书》《传》，心窃笑之，岂容遵彼覆车，而快陛下佞臣之手哉！是以兴晋阳之甲，乱长江而并济，愿得升赤墀，践文石，口陈枉直，指划臧否，诛君侧之恶臣，清国朝之秕政，然后还守藩翰，以保臣节，实臣之至愿也。谨此启闻。

看官，你想梁主衍见了此启，怎得不惭愤交并？便于三月朔日，就太极殿前设坛，祷告天地，说是侯景背盟，不可不讨。恐天地亦不肯多管。一面举烽征军，再拟交兵。先是闭城拒贼，城中男女共十余万，士卒约二万余人，被围既久，十死八九，乘城不满四千人，类皆羸饿。蓦闻侯景负约，当然大惧，惟日望外援。柳仲礼专聚妓妾，置酒作乐，不许诸将出战，乃父即右卫将军柳津登城呼仲礼道："汝君父日坐围城，汝尚不肯竭力，试想百岁以后，将目汝为何如人？"仲礼面色如常，毫不介意。邵陵王纶亦顿兵不战。安南侯萧骏向纶进言道："城危至此，尚坐视不救，倘有不测，殿下有何颜再立人世！今宜分军为三道，出贼不意，当可却贼！"纶终不听。

南康王会理与羊鸦仁、赵伯超等，进营东府城北，约在夜间渡军。鸦仁违约不至，景已令宋子仙攻击会理。会理营尚未就，军士惊乱，伯超先遁，会理支持不住，便即退走，战死溺死，约五千人。景聚首城下，指示守军，城中益惧。景督兵攻城，昼夜不息，邵陵世子坚，屯太阳门，终日蒱饮，不恤吏士。书佐董勋华、白昙朗等，夜引景众登城，永安侯确，力战不能却，乃排闼入宫，报知梁主道："城被陷了！"梁主衍尚安卧不动，喟然叹道："我得我失，亦复何恨！"复顾语确道："速去语汝父，勿以二宫为念！"确方欲趋出，又由梁主申命，使确慰劳外军。确奉命去讫。

俄而景左丞王伟入殿奉谒，拜呈景启，无非说是奸佞所蔽，因领众入朝，惊动圣躬，特诣阙谢罪。梁主便问道："侯景何在？汝可为我召来！"伟乃出杀报景，景竟引甲士五百人，昂然入见。既至殿前，望见仪卫森严，也不禁三分胆怯，因跪就殿阶，叩首如仪。典仪引就三公座上，梁主正容语景道："卿在军日久，曾劳苦否？"景不敢仰视，汗涔涔下。贼胆心虚。梁主又道："卿何州人，乃敢至此？妻子尚在北方么？"景仍不敢对，景将任约在侧，代景答道："臣景妻子，皆为高氏所屠，只有一身归服陛下。"梁主复道："卿既忠事我朝，应即约束军士，不得骚扰。"景应诺而出，复至永福省谒见太子，太子亦无惧容。侍卫统皆骇散，惟中庶子徐摛、通事舍人殷不害在侧。摛朗声道："侯王来，当礼谒东宫！"景乃下拜。太子与言，景亦不能答。

既而退出，自语同党道："我尝跨鞍对阵，矢刃交下，了无惧意；今见萧公，使人自慑，岂非天威难犯，我不便再见两宫了！"随即纵兵入宫，胁逐两宫侍卫，劫掠乘舆服御及宫女若干人。又收朝士王侯，送永福省，使王伟守武德殿，于子悦屯太极殿东堂，矫诏大赦，自加大都督中外诸军，录尚书事。小子有诗叹道：

> 乱贼猖狂反许和，痴心还望戢干戈；
> 推原祸始由贪利，后悔难追可奈何！

嗣又遣石城公大款，赍着敕文，解散援军。欲知援军是否遵敕，请看官续阅下回。

台城被困，各军之入援者，大都庸懦无能，才不足而志亦不专。邵陵一败而即溃，湘东一奋而即衰，目睹君父之危难，且偷生畏死，未肯赴义，遑问他人！独韦粲战死青塘，樊文皎战死菰首桥，功虽未成，忠则过之。而韦粲之死事尤烈。柳仲礼、裴之高，皆经粲激厉而来，之高虽为国忘家，卒未闻有血战之役，仲礼鼓勇追贼，亦颇壮往，乃以左肩之受伤，遂致怯战，以视粲之视死如归，甘与子弟同殉，其相去为何如耶！若侯景之称戈犯阙，明明为一叛贼，与贼许和，敕止援军，是延贼入门，又自绝其外援也。梁主亦知和不如死，乃胸无主宰，始明终昧，卒致堕入贼计，台城陷而正容语景，果何益耶？我得我失，死复何恨，徒付诸一叹而已，而梁亡矣。

第六十一回　困梁宫君王饿死
攻湘州叔侄寻仇

却说侯景伪传敕命，解散援军，邵陵王纶等大开军事会议，推柳仲礼主决。纶语仲礼道："今日事悉委将军，请将军酌定进止。"仲礼熟视不答，裴之高、王僧辩齐声道："将军拥众百万，坐致宫阙沦没，居心何忍！现只好竭力决战，何必多疑！"仲礼竟无一言，诸军遂陆续散归。邵陵王纶亦奔往会稽。仲礼及羊鸦仁、王僧辩、赵伯超等，并开营降景。僧辩既已主战，奈何降贼！军士莫不愤惋。仲礼入城，先往谒景，然后入见梁主。梁主绝不与言，退省乃父，柳津不禁大恸道："汝非我子，何劳相见！"景遣仲礼归司州，僧辩归竟陵。

先是伪皇帝萧正德与景私约，入城后不得全二宫。及景已入城，正德亦引众随至，挥刀欲入宫中，偏宫门被景军守住，不准放入。正德正要喧嚷，哪知景已传示敕书，令他为侍中大司马。他恨景负约，又平白地将皇帝革去，仍降做梁朝臣子，叫他如何不愤，如何不悔？当下易去帝服，进见梁主，且拜且泣。梁主口述古语道："啜其泣矣，何嗟及矣！"见《诗经》。正德垂涕而出，懊丧欲绝。景却格外防范，不使与闻朝事。一面嘱前临江太守董绍先，使赍敕文，往召南兖州刺史南康王会理。绍先带去兵士不满二百人，并且连日饥疲，面有菜色。会理拥有州兵，士饱马腾，僚佐说会理道："景已陷京邑，欲先除诸藩，然后篡位，今若四方拒绝，立当溃败。王不如诛死绍先，发兵固守，倘虑兵力不足，尽可与魏连和，静观内变，奈何举全州土地，轻资贼手呢？"会理道："诸君心事，与我不同，天子年尊，受制贼虏，今有敕召我入朝，臣子怎得违背？且远处江北，事业难成，不若身赴京都，就近图贼，成功与否，听诸天命。我志已决定了！"有兵有马，尚不能讨贼，难道赤手空拳还得成事么？遂开城迎入绍先。绍先悉收文武部曲，铠仗金帛，但遣会理单骑还都。及会理诣阙，由景授官侍中，兼中书令。会理暗

思匡复，怎奈手无寸柄，如何成谋？只得过一日，算一日，徐俟机会罢了。

那湘东王绎出驻武城，始终不前。应前回。世子方等自都下驰归，才知台城失守，索性退还江陵。信州刺史桂阳王慥，自西峡口入江陵城，拟待绎回议军情，方还信州。适有雍州刺史张缵贻绎密书，内称河东欲袭江陵，岳阳亦与同谋，不可不防。嗣又由裨将朱荣亦遣人走报，谓桂阳留此，无非与河东岳阳，里应外合。为这种种谗构，遂使君父大仇置诸不顾，徒惹出一场叔侄的争端来了。回应五十七回文字。雍州刺史岳阳王詧与湘州刺史河东王誉，统是昭明太子遗胤。詧隐蓄异志，待乱图功，梁主早有所闻，特令张缵往代。缵本刺湘州，自河东王誉入湘，缵轻誉少年，迎候多疏，为誉所恨，因留缵不遣。缵轻舟夜遁，欲赴雍州，又恐詧不受代，左思右想，只有湘东王绎

尚是故交，不如径赴江陵，劝绎除灭誉詧。可巧绎出屯武城，留缵助守。当时兵马倥偬，也无暇进陈私意，及援军还镇，乐得乘隙进谗，自快宿忿。朱荣与缵同党更欲翦除桂阳。绎向来多疑好猜，闻谗即信，便匆匆返至江陵。

桂阳王慥莫名其妙，上前相迎，片语未完，即由绎麾动左右，把慥拿下。慥问得何罪，绎责他勾通誉、詧，不容慥辩明冤诬，自拔佩剑，把他头颅砍去。死得冤苦。且遣人至汉口，说通戍将刘方贵，使袭襄阳，方贵系岳阳王詧府司马，本来受詧差遣，引兵勤王，旋因湘东各军，多半逗留，方贵亦勒兵不进。此次与绎连谋，将拟倒戈，忽由詧传令召还。方贵疑秘谋已泄，遂据住樊城，不受詧命。詧发兵往讨方贵，方贵出战被杀。樊城当然归詧。那湘东王绎尚未得信，赠缵厚资，令赴雍州。缵至大隄，始闻方贵战死情状，彼时不便折回，只好赍敕赴任。

詧已得悉侯景入都，国家无主，哪里还肯受代？暂令缵寓居城西白马寺，并令偏将杜岸绐缵道："看岳阳情势，不容使君，何勿且往西山，权时避祸。"缵信为真言，与岸结盟，自着妇人衣，乘青布舆，逃入西山。詧讨缵有名，即使岸引兵追蹑，把缵擒归。缵情愿剃发为僧，改名法缵，詧含糊答应，但仍遣兵监守，不令他适。嗣是与绎有仇，专务私斗，把国家事全然不睬，反使侯景得独揽朝纲，任意横行。

梁主衍受制侯景，非常懊怅。景荐宋子仙为司空，梁主道："调和阴阳，须有特长，此种人物，怎得轻用！"景又欲使徒党二人为便殿主帅，亦不见许。太子纲虑景衔恨，入宫泣陈，梁主叱道："谁使汝来？若社稷有灵，终当克复；否则虽朝夕哭泣，亦属何益！"太子乃惶遽出宫。景擅使部众入直省中，或驱马佩刀，出入宫廷。梁主偶有所见，不免叱问，直阁将军周石珍随口答道："这是侯丞相的甲士。"梁主瞋目道："什么丞相！但叫侯景罢了。"口中倔强，亦属无益。

景备闻消息，当然挟嫌，遂遣私党监视御膳，一切饮食格外克损。梁主有所需索，辄不令进。自思衰年结局，弄到这般地步，哪得不悲从中来，终日恹恹，郁极成病，遂至卧床不起，辗转呻吟。太子纲随时入省，无非是以泪洗面，没法可施。并因正妃王氏甫经病殁，悼亡未毕，禁不住再遘父危。最可恨的是叛贼侯景，还不肯令御医入治，但祝梁主早崩。就是太子出入，亦尝派人侦察，不使自由。太子益生疑惧，特致湘东王绎密书，以幼子大圜相托，且自翦爪发，一并寄去。湘东王绎方与二侄为难，也不过虚与周旋，敷衍了事。太清三年五月上澣，梁主大渐，口中觉苦，索蜜不得，自呼荷荷，声嘶力竭，痰喘交作，竟尔去世，享年八十六岁。统计在位四十八年，改元七次。天监、普通、大通、中大通、大同、中大同、太清。

侯景秘不发丧，迁殡昭阳殿，但迎太子入永福省，使照常入朝。且使党羽王伟、陈庆等陪伴太子，名为侍侧，实是监督。太子只吞声饮泣，不敢悲号。殿外文武尚未知有大丧，直至五月下旬，景见内外无事，方才讣闻。把梓宫迁入太极殿中，奉太子纲即皇帝位，颁诏大赦。景屯朝堂，分兵守卫，并请嗣主覃恩，凡北人陷没南方，充作奴仆，概令释放。嗣主纲不得不从，他却从中收录，引为己用。未几有诏命传出，追谥故妃王氏为简皇后，立宣城王大器为皇太子，封诸子大心为寻阳王，大款为江陵王，大临为南海王，大连为南郡王，大春为安陆王，大成为山阳王，大封为宜都王。简文首政，即以赠妻封子为急务，其志可知。命南康王会理为司空，兼尚书令。会理懦弱，虽是有心讨贼，究竟不能制侯景。萧正德为景所卖，密诏鄱阳王范，令带兵入除首恶，偏传书人为景所获，立召正德对质，正德无言可答，被景驱入别室，将他绞死。死已晚矣。

景遣于子悦略吴郡，太守袁君正举郡降景，惟新城戍将戴僧遏不肯从令。景又遣来亮入宛陵，宣城太守杨白华诱亮入城，拿下处斩。御史中丞沈浚避难东归，与吴兴太守张嵊会同讨景。景令李贤明攻宣城，侯子鉴入吴郡。特派仪同三司宋子仙经略东南，又授仪同三司郭元建为尚书仆射，领北道行台，总江北诸军事。

永安侯萧确见前回。材勇过人，自入都后，景爱他膂力，尝引置左右。邵陵王纶顾念私恩，屡遣密使往召，前时何故逼令入都？确语来使道："侯景轻佻，一夫可制，我尝欲手刃此贼，但苦无闲可乘，卿为我还启家王，勿以确为念！"来使自去还报。确日伺景隙，辄思下手。可巧景召确同游钟山，确借射鸟为名，拈弓搭矢，向景射去，不料用力过猛，弓弦陡绝，那箭杆抛至侯景马前，突然自落。景知确存心不善，即挥动左右，将确拿住。确怒叱道："我不能杀汝，汝即可杀我，我岂从贼为逆么？"说着，项下已着了一刀，陨首毕命。

南徐州刺史萧渊藻因入援无功，又闻景将萧邕出据京口，迫令解职，顿时气愤填胸，疾病交作。或劝他出奔江北，渊藻叹道："我位居台铉，受眷特隆，既不能诛翦逆贼，正当同死，怎可投身异类，苟延残喘呢！"嗣是累日不食，竟致丧生。确与渊藻尽忠梁室，故特别表明。

鄱阳王范闻建康失守，复拟整军入卫，僚佐进谏道："今东魏已据寿阳，若大王移足，虏骑必进窥合肥，前贼未平，后城失守，岂非失计！不如待四方兵集，再议兴师，进不失勤王，退可固根本，方算得两全了。”范闻言也觉踌躇，果然东魏遣西兖州刺史李伯穆进逼合肥，又使魏收致书与范，勒让合州。范方谋讨侯景，不得已将合州割让，又使二子勤广往质东魏，乞师图逆。自引战士二万人，出屯濡须，檄召上游各军，一同进援，偏上游无一到来，东魏亦不闻出师，害得范进退彷徨，更兼粮食告罄，没奈何泝流西上。到了枞阳，景发兵出屯姑熟，范将裴子悌率众降景，范势益孤。幸江州刺史寻阳王大心贻书邀范，范乃趋诣江州，寓居湓城，尚向各镇通书，协图匡复。

湘东王绎因自称奉得密诏，得假黄钺，大都督中外诸军事，承制封拜，集众讨景。一面征兵湘州，遣使督促军需。明是挑衅。湘州刺史河东王誉已与湘东王有隙，自然不肯受命。绎即遣少子方矩，往代誉任，并令世子方等发兵护送。行至麻溪，被誉率众邀击，一场鏖斗，方等败死。方矩慌忙逃还，侥幸得了性命。

绎闻方等败没，毫无戚容。看官道是何因？原来方等生母徐妃，与绎不睦，绎眇一目，妃尝为半面妆，居室俟绎，绎瞧见妃容，知她有意嘲笑，盛怒而出，所以累年不入妃房。妃妒而且淫，见有无宠的妾媵，始与接坐。或察知有娠，往往手刃致毙。平居无事，辄往寺院中焚香。荆州瑶光寺中有一智远道人，面目伟皙，为妃所爱，竟引与私通。嗣又见湘东幕僚暨季江，才貌翩翩，丰神楚楚，遂使心腹侍婢，导他入房，密与交欢。一对露水夫妻，比伉俪还要狎昵。季江尝自叹道：“柏直狗，虽老犹能猎，萧溧阳马，虽老犹骏，徐娘虽老，犹尚多情。”那徐妃得了季江，起初原是我我卿卿，欢好无间，连智远道人的旧情也撇置脑后。后来复得见僚佐贺徽，面庞儿还要俊俏，又不免惹动情魔，想与同梦，煞是情敌。屡次遣婢勾引，徽却尚知顾忌，不肯应命。徐妃想出一法，自往普贤尼寺，设词召徽，徽只好前往。甫入禅林，即有二三侍女，引入密室，妃已卸妆相待。一见徽面，好似珍宝一般，相偎相倚，并入欢帏。待至云收雨散，起床整衣，特书白角枕为诗，互相唱和。诗中所述，无非是中冓私情，言之可丑，小子也不愿录述了。绎闻妃淫行，怒不可遏，便将她生平秽史，牓示大阁，且因此与方等有嫌。徒扬家丑。

方等战死，绎毫不介意，置诸度外。会绎宠妃王氏生子，产后病逝，绎疑为徐妃下毒，逼令自尽，妃投井溺死。绎令将尸舁还徐氏，呼为出妻，稾葬江陵瓦官寺侧，才算泄恨。又遣竟陵太守王僧辩与信州刺史鲍泉出兵攻誉，限令即日就道。僧辩请略宽期限，绎召僧辩入问，声色俱厉。且拔剑斫伤僧辩，牵系狱中，但令鲍泉往攻。

泉至湘州，誉出兵迎战，为泉所败，乃退保长沙，并向雍州乞援。岳阳王詧即留参军蔡大宝守襄阳，自率骑卒二万，径攻江陵，遥救湘州。湘东王绎，很是惊慌，急召僚佐会议，大众俱不知所答。适僧辩母为子谢罪，自陈无训，绎乃给他良药，疗治僧辩，且遣左右至狱中问计。僧辩侃侃直陈，有条有理，经绎闻知，忙释令出狱，面加慰劳，使为城中都督。急时抱佛脚。

詧至江陵，设十三营，环攻江陵城。偏天公不肯做美，连宵大雨，平地水深四尺，累得詧军拖泥带水，锐气尽衰。新兴太守杜崱，随詧攻城，绎与崱素有交谊，招使归降，崱遂与兄岌岸、弟幼安及兄子龛，入城降绎。岸愿率五百骑袭襄阳，得绎允诺，遂昼夜兼行，距襄阳才三十里，城中始觉。蔡大宝亟奉詧母龚氏，登城拒守，一面遣人报詧，詧慌忙退回，抛弃粮械金帛，不可胜计。张缵病足，詧常加监束，载缵从军，及仓猝奔还，恐为追兵所夺，把缵杀死，弃尸江中。杜岸闻詧还援，亦奔往广平，依兄南阳太守杜巘。詧使将军薛晖，追岸至广平城下，乘势围攻。巘不能守，弃城遁走，岸为晖所获，送往襄阳。詧见了杜岸，好似杀父大仇，先用乱鞭击面，使无完肤，再把他舌头拔去，支解四体，烹诸鼎镬。又斸发杜氏祖墓，焚骨扬灰，用头颅为漆椀。杜岸叛詧，不为无罪，但如此处置，抑何残忍！

湘东王绎既欲攻誉，又欲攻詧，特使王僧辩赴长沙，逮回鲍泉，因他日久无功，意欲加诛，还是僧辩替他转圜，令泉申启具谢，始得免罪。自是攻誉一路，专属僧辩，别遣司州刺史柳仲礼，出镇竟陵，为图詧计。詧恐不能自存，乃向西魏求

救，愿为附庸。西魏丞相宇文泰，欲乘势经略江汉，乐得允许，即遣使至襄阳议约。詧专务防绎，也顾不得甚么妻孥，即命正妃王氏与世子嶚，入质西魏，乞即济师。宇文泰便遣开府仪同三司杨忠、都督三荆等十五州诸军事，镇守穰城。

适柳仲礼率众趋襄阳，杨忠遂与行台仆射长孙俭同击仲礼，且分兵攻下义阳、随郡，收降义阳太守马伯符，拘住随郡太守桓和，再进军围安陵。柳仲礼引兵还援，西魏将士统请杨忠急攻安陆，休待仲礼还师。忠笑语道："攻守势殊，未易猝拔，若旷日劳兵，表里受敌，更属非计。我闻南人多习水军，不习野战，仲礼兵马将至，我正好出他不意，用奇兵邀击，彼怠我奋，一举可克。既克仲礼，安陆不攻自下，诸城可传檄自定了。"诸将士方才拜服。忠即选精骑二千，衔枚夜进，行至淙头，择地伏着，专待仲礼到来。仲礼毫不防备，匆匆驰归，

一入伏中，魏兵齐起，仲礼部下，不战已乱，最厉害的是遍设陷坑，无从顾避，但只听得跌蹋声、铙钩声、铁索声，不到数时，已将仲礼部众，一齐捆住。仲礼叫苦不迭，蓦觉马足不稳，也坠入坑中，被西魏兵手到擒来，缚住手足，似扛猪的抬将去了。早知如此，何不拚死拒景，还好挣些名节。

安陆守将马岫闻仲礼被擒，便开门出降。竟陵守将王叔孙也知保守不住，同做了降将军，于是汉东土地，尽入西魏。杨忠乘胜至石城，进逼江陵，湘东王绎急得不知所为。还是舍人庾恪愿往说忠，为绎解忧。绎即令驰赴敌营。恪不慌不忙，至西魏营中，进见杨忠道："湘东为叔，岳阳为侄，贵国助侄攻叔，如何能服天下？"忠答道："汝言未尝无理，但我军前来，是征讨不服，与叔侄无关。若湘东果愿投诚，我即便退去了。"恪如言回报，绎乃遣舍人王孝祀，送子方略往质，卑辞求和。忠许与通好，当由绎亲出歃血，加载盟书。略云：

魏以石城为封，梁以安陆为界，请同附庸，并送质子，贸迁有无，永敦邻谊；有渝此盟，明神殛之！

盟毕，绎仍然还城，忠亦退去，江陵解严。绎得专心攻誉，发兵助攻长沙。誉向邵陵王纶处乞师。纶颇思往救，因恐兵粮不足，未敢轻率从事，乃寄书湘东王绎，劝他休兵。大致说是：

天时地利，不及人和，况乎手足股肱，岂可相害！今社稷危耻，创巨痛深，惟应剖心尝胆，泣血枕戈，其余小忿，或宜容贯，若外难未除，家祸仍构，料今访古，未或不亡。夫征战之理，惟求克胜，至于骨肉之战，愈胜愈酷，捷则非功，败则有丧，劳兵损义，亏失多矣。侯景之军，所以未窥江外者，良为藩屏盘固，宗镇强密，弟若陷洞庭，不戢兵刃，雍州疑迫，何以自安？必引进魏军以求形援，弟若不安，家国去矣。必希解湘州之围，存社稷之计，顾全大局，毋俟踌躇！

书去后，得绎复音，申陈誉恶，罪在不赦。纶掷书地上，慷慨流涕道："天下事一败至此！湘州若亡，我亦将葬身无地了！"已而河东王誉守不住长沙城，意欲溃围出走，偏部将慕容华引僧辩入城。誉不及奔逃，竟为僧辩所执，誉语僧辩道："勿即杀我，愿一见七官！绎为梁主衍第七子，向呼七官。指出谗贼，死且无恨！"僧辩不许，把誉处斩，函首送江陵。湘东王绎还首归葬，进僧辩为左卫将军，兼侍中镇西长史。

先是誉将败时，引镜照面，不见头颅。又夜见长人据屋，两手垂地，恍惚中被他抓住，噉脐暴痛，狂呼求救，始由左右入视，他已倒在地上，不省人事。好容易把他救醒，长人早已不知去向。未几复见白狗如驴，窜出城外，亦无下落。誉已自知不祥，至是终为僧辩所杀。小子有诗叹道：

叔侄如何不并容，兵戈构怨及同宗？
湘东推刃河东毙，首祸心肠亦太凶！

绎既攻克长沙，乃为梁主衍发丧，传檄讨景。欲知后事如何？试看下回便知。

湘东邵陵，皇子也，河东岳阳，皇孙也，子视父难，竟养寇不讨，遑问皇孙！梁主衍有此胤嗣，无或乎受制逆贼，终致饿死也。惟当时之最乏孝思者，莫若湘东。湘东初移檄入援，河东岳阳，并皆听命，乃出屯武城，逗留不进，发起者犹且如此，安能责及他人！且河东岳阳，与湘东无纤芥嫌，乃以憸人之谗构，遽致骨肉之纷争，君父之危，可以不顾，叔侄之衅，必欲相残，试问湘东何心，乃倒行逆施若是乎！邵陵始勇终怯，不为无辜；然贻书湘东，词多痛切，彼犹知为大局计，湘东视之，有愧多矣。河东杀方，衅由湘东，而河东之因是陷戮，吾且为彼呼冤；若桂阳王慥之被害，则正冤之尤冤者耳。

第六十二回　取公主侯景胁君
篡帝祚高洋窃国

却说湘东王绎为梁主衍开丧，已是隔年，时梁主梓宫，已奉葬修陵，追尊为武皇帝，庙号“高祖”。嗣主纲改元大宝，颁诏国中，独绎仍称太清四年，刻檀为高祖像，供设厅堂，每事必先启像前，然后施行。捣甚么鬼？一面移檄远近，申讨侯景。景将侯子鉴已陷入吴兴，太守张嵊并前御史中丞沈浚俱被执送建康。景颇悯二人忠义，好言劝慰。嵊慨然道：“我忝任专城，目睹朝廷倾危，不能匡复，还求甚么生活，不如速死为幸！”景尚欲宥他一子，嵊复道：“我一门已登鬼箓，不愿向尔贼乞恩！”景不禁怒起，遂并杀张嵊父子。沈浚亦不为所屈，同时殉节。

还有宋子仙受了景命，南略钱塘，新城戍将戴僧逷战败出降，子仙引兵渡浙江，进攻会稽，邵陵王纶奔往鄱阳。东扬州刺史南郡王大连居守会稽城，朝夕酣饮，不恤士卒。司马留异凶狡残暴，为众所嫉，大连却委以兵事。及子仙兵至，异毫不防守，即将城池献与子仙。大连醉卧室中，由左右舁入床舆，从后门出走，欲奔鄱阳。行至信安，被追骑掩至，把他拘去。骑将不是别人，就是司马留异。异将大连械送入都，大连还醉眼朦胧，昏头磕脑，途中过了一夜，方才惊寤。及抵建康，向景下拜，景因令释缚，授为轻车将军，行扬州事。自是三吴尽为景有。三吴即吴郡、吴兴、会稽。

独前广陵太守祖皓从士人来嶷言，纠合勇士百余人，袭破广陵，斩景党南兖州刺史董绍先，见前回。推前太子舍人萧勔为刺史，传檄拒景。景遣郭元建攻皓，皓婴城固守，元建不能拔。景又令侯子鉴率舟师八千，从水道进攻，自督步兵一万，从陆路进攻，两军直指广陵，日夕猛扑。皓苦守三日，终为所乘，犹复巷战达旦，力竭被擒。景缚皓城头，麾众攒射，矢集如猬，然后车裂以殉。城中无论少长，概令活埋。来嶷满门屠戮，独一子逃免，后仕陈朝。萧勔降景免死，带还建康，留子鉴镇守广陵。

景凯旋入都，梁主纲特赐盛宴，饮至半酣，景离座跪请，乞赐溧阳公主为妻。溧阳公主系梁主纲爱女，年才十四，生得娇小玲珑，动人怜爱。景瞧在眼中，早已垂涎，此时当面乞求，不由梁主不从。他即胁梁主当夕遣嫁，饮毕载归。可怜妙年帝女，失身贼手，徒供他连宵受用，淫恣不休。妒花风雨便相摧。

未几已届上巳，景请梁主纲至乐游苑，禊宴三日。及梁主还驾，复与溧阳公主送入宫中，夫妇共据御床，南面并坐，令群臣分列两旁，张乐侍宴，梁主亦无可如何。既而景复请梁主幸西州，梁主乘坐素辇，侍卫四百余人，景率铁骑数千，翊卫左右。既至行宫，无非是酒醴具陈，笙簧迭奏。梁主闻声生感，不觉泪下，因恐景见泪生疑，命他起舞。景舞了一回，谓独舞无趣，亦请梁主起座对舞。梁主勉强应允，两下舞讫。君臣对舞，成何体统？兴阑席散，梁主掖景至床，唏嘘叹道："我念丞相！"景答道："陛下如不念臣，臣何得至此！"说毕趋退，越宿乃归。

是年江南连年旱蝗，江、扬尤甚，百姓流亡，共入山谷江湖，采取草根木实，聊充饥腹，草木垂尽，饿莩满野。就是富室豪家，亦皆乏食，鸠形鹄面，坐怀金玉，俯伏床帷，奄奄待毙。千里绝烟，人迹罕见，白骨成堆，高如邱陇，景绝不轸念，反在石头城设立大碓，凡兵民犯法，辄令捣毙。又尝戒诸将道："破栅平城，立屠毋赦，使天下知我威名！"诸将得此号令，每遇战胜，专务焚掠，杀人如草芥，人或偶语，刑及外族，故百姓虽惮景威，始终不肯乐附。景却命部下将帅，悉称

行台，归附诸官，悉称开府，余如亲信军吏，号为左右厢公，勇力兼人，号为库直都督。但江南一带，叛附靡常，淮南更不遑顾及，坐使敌人入境，囊括全淮。这敌人属诸何国？就是与梁通好的东魏。

东魏大将军高澄视萧渊明为奇货，嘱令通书梁廷，离间侯景，明明是使景叛梁，坐收厚利的秘计。景发难后，梁北徐州刺史萧正表先举州降东魏，由澄收纳，东徐、北青二州亦相继至东魏通诚，东魏不费一矢，坐得数州。澄又遣高岳及慕容绍宗、刘丰生等，往攻颍川，颍川为西魏土地，西魏令王思政扼守，无隙可乘。刘丰生乃决洧灌城，城多崩陷。王思政身当矢石，与士卒同劳苦，悬釜炊食，各无贰心。慕容绍宗募得弓弩手数百，乘着大舰，凭城迭射，守卒多死，城几陷没，绍宗与丰生又亲至舰中，督兵登城，不料暴风大至，船被漂流。绍宗、丰生的

坐船向城撞去，城上守兵将用长钩牵船，矢石雨下，二将皆被击毙。高岳忙收拾败军，退至十里外安营，不敢再进，但将败状报知高澄。

澄用散骑陈元康议，自往督攻，再命设堰，三成三决。顿时恼了澄意，把负土填堰的兵役亦推入堰间，尸土相并，方得塞住。水势灌入城中，竟致暴涨，城坍坏数十丈，思政抢堵不遑，只好引众上土山，誓死固守。澄下令军中，谓能生致王大将军，应即封侯，若有损伤，立斩无赦。将士踊跃登山，思政虽竭力拦阻，究竟顾此失彼，无可奈何，因涕泣谕众道："我力屈计穷，只有一死报国！汝等去留任便。"说着，仰天大恸，复西向再拜，拔剑在手，意欲自刎。何不即死？

都督骆训道："公尝面谕训等，谓汝赍我头出降，不但可得富贵，且可保全阖城百姓。今高相既有此令，公为百姓计，何勿从权相屈，且作后图！"思政尚未肯从，训等夺下手剑，不得引决。适东魏营中来了通直散骑赵彦深，传达澄命，延请思政，乘势握思政手，一同下山，驰入营中。澄下座相迎，邀令旁坐，不复令拜。思政感澄厚待，乃即投诚。澄改颍川为郑州，顾语左右道："我不喜得颍川，独喜得王思政。"西阁祭酒卢潜道："思政不能死节，何足重轻！"应该奚落。澄笑答道："我有卢潜，是更得一王思政了。"

自颍川没入东魏，西魏将赵贵等皆奉宇文泰军令，退兵还国。澄亦率军东归，乘便朝邺，东魏主善见，进澄为相国，封齐王，赞拜不名，入朝不趋，剑履上殿，仍都督中外诸军事。澄让封不许，乃归晋阳。看官阅过前文，当知高澄好色，胜过乃父。高欢一死，他便将柔然公主恣意淫烝。见五十八回。嗣复令黄门侍郎崔季舒，物色娇娃，充入后房，朝欢暮乐，成为常事。

次弟太原公洋，娶妻甚美，高出长姒，澄暗加艳羡，且甚不平。洋貌为朴诚，口尝慎默，有时为妻李氏购办服玩，稍得佳件，澄即令逼取，李氏或恚不肯与，洋笑语道："此物并非难求，兄既需索，何必过吝呢！"澄闻李氏言，也不觉惶愧起来，未便径取，洋即持还，也不加谦。澄因目为痴物，常语亲属道："此人亦得富贵，相书究作何解？"从此不复忌洋。但见了弟妇，往往有调笑情事，洋亦假作不知，相安无语。

一日澄出外游猎，途次遇着一个绝色丽姝，即召她至前，问明履历，系是魏高阳王斌庶妹，名叫玉仪。斌系高阳王雍子，雍遇害河阴，家室仳离，玉仪避居民间，不肯守贞，徒然借色衒人，流为歌妓。后来斌得袭封，屏诸不齿，玉仪辗转入孙腾家，颇得见宠，偏玉仪放浪形骸，已成习惯，免不得鬼鬼

祟祟，暧昧不明。孙腾又把她放逐，遂致飘萍逐梗，随处栖身。此次得遇高澄，询明巅末，便载令归第，即夕同寝，荡妇得遇淫夫，仿佛似媚猪一般，曲尽绸缪，备极狎亵，引得高澄喜出望外。诘旦起来，出厅视事，见崔季舒在侧，便顾语道："尔向来为我求色，不如我自得一姝，只恨崔暹卖直，必来谏我；我亦当设法对待，免他多言！"及暹入白事，澄故作怒容，不假词色。暹当然解意，除陈明公事外，不加一词。澄即为玉仪奏请，乞为加封，魏主封玉仪为琅琊公主。玉仪倍加感激，竭力承欢，澄亦越加爱宠。惟尚恐崔暹进规。一日暹复入白事，袖中忽堕下一纸。为澄所见，令左右拾起，乃是一张名刺，便问暹怀此何用，暹悚然道："愿得达琅琊公主。"澄大喜道："卿亦愿见公主么？"遂起握暹臂，入见玉仪。暹执礼甚恭，玉仪却从容谈笑，毫不拘束。确是一荡妇状态。澄越加欣慰。及暹

辞归，为季舒所闻，不禁叹息道："暹尝在大将军前，说我谄佞，应该处死，哪知他谄佞过我呢！"看官听说！季舒本与暹同宗，季舒为叔，暹为侄，叔侄宗旨，本来不同。此次暹惧失澄意，也变态逢迎，怪不得季舒揶揄呢。

澄得暹赞成，益无顾忌。玉仪有一同产姊静仪，面貌与玉仪相似，也是放诞风流，宜嗔宜笑，曾嫁黄门郎崔括为妻，因玉仪得澄殊宠，暇辄过访，留宿府中。澄得陇望蜀，意欲勾通静仪，做成一对并头莲，好在玉仪并不妒忌，反从旁撮合，使偿澄愿，澄亦为静仪乞封公主。好称做难姊难妹。还有黄门郎崔括，贪恋利禄，情愿戴着绿头巾，纵妻宣淫，绝不过问。澄见括知情识意，时加厚赐，连崔括的父母也得了许多布帛、许多金银。崔家幸有此佳妇，好博这般缠头费。

澄既得了两仪，朝朝暮暮，缱绻情深，兴至时辄私语道："我若得为天子，当立卿二人为左右皇后。"两仪当然拜谢。澄因欲篡位，想出一法，假国本为名，诣邺谒主，面请册立皇太子，隐探主衷。东魏主善见还道澄是好意，遂立皇子长仁为太子。哪知澄是巧为尝试，实欲善见推位让国，令己受禅，偏偏弄假成真，册了皇储，大与本意相反；遂与散骑常侍陈元康、吏部尚书杨愔、黄门侍郎崔季舒，密谋篡立事宜。

适有膳奴兰京入请进食，澄拍案叱退，元康等问为何因，澄答道："昨夜梦此奴斫我，我便思除彼，还要他来进食么？"过了片刻，兰京复捧盘趋进，就案陈食。澄大怒道："我不愿汝造食，汝为甚事复来胡闹！"京将盘放下，从盘底抽出快刀，向澄劈将过去，且厉声道："我来杀汝！"言未已，外面复跑入数人，俱手执刀械，来助兰京。澄见不可敌，离座返走，急不择路，足被绊伤，没奈何走匿床下。京率众追入，杨愔遁去，崔季舒窜避厕中，惟陈元康独力挡贼，与贼争刃，胸中被刺，肠出血流，晕倒地上。京众去床斫澄，乱刀齐下，就使生铁铸成，也被斫碎，还有甚么不死？年只二十九岁。柔然、琅琊两公主，闻之不知作何状？

看官道兰京何故杀澄？京为梁徐州刺史兰钦子，被澄擒去，令充膳奴。钦作书贻澄，愿出重资赎还，澄不肯许。京又自请乞免，澄杖京百下，且呵叱道："汝若再赎，便当杀汝。"京遂私结同党，潜谋作乱。可巧澄入邺下，寓居城北东柏堂，地甚僻静，澄约琅琊公主等往来欢会，所以喜静恶喧。此时与心腹密议，复屏去左右，所以兰京得乘隙下手。

澄弟太原公洋，在邺城东双堂，闻变出门，调兵立集，即趋至东柏堂讨贼，捉得一个不留，醢成肉酱。复从容出语道："恶奴为逆，大将军受伤，尚无大苦，可保生命。"说着，即指

麾左右，舁澄尸入床舆，用衣盖着，托言尚生，令赴私第，并扶起陈元康，也用卧舆舁入第中。元康痛绝复苏，手书别母，并口占数语，令功曹参军祖挺代书，奏陈后事，入夜乃殁。洋俱密为棺殓，秘不发丧，召大将军督护唐邕，部分将士镇遏四方。邕支配部署，须臾毕事，洋叹为奇材，深加器重，留太尉高岳、太保高隆之、开府司马子如、尚书杨愔守邺，自率甲士入朝，辞归晋阳。

魏主善见得澄死信，方语左右道："大将军今死，似有天意，威权当复归帝室了。"言未已，洋已入谒，随从甲士，约八千人，随登殿阶，约二百余人，皆攘袂握刃，如临大敌。洋面奏道："臣有家事，须诣晋阳一行。"东魏主尚未对答，洋已再拜而起，掉头竟去。善见不觉失色，以目送洋，且垂涕自语道："此人又似不相容，朕不知死在何日了！"一蟹不如一蟹。

洋返至晋阳。晋阳旧臣宿将，素来轻洋，洋大会文武，谈论风生，英采飚发，与从前判若两人，顿令四座皆惊，不敢藐视。洋且钩考政令，见有不便推行的条件，酌量改革，不少延误，众益知洋有隐德，至此始彰。

越年，为东魏武定八年，洋见内外悦服，方为乃兄发丧。东魏主善见亦至太极殿东堂举哀，赙帛八万匹，赠齐王玺绂辒辌车，黄屋左纛，羽葆鼓吹，并备九锡礼，谥曰“文襄”。进高洋为丞相，都督中外诸军，录尚书事，袭封齐王。洋用渤海人高德政为记室，言无不从，金紫光禄大夫徐之才、北平太守宋景业，皆善图谶，谓太岁在午，应该革命，遂托德政为先容，劝洋受禅。洋当然心动，但一时未便承认。当时有童谣云：“一束藁，两头燃，河边羖羊攊飞上天。”之才等依谣解释，说是藁燃两头，便成高字，河边羖羊攊，就是水边羊，隐寓洋名；飞上天即龙飞预兆，因力劝洋乘机禅位。童谣如此，恐即由之才等唆使。

洋入告生母娄太妃，太妃道：“汝父如龙，汝兄如虎，尚且终身北面，汝有何功德，乃敢觊觎天位呢！”说得洋哑口无言，出告之才。之才道：“正为未及父兄，故宜早升天位；如或迟延，人且生心。况谶文有云：‘羊饮盟津，角拄天。’盟津是水，羊饮水就是王名，角拄天就是即尊，证以童谣，与谶相合，请王勿疑！”又加一层附会。洋尚有疑意，铸像卜兆，一制即成，乃决计篡位，特使仪同三司段韶往问肆州刺史斛律金，金独言未可，自至晋阳谏洋，且请谒见娄太妃。洋乃请母出厅，与诸贵再开会议，太妃面谕道：“我儿懦直，必无此心，想由高德政辈，贪功乐祸，教儿为此呢。”金因劝洋谴黜德政，并说宋景业首陈符命，应置死刑。洋默然不答，金亦辞去。

洋因人心不一，复令高德政诣邺察公卿意，自率将士东行，作为后盾。司马子如出迎辽阳，阻洋入都。长史杜弼亦叩马谏诤，洋乃折回，居常闷闷不乐。徐之才、宋景业又多方怂恿，洋令景业筮易，得乾之鼎，亟向洋称贺道："乾为君象，鼎为五月卦，王正可仲夏受禅。"洋欣然大悦，再发晋阳，使心腹陈山提驰驿赍书，密报杨愔。愔愿为效力，即召太常卿邢邵，撰列受禅仪注，秘书监魏收，草定九锡禅让劝进诸文，并引东魏宗室诸王，入居北宫东斋，不准外人出入。才阅二日，即迫东魏主下诏，进洋位相国，总百揆，备九锡礼。及洋入邺城，召役夫办集筑具，即日筑受禅台。太保高隆之见洋，谓用此何为？洋作色道："我自有事，何劳君问！难道不畏灭族么？"隆之惶恐申谢，便即趋出。司马子如等知洋意已决，不敢多言。毕竟是贪生畏死。于是作圜邱，备法物，建台设坛。安排停当，乃遣司空潘乐、侍中张亮、黄门郎赵彦深等，入宫启闻。

东魏主善见御昭阳殿，召见潘乐等人，张亮首先开口道："五行递运，有始有终，齐王圣德钦明，万方归仰，愿陛下远法尧舜，禅位齐王。"善见敛容道："此事推挹已久，谨当逊避。"侍中杨愔，当即趋入，袖出草诏，逼令署印。善见只好照署，且颤声道："朕居何处？"愔答道："北城别有馆宇，尽可徙居。"善见乃起身下座，步就东廊，口咏范蔚宗《后汉书·赞》云："献生不辰，身播国屯，终我四百，永作虞宾。"随即入宫与后妃诀别，阖宫皆哭。李嫔诵陈思王即魏曹植。诗云："王其爱玉体，俱享黄发期！"直阁将军赵道德用犊车一乘载着善见，送出云龙门。王公百僚拜辞，高隆之洒泪告别。徒效儿女子态，何益故君？善见遂徙居北城，杨愔遣彭城王元韶等奉玺与洋，洋即于次日即位南郊，柴燎告天，登台南面，受群臣朝贺。礼毕还宫，大赦改元，称为天保元年，国号齐。史家怕与萧齐相混，特叫作北齐。小子有诗叹道：

君不君兮臣不臣，衰朝无复顾彝伦；
莫言勋戚堪长恃，篡弑多闻出帝姻。

高洋篡位以后，所有开国情事，待至下回表明。

侯景初欲择配王、谢，梁武以为未合，令求诸朱、张以下，不谓发难入都，毙梁武，立太子纲，玩二君于股掌之上，致使十四龄之溧阳公主，以身供贼，迫受淫污，谁为为之？纵贼至此！嗣主纲且抱景至床，谓我念丞相。夫与其忍辱以偷生，曷若杀贼而拚死，况不死者之未必终生乎！东魏主善见，庸弱相似，高澄淫侈，图篡未成，身死奴手。东魏谓似有天意，吾亦云然。高洋以韬晦闻，乃大权在手，悍过乃兄，逼主出宫，骤然南面。天不相澄而独相洋，令人不解！阅此回，窃不禁有搔首问天之感矣。

第六十三回　陈霸先举兵讨逆
王僧辩却贼奏功

却说高洋篡位，改国号齐，追尊祖树为文穆皇帝，祖妣韩氏为文穆皇后，父欢为献武皇帝，庙号“高祖”，兄澄为文襄皇帝，庙号“世宗”。奉母娄太妃为皇太后，降东魏诸臣封爵有差。惟效力高氏诸臣，不在此例。封宗室高岳等十人为王，功臣库狄干等七人亦授王爵。皇弟浚为永安王，淹为平阳王，滶为彭城王，演为常山王，涣为上党王，淯为襄城王，湛为长广王，湝为任城王，湜为高阳王，济为博陵王，凝为新平王，润为冯翊王，洽为汉阳王。澄与洋本同母兄弟，就是演、湛、淯、济，亦系娄太妃所出，余九人出自他姬，不必絮述。洋降封故主善见为中山王，故后高氏为中山王妃，兼称太原长公主，免令称臣，派官监束。有时亦邀中山王入宴，或令随从出入。太原公主尝与偕行，饮食起居，随时护视，故善见尚得苟延。

洋拟立正妃李氏为后，李氏为赵郡李希宗女，高隆之、高德正两人谓李系汉妇，不宜尊为国母，独杨愔请依汉、魏故事，不改元妃。洋从愔言，竟立李氏为后。后子殷为太子，并尊文襄王妃为文襄皇后，居静德宫。文襄王子孝琬，得受封河间王，孝琬弟孝瑜亦受封河南王。命太师库狄干为太宰，司徒彭乐为太尉，司空潘乐为司徒，仪同三司司马子如为司空，高隆之录尚书事，弟淹为尚书令，元绍为尚书左仆射，段韶为尚书右仆射。既而段韶去职，进杨愔为右仆射。初政清明，简静宽和，任人以才，驭下以法，内外肃然，却是有些新朝气象。

西魏大丞相宇文泰闻高洋篡位，假义兴师，由恒农筑桥渡河，进军建州。高洋亲自督兵，出次东城，泰闻洋军容严盛，不禁叹息道："高欢乃有此儿，虽死犹不死了！"会天雨不止，畜产皆死，乃引军西还。嗣是洛阳、平阳诸守吏皆降北齐，洋又南略梁境，夺去南青州及山阳郡，并淮阴、司州，两河、两淮悉为齐有，好算是一个东方霸国了。北齐盛时，无过于此。

梁主纲受制侯景，事无大小，统须由景主张，又不敢通书藩镇，饬令勤王，只有日夕涕洟，听天由命。鄱阳王范寓居湓城，本来是有心匡复，应前回。嗣因寄身江州，无从展足，乃改变方针，欲将江州据为己有，特升晋熙县为晋州，令世子嗣为刺史，渐渐地拓权略地，所有郡县名称，多半更张。江州刺史寻阳王大心，政令所行，不出郡门，乃与范生嫌，使部将徐嗣徽率兵二千，筑垒稽亭，遏绝市籴。范众无从得食，多半饿死，范且忧且愤，疽发背上，竟致病殁。范尚有志操，可惜度量不足，徒致身死名裂。

世子嗣尚在晋州，为侯景将任约所袭，也致败亡。约进击江州，大心迎战亦败，举州降约。徐嗣徽奔往江陵，投归湘东王绎麾下，鄱阳将侯瑱，居守豫章，亦被景将于庆攻入，力屈请降。邵陵王纶自鄱阳避入郢州。是时有一乱世枭雄，崛起海南，独起兵讨贼，拥众北行。这人为谁？就是西江督护陈霸先。见五十六回。

先是广州刺史元景仲得侯景书，密与联络，景仲遂欲起应。独霸先不从，集兵南海，击死景仲，别迎定州刺史萧勃镇广州。勃系梁武从侄，乃父便是吴平侯萧景。莅镇以后，适有前高州刺史兰裕煽诱始兴等十郡，共攻衡州。监衡州事欧阳頠向勃乞援，勃使霸先往救，一战即捷，擒斩兰裕，勃乃令霸先为始兴太守。霸先结交豪杰，得郡人侯安都、张偲等数千人，遂遣统将杜僧明、胡颖出屯岭上，檄讨侯景。勃反遣使劝阻，霸先慨语来使道："仆荷国恩，常图报效，前闻侯景渡江，即欲往援，适值元兰构衅，梗我中道，因不果行，今外变已靖，

内讧未平，君辱臣死，怎敢受命！君侯体重宗支，任系方岳，理应泣血枕戈，偕仆就道，奈何反谕仆中止呢！"枭桀举事之初，统是名正言顺。遂遣还勃使，派人由间道至江陵，愿受湘东王绎节度，绎授霸先为交州刺史，封南野县伯。

会南康土豪蔡路养起兵据郡，萧勃令谭世远为曲江令，与路养相结，同遏霸先。萧勃想无心肝，否则何至出此？霸先遂进讨南康，至大庾岭，杜僧明引军来会，与蔡路养交战南野。杜僧明策马先驱，横槊刺敌，路养亦持刃相迎，战至数合，敌不住僧明勇力，拖刀败走。僧明跃马追赶，不防路养妻侄萧摩诃，从斜刺里驰马出来，拦住僧明。僧明见他年尚垂髫，视为无能，即用槊猛刺过去，偏摩诃狡猾得很，把身一闪，致僧明一槊落空。僧明将槊抽回，那摩诃的长槊已至胸前，慌忙策马一跃，槊头正中马眼。马负痛掀倒，僧明亦堕落地上。幸亏霸先驰

救，杀退摩诃，扶起僧明。僧明愤激得很，仍欲再战，霸先即将自己乘马，让与僧明。僧明上马复进，霸先亦易马麾兵，奋勇杀入，路养大败，脱身遁去。萧摩诃投降，霸先得收复南康，修理崎头古城，引兵居守。

高州刺史李迁仕曾与兰裕交好，至是欲为友复仇，拟袭南康，并召高凉刺史冯宝入州计事。冯宝为北燕遗裔，曾祖业浮海奔宋，留居新会，世为罗州刺史，及宝始徙任高凉。娶妻冼氏，智勇兼优，威服部众。宝奉召欲往，冼氏谏阻道："刺史无故，不应召太守，想是迁仕欲反，胁君同行，愿君勿往，徐观后变！"宝乃托病不赴，果然迁仕出兵，使军将杜平虏往袭南康。霸先已经探悉，使部将周文育出拒，胜负未分。冼氏闻知消息，又语冯宝道："杜平虏与官军相争，不能骤还，迁仕在州，实无能为。君可致书迁仕，谓病尚未瘳，特遣妇参见，并输军资，彼必心喜，不加戒备。妾率千人步担杂物，声言输送，一入州城，便可破迁仕了。"宝依计行事，冼氏整装随发，行至高州城下，迁仕果然无备，开城纳入。哪知担中统是甲仗，由冼氏一声暗号，大众各穿甲持械，攻入州署，迁仕仓皇窜逸，逾垣脱身，得往宁都。杜平虏亦被文育杀败，走回城下，仰见城门紧闭，上面坐着一位女将军，俯首娇呼道："平虏休来！我已驱除叛贼了。"平虏料不肯纳，绕城遁去。及文育驰至，冼氏乃开城出迎，说明情由，文育大喜。冼氏欲往谒霸先，当由文育派兵为导，到了赣石，得与霸先相见。霸先厚加慰劳，且赐金帛。冼氏不受，辞归高凉，复语冯宝道："陈都督不是常人，将来不但平贼，且必乘时立业，不可限量，君宜厚加资助，图保终身！"宝乃拨送粮械，接济霸先，霸先当然申谢。此段力写冼氏，以旌女豪。一面再遣杜僧明等往攻迁仕，迁仕拒守数月，终被僧明杀入，擒还南康，结果性命。

霸先自南康出发，进兵江州，赣石旧有二十四滩，行旅视为畏途，至此水涨数丈，巨石皆没，一任航行。霸先行次西昌，有龙出现水滨，五彩鲜曜，时人目为异征。湘东王绎即授霸先为江州刺史。霸先请发兵相会，绎却无暇顾应，尚欲有事郢州。看官道是何因？原来邵陵王纶至郢州后，由刺史南平王恪，梁武侄，即萧伟子。推纶为假黄钺都督承制。纶大修铠仗，拟讨侯景，偏湘东王绎不肯相容，竟使王僧辩、鲍泉率领舟师，潜往袭击，至鹦鹉洲，纶已察觉，特使人致书僧辩，略云："将军前年为人杀侄，今年复为人攻兄，借此求荣，恐为天下所不齿，请将军自思！"僧辩将原书报绎，绎仍令进军。纶闻僧辩复进，乃集众西园，挥涕与语道："我本无他，志在灭贼，湘东疑我争帝，发兵来攻，今日欲守，奈乏粮储，欲战且取笑千载，看来只好避往下流罢！"麾下壮士争请出战，纶仍不从，即与世子瓒登舟北去。

郢州刺史南平王恪迎僧辩入郢州城，僧辩送恪诣江陵，向绎报捷。绎遣世子方诸为郢州刺史，方诸年仅十五，因为绎宠妃王氏所生，格外钟爱，特令出镇江夏，即郢州治。用鲍泉为辅，控遏下游。邵陵王纶北至武昌，稍收散卒，屯齐昌城，遣使向北齐乞降，齐封纶为梁王。绎固无兄，纶亦无父，背国降虏，同归于尽。纶乃移营马栅，将引齐军共攻南阳。侯景部将任约，方由江州西上，进寇西阳武昌，闻纶在马栅立营，使偏将叱罗通，带领数百精骑，潜往袭纶。纶猝不及防，溃走汝南。汝南为西魏属地，城主李素系纶故吏，开门迎纶，纶乃修城池，集士卒，将图安陆。西魏安州刺史马岫报知宇文泰，泰遣将军杨忠攻汝南，适天寒雨雪，不便攻扑，纶与李素乘城协守，魏兵多死。

相持数旬，天气通温，杨忠督兵猛攻，李素中箭身亡，城遂被陷。纶拚命巷战，为忠所杀，投尸江岸。岳阳王詧时已称臣西魏，受封梁王，在襄阳建台置吏，特遣人致书杨忠，愿收纶尸埋葬。忠即允诺，当由襄阳使人，取尸棺殓，面色尚如生时，因载回襄阳，择地营葬去了。梁武家儿又弱一个。

宁州刺史徐文盛受湘东王绎命令，募兵得数万人，东下讨贼。行次贝矶，正值景将任约据有西阳、武昌，拥着艨艟大舰，逆流前来。文盛纵兵迎战，击破约军，阵斩叱罗通等，约走西阳，侯景方自称汉王，进位相国，又加号宇宙大将军，都督六合诸军事。梁主纲毫不预闻，及见文牍上载此名号，方惊叹道："将军乃有宇宙的称呼么？"景令王克为太师，宋子仙为太保，元罗为太傅，郭元建为太尉，张化仁为司徒，任约为司空，王伟为尚书左仆射，索超世为尚书右仆射。所有军国大权，仍归侯景掌中。会因任约兵败，乃引军自出，驻扎晋熙。
南康王会理，因侯景出戍，都城空虚，遂与左卫将军柳敬礼、即仲礼弟。西乡侯萧劝、东乡侯萧勔，皆萧景子。密谋起兵，诛灭景党。王伟是景第一心腹，会理等暗中规划，想把他先开头刀，不意建安侯萧贲，正德弟正立子。与始兴王萧憺孙子邕，竟将会理等密谋，通报王伟。伟先发制人，立率党羽，收捕会理，与会理弟通理、乂理，还有萧劝、萧勔、柳敬礼等，一古脑儿拘入狱中，飞使报景，乞请处置。景并不多说，只回答一个杀字，可怜会理等人，骈首就刑。那丧尽天良的萧贲、萧子邕，得景赐姓，改萧为侯，且受景封爵为王。萧氏得此坏子孙，直把那远祖萧何丞相的面目都剥光了！比正德还要弗如。

武林侯萧谘，鄱阳王范弟。姿禀文弱，不为景忌，尝得出入宫廷，侍谈主侧。自会理等谋泄被害，遂为贼党注目。谘因事至广莫门外，突然遇盗，把他杀死，这明明是景党所遣，伪为盗装，了结谘命。真也是一个斩草除根的绝计。景尝与梁主纲登重云殿，礼佛设誓道："自今君臣，两无猜贰，臣不得负陛下，陛下亦不得负臣！"至此景疑梁主与会理通谋，所以杀谘。梁主纲亦自知不久，见舍人殷不害在侧，指殿与语道："庞涓当死此下！"不害亦叹息而出。

惟侯景闻内变已平，遂由晋熙趋宣城。宣城守将杨白华拒守经年，已累得粮尽力疲。偏侯景亲自到来，眼见得不能支撑，景又致书招降，许令不死，白华只好出迎。宣城虽下，三吴又义兵迭起，新吴有余孝顷、会稽有张彪，俱严辞讨景，羽檄交驰。景不得已还至建康，遣将堵御，怎奈顾东失西，图近忽远，任约屯兵西阳，屡次失利，武昌被徐文盛夺去，告急书络绎不绝。景只得再自出师，倍道至西阳，与徐文盛夹江筑垒，准备厮杀。文盛闭营不动，侯景渡江来攻，他始麾舟逆击。令旗一飐，数百号小舟如箭驶至，攒攻侯景。景慌忙迎敌，正杀得难解难分，那文盛一箭射来，本意是欲射侯景，偏右丞库狄式和立在前面，做了侯景的替死鬼，堕水丧命。景不禁胆寒，引舟急退，逃还营中。只晦气了若干将士。自经此一战，景知文盛难敌，拔营复退，遣宋子仙、任约等掩袭郢州。

郢州刺史萧方诸但知嬉戏，未谙军旅，行郢州事鲍泉又是个酒囊饭袋，专供方诸戏弄，有时伏床作马，背负方诸，有时卧地作牛，口引方诸，镇日里游戏作乐，毫不设备。某日大风急雨，天色晦冥，有守卒登城遥望，隐约见有许多贼骑，卷旆前来，忙下城报泉道："贼骑来了！"泉怡然道："徐文盛方杀败贼众，何因得至？汝休得谎报！"说着又有走报如前。泉尚未信，直至探报迭至，方令闭城，那贼骑已经趋入，守卒逃避一空。泉不闻声响，还与方诸戏狎。方诸踞坐泉腹，用五色彩线替泉辫髯，忽有一将排闼径入，持刀欲斫，方诸眼快，忙跪伏地下，叩头求免。确是一个小儿态。泉望将过去，正是贼帅宋子仙，急向床下一缩，匍匐进去。老头儿更不济事。宋子仙早已瞧着，顺手去扯泉须，泉痛不可耐，只好爬出，须与彩线已半被拔落。当由子仙召入部众，将两人捆送景营。景闻郢州得手，竟顺风张帆，越过文盛军营，直入江夏。文盛大惊，溃归江陵。

湘东王绎已命王僧辩为大都督，率诸军至巴陵。途次闻郢州失守，乃即在巴陵驻军，飞使报绎。绎复书道："贼既乘胜，必将西下，卿不劳远击，但散守住巴邱，以逸待劳，无虑不胜！"又语僚佐道："景若率水陆两路，直指江陵，最是上策；否则据夏首，积兵粮，尚不失为中策；倘徒力攻巴陵，乃真是下策了。巴陵城小势固，僧辩自能坚守，景攻城不拔，野无所掠，待暑疫迭起，食尽兵疲，还有甚么不破呢！"想是湘东应做数年皇帝，所以福至心灵。乃命罗州刺史徐嗣徽、武州刺史杜崱，各引兵往助僧辩。

侯景使丁和守夏首，任约趋江陵，自督宋子仙等攻巴陵。景颇三策并用，但注重巴陵，已落下计。僧辩乘城固守，偃旗息鼓，静若无人，景遣轻骑至城下，问城中何人主守，僧辩令守卒回答道："守将为王领军。"城下复仰问道："何不速降？"僧辩复令守卒应声道："汝军但向荆州，此城不足为碍。"骑兵返报侯景，景颇以为疑。宜州刺史王琳从僧辩屯巴陵。乃兄王珣前曾驻守江夏，投降景军，景乃把珣两手反翦，推至城下，使招琳降。琳厉声道："兄受命拒贼，不能死难，尚敢来哄我么？"言已，弯弓欲射。珣赧颜趋退，景即督士卒百道攻城。但听城中梆声一响，旗鼓张皇，矢石如雨点般飞下，伤死景众无数，景只好却退。僧辩又迭出奇兵，与景角斗。景身被甲胄，在城下督战；僧辩却宽袍大袖，乘舆巡城，一些儿不露惊惶，反令守卒鼓吹奏乐。景不禁叹服，屡战无功。

湘东王绎令武猛将军胡僧祐出援僧辩，且面谕道："贼若水战，但用大舰迎击，必然大胜，若止步战，可鼓棹自往巴邱，不烦与他交锋了。"僧祐奉令至湘浦，与景将任约相遇，佯为畏约，避就他路。约驱众急追，直抵羊口，遥呼僧祐道："吴儿何不早降？走将何往？"僧祐不应，潜引兵至赤沙亭，适信州刺史陆法和引兵来会，法和有异术，能预料吉凶，当侯景围台城时，尝语人道："景亦胜亦不胜。"至此闻任约进逼江陵，自请会击。湘东王绎乃令他接应僧祐。法和与僧祐定计，伏兵待约。约自恃屡胜，驰入穽中，那时伏兵骤起，左有僧祐，右

有法和，两军围裹拢来，随你任约勇力过人，到此也似虎落陷坑，无从逞威，被法和军活擒了去；余众多死。

景在巴陵城下，众多病疫，又兼粮食告罄，正思退军，蓦闻任约被擒，且惊且惧，便即焚营夜遁，用丁和为郢州刺史，留宋子仙守郢城，别将支化仁守鲁山。法和送约至江陵，自请还镇，并语绎道："侯景将平，不必多虑，惟蜀贼将至，不可不防！"绎乃遣屯峡口，任约亦愿归诚，绎因许赦免。更命王僧辩、胡僧祐等引兵东下。僧辩先攻鲁山，擒住支化仁，进薄郢州，攻克外郛，斩首千级。宋子仙退据金城，僧辩四面筑垒，环攻不休。子仙惶急得很，情愿献还郢城，乞放开一网，俾得生还。贼党也有此时。僧辩假意允许，撤去一面围兵，给船百艘，令他载归。一面命别将杜龛领着精兵千人，攀堞齐上，鼓噪奄进。子仙开城驾舟，与丁和飞桨遁逃。驰至白杨浦，天色

将晚。子仙拟拢舟近岸，不防芦苇中闪出一军，为首一员大将装束与天魔相似，大声喝道：“逆贼休走！周铁虎等候多时了！”小子有诗为证，诗云：

悍贼横行已数年，到头毕竟有谁怜？
一声惊响心先碎，乱党从来少瓦全。

究竟宋子仙等能否逃生，且至下回再叙。

陈霸先起兵讨贼，为陈氏开基之始。彼本安居岭南，独能仗义执言，纠众兴师，当其出南海，越大庾，转战无前，所向披靡，元景仲、兰裕、蔡路养、李迁仕等，非死即遁，未闻有敢与久持者，何其锐也！冯夫人冼氏，谓非常人，诚哉其然。惟冼氏为一妇人，乃能鉴别枭雄，已非凡品，且为冯宝设谋，智赚迁仕，有此巾帼，不亚须眉，宜本回之力为旌扬，不肯苟略。王僧辩之从容拒景，智勇不在霸先下，瑜、亮并生，同辅一主，设非后日之互启猜嫌，各思攘柄，宁非亦萧氏之周召耶！故本回提出二人，作为纲领，所以表贼景之平，实由二人为首倡云。

第六十四回　弑梁主大憝行凶 窃侯贼庶支承统

却说宋子仙等行至白杨浦，兜头遇着一将，率兵拦住，叫做周铁虎。铁虎本在河东王誉麾下，誉败死后，铁虎为僧辩所擒。僧辩因他骁勇绝伦，屡摧将士，特下令就烹，铁虎大呼道："侯景未灭，奈何烹壮士！"僧辩暗暗称奇，乃许释缚，收为部将。至是特令他往截子仙，子仙已经胆怯，不得已与他交锋，战了数合，被铁虎卖个破绽，把他擒住。丁和本是无能，见子仙受擒，吓做一团，当由铁虎麾动左右，牵令下马，一同捆缚。余众或死或降。铁虎回营献俘，僧辩即解二俘往江陵。湘东王绎亲加审讯，问明方诸、鲍泉下落。才知方诸由侯王带去，鲍泉已被丁和捶死，投尸黄鹤矶，于是绎怒不可遏，即将二俘斩首，并命王僧辩进兵江州，与陈霸先会师。

时侯景返至建康，猛将多死，自恐不能久存，因欲篡梁称帝，暂娱目前。王伟希旨进言道："从古移鼎，必须废立，既示我威，且绝彼民望，幸勿再延！"景乃使前寿光殿学士谢昊，代草诏书，略言：弟侄争立，星辰失次，皆由朕非正绪，召乱致灾，宜禅位豫章王栋云云。既要篡位，何必再立豫章？诏既草就，遂遣党徒吕季略赍入，逼梁主纲署印。一面即着卫尉卿彭儁等带兵入宫，拥梁主至永福省，派兵监守，杀太子大器、寻阳王大心、西阳王大钧、建平王大球、义安王大昕皆梁主纲子。及宗室王侯二十余人。大器风度端凝，未尝屈事贼党，或劝他稍贬气节，大器道："贼不杀我，抗礼无伤；若要见杀，百拜何益！"景西出时，曾挟大器俱行，为质军中。及自巴陵败归，步伍错乱，大器坐船在后，左右劝他乘隙北往，免受贼制。大器道："国家丧亡，本不图生，今若逃匿，不是避贼，乃是叛父了！"此语未免愚孝。景因他器宇深沉，防为后患，故先行下手。临死时颜色不变，且从容道："久已待死，已恨过迟。"贼党取衣带上前，大器道："此物何能即死，不如用系帐绳罢。"贼党乃将绳取下，套大器颈，一绞即已断气。后来湘东正位，追谥为哀太子，这且不必细表。

且说侯景既废去梁主纲，降封为晋安王，遣人迎立豫章王栋，栋系昭明太子长孙，父即豫章王欢，欢已去世，栋闲居第中，廪饩甚薄，方与妃张氏灌园锄葵，忽见法驾来迎，大惊失措，没奈何涕泣升舆。将入宫中，忽有回风，从地涌起，吹去华盖，飞出端门，都人已目为不祥。侯景等拥栋至武德殿，被服衮冕，即位受朝，改大宝二年为天正元年。太尉郭元建自秦郡驰还，向景进言道："主上系先帝太子，奈何见废？"景答道："王伟劝我早绝民望，所以举行。"元建道："我挟天子令诸侯，尚惧不济；况无端废立，更失人心，祸且不远了！"景犹豫未决。更有溧阳公主顾念父恩，亦劝景迎父复位。景素爱公主，又因元建谏诤，即欲迎还故君，令新主栋为太孙。王伟闻信，亟入见景道：“废立大事，难道可朝令暮改么？”景乃罢议。伟又劝景尽杀梁主纲子，景因遣使四出，一至吴郡杀南海王大临，一至姑熟杀南郡王大连，一至会稽杀安陆王大春，一至京口杀高唐王大壮。又将太子妃赐郭元建，元建道：“岂有皇太子妃，为人作妾么？”还算有些天良。景亦不便强迫，乃搁过不提。

惟王伟凶恶得很，复劝景弑故主纲。景因遣彭儁、王修纂与伟同至永福省，尚说是奉觞上寿。纲笑道：“寿酒么？想是要祝我归天了！”遂嘱陈肴馔，兼使鼓乐，饮得酩酊大醉，入卧床中。伟使儁携入土囊，压纲身上，再令修纂就土囊上坐，一个醉天子，当然是气绝身僵，时年四十九岁，在位只有二年。纲字世缵，被幽时题壁自序云：有梁正士兰陵萧世缵，立身行道，始终如一，风雨如晦，鸡鸣不已，弗欺暗室，何况三光！数至于此，命也如何！又作连珠二首，词极凄怆，平素著述颇多，不可殚纪。王伟见故主已殁，便撤户扉为棺，迁殡城北酒库中，然后欣然复命。想与梁主有宿世冤仇，故狠毒至此。景为故主纲拟谥，称为明皇帝，庙号“高宗”。越年由王僧辩等入都，奉葬庄陵，追崇为简文皇帝，庙号“太宗”。

新主栋即位后，尊先祖昭明太子统为昭明皇帝，先考豫章王欢为安皇帝，进东道行台刘神茂为司空，余官如故。神茂闻侯景败归，阴谋反正，至司空命下，即誓众绝景，谓系受国厚恩，理应为国讨贼等语。乃据住东阳，遥应江陵。江陵大将王僧辩复自郢州东下，收降豫章守将侯瑱，直入湓城，与陈霸先会师屯邱，得霸先接济粮米三十万石，军势大震。再引兵拔晋熙，下寻阳，所向无前，贼众尽靡。

侯景急欲称帝，自加九锡，置丞相以下百官。嗣建天子旌旗，出警入跸。未几逼栋禅位，僭号汉帝，升坛受贺。坛前忽有兔跃起，一跃即杳，天空有白虹贯日，众皆惊讶。景还登太极前殿，改天正元年为太始元年，封萧栋为淮阴王，幽锢监省。栋弟桥樛，亦并禁密室。王伟请立七庙，景问道："甚么叫做七庙？"伟答道："天子祭七世祖考，所以应立七庙。"景默然不答，伟又问七世名讳，景乃说道："前代祖名，我不复记，但记我父名标，死在朔州，去此甚远，就是阴灵未泯，怎得到此来噉血食呢？"左右不禁暗笑。我说他一生狡猾，惟此数语，尚本天真。有一侯景旧将，记得景祖名乙羽周，余皆无考。王伟捏造名号，推汉司徒侯霸为始祖，晋征士侯瑾为七世祖，祖周为大丞相，父标为元皇帝。遣赵伯超为东道行台，往戍钱塘。令中军都督李庆绪、右厢都督谢答仁、左厢都督李遵等，出击刘神茂。神茂连战皆败，部将王晷郦通出降谢答仁，神茂亦穷蹙乞降。答仁送神茂至建康，景命特制大锉碓，自足至头，寸寸锉碎。还有神茂部将元頵、李占等，临阵被擒，亦截去手足，绑示大众，辗转呼号，经日乃毙。都人恨景残忍，愈觉离心。景又深居禁中，荒耽酒色，非故旧不得进见，部将亦多怨望。

那王僧辩、陈霸先两军，受湘东王号令，于次年二月初旬，会讨侯景，舳舻数百里；两统帅至白茅湾，筑坛歃血，共读誓文。大旨在协力讨贼，永无贰心，大众闻言，统皆踊跃听命。僧辩即使侯瑱率师，袭击南陵、鹊头二戍，再战皆克，遂顺流东进。侯景已遣侯子鉴带着水兵，出屯肥水，郭元建带着陆兵，进趋小岘。子鉴正攻入合肥外城，闻西师将至，退保姑熟。景又遣将史安和、宋长贵等，往助子鉴，且自赴姑熟巡视垒栅，面谕子鉴道："西人善长水战，勿可轻与争锋，若得马步一交，定可得胜。汝但坚守待变便了。"言讫还都。子鉴依命办理，舍舟登陆，闭营不出。王僧辩等到了芜湖，探得侯子鉴立营岸上，却也不敢轻进，逗留至十余日。当有人通报侯景，谓西军将遁，急击勿失。景方下一伪诏，赦湘东王绎、王僧辩等罪状，部众笑为无益。乃令子鉴整备水战，子鉴复由陆登舟。僧辩得报，即率舟师趋姑熟。子鉴发步骑万余人，上岸挑战，另用鸼舠千艘，分载战士，为追逐计。鸼舠音鸟了，系是长船，两旁着桿，往来如飞。僧辩不与步战，且麾小船退后，但留大舰夹泊两岸。子鉴部下，疑他怯战，便各驶船前追，僧辩待他过去，然后鼓动大舰，断他归路，复扬旗指麾小船，四面截击，鼓噪大呼，杀得贼船东沉西没，无路可奔。子鉴弃甲改装，夺路逃脱。败报为侯景所闻，景不禁大惧，涕下满面，引衾蜷卧，良久方起，叹道："我误杀乃公！"当下使石头戍将张宾，用海艟缒沉淮中，堵塞淮口，再沿淮筑城，自石头城至朱雀桁，楼堞相接，亘十余里，拒遏西师。也是呆人呆想。

王僧辩督领诸将，乘潮入淮，见前面守备严整，也觉踌躇，因向陈霸先问计。霸先道："前柳仲礼拥兵数十万，隔水久驻，贼登高俯瞩，一望无余，故能覆我师徒。今欲围攻石头，须速渡北岸，诸将若不能当锋，霸先愿先去立栅，请公无虑！"僧辩大喜。霸先遂往石头西面落星山，择地筑栅。僧辩亦进军招提寺北。侯景亲出抵御，有众万余人，铁骑八百余匹，列阵西州西隅。霸先道："我众贼寡，应分贼兵势，休使他聚精蓄锐，向我致死。"乃命诸将分道置兵，张皇声势。

景意欲速战，纵骑进攻，冲入西军偏将王僧志营，僧志少却。霸先遣将军徐度率弓弩手三千，绕出景后，更番迭射，景后队多伤，只好引退。霸先与王琳、杜龛等，麾动铁骑，突入景阵，僧辩又率大军继进，仿佛泰山压卵一般，教侯景如何抵挡？没奈何退入栅中。石头城守将卢晖见西军势胜，景已败还，料知景必危亡，便开门出降。僧辩入据石头城，霸先尚在城外，与景相持。景尚督众死战，自率百余骑，弃槊执刀，硬行冲突，再进再却，众遂大溃。诸军逐北至西明门，景返至阙下，召王伟叱责道："尔迫我为帝，今日何如？"伟不能答。景即欲出走，伟执辔谏阻道："从古岂有叛天子！现在宫中卫士，尚足一战，去此意欲何往？"景喟然道："我从前败贺拔胜，破葛荣，扬名河北，渡江入台城，降柳仲礼如反掌，今日是天亡我了！"恶贯满盈，应该至此。乃用皮囊盛二婴儿，系在江东所生，俱属襁褓。分挂鞍后，与亲党百余骑，东走入吴。侯子鉴、王伟等奔朱方。

僧辩命杜龛、杜崱等入据台城，军士剽掠居民，不加禁止，可怜男女裸体，号泣盈途。僧辩不得善终，已兆于此。是夕军役失火，焚去太极殿及东西堂，所有宝器羽仪辇辂，一古脑儿付与祝融。僧辩命侯瑱等率精甲五千，驰追侯景，自率诸将诣阙，王克、元罗等偕台内旧臣，恭迎道旁，僧辩笑语王克道："君等服事虏主，想亦甚劳！"克等惭不能对。僧辩又问玺绶何在？克嗫嚅道："已被持去。"僧辩叹道："我王氏百世卿族，一朝坠地无遗了！"当下迎故主纲梓宫入殿，率百官哭踊如仪，然后报捷江陵，奉表劝进，且迎都建康。湘东王绎复称缓议。不可无此做作。

从前绎遣僧辩东行，僧辩道："平贼以后，嗣君万福，究应如何行礼？"绎直答道："六门以内，自极兵威。"太觉忍心。僧辩又道："讨贼事由臣负责，若命臣为成济，见前注。臣不敢为！请另用他人！"绎乃密嘱宣猛将军朱买臣，使他便宜处置。此朱买臣非汉会稽太守之朱买臣。及西师入都，萧栋及二弟桥樛得从密室出走，途次遇着杜崱，替他释去锁械，桥梏相语道："今日始得免横死了。"栋皱眉道："倚伏难知，我尚耽忧。"言未已，朱买臣已经趋至，呼萧栋兄弟下船，出酒劝饮，灌得三人醉如烂泥，令左右把他扛出，但听得扑通扑通好几声，俱到水晶宫挂号去了。买臣虽奉主命，手段亦觉太辣。

僧辩使陈霸先赴广陵，招降郭元建、侯子鉴等，子鉴恐不相容，与元建投奔北齐。独王伟与子鉴相失，俘归建康。僧辩问道："卿为贼相，不能死主，还想求活草间么？"伟答道："兴废乃是天命；若汉帝早从伟言，明公岂有今日！"僧辩冷笑数声，送往江陵，归湘东王取决。

惟侯景南走钱塘，赵伯超闭门不纳，再北趋松江，被侯瑱追及，景尚有船二百艘，众数千人，瑱麾众进击，擒住彭隽、田迁、房世贵等。景与腹心数十人，单舸飞奔，推堕二子

入水，拟东航入海。瑱遣副将焦僧度追景，景手下有库直都督羊鹍，为景妾兄，曾随景东走，见景穷蹙无归，不觉心变，乘景昼寝，却令舟子转舵，驶向京口。景睡醒起望，前面已是胡豆洲，距京口不过数十里，顿时大骇，召鹍入问，鹍拔刀指景道："我等为王效力，已有数年，今王已无成，乞借头颅，博取富贵！"景未及答，刀锋已近身旁，慌忙避入船中，用佩刀抉船底，意欲凿船逃生，鹍取过一槊，用力猛刺，直穿景背。景猛叫一声，立即倒毙。景将索超世在别船，鹍诈传景命，召至船中，把他拘住，连人带尸，献与南徐州刺史徐嗣徽。嗣徽诛死超世，用盐纳景腹中，送往建康。僧辩枭景首级，传入江陵，尸身陈列市曹，士民争往脔食，并骨俱尽。溧阳公主尚在都中，因父兄遇害，恨景亦深，也欲烹食景肉。众将景阳物割下，畀与公主，公主亦囫囵吞入，嚼尽无余。上下倒置，太要朵颐。

赵伯超、谢答仁等皆乞降瑱军，瑱一并送至建康。僧辩只斩一房世贵，余皆解往江陵。

湘东王绎得侯景首，悬市三日，用漆烫过，藏诸武库。遣南平王萧恪为扬州刺史，进王僧辩为司徒，镇卫将军，封长宁公，陈霸先为征虏将军，开府仪同三司，封长城县侯。一面审讯俘囚，十杀七八，只赦任约、谢答仁。王伟在狱中，曾上五百言诗，绎爱他文才，欲加赦宥，或谓伟前日曾作檄文，词意甚佳。此人必与伟有仇。绎即命检视，檄文中有联语云："项羽重瞳，尚有乌江之败，湘东一目，宁为赤县所归！"绎不禁大怒，命牵伟出狱，拔舌钉柱，剜腹脔肉，然后致死。侯景叛逆，皆伟主议，虽置伟极刑，不足蔽辜，但湘东为私意杀伟，转难服众。

伟既伏诛，乃下令大赦。南平王恪等统上书劝进，绎尚未遽许，但已遣人求玺。这玺绶曾由侯景带去，景嘱侍中兼平原太守赵思贤掌管，且预语道："若我死，宜沉玺入江，勿使吴儿再得此物！"玺有何用？岂吴儿不得此玺，便不能为帝吗？思贤唯唯受命。及景为羊鹍所杀，思贤持玺潜逃，从京口渡江，中途遇盗，投弃草间。奔至广陵详告郭元建，元建使人寻取，果然得玺，献与北齐行台辛术。术转献齐廷，传国玺遂为高氏所有了。

齐主高洋使散骑常侍曹文皎，南下聘问。湘东王绎亦遣散骑常侍柳晖报聘。两下方玉帛修仪，不意高洋纳郭元建言，竟令司空潘乐出兵，偕元建围梁秦郡。行台辛术，谓信使往来不绝，不宜无端动兵，高洋不从。陈霸先方出镇京口，先遣徐度、杜崱等陆续赴援，寻且自往秦郡，击退齐兵，斩首万余级，然后班师。主僧辩再会公卿百官，奉表江陵，请绎嗣位，绎乃准如所请，即位江陵，颁行诏书。略云：

夫树之以君，司牧黔首，帝尧之心，岂贵黄屋？诚弗获已而临莅之。朕皇考高祖武皇帝，明并日月，功格区宇，应天从民，惟睿作圣。太宗简文皇帝，地侔启诵。方符文景，羯寇凭陵，时难孔棘。朕大拯横流，克复宗社。群公卿士，百辟庶僚，咸以皇灵眷命，归运所及，天命不可以久淹，宸极不可以久旷，粤若前载，宪章令范，畏天之威，算隆宝历，用集神器于予一人。昔虞、夏、商、周，年无嘉号，汉、魏、晋、宋，因循以久，朕虽云拨乱，且非创业，思得上系宗祧，下惠亿兆，可改太清六年为承圣元年。绎尚奉太清年号，见六十二回。逋租宿负，并许弘贷；孝子义孙，可悉赐爵；长徒锁士，特加原宥；禁锢夺劳，一皆旷荡。与民更始，令众周知！

648. 即位这一日，不升正殿，但在偏殿中召集百僚，草草行礼，算是权宜办法。越数日，追尊生母阮修容为文宣太后，立王子方矩为皇太子，改名元良。方智为晋安王，方略为始安王。当时江陵以东，但以长江为限，江北地俱入北齐，江陵以西，仅至峡口，西蜀一带，有益州刺史武陵王纪据守，不服湘东命令，岭南也由萧勃自主，阳奉阴违，绎虽称帝，权力有限，不过千里以内，尊为梁主罢了。小子有诗叹道：

国难君危两不知，痴心但望嗣皇基；
江陵侥幸登君位，蜗角偷安得几时！

梁主绎即位时，湘州长史陆纳，已经起叛。欲问他出自何因，容至下回分解。

侯景之乱，成之者为王伟，败之者亦王伟。伟之恶实浮于景，不过景为渠魁，罪归于主，故后世多嫉景而略伟耳。试阅本回之弑纲废栋，及屠戮大临、大连等人，何一非伟导成之？自篡弑之恶，大暴于天下，而景之始鸣得意者，终变而为大失意，众矢集的，不亡何待！脔割之遭，虽为恶贯满盈所致，顾景非王伟，恶不至此，误杀乃公之悔，顾何及哉！湘东王绎尚欲曲宥伟罪，及见湘东一目之文，始有拔舌剜腹之罚。满腔私意，无自服人，此所以即位未几，而仍致败亡也欤！

第六十五回　杀季弟特遣猛将军
鸩故主兼及亲生女

却说湘州刺史王琳，曾偕僧辩入都平景，功居第一。他本家居会稽，以行伍起家，姊妹皆入湘东王宫，琳因侍王左右，得邀荣宠，平时常倾身下士，所得赏赐，不入私囊，尽给兵吏，麾下约有万人，多系江淮群盗，乐为彼用，自平乱有功，恃宠纵虐。僧辩不能禁，密表请诛，绎但调琳为湘州刺史。琳恐及祸，使长史陆纳率部众赴州，自诣江陵陈谢。临行时，与约相语道："我若不返，汝将何往？"纳等齐声请死，乃洒泪而行，既至江陵，一入殿中，即被卫军拿住，下吏论罪，另授皇子始安王方略，代镇湘州，用廷尉黄罗汉为长史，使与太舟卿太舟官名。张载同至巴陵，抚驭琳军。陆纳及士卒并哭，不肯受命，载素性悍戾，又得主眷，遂厉声喝阻。不管死活。才及半语，已由纳麾动士卒，一拥而上，把载绑缚起来，并将罗汉拘住。惟方略为王琳甥，纵使归报。梁主绎续遣宦官陈旻，往谕纳众。纳反将张载牵出，刳腹抽肠，系诸马足，策马使行，肠尽气绝，及剖心焚骨，率众欢舞，惟黄罗汉向来清谨，得免惨祸。究竟悍吏不及清官。纳遂引兵据住湘州。梁主绎复令宜丰侯萧循萧谘弟。为湘州刺史，一面征王僧辩督师会讨，循至巴陵，驻节以待，忽得纳请降书，求送妻子，循微笑道："这明是诈降计，今夜必来袭我了！"因将麾下千人，分头埋伏，自己兀坐胡床，开垒待着。延至夜半，纳果用轻舸载兵，飞驰而至，遥见垒门大启，上面坐着一人，端居不动。纳未免惊诧，便令兵士鼓噪直前。将逼垒门，那上坐的仍然如故。当时疑为草人，正思用槊入刺，不防两旁突起伏兵，大刀阔斧，奋勇杀来，纳知是中计，忙勒兵倒退，已被杀伤多人，慌忙下舟南遁。最后一舰，不及开驶，眼见为循军夺去。纳垂头丧气，走保长沙，王僧辩亦至，与循相会，共逼长沙城下。纳复率众迎战，僧辩亲执旗鼓，循亦躬冒矢石，东西并进，大破纳众，纳入城拒守，由僧辩等进兵环攻，连旬不下。梁主绎特遣送王琳至长沙，令谕纳众，纳众在城上罗拜，且泣语道："朝廷若肯赦王郎，乞许彼入城，纳等情愿待罪。"僧辩尚未肯许，仍将王琳送回江陵。适武陵王纪自西蜀发兵，来窥江陵，信州刺史陆法和屯兵峡口，与纪相持，并遣人至江陵乞援，梁主绎欲调长沙兵往助，不得已赦琳前罪，仍遣为湘州刺史。琳复至长沙，纳众迎降，湘州告平，乃更调琳拒蜀。看官欲知武陵王纪何故与江陵为难？说来又是一种情由。纪系梁武第八子，少得父宠，大同三年，受命为益州刺史。纪因道远固辞，梁武密嘱道："天下方乱，惟益州可免，故特处汝，汝宜勉行为是。"纪乃涕泣赴镇。及侯景入都，曾得朝廷密敕，加位侍中，假黄钺都督征讨诸军事，促令入卫。纪尝令世子圆照，领兵三万，受湘东王绎节度，会兵讨景。绎命圆照屯白帝城，未许东下，至梁武饿死，纪将督兵自行，又为绎所劝阻。纪次子圆正，方任西阳太守，绎署为平南将军，诱令入谢，把他囚住，荆、益衅端，从此始开。纪颇有武略，居蜀十七年，南开宁州、越隽，西通资陵、吐谷浑，内劝农桑，外通商贾，财用丰饶，器甲殷积，因与江陵生隙，遂从长史刘孝胜言，僭号蜀中，改元天正，与萧栋同一年号。时已有人顾名思义，谓天为二人，正为一止，已各寓一年即止的预兆。这也未免牵强。司马王僧略、参军徐怦，谓不应称帝，并皆切谏，纪不但不从，且把他并置死刑。梁主绎承圣二年，纪遂率军东下，留益州刺史萧㧑守成都，行次西陵，军容甚盛，惟峡口设有二城，为陆法和所增筑，取名七胜城，锁江断峡，使纪军不得飞越。但乞江陵速发援师，梁主绎很怀忧惧，特贻书西魏，书中引着左氏传文，有“子纠亲也，请君讨之”二语。西魏大丞相宇文泰道：“取蜀制梁，在此一举。”诸将俱以为未可，惟大将军尉迟迥为宇文泰甥。力言可克，且禀泰道：“蜀与中国隔绝，百有余年，自恃险远，不虞我至，若用铁骑倍道进兵，径袭成都，蜀自不战可破了。”泰乃托词援梁，即遣尉迟迥出散关，引军入蜀。进至涪水，潼州刺史杨乾运举州请降，迥分兵守潼州，径袭成都。纪方锐意东下，接得成都急报，乃遣梁州刺史谯淹还援。偏又为尉迟迥所破。败报复至西陵，纪欲返救根本，独世子圆照及益州长史刘孝胜，力言不可，纪乃舍西图东。诸将各有异言，纪竟下令道：“敢谏者死！”自投死路，还要吓人。遂命将军侯睿率众七千，遍筑营垒，与陆法和相拒。梁主绎释出任约，令为晋安王司马，使领禁兵，往助陆法和。继又用谢答仁为步兵校尉，遣令再往，且致书与纪，劝他还蜀，专制一方。纪不肯从，答书如家人礼，并未称臣，绎复致书道：

吾年为一日之长，属有平乱之功，膺此乐推，事归当璧，倘遣使乎？良所希也。如曰不然，于此投笔，兄肥弟瘦，无复相见之期，让枣推梨，永罢欢愉之日。心乎爱矣！书不尽言。

纪得书不答，满望旗开得胜，直指江陵，怎奈屡战无功，师老财匮。又闻西魏军围攻成都，孤危愤懑，不知所为，乃遣度支尚书乐奉业，诣江陵求和。奉业反入白梁主道：“蜀军乏粮，士卒多死，危亡可立待呢。”梁主绎因拒绝和议；纪亦无法。将士多半思归，各有贰心，更因纪吝啬不情，平时尝熔金成饼，饼百为箧，箧以百计，银比金约五六倍，锦罽缯彩，不可胜数，每战但悬示将士，并未分赏。宁州刺史陈智祖，请犒军励士，纪不肯从，智祖竟至哭死。或欲向纪申请，纪又辞疾不见，因此众心益离。守财奴怎思济事！巴东民符升等斩峡口城主公孙晃，出降王琳，谢答仁、任约合攻侯睿，连破三垒，于是两岸十四城俱降。梁游击将军樊猛出兵截纪归路，纪不获退兵，只好顺流再进。猛趁势追击，纪众大溃，赴水溺死，约八千余人。再由猛联舟为阵，把纪众困在垓心，一面飞章奏捷。梁主绎密敕复报道：“与纪生还，不得言功！”杀害骨肉，已成惯技。猛乃督兵环攻纪船，纪在舟中绕床而走，不知所为。蓦见猛一跃过舟，挺槊来刺，自知命在须臾，急取金囊掷猛，且顾语道：“此物赠卿，愿送我一见七官。”注见前。猛叱道：“天子如何得见？我杀足下，金将何往？”说着，手起槊落，把纪戳倒，又加一槊，立即毙命。金钱本可买命，至此时也属无济了。

纪有幼子圆满，亦遭杀死。陆法和收捕圆照兄弟三人，送入江陵，梁主绎削纪属籍，改姓饕餮氏。刘孝胜亦被擒至，拘系狱中，嗣得释出。纪次子圆正在狱，由绎使人传语道：“西军已败，汝父已不知存亡了。”这二语是逼他自裁，圆正但号呼世子，哭不绝声。绎乃使与圆照相见，圆正顾圆照道：“兄奈何自残骨肉？徒使痛酷至此！”圆照惟自悔前误，付诸长叹罢了。既而两人并囚狱中，连日不得一餐，甚至啮臂啖血，历旬有二日乃死。远近统代为悲悼，咎绎不仁，那西蜀已被西魏军取去。成都守将萧㧑举州外附，尉迟回使民复业，惟收奴婢及储积，犒赏将士，不私一钱。西魏命回为益州刺史，自剑阁以南均归回承制黜陟，回申明赏罚，互用恩威，抚辑州民，招徕异族，华夷相率翕服，安帖无哗，从此西蜀版图归入西魏，后事容待缓表。

且说梁主绎既除季弟，便欲还都建康，将军宗懔、黄罗汉皆系楚人，不愿东迁。领军将军胡僧祐，御史中丞刘瑴，亦与宗、黄同意，极力谏阻，绎乃召朝臣会议，多至五百人，仍然聚讼未决。绎复下令道：“劝吾迁都可左袒；否则右袒。”一时左袒的人竟至过半。武昌太守朱买臣进言道：“建康旧都，山陵所在，荆镇边疆，非帝王所居地，愿陛下勿疑，免致后悔！臣家在荆州，岂不愿陛下居此？但恐是臣富贵，并非陛下富贵呢。”买臣此语，不为无见。梁主再使术士杜景豪卜易，未得迁都吉兆，因答言未吉。及趋退后，私语亲友道：“此兆恐为鬼贼所留呢。”嗣是梁主因建康彫残，江陵全盛，卒从僧祐等言，但令王僧辩还镇建康，陈霸先还镇京口。会齐遣郭元建治军合肥，将袭建康，梁命南豫州刺史侯瑱，迎战东关，击退齐师。

时齐主高洋已鸩死故主善见并善见三子，谥为魏孝静皇帝，葬诸邺城西隅。故后高氏已降为中山王妃，与善见情好颇笃，善见被幽，高氏随时护视。洋欲行弑，特召高氏入宴，至宴毕退还，善见已死。妃当然哀号，葬毕入宫，为洋所迫，令她转嫁杨愔，愔毫不推辞，竟礼迎而去。乐得受赐。洋复发中山王墓，把故主善见遗棺投入漳水，并将所有元魏神主焚毁殆尽。彭城公元韶曾纳孝武后高氏为妃，特邀异宠。开府仪同三司美阳公元晖业，位望隆重，从齐主洋在晋阳，尝至宫门外骂韶道："汝不及汉朝老妪，负玺畀人，何不当时击碎？我出此言，自知必死，看汝能生得几时！"谓汉元后投玺缺角，韶何故奉玺入齐！果然齐主闻言，召入晖业，一刀了事。韶文弱似妇女，由齐主令剃须髯，施粉黛，着妇人衣，随从出入。尝语左右道："我用彭城为嫔御。"韶亦不以为羞，旅进旅退，委蛇过去。

齐主洋又亲征突厥，并救柔然。自柔然与高氏结婚，往来通好，连年无事。回应五十八回。高洋篡魏，柔然主头兵可汗亦遣使入贺，洋亦答使报聘。偏有突厥起自西域，为柔然患。相传突厥系平凉杂胡，姓阿史那氏，集成部落，后被邻部破灭，只剩一个十龄小儿，刖足断臂，委弃草泽中，有牝狼衔肉相饲，乃得生长，竟与牝狼交合，俨若夫妇。邻部酋长复派兵捕杀遗儿，惟牝狼窜至高昌国西北，匿居深岩。狼已有孕，一产十男，十男渐长，分出穴中，掠民为妻，嗣是生育日蕃，得五百家，聚居金山南面，服属柔然，世为铁工。金山形似兜鍪，番俗呼兜鍪为突厥，因以为号。传至大叶护，种类渐强。既而伊利嗣世，强悍过人，募众击铁勒部，收降五万余家，遂自称土门可汗。遣人向柔然求婚，头兵可汗不允，且叱为锻奴，使人斥责。伊利怒斩来使，率众袭柔然，柔然与战不利，由伊利乘胜进击，围住柔然营帐。头兵可汗屡战屡败，愤恚自杀，有子菴罗辰及头兵从弟登注俟利等，突围奔齐。伊利可汗亦得胜回国，柔然余众，拥立登注次子铁伐为主。铁伐为契丹所杀，齐因送还登注，入主柔然。登注也不得善终，众复推立登注子库提。适伊利弟木杆俟斤承袭兄业，状貌奇异，面阔尺余，颜似赭石，眼若琉璃，素性刚暴多智，锐意拓地，便起兵再击柔然。柔然酋长库提哪里是他对手，没奈何举族奔齐。齐主高洋督军北巡，迎纳柔然部众，惟废去库提，改立菴罗辰为可汗，令居马邑川，赐给廪饩缯帛。当下往御突厥，突厥主木杆可汗闻齐天子亲自出马，前来征剿，也带着三分惧意，便致书请降。齐主洋亦得休便休，但饬令每岁朝贡，定约而还。突厥事始此。越年为齐天保五年，齐主洋复自击山胡，大破番众，男子过十三岁，一律腰斩，妇女及幼弱充赏，遂得平石楼山。山本绝险，终魏世不得制服，经齐主一鼓荡平，远近胡人始不敢抗命。齐主洋乃志得气盈，渐成狂暴。有都督战伤将死，医治难疗，索性刳挖五脏，令九人分食，骨肉俱尽。此后视人如畜，到割烹炙，几成为常事了。北齐事暂且按下，西魏事应当叙入。

自宇文泰当国以后，权势日盛，西魏主宝炬拱手受教，不能有为。泰初用苏绰为度支尚书，百度草创，损益咸宜。绰又尝以国家为己任，荐贤拔能，务期称职，每与公卿谈论，自昼达夜，事无巨细，若指诸掌，因此积劳成疾，遂至谢世。泰痛悼不置，当绰柩归葬时，由泰亲送出城，酹酒为奠道："尔知我心，我知尔意，方欲共平天下，奈何舍我遽去！"说至此，举声大恸，酒卮竟堕落地上，尚未觉着，直至柩已去远，方怏怏退回。

未几又仿古时寓兵于农遗意，创作府兵，平时仍然务农，到了农隙，讲阅战阵，马畜粮械，由民自备，惟将租庸调三项，尽行蠲免。输粟为租，输帛为调，力役为庸。每府归一郎将统率，百府得百郎将，分属二十四军，每军归一开府主持，合两开府置一大将军，合两将军置一柱国，共计柱国六人，最高统帅称为持节都督，宇文泰即手握都督重权。看官试想，国家治内控外，莫如兵力，泰既膺此重任，简直是把西魏版图运诸掌上，那主子宝炬还有甚么权威？但教画诺允行，不违泰意，便算是明哲保身了。府兵制度，向称良法，故特别提及。

宝炬在位十七年，病终乾安殿，年四十有五。太子钦入嗣帝位，尊父为文皇帝，母乙弗氏为文皇后，合葬永陵。越年虽然改元，不立年号，册妃宇文氏为皇后，就是宇文泰女。尚书元烈，系西魏宗室，密谋诛泰，谋泄被杀。钦由是怨泰，屡思拔去眼中钉。临淮王元育、广平王元赞，统说宇文氏根深蒂固，不能动摇，否则必将及祸；钦不以为然。两王再涕泣固争，仍然不省。泰诸子皆幼，兄子章武公导、中山公护、又皆出镇，惟用诸婿为腹心。清河公李基、义成公李晖、常山公于翼，并取泰女为妇，故各为武卫将军，分掌禁兵。钦有所谋，无非与二三幸臣，日夕私议，怎得中用，且反为宇文氏所探知。泰遂将钦废去，徙置雍州，改立钦弟齐王廓，且逼廓复姓拓跋氏。魏初统国三十六，大姓九十九，后多灭绝。泰封有功诸将为三十六国，次为九十九姓，所领士卒亦改从统将姓氏。是何意见？

过了三月，复由泰密遣心腹赍毒酒至雍州，鸩死故主元钦，史家称为废帝。钦后宇文氏自愿殉夫，也饮鸩而亡。后幼有风神，尝在座侧置列女图，有志效法，泰辄语人道："每见此女，良慰人意。"及嫁为钦妃，志操雅正，内助称贤，钦亦格外爱重。至钦嗣父祚，不置嫔御，仍与后伉俪甚欢。钦被废徙，后亦随往，可怜一对好夫妻，生同室，死同穴，魂魄相随，仍作地下鸳鸯去了。小子有诗叹道：

殉夫殉国两全贞，烈妇由来不惜生。
拚死愿随故主去，好教彤史永留名！

宇文泰既弑故主，复讽淮安王育上表，请如古制，降爵为公，于是西魏宗室诸王皆降为公爵，眼见得拓跋就衰，宇文益盛，要将西魏篡取了去。欲知后事，试阅下回。

武陵王纪出镇益州，梁武谓可以免祸，其为爱子计，固至密矣。贼景入都，纪尝遣子入援，中道为湘东所阻，乃逗留不进，是其咎当归诸湘东，于武陵犹可恕也。湘东平贼，因即正位，略心原迹，尚属名正言顺。武陵本为季弟，绳以兄友弟恭之义，应当赞助湘东，光复旧物；否则据境自守，专制一方，犹不失为中计，奈何僭号称帝，挟忿兴师，一误于刘孝胜，再误于世子圆照，卒致身死峡口，地为魏有，可恨亦可悲也！或谓武陵之死，由湘东激之使然，斯亦未尝无见。但湘东当乱离之余，究竟不遑西顾，纪之冒昧东进，正不啻飞蛾扑火，自取其灾耳。宇文泰既弑孝武，复弑废帝，两弑君主，凶逆与高氏相同。独高欢二女，并为帝后，厥后长女嫁元韶，次女适杨愔，降尊就卑，不耻再醮；而宇文女乃独能为夫殉节，有光名教，乃父闻之，其亦知愧否耶！

第六十六回　陷江陵并戕梁元帝 诛僧辩再立晋安王

却说宇文泰既鸩死帝后，改立新主，朝野上下统料他有心篡逆，不肯再守臣节。偏泰迟延未发，仍然照常办事。是曹阿瞒第二。一面窥伺东南，特遣侍中宇文仁恕借聘问为名，觇梁虚实。仁恕至江陵，凑巧齐使亦至，梁主绎礼待仁恕，不及齐使。仁恕归国语泰，泰笑道："吴儿必有所求，所以待卿有礼呢。"既而梁果遣使报聘，请据旧日版图，重定疆界。泰问梁使道："汝主尚思拓土么？但教保得住江陵，已算万幸了。"梁使亦抗词对答，语多不逊，被泰叱使南归，且顾语左右道："古人有言：天之所废，谁能兴之？难道萧绎违天不成！"嗣是图梁益急。再加降王萧詧按时贡献，屡请师期，好一个虎伥。乃特召荆州刺史长孙俭入朝，商议攻取方法。俭振振有词，与泰意隐相符合，乃复令还镇，使他预备刍粮，为进兵计。魏将马伯符旧为梁臣，陷入关中，至此颇眷怀故国，密遣人赍书至梁，报知泰谋。梁主绎尚多疑少信，置诸不提。

会广州刺史萧勃启求入朝，梁主绎特徙勃为晋州刺史，另调湘州刺史王琳代任。琳部曲强盛，又得众心，所以梁主绎阴怀猜忌，特将琳远徙岭南，琳亦知上微意，私语江陵主书李膺道："琳一小人，蒙官家拔擢至此，岂不知感？今天下未定，迁琳岭南，倘有不测，琳怎得远道奔援？窃想官家微旨，无非疑琳生变，琳毫无奢望，何至与官家争帝？为官家计，不若令琳为雍州刺史，镇守武宁，琳自放兵屯田，为国御侮，君臣一德，内外无忧，岂不是今日良策么？"膺深服琳言，但一时不敢启闻。琳乃陛辞而去。叙入此事，为后文许多伏案。

散骑郎庾季才颇识天文，特上书预谏道："今年八月丙申，月犯心中星，今月丙申，赤气犯北斗，心为天主，丙主楚分，臣恐一建子月，江陵必有寇患，陛下宜留重臣镇江陵，整旆还都，远避祸患；就使魏虏侵蹙，止失荆湘，尚不至倾危社稷，愿陛下勿疑！"梁主绎亦略知天象，喟然叹道："祸福在天，何从趋避？"遂不从庾言。

到了暮秋，西魏果遣柱国常山公于谨、中山公宇文护、大将军杨忠等，出发长安，南下图梁。将士共五万人，长孙俭迎入戍所，向谨启问道："大军前往江陵，未知萧绎将出何计？"谨答道："耀兵汉沔，席卷渡江，直据丹阳，乃为上策；移郭内居民，退保子城，深沟高垒，静待援军，尚是中策；若不先移动，但守外郭，便成为下策了。"俭又道："如公高见，究竟绎用何策？"谨微哂道："我料萧绎必出下策！"老成料事，如在目中。俭问何因？谨说道："绎庸懦无谋，多疑少断，愚民又难与虑始，皆恋邑居，上下偷安，我所以料定萧绎，必出下策哩。"俭闻言拜服，且预贺成功。谨等遂统兵南下。

梁武宁太守宗均忙向梁廷告警。梁主绎与群臣会议，领军胡僧祐、太府卿黄罗汉道：“两国通好，未生嫌隙，当不至兴兵入寇。”侍中王琛亦插入道：“日前臣奉使西魏，宇文尝温颜相待，何致忽然生变！”彼且不知有君，遑问汝国！绎乃复令琛北行，探问确音，琛奉命而去。是时梁主绎迷信道教，方在龙光殿中，召集群臣，演讲老子道德经。忽有边骑入报，谓西魏兵已至襄邓，叛王詧亦率兵往会，指日前来，不可不防。梁主绎乃辍讲戒严。已而复由黄罗汉呈上一书，乃是王琛寄至，内云我至石梵，境上帖然，边报多是戏言，未足为凭。绎将信将疑，再至龙光殿讲论老子，百官戎服以听。父好佛，子信老，非此父不生此子。越宿又得边警，尚疑为未确。及警耗迭至，乃使主书李膺赴建康，征王僧辩为大都督，兼荆州刺史，命陈霸先徙镇扬州。僧辩、霸先两人正与齐冀州刺史段韶交兵境上，失利还师。一闻江陵被寇，僧辩亟遣豫州刺史侯瑱、兖州刺史杜僧明，分领程灵洗、吴明彻诸将，先后进兵。郢州刺史陆法和亦自郢州入汉口，将诣江陵，梁主绎独遣使谕止法和，略云都兵已足御贼，卿但镇郢州，不烦前来。法和不得已退还，涂垩城门，自著衰绖，兀坐苇席，终日乃脱去。无非幻术欺人。

那西魏军已渡汉水，由于谨派令宇文护、杨忠两将率精骑先据江津，堵截东路，建康各军不得入援；护复攻克武宁，把太守宗均掳去。梁主闻报，夜率妃嫔等登凤凰阁，仰观天文，皱眉太息道：“客星入翼轸，恐难免败亡了！”妃嫔等并皆泣下，绎相对欷歔，夜半乃还宫就寝。翌晨，出津阳门阅兵，适值朔风暴雨，当面吹扑，冷不可当，没奈何轻辇折回。又过数日，已是十一月了，绎复乘马出城，督军筑栅，周围六十余里，命领军将军胡僧祐都督城东诸军事，尚书右仆射张绾为副，左仆射王褒都督城西诸军事，四厢领直元景亮为副，他如王公以下，各派职守，部署已毕，始还入城中。未几已闻敌兵至黄华，距江陵仅四十里，绎亟命太子元良巡阅城楼，令居民助运木石。是夕即有敌骑进逼栅下。武昌太守朱买臣、衡阳太守谢答仁等诘旦出战，互有杀伤，未得胜仗，仍然退还。西魏统帅于谨令部众纵火焚栅，烈焰燎原，不可向迩，栅内居民数千家及城楼二十五座，俱成灰烬，遂四筑长围，断绝江陵出入。绎屡次巡城，俯瞩敌军强盛，惟四顾叹息，莫展一筹。或且口占诗词，命群臣属和，算是消愁的方法。愚不可及。嗣复裂帛为书，遣人催促王僧辩，书云：我忍死待公，何不速至！这书传将出去，终被西魏军截住，无从得达。王褒、胡僧祐、朱买臣、谢答仁等，再开门出战，又皆败还。绎复令王琳为湘州刺史，征使还援。琳忙督军北上，先遣长史裴政从间道入报江陵，行至百里州，为萧詧部下所获，詧与语道："我乃武皇帝孙，难道不可为尔主么？若从我计，贵及子孙，否则立杀勿贷。"政诡言惟命。詧锁政至城下，嘱令传语，谓王僧辩已自称帝，琳军孤弱，不能入援。政一面允诺，一面呼语守兵道："援军大至，各思自勉，我奉王将军命，前来通报，不幸被擒，当碎身报国！"詧闻言大怒，即命斩首。西中郎参军蔡大业谏阻道："这是民望，若一杀死，江陵便不能下了。"乃释缚纵还。裴政孤忠，足以风世。

西魏军百道攻城，城中守兵负户蒙楯，由胡僧祐日夕指挥，亲当矢石，明赏罚，严军律，众皆致死，故尚得相持数日。不料僧祐中箭身亡，内外大骇，朱买臣按剑进言道："今日惟斩宗懔、黄罗汉，尚可谢天下！"梁主绎叹道："前日不愿移都，实出我意，宗黄何罪？"这语一传，众情益贰，及西魏军并力攻城，竟有人偷开西门，纳入敌兵。绎忙与太子元良及王褒、朱买臣等，退保子城。诸将苦战终日，渐不能支，相继散去。绎入东阁竹殿，命舍人高善宝焚去古今图书十四万卷，并欲自投火中，为左右所阻，乃用宝剑击柱，且击且叹道：“文武大道，今夜毁尽了！”死且不悟，可叹可恨！

当下使御史中丞王孝祀草就降文，谢答仁、朱买臣进谏道：“城中兵士尚多，乘夜突围，寇必惊退；如得脱身，便可渡江求救。”绎素不便走马，摇首语道：“难成！难成！”答仁道：“陛下如不便驰骋，臣愿从旁扶掖陛下。”王褒闻言厉声道：“答仁系侯景余党，怎得相信！与其倚贼，不若出降。”答仁气愤填膺，复申请道：“臣蒙陛下厚恩，所以自愿效死，陛下如不愿夜出，内城将士，尚不下五千人，臣请背城一战，死亦甘心！”绎颇为感动，面授答仁为大都督，许配公主，即令出外部署。偏王褒固言答仁难信，且五千人怎能退敌，绎乃收回成命。及答仁再请入见，被门吏所阻，气得肝火暴升，狂喷鲜
血，倒地而亡。贼中非无义士！

绎遣人出递降书，于谨征太子为质，由王褒奉绎命令，送太子元良入西魏营，谨闻褒善书，经与纸笔，褒执笔为书道：“柱国常山公家奴王褒。”偷生怕死，一至于此。谨令褒召绎出迎，绎服素衣，乘白马驰出东门，抽剑击扉，自呼表字道：“萧世诚，奈何至此！”西魏兵见绎出城，即逾堑牵住绎马，胁入营中。既见于谨，强令下拜，萧詧复在旁斥辱，绎亦无可奈何，但忍气吞声，由他发落。何不早死？詧将绎囚住乌幔下，于谨复逼使为书，传召王僧辩。绎不肯照写，魏使道：“王今岂尚得自由？”绎答道：“我既不自由，僧辩亦不由我！”或问绎何故焚书？绎凄然道：“读书万卷，犹有今日，我所以尽焚了。”读与不读无异，想是一目已眇，只能看得偏旁。于谨拟处置萧绎，尚

未定议，萧詧独坚请杀绎，并遣尚书傅准监刑，遂用土囊将绎压死。詧弑叔父，罪不容诛，但绎亦好戕骨肉，故亦遭死报。詧令用布缠尸，外用蒲席为殓，藁葬津阳门外。并杀太子元良及始安王方略、桂阳王大成等人。大成系简文帝子。总计梁主绎在位三年，享年四十七岁，生平好学能文，著述词章，多半传世，惟秉性残忍，不知仁恕，兄弟子侄，视同陌路，稍挟私忿，必尽杀乃快。至魏兵围城，狱中死囚，多至数千人，有司请一律释放，充作战士，绎尚不允，概令处死，未及施刑，城已被陷，后来弄到这般结果。江陵人士，未尝叹惜，这可见众叛亲离，终归绝灭呢！唤醒尘梦。

詧将尹德毅向詧进言道："魏虏贪残，任情杀掠，江东人民，涂炭至此，统说由殿下主使，怨气交乘，殿下既杀人父兄，孤人子弟，人尽仇敌，谁与相助？今为殿下计，莫若佯为设宴，会请于谨等入席，暗中设伏武士，起杀虏帅，再分派诸将，掩袭虏营，大歼群丑，使无遗类，然后收抚江陵百姓，礼召王僧辩、陈霸先诸将，朝服渡江，入践皇位，不出旬日，功成业就。古人有言：天与不取，反受其咎，愿殿下恢廓远略，勿徇小谅！"此计太毒，即使有成，恐天道亦不相容。詧半晌才道："卿策未尝不善，但魏人待我甚厚，不宜背德；若骤从卿计，恐人将不食吾余了！"德毅叹息而退。魏立詧为梁主，但将荆州给詧，延袤止三百里。雍州被圈领了去，又置防兵居西城，托名助詧，实加监制。命前仪同三司王悦留镇江陵。于谨收取府库珍宝及宋浑天仪、梁铜晷表及南朝遗传法物，尽俘王公以下及百姓男女数万口，编充奴婢，分赏三军，驱归长安。老弱残疾，一并杀死，仅留存三百余家。詧送归魏军，还城四顾，已是寂寞荒凉，目不忍睹，不由地长叹道："悔不用尹德毅言！"

不悔为虎作伥，反悔不听德毅，始终谬误。

越年正月，詧始称帝，改元大定。追尊昭明太子为昭明皇帝，庙号“高宗”，太子妃蔡氏为昭德皇后，生母龚氏为皇太后，立妻王氏为皇后，子岿为太子，刑赏制度，多从旧制。惟上表西魏，仍然称臣。用参军蔡大宝为侍中，王操为五兵尚书。大宝足智多谋，晓明政事，詧目为诸葛孔明，推心委任。操亦大宝流亚，竭诚辅詧，詧始得稍具规模，成一个荆州小朝廷，史家称为后梁，这且慢表。

且说齐主高洋，闻魏兵进围江陵，曾遣清河王岳，攻魏安陆，遥救萧梁。岳至义阳，探悉江陵被陷，乃进军临江。郢州刺史陆法和举州降齐。有幻术者，亦不过尔尔。齐因立贞阳侯萧渊明为梁王，令上党王高涣率兵护送，使向建康进发。渊明被虏见五十八回。时萧绎第九子晋安王方智已由江州刺史任内东归建康，王僧辩与陈霸先定议，奉方智为梁主，即皇帝位，年才一十三岁。命僧辩守官太尉，录尚书事，领中书监，兼骠骑大将军，都督中外诸军事。陈霸先守官司空，加征西大将军职衔，追尊皇考绎为孝元皇帝，庙号“世祖”。

正在兴绝继废的时候，忽由北齐尚书邢子才驰驿到来，赍书与王僧辩。当由僧辩接阅来书，但见书中写着：

> 贵国丧君有君，见卿忠义；但闻嗣主冲藐，未堪负荷。贞阳侯系梁武犹子，长沙之胤，以年以望，堪保金陵，故置为梁主，送纳贵国，卿宜部分舟舰，迎接今主，并心一力，善建良图。

僧辩瞧着，不胜惊疑，那邢子才又取出一书，交与僧辩，书由萧渊明署名，求僧辩派兵出迎。僧辩踌躇多时，乃向邢子才道："主位已定，不应再易，烦君复报，以口代书。"子才复加劝导，僧辩不从，但另写一书，答复渊明，托子才带回。书云：

嗣主体自宸极，受于文祖，明公倘能入朝，同奖王室，伊吕之任，佥曰仰归；若意在主盟，不敢闻命！

子才持书自去，还报齐主。齐主高洋怎肯罢休？仍饬高涣等进行。涣与渊明行至东关，更遣人致书僧辩。僧辩亟遣散骑裴之横等，率兵往阻。之横到了东关，与齐兵交锋，不幸败殁，只剩得溃卒数百人，走报僧辩。僧辩大惧，出屯姑熟，乃拟迎纳渊明。陈霸先方留镇京口，忙遣使劝阻僧辩，毋纳渊明。僧辩不敢拒齐，只好与霸先异议，奉启渊明，定君臣礼，且请许晋安王为太子，渊明准如所请，遂由采石渡江，直指建康。僧辩备齐龙舟法驾，往迎江滨，齐高涣驻兵江北，但遣侍中裴英起、护卫渊明，趋至建康郊外，与僧辩相会。僧辩见过英起，即礼谒渊明。渊明涕泣慰谕，南朱雀门入都，越宿即位，改元天成，降晋安王方智为皇太子，命僧辩为大司马，霸先为侍中。齐师闻渊明得立，当然北归。渊明再表请齐廷，乞还郢州。郢州自陆法和降齐，齐遣仪同三司慕容俨镇守，僧辩亦尝令江州刺史侯瑱往攻。俨坚守数月，城中食尽，至煮草木根叶及靴皮带角为食，守卒尚无异心。及齐得渊明乞请，乃召俨归国，举州还梁，且因梁已称藩，所有前时虏归的梁民，一律放还。渊明复申表陈谢，哪知历时未几，京口发难，侥幸窃位的萧渊明坐不住这凤阁鸾台，于是新旧交替，又要那冲年天子入纂皇基。这事起自陈霸先，待小子说明情由。

霸先与僧辩共灭侯景，情好甚笃，僧辩又为子𬱟聘霸先女，正要成婚；适值僧辩丧母，乃将婚礼展期。𬱟兄𫖮屡在父前，极言霸先难信，僧辩不以为然。及僧辩迎纳渊明，霸先力争不得，因与僧辩生嫌。霸先尝叹道："武帝子孙甚多，惟孝元能复仇雪耻，嗣子何罪，乃遭废黜？况我与王公同处托孤地位，王公独一旦改图，外依戎狄，援立失次，究不知是何意？我为大义计，也顾不得私情了。"语虽近是，意未尽然。乃谋进击建康。可巧僧辩记室江旰前来京口，说是齐将入寇，应该预防。霸先趁势定谋，留旰不遣，竟发兵往袭僧辩，留从子著作郎昙朗，居守京口，自督马步军启行。使部将徐度、侯安都率水军趋石头城。

石头城北接冈阜，不甚危峻，安都舍舟登岸，潜至城下，被厚甲，带长刀，令军士以肩承足，迭接而上，自己作为首导，逾城直入，众亦随进，击死南门守卒，开城纳霸先军。僧辩方升厅视事，有人报称兵至，忙自厅内驰出，与子𬱟同至门外，随从约数十人。侯安都已到门前，持刀四劈，僧辩亦上前迎战，不到数合，安都部众，一拥而进，霸先亦率众接应，眼见是孤寡难支，当下夺路奔窜，走登南门楼。霸先麾众围攻，急得僧辩仓皇失措，只好拜请求哀。霸先毫不怜惜，反令部众搬集薪刍，势将纵火，僧辩无法，挈子下楼，为众所执。霸先问僧辩道："我有何罪，公乃欲引齐兵讨我？且何为无备至此？"僧辩道："委公北门，何谓无备？"霸先不答，竟命将僧辩父子牵系，绞死狱中。怕死者，反至速死。

前青州刺史程灵洗率部曲救僧辩，与霸先军鏖战多时，灵洗败退。霸先遣使招谕，许为兰陵太守，灵洗乃降。霸先遂传檄中外，具列僧辩罪状，且云罪止僧辩父子兄弟，余皆不问。萧渊明闻僧辩被杀，自知帝位难居，便逊国就邸。还算见机。霸先仍奉晋安王方智正位，颁诏大赦，改元绍泰。内外文武百官，各赐位一等，授渊明为司徒，封建安郡公，霸先为尚书令，都督中外诸军事，兼扬、徐二州刺史，仍官司空。小子有诗叹道：

到底枭雄不让人，乘机掩入杀王臣。
大权攫得心才快，宁顾当时儿女亲！

霸先复立晋安王，都城粗安，忽由吴兴传到警信，乃是三叛连盟，反抗霸先。欲知三叛为谁，待至下回声明。

668.

萧绎偷安江陵，不愿迁都，已自速败亡之兆。及魏兵南下，尚无志渡江，甘出下策，其致亡也必矣。夫绎性成残忍，无父无兄无子侄，伐柯寻斧，自戕枝叶，颠蹶致毙，非不幸也，宜也！独萧詧甘心召寇，主议杀叔，罪且浮于萧绎，即其后江陵存祚，传位二君，而昭明有知，亦岂肯遽往歆祀耶！萧渊明身为敌虏，宁足承祧？王僧辩以齐师之逼，迎立为主，宜为陈霸先所讥。但霸先之袭杀僧辩，亦非真心为梁。利害切身，亲友可以不顾，朝婚媾而暮寇仇，军阀固如是乎！读此回，窃不禁有居今思古之感云。

第六十七回　擒敌将梁军大捷
逞淫威齐主横行

却说吴兴太守杜龛系是王僧辩女夫，僧辩尝改称吴兴为震州，即进杜龛为刺史。龛闻妇翁被害，当即据城拒命；还有僧辩弟僧智，为吴郡太守，亦起应杜龛；义兴太守韦载本是僧辩心腹，也与连盟，反抗霸先。霸先兄子陈蒨助守吴兴，已得霸先密书，令还长城故里，立栅备龛。蒨至长城，收兵才数百人，龛遣部将杜泰率精兵五千人，掩至栅下，蒨众相顾失色，独蒨谈笑自若，毫不张皇，众心乃定。泰攻扑数旬，不克乃还。霸先使周文育往攻义兴，韦载募集弓弩手，射退文育，便在城外据水立栅，用兵扼守。霸先自督兵接应文育，留高州刺史侯安都，石州刺史杜棱，宿卫台省。

谯、秦二州徐嗣徽，有从弟名叫嗣先，系僧辩外甥，僧辩被杀，嗣先怂恿嗣徽，举州降齐。及闻霸先东攻义兴，遂密结南豫州刺史任约，乘虚袭建康，掩入石头。游骑至台城下，侯安都闭门静守，且下令军中道："登陴窥贼者斩！"嗣徽莫名其妙，不敢进逼，暂收兵还石头。诘旦，又进攻台城，忽见城门大启，冲出壮士数百名，踊跃直前，锐不可当。嗣徽抵敌不住，仍奔还石头城。太不济事。

霸先到了义兴，攻入水栅，使韦载族人韦翙赍书招载，载因情穷势绌，不能坚持，没奈何偕翙出城，投降霸先。霸先好言慰抚，引置左右，特命翙监义兴郡事，乃卷甲还建康。移周文育兵救长城，更遣宁远将军裴忌轻骑倍道，直趋吴郡。夜至城下。鼓噪登城，王僧智从睡中惊起，疑是大军到来，忙从后门逃出，轻舟奔吴兴。忌遂入据吴郡，奉霸先命留为太守。

霸先拟急攻石头，蓦闻齐兵来援徐嗣徽，并运粮三十万石，马千匹，已至湖墅。霸先未免耽忧，亟向韦载问计，载答道："齐兵若分据三吴，略地东境，岂不可虑？今急宜至淮南筑城，保护东方粮道，再分兵绝彼输运，使他进无所资，不出旬日，齐将头颅，定可悬阙下了！"霸先依议，即使侯安都夜袭湖墅，放起一把无名火来，把齐船千余艘粮米，一炬成空。仁威将军周铁虎得擒住齐北徐州刺史侯领州，械送建康。韦载复至淮南筑垒，使杜棱驻守，借通饷道，建康各军才得无虞。霸先能善用叛人，因有此效。齐兵就仓门水南，设立二栅，与梁军相拒。侯安都出袭秦郡，攻破城栅，俘数百人，得徐嗣徽家琵琶及鹰，因遣人送还嗣徽，且传语道："昨至老弟处得此，军前不需此物，因特送还。"调侃得妙。嗣徽大惊，急向齐营乞援。齐淮州刺史柳达摩渡淮列阵，霸先督众猛斗，纵火烧栅，齐兵大败，溺死甚众。嗣徽与任约再引齐兵，屯驻江宁浦口，侯安都又带领水军，袭破齐兵，嗣徽等单舸脱走，柳达摩尚不肯去，留守石头城，霸先召集水陆各军，围攻石头，城中无水，达摩无法可施，乃遣使求和，惟要求质子。霸先与百官会议，大众以建康虚弱，粮运不继，不若易战为和。霸先乃令从子昙朗及永嘉王萧庄，出质齐营，与达摩会盟城外。霸先此着，未免太弱。达摩始引兵自去。徐嗣徽、任约偕出奔齐。齐主高洋闻达摩擅与梁和，且丧亡粮械马匹，不可胜计，遂归罪达摩，将他诛死，再令仪同三司萧轨调集大军，克期南下。时已残冬，雨雪盈途，急切里不便行军，暂命展缓。

那震州刺史杜龛尚据住吴兴，未曾除去。梁将周文育与霸先兄子蒨，屡攻杜龛，龛固守不下，相持逾年。文育暗结龛将杜泰，作为内应，一面诱龛出战。龛与杜泰出城，两下交锋。泰按兵不动，害得龛独力难支，奔回城中。泰亦随入，劝龛出降。龛迟疑未决，商诸妻室王氏，王氏道："我与霸先，仇隙甚深，何可求和？"倒还是个烈女。因取奁中金银首饰及所藏布帛等类，悉数犒军，与决一战。军士得了重赏，统是感激得很，情愿效死，开城出斗，一当十，十当百，果将梁军杀败，退至十里外下寨。

龛素嗜酒，每饮辄醉，此时幸得胜仗，便放心畅饮，整日里醉意醺醺，几忘朝晚。哪知杜泰已勾引梁军，开门纳入。龛尚高卧床中，沉醉未醒，妻王氏屡唤不应，也顾不得结发深情，当下将万缕青丝，付诸并剪，变了一个秃头妇人，混出府舍，往做尼姑去了。王僧智尚在吴兴，忙与弟僧愔从后门出走，奔投北齐。陈蒨等杀入府中，搜捕杜龛，龛鼾声直达，还在黑甜乡中，做那痴梦，当由梁军把他舁出，扛至项王寺前，一刀了事。不在刘伶祠，而在项王寺，未免杀错地方。

东扬州刺史张彪向为王僧辩党羽，不附霸先，霸先更遣陈蒨、周文育往袭会稽。即东扬州。彪迎战大败，走入若耶山中，被蒨将章昭达追及，枭首报功。南方已平，只北方警信日亟。徐嗣徽、任约进袭采石，执去明州张怀钧，霸先闻报，急遣帐内荡主主，勇士，以荡突敌人，故称荡主。黄丛率兵往堵。适齐大都督萧轨，引兵南下，与徐嗣徽、任约合军，众至十万，趋向梁山。黄丛仗着锐气，迎头痛击，杀死齐兵前队数百人，齐兵不觉惊骇，退至芜湖。十万大军，不敌黄丛，其后日之覆亡已可想见。当下致书霸先，但言奉齐主命，来召建安公萧渊明，并非与南朝争胜。霸先乃具舟送渊明，偏渊明背上生疽，病不能兴，未几竟死。齐兵待渊明不出，即从芜湖出发，入丹阳，至秣陵。霸先亟遣周文育出屯方山，徐度出屯马牧，杜棱出屯大航，抵御齐军。齐人跨淮筑桥，立栅渡兵，自方山直进倪塘，游骑竟至都下，建康大震。

霸先忙召周文育等还援，自督军出屯白城。周文育亦率

兵来会，与齐军对垒列阵。两下相交，正值西风大起，扑入梁营。霸先拟收军以待，独文育请战，霸先道："用兵最忌逆风，奈何出战？"文育道："事已急了，何用古法？"遂抽槊上马，鼓勇先进。众军一齐随上，风亦转势，得俘斩齐兵数百人。徐嗣徽分扰耕坛，由梁将侯安都截住。安都麾下只十二骑，左冲右突，无人敢当，齐将乞伏无劳，独拨马来截安都，战不三合，即被安都运动猿臂，活擒了去。无劳要想有劳，当然败事。嗣徽骇退，齐兵亦敛迹回营。

已而复潜至幕府山，霸先早已防着，密遣别将钱明带领水师，绕出齐军后面，截击齐人粮船，劫得数十艘，齐军乏食，至宰食驴马充饥。未几又入逾钟山，霸先与众军分屯乐游苑东，及覆舟山北，断敌冲要。齐兵复转趋玄武湖，将据北郊坛，梁军也从覆舟山移驻坛北，与齐兵相持。可巧连日大雨，

平地水深丈余，齐人昼夜立泥淖中，足指腐烂，悬釜以炊。惟梁军居处高原，尚得无虞。不过因霪雨连绵，粮运不继，未便枵腹从戎。会由陈蒨馈运米三千斛，鸭千头，到了梁营，霸先亟命炊米煮鸭，各令用荷叶裹饭，夹入鸭肉数脔，分给将士。大众饱餐一日，遂于翌日黎明麾众出幕府山。侯安都为先锋，语部将萧摩诃道："卿骁勇有名，千闻不如一见。"摩诃答道："今日当令公亲见便了！"萧摩诃见六十三回。说着，即偕安都杀入敌阵。齐兵见他来势凶猛，急命军士迭射，安都不肯少却，冒矢向前，身上受了数箭，尚非致命要穴，却还熬受得住，偏马眼中着了一矢，马竟狂跃，将安都掀落地上。齐人见安都坠马，争来擒捉，猛听得一声大呼，突入一位少年将军，用槊四拨，把齐人纷纷杀退，救起安都。这少年不必细问，便可知是萧摩诃。安都易马再战，齐军披靡，霸先令部将吴明彻、沈泰等，首尾齐举，纵兵大战。安都引兵横出，冲散齐军，齐人大溃。徐嗣徽及弟嗣宗先被梁军擒住，斩首示众，复鼓众力追，直至临沂，沿途屡有擒获，连齐大都督萧轨也逃走不及，由梁将活捉了来。只任约、王僧愔跑得较快，幸免性命，余众无舟渡江，各缚荻筏北渡，中流沉溺，不计其数，流尸塞岸，弃械盈途。

梁军凯旋还都，由霸先下令，把齐帅萧轨以下凡将吏四十六人悉数处斩，然后请旨大赦，内外解严。霸先得进位司徒，加中书监，封长城公，余官如故，他将各封赏有差。霸先以侯安都为首功，愿将徐州刺史兼职，让授安都。梁主方智当然依议，寻且加授霸先为丞相，录尚书事，兼镇卫大将军扬州牧，封义兴公。霸先乃踌躇满志，要想帝制自为了。

独广州刺史王琳前曾北援江陵，行次长沙，闻元帝殉难，自己家属亦被西魏军掳去，不禁涕泪交并；遂为元帝发丧，三军缟素，且遣别将侯平，率舟师攻后梁。侯平连破后梁军，兵威颇振，遂不受王琳命令。琳遣将讨平，平走依江州刺史侯瑱。琳所有精锐本已尽给侯平，平已叛去，军势遂衰，不得已奉表降齐。又因妻子皆为魏虏，复献款长安，乞请取赎。魏太师宇文泰许还妻子，琳又请归元帝及太子元良棺木，亦邀宇文泰允许。琳迎葬元帝父子，报闻梁廷，仍然称臣，自是王琳一人变做了三国臣仆，这好算是狡兔三窟呢。太觉聪明。

且说齐主高洋，闻齐师覆败，萧轨等被梁擒斩，当然大怒，亦命将质子陈昙朗置诸极刑。惟永嘉王萧庄非陈氏子，准令免死。本拟兴兵报怨，适值大修宫殿，无暇再举，乃将兵事搁起，专务佚游。原来高洋自荡平山胡，致生骄侈，应五十九回。渐渐地荒耽酒色，肆行淫暴。或躬自歌舞，尽日通宵，或散发胡服，杂衣锦彩，或袒露形体，涂傅粉黛，或乘牛驴橐驼白象，不施鞍勒，或盛暑炎热，赤膊游行，或隆冬严寒，去衣驰走，从吏俱不堪苦虐，洋独习以为常。有时觉得疲倦，令崔季舒、刘桃枝扶掖而行，勋戚私第，朝夕临幸，闲街曲市，常见足迹。既而淫恣益甚，遍召娼妓，褫去衣裳，令从官相嬲为乐，自己淫兴勃发，即使娼妓杂卧榻上，任意奸淫。甚至行及宫中，凡元氏、高氏两族妇女，悉数征集，亦视如娼妓一般，先择几人上前，逼令卸装露体，供他淫污，稍或违拗，即拔刀杀死。除与己交欢外，把妇女分给左右，概使当面肆淫。左右乐得从命，可怜这班妇女，为了一条性命，只好不顾羞耻，任他所为！父兄好淫，子弟必从而加甚。

高澄妻元氏，由洋尊为文襄皇后，居静德宫。洋忽猛忆道："我兄昔戏我妇，我今须报。"遂将元氏移居高阳宅中，自入元氏卧室，用刀相迫。元氏不敢逆意，没奈何宽衣解带，惟命是从。娄太后闻洋昏狂，召洋诃责，且举杖击洋道："当效汝父，当效汝兄！"洋不肯认错，受杖数下，即起身奔出，回指太后道："当嫁此老母与胡人！"娄太后大怒，遂不复言笑。洋颇知自悔，屡向太后前谢罪，娄太后怒气未平，终不正视。洋自觉乏趣，惟饮酒解闷，醉后益触起旧感，复趋至太后宫中，匍匐地上，自陈悔意。娄太后仍然不睬，洋不由得懊恼起来，把太后的坐榻用手掀起。太后未尝预防，突然倒地，经侍女从旁扶起，面上已有伤痕，当时怒上加怒，立将洋撵出宫外。未几洋已酒醒，大为悔恨，又至太后宫请安。娄太后拒不肯见，洋使左右积柴炽火，欲投身自焚。当有人报知太后，太后究系女流，免不得转恨为怜，乃召洋入见，强为笑语道："汝前酒醉，因致无礼，后当切戒为是！"洋乃命设地席，且召平秦王高归彦入宫，归彦系高欢从祖弟。令执杖施罚。自跪地上，袒背受杖，并语归彦道："杖不出血，当即斩汝！"娄太后亲起扶持，免令加杖。洋流涕苦请，乃使归彦笞脚五十，然后衣冠拜谢，呜咽而出。因是戒酒数日，过了旬余，又复如初，甚且加剧。

归彦幼孤，寄养清河王高岳家，岳为高欢从父弟，见前文。岳待遇甚薄，及归彦长成，辄怀隐恨。岳尝将兵立功，颇有威望，起第城南，很是华朊。归彦向洋进谗，说岳僭拟宫禁，洋由是忌岳。岳性爱酒色，曾召入邺下歌妓薛氏姊妹，侑酒为欢。后来薛氏妹得入后宫，邀洋宠爱，洋遂往来薛氏家。薛氏姊为父乞司徒，洋勃然怒道："司徒大官，岂可求得？"薛氏姊亦出言不逊，竟被洋饬人锯死。且因薛氏妹尝侑岳酒，疑岳通奸，便召岳入问。岳答道："臣本欲纳此女，因嫌她轻薄，所以不取，并未与她有奸。”洋终未释嫌。及岳辞归，即令归彦赍鸩赐岳。岳自言无罪，归彦道：“饮此尚得全家。”岳乃服鸩而亡。洋仍葬赠如礼，惟令改岳宅为庄严寺。薛氏妹尚是得宠，册为嫔御。嗣忽忆她与岳通奸，亲斵薛首，藏诸怀中，自赴东山游宴，肴核方陈，群臣列席，洋探怀出薛氏头，投诸盘上，一座大惊。又命左右取薛氏尸，把她支解，以髀骨为琵琶，且击且饮，且饮且泣，喃喃自语道：“佳人难再得。”乃载尸以归，被发步行，哭泣相随，待亲视殓葬，然后还宫。实是丧心病狂。

已而嫌宫室卑陋，乃发工匠三十余万，修广三台宫殿。殿高二十七丈，两栋相距二百余尺，工匠危怯，皆系绳防蹶，洋登脊疾走，毫不畏怖。旁人代为寒心，他却身作舞势，折旋中节，好多时方才下来。

平时出游，好作武夫装，兵器不离手中，尝在途中见一妇人，面目伶俐，便召问道：“你道今日的天子行为如何？”妇人未曾相识，猝然答道：“癫癫痴痴，成何天子！”语未毕，已被洋一刀两段。

洋乘便入李后母家，后母崔氏出迎，不防洋突射一矢，正中面颊。崔氏惊问何因，洋怒叱道：“我醉时尚不识太后，老婢问我何为？”遂复用马鞭乱击，至百余下，打得崔氏面目青肿，方才驰去。转入第五弟彭城王浟家，浟母即大尔朱氏，当然出见。洋瞧将过去，觉得尔朱氏虽值中年，尚饶丰韵，不觉欲火上炎，竟牵住尔朱氏，欲与交欢。尔朱氏难以为情，未肯照允，惹得洋易喜为怒，立即拔刀砍去，尔朱氏无从闪避，头破身亡。前时已经失节，此时偏要顾名，死不值得！

洋既杀死尔朱氏，复别往魏安乐王元昂家，昂妻李氏，即李后之姊，颇有姿色，巧值元昂外出，由李氏出迓车驾，洋入室后，便将李氏拥住，李氏惮他淫威，无法摆脱，勉承主欢。嗣是洋屡次往幸，并欲纳为昭仪，恐昂不肯舍，先召昂入便殿，使他匍伏，自引弓射昂百余箭，凝血满地，乃使舁归家中，即夕毕命。洋反自往吊丧，就丧次逼拥昂妻，与他续欢。一面命从官脱衣助禭，号为信物。李后终日哭泣，不愿进食，但乞让位与姊。娄太后俟洋入宫，面加训导，方不纳昂妻为昭仪。

洋又作大镬长锯锉碓等类，陈列殿庭，每醉辄杀人为戏，刲解屠炙，成为常事。左丞卢斐、李庶及都督韩哲，俱无罪遭戮，惟宰相杨愔，始终倚任，但亦视若奴隶，使进厕筹，或用鞭笞愔背，流血盈袍。有时令愔露腹，欲执小刀劙皮，还是崔季舒托为诽言，从旁笑语道："老小公子恶戏。"因把刀掣去，才免剺腹。愔因洋嗜杀人，尝简邺下死囚，置诸仗内，号为供御囚，三月不杀，方才赦宥。开府参军裴谒之，上书极谏，洋语愔道："谒之愚人，怎敢如此！"愔答道："彼欲陛下加刑，使得传名后世。"谲谏语。洋笑道："我不杀他，怎得成名！"正要你说此言。一日，泣语群臣道："黑獭不受我命，奈何！"都督刘桃枝道："臣愿得三千壮士，西入关中，牵絷以来。"洋闻言大喜，赐帛千疋。侍臣赵道德进言道："东西两国，势均力敌，我可擒彼，彼亦可擒我；桃枝妄言应诛，陛下奈何滥赏！"洋幡然道："道德言是！"乃收回桃枝赐绢，转赏道德。会洋使道德从游，至漳水旁，欲跃马驰下峻岸，道德揽辔劝阻，洋恨他逆旨，拟拔刀刺道德，道德从容道："臣死不恨，当至地下启奏先帝，谓此儿淫凶颠狂，不可教训！"滑稽得妙。洋亦为默然，回马径归。

典御丞李集面谏，比洋为桀、纣，洋当即怒起，令缚置水中，好多时才命引出。复问道：“我究竟与桀、纣相同否?”集正色道：“恐尚不及桀、纣!”却是真话。洋又令入水，三沉三问，集对答如初。洋大笑道：“天下有如此痴人，方知龙逢、比干。未是俊物!”乃挥集使去。嗣复被引入见，又欲进言，洋窥知集意，竟令左右驱出腰斩，一道忠魂，趋入地府，往寻那龙逢、比干，证引同调去了。小子有诗叹道：

为臣原贵格君非，君太狂昏要见几；
强谏徒然罹一死，何如先事学鸿飞!

洋淫恶未悛，还亏杨愔主持政务，百度修饬，才得粗安。那西魏及南朝，篡弑相寻，真是泯泯棼棼，不可纪极了。看官欲知详情，待小子逐节叙明。

陈霸先战败齐兵，为后来篡梁预兆。齐、魏为南朝劲敌，齐或胜梁，霸先犹有惧心，乃全军覆没，令霸先得以逞志，其不肯受制于萧家小儿，已可知矣。然齐主高洋，方淫昏失德，所任将帅，如萧轨等类皆庸阘，亦安能制胜疆场耶！齐兵败覆，高洋乃不遑报怨，但沉湎酒色，兴役土木，任意淫烝，逞情杀戮，儗以桀、纣，诚有过之无不及者。李集虽忠，徒死无益，本回结束一诗，最得李集定评。“事君数，斯疏矣，”况其为暴君乎！古训之不可不遵也如此。

第六十八回　宇文护挟权肆逆
陈霸先盗国称尊

却说宇文泰废立嗣君，专权如故，尝欲仿行古制，依周礼改定六官，至是决意施行。泰自为太师大冢宰，李弼为太傅大司徒，赵贵为太保大宗伯，独孤信为大司马，于谨为大司寇，侯莫陈崇为大司空，余官皆仿周礼，不消细述。泰前尚魏孝武妹冯翊公主，生子名觉，泰封安定公，觉亦得封略阳公。妾姚氏，生子名毓，又受封宁都公。毓年较觉为长，曾娶大司马独孤信女，泰欲立嗣，苦未能决，因语诸公卿道："我欲立子以嫡，但恐大司马见疑，如何是好？"尚书左仆射李远道："立子以嫡不以长，这是古来的常道，若虑信有异言，远愿为公斩信！"说着，拔剑遽起。也是一个莽夫。泰忙起身拦住道："何至如此！"信闻远言，亦入内自陈，主张立嫡，于是大众并从远议。远出外谢信道："临大事不得不尔，请公莫怪！"信亦谢远道："今日赖公决此大议。"乃一笑而散。泰遂立觉为世子。

西魏主廓三年八月，泰北巡渡河，还至牵屯山，忽然遇病，病且沉重，急发使驰驿，往召中山公护。护至泾州，入省泰疾，泰语护道：“我诸子皆幼，外寇方强，天下事仗汝主持，汝宜努力，勉成我志！”护当然受命。史称泰知人善任，奈何反不知犹子？奉泰舆至云阳，泰气促身亡，年五十二，途中不便传讣，及舁还长安，方才发丧，由魏主赐谥曰“文”。

世子觉嗣位太师大冢宰，袭封安定公。觉时年十五，尚乏谋断，国家大事，应由护一人办理，护名位素卑，虽经泰托命，未惬舆情，名公巨卿，多半不服。护未免加忧，商诸大司寇于谨，谨答道：“谨蒙令先公知遇，情同骨肉，今日事当效死力争；若对众定策，公亦不宜推辞。”谨亦不能知护。护易忧为喜，欣然受教。次日与公卿会议，谨首先开口道：“从前帝室倾危，非安定公不得今日，今安定公一旦去世，嗣子虽幼，中山公亲为兄子，兼受顾托，军国重事，理应归中山公主决，何必多疑！”说至此，余音震响，面带威棱。公卿等不寒而栗，莫敢发言。护徐说道：“此乃家事，护虽庸昧，亦何敢遽辞！”谨即起立道：“中山公统理军国，使谨等有所依归。应当拜命！”遂向护再拜，公卿等亦不敢不拜。护一一答礼，众议乃定。护欲笼络众心，抚循文武，整肃纪纲，俱属有条不紊，朝右益无异言。

魏主廓复将岵阳土田，赐宇文觉，进封周公。护因觉幼弱，意欲导觉篡魏，自居首功，遂遣人入讽魏主，逼他禅位。魏主廓本无权力，好似傀儡一般，此时为护所迫，眼见得不能反抗，只好推位让国，拱手求生。乃使大宗伯赵贵奉册周公，自愿逊位。宇文觉尚上表鸣谦，辞不敢受，再由济北公拓跋迪赍交玺绶，公卿等相率劝进。觉乃受命。遂于次年正月朔，即位称天王，燔柴告天，朝见百官，国号“周”。史家称为北周。

追尊皇考文公泰为文王，庙号“太祖”，皇妣元氏为文后，降魏主廓为宋公，进大司徒李弼为太师，大宗伯赵贵为太傅，大司马独孤信为太保，从兄中山公护为大司马，庶兄宁都公毓为大将军。余皆封拜有差。已而复封弼为赵国公，贵为楚国公，独孤信为卫国公，于谨为燕国公，侯莫陈崇为梁国公，大司马护为晋国公，各食邑万户，使作屏藩。魏主廓早已出宫，寄居大司马府，护拟斩草除根，索性把他鸩死，托言遇疾暴亡，加谥为“魏恭帝”。魏自道武帝拓跋珪建元，传至孝武帝修入关，共历九世，得十一主，计一百四十九年，东魏一主，凡十七年，西魏三主，凡二十三年。总束北魏，万不可少。

宇文护自恃功高，不免专恣。赵贵、独孤信等本皆与宇文泰毗肩，不愿事护，只因为于谨所胁，勉强推让，至此见护揽权不法，遂密谋诛护。贵欲速发，信尚迟疑，开府仪同三司宇文盛，洞悉阴谋，即向护报闻。护乘贵入朝，潜伏甲士，将贵拿下，立即处斩；并免独孤信官，胁令自尽。护得进任大冢宰，势力益横，仪同三司齐轨，语御正大夫薛善道：“军国大权，应归天子，奈何尚在权门！”善将轨语告护，护便命处死，授善为中外府司马。周主觉见护专横，一切刑赏统是独断独行，未尝豫白，心中也隐觉不平。

司会李植、军司马孙恒，本系先朝佐命，久参国政，因恐护不相容，乃与宫伯乙弗凤、贺拔提等秘密往来，欲清君侧。植与恒先入白道：“护擅戮朝贵，威权日甚，谋臣宿将，争往依附，事无大小，绝不启闻，臣料护包藏祸心，未肯终守臣节，还望陛下早日图谋，无待噬脐！”周主觉欷歔不答。凤与提从旁插嘴道：“如先王明圣，犹委植、恒等参议朝政；今若将国事委托二人，何患不成！臣闻护常自比周公，周公摄政七年，然后还政，试问护能如周公的贤圣么？就使七年以内，护无异图，恐陛下事事受制，亦怎能忍待七年？”周主觉颇以为然，因屡引武士至后园，演习技艺，为除奸计。宫伯张光洛系护心腹，他却佯言嫉护，交欢植等。植等未识真假，引与同谋，光洛即背地告护。护遂出植为梁州刺史，恒为潼州刺史。还算不用辣手。

周主觉怀念植等，每欲召还，护入内泣谏道：“天下至亲，莫如兄弟，兄弟尚或相疑，此外何人可信？太祖以陛下春秋未盛，嘱臣后事，臣情兼家国，愿竭股肱，若陛下亲览万几，威加四海，臣虽死犹生；但恐臣一除去，奸邪得志，非但不利陛下，亦将倾覆社稷，臣至地下，何面目再见先王！且臣为天子兄，位至宰相，尚复何求？愿陛下勿信谗言，疏弃骨肉！”巧言如簧。试问后日弑主将作何说？觉乃罢议，但心终疑护。凤等益惧，

密谋益亟，拟召公卿入宴，即席执护。张光洛又向护报闻，护召柱国贺兰祥、领军尉迟纲等共谋废立。纲即入殿中，佯召凤等议事，待凤等趋入，麾兵拿下，送交护第。周主觉方册后元氏，在宫叙情。后系魏文帝宝炬第五女，姿容秀雅，觉为略阳公时，已纳为夫人，情好颇笃。此时大礼告成，格外欢暱，蓦闻外廷有变，料知情事不佳，急令宫人执兵自守。偏贺兰祥带兵入宫，逼主逊位，区区宫人，哪里敌得过赳赳武夫，不由地四散奔窜。周主觉束手无策，只得挈了元后，出居旧第。数月天王，不如不为！

护更召公卿会议，仍废觉为略阳公，迎立岐州刺史宁都公毓。大众齐声道：“这是大冢宰家事，敢不惟命是听！”乃驱出凤等，一一枭斩。复召还潼州刺史孙恒、梁州刺史李植。植父柱国大将军李远正出镇弘农，亦被召还朝。远防有变祸，沉吟

多时，乃慨然道："大丈夫宁为忠义鬼，怎可作叛逆臣！"遂就征诣长安。孙恒先至，当即被杀。植与远依次入都。护因远名望素隆，尚欲保全，特引与握手道："公儿忽有异谋，不但屠戮护身，且欲倾危宗社，叛臣贼子，理应同嫉，请公自行处置！"说着，即令执植付远，远素爱植，植又巧言抵赖，远不忍加诛。诘旦复率植谒护，护总道远必杀植，及闻父子俱来，因盛气传入，呼远同坐。且召略阳公觉与植对质，植无可讳言，乃抗声语觉道："本为此谋，欲利至尊，今日至此，有死罢了，何劳多言！"远听了此语，不禁起身投地，且愤愤道："果有此事，合该万死！"护即命左右牵植出外，斩首返报，并逼远自杀。植弟叔诣、叔谦、叔让皆处死，余子以幼冲得免。

过了月余，宁都公毓自岐州至长安，护即害死略阳公觉，早知不免一死，亦不必诿罪李植。并黜元后为尼，然后迎毓入宫，嗣天王位，大赦天下，就延寿殿朝见群臣。太师赵国公李弼朝罢归第，便即婴疾，未几谢世。宇文护晋位太师，授皇弟邕为柱国，进封鲁国公。邕系宇文泰第四子，幼有器量，泰尝语人道："欲成吾志，必待此儿。"年十二，已得封公爵，至是官拜柱国，出镇蒲州，容后再表。毓妻独孤氏得册为后。独孤氏悼父非命，屡思为父复仇，怎奈仇人在前，不得加刃，渐渐地抑郁成病，竟致不起，距立后期才及三月，已是玉殒香消，往地下去省乃父了。周主毓虽然悼亡，但亦没法图护，只好蹉跎过去。毓不能为妇翁复仇，又不能为妇泄忿，如此懦弱，怎得不同归于尽！

古人说得好，铜山西崩，洛钟东应，北周屡遭篡弑，南朝亦猝生变祸，画一个依样葫芦。自陈霸先进为丞相，手握重权，已把梁主方智视若赘瘤。本拟即日篡梁，可巧南方起了兵祸，不得不遣将往讨，暂将受禅事搁过一边。晋州刺史萧勃因王琳还援江陵，复徙居始兴。应六十六回。始兴郡已改称东衡州，即令欧阳頠为刺史。已而复调頠刺郢州，勃留頠不遣，且遣兵袭頠，攻入城中，尽取资财马仗，把頠拘回。勃又命释頠囚，甘言抚慰，頠也只好得过且过，俯首听命。勃乃使归原任，联为指臂。及梁主方智嗣位，进勃为太尉，勃虽遣使入贺，仍然阳奉阴违。越年，梁又改绍泰二年为太平元年，国家多事，也无暇顾及南方。又越年为太平二年，陈霸先逆迹渐萌，勃却假名讨逆，发难广州。前阻霸先北援，此时反欲为梁讨逆，谁其信之！遣欧阳頠为前锋，从子萧孜部将傅泰为副，复檄南江州刺史余孝顷，引兵相会。頠出南康，屯苦竹滩，泰据蹠口城，孝顷出豫章，踞石头津。渚名，非建康之石头城。

梁廷闻警，急遣平西将军周文育，调集各军，往讨萧勃。巴山太守熊昙朗伪称应頠，约与共袭高州，暗中却已通知高州刺史黄法氍。頠不防有诈，出会昙朗，共赴高州城下。法氍出兵逆战，昙朗与战数合，便麾兵倒退，冲頠后军。法氍乘势杀来，頠始知中计，慌忙弃去军械，引兵遁去。昙朗却得收拾马仗，饱载而归。周文育统军前进，正苦乏船，探得余孝顷有船在上牢，潜遣军将焦僧度袭取，得船数百艘，乃溯江至豫章，立栅屯兵。适军中食尽，粮运不至，诸将俱欲还师，独文育不许，使人从间道至衡州，向刺史周迪乞粮，约为兄弟。迪得书甚喜，遂输粮济军。文育既得粮饷，并不进军，反遣老弱各兵，乘船东下，自毁营栅，作遁去状。孝顷闻梁军东返，总道他粮尽回师，毫不设备，哪知文育却绕出上流，潜据芊韶，筑城飨士，营垒一新。

芊韶左近，为欧阳頠、萧孜营，右近为傅泰、余孝顷营，文育据住中间，惹得頠、孜等仓皇大骇，急欲移营。頠先退还泥溪，不料梁将周铁虎，引兵追及，槊及頠马。頠不得已回马与战，不到十合，但听铁虎猛喝一声，頠已落马，被梁军活擒了去，送入文育大寨。頠见文育，自言为勃所迫，并非真心事勃，文育乃亲释頠缚，与他乘舟同饮，张兵至蹠口城下。傅泰出战败走，由梁将丁法洪，驱马追上，手到擒来。统是没用的家伙。萧孜、余孝顷见两将被擒，吓得魂飞天外，统一溜烟似的逃走了去。德州刺史陈法武、前衡州刺史谭世远，正接萧勃檄文，率兵往助，猝闻勃军败衄，乐得倒戈从事，一哄而入，杀死萧勃。勃将兰敳不服，又袭杀世远，偏别将夏侯明彻又将敳杀毙，持勃首出降梁军。

文育传首建康，并槛送欧阳頠、傅泰等人。霸先本与頠有旧，见六十三回。当然宥罪，且因他声著岭南，仍令为衡州刺史，使他招抚。一面遣平南将军侯安都，往助文育，剿平余孽。萧孜、余孝顷尚分据石头津，夹水列营，多设舟舰。安都趋至，潜师夜袭，借着祝融氏的威焰，顺风纵火，把石头津左右的军船烧得精光。再由文育督众夹攻，萧孜惶急乞降，孝顷窜去。文育等乃奏凯班师。欧阳頠到了岭南，诸郡皆望风归顺，广州亦平。

霸先闻孝顷往依王琳，特征琳为司空。琳不肯就征，乃命周文育、侯安都等率舟师至武昌，进击王琳，一面安排篡梁，自为相国，总百揆，胁梁主进封陈公，加九锡礼。未几即进爵陈王，建天子旌旗；又未几即迫梁主禅位，颁发策命。词云：

咨尔陈王：惟昔上古，厥初生民，骊连、栗陆之前，容成、大庭之世，杳冥荒忽，故靡得而议焉。自羲农、轩昊之君，陶唐、有虞之主，或垂衣而御四海，或无为而子万民，居之如驭朽索，去之如脱敝屣，裁遇许由，便能舍帝，暂逢善卷，即以让王。故知玄扈璇玑，非关尊贵，金根玉辂，示表君临，及南观河渚，东沉刻璧，菁华既竭，耄勤已倦，则抗首而笑，惟贤是与，诱然作歌，简能斯授，遗风余烈，昭晰图书。汉魏因循，是为故实，宋齐授受，又弘斯义。我高祖应期抚运，握枢御宇，三后重光，祖宗齐圣。及时属阳九，封豕荐食，西都失驭，夷狄交侵，憷憷黔首，若崩厥角，徽徽皇极，将甚缀旒。

惟王乃神乃圣，钦明文思，二仪并运，四时合序，天锡智勇，人挺雄健，珠庭日角，龙行虎步，爰初投袂，仗义勤王，电扫番禺，云撤彭蠡，翦其元恶，定我京畿。及王贺帝弘，贸兹冠履，既行伊霍，用保冲人，震泽稽涂，并怀畔逆，獯羯丑虏，三乱皇都，才命偏师，二邦自殄，薄伐猃狁，六戎尽殪，岭南叛涣，湘郢连结，贼帅既擒，凶渠传首；用能百揆时叙，四门允穆。无思不服，无远弗届，上达穹昊，下漏渊泉，蛟鱼并见，讴歌攸属。况乎长彗横天，已征布新之兆，壁日斯既，实标更姓之符。七百无常期，皇王非一族，昔木德既穷，而传祚于我有梁，天之历数，允集明哲。式遵前典，广询群议，敬从人祇之愿，授帝位于尔躬。四海困穷，天禄永终，王其允执厥中，轨仪前式，以副普天之望，禋郊祀帝，时膺大礼，永固洪业，岂不盛欤！

策命既颁，再由尚书左仆射兼太保王通、司徒左长史兼太尉王瑒赍奉玺绶，交给霸先。霸先不得不三揖三让，装出许多伪态，经百官一体劝进，乃允议受禅，遂使中书舍人刘师知，往引将军沈恪，勒兵入殿，逼梁主方智出宫，恪不愿偕行，独排闼入见霸先，叩头泣谢道："恪曾服事萧氏。今日不忍见此，情愿受死，不敢奉命！"还算是庸中佼佼。霸先倒也默然，改派荡主王僧志，胁梁主迁居别宫。梁自武帝萧衍篡齐，共传四主，计五十六年而亡。

霸先即位南郊，国号陈，改元永定。废梁主方智为江阴王。追尊皇考文赞为景皇帝，皇妣董氏为安皇后，前夫人钱氏为昭皇后，世子克为孝怀太子。立夫人章氏为皇后。霸先少娶同郡钱仲方女，早年去世，因纳章氏为继室。章氏吴兴人，原姓钮氏，过养章家，乃改姓为章，善书计，能诵诗及楚辞。相传章母苏氏，尝遇道士，赠一小龟，光采五色，且语以三年有征。后来及期生女，紫光照室，独龟却不知去向。这恐是史家附会，未足为凭。小子亦不过有闻必录罢了。

霸先长子名克，也已夭折。次子名昌，与从子顼前居江陵，并为西魏所虏，霸先遥封昌为衡阳王，顼为始兴王。他如在都从子蒨封临川王，昙朗封南康王，蒨与顼为霸先兄道谭子，道谭曾仕梁为散骑常侍，昙朗为霸先弟休先子，休先亦仕梁为骠骑将军。兄弟俱已逝世，由霸先追赠为王，即令从子袭爵。一人为帝，举族荣封，这也是应有的常例。惟梁主方智，废徙逾年，终为陈主霸先所害。可怜他在位三年，年才十六，终落得非命而亡，总算得了一个嘉谥，号为梁敬帝，小子有诗叹道：

伤心世变等沧桑，半壁江山又速亡；

宗社沉沦君被弑，祖宗造孽子孙当。

陈主即位未几，忽闻武昌舟师败绩郢州，各将均被掳去，不禁惊骇异常。究竟如何覆师，且看下回再叙。

宇文氏之篡魏，非觉为之，护实使之然也，故觉可恕，护不可恕。护既导觉为恶，复弑魏主，彼犹得曰吾为宗族计，吾为昆弟计，不得不尔。即如杀赵贵，逼死独孤信等，俱尚有词可辩，觉负何罪，乃遽废之，且并弑之？然则护之凶逆，一试再试，固不问为何氏子也。宇文泰为乱世英雄，奈何误信逆侄，得毋由天夺其魄，特假手于乃侄，以戕害其子嗣乎？陈霸先袭杀王僧辩，攫得重权，废萧渊明而仍立萧方智，彼固玩孤儿于股掌之上，可以随我舍取也。萧勃讨逆，不得谓其有名，但霸先犹有所忌，至勃死而余不足惮矣。一介幼主，捽而去之，易如反手，未几即为所害，阅史者为方智惜，实则不足惜也。萧衍尝手刃同宗，能保子孙之不为人戮乎！

第六十九回　讨王琳屡次交兵　谏高洋连番受责

却说周文育、侯安都等带领舟师一万人，往击王琳，师至武昌，武昌守将樊猛已归附王琳，至此弃城遁去。安都正欲进兵，接得陈主受禅的诏敕，不禁叹息道："我今必败，师出无名了。"时安都为西道都督，文育为南道都督，两将不相统摄，号令不一，部众彼此歧视，每有争端。军至郢州，琳将潘纯陀先已据守，用着强弓硬箭，遥射梁军。安都前队的步兵多为所伤。安都怒起，督兵围攻，数日未下，那王琳已出屯弇口，来截梁军。安都不得已撤郢州围，移兵往趋沌口，留沈泰一军守汉曲。途次适遇逆风，不得前进，文育亦引兵来会，与王琳隔江相持，琳据东岸，梁军据西岸。两下里按兵数日，乃整舰交锋，偏偏东风大起，骇浪西奔，梁军各舰，帆樯俱折，舵且把持不定，怎能与琳军对敌？琳军却顺风猛击，跳跃如飞，文育、安都不及奔避，俱被琳军擒去，还有偏将周铁虎、徐敬成、程灵洗等，亦皆成擒。惟沈泰留军汉曲，闻败急退，尚得旋师。霸先即位，便致偏师败覆，这也是天道恶逆，故有此警。

琳见文育诸将责他不当助逆，文育等统垂首无言。独周铁虎词色不挠，反唇相稽，顿时触动琳怒，把铁虎推出斩首。徒勇者多不得其死。所有文育、安都等，用一长链拘系，锁置后舱，令宦寺王子晋看管，进军湓城。行至白水浦，文育、安都用甘言啗子晋，许给重赂。子晋竟为所动，伪用小船垂钓，夜载文育、安都等渡至岸上，纵使脱逃。琳已睡着，毫不觉察。文育、安都等从深草中潜行而出，东走还都。

陈主霸先闻得全军覆没，正在惊惶，未几得文育、安都等奏启，自言从贼中逃还，入都待罪，又不禁易惊为喜，下诏赦宥，并召入陛见，令他立功自赎，各复原官。王子晋随入建康，特酬重赏。王琳失去梁将，又不见子晋，料知为子晋所纵，懊悔不已，乃移湘州军府至郢城。更因江州刺史侯瑱还

都，特遣樊猛袭据江州。陈主霸先再拟讨琳，但恐西南一带各郡豪帅反复无常，不得不先行招抚，免生他变，因遣侍郎萧乾持节慰谕。乾系齐豫章王萧嶷孙，遣令宣慰，亦无非借用故臣，俾便笼络的意思。当时巴山太守熊昙朗在南昌，衡州刺史周迪在临川，尚有东阳太守留异，晋安太守陈宝应，均起自草泽，雄踞一方。南中土豪多立寨自保，不服朝命。萧乾到处慰抚，晓示祸福，总算是各无异言，奉表投诚。陈主即令乾为建安太守，镇抚远近。

会王琳东至湓城，招兵买马，为东侵计，特与北江州刺史鲁悉达交欢，使为镇北将军。陈主亦颁诏至北江州，授悉达为征西将军，两造各送鼓吹女乐。悉达狡猾得很，做一个骑墙将军，所得赠品，老实收受，西不拒琳，东不却陈，其实是安坐观望，两无所就。倒是一个好法门。陈主使安西将军沈泰袭击，他

却严兵防守，无隙可乘。王琳欲引军东下，也被他截住中流，不能前进。琳乃使记室宗虩向齐乞援，且请纳永嘉王庄，续承梁祀。庄系梁元帝萧绎孙，方等所出，江陵陷没，庄才七岁，避匿女尼法慕家，得辗转至建康，嗣因入质北齐，尚留邺下。见六十七回。齐从琳请，发兵护送萧庄至郢州，并册封琳为梁丞相，都督中外诸军，录尚书事。琳乃奉庄即皇帝位，改元天启，追谥建安公渊明为闵皇帝。不尊方等而尊渊明，却也可怪。琳自为侍中大将军，中书监，余依北齐册命，当下传檄伐陈。

陈主霸先命司空侯瑱领军将军徐度，率舟师为前军，溯江讨琳。因恐复蹈覆辙，先遣吏部尚书谢哲谕琳利害。琳愿归湘州，乃召还诸军，使屯大雷。衡州刺史周迪，闻王琳引兵东下，欲自据南川，召集所部八郡守吏，结一盟约，托言将入卫建康。事为陈主所闻，也防他借名图变，特遣人谕止，并加厚抚，迪乃按兵不动。独余孝顷进语王琳道："周迪等皆依附金陵，阴窥间隙，大军若下，必为后患，不如先定南川，然后东行。孝顷愿召集旧部，随效驱驰。"琳乃复遣部将樊猛、李孝钦、刘广德等出兵临川，使孝顷总督三将，威吓周迪。孝顷先向迪征粮，迪惶急请和，愿送粮饷。孝顷得步进步，还未肯退军，樊猛不愿进战，与孝顷龃龉，遂致军心涣散。 691.

那周迪因孝顷未退，乞援邻郡，高州刺史黄法𣰋，吴兴太守沈恪、宁州刺史周敷，合兵救迪。敷分兵扼截江口，刘广德顺流先下，被敷擒住。孝顷、李孝钦与迪等交战，也遭败衄，弃舟步走。迪麾众追击，悉数擒归，独樊猛坐视不救，奔回湘州。余孝顷等解至建康，席藁待罪，得蒙赦宥。惟孝顷弟孝励及子公飏尚据临川营栅，相拒未下。周迪表请济师，陈主命周文育统率将士，前往会迪。巴山太守熊昙朗亦引兵来会，众五万人。文育出次金口，余公飏诣营请降，文育见他词色支离，料他有诈，喝令左右把他缚住，囚送建康。孝励忙向王琳告急，琳使部将曹庆率兵赴援。庆令偏将常众爱，往拒文育，自督众袭击周迪。迪仓猝逆战，遂致败绩。文育方进屯三陂，与常众爱列营相拒，未分胜负，适值迪败报传来，乃退屯金口。

熊昙朗忽生异心，竟想联络众爱，戕害文育。文育监军孙白象探悉昙朗阴谋，即向文育报知，并谓宜先除昙朗，免滋后患。文育尚半信半疑，且更欲推诚相待，俾安反侧，坐是因循姑息，不先下手。是谓当断不断，反受其乱。可巧有迪书到来，乞分兵援助，文育拟拨昙朗往救，乃亲至昙朗营中，面与商议。昙朗谋杀文育，正苦无隙可乘，偏文育自来送死，不禁喜出望外，遂命壮士伏住帐后，自己出营相迎。待文育入营坐定，但

叙数语，即传了一个暗号，使壮士一齐杀出，攒刃文育座前。文育无从奔避，眼见是身首两分了。昙朗既杀死文育，复威胁文育部曲，令他从顺，进据新淦城，转袭周敷。敷已侦悉情事，严阵以待，一俟昙朗趋至，便纵兵痛击，昙朗抵敌不住，更兼文育部众统是乘势倒戈，弄得昙朗走投无路，好容易杀出圈外，只剩得一人一骑，奔还巴山，旋为村民所杀。

陈主霸先尚未知文育死耗，特遣侯安都率兵接应。安都将至豫章，始知文育被戕，因引师退还。途遇王琳将周炅、周协南归，顺便邀击，得将二周擒住。凑巧孝励弟孝猷率部下四千家往投王琳，也被安都截断，不得已投降安都。安都得此胜仗，便放胆进攻常众爱，众爱败奔庐山，曹庆亦遁。庐山民杀死众爱，送首至营，安都即传首建康，引还南皖。临川王陈蒨方奉命在南皖筑城，安都当然进谒。正在会叙的时候，忽有

急足从建康驰至，报称主上宴驾，请临川王速即还都。蒨惊愕异常，便引安都偕行入都。都中骤遇大丧，内无嫡嗣，外有强敌，老成宿将，又多在外边镇戍，只有中领军杜棱、典宿卫兵与中书侍郎蔡景历入宫定议，拟立临川王蒨，遣使征还。

蒨入居中书省，由杜棱等启请嗣位，蒨辞不敢当。安都入白道："今日继承大统，舍王为谁？王当顾全大局，不宜拘守小节！"蒨含糊答应。安都趋出，立即登殿，召集百官，请章皇后下令，立临川王蒨为嗣君，百官面面相觑，不敢发言。看官道是何因？原来陈主霸先，在位三年，因嗣子昌被虏西去，屡请北周放归，虽尚未得请，总望他后日生还，所以东宫虚位，未曾立储。到了临崩时候，口不能言，竟未定何人入嗣。一代枭雄，连嗣主未曾嘱定，何贪传子孙乃尔！中领军杜棱等当时面谒章皇后，请立临川王，章皇后也只得允从。无如妇人见识，少断多疑，后来又记念嗣子，更因蒨自甘推让，乃复踌躇起来。公卿大臣已探悉皇后意旨，也不敢决议。当下恼动了侯安都，正色厉声道："今四方未定，何暇远迎？临川王有功天下，应该嗣立，如有异议，请污吾刀！"说至此，拔剑出鞘，迫众承认。百官统有惧色，始齐声赞成。安都即入见章皇后，请后出玺，后只好将玺绶持授，再令中书舍人代草后令，立即颁发。令曰：

昊天不吊，上玄降祸，大行皇帝奄捐万国，率土哀号，普天如丧，穷酷烦冤，无所逮及。诸孤藐尔，返国无期，须立长君，以宁寓县。侍中安东将军临川王蒨，体自景皇，属惟犹子，建殊功于牧野，敷盛业于戡黎，纳麓时叙之辰，负扆乘机之日，并佐时庸，是同草创；祧祐所系，遐迩宅心，宜奉大宗，嗣膺宝箓，使七庙有奉，兆民宁晏。未亡人假延余息，婴此百罹，寻绎缠绵，兴言感绝。特此令闻！

临川王蒨既接章皇后令，尚再三推辞。百官等又复固请，乃入御太极前殿，即皇帝位，颁诏大赦。追尊大行皇帝为武皇帝，庙号“高祖”，奉章氏为皇太后，立妃沈氏为皇后。进司空侯瑱为太尉，侯安都为司空，杜棱为领军将军，内外文武百官，俱进秩有差。越二月，葬高祖武皇帝于万安陵。陈主霸先颇有智谋，临敌制胜，多由独断。及即位后，政尚宽大，性独俭约，常膳不过数品，私飨曲宴常用瓦器蚌盘，后宫衣不重采，饰无金翠，歌钟女乐，禁令入宫，当时号为明主。但躬蹈篡弑，不脱前代恶习，故历世传祚，亦不得灵长，本身亦不过

做了三年皇帝，土宇比宋、齐、梁为尤狭。殁时年已五十七，竟不得一子送终。可见有智不如有德，有勇不如有仁，有仁有德，乃足永世，单靠着一时智勇，取人家国，终究是不能享呢。至理名言。这且不必絮述。

且说齐主高洋淫暴日甚，既广筑宫殿，复增造三台，并发工役，修造长城，东西凡三千余里。适大河南北，飞蝗蔽天，伤及禾稼，洋问魏郡丞崔叔瓒道：“何故致蝗？”叔瓒答道：“五行志有云：土功不时，蝗虫为灾。今外筑长城，内兴三台，适如五行志所言。”洋不待说毕，勃然怒起，即使左右殴击，且把他倒浸厕中，使尝粪味，然后曳足以出，释使归家。叔瓒无可奈何，只好自认晦气罢了。粪味如何？

先是齐有术士，谓亡高者黑衣，洋因问左右，何物最黑？左右答言是漆。洋想入非非，默思兄弟辈中，惟上党王涣，排

行第七，莫非应在此人，遂使库直都督破六韩伯升，驰驿召涣。涣偕伯升至紫陌桥，料知此行不佳，竟杀死伯升，渡河南逸。行至济州，为人所执，送至邺下，系入狱中。

永安王浚，系洋第三弟，洋少不好饰，尝与浚同见兄澄，涕垂鼻下，浚责洋左右道："何不替二兄拭鼻！"洋因此挟嫌。及洋即位，浚为青州刺史，颇有政声，闻洋酗酒失性，尝语亲近道："二兄嗜酒败德，朝臣无敢直言，我当入朝面谏，未知肯用我言否？"话虽如此，尚未启行，已有人密为传闻。洋更加忿恨。及浚入都，从洋游东山，洋袒裼裸裎，纵酒为乐。浚进谏道："这非人主所宜。"洋益不悦。浚又密召杨愔，责他将顺主恶，愔当面虽曾道歉，心中却不以为然。更因洋尝有命令，不准大臣交通诸王，为此两种嫌忌，即将浚言转奏。洋大怒道："小人情性，令人难忍！"遂罢酒还宫。浚辞别还州，复上书切谏。多话无益，徒取杀身。洋严旨召浚，浚也防不测，托疾不赴。

未几即有缇骑驰至，促浚就道，吏民多感浚恩惠，老幼泣送，至数千人。及至邺中，洋令与上党王涣，并纳入铁笼，置诸北城地牢中。饮食溲秽，共在一处。后来洋巡北城，往视地牢，临穴讴歌，令浚、涣属和。浚、涣且悲且怖，音颤声嘶，洋亦不禁泣下。意欲释放，长广王湛，系洋第九弟，与浚有隙，独上前进谗道："猛虎岂可出穴？"悍过高洋。洋乃默然。浚闻湛言，呼湛小字道："步落稽，天不容汝！"此时已无天道。湛又在旁笑骂，挑动洋怒。洋即取槊刺浚，被浚拉断，引得洋忿火益炽，命壮士刘桃枝就笼乱刺。浚与涣随接随拉，呼号声震彻远近。洋并命投入薪火，烧杀二人，加填土石。后来掘土起尸，皮发皆尽，遗骸如炭，旁观多为痛愤，洋却不以为意。

既而三台告成，亲往游宴，酒酣兴至，戏用槊刺都督尉子辉，应手毙命。常山王演，为洋第六弟，时适侍侧，见洋无故杀人，不由得惨然变色。洋已窥觉，顾演与语道："但令汝在，我为何不纵乐！"演未便直谏，但拜伏涕泣。洋不觉发现天良，取杯掷地道："汝大约嫌我多饮，今后敢进酒者斩！"演且拜且贺。洋面命演录尚书事，不到三日，洋酗狂如故。演自草谏牍，将要进陈，演友王晞，力为劝阻，演不肯从，竟递将进去。果然触动洋忿，召演至前，令御史纠弹演过。御史一无所言，演才得免。

演妃元氏系魏朝宗室，洋欲令演离婚，许为演广求淑媛。演虽承旨纳妾，与元氏情好依然。洋复赐给宫人，由演领去。嗣因酒后失记，谓演擅取宫人，召演入责，自取刀环，乱殴演胁，几至晕绝，乃令左右舁演还第。演气愤填胸，情愿绝粒待毙。演与洋、湛等俱为娄太后所出，太后恐演不测，亦日夕涕泣，洋酒醒亦颇知悔，并闻太后悲泣情状，急得不知所为，每日往视演疾，且劝慰道："努力强食，当将王晞还汝。"原来晞为演友，洋疑演谏奏，出自晞笔，已将晞髡配出去，至是面约还晞，因即将晞释归，使往劝演。演见晞至，强起抱晞道："我气息奄奄，恐不得再见！"晞流涕道："天道神明，岂令殿下遂毙此舍！至尊亲为人兄，尊为人主，怎好与他计较？惟殿下不食，太后亦不食。殿下纵不自惜，难道不念太后么？"演乃强坐进饭，渐得告痊。

过了数月，演又欲进谏，令晞草奏。晞条陈十余事，因复语演道："今朝廷所恃，惟一殿下，乃欲学匹夫耿介，轻视生命，一旦祸至，误国政，负慈恩，岂不是两失么？"演欷歔道："祸乃至此么？"因将谏草对晞毁去。嗣复忍耐不住，再行进谏，洋使力士将演反绑，自拔刀架演颈，且叱责道："小人何知！究竟是何人教汝？"演答道："天下噤口，除臣外何人敢言？"洋又令左右杖演数十下，自己醉倦入寝，演乃得出。

太子殷礼士好学，颇得令名，洋常嫌殷得汉家性质，不类自己，意欲废立。会登览金凤台，三台之一。召殷随侍，喝令手刃囚犯。殷恻然有难色，再三不肯下刃。洋用马鞭捶殷，吓得殷神经错乱，竟至气悸语吃，状似痴迷。洋屡言太子性懦，终当传位常山王，太子少傅魏收语杨愔道："太子关系国本，不应动摇，至尊每言传位常山，如果属实，即当决行，天子怎可戏言？"彼常视国事如儿戏，难道汝尚未知吗？愔乃将收言白洋，洋始罢议。

已而酗暴更甚，杀死胶州刺史杜弼及尚书仆射高德政，无非为了强谏致忿，置诸死刑。尚书右仆射崔暹屡有谏诤，洋念他故旧大臣，格外容忍。未几暹殁，洋亲往吊丧，问暹妻李氏道："汝可思故夫么？"李氏随口答道："怎得不思！"洋笑道："汝果思暹，何不自往省视？"说至此，拔刀一挥，李氏头落，即取掷墙外。

时已为天保十年，即陈主霸先临殁之年。彗星出现，太史奏请除旧布新。洋特问彭城公元韶道："汉光武何故中兴？"韶猝然答道："为诛诸刘不尽。"不诋王莽，反启杀心，真是该死的狗奴。洋因下令，捕戮始平公元世哲等二十五家，拘禁元韶等十九家。韶幽住地牢，数日不得一餐，甚至衣袖啗尽，活活饿死。应该如此，但未知伊妻高氏果从死否？洋索性尽诛诸元，男子无论少长，一律斩首，共杀三千人，弃尸漳水。水中鱼吃食尸骸，百姓取鱼剖腹，得人爪甲，遂相戒不食，好几月不往网鱼。鱼却得多活数月。惟常山王妃父元蛮，本支近族，得保存数家。自经这次惨戮，洋乃恶贯满盈，即成暴疾，喉间似有物哽住，不能下食。好容易拖延两三日，自知不能久存，乃召李后及常山王演至榻前，谆嘱后事。小子有诗叹道：

夏桀商辛并暴君，如斯淫虐尚无闻；
榻前一诀安然逝，乱世似无善恶分。

欲知洋所说何事，俟至下回续表。

王琳事梁，似不可谓为非忠，梁元帝陷死江陵，琳赴援不及，缟素举哀，复因陈主篡梁，传檄东讨。侯安都谓师出无名，果遭败歿，师直为壮曲为老，诚哉是言也。然忽降齐，忽降魏，主持不定，未免多私。既已奉庄为主，又听从陈使谢哲，愿还湘州，大忠者固如是乎！江右之乱，出援无功，天已未免厌琳矣。陈霸先病殁之年，齐高洋亦即病死。齐陈相较，高洋之恶，远过霸先。但霸先以篡弑得国，敢犯大不韪之名，虽有小善，殊不足道。高洋之恶，古今罕有，浚与涣皆遭惨毙，独演再三进谏，濒死者数矣，而卒得不死，岂其后应登帝箓，乃幸邀天助耶！然洋恶如此，而尚得令终，翘首天阍，几令人无从索解云。

第七十回　戮勋戚皇叔篡位　溺懿亲悍将逞谋

却说高洋病剧，召李后至榻前，握手与语道："人生必有死，死何足惜！但恐嗣子尚幼，未能保全君位呢！"继复召演入语道："汝欲夺位，亦只好听汝；但慎勿杀我嗣子！"汝杀人子多矣，还想保全己子耶？演惊谢而出。嗣复召入尚书令杨愔、大将军平秦王高归彦、侍中燕子献、黄门侍郎郑颐等，均令夹辅太子，言讫即逝，年三十一岁。当下棺殓发丧，群臣虽然号哭，统是有声无泪，惟杨愔涕泗滂沱。想是蒙赐太原公主的恩情。常山王演居禁中护丧，娄太后欲立演为主，偏杨愔等不肯依议，乃奉太子殷即位，尊皇太后娄氏为太皇太后，皇后李氏为皇太后，进常山王演为太傅，长广王湛为司徒，平阳王淹高欢第四子。为司空，高阳王湜为尚书左仆射，河间王孝琬高澄第三子。为司州牧，异姓官员，自咸阳王斛律金以下，俱进秩有差。所有从前营造诸工，一切停罢。追谥父洋为"文宣皇帝"，庙号"显祖"，奉葬武宁陵。越年改元乾明。高阳王湜素以便佞得宠，执杖挞诸王，太皇太后娄氏，引为深恨。大约演受杖时，曾由湜下手。湜导引文宣梓宫，尝自吹笛，又击胡鼓为乐，娄氏责他居丧不哀，杖至百余，打得皮开肉烂，舁回私第，未几竟死。

演奉丧毕事，就居东馆，取决朝政。杨愔等以演、湛二王位居亲近，恐不利嗣君，遂密白李太后，使演归第，自是诏敕，多不关白。中山太守杨休之诣演白事，演拒绝不见。休之语演友王晞道："昔周公旦朝读百篇书，夕见七十士，尚恐不足，王有何嫌疑，乃竟拒绝宾客？"晞知他来意，便笑答道："我已知君隐衷，自当代达，请君返驾便了！"及休之去后，晞遂入语演道："今上春秋未盛，骤览万几，殿下宜朝夕侍从，亲承意旨，奈何骤出归第，使他人出纳王命！就使殿下欲退处藩服，试思功高遭忌，能保无意外情事么？"演半晌方答道："君将如何教我？"晞说道："周公摄政七年，然后复子明辟，请殿下自思！"演又道："我怎敢上比周公！"晞正色道："殿下今日地望，欲不为周公，岂可得么！"演默然不答，晞乃趋退。未几有诏敕传出，令晞为并州长史。晞与演诀别，握手嘱咐道："努力自慎！"晞会意乃去。

先是领军将军可朱浑天和，曾尚高欢少女东平公主，尝谓朝廷若不去二王，少主终未必保全。侍中燕子献已进任右仆射，拟将太皇太后娄氏，徙居北宫，使归政李太后。杨愔又因爵赏多滥，尽加澄汰，自是失职诸徒，都趋附二王。平秦王归彦初与杨愔同心，后因杨愔擅调禁军，未曾关白归彦，归彦总掌禁卫，免不得怨他越俎，亦转与演湛二王联络。侍中宋钦道向侍东宫，屡次进奏，谓二叔威权太重，非亟除不可。齐主殷不答。杨愔等乃议出二王为刺史，特通启李太后，具述安危。宫人李昌仪系齐宗室高仲密妻，李太后引为同宗，素相昵爱，遂出启示昌仪，昌仪竟密白太皇太后。愔等稍有所闻，复变通前议，但奏请出湛镇晋阳，用演录尚书事。当由齐主殷准议。

诏书既下，二王应当拜职，演先受职，至尚书省，大会百僚。杨愔便拟赴会，侍郎郑颐劝止道："事未可料，不宜轻往！"愔慨然道："我等至诚体国，难道常山受职，可不赴会么？"要去送死了，但不往亦未必终生。遂径至尚书省中。演、湛二王已命设宴相待，勋贵贺拔仁、斛律金亦俱在座，愔与子献、天和、钦道等依次入席，湛起座行酒，至愔面前，斟着双杯，且笑语道："公系两朝勋戚，为国立功，礼应多敬一觞。"愔避座起辞，湛连语道："何不执酒？"道言未绝，厅后趋出悍役数十人，似虎似狼先将杨愔拿住，次及天和、钦道。子献多力，排众出走，才经出门，被斛律金子光，追出门外，用力牵还，亦即受缚。杨愔抗声道："诸王叛逆，欲杀忠臣么？我等尊主削藩，赤心奉国，有甚么大罪呢！"逐主妻后，怎说无罪！演自觉情虚，意欲缓刑，湛独不可，即与贺拔仁、斛律金等，拥愔等入云龙门，由平秦王归彦为导。禁军本由归彦统率，不敢出阻，一任大众拥进。

演至昭阳殿，击鼓启事。太皇太后娄氏出殿升座，李太后为齐主殷，随侍左右。演跪下叩首道："臣与陛下骨肉至亲，杨愔等欲独擅朝权，陷害懿戚；若不早除，必危宗社。臣与湛等共执罪人，未敢刑戮，自知专擅，合当万死！"时庭中及两庑卫士二千余人，皆被甲待诏。武卫将军娥永乐，武力绝伦，素蒙高洋厚待，特叩刀示主，欲杀演、湛二王。偏是齐主口吃，仓猝不能发言。太皇太后娄氏叱令却仗，永乐尚未肯退。娄氏复厉声道："奴辈不听我令，即使头落！"永乐乃涕泣退去。

娄氏又怆然道："杨郎欲何所为，令我不解？"转顾嗣主殷道："此等逆臣，欲杀我二子，次将及我，汝何为纵使至此？"殷尚说不出一词，娄氏且悲且愤道："岂可使我母子受汉老妪斟酌！"总是溺爱亲子。李太后慌忙拜谢，演尚叩头不止。娄氏复语嗣主殷道："何不安慰尔叔！"殷以口作态，好一歇才说出数语道："天子亦不敢为叔惜，况属此等汉人，但得保全儿命，儿自下殿去，此辈任叔父处分罢！"乃父凶恶非常，奈何生此庸儿！演闻言即起，便传言诛死愔等。湛在朱华门外候命，一得演言，立将愔等枭首。侍郎郑颐亦被拿至，湛与颐有隙，先拔颐舌、截颐手，然后取他首级。演复令归彦引兵至华林园，擒斩娥永乐。

太皇太后娄氏亲临愔丧，见愔一目被剜，不禁号哭道："杨郎，杨郎，忠乃获罪，岂不可悲！"乃用御金制眼，亲纳愔眶，抚尸语道："聊表我意！"既纵子杀愔，何必如此假惺惺，想是见了寡女，

又惹起哭婿的心肠，这真是妇人见识。演亦觉自悔，乃请旨赦愔等家属，湛独说是太宽，定要连坐五家。再经王晞上书力谏，乃各没一房。孩幼尽死，兄弟皆除名。命中书令赵彦深代杨愔总掌机务。演自为大丞相，都督中外诸军录尚书事，出镇晋阳。湛为太傅，兼京畿大都督。

演至晋阳，奏调赵郡王高睿高欢从子。为左长史，王晞为司马，晞尝由演召入密室，屏人与语道："近来王侯诸贵，每见敦迫，说我违天不祥，恐将来或致变起，我当先用法相绳，君意以为何如？"晞答道："殿下近日所为，有背臣道，芒刺在背，上下相疑，如何能久持过去？殿下虽欲谦退，敝屣神器，窃恐上违天意，下拂人心，就是先帝的基业，也要从此废坠了。"演作色道："卿何敢出此言？难道不怕王法么！"其词若有憾焉，其实乃深喜之。晞又道；"天时人事，皆无异谋，用敢冒犯斧钺，直

言无隐！”演叹息道：“拯难匡时，应俟圣哲，我怎敢私议，幸勿多言！”晞乃趋出，遇着从事中郎陆杳，握手与语，令晞劝进。晞笑说道：“待我缓日再陈。”越数日，又将杳言告演，演良久方道：“若内外都有此意，赵彦深时常相见，何故并无一言？”晞答道：“待晞往问便了。”遂出赴彦深私第，密询彦深。彦深道：“我近亦得此传闻，每欲转陈，不免口噤心悸，弟既发端，兄亦当昧死相告。”乃偕晞谒演，无非是劝演正位，应天顺人的套话，演遂入启太皇太后。太皇太后娄氏问诸侍中赵道德，道德道：“相王不效周公辅政，乃欲骨肉相夺，难道不畏后世清议么！”道德一言，却是有些道德。太皇太后乃不从演请。

既而演又密启，说是人心未定，恐防变起，非早定名位，不足安天下。太皇太后娄氏本已有心立演，即下令废齐主殷为济南王，出居别宫，命演入纂大统。不过另有戒语，嘱演勿害济南王。演接奉母后敕令，喜如所愿，便即位晋阳，改元皇建。乃称太皇太后娄氏为皇太后，改号李太后为文宣皇后，迁居昭信宫。封功臣，礼耆老，延访直言，褒赏死事，追赠名德，大革天保时旧弊。惟事无大小，必加考察，未免苛细贻讥。中书舍人裴泽尝劝演恢宏度量，毋过苛求。演笑语道：“此时嫌朕苛刻，他日恐又议朕疏漏呢。”未几欲进王晞为侍郎，晞苦辞不受。或疑晞不近人情，晞慨然道：“我阅人不为不多，每见少年得志，无不颠覆，可见得人主私恩，未必终保。万一失宠，求退无地。我岂不欲做好官，但已想得烂熟，不如守我本分罢！”语似可听，惟问他何故教猱升木？

演进弟湛为右丞相，淹为太傅，湝为大司马。湝即尔朱氏所生，为高欢第五子。立妃元氏为皇后，世子百年为太子。百年时才五岁。看官听着！这长广王湛助演诛仇篡位，无非望为皇太弟，演亦口头应许，此时忽背了前言，把五岁的小儿立做储君，你想长广王湛怎肯心平气降，毫无变动呢？这且慢表。

且说梁丞相王琳，闻陈廷新遭大丧，嗣主初立，国事未定，料知他不遑外顾，遂令少府卿孙瑒为郢州刺史，留总庶务，自奉梁主庄出屯濡须口，并致书齐扬州行台慕容俨，请他救应。俨因率众出驻临江，遥为声援，琳遂进逼大雷。陈将侯瑱、侯安都、徐度等，调集戍兵，严加防御。安州刺史吴明彻素称骁勇，夤夜袭湓城，哪知王琳早已料着，预遣巴陵太守任忠伏兵要路，击破明彻。明彻单骑奔回，琳即引兵东下，进至栅口。陈将侯瑱等出屯芜湖，相持历百余日，水势渐涨。琳引合肥、巢湖各守卒，依次前进，瑱亦进军虎槛州。正拟决一大战，琳忽接到孙瑒急报，乃是周荆州刺史史宁乘虚袭攻郢州，城中虽然严守，终恐未能久持等语。此时琳进退两难，又恐众心摇动，或至溃散，不得已将瑒书匿住，但领舟师东下，直薄陈军。齐仪同三司刘伯球亦率水兵万余人，助琳水战，再加齐将慕容子会带领铁骑二千，进驻芜湖西岸，助张声势。可巧西南风急。琳自夸天助，引兵直指建康。那陈将侯瑱佯避琳锋，听他急进。待琳船已过，徐出芜湖，截住琳后，西南风反为瑱用。琳见瑱船在后尾击，使水军乱掷火炬，欲毁瑱船，偏偏火为风遏，竟被吹转，反致自毁船只。瑱麾众猛击琳舰，并用牛皮蒙冒小艇，顺流撞击，又熔铁乱浇琳船，琳军大败。各舰多遭毁没，军士溺死甚众，余或弃舟登岸，亦被陈军截杀垂尽。齐将刘伯球被擒。慕容子会屯兵西岸，望见琳军战败，麾兵返奔，自相践踏，并陷入芦荻泥淖中，骑士皆弃马脱走。不意陈军追至，奋勇杀来，齐兵越加惶急，四散窜去，剩下子会一人一骑，也被陈军捉归。独王琳乘着舴舰，突围出走，得至湓城。众旨散尽，只挈妻妾及左右十余人，北向奔齐。梁侍中袁泌、御史中丞刘仲威，曾留卫永嘉王庄，闻琳已败北，用轻舟送庄入齐，仲威随去，泌南来降陈。琳将樊猛与兄毅亦趋降陈营。陈军复进指郢州，郢州城下的周兵探得陈军将至，撤围自去。守吏孙瑒举州出降陈军。好几年经营的王琳，弄得寸土俱无，枉费气力。三窟几已失尽。

齐主演方在篡位，倒也没工夫计较，惟周大司马宇文护听得陈军如此威武，颇为寒心，独想出一法，遣归陈衡阳王昌，使他自相攻害。昌致书陈主，语多不逊，也是自寻死路。陈主蒨召入侯安都，凄然与语道："太子将至，我当别求一藩，为归老地。"安都道："主位已定，怎得再移！从古岂有被代天子，臣愚不敢奉诏！"陈主蒨道："将来如何处置衡阳？"安都道："令他仍就藩封便了。彼若不服，臣愿往迎，自然有法处置。"杀昌意已在言下。陈主蒨即命安都赍敕迎昌，授昌为骠骑大将军，扬州牧，仍封衡阳王。昌奉命渡江，与安都同坐一舟，安都诱昌至船头，托言观览景色。昌出与安都并立，不防安都用手一推，站足不住，便堕入江中，随波漂没。安都假意着忙，急令水手捞取，捞了半日有余，才得了一个尸骸，乃返报陈主。陈主命依王礼埋葬，封安都为清远公。安都得封，可知陈主本心。

侍郎毛喜曾陷没长安，与昌俱还。他尚似睡在梦里，上言宜通好北周，与他和亲，陈主乃使侍中周弘正西行，与周修好。那陈将侯瑱等已乘胜进攻湘州，周遣军司马贺若敦率步兵赴援，再遣将军独孤盛领水军俱进。会秋水泛滥，粮输不继，敦恐瑱探知虚实，乃在营内多设土囤，上覆以米。瑱使人侦探，果然被赚，不敢进逼。敦又增修营垒，与瑱相持，瑱亦无可如何。正拟退归，忽闻周主毓中毒暴亡，另立新主，料他内外必有变动，乐得留兵湘州，伺隙进取。

究竟周主如何遇毒？原来就是宇文护嗾使出来。周主毓明敏有识，为护所惮。护佯请归政，竟邀允许，但令护为太师雍州牧。当下改元武成，由周主亲览万机。护弄假成真，欲巧反拙，遂密谋不轨，又起了一片杀心。好容易过了一年，护使膳部中大夫，置毒糖饼中，进充御食，周主毓食了数枚，不禁腹痛，自知不幸中毒，口授遗诏五百余言，并召语群臣道："朕子年幼，未能当国，鲁公邕系朕介弟，宽仁大度，海内共闻，将来弘我周家，必需此人，卿等宜同心夹辅，勿负朕言！"言讫遂殂，年仅二十七岁。鲁公邕已入为大司空，不烦远迎，便奉遗诏即皇帝位，追尊兄毓为明皇帝，庙号"世宗"。越年改元保定，进宇文护为大冢宰，都督中外诸军事。那时郢州援将独孤盛已被陈军袭破杨叶洲，率众遁还。巴陵降陈，贺若敦亦支持不住，拔军北归，湘州亦下。巴湘入周数年，至此乃复为南朝所有了。

周主邕甫经践阼，不欲再行兴兵，更兼陈使周私正前来修好，待命已久，乃拟与南朝讲和，索还俘虏，且许归始兴王顼，使司会上士杜杲，偕弘正南下报聘。时陈主蒨已立长子伯宗为太子，次子伯茂为始兴王，奉皇伯考昭烈王道谭宗祀，改封顼为安成王。昭烈二字系始兴王道谭谥法，顼尚在周，无故徙封，乃以次子过继，陈主之心术益见。既由周使来聘，不得不召入与议，互订和约。杜杲素长词辩，除索还俘虏外，更请相当酬报。陈主蒨许让黔中地及鲁山郡，杲乃称谢而去。

陈主蒨本纪元天嘉，与周议和系天嘉二年间事，至天嘉三年，安成王顼始由周使杜杲护送南归。陈主授顼侍中中书监，亲中卫将军，得置佐史。并引见杜杲，温颜与语道："家弟今蒙礼遣，受惠良多，但鲁山不返，亦恐未能及此。”杲从容答道：“安成王在长安，不过一个布衣，若送归南都，乃是陛下介弟，价值甚重，非一城可比。惟我朝敦睦九族，推己及人，上遵太祖遗训，下思睦邻通义，所以遣使南还。若云以寻常土地，易骨肉至亲，这却非使臣所敢闻呢！”陈主闻言，不禁怀惭，赧然语杲道：“前言聊以为戏，幸勿介意。”一言已出，驷马难追，即欲掩饰，恐已被外臣窃笑。因厚礼待杲，复遣侍郎毛喜与杲同诣长安，乞归安成王顼妻子。所有芜湖擒归诸周将，一体放还，周亦送归顼妃柳氏及顼子叔宝，于是陈周言归于好。小子有诗讥陈主蒨道：

伯氏吹埙仲氏篪，鸰原急难要扶持；
如何只为儿孙计，福不重邀祸已随。

陈主蒨既与周和，复欲与齐通好，毕竟有无头绪，且至下回再详。

杨愔负魏不负齐，而独为高演所杀，论者咸为愔呼冤，愔何冤哉？如愔不诛，是真无天道矣。彼本东魏故臣，助洋篡国，胁逐故主，又敢妻母后，蔑绝人伦，一死尚有余辜，安得为冤？即以事齐论之，高洋狂暴，未闻出言谏诤，且简囚供御，身进厕筹，无耻若此，忠果安在？其所以谋除二王者，亦无非为固位计耳。演杀愔，并杀愔党，愔党或为愔所累，或至含冤，愔固不足惜也。若夫演之篡国，何莫非高洋之自取，洋得令终亦幸矣，其能保全子嗣乎！陈主蒨乘机嗣立，授意安都，挤死衡阳王昌，甚至本生兄弟，亦且加忌，始兴一脉，遽令次子继承，视生弟如死弟，何其无骨肉情！及顼得生还，幸而免死，冥冥中似若有相之者。高洋杀浚、涣而不能杀演、湛，陈主蒨害昌而不能害顼，卒至后患相寻，南北一辙，此王道之所以贵亲亲也。

第七十一回　遇强暴故后被污
违忠谏逆臣致败

却说齐主高演，入嗣帝位，尚有意治安，惟对待南朝，未肯息怨罢兵，当遣降将王琳为扬州刺史，出镇寿阳，伺隙图南。陈主蒨颇思修和，因仇人在前，无从游说，不得已姑从缓议。会齐主演听高归彦言，召入济南王殷，把他害死，冤气盈廷，不免为厉，累得演精神恍惚，说鬼连篇。皇建二年孟冬，出外游猎，突有狡兔向马前驰过，演弯弓欲射，忽见兔跳跃起来，留神一瞧，好似一个被发戟手的夜叉鬼，不由得身体颤动，坠落马下。左右慌忙扶起，肋骨已经跌断，痛得不可名状。仿佛齐襄之见公子彭生。好容易掖回宫中，镇日里卧床呼号，医治罔效。娄太后亲往视疾，问及济南王殷，演无言可答，接连三问，仍是默然。娄太后愤愤道："济南已被汝杀死么？不用我言，应该速死！"遂掉头径去。嗣是演病益剧，痛到无可奈何的时候，往往神志昏迷，满口谵语。有时说着，文宣父子来了，又有时说着，杨令公愔。燕仆射子献。等俱来了。当下模糊答辩，继又扶服推枕，叩首乞哀，结果是大数难逃，终难延命。高洋凶恶，远过高演，洋死时，史中第称暴殂，演死时却详叙冤厉，是由高演所为，自觉过甚，未免愧悔，故作此状，洋则异是。可见鬼由心造，非真凭身为祟也。临终时，曾留下遗书，贻弟高湛，召他入纂大统，书末有嘱语云："宜将吾妻子置一好处，勿学前人。"问汝何故杀殷？当下痛极毕命，年仅二十七岁。

先是高湛守邺，奉演密命，令派兵送济南王殷至晋阳。湛也不自安，向散骑高元海问计，元海道："愚见却有三策，一请殿下驰入晋阳，谒见太后主上，愿释兵权，不干朝政，自居闲散，安如泰山，是为上策。上策不行，或表称威权太盛，恐滋众谤，请徙为青、齐二州刺史，退居僻远，免招物议，尚为中策。"说至此，偏将第三策咽住不谈。湛问道："下策如何？"元海道："发言即恐族诛，不如不言。"湛说道："但说不妨，我为卿严守秘密，怕他甚么？"元海道："济南世嫡，为主上所夺，众情未必悦服，今若召集文武，拥立济南，枭斩来使高归彦等，号令天下，以顺讨逆，这乃万世一时的机会；虽是下策，却比上策更佳。"湛不觉跃起，欣然说道："上策，上策，诚如卿言！"元海乃退。湛又召术士郑道谦等，卜定吉凶，道谦等占验封爻，劝湛宜静不宜动，自得大庆，湛乃令数百骑送入济南王。闻济南被害，益加危惧，哪知福为祸倚，祸为福伏，那晋阳竟传到遗诏，促令即刻就道，入承帝箓。这是湛梦想不到的喜事；他尚恐有诈，遣人探视，果系实情，乃立跨骏马，驰向晋阳。甫入城闉，已由文武百官，伏道迎谒，欢呼万岁。当下入临梓宫，不过哭了两三声，便被服衮冕，升殿即位，循例大赦，即改皇建二年为大宁元年。高湛登基，已在十一月中，两月光阴，竟不能待，便改元大宁，可见心目中早已无兄。进平秦王归彦为太傅，赵郡王叡为太保，平阳王淹为太宰，彭城王浟为太师，太尉尉粲为太保，尚书令段韶为大司马，丰州刺史娄叡为司空。冢弟任城王湝高欢第十子。为尚书左仆射，并州刺史斛律先为尚书右仆射，其余内外百官，并皆晋级，不消细说。既而追尊兄演为孝昭皇帝，称元后为孝昭皇后，降封前太子百年为乐陵王。

过了一月，令送孝昭柩至邺都，葬文静陵。元皇后送葬至邺，湛闻她带有奇药，使人索取，不得应命。湛竟怒起，再令阉人就车叱辱，元皇后不便反唇，只忍气含羞，包着两眶珠泪，待至文静陵旁，恸哭多时，方才入宫。湛尚余恨未消，令她在顺成宫内，孤身独处，寂寞无聊，此情此景，怎不伤心？惟自悲命薄罢了。比诸文宣皇后尚胜一筹。

越年正月，湛自晋阳启行，到了邺都，南郊祭天，续享太庙，立妃胡氏为皇后。后为安定人胡延之女，初生时有鸮鸟鸣产帐上，时人目为不祥，及笄后，选为长广王妃，姿貌不过中人，性情却极淫荡。湛本是个酒色中人，得此媚猪，当然是谑浪笑敖，倍极欢昵，所以祀天祭祖，大礼告成，即令胡氏正位中宫。册后这一日，所有故主后妃及内外命妇，俱来庆贺，珠围翠绕，乐叶音谐，不但胡氏非常欣慰，就是齐主湛亦格外欢愉。晚间在后宫庆宴，众皆列席，高湛方在外殿中，畅饮数十觥，已有七八分酒意，便闯入后宫，自来劝酒，惊动了一班妇女，统避席迎谒。湛狞笑道："此处合叙家人礼，尽可脱略形迹，休得迂拘。"众闻湛言，始称谢归座。湛展开一双醉眼，东张西望，蓦见上座有一位半老佳人，尚是丰姿绰约，秀色可餐，不由得魄荡魂驰。仔细审视，却是一位皇嫂李皇后，恨不得上前亲近，但因大众在座，未便失体，只得权时忍耐。说了几句劝饮的套话，转身自去。

是夕酒阑席散，各皆归寝，湛虽怀念嫂氏，也只好与新皇后敷衍一宵。到了次日的黄昏，竟不带左右，独自一人，步入昭信宫。见前回。当有宫女报知李后，李后不禁起疑，没奈何起身相迎。湛入宫坐定，并无一言，但将双目注视娇颜。李后且惊且羞，乃开口启问道："陛下到此，有何见谕？"湛笑语道："朕因夜间无事，特来陪伴皇嫂。"李后道："陛下新册正宫，并多嫔御，何不前去叙情，乃独顾及贱妾？"湛又道："未及皇嫂娇姿，所以乘暇来此。"李后见湛有意调戏，很是惊惶，便抽身欲退。湛即起座揽住后裾，李后大骇道："陛下身为天子，难道好不顾名义么？"说着，顺手一推，湛不防此着，竟至倒退数步，方得站住。顿时恼羞成怒，瞋目与语道："若不从我，当杀汝儿！"李后听了，急得玉容惨澹，粉面浸淫。宫女们见此情形，统已避了出去，那高湛见左右无人，竟仗着壮年膂力，把李氏轻轻举起，直入内寝，阖住双扉，好一歇不见动静。宫女等至寝门外，侧耳细听，但只闻有窸窣声，颤动声，想已是阴阳会合，兴雨布云了。高洋盗嫂，报及己妻。

俗语说得好，寂寞更长，欢娱夜短，高湛把李氏淫烝一宵，转瞬间即已天明，不得不起床出宫，升殿视朝，嗣是常出入昭信宫，来续旧欢。李氏已经失节，也乐得随缘度日。春风几度，暗结珠胎。独胡后不耐岑寂，每当湛往昭信宫，却另寻一个主顾，入替高湛。看官道是何人？乃是给事和士开。士开善握槊，工弹琵琶，面庞儿亦生得俊雅。当湛为长广王时，已入侍左右，辟为开府参军。及湛即位，升任给事，胡后尝与相见，暗地生心。此时乘湛盗嫂，便贿通宫女，引入士开，赏给禁脔。士开得此奇遇，哪有不极力奉承，多方欢狎，引得胡后心花怒放，竟与他誓山盟海，愿做一对长久夫妻。这是高湛眼前孽报。

高湛毫无所闻，反恐胡后责他盗嫂，曲意弥缝。胡后乘间屡说士开好处，湛竟擢士开为黄门侍郎。胡后生子名纬，便立为皇太子。平秦王归彦位兼将相，恃势骄盈。侍中高元海及中丞毕义云、黄门郎高乾和，尝入白御前，谓归彦专权骄恣，必生祸乱，乃出归彦为冀州刺史。元海等并欲弹劾和士开。看官试想，这和士开外邀主宠，内结后援，官爵未尊，地位甚固，岂是高元海辈所得摇动么？果然元海等未上弹章，士开却先已下石，但言元海诸人，交结朋党，欲擅威福，轻轻地说了数语，已足挑动主心。元海乾和渐渐被疏；义云连忙纳赂，得为兖州刺史。独归彦心怀怨望，意欲俟湛往晋阳，乘虚入邺，偏值娄太后逝世，宫中治丧，好几月不闻驾出，也只有蹉跎度日，暂作缓图。

娄太后自春间寝疾，衣忽自举，用巫媪言，改姓石氏，延至初夏，竟尔病终，年六十二。太后生六男二女，皆感梦孕，孕高澄时，梦见断龙；孕高洋时，梦见龙首；孕高演时，梦见龙伏地上；孕高湛时，梦见龙浴海中；孕二女俱梦月入怀；惟孕襄城王清、博陵王济，但梦鼠入下衣。清早去世，济见下文，亦不得令终，惟澄、洋、演、湛，皆得称尊。一母生四帝，也是奇事。

太后未殁时，邺下有童谣云：“九龙母死不守孝。”至是湛居母丧，竟不改服，仍著绯袍。未几且登临三台，置酒作乐。宫人进白袍，由湛怒掷台下，和士开在侧，请暂辍乐，亦为湛所殴击。士开也算错一着。湛排行第九，适应童谣，不过追谥太后为武明皇后，合葬义平陵，总算依例办事罢了。

高归彦所谋未遂，屡使人探刺都中情事，偏被郎中令吕思礼告发，湛乃令大司马段韶与司空娄叡发兵往讨。归彦登城拒守，及兵逼城下，便大呼道："孝昭皇帝初崩，六军百万，悉归臣手，臣至邺迎立陛下。当时不及，今日岂尚有异图？但恨高元海、毕义云、高乾和三人，诳惑主上，嫉忌忠良，如得杀此三人，臣愿临城自刭，死也甘心！"段韶等当然不睬，惟督令兵众攻城。内长史宇文仲鸾、司马李祖挹、别驾陈季璩等，与归彦不协，俱为所杀。兵民因此不服，各有贰心。归彦见不可守，弃城北走，到了交津，只剩得一人一骑，那段韶遣将追来，立刻擒住归彦，械送邺都。当下议定死罪，命都督刘桃枝牵入市曹，击鼓徇众，然后行刑。归彦子孙十五人，一并诛死。

湛既诛归彦，益加淫暴。所烝皇嫂李氏，怀孕将产，适太原王绍德入见，为李氏所拒，绍德系高洋次子，生母就是李

氏，闻李氏匿不见面，顿时懊闷道："儿也晓得了姊姊腹大，故不见儿。"家丑且不宜外扬，奈何取笑生母？原来齐俗呼母为姑姑，亦称姊姊。这李氏听得此语，禁不住惭愤交并，过了数日，生下一女，竟令抛弃。湛闻产女不举，怒不可遏，手持佩刀，驰入昭信宫，怒叱李氏道："尔敢杀我女么？我便当杀尔儿！"说着，即麾左右往召绍德，绍德不得已应召，湛俟绍德至前，便用刀环击去。绍德忍不住痛，只好长跪乞哀。湛大怒道："尔父打我时，尔何不出言相救，今日乃想求活么？"语未说完，再用力猛击数下，打得绍德血流满面，晕倒地上，须臾气尽。

李氏见此惨状，未免有情，便极口哀号。湛越加咆哮，迫令宫女褫李氏衣，使她袒胸露背，然后取鞭自挞，大约有数十下，雪肤上面都变红云，李氏号天不止。与其受辱至此，何若从前死节？湛亦觉自己手力有些酸麻，再命将李氏盛入绢囊，投诸宫

沟，好多时才令捞起，启囊出视，但见流血淋漓，狼藉得不成样子。湛怒已少平，乃呼宫女道："她若已死，不必说了；如若不死，可撵她往妙胜寺中做尼姑去。"言讫自行。宫女并皆不忍，侍湛已去远，便即施救。李氏偃卧地上，气息奄奄，只有胸前尚热，经宫女各用手术，并灌姜汤，方得起死回生，眉目渐动。宫女将她舁上床榻，小心侍奉，挨过了两昼夜，才能起立，乃用牛车载送入妙胜寺，削发修行去了。一年假夫妻，至此结局，岂不可叹！

是年由青州上表，报称河、济俱清。明是贡谀。湛改大宁二年为河清元年。齐扬州刺史王琳屡请出师南侵，湛欲允议发兵，独尚书卢潜一再谏阻，且得陈主贻书，请罢兵息民。湛乃请散骑常侍崔赡通好南朝，陈主亦遣使报聘。独王琳尚有违言，湛调琳回邺，即用卢潜为扬州刺史，领行台尚书，自是玉帛修仪，岁使不绝，江南江北，总算平静了七八年。

陈主蒨因周齐连和，北顾无虞，乃遣司空南徐州刺史侯安都出略西南。从前东阳太守留异，蟠踞一隅，屡怀反侧，陈武帝特将蒨女丰安公主下嫁异子贞臣为妻，且征异为南徐州刺史，异迁延不就，及蒨既嗣位，复命异为缙州刺史，领东阳太守，异仍阴怀两端，并严戍边境。陈廷容忍数年，乃乘暇出讨；一面召江州刺史周迪、豫章太守周敷、闽州刺史陈宝应，一同入朝。周敷奉命先至，得加封安西将军，赐给女妓金帛，遣还豫章。周迪不肯受诏，密与留异相结，且发兵袭敷，为敷所觉，吃了一个败仗，狼狈奔还。宝应为留异婿，虽陈主格外羁縻，许入宗籍，究竟翁婿情深，君臣谊浅，所以始终联异，也未肯入朝。

陈中庶子虞荔弟寄流寓闽中，荔请诸陈主，召弟入都。宝应颇爱寄才，留住不遣。寄屡谏宝应，宝应不听，乃避居东山寺中，佯称足疾，杜门谢客。会留异为侯安都击破，妻孥多被掳去，仅与子贞臣走依宝应。周迪在临川亦被陈安右将军吴明彻、高州刺史黄法𣰰、豫章太守周敷等夹攻致败，溃奔闽州。宝应已失两援，尚自恃险僻，与陈抗衡。虞寄复上书极谏，条陈十事，略云：

东山虞寄，致书于陈将军使君节下：寄流离世故，漂寓贵乡，将军待以上宾之礼，申以国士之眷，意气所感，何日忘之？而寄沉痼弥留，愒阴将尽，常恐猝填沟壑，涓尘莫报，是以敢布腹心，冒陈丹款，愿将军留须臾之虑，少思察之，则瞑目之日，所怀毕矣。自天厌梁德，多难荐臻，寰宇分崩，英雄互起，不可胜纪，人人自以为得之，然夷凶剪乱，四海乐推，揖让而居南面者，陈氏也。岂非历数有在，惟天所授乎？一也。

以王琳之强，侯瑱之力，进足以摇荡中原，争衡天下，退足以倔强江外，雄长偏隅，然或命一旅之师，或资一士之说，琳则瓦解冰泮，投身异域，瑱则厥角稽颡，委命阙廷，斯又天假之威而除其患，二也。

今将军以藩戚之重，东南之众，尽忠奉上，勠力勤王，岂不勋高窦融，宠过吴芮？析珪判野，南面称孤，国恩所眷，不宜辜负，三也。

圣朝弃瑕忘过，宽厚得人，如余孝顷、李孝钦、欧阳頠等，悉委以心腹，任以爪牙，胸中豁然，曾无纤介，况将军衅非张绣，罪异毕谌，何虑于危亡，何失于富贵？四也。

方今周齐邻睦，境外无虞，并兵一向，匪伊朝夕，非刘项竞逐之机，楚赵连纵之势，何得雍容高拱，坐论西伯？五也。

且留将军狼顾一隅，亟经摧衄，声实亏丧，胆气衰沮，其将帅首鼠两端，惟利是视，孰能披坚执锐，长驱深入，系马埋轮，奋不顾命，以先士卒者乎？六也。

将军之强，孰如侯景，将军之众，孰如王琳，武皇灭侯景于前，今上摧王琳于后，此乃天时，非复人力；且兵革以后，民皆厌乱，其孰肯弃坟墓，捐妻子，出万死不顾之计，从将军于白刃之间乎？七也。

天命可畏，山川难恃，将军欲以数郡之地，当天下之兵，以诸侯之资，拒天子之命，强弱逆顺，可得侔乎？八也。

夫非我族类，其心必异，不爱其亲，岂能及物？留 717.
将军自縻国爵，子尚王姬，犹弃天属而不顾，背明君而孤立，危急之日，岂能同忧共患，不背将军者乎？九也。

北军万里远斗，锋不可当，将军自战其地，人多顾后，众寡不敌，将帅不侔，师以无名而出，事以无机而动，以此称兵，未知其利，十也。

为将军计，莫如绝亲留氏，遣子入质，释甲偃兵，一遵诏旨，方今藩维尚少，皇子幼冲，凡预宗支，皆蒙宠树，况以将军之地，将军之才，将军之名，将军之势，而能克修藩服，北面称臣，岂不身与山河等安，名与金石同寿乎？感恩怀德，不觉狂言，斧钺之诛，甘之如荠，伏维将军鉴之！

宝应览书，不禁大怒，幸左右进语宝应，谓虞公病势渐笃，词多错谬，请勿介意。宝应意乃少释，且因寄为民望，权示优容，惟分兵接济周迪。迪复越东兴岭为寇，陈令护军章昭达出讨，大破周迪。迪窜匿山谷，无从搜捕，昭达遂入闽。迪召集余众，再出东兴，东兴守吏钱肃举城降迪，迪众复振，豫章太守周敷已升任南豫州刺史，出屯定州，与迪对垒。迪作书给敷道："我昔与弟勠力同心，岂期相害？今愿伏罪还朝，乞弟披露肺腑，挺身同盟。"敷信为真言，只率从骑数人，出与迪盟，甫经登坛，被迪麾动部众，将敷杀死。

陈廷有诏赙恤，另遣都督程灵洗讨迪，并促章昭达速攻闽州。陈宝应令水陆设栅，严御昭达，昭达与战不利，顿兵上流，但令军士伐木为筏，待雨出发。会值大雨江涨，亟放筏进攻，连拔宝应水栅，凑巧陈将余孝顷也奉陈主调遣，由海道驰至，两军会合，并力攻击，宝应连战连败，遁往莆田。顾语子弟等道："我悔不从虞公言，致有今日！"迟了！迟了！小子有诗叹道：

如何螳斧想当车？一失毫厘千里差。
祸已临头才自悔，忠言不用亦徒嗟！

陈军追捕宝应，未知宝应再得脱走否？容至下回表明。

北齐宫闱，淫烝成习，惟高演尚乏色欲，故其妻元氏，虽被高湛斥辱，终得免污，若李氏为高洋妇，洋烝澄妻，湛即烝洋妻，何报应之若是其速也！但李氏不忍其子之死，含垢蒙羞，而其后子仍惨毙，身亦濒危，最为不值。自来义夫烈妇，其所由蹈死如饴者，诚有见夫名节为重，身家为轻，不应作一幸想，冀图苟活耳。否则，鲜有不蹈李氏之覆辙者也。陈宝应溺情闺闼，济恶妇翁，虞寄谏以十事，言甚明切，终不能挽宝应之迷，是误宝应者为留异，实则出之留异之女。天下之误己误人者，多半自妇女致之，非冶容诲淫，即昧几致祸，宝应亦一前鉴耳。如留异之凶狡，周迪之反复，更不足责也。

第七十二回　遭主嫌侯安都受戮
却敌军段孝先建功

却说陈宝应逃至莆田，被陈军从后追及，日暮途穷，如何支持，眼见是束手受擒。就是宝应妇翁留异，也与宝应同逃，无从漏网，翁婿妻孥，一并就缚。还有宝应宗族及幕下僚佐，俱捉得一个不留，悉数械送建康。叛徒头脑，怎得免死，就是子弟党羽，亦难逃国法，骈戮市曹。惟异子贞臣，曾尚帝女，特别恩赦。这是得妻房好处。并命昭达礼送虞寄，乘驿入都。陈主蒨当即召见，温言奖谕道："管宁汉末隐士。尚幸无恙。"寄拜谢而出。既而陈主自下手敕，命寄为衡阳王掌书记。衡阳王系武帝嗣子昌封爵，昌被侯安都溺毙，见七十回。陈主讳莫如深，只托言失足溺水，追谥为"献"。昌无子嗣，即令皇七子伯信过继，并授伯信为丹阳尹，得置佐吏。此次因虞寄经明行淑，特遣令往辅。寄奉敕入谢，陈主面谕道："今遣卿为衡阳记室，不但欲烦劳文翰，实因七儿年少，须卿教导，令作师资，卿毋以委屈见辞！"寄当然谦退，奉敕即行。未几复迁拜国子博士，寄表求解职，乞许归田。陈主优诏报答，许还会稽，仍令为东扬州别驾，寄又以疾辞。时寄兄虞荔，已经病殁，亦引柩还乡，陈主追赠侍中，赐谥曰“德”。并亲出都门送丧，时人称为难兄难弟。荔子世基世南，并少有文名，寄后来屡征不起，尝以知足不辱为言。诸王或出为州将，必奉朝命问候，致敬尽礼。有时寄出游近寺，闾里互相传语，老幼罗列，望拜道左。乡有争讼，经寄一言，无不立解；人有誓约，但指寄名，均不敢欺。扰乱时代，得此高士，真好算作第一流人物了。极笔褒扬，足以风世。至陈主顼太建十一年，始病终故里，这且不必细表。

且说留异、陈宝应二人已经伏辜，只有漏网余生的周迪尚在东兴一带，出没为患。陈都督程灵洗自鄱阳别道出击，应前回。出迪不意，大破敌众，迪复与麾下十余人，窜伏山谷中。过了数月，遣人至临川郡市，购办鱼虾，为临川太守骆牙所执，谕令取迪自效，随即使腹心勇士跟入山中，诱迪出猎，把他捕诛，传首建康，悬示朱雀观三日。三凶尽歼，西南廓清，惟后梁主萧詧据守江陵，得周保护。陈主蒨未敢进攻，詧亦因封地狭小，邑居残毁，不能东出报怨，郁郁无聊，疽发背上，竟致逝世。太子萧岿嗣立，追谥詧为“宣帝”，庙号“中宗”，改元大保，这也是残喘仅存，有名无实。他如永嘉王萧庄亦奔齐病死，萧氏已不能复振了。随笔带过萧詧、萧庄。

陈司空侯安都自略定西南后，归镇京口，加封征北大将军，封邑增至五千户。安都自恃功高，渐生骄态，幕中多罗集文武，一宴辄至千人。部下将帅往往不遵法度，朝旨检问，辄奔归安都，倚作护符。陈主蒨性好严察，闻安都庇护罪人，不免生恨，安都毫不觉察，骄横如故，就是入宫侍宴，亦不守臣礼。酒酣时箕踞倾倚，目无君上，尝陪乐游园禊饮，语陈主道：“陛下今日，比做临川王时，趣味何如？”言下甚有德色，陈主默然无言。安都一再问及，陈主始淡淡地答道：“这虽出自天命，也未始非明公功劳！”安都喜甚，便乞借供帐水饰。陈主勉强允诺，心中很是不悦，怏怏还宫。到了次日，安都挈妻妾至乐游园，自升御座，令宾佐居群臣位，称觞上寿。居然想学做皇帝。陈主使人侦察，得悉安都情状，越加猜嫌，待安都还镇，屡遣台使按问安都部下，检括叛亡。安都才知上意，亦遣别驾周弘实、密结舍人蔡景历探刺朝廷情事。景历具状奏闻，且言安都有谋反状。无非希旨。陈主乃调安都都督江、吴二州，领江州刺史。这一番调动，明明是诱他入阙，设法除患。安都果自京口还都，部伍入石头城，陈主引安都入宴嘉德殿，并令他部下将帅会集尚书省听令。暗中却已密布禁军，乘安都入宴时，先把他拘系西省，然后收逮诸将帅，勒令缴出马仗，才许释放。因出舍人蔡景历表状，榜示朝堂，随即下诏论罪道：

昔汉厚功臣，韩韩信。彭彭越。肇乱；晋倚藩牧，敦王敦。约祖约。称兵，托六尺于庞萌，野心窃发，寄股肱于霍禹，凶谋潜构。追维往代，挺逆一揆，永言自古，患难同规。侯安都素乏远图，本惭令德，幸属兴运，预奉经纶，拔迹行间，假之毛羽，推于偏帅，委以驰逐，位极三槐，任居四岳，名器隆赫，礼数莫俦，而志惟矜己，气在陵上，招聚逋逃，穷极轻狡，无赖无行，不畏不恭，受脉专征，剽掠一逞，推毂所镇，裒敛无厌。朕以爰初缔构，颇著功绩，飞骖代邸，预定嘉谋，所以掩抑有司，每怀遵养，杜绝百辟，日望自新，款襟期于话言，推丹赤于造次，策马甲第，羽林息警，置酒高堂，陛戟无卫，何尝内隐片嫌，去柏人而勿宿，外协猜防，入成皋而不留。而彼乃悖逆不悛，骄暴滋甚，招诱文武，密怀异图。

近得中书舍人蔡景历启闻，报称安都曾遣别驾周弘实前来探刺，具陈反计，朕犹加隐忍，待之如初，爰自北门迁授南服，受命径停，奸谋益露。今者欲因初镇，将行不轨，此而可忍，孰不可容！赖社稷之灵，近侍诚悫，丑情彰暴，逆节显闻。可详按旧典，速正刑典，罪止同谋，余无可问。

这诏颁出，越宿即赐安都自尽，旋复有诏赦免家属，葬用士礼，丧事所需，仍由公款发给。从前武帝在日，尝命诸将侍宴，杜僧明、周文育、侯安都三人，各自称功，武帝喟然道："卿等原统是良将，但各有短处，杜公志大识阇，狎下陵上；周侯交不择人，推心过差；侯郎傲慢无厌，轻佻肆志，将来恐不能自全，各宜戒慎为是！"三人怀惭而退，后来杜僧明病死江州，算是令终，惟无绩可言；文育为熊昙朗所杀，见前文。安都至是被诛，终不出武帝所料。古来明哲保身的智士，所以小心翼翼，功成身退，才能安享天年，流芳百世呢。如范蠡、张良等人。

话分两头，且说齐主高湛，信用黄门侍郎和士开，擢官侍中，并开府仪同三司，前后赏赐，不可胜纪，士开百计谄谀，揣摩迎合，无不中肯，惹得高湛格外亲信，几乎一日不能相离。你妻胡氏与他相暱，还有可说，你为何相信至此！士开每侍左右，辞不加检，备极鄙亵，尝笑语湛道："自古以来，没有不死的帝王，尧、舜、桀、纣，统成灰土，有何异同？陛下春秋鼎盛，正应及时行乐，取快一日，足抵百年，国事尽可付与大臣，无虑不办，何必自取烦恼呢！”湛闻言大喜，遂委赵彦深掌官爵，元文遥掌财用，唐邕掌外兵，白建掌骑兵，冯于琮、胡长粲掌东宫，阅三四日才一视朝，须臾即罢。

士开善持槊，胡后亦颇喜学槊，湛令士开教导胡后。后与士开情好有年，当握槊时，眉目含情，无庸细说。她却故意弄错手势，使士开牵动玉腕，与她共握。湛高坐饮酒，一些儿没有窥觉，反且喜笑颜开，自得其乐。河南王孝瑜，系文襄皇帝高澄长子，目睹情形，不禁愤懑，便入内进谏道：“皇后系天下母，怎得与臣下接手？”湛好似未闻，不答一语。甘戴绿头巾，何劳多言！孝愉乃退。嗣又上言赵郡王叡，父死非命，不宜亲近。叡父即赵郡王琛，与小尔朱氏私通，被高欢杖毙，事见前文。湛亦不报。

叡与士开因此挟恨，便密谮孝瑜奢僭，谓山东只闻河南王，不闻有陛下，湛本与孝瑜同年，又是嫡亲兄子，甚相亲爱，至是不免加忌。孝瑜又行止未谨，尝与娄太后宫人尔朱摩女暗地私通。及太子纬纳斛律光女为妃，孝瑜入宫襄事，与尔朱女喁喁私语，潜叙旧情，偏被旁人瞧着，向湛报知。湛顿触旧嫌，立召孝瑜至前，逼令饮酒三十七杯。也是奇罚。孝瑜体本肥大，强饮过醉，颓然倒地。湛命左右娄子彦用犊车载出孝瑜，且密嘱数语。子彦领命，随车同行，途次由孝瑜索茶解渴，子彦以鸩酒代茶，孝瑜醉眼模糊，喝将下去，越觉烦躁不堪，行至西华门，蹶起索水，下车投河，竟致溺毙。子彦返报，湛假意举哀，追赠孝瑜为太尉，录尚书事，诸王虽有所闻，莫敢发言。惟孝瑜第三弟孝琬，曾封河间王，亲临兄丧，大哭而出，意欲他去，当由湛遣使追还，乃仍留邺中。蓦闻周与突厥连师，来攻晋阳，湛亦不禁着急，亲自往援。

突厥自伊利可汗击破柔然，柔然可汗阿那瓌自杀，事见前文。余众立阿那瓌叔父邓叔子为主，复为伊利子科罗所破。科罗死，弟俟斤立，号木杆可汗，木杆勇略过人，又追逐邓叔子，逼得邓叔子无路可奔，只好投入关中。是时西魏尚未被篡，宇文泰亦未谢世，木杆竟遣使至魏，索交邓叔子，泰不肯照给。木杆又西破哌哒，东逐契丹，北并结骨，威振塞外，凡东自辽海，西至青海，延袤万里，南自沙漠以北，直至北海，又五六千里，均为木杆所有。再向西魏索取邓叔子，泰畏他强盛，不敢不允，遂收邓叔子以下三千余人尽付突厥来使。突厥使人，不胜押解，即驱邓叔子等至青门外，尽加屠戮，但携邓叔子首级归国。宇文泰视死不救，亦太残忍。自是木杆与周通好，常有使节往来。宇文觉篡位受禅，修好如故，两传至宇文邕，曾与突厥连兵侵齐，见齐境守御颇固，因即折回。邕尚未立后，由太师宇文护等定议，遣御伯大夫杨荐及左武伯王庆至突厥求婚。木杆已经允许，偏齐人得此消息，也遣使至突厥和亲，卑礼厚币，愿迎木杆女为后。木杆贪齐重赂，便向周悔婚，且欲将荐等执交齐使。夷狄之不可恃也如此！荐乃上帐责木杆道："我周太祖指宇文泰。与可汗结好，当时蠕蠕即柔然，见前。遗众数千来降，太祖俱执付可汗使臣，藉敦睦谊，奈何今日欲背恩忘义！就使不畏我周，难道不畏鬼神么？"木杆听到鬼神二字，触动迷信，不由得打了一个寒噤，良久方答道："君言甚是，我计决了！当与贵国共平东寇，再行送女未迟。"遂叱还齐使，礼遣荐等南归。

周廷得荐等归报，乃召公卿会议，众请发十万人击齐，独柱国杨忠谓兵不在多，但发骑兵万人，已足敷用。周主邕乃遣杨忠为帅，率领万骑，从北道出发，又遣大将军达奚武统兵三万，从南道进行，约会晋阳城下。杨忠连下齐二十余城，攻破陉岭要隘，兵威大震。突厥木杆可汗又亲率十万骑来会，长驱并进。看官听说！此时齐境警报，往来如织，虽然齐主湛沉湎酒色，也不能不被他惊起，亲督内外兵士，从邺都急赴晋阳。

是时为齐河清三年十二月，即陈天嘉五年，周保定四年。连日大雪，千山一白，齐主湛冒雪前行，兼程至晋阳，尚幸城外无寇，安然入城。命司空斛律光率步骑三万人，往屯平阳，防守南路。周柱国杨忠及突厥可汗共麾兵直逼城下，齐主湛登城遥望，见敌兵鱼贯到来，好似潮头涌入，没有止境，不觉蹙然变色道："这般大寇，如何抵御哩！"说至此，便即下城，拟挈宫人东走。赵郡王叡、河间王孝琬，叩马谏阻，方才停留。孝琬又请将六军进止，归叡节度，湛乃命叡节制诸军，并使并州刺史段韶，职掌军务。

此守彼攻，相持过年，正月朔日，叡已部分诸军，出城搦战，军容甚盛。突厥木杆可汗凭高观望，颇有惧容，顾语周人道："尔言齐乱，所以会师伐齐，今齐人眼中亦有铁，怎得轻敌！可见尔周人是好为虚言了。"周人闻木杆言，当然不服，并用步兵为前锋，向齐挑战，齐将俱欲迎击，独段韶不许，面嘱诸将道："步军势力有限，今积雪既厚，不便逆击，不如严阵待着，俟彼劳我逸，方可出战。"说着，即下令军中道："大众须听我号令，不得妄动！待中军扬旗伐鼓，才准出击，违令立斩！"韶颇知兵。各军始静守阵伍，毫无哗声。周军无从交战，渐渐地懈弛起来，突见齐兵阵内，红帜高张，接连是战鼓咚咚，震入耳中。正旁皇四顾，那齐兵已尽锐杀到，喊杀连天，眼见是抵敌不住，纷纷倒退。杨忠也不能禁遏，但望突厥兵上前助战，好将齐兵杀回，偏突厥木杆可汗勒马西山，并未驰下，反且把部众一齐引上，专顾自己保守，不管周军进退。周军孤军失援，顿时大溃，奔回关中。木杆可汗也从山后引遁，段韶始终持重，不敢力追，似此亦不免太怯。自晋阳西北七百余里，均遭突厥兵残掠，人畜无遗。木杆还至陉岭，山谷冻滑，铺毡度兵，胡马寒瘦，膝下毛皆脱落，及抵长城，马死垂尽，兵士多截槊挑归。周将达奚武至平阳，尚未知杨忠败还，嗣得齐将斛律光书，语带讥嘲，料知杨忠失败，乃即日引归，半途被齐兵追至，且战且走，好容易才得驰脱，已丧失了二千余人。

斛律光收兵还晋阳，齐主湛见了斛律光，抱头大哭。光不知为着何事，仓猝不能劝谏。我亦不解。任城王湝在旁，便进言道："想陛下新却大寇，喜极生悲，但亦何必至此！"湛乃止哭，颁赏有功，进赵郡王叡录尚书事，斛律光为司徒。光闻段韶不击突厥，但远远地从后追蹑，好似送他出塞一般，因向韶讥笑道："段孝先孝先系韶表字。好改呼段婆，才不愧为送女客呢。"

言未毕，邺中忽有急报传到，乃是太师彭城王浟为盗所戕。湛惊问何因，邺使说是浟在第中，被群盗白子礼等突入，诈称敕使。劫浟为主，浟大呼不从，因即遇害。湛又惊问道："现在盗目已捕诛否？"邺使谓已经荡平，惟望陛下还驾。湛乃匆匆启行。返至邺城，即诣浟第临丧，赠浟假黄钺太师录尚书事，给辒辌车送葬，然后还宫。旋授段韶为太师。

过了数月，邺中有白虹围日，绕至再重，赤星又现。齐主湛携盆水照星，用盖覆住，作为厌禳。越宿盆无故自破，湛很是忧疑，适有博陵人贾德胄呈入密启，启中有乐陵王百年手书，写着好几个敕字。湛不禁发怒，立使人促召百年，百年自知不免，割一带玦，与妃斛律氏诀别，自入都见湛，湛使百年再书敕字，笔迹与前字相符，顿时怒上加怒，喝使左右捶击。百年被击仆地，又使人且曳且殴，流血满地，气息将尽，乃呜咽乞命道：“愿与阿叔为奴。”湛不肯许，竟命斩首，投尸入池，池水尽赤，乃捞尸稾葬后园。斛律妃闻百年惨死，持玦哀号，绝粒而死，玦犹在手，拳不可开，年尚只十四岁。妃为斛律光女，由光亲往抚视，用手解擘，始舒拳释玦。邺中人士统替她呼冤。小子亦有诗为证道：

济南死后乐陵亡，厥考贻谋太不臧。
难得贞妃年十四，犹如殉节保妻纲！

齐主湛既杀死百年，复因宫中有蜚语相传，连日钩考，查至顺成宫，得开府元蛮书信，述及百年冤死事，又不觉动起怒来。毕竟元蛮能否免祸，容待下回申叙。

陈文帝之杀侯安都，几似宋文帝之杀檀道济，然道济功多罪少，杀之适足以见宋文之失，安都功虽足称，而慢上不法，罪亦匪轻，况挤溺衡阳，害及故储，使陈文帝成不友之名，残忍性成，不死何为？纲目称杀不称诛，似犹为安都鸣冤。窃谓安都之死，实由自取，惟陈主诱令入宴，伏甲加诛，殊失人君赏罚之大经，纲目书法，所以不能无咎于陈文耳！齐主湛昏庸淫虐，几类高洋，晋阳之役，幸得一胜。然周师之所恃者为突厥，非我族类，其心必异，周之遭败，亦其宜也。湛幸胜而归，即杀兄子百年，济南受戮，乐陵亦不得生，湛之不遵兄命，原属不仁，孝昭有知，其亦悔杀济南否耶！

第七十三回　背德兴兵周师再败　揽权夺位陈主被迁

却说齐主湛检得元蛮书，立即动怒，便欲将蛮加罪。蛮急贿托幸臣，替他求免，还算罢官了事。蛮为百年母元氏父，蛮得免诛，元氏仍居顺成宫，不过伤子枉死，更增一层悲泪罢了。先是周太师宇文护母阎氏及周主第四姑，并诸戚属等，皆寓居晋阳，自宇文泰西入关中，只命护随去，后来晋阳为高氏所有，护母阎氏等均致陷没，充入掖廷。及护为周相，相隔已三十多年，护屡遣人入齐访问，未得音信。会因晋阳一役，杨忠败归，护复欲连同突厥，大举伐齐。齐主湛得知军报，颇有戒心。特遣勋州刺史韦孝宽，致书与护，示明护母消息，且言周、齐释怨，可归护母，否则立斩勿贷。护复书愿和，乞释母西归。齐主湛先遣还周四姑，并令人为护母作书，备述护幼时情状，又寄护前所着绯袍，作为证物，书词说得非常痛切。略云：

吾年十九适汝家，今已八十矣，凡生汝辈三男二女，今日目下不睹一人，兴言及此，悲缠肌骨，赖皇齐恩恤，差安衰暮，又得汝姑嫂等相依，稍足自适，但一念及汝，百感丛生。今特寄汝小时所着锦袍一袭，汝宜检看，知吾含悲抱戚，多历年祀。禽兽草木，母子相依，吾有何罪，与汝分隔！今复何福，还望见汝！世间所有，求皆可得，母子异国，何处可求？假汝贵极王公，富过山海，有一老母八十之年，飘然千里，死亡旦夕，不得一朝同处，寒不得汝衣，饥不得汝食，汝虽穷荣极盛，光耀世间，与吾何益？吾今日之前，汝既不得申其供养，事往何论。今日以后，吾之残命，惟系于汝，汝戴天履地，中有鬼神，勿云冥昧，而可欺负！杨氏姑今虽炎暑，犹能先发。关河阻远，隔绝多年，言不尽情，汝其鉴之！

730.

宇文护既接见四姑，复得母书，禁不住嚎啕大哭。还算有些孝思。当下取过纸笔，且泣且书，大致写着：

区宇分崩，遭遇灾祸，违离膝下，三十五年，受形禀气，皆知母子，谁知萨保护字。如此不孝，上累慈母！子为公侯，母为奴隶，暑不见母热，冬不见母寒，衣不知有无，食不知饥饱，泯如天地之外，无由暂闻，昼夜悲号，继之以血，分怀冤酷，终此一生，死若有知，冀见奉于泉下耳。不谓齐朝解网，惠以德音，摩敦周俗呼母为阿摩敦。四姑，并许矜放，初闻此旨，魄爽飞越，号天叩地，不能自胜。四姑即蒙礼送，平安入境，萨保于河东拜见，得奉颜色，崩动肝肠。但离绝多年，存亡阻隔，相见之始，口未忍言，惟叙齐朝宽弘，每存大德，云与摩敦虽处宫禁，常蒙优礼。今者来邺，恩遇弥隆，重降矜哀，听许摩敦垂谕，曲尽悲酷，伏读未周，五中似割。蒙寄萨保别时所留锦袍，年岁虽久，宛然犹识，顾视之下，愈觉疚心。今齐朝霈然之恩，既已沾洽，爱敬之旨，施及旁人，草木有心，禽鱼感泽，况在人伦而不铭戴！有国有家，信义为本，伏度来期，已应有日。一得奉见慈颜，永毕生愿，生死肉骨，岂止今恩！负山戴岳，未足胜荷。二国分隔，理无书信，主上以彼朝不绝母子之恩，亦赐许奉答，不期今日得通家问。伏纸呜咽，不尽所云！备录二书，以全伦纪。

书毕函封，乃停泪发使，赍书至齐。齐主湛尚不肯放还护母，使更与护书，邀护重报，往返再三，乃拟遣归，太师段韶上言道："周人反复无信，晋阳一役，已可概见。护外托为相，实与君主无异，既欲为母请和，何不正式遣使。若徒据移书，即送归护母，转恐示人以弱，不如阳为许诺，待至和亲坚定，遣归未迟。"段婆胡为作此语？齐主不听，即遣护母阎氏归周，护方因齐廷失信，请朝廷再为移文，忽闻慈舆已至，喜出望外，忙出都门迎入，举朝称庆。周主邕也迎阎氏入宫，率领亲戚，行家人礼，奉觞上寿。邕母叱奴氏，已尊为皇太后，至是亦略迹言情，握手叙欢，端的是母以子贵，宠荣无比呢。为下文返照。

护因慈母归来，颇感齐惠，拟与齐互结和约，偏突厥木杆可汗遣使至周，谓已调集各部精兵，如约攻齐，护不禁踌躇，意欲拒绝外使，转恐前后失信，有伤突厥感情，况母已归家，无容他虑，还是联络突厥，免滋边患。乃表请东征，召集内外兵众，共得二十万人。周主邕祃祭太庙，亲授护铁钺，许令便宜行事，且自沙苑劳军，执卮饯护，护拜命乃行。到了潼关，命柱国尉迟迥为先锋，进趋洛阳。大将军权景宣率山南兵出豫州，少师杨檦出轵关。护连营徐进，行抵弘农，再遣雍州牧齐公宪、宇文泰第五子。同州刺史达奚武、泾州总管王雄，屯营邙山，策应前军。

杨檦恃勇轻战，既出轵关，独引兵深入，又不设备，不料齐太尉娄叡带引轻骑，前来掩击，檦仓猝遇敌，行伍错乱，被齐兵杀得落花流水，一败涂地。檦逃生无路，没奈何解甲降齐。三路中去了一路。权景宣一路人马，却还骁劲，拔豫州，陷永州，收降两州刺史王士良、萧世怡，送往长安，另使开府郭彦守豫州、谢彻守永州。尉迟迥进围洛阳，三旬不克，周统帅宇文护使堑断河阳要路，截齐援兵，然后同攻洛阳。诸将多轻率无谋，还道齐兵必不敢出，但遥张斥堠，虚声堵御。

732. 齐遣兰陵王长恭、原名孝瓘，系高澄第五子。大将军斛律光，往援洛阳，两人闻周兵势盛，未敢遽进，洛阳又遣人告急齐廷。时齐太师段韶出为并州刺史，由齐主湛召入问计。韶答道：“周虽与突厥连兵，两面夹攻，但北虏狡猾，待胜后进，虽来侵边，实等疥癣，今西邻窥逼，实是腹心大病，臣愿奉诏南行，一决胜负。”知己知彼，究竟还推段婆。湛喜语道：“朕意亦是如此。”乃令韶督精骑一千，出发晋阳，自率卫兵为后应，亦从晋阳启行，韶在途五日，济河南下，适连日阴雾，周军无从探悉，韶竟与诸将上登邙阪，窥察周军形势，进至太和谷，与周军相遇，韶即令驰告高长恭、斛律光两军会师对敌。长恭与光，立即应召，韶为左军，光为右军，长恭为中军，整甲以待。周人不意齐兵猝至，望见阵势严整，并皆惶骇。韶语周人道：“汝宇文护方得母归，何故遽来为寇？”周人无言可答，但强词夺理道："天遣我来，何必多问！"韶又道："天道赏善罚恶，遣汝至此，明明降罚，汝等都想来送死了！"这是理直气壮之谈。

周军前队统是步卒，遂踊跃上山，来战齐兵。韶且战且走，引至深谷，始命各军下马奋击，周军锐气已衰，霎时瓦解，或坠崖，或投溪，伤毙无数，余众俱遁。兰陵王长恭领五百骑士，突入洛阳城下围栅，仰呼守卒，城上人未识为谁，不免疑诘。迨经长恭免胄相示，乃相率鼓舞，缒下弓弩手数百名接应长恭，周将尉延迥无心恋战，便撤围遁去，委弃营幕申仗，自邙山至谷水，沿途三十里间，累累不绝。独周、雍州牧齐公宪及达奚武、王雄等尚勒兵拒战。雄驰马挺槊，冲入斛律光阵中，光见他来势凶猛，回头急走，趋出阵后，落荒窜去，身边只剩一箭，随行只余一奴，那王雄却紧紧追来，相距不过数丈，光情急智生，把马一捺，略略停住，暗地里取弓搭箭，返身射去。可巧雄槊近身，不过丈许。雄大声道："我惜尔不杀，当擒尔去见天子！"语未说完，箭已中额，深入脑中，雄不禁暴痛，伏抱马首，奔回营中。莽夫易致偾事。光幸得免害，当然不去追赶，也纵马归营。

天色已暮，两下里俱各收军。周将齐公宪部署兵士，拟至明晨再战，偏王雄负伤过重，当夜身死。军中越加恟惧，赖宪亲往巡抚，才得少安。达奚武入营语宪道："洛阳军散，人情震恐，若非乘夜速还，明日且欲归不得了！"宪尚觉迟疑，武复说道："武在军日久，备悉艰难，公少未更事，岂可把数营士卒，委身虎口么？"宪乃依议，潜令各营夤夜启程，向西奔还。权景宣得洛阳败报，亦将豫州弃去，驰入关中。及齐主湛至洛阳，早已狼烟净扫，洛水无尘。湛很是欣慰，进段韶为太宰。斛律光为太尉，兰陵王长恭为尚书令，余将俱照律叙功。

惟尚恐突厥入塞，亟还邺都。嗣接得北方边报，谓突厥亦已退军，更觉得心安体泰，又好酗酒渔色了。

当时齐廷有一个著作郎，姓祖名珽，有才无行，尝为齐高祖功曹，因宴窃得金叵罗，酒器名。为所察觉，又坐诈盗官粟三千石，鞭配甲坊。显祖高洋爱珽才具，复召为秘书丞，珽又萌故智，坐赃当绞，洋加恩免刑，且仍令直中书省，他见湛势力日盛，有意逢迎，因赍胡桃油入献，且拱手语湛道："殿下有非常骨相，后必大贵。"湛尚为长广王，不禁色喜道："若果得此，亦当与兄同安乐！"珽拜谢而出，及湛入嗣位，思践前约，即擢珽为中书侍郎，旋迁任散骑常侍，与和士开朋比为奸，尝私语士开道："如君宠幸，古今无比，但宫车若一日宴驾，试问君如何克终？"似为士开耽忧，实是为己设法。士开被他一说，惹得愁容满面，亟向珽商量计策。珽徐徐答道："何不入启主上，但言文襄、文宣、孝昭诸子，均不得嗣立为君，今宜令皇太子早践大位，先定君臣名分，自可无虞。此计若成，中宫少主，必皆感君，君可从此安枕了！"恐他难必。士开道："计非不善，惟主上年未逾壮，遽请他禅位太子，恐未必准议。"珽又道："君先婉白主上，再由珽上书详论，不患不从。"士开许诺，适值彗星出现，太史谓应除旧布新，珽即乘间上言，谓陛下虽为天子，未为极贵，宜传位东宫，上应天道，且援魏主弘禅位故事作为引证。魏主弘禅位见二十三回。湛得书未决，再经和士开从旁怂恿，方才定议，遂于河清四年孟夏，使太宰段韶，奉皇帝玺绶，禅位太子纬。纬在晋阳宫即位，改元天统。册妃斛律氏为皇后，就是斛律光的次女。王公大臣遂上湛尊号为太上皇帝，军国大事，仍然启闻。使黄门侍郎冯子琮、尚书左丞胡长粲辅导少主，专掌敷奏。子琮系胡后妹夫，故得邀宠眷，祖珽拜秘书监，加开府仪同三司，大蒙亲信，见重二宫。

看官听着！这齐主湛年方二十九岁，春秋虽盛，精力不加，平居荒耽酒色，凡故宫嫔御，稍有姿色，多半被污，旦旦伐性，遂害得神志昏迷，此次禅位，也是乐得卸肩，再想高居深宫，享那一二十年的艳福，怎奈人有千算，天教一算，湛做了太上皇，反连年多病，就要长辞人世了。和祖二人之所以着急，想亦由此。惟湛距死期，尚有三年，那陈主蒨却寿数将终，勉强延挨了一年，竟尔去世。

先是陈安成王顼，自周还陈，受官侍中，兼中书监，寻且都督扬、南徐、东扬、南豫、北江诸军事，威权日盛，势倾朝野。御史中丞徐陵，独上书纠劾，陈主蒨免顼侍中，惟仍领扬州刺史。会值天嘉六年冬季，天旱不雨，直至次年仲春，亢阳如故，陈主亦常患不适，乃改天嘉七年为天康元年，颁诏大赦，冀迓天府。到了孟夏，彼苍却已降甘霖，御体反更加委顿，安成王顼、尚书孔奂、仆射到仲举等，入侍医药，陈主已病不能兴，默念太子伯宗柔弱，未堪为嗣，乃顾语顼道：“我欲遵周泰伯故事，汝意以为何如？”顼闻言惶遽，拜泣固辞。何必做作？陈主又语奂等道：“今三方鼎峙，四海事重，应立长君，卿等可遵朕意。”奂流涕答道：“皇太子圣德日跻，安成王足为周旦，若无故废立，臣不敢奉诏！”无非一时献谀。陈主叹道：“卿可谓古之遗直了。”遂命奂为太子詹事，且进顼为司空尚书令。

未几陈主遂殂，遗诏令太子伯宗嗣位。总计陈主蒨在位七年，改元二次，享年四十有五，史家称他明察俭约，宵旰勤劳，往往刺取外事，即夕判决，每令鸡人伺漏，传递更签，令掷阶上有声，谓借此足唤起睡梦。但谋杀衡阳王昌，骤立次子伯茂为始兴王，无非欲为子孙计。偏是私心益甚，后嗣益不能久长。看官试阅下文，便见分晓。

且说陈太子伯宗即位太极前殿，大赦天下，追谥皇考为文皇帝，庙号“世祖”。尊皇太后章氏为太皇太后，皇后沈氏为皇太后，立妃王氏为皇后，皇子至泽为太子。进皇叔安成王顼为司徒，录尚书事，兼督中外军务。其余文武百官，俱各进阶。越年改元光大，中书舍人刘师知，与仆射刘仲举等，同受遗诏辅政，常在禁中参决庶事。安成王顼位隆望重，入居尚书省，为师知等所忌，密与尚书左丞王暹等通谋，拟迁顼出外。东宫舍人殷不佞素来浮躁，亦预闻师知密议，遂驰语顼道：“有敕传出，谓四方无事，王可迁居东府，经理州务。”顼闻言将出，记室毛喜入白道：“陈有天下，为日尚浅，国祸荐臻，中外危惧。太后深维至计，召王入省，共康庶绩，今日所言，必非太后本意，王可速即奏闻，毋使奸人得逞狡谋！”顼再商诸领军将军吴明彻，明彻亦赞同喜言，乃托疾不出，且伪召师知入商，留与长谈，暗中却遣毛喜入启太后。太后沈氏道：“令嗣君幼弱，政事并委二郎，毫无他意。”喜又转白嗣主伯宗，伯宗亦说道：“这是师知所为，朕未曾预闻。”喜亟出报顼，顼拘住师知，自入后廷谒见两宫，极陈师知奸诈，并自草诏敕，请嗣主盖印，持付廷尉。令将师知逮系狱中，当夜赐死。是殷不佞害他。降到仲举为光禄大夫，不佞素以孝闻，但令免官，王暹处斩，由是政无大小，悉归顼手。仲举被贬，心不自安，又与右卫将军韩子高图顼，事又被泄，仲举、子高并下狱被诛。

湘州刺史华皎与子高向来友善，闻子高被戮，很是不平，遂遣人西入长安，向周乞师，并自归后梁，遣子玄响为质。周太师宇文护即遣湘州总管卫公直，宇文泰第六子。大将军田弘、权景宣、元定等，率兵助皎，后梁亦遣柱国王操等会师，长江上游同时大震，陈遣吴明彻为湘州刺史，令率舟师三万，溯流先进，复命征南大将军淳于量，率舟师五万继应，再由冠武将军杨文通、巴山太守黄法慧，从陆路进兵，杨出茶陵，黄出醴陵，共击华皎。并饬江州刺史章昭达、郢州刺史程灵洗亦联兵进讨。更简司空徐度为车骑将军，总督步军趋湘州。华皎遣使诱章昭达，被昭达执送建康，又转诱程灵洗，灵洗将来使斩首，皎乃会同周军，水陆俱下，与陈将吴明彻等相持。

两下至沌口交锋，西军用舰载薪，因风纵火，不料风势一转，火转自焚，吴明彻等乘势猛击，西军多半沉溺，大败而逃。道过巴陵，见岸上已遍竖陈军旗号，不敢登岸，径奔江陵。周步军统将元定，因水师败溃，也即退还。到了巴陵，适被陈军截住。陈军统领便是大将军徐度，度已袭破湘州，驻军巴陵，狭路相逢，怎肯放过元定。定自知不敌，向度乞路，度佯许结盟，俟定释械往就，顺手缚住。定愤恚不食，竟至饿毙。余众全为徐度所俘。后梁将军李广还未知情由，冒冒失失的趋至巴陵，也为度军所擒。那吴明彻复乘胜攻后梁，得拔河东。程灵洗又进袭沔州，沔州刺史裴宽极力抵御，苦守数旬，终被灵洗攻入，擒宽归报。后梁柱国王操退归江陵，忙整顿败残人马，堵御陈军。吴明彻自河东进攻，数月不下，乃收军退归。是役陈军大捷，俘获万余人，马四千余匹，都送交建康。

安成王顼自居功首，进位太傅，领司徒，加殊礼，履剑上殿，入朝不趋。帝位已将到手了。始兴王伯茂恨顼专政，屡构蜚言。安成王顼索性夺据帝座，胁迫太皇太后章氏御殿，召集百官，废陈主伯宗为临海王，黜始兴王伯茂为温麻侯。当下颁发命令，多半是悬空架诬。略云：

昔梁运衰落，海内沸腾，天下苍生，殆无遗噍，高祖武皇帝拨乱反正，膺图御箓，重悬三象，还补二仪。世祖文皇帝克嗣洪基，光宣宝业，惠养中国，绥宁外荒。伯宗昔在储宫，本无令闻，及居崇极，遂骋凶淫，居处谅闇，固不哀戚，婣嫱丱角，就馆相仍，且费引金帛，令充椒闻，内府中藏，军备国储，未盈期稔，皆已空竭。太傅项亲承顾托。镇守宫闱，遗诰绸缪，义笃垣屏，乃反遣刘师知殷不佞等，显言排斥。韩子高小竖轻佻，推心委仗，阴谋祸乱，决起萧墙，元相不忍多诛，但除君侧，何意复密诏华皎，称兵上流，国祚忧惶，几移丑类。乃至要结远近，协乱巴湘，支党纵横，寇扰黟歙，岂止罪浮于昌邑，非惟声丑于太和。但贼竖皆亡，祆徒已散，日望悛改，尤加掩抑，而悖礼忘德，情性不悛，乐祸思乱，昏慝无已。
738. 祖宗基业，将惧覆陨，岂可复肃恭禋祀，临御兆民。式稽故实，宜在流放，今可转降为临海郡王，送还藩邸。太傅安成王固天生德，齐圣广深，二后钟心，三灵伫眷。自归国秉政以来，威惠相宜，刑礼兼设，指挥叱咤，湘郢廓清，辟地开疆，荆益风靡，若太戊之承殷历，中都之奉汉家，校以功名，曾何仿佛。况文皇知子之鉴，事过帝尧，传弟之怀，久符太伯，今可还申曩志，崇立贤君，方固宗祧，载贞辰象。中外宜依旧典，奉迎舆驾，入纂大统。始兴王伯茂，辜负严训，弥肆凶狡，嗣君丧道，职为乱阶，允宜罄彼司甸，刑斯剧人，姑念皇支，不忍稚刃，可特降为温麻侯，别遣就第。未亡人不幸，属此殷忧，不有崇替，将危社稷，何以拜祠高寝，归祔武园？揽笔潸然，兼怀悲庆！

这令下后，陈主伯宗立被徙居别第，始兴王伯茂曾为中卫将军，居住禁中，此时也单车出宫，使往婚第寓居。婚第在六门外，是诸王冠婚礼庐，向来是四达康庄，烽烟不设，谁意伯茂出了内城，竟来了一班盗众，持着凶器，把伯茂殴倒车中。小子有诗叹道：

都下何由集匪人，皇支遭击骤伤身；
六朝天子多残悍，只顾尊荣不顾亲。

欲知伯茂性命如何，且待下回说明。

齐主湛在位五年，多失德事，独送归宇文护母姑，尚有以孝治人遗意。护不知感激，反与突厥连兵侵齐，背德不祥，其败也固宜。湛凯旋国都，遽信祖珽诡计，传位太子，上皇方壮，元子南面，果何为哉？陈主蒨杀衡阳王昌，独留安成王顼，意者以兄子难信，不若母弟之可亲欤？迨病至弥留，谬言禅位，兄以伪言餂弟，弟亦以伪态对兄，彼此相示以伪，卒至嗣子失国，悍叔登基，防人者终出于所防之外，作伪果何益乎？到仲举、韩子高等，为主而死，死尚足称；刘师知亲逼梁主，不忠不义，其死盖已晚矣。

第七十四回　暱奸人淫后杀贤王　信刁媪昏君戮胞弟

却说陈始兴王伯茂，被贬出内城，突遇盗众攒击，晕倒车中，立即殒命。门吏当然报闻，由朝中颁令索捕，过了数日，不得一盗，都下才晓得是陈顼所遣了。是时已是光大二年仲冬，距来春不过月余，内外百官，俱请顼登位。顼佯为谦让，故意迟延，到了次年元旦，始就太极前殿，御座受朝，改元太建，仍复太皇太后为皇太后，皇太后为文皇后。立妃柳氏为皇后，世子叔宝为太子，次子康乐侯叔陵为始兴王，奉昭烈王前谭遗祀，三子建安侯叔英为豫章王，四子丰城王叔坚为长沙王。所有内外文武百官，当然有一番封赏，不及细表。越年皇太后章氏去世，谥为宣太后，丧葬才毕，临海王伯宗忽然暴亡，年仅十九，在位不满二年，史家号为陈废帝。看官，试想这暴亡的原因，自有形迹可寻，毋庸小子絮述了。含蓄得妙。废帝皇后王氏，已降为临海王妃，由陈主顼下诏抚慰，令故太子至泽袭封王爵，妥为奉养。至泽年仅四龄，晓得什么孝事，不过一线未绝，还算是新主隆恩，这且待后再表。

且说陈主顼窃位年间，便是齐主湛稔恶期限，恶贯满盈，当然告终。自湛为太上皇，所有执政诸臣，如赵彦深、元文遥、和士开等，揽权如故，河间王孝琬，见时政日非，每有怨语，且用草人书奸佞姓名，弯弓屡射。当由和士开等入白上皇，谓孝琬不法，妄用草人，比拟圣躬，昼夜射箭。湛正虑多病，听到此言，不觉怒起，又因当时有童谣云："河南种谷河北生，白杨树端金鸡鸣。"士开即指"河南北"为河间，"金鸡鸣"三字，隐寓金鸡大赦意义，谓谣言当出自孝琬，摇惑人心。湛即拟召讯，可巧孝琬得着佛牙，入夜有光，孝琬用槊悬幡，置佛牙前。孝琬所为，亦多痴呆。湛立派人搜检，得槊幡数百张，目为反具，因使武卫将军赫连辅玄，召入孝琬，用鞭乱挝。孝琬呼叔饶命，湛怒叱道："汝何人？敢呼我为叔？"孝琬道："臣神武皇帝嫡孙，文襄皇帝嫡子，魏孝静皇帝外甥，为甚么不得呼叔！"湛怒且益甚，竟用巨杖击孝琬足，扑喇一声，两胫俱断，孝琬晕死。湛命将尸骸拖出，槀葬西山。孝琬弟安德王延宗，高澄第五子。哭兄甚哀，泪眦尽赤，并为草人比湛，且鞭且问道："何故杀我兄？"又是一个愚人。不意复为湛所闻，令左右将延宗牵入，置地加鞭，至二百下。延宗僵卧无声，湛疑他已死，乃令舁出，延宗竟得复苏，湛亦不再问。

秘书监祖珽希望秉政，条陈赵彦深、元文遥、和士开等罪状，令好友黄门侍郎刘逖呈入。逖不敢转呈，赵彦深等已有所闻，先向上皇处自陈。湛命执珽穷诘，珽因和士开等朋党弄权、卖官鬻爵等事。前日结士开，今日攻士开，小人情性，往往如此。湛又动恼道："尔乃诽谤我！"珽答道："臣不敢诽谤，但惜陛下有一范增，不能信用。"湛瞋目道："尔自比范增，便目我为项羽么?”珽复道:“羽一布衣，募众崛起，五年成霸业，陛下借父兄遗祚，才得至此，臣谓陛下尚不及项羽!”这数语益触湛怒，令左右把珽缚住，用土塞口，珽且吐且言。也想卖直，实是狂奴。湛命加鞭二百，发配甲坊。嗣复徙往光州，置地牢中，夜用芜菁子为烛，目为所薰，竟致失明。

左仆射徐之才善医，每当湛病，必召令诊治，随治随痊。和士开欲代之才位置，出之才为兖州刺史，湛果令士开为左仆射。不到一月，湛病复发，遣急足追征之才，之才未至，湛已濒危。召士开嘱咐后事，握手与语道:“幸勿负我!”替汝至胡后寝处格外效劳何如?言毕遂殂。越日之才乃至，士开伪言上皇病愈，遣还兖州。

一连三日，秘不发丧。黄门侍郎冯子琮为胡后妹夫，入问士开意见。士开道:“神武、文襄丧事，皆秘不即发，今至尊

年少，恐王公或有贰心，故必经大众议妥，然后发丧。”子琮道:“大行皇帝，传位今上，朝贵一无改易，何有异心?时异势殊，怎得与前朝相比!且公不出宫门，已经数日，升遐事道路皆知，若迟久不发，朝野惊疑，那时始不免他变了。”独不怕汝姨姊加嗔么?士开乃下令发丧，追谥上皇为武成皇帝，庙号“世祖”。湛在位五年，为太上皇又四年，年只三十二岁。太上皇后胡氏，至是始尊为皇太后。胡氏与和士开相奸，已见前文，此次更毫无顾忌，好与士开日夕言欢，偏被冯子琮说破，不得不举行丧葬，令士开出宫办事。

太尉赵郡王叡与侍中元文遥等，又恐子琮倚太后援，干预朝政，因与士开会商，出子琮为郑州刺史。当时齐廷权贵，除和士开、赵彦深、元文遥外，尚有司空娄定远，开府三司唐邕，领军綦连猛、高阿那肱，度支尚书胡长粲，俱得柄政，齐

人号为八贵。赵郡王叡，大司马冯翊王润，安德王延宗，润与延宗，注皆见前。与娄定远、元文遥等，并入白齐主纬，请出士开就外任。看官，试想士开系皇太后的私人，哪肯听他外调，自取寂寞？齐主纬生性昏懦，当然拗不过太后，所以众论纷纷，始终不得邀准。会胡太后出御前殿，觞宴朝贵，赵郡王叡，挺身出奏道："和士开为先帝弄臣，受纳贿赂，秽乱宫掖，臣等义难杜口，所以冒死直陈。"胡太后怫然道："先帝在时，王等何不早言？今日欲欺我孤寡么？且饮酒，勿多言！"叡词色益厉，脱冠投地，拂衣而出。娄定远、元文遥等亦皆离座自去。

翌日叡等复至云龙门，令文遥入劾士开，三入三返，终不见从。左丞相段韶使胡长粲传太后谕旨道："梓宫在殡，事太匆匆，欲王等三思后行！"叡等乃拜命散归。长粲复命，胡太后喜道："成全妹母子家，实出兄力！"原来长粲为胡后兄，故如是云云。何不谓成全假夫妇，实出兄力！胡太后及齐主召问士开，士开道："陛下甫经谅闇，大臣皆有觊觎；今若出臣，正是翦陛下羽翼。何不传语叡等，但说文遥与臣，并经先帝任用，可并出为州吏，待山陵事毕，然后遣行。"两宫皆以为然，如言颁敕，授士开为兖州刺史，文遥为西兖州刺史。待至奉葬已毕，叡等促士开就道，胡太后又欲留住士开，谓俟百日卒哭后，方令赴任。总之不肯舍去。叡不肯许，复入内苦争，胡太后令酌酒赐叡。叡正色道："今论国家大事，何曾为酒一卮！"言讫趋出，当下令娄定远等，监住宫门，不准士开复入。

士开窘极无聊，乃特采美女二人，珠帘一具，亲送定远。定远心喜，便问士开来意，士开道："在内久不自安，今得外调，实如本愿，但乞公等保护，长为大州，已感德不浅了！"定远信为真言，送出门外，士开复道："今当远出，愿入内辞觐二宫。”定远许诺，士开遂得入内，向二宫前跪陈道：“先帝升遐，臣愧不能从死！窃看朝贵意旨，仍将行乾明故事，乾明系废帝殷年号。臣出后必有大变。臣受先帝厚恩，愧无面目相见地下！”说至此，伏地恸哭，胡太后与齐主纬并皆泪下。一是恐失所欢，一是恐不保位。亟向士开问计，士开道：“臣已得入，尚复何虑？但教数行诏书，便可了事。”胡太后忙令士开草诏，出定远为青州刺史，责赵郡王叡无人臣礼，即日颁发出去。赵郡王叡接得诏书，不由得愤闷万分，勉强过了一宵，翌晨即冠带入谏。妻子等统皆劝阻，叡勃然道：“社稷事重，我宁死事先皇，不忍见朝廷颠沛呢！”遂拂袖径行。既入朝门，又有人与语道：“殿下不宜入宫，恐将及祸！”叡又道：“我上不负天，死亦无恨！”遂入谏胡太后，坚守前议。太后默然不答，返身入内。叡惘惘出宫，行至永巷，突被卫兵拘住，牵至华林园，被武士勒死，年才三十六。大雾三日，中外称冤。愚直之咎。

和士开仍复原任，依然出入宫禁，好与胡太后长叙幽欢。娄定远见风使帆，还归士开原赂，且加送珍玩，巴结士开。士开方不念旧恶，彼此相安。领军高阿那肱素与士开友善，又尝入侍东宫，希旨承颜，是他能手。齐主纬格外加宠，特擢为尚书令，封淮阴王，另进前东宫侍卫韩长鸾为领军。又有宫婢陆令萱，前坐本夫骆超谋叛罪名，没入掖庭，巧黠善媚，得胡后欢。想是做和士开的牵头。纬幼冲时，常使令萱保抱，呼为乾阿妳，渐渐地倚势弄权，独擅威福。至纬得受禅，竟封令萱为郡君。令萱子名提婆，随母入宫，与纬朝夕戏狎，亦得拜官受禄。母子蟠踞宫禁，势焰无比。和士开、高阿那肱俱老着脸皮，愿为陆令萱义儿。纬后斛律氏有从婢穆黄花，生得轻盈妖艳，荡逸飘扬，纬爱她秀冶，时令入侍。穆黄花知情识意，乐得移篙近舵，卖弄风骚。纬被她勾引，哪里按捺得住，便把她引入床帏，颠鸾倒凤，备极绸缪。自经过这一番云雨，益邀宠眷，特赐她一个佳名，叫做舍利。想是视做佛上圆光。此后便收为嫔御，擅宠专房。陆令萱欲借为奥援，很与相暱，穆氏亦呼她为养母。也是惺惺惜惺惺。你称我赞，争向齐主前说项，齐主纬竟封令萱为女侍中，穆舍利为弘德夫人。令萱子提婆与穆舍利称兄道妹，就乘此冒姓为穆，穆夫人又替他揄扬，得为开府仪同三司。还有陆令萱弟悉达，也得夤缘进身，一岁三迁，居然与提婆同官，位至开府。

前秘书监祖珽已蒙齐主纬赦出地牢，得为海州刺史，至是复思干进，因贻书悉达道："赵彦深心腹阴沉，早欲行伊霍故事，仪同姊弟，岂得平安？何不早用智士，为自全计！"悉达转语令萱，令萱复转告和士开。士开因珽有胆略，亦欲引为谋主，乃蠲弃前嫌，借德报怨，特与令萱同白齐主道："襄宣昭三帝，皆不能传子，今至尊独在帝位，统是祖珽一人的功劳，珽德行虽薄，谋略有余，缓急可使，且双目已被熏盲，必无反心！"齐主纬正怀念祖珽，听了此言，急颁赦敕召入，许复原官。

陇东王胡长仁，系胡太后兄，不悦士开，士开即暗中进谗，出长仁为齐州刺史。长仁怨愤，谋遣刺客杀士开。偏为士开所知，向珽计议，珽引汉文帝杀薄昭事，作为援证。当由士开转白太后，一道诏令，竟将长仁刺死州廨。宁可杀亲兄，不可死情郎。且进士开录尚书事，改封淮阳王。命兰陵王长恭为太尉，琅琊王俨为太保，赵彦深为司空，徐之才为尚书令，唐邕为左仆射，冯子琮为右仆射。子琮素依附士开，既得重任，不由得自大起来，一切录用，不向士开预商。士开未免介意，只因子琮为太后亲属，一时不便捽去，独琅琊王俨系齐王纬胞弟，素得父母爱宠。高湛在日，尝欲废纬立俨，事不果行。俨见和士开、穆提婆二人大修宅第，颇为不平，尝语二人道："君等营宅，早晚可成，何为迟延若此？"二人知他语带讥讽，阴怀猜忌，且互相告语道："琅琊王眼光奕奕，数步射人，前时偶与相对，不觉汗出，天子门奏事，尚不至此，此人若常握大权，我两人死无葬地了！"遂朝夕入谮，出俨居北宫，免太保官，只留中丞一职，限令五日一朝。

当时寡廉鲜耻的朝士，见士开扳倒亲王，愈加谄附，多拜士开为假父。士开偶患伤寒，医云须服黄龙汤。看官道黄龙汤为何物？乃是多年的粪汁。士开不愿进饮，很有难色。适有一假子省疾，见了此汤，便请先尝，一喝即尽。此等人只配吃粪屎。士开甚喜，也把粪汁取饮少许，果然渐痊。独治书侍御史王子

宜与琅琊王友善，探得士开等密谋，更欲徙俨出外，乃入北宫语俨道："殿下被疎，统由士开谗间。近闻士开又欲移徙殿下，殿下何可轻出北宫，与百姓为伍呢？"俨左右开府高舍洛、中常侍刘辟强，亦劝俨早自为计，毋为人制。俨乃密召冯子琮入商，屏人与语道："士开罪重，儿欲杀死此贼。"子琮已与士开有嫌，当即赞成，许为援助。俨即令子宜奏弹士开，请收禁推讯。子琮收入奏牍，并搀杂另外文书，进呈御览。齐主纬略略省视，即觉厌烦，便语子琮道："可行便行，朕不耐阅此。"子琮巴不得有此语，便令领军库狄伏连收系士开。伏连请再复奏，子琮道："琅琊王入奏邀准，何须再奏！"伏连乃夜遣甲士五十人，伏住神兽门外，待士开凌晨入朝，把他拘住，送交廷尉。一面报知北宫，俨大喜过望，即遣心腹将冯永洛，往斩士开。

士开伏诛，俨党尚不肯罢手，索性欲拥俨废主，逼俨率军士三千人，屯千秋门。齐主纬始闻急变，忙命刘桃枝奉敕召俨，俨答说道："士开谋反，臣所以矫诏除奸；尊兄若欲杀臣，不敢逃罪；如蒙赦宥，请令姊姊来迎！"姊姊指陆令萱，齐俗呼母为姊姊，见前注。俨欲诱杀令萱，故有此语。桃枝返报，令萱适侍主侧，料知俨意不佳，且惧且泣。齐主纬再使韩长鸾召俨，许令免死。俨欲应命，刘辟强牵衣谏阻道："若不杀穆提婆母子，殿下万不可进去！"俨乃拒绝长鸾。

纬得长鸾回报，不禁惶急，便入启胡太后。太后闻士开被杀，已是悲痛交并，又见纬前来泣诉，益觉愤不可耐，便道："逆子可恨，尔可速召斛律光，使执逆子入宫！"纬乃趋出，亟召斛律光入议。光闻俨杀死士开，抚掌大笑道："龙子所为，原是不凡！"遂入见齐主，齐主正召集卫士四百人，发给甲械，将要出战，光面启道："小儿辈弄兵，一与交手，反致激乱。鄙谚有言：奴见大家臣妾呼天子为大家。心死，至尊宜自至千秋门，琅琊王必不敢动。"说着，即导纬前行，至千秋门外，由光朗声呼道："大家来！"俨党素惮光威，相率骇散。齐主纬立马桥上，遥呼俨名，俨尚趑趄不进。光抢步上前，握住俨手，且笑且语道："天子弟杀一汉奴，何必慌张！"遂牵俨至齐主前，并为代请道："琅琊王尚在少年，脑满肠肥，举动轻率，将来年纪长成，自知改过，愿曲为恕罪！"煞费调停。齐主乃拔俨佩刀，但用刀环击俨首数下，便即释去。收捕库狄伏连、王子宜、高舍洛、刘辟强、冯永洛等，缚住后园，由纬亲自射死，然后枭首，把尸支解，暴示都市。胡太后召俨入宫，面加叱责，俨泣答道："是子琮教儿。"太后留俨在宫，使人绞杀子琮。独不顾亲妹么！齐主欲尽杀俨府官吏，斛律光、赵彦深力为劝阻，方论罪有差。

既而祖珽与陆令萱连谋，出赵彦深为兖州刺史，因即设法图俨。令萱密白齐主道："琅琊王聪明雄勇，当今无比。看他相表，必不肯为人下，不若早除为妙！"纬尚未决，召珽入问。珽又引出两条故事，一是周公诛管蔡，一是季友鸩庆父。专用故事杀人，所谓才足济奸。纬乃决意诛俨，使右卫大将军赵元侃诱俨出诛。元侃顿首道："臣尝服事先帝，见先帝很爱琅琊王，今宁就死，不敢闻命！"纬变色道："汝不愿行此事，可出去罢！"元侃拜谢而出。即有诏敕随下，出元侃为豫州刺史。

纬自入启太后道："明旦欲与仁威仁威系俨表字。出猎。"太后许诺，但令纬早去早回。夜才四鼓，纬即使人召俨，俨颇动疑。陆令萱驰入道："尊兄唤儿，奈何不往！"俨乃趋出。甫至永巷，突遇刘桃枝把俨缚住，俨大呼道："乞见姑姑尊兄。"姑姑指胡太后，注见前。桃枝用袖塞俨口，反袍蒙头，负至大明宫，用力勒死，年仅十四。用席包尸，埋葬室内，然后复命。纬使人禀白太后，太后临哭十余声，便被左右拥入宫中。这是齐武平二年间事。齐尝改天统六年为武平元年。越年三月，始加棺殓，出葬邺西，追赠俨为楚帝，谥曰"恭哀"。俨妃李氏，遗腹生男，亦被幽死。惟号李氏为楚后，使入居宣则宫，借慰太后悲怀。其实胡太后也颇恨俨，害死情郎应该加恨。后因另结情人，把和士开撇过一边，始复忆及亲子。但死人不可重生，不得已勉抑悲哀，别图欢乐，又做出许多丑事来了。小子有诗叹道：

宫闱干政尚遭讥，况复淫昏不识非；
才信古人严礼教，要端阃范在防微。

欲知胡太后后来情事，试看下回便知。

赵郡王叡叡为俨从叔。与琅琊王俨，俱为和士开一人而死，叡之死，比俨更冤。俨得杀士开，尚足泄一时之愤，而叡第知强谏，竟死牝后淫人之手，设九泉之下，叔侄重逢，叡毋乃自笑弗如乎！然叡与俨之所为，俱以忿率致亡。叡误于太愚，俨误于太莽，不能顾全大局，徒与一幸臣拚命，击之不中，徒自伤躯，击之幸中，亦不过除得一奸，盈廷皆妇女小人，徒除一蠹，果有何益！且屯兵逼主，尤属非是，卒之亦自杀其身而已。读此回，不禁为叡悲，尤不禁为俨惜矣。

第七十五回　斛律光遭谗受害
宇文护稔恶伏诛

却说胡太后失去和士开，又害得寂寞无聊，她是个淫妇班头，怎肯从此歇手，遂借拜佛为名，屡向寺院中拈香。适有一个淫僧昙献，身材壮伟，状貌魁梧，为胡太后所中意。昙献亦殷勤献媚，引入禅房，男贪女爱，居然谐成了欢喜缘。胡太后托词斋僧，取得国库中金银，贮积昙献席下，复将高湛生平所御的宝装胡床亦搬入寺中，与昙献共同寝坐。嗣又因内外相隔，终嫌未便，索性召入内庭，使他唪诵经咒，超荐亡灵，朝朝设法，夜夜交欢，正所谓其乐融融了。昙献又召集许多徒众，会诵一堂，胡太后赐号昭玄统僧，僧徒却戏呼昙献为太上皇。宜呼为太上僧。就中又有两个少年僧侣，面目秀嫩，好似女子一般。胡太后复不肯放过，陆续召幸，旦夕不离。但恐为皇儿所知，索性叫他乔扮女尼，搽脂画粉，希图掩饰。齐主纬有时入省，起初尚未曾留意。后来二僧妆点愈工，姿态愈妍，惹得齐主亦觉动目，遂想出一法，给二僧至别室，迫令侍寝。二僧抵死不从，纬召婢媪等强褫僧衣，欲与行淫。哪知二僧的下体与纬相同，纬且惊且怒，才知母后有苟且行为。当下亲加讯鞫，二僧无从抵赖，只好实供，并及昙献肆淫事。纬即收诛昙献，并命二僧一体伏法。何不留作娈童！又遣宦官邓长颙率领众阉，徙胡太后至北宫，把她幽禁起来。

陆令萱趁这机会，竟想代做太后，密与祖珽熟商，珽又引出一条故典，说是魏太武帝焘曾尊保母窦氏为保太后，借古证今，无不可行。亏他想出。且出语朝士道："陆虽妇人，实是豪杰，女娲以来，得未曾有哩。"令萱亦称珽为国师，珽得进任左仆射。惟陆为太后，始终无人赞成，因此令萱枉费一番心思，徒乐得画饼充饥，倒反作成了一个祖珽。

珽势力日盛，朝野侧目，独太傅咸阳王斛律光，素来嫉珽，每见珽在朝右，辄遥骂道："阴毒小人，今日又不知作何计！"复召语诸将道："边境消息，兵马处分，从前赵令恒彦深字令恒。在朝，尝与我辈参议，今盲人入掌机密，并未会商，国家事恐终为所误哩！"诸将相率叹息。珽知光恨己，赂光从奴，密问光有无讥评，从奴答道："相王每夜抱膝闷坐，尝自叹道：'盲人入朝，国必危亡。'"珽闻得此语，当然挟嫌。开府穆提婆求娶光庶女为妇，光又不许。齐主拟拨晋阳田赏给提婆，光复入谏道："此田自神武以来，累年种禾饲马，为御寇计，若赐给提婆，岂非与军务有碍么！"齐主乃止。提婆从此怨光，遂与祖珽日伺光隙。

光为斛律后父，累世勋贵，一门衣锦。弟羡为幽州刺史行台尚书令，雅善治兵，士马精强，斥堠严整，突厥尝加畏惮，称为南可汗。长子武都为开府仪同三司，领梁、兖二州刺史，尚高洋女义宁公主。光父金在日，尝语光道："我虽不读书，闻古来外戚，如汉朝梁冀等，无不倾灭。女若得宠，诸贵人必多妒忌，女若无宠，天子又多生憎。我家以忠勤致贵，断不可借女生骄，我本不欲尔女入宫，无如累辞不获，深以为忧！”炎炎者灭，隆隆者绝，斛律金颇知此义，可惜后来复蹈此辙。及金年老去世，光颇遵父训，持身节俭，事主忠诚，不好声色，不贪权势，杜绝馈遗，罕见宾客。每当朝廷会议，常独后言，言必合理，或有疏奏，使人执笔起草，自己口授，概从朴实。行军仿乃父遗法，营舍未定，终不入幕。在营不脱甲胄，临阵时辄身先士卒，士卒有罪，惟用杖挞背，未尝滥杀，众皆乐为效力。自洛阳鏖兵后，见七十三回。受官右丞相，领并州刺史，屡与段韶出兵攻周，周勋州刺史韦孝宽也是一员良将，与光交战汾北，竟至败北。光得拓地五百里，就西境筑十三城，立马举鞭，指画基址，数日告成。段韶亦得拔周定阳，擒归汾州刺史杨敷。敷至邺都，不屈被杀。齐主纬已宠任群小，不愿用兵，召还光、韶两军。韶未及还邺，病殁军中。韶为神武皇后娄氏甥，即段荣子。将略与光相亚，然性颇好色，尝纳魏黄门侍郎元瑀妻皇甫氏为妾，宠过正嫡，时论因劣韶优光。韶亦北齐名将，故随笔带叙生卒。余如先朝勋戚，百战功臣，均依次谢世。独光尚岿然独存，为齐柱石。周人不敢越境生事，亦未尝自夸功绩。

惟周勋州刺史韦孝宽被光杀败，尝欲报恨，特构造谣言，使间谍传入邺中，有“百升飞上天，明月照长安”二语，又云“高山不推自崩，槲木不扶自举”。祖珽知言中寓意，索性又续下二句道：“盲老公背受大斧，饶舌老母不得语。”因暗令小儿遍歌市中。穆提婆听着，入白令萱。令萱未尽得解，因召珽入询语意。珽故意想了一会，乃笑说道：“得着了！得着了！‘百升’是一‘斛’字，‘明月’是斛律丞相表字，盲老公是指珽，饶舌老母是指尊颜，余言可不烦索解了。”令萱惶急道：“如此说来，非但危及尔我，并且危及国家，怎可不即日启闻！”遂并将谣言入启齐主，且为齐主解释意义。齐主迟疑道：“莫非斛律丞相尚有异图么？”珽即接入道：“斛律氏累世掌兵，明月声震关西，丰乐羡字丰乐。威行突厥，女为皇后，男尚公主，今有此谣言，正足令人生畏呢！”齐主不答，俟珽等趋出，召问领军韩长鸾，长鸾却谓斛律光必无贰心，乃搁置不提。珽见宫廷中毫无举动，因复入见齐主，称有密启。齐主屏去左右，惟留幸臣何洪珍在侧。珽尚未及言，齐主纬即与语道：“前得卿启，便欲施行，韩长鸾谓必无此理，所以中止。”何洪珍不待珽言，抢先进词道：“若本无此意，可作罢论；既有此意，尚未决行，倘事机泄露，反为不妙！”珽亦加说数语，请齐主从洪珍言。齐主纬乃点首道：“洪珍言是，我知道了！”珽才趋出。

纬本怯弱，终未能决。会又接丞相府佐封士让密启，略言斛律光奉召西归，即欲引兵逼主，事不果行。今闻该家私蓄弩甲及奴僮千数，且常遣使至丰乐武都处，阴谋往来，若不早图，变且不测云云。这也是由祖珽唆使出来。纬览此密启，因语何洪珍道：“人心原是灵敏，我常疑光欲反，不意果然！”实是呆鸟，还自夸灵敏么？说着，即命洪珍转告祖珽，并向珽问计。珽说道：“这有何难！可由皇上赐一骏马，但说明日当游幸东山，王可乘此马同行。那时光必入谢，只须二三壮士，便可捕诛此獠。”洪珍即还报齐主，齐主纬依议施行，果然光中珽计，单骑入谢，行至凉风堂，下马步趋，蓦有人从后猛扑，几至被仆。幸亏脚力尚健，兀自站住，回顾身后，但见刘桃枝怒目立着，因呵叱道：“桃枝你如何惯作此事？我实不负国家！”桃枝不答，复麾集力士三人，把光扑倒，用弓弦罥住光颈，将光扼死，颈血溅地，历久犹存。可称为碧血千秋。

于是由齐主下诏，诬光谋反，遣宿卫兵至光第，拘执光子世雄、恒伽，勒令自尽。惟少子钟年仅数龄，幸得免死。祖珽使郎官邢祖信籍没光家。祖信报珽，得弓十五、宴射箭百、刀七、赐槊二。珽厉声问道："此外尚有何物？"祖信亦抗声道："得枣杖二十束，闻拟处置家奴，凡奴仆犯私斗罪，杖一百。"珽不觉增惭，柔声与语道："朝廷已加重刑，郎中何必代雪呢！"祖信怆然道："祖信为国家惜良相！"说毕趋退。旁人咎他过直，祖信道："贤宰相尚死，我何惜余生呢！"此人亦不可多得，故特叙入。

齐主又遣使至梁州，杀光长子斛律武都，再命中领军贺拔伏恩，乘驿捕斛律羡。伏恩至幽州，尚未入城，门吏驰入报羡道："来使衷甲，马身有汗，恐不利将军，宜闭门不纳！"羡叱道："敕使岂可疑拒？"遂出迎伏恩。伏恩宣诏毕，即把羡拿下，

就地取决。羡临刑自叹道："富贵至此，女为皇后，公主满家，天道恶盈，怎得不败！"遂从容受刑，五子皆死。伏恩等还都复命，除陆令萱母子及祖珽奸党外，无不称冤。独周将军韦孝宽得信大喜，自幸秘计告成，急报知周主邕。周主也喜出望外，下诏大赦，举朝庆贺，互相告慰道："斛律受诛，齐虏在吾目中了！"为周灭齐张本。

齐主纬后斛律氏，貌本平庸，未得主宠，至是亦连坐被废，迁居别宫。胡太后自愧失德，求悦齐主，特召入兄女，炫服盛装，与齐主相见。齐主是登徒子一流人物，见有姿色女郎，差不多肢体俱酥。当下问明姓氏，乃是前陇东王胡长仁女。父已受诛，女尚未字，乐得把她留住，做一对中表鸳鸯。胡女已受太后密嘱，曲意承欢，齐主纬越加怜爱，当即册为昭仪。就中有一个情敌，就是弘德夫人穆舍利。穆舍利已生一

男，取名为恒，齐主未有储嗣，特命斛律后抚养。才阅半年，即立为皇太子。此次斛律后废黜，穆夫人应该补升，偏被胡昭仪夹入，转令穆氏多一对头。胡太后复立侄女为后，料知穆氏义母陆令萱必帮助穆氏出来反对，不得已卑辞厚礼，结好令萱，约为姊妹。令萱至此，反觉左右为难，只因胡昭仪宠幸方隆，更由胡太后从中嘱托，乃与祖珽入白齐主，立胡昭仪为皇后。胡后深感姑恩，便提起母子大义，责备齐主，枕席私言，容易动听；况齐主纬已忘前嫌，所有北宫稽查，早命撤销，此次闻胡后语，便将太后迎还奉养。母子姑侄，团园欢聚，自在意中。胡太后计非不佳，但可暂不可久，奈何！

独这阴柔狡黠的穆夫人，平白地将后位让人，如何忍受得住？当下埋怨陆令萱，说她无母女情。令萱也觉自悔，便慰穆氏道："汝休性急，不出半年，管教汝正位中宫！"穆氏泣道："我非三岁婴孩，何必哄我！"令萱对她设誓，决计替她转圜，穆氏尚似信非信。果然过了月余，齐主纬屡至穆氏寝室，申叙旧欢。穆氏半喜半嗔，佯劝纬往就中宫，纬作色道："皇后不知惹着何病，非痴非癫，想是有些失心疯了，朕不愿见她！"穆氏亦暗暗疑讶，默料必令萱所为，但亦未识她用着何术。只因齐主已经转意，自然提起精神，笼络齐主。陆令萱又乘间启奏道："天下有男为太子，母为奴婢么？"齐主默然，令萱乃出。

已而齐主复选得二女，一姓李，一姓裴，皆是美色，号李氏为左娥英，裴氏为右娥英。这取名的原因，是本舜妃娥皇女英，并合为一。令萱不禁替穆氏着急，便为穆氏设法，别造宝帐及枕席器玩等具，俱为世所罕见，令穆氏穿着后服，满身珠翠，装束如天仙相似，静坐帐中。令萱即往白齐主道："有一圣女出世，大家何不往看！"齐主便即随行，由令萱引至穆氏坐处，揭开宝帐，即有一种兰麝奇芬，沁人心脾。约略一瞧，果见一丽姝端坐，仿佛似巫山神女，姑射仙人。齐主不觉喝采，及丽姝起身出迎，仔细端详，才认识是穆夫人。齐主笑指令萱道："陆太姬真会弄乖！"令萱亦笑答道；"似此丽质，尚不配做皇后，试问陛下将择何人？"好似玩弄小儿。齐主道："天子只有一后。"令萱便接口道："舜纳尧二女为妃，便是二后。舜为圣主，难道不可效法么？"对症用方。齐主大喜，是夕即与穆氏并宿宝帐中，竭尽欢娱。次日即立穆氏为右皇后，号胡氏为左皇后。

穆氏意尚未足，再托令萱设策，除去胡氏。令萱许诺，屡次入见胡太后。一日至太后前，佯作嗔语道："何物亲侄女作如此语！"太后惊问何因，令萱又摇首不答。经太后一再固问，方低声说道："胡后语大家云：太后行多非法，不足为训。"这

语说出，激动太后怒意，立召胡后来前，命左右剪去后发，遣回家中。落人圈套，还不自知，徒断送了一个侄女。穆氏遂得独为皇后。令萱向她道贺，穆氏亦敛衽拜谢，惟问及胡后致病事，令萱但微笑不言。看官道是何故？无非由令萱使人厌蛊，除害胡后罢了。嗣是穆提婆、高阿那肱、韩长鸾，共处钧轴，号为三贵。祖珽得总知骑兵、外兵事。宵小横行，内外蒙蔽，要把这高氏宗社，轻轻断送了。小子姑从慢表，且述周事。

自周主邕与突厥连和，两次侵齐，俱遭败挫。见七十二、七十三回。太师宇文护由弘农退还，与诸将入朝请罪，周主邕一体赦免。越年春季，周改保定六年为天和元年，屡遣使至突厥迎婚。突厥木杆可汗因齐人强盛，向齐通使，又欲与齐连姻，不愿送女适周。周使臣陈公宇文纯、宇文泰第九子。许公宇文贵、神武公窦毅、南阳公杨荐等，俱被留住，好几年不得归国。宇

文纯等再三请求，终不见允。会突厥遇大风雨，兼大雷震，旬日不止，番帐汗庭，均被漂坏，木杆恐是天谴，不合向周悔婚，乃将爱女阿史那氏遣嫁周主，与宇文纯等偕至长安。周主邕行亲迎礼，出郊迎女，入宫备册，立阿史那氏为皇后。后虽出番族，貌颇端妍，邕尝优礼相待，两无间言。会宇文护母阎氏病殁，赙恤甚优。护丁艰避位，不到数月，即令起复，入朝视事。至天和五年，且由周主邕下敕，加护殊礼。诏书有云：

> 盖闻光宅曲阜，鲁用郊天之乐。地处参墟，晋有大搜之礼。所以言时计功，昭德纪行，使持节太师都督中外诸军事。柱国大将军大冢宰晋国公体道居贞，含和诞德，地居戚右，才表栋隆。国步艰难，寄深夷险，皇纲缔构，事均休戚。今文轨尚隔，方隅犹阻，典策未备，声名多阙，宜赐轩悬之乐，六佾之舞，崇奖功德，公其勿辞！

这诏书上面，连护名俱未称及，正是宠荣异数，自古罕闻。护性颇宽和，实昧大体，自恃功高，久揽政柄，所居私第，常屯兵护卫，威逾宫阙。诸子僚属，皆倚势作奸，蠹国殃民。护亦全不过问，任彼所为。周主邕深自晦匿，不加干预，一班王公大臣也猜不透周主意旨，大都旅进旅退，虚与周旋。至天和七年三月朔，日食几尽，护乃召问稍伯大夫庾季才道："近日天象如何？"大约想篡位了。季才答道："蒙恩深厚，敢不尽言，近日天象告变，公宜归政天子，请老私门，庶几名同旦奭，寿享期颐，子子孙孙，常作屏藩；否则非季才所敢知了！"护若肯从此言，何至遽死？护沉吟多时，方微吁道："我亦作此想，但恐不得辞，所以蹉跎至今。公既为王官，可入依朝列，无须另参寡人!”季才知护介意，唯唯而去。嗣复陈书谏护，语极恳挚，护怎肯依议，反与季才有嫌。哪知宫中已密为安排，要将他一刀两段，送入冥途。

先是卫公宇文直与护相亲，自沌口一败，直坐免官，遂至怨护。沌口战事。见七十三回。尝密白周主道：“护若不诛，必为后患。”周主邕乃屡与计议。又有右宫伯中大夫宇文神举、宇文泰族子。内史下大夫王轨、右侍上士宇文孝伯，宇文深子。也与周主同谋，议定一策，对付权臣。三个缝皮匠，比个诸葛亮。适护出巡同州，还都复命，周主邕御文安殿，面加慰劳。护请入省叱奴太后，周主邕怅然道：“太后春秋已高，颇好饮酒，一或过醉，喜怒乖方，近虽犯颜屡谏，未蒙垂纳，兄今入省，愿更为启请。”说至此，即从怀中取出酒诰，交与护手道：“烦取此入谏太后!”护当然接受，与周主邕一同进去。既见叱奴太后，

问过了安，太后命护旁坐。护因周主邕嘱托，尚立读酒诰。周主阴执玉珽，走至护后，猛力击护，护猝致倒地。周主令宦官何泉用御刀斫下，泉不觉手颤，斫护未伤。卫公直已伏匿户侧，一跃而入，手起剑落，把护劈成两段。该死久矣!太后惊起，由周主邕婉言陈诉，谓护谋害两宫，所以诱诛。太后自然无言。邕即召入宫伯长孙览、收捕护子谭公会、莒公至崇、业公静正、平公乾嘉及乾基、乾光、乾蔚、乾祖、乾威等，悉数伏诛，又杀护党柱国侯伏、侯龙恩，大将军侯万寿、刘勇，中外府司录尹公正、袁杰，膳部下大夫李安。

时雍州牧齐公宪，为护亲任，赏罚黜陟，多所参预。至是由周主召入，勉励数语。宪免冠拜谢，乃使诣护第收兵符及诸文籍。卫公直素来忌宪，劝周主并宪加诛，周主不许。及宪入复命，闻李安亦在诛例，便面启道：“安出自皂隶，惟主庖厨，

向未预闻朝政，何足加戮！”周主正色道：“世宗暴崩，实安所为，弟难道全未闻知么？”宪惶恐趋出。护世子训为蒲州刺史，即夕遣越公宇文盛，乘驿召还，至同州赐死，次子昌城公深，出使突厥，亦命开府宇文德赍去玺书，诛死道中。当下颁诏罪护，除首从已正典刑外，余皆肆赦，复改天和七年为建德元年。小子有诗斥护道：

怙权肆逆久稽诛，一死犹嫌未蔽辜；
玉斑扑身奸贼倒，九京才得慰宁都！宁都见前文。

护既就诛，周主亲政，当然有一番封赏。欲知何人代护，下回再当续详。

本回叙述，足为斛律光、宇文护两人合传。斛律光为高氏懿亲，效忠王室，足慑强邻。光不死则齐不亡，乃为宵小所排，卒遭惨死，齐之不永也宜哉！但功高震主，罕得保全，斛律金平生寄慨，斛律羡临死兴嗟，满招损，盈必覆，富贵其可长保乎！备录之以风后世，为斛律光惜，固不仅为斛律光惜也。彼宇文护历弑二主，罪恶昭彰，直至周主邕嗣位十三年，始得诱诛，死已晚矣。庾季才劝护归政，护若听季才言，尚可不死，但极恶如护，若得不死，宁有天道！诛之正以见周主之能，且可见元恶大憝，鲜有不杀身亡家者也。本回前后连叙，善恶相对，隐寓微义。而齐宫琐事，即由斛律后被废而致。斛律光死而齐即衰，宇文护死而周转盛，贤奸之关系盛衰也，固如是夫！

第七十六回 选将才独任吴明彻 含妒意特进冯小怜

却说周主邕亲政以后，进太傅尉迟回为太师，柱国窦炽为太傅，大司空李穆为太保，齐公宪为大冢宰，卫公直为大司徒，赵公招宇文泰第七子。为大司空，柱国辛威为大司寇，绥德公陆通为大司马。此外如宇文神举、宇文孝伯及王轨等，亦皆进秩有差。又因庾季才一再谏护，特赐粟帛，升授大中大夫。当时老成宿将，如燕公于谨、郑公达奚武、隋公杨忠等，并皆去世。忠子名坚，曾为小宫伯，宇文护见坚非常相，屡欲引为腹心。忠密嘱道："两姑之间难为妇，汝宁勿往！"坚谨遵父训，故护伏法受诛，坚得不坐。忠于天和三年逝世，坚袭爵为隋公，后来便是篡周的隋文帝。特笔提出。

卫公直以勋旧沦亡，自己为诛护首功，益怀奢望，偏是三公名位已被别人攫去，大冢宰又授齐公宪，大司马更授陆通，政权兵权，一些儿没有到手，心常怏怏。齐公宪曾任大司马，至是进官大冢宰，名为超擢，实夺兵权。开府裴文举为宪侍读，周主邕尝召入与语道：“昔魏末不纲，太祖辅政，及周室受命，晋公护乃起执大权，积久成常，便以为法应如是，试思从古到今，有三十岁的天子，尚须懿亲摄政么？《诗经》有言：夙夜匪懈，以事一人，一人就指天子。卿虽陪侍齐公，不得徒徇小忠，只知为齐公效死。且太祖以后，尚有十儿，难道可都登帝位么？卿须规以正道，劝以义方，辑睦我君臣，协和我兄弟，勿令自致嫌疑，再蹈晋公覆辙哩！”周主邕亦煞费苦心。文举拜谢而出，便即告宪。宪指心抚几道：“这是我的本心，公岂不知！但当尽忠竭节，何必多疑！”卫公直与宪有隙，宪因此格外容忍，且因直系周主母弟，每加友敬。直无从寻隙，暂得相安。

周主邕追尊略阳公觉为孝闵皇帝，立皇子鲁公赟为太子。赟系后宫李氏所出，从前于淮平江陵，掳取李氏入关，周太祖泰因李氏容貌端好，特赐与邕，乃遂生赟。赟性嗜酒色，周主邕因他居长，所以立为储贰。平时约束甚严，尝命东宫官属，录赟言语动作，每月奏闻，赟尚有所惮，不敢妄动。但江山可改，本性难移，父在时勉循礼法，父殁后谁作箴规？周主邕择嗣不慎，铸成大错，终不免贻误宗社了。都为后文写照。这且待后再表。

且说陈主顼即位后，转眼间已两三年。应七十四回。这两三年内，还算没有大事，只广州刺史欧阳纥于太建元年冬造反，逾年即得荡平。欧阳纥是欧阳颇子，与颜同定广州，欧阳颜事见前文。因得袭职。自华皎叛命奔周，见七十三回。陈主顼不免疑纥，征为左卫将军，纥不禁惶惧，竟举兵造反，出攻衡州。陈廷遣使谕旨，怵以周迪、陈宝应故事，见七十二回。纥仍不服，乃续命车骑将军章昭达率师往讨。昭达未至，纥却诱引阳春太守冯仆至南海同抗陈军。仆系故高凉太守冯宝子，前见文。宝殁时仆才九岁，赖宝妻冼氏怀集部落，安境息民，数州宴然。冼氏亦见前。陈调仆为阳春守，至是仆赴南海，遣人告母。冼夫人怅然道："我两世忠贞，不意出此不肖儿，今怎可惜子负国呢！"深明大义。遂发兵拒境，率诸酋长迎章昭达。昭达至始兴，纥出屯洭口，立栅堵御。昭达督兵进攻，立破水栅，纥出战败绩，返奔里许，被昭达从后追擒，槛送建康，斩首示众。又表上冼夫人功劳，陈主遣使持节，册封冼氏母子，冯仆得封信都侯，迁石龙太守，冼氏为石龙太夫人，特赐绣幰安车，鼓吹卤薄，如刺史仪。冼夫人应该受封，仆曾潜通叛人，不应滥赏。

章昭达得胜班师，顺道攻后梁。后梁主岿岿嗣晉位见七十二回。与周总管陆腾会军抵御，陆腾就峡口南岸筑城，横引大索，编苇为桥，借通饷运。昭达令军士并驾楼船，各施长戟，仰割大索，索断粮绝，遂得攻入城寨。后梁又向周告急，周使将军李迁哲往援，与昭达鏖战数次，昭达失利，方才引还。会陈太后章氏逝世，陈主居丧营葬，不复举兵，齐使人南下吊丧，独周使不至。已而章昭达病殁，陈主因新失大将，恐周伺隙来侵，乃遣使至周聘问，周始答使报聘。

好容易过了五年，仲春下浣，夜间有白气如虹，自北方贯入北斗紫宫。陈太史占验星象，谓北齐将要乱亡。陈主顼忽动雄心，拟起兵伐齐，公卿多有异言，惟镇前将军吴明彻决策请行。陈主顼乃语公卿道："齐主荒乱，不久必亡，推亡固存，古有常训，朕已决计北伐，无庸疑议！但何人可作元帅，应由卿等公推。"大众都应声道："莫如中权将军淳于量。"仆射徐陵独抗议道："吴明彻家居淮左，谙齐风俗，且将略人才，亦无过明彻，臣愿举明彻为元帅。"尚书裴忌亦接入道："臣意亦同徐仆射。”陵复续说道：“裴忌亦是良副，愿陛下委任！”陈主遂授吴明彻都督征讨诸军事，裴忌为副，统师十万，北向伐齐。

明彻出秦郡，另遣都督黄法氍出历阳。齐遣军援历阳城，为黄法氍所破，齐更命开府尉破胡、长孙洪略与侍郎王琳，率兵救秦州。齐主纬仍召入西兖州刺史赵彦深，拜为司空，封宜阳王，命参军机。彦深密向秘书监源文宗谘询方略，文宗道：“朝廷精兵，必不肯多付诸将，若止有数千人，徒供吴人刀俎。尉破胡人品卑劣，谅亦王所深知，此去必败无疑。为今日计，不若专委王琳，招募淮南三四万人，风俗相通，能得死力，并命旧将出屯淮北，自可固守。况琳与陈积衅甚深，必不肯反颜事陈，若不推诚用琳，更遣他人制肘，必成速祸，军事更不可为了！”彦深叹道：“此策诚足制胜，我已力争数日，终不见从；时事至此，尚复何言！”因相顾流涕。文宗方受调为秦陉刺史，泣辞而去。彦深实亦无能。

尉破胡等出发邺都，特选长大有力的武士充作前队，号为苍头犀角大力军。又募得西域胡人，控弩善射，箭无虚发，陈军颇加畏惮，未敢轻战。齐兵到了吕梁，直逼陈营，陈都督吴明彻麾兵布阵，立马扬鞭，指语巴山太守萧摩诃道：“敌军所恃惟胡人，若得殪此胡，彼必夺气，君名当不让关羽了！”摩诃道：“胡人形状如何？愿为公力取此胡。”明彻乃召前时降卒，令他指示，又自酌酒饮摩诃。摩诃一饮而尽，即上马冲入齐军，专向胡人前闯去。胡人亦有头目，方挺身出阵，弯弓未发，摩诃取出小凿，遥掷过去，正中胡额，应手立仆，余胡骇散。齐军阵内的大力军忙向前拦截摩诃，被摩诃执刀乱斫，立毙数人，大力军又复溃走。巨无霸尚不可恃，遑论大力军。王琳忙语尉破胡道：“吴兵甚锐，不可力敌，宜速收军退回，别用良策决胜。”破胡不从，尚驱部众迎战。吴明彻见摩诃摧敌，把鞭一挥，陈军大进，好似万马奔涛，无人敢敌。齐军大败，长孙洪略战死，破胡单骑驰免，王琳亦孤身走入彭城。

吴明彻分兵进攻，连下瓦梁、阳平、庐江等城，黄法氍亦攻破历阳，进拔合肥。陈军势如破竹，齐城多望风迎降，所有高唐、齐昌、瓜步、胡墅诸城垒，次第入陈。又攻克灄口、青州、山阳、广陵诸城，齐遣尚书左丞陆骞，统兵二万人救齐昌，遇陈西阳太守周炅，即与交锋。炅用疑兵挡住前面，自率精兵绕出骞后，掩击骞军。骞顾后失前，被炅杀入阵中，一番蹂躏，骞军垂尽，独骞抱头窜去。齐令王琳移守寿阳，与扬州道行台尚书卢潜，刺史王景显等，共保寿阳外郭，吴明彻料琳甫入寿阳，众心未固，亟乘夜率兵往攻，果然一鼓得手，破入外郭，王琳等退保内城。明彻攻扑不下，乃堰肥水灌城，城中多病肿泄，十死六七。齐右仆射皮景和率众数十万救寿阳，距城三十里，顿兵不进。陈军闻报，都向明彻面请道：“坚城未拔，大敌在迩，元帅将何法对待？”明彻拈须微笑道：“救兵如救火，彼乃结营不进，显是不敢来战，怕他甚么！我料这座寿阳城，定然旦夕可下了。”越日早起，令部兵饱餐一顿，自己亦亲擐甲胄，上马誓众，决破此城。当下出马督攻，四面攀援，鼓噪而上。守兵本来单弱，更且死亡甚众，怎能面面顾到。陈军既得登城，便即杀下，王琳、卢潜、王贵显等，巷战至暮，均力屈被擒。琳轻财爱士，得将卒心，虽尝流寓邺中，齐人多说他忠义，共加爱重。我说未必，试看前营三窟，便见一斑。及被擒后，明彻军中尚有王琳旧属，皆相见歔欷，莫能仰视。明彻恐在军为患，即命将琳等押送建康，嗣又防他道中遇劫，遣使追诛。远近闻琳被戮，哭声如雷。有一叟赍酒脯奠尸，哭亦尽哀，收琳血而去。

齐廷屡促皮景和进兵，景和反抛戈弃甲，逃回邺中。齐主纬颇以为忧，穆提婆、韩长鸾等语齐主道："寿阳本南人土地，何妨由他取去，就使国家尽失黄河以南，尚可作一龟兹国，龟兹音周慈，为西域国名。人生如寄，但当行乐，何用多事愁烦哩。"齐主遂转忧为喜，酣饮鼓舞。至皮景和入都，反称他全师北归，进为尚书令。糊涂可笑。

齐仆射祖珽先尝媚事权幸，及得预政柄，也思黜退小人，沽名市直，因与陆令萱母子互有龃龉。珽暗嘱中丞丽伯律，劾主书王子冲纳赂，事连提婆，欲因此并及令萱。令萱请诸齐主，释子冲不问，更令群小相率谮珽，令萱又在齐主前自言老婢该死，误信祖珽，乃令韩长鸾检阅旧案，得珽伪敕，受赐等十余事，此时即非作伪，亦不患无辞！请加珽死刑。齐主尝与珽设誓，终身免刑，因特从轻谴，出为北徐州刺史。适陈军下淮阴，克朐山，拔济阴，入南徐州，直向北凉州进发。城外居民多欲叛齐应陈。珽即大启城门，但禁人不得出衢路，城中寂然。叛民疑人走城空，不复设备，蓦闻鼓噪声自城中传出，祖珽竟督领州军，出城巡逻，叛民不禁骇走。会陈军前驱，已到城下，叛民复联合陈军攻城。猛见珽跃马迎战，弯弓四射，屡发屡中。叛民先闻珽失明，料他不能行军，哪知他有此绝技，又复惊退。再加珽参军王君植，挺身善斗，所向辟易，陈军倒也胆怯，不敢遽逼。珽且战且守，相持旬余。又遣部兵夜出城北，翌晨张旗擂鼓，向城南驰来，陈军疑是援兵，无心恋战，竟撤围退还。珽实有小智，能善用之，却也可使建功。穆提婆已经恨珽，故意不发援兵，总道他城亡身死，偏珽上表奏捷，真出意外。但终不得迁调，未几即病死任所。还算幸免。

齐主纬丧师失地，毫不知愁，反阴忌兰陵王长恭，有意加害。长恭自邙山得胜，威名颇盛，见七十三回。武士相率歌谣，编成兰陵王入阵曲，传达中外。齐主纬尝语长恭道："入阵太深，究系危险，一或失利，悔将无及。"长恭答道："家事相关，不得不然。"齐主闻得"家事"二字，几乎失色；因令出镇定阳。长恭颇受货赂，致失民心，属尉相愿进言道："王既受朝寄，奈何如此贪财！"长恭不答，愿又道："大约因邙山大捷，恐功高遭忌，乃欲借此自秽么？"长恭才答一是字。愿叹道："朝廷忌王，必求王短，王若贪残，加罚有名，求福反恐速祸了！"是极。长恭泣下道："君将如何教我？"愿复道："王何不托疾还第，勿预时事！"上策莫逾于此。长恭颔首称善，但一时总未甘恬退，遂致蹉跎过去。至江淮鏖兵，长恭恐复为将帅，喟然太息道：

"我去年面肿，今何不复发呢？"自是佯称有疾，尝不视事。齐主纬察知有诈，竟遣使赐鸩，逼令自杀。长恭泣白妻郑妃道："我有何罪，乃遭鸩死？"妃亦泣答道："何不往觐天颜？"长恭道："天颜岂可再见？"遂饮鸩而死。齐主闻长恭自尽，很是喜慰，但表面上还想掩饰，追赠长恭为太尉。长恭一死，亲王中又少一勇将了。自折手臂，亡在目前。

且说陈都督吴明彻奏凯班师，陈主顼加封明彻为车骑大将军，领豫州刺史。又召入仆射徐陵，亲赐御酒道："赏卿知人。"陵拜谢道："定策圣衷，臣有何力？"陈主大喜，勉慰有加，遂命将王琳首级悬示都市。琳有故吏朱瑒，独致书徐陵，愿埋琳首。书中略云：

窃以典午将灭，徐广为晋家遗老，当涂已谢，马孚称魏室忠臣。梁故建宁公王琳，当离乱之辰，总方伯之任，天厌梁德，尚思匡继，徒蕴包胥之志，终遘苌弘之眚，致使身殁九泉，头行千里。伏惟圣恩博厚，明诏爰发，赦王经之哭，许田横之葬。不使寿春城下，惟传报葛之人，沧洲岛上，独有悲田之客，岂不幸甚！

徐陵得书，即为启闻，奉诏将琳首给还亲属。瑒遂就八公山侧，掘地殓埋。亲故会葬，多至数千人。葬毕，瑒从间道奔齐，别议迎葬。旋有寿阳人茅智胜等潜送琳柩至邺，齐赠琳开府仪同三司，录尚书事，予谥“忠武”，特给辒辌车送葬。究竟王琳忠梁与否，读史人自有定评，毋容小子哓哓了。言下有不满意。

齐主纬有庶兄名绰，与纬异母，俱于五月五日建生，惟绰生在辰时，纬生在午时。乃父高湛，因绰母李氏为嫔妾，不得与嫡相比，特降为次男。绰才十余岁，留守晋阳，酷爱波斯狗，开府尉破胡略加谏阻，即斫杀数狗，狼藉地上，破胡惊走，不敢复言。旋封为南阳王，领冀州刺史，每使人裸体，画为兽状，纵犬令噬，以为快乐。及左迁定州，专登楼上弹人，有妇人抱儿趋过，避入草间，绰发弹不中，不觉怒起，叱左右驰夺妇人手中儿，饲波斯犬。妇人号哭不休，绰又嗾犬使噬妇人。妇人为犬所伤，当然倒地。犬不欲食，由绰命涂上儿血，犬始争啮，顷刻而尽。齐主纬闻他残暴，锁绰入讯，绰谈笑自若，竟蒙赦宥。纬问他在定州时，何事最乐？绰答道：“取蝎置器，再加粪蛆，蛆被蝎螫，蠕动不已，最是好看。”纬即夕令左右取蝎一斗，及晓，才得二三升，置诸浴盆，他却用人代蛆，迫令裸卧盆中，霎时间蝎集人身，竟体乱螫。可怜体无完肤，累得那人辗转哀号，纬与绰临盆注视，反手舞足蹈，乐不可支。不知具何心肠，大约为戾气所钟，故兄弟同一暴虐。纬顾语绰道："如此乐事，何不早驰驿奏闻！"遂进拜绰为大将军，朝夕同狎。韩长鸾嫉绰残虐，特令绰党诬告绰反，纬尚不忍加诛。长鸾奏言绰犯国法，断不可赦，纬乃使宠胡何猥萨与绰相扑，把绰搤死。瘗诸兴圣佛寺，经四百余日，方才大殓，颜色毛发，尚如生时。俗言五月五日建生，脑可不坏，是真是假，亦无从证明。

纬盛修宫苑，穷极庄严，后宫皆锦衣玉食，竞为新巧。先尝为胡后造珠裙裤，费在巨万，为火所焚。寻复为穆后续制，并命造七宝车，真珠不足，向各处采买，不惜重价。当时童谣有云："黄花势欲落，清觞满杯酌。"穆后小名黄花，欲落是说不久，清觞满杯酌，是说齐主纬昏饮无度。其实纬与穆后，虽然宠幸，那后宫的佳丽，却逐日增添，除上文所述左右两娥英外，还有乐人曹僧奴二女，也蒙纳入。大女不善淫媚，被纬剥碎面皮，撵逐出宫。小女善弹琵琶，又能得纬欢心，册为昭仪，甚且封僧奴为日南王。僧奴死后，又封他兄弟妙达等二人为王，并为曹昭仪别筑隆基堂，极尽绮丽，整日流连堂中，竟把穆后疏淡下去。穆后含酸吃醋，密托养母陆令萱设法除去曹氏。令萱遂诬曹氏有厌蛊术，平白地将曹氏赐死。哪知纬失了曹昭仪，复得一董昭仪，再广选杂户少女，纳入毛氏、彭氏、王氏、小王氏、二李氏等，并封为夫人，恣情淫欲，通宵达旦。穆后更弄得没法，每与从婢冯小怜，相对欷歔。

小怜非常伶俐，貌亦可人，能弹琵琶，且工歌舞，独替穆后想出一计，情愿将身作饵，离间诸宠。也无非自己卖俏。穆后倒也赞成，就于五月五日，令小怜盛饰入侍，号曰续命。要断送高氏命脉了，还想续甚么命？齐主纬见她冰肌玉骨，雾縠轻绔，不由得神魂颠倒，巫山一梦，爱不胜言，从此坐必同席，出必并马，尝自作无愁曲，谱入琵琶，与冯氏对谈，嘈嘈切切，声达宫外。时人号为无愁天子。纬深幸得此冯美人，册为淑妃，命处隆基堂。冯淑妃虽奉命迁入，但因为曹昭仪旧居，恐非吉征，特令拆梁重建，并尽将地板反换，又费了许多金银。齐主纬毫无异言，纵教冯小怜如何处置，一体依从，所有内外国政，都交与陆令萱、穆提婆、韩长鸾、高阿那肱等人，眼见得上下相蒙，渐致乱亡了。小子有诗叹道：

天生尤物最招殃，桀纣都因美色亡；
况似晚齐淫暴甚，怎能长此保金汤！

欲知齐朝乱亡的情形，再从下回申叙。

陈用吴明彻为元帅，北向攻齐，势如破竹，似乎徐陵之推荐，可号知人。然其时齐主淫昏，不问国事，皮景和出救寿阳，有众数十万，尚不敢进，是乃齐之自取其败，非吴明彻之果能败齐也。惟王琳之被陈擒戮，当时俱以琳为梁室忠臣，惜其一死。夫忠臣不事二主，宁有事齐事周事陈，尚得为忠臣乎？即以梁事论之，湘东得国，名亦未正，琳徒以姊妹后宫之宠，甘心效力，是其委身之始，固亦非深明大义者，何足尚焉！齐之追赠高官，特给辒辌车引葬，亦未免失之滥赏。然如高纬之淫荒失德，喜怒无常，尚何赏罚之足言！黄花欲落，小怜续命，而齐之不亡亦仅矣。吾于高纬无讥云。

第七十七回　韦孝宽献议用兵
齐高纬挈妃避敌

却说齐主纬淫昏日甚，委政群小，不但穆提婆母子及韩长鸾、高阿那肱诸人得握政权，就是宦官邓长颙、陈德信等，并参预机要。他如旧苍头刘桃枝及内外幸臣，均授高爵。封王百余人，开府千余人，仪同三司，不可胜数；就是优伶巫觋，亦沐荣封，甚至狗马及鹰，统有仪同郡君名号，并得食禄。官由财进，狱以贿成，一戏给赏，动辄巨万。既而府库告匮，令郡县卖官取值，充作赏赐，民不聊生，国多乞人。齐主纬也在华林园旁，设立贫儿村，自着褴褛敝服，向人行乞，作为笑乐。南面王原不如乞人之乐。

这消息传入周廷，周主邕乃谋伐齐，亲临射宫，阅军讲武，且进封齐公宪，卫公直以下诸兄弟，并皆为王。正拟会议出师，忽太后叱奴氏得病，医治罔效，旋即去世。周主邕居庐守制，朝夕歠粥，只进一溢米，命太子赟总理庶政。群臣表请节哀，累旬才命进膳。及太后奉葬山陵，周主跣行至陵旁，恸哭尽哀，诏行三年丧礼。惟百僚以下，遇葬除服。卫王直入谮齐王宪，说他饮酒食肉，无异平时。周主愀然道："我与齐王同父异母，俱非正嫡，彼因我入纂正统，所以丧服从同，汝是太后亲子，与我为同母弟，但当自勉，何论他人！"直碰了一鼻子灰，怏怏趋出。周主邕崇尚儒学，尝在太学中养老乞言，遵守古礼。嗣又禁佛道二教，悉毁经像，饬僧道还俗。所有祀典未载诸淫祠，俱改作廨舍，且许诸王亦得徙居。卫王直独择一僻宇，作为居第。齐王宪语直道："弟已儿女成行，居室须求宽敞，奈何择此宅舍？"直怅然道："一身尚不能容，还管甚么儿女？"宪知他有怨愤意，隐有戒心。

会周主邕幸云阳宫，留右宫正尉迟运等辅太子赟居守，卫王直托疾不从。及车驾远去，却纠合私党，径袭肃章门；门吏多仓皇遁走，户尚未扃。运在殿中闻变，忙自往闭门，正值悍党杀来，将进未进，运手指被斫，不暇顾痛，得将宫门阖住。直党不得趋入，纵火烧门，门几被毁。运索性取宫中材木及所有木器，助张火势，门外似火山一般，不能通道。那留守兵已相率来援，直自知不能成功，引众退去，运遂督同留守兵出击，大破直众。直出都南遁，又由运派兵追蹑，把直擒回，周主邕亦闻报还都，尚因同气相关，未忍加诛，但免直为庶人，幽锢别宫。升任尉迟运为大将军，凡直田宅、妓乐、金帛、车马等，悉数赏运。直在囚室中，尚有异图，乃下诏诛直，并及直子十人。直有应诛之罪，惟绳以罪人不孥之例，周主亦未免太甚。

内乱已平，乃复议伐齐，柱国于翼进谏道："两国相争，互有胜负，徒损兵储，无益大计，不如解严继好，使彼怠弛无备，然后乘间进兵，一举便可平敌了。"周主邕犹豫未决，更敕内外诸大臣，议决行止，勋州刺史韦孝宽，独上陈三策，大致略云：

臣在边积年，颇见间隙，不因际会，难以成功。是以往岁出军，徒有劳费，功绩不立，由失机会。何者？长淮之南，旧为沃土，陈氏以破亡余烬，犹能一举平之，齐人历年赴救。丧败而返，内离外叛，计尽力穷，传不云乎？雠有衅焉，不可失也。今大军若出轵关，方轨而进，兼与陈氏互为犄角，并令广州义旅，出自三鵶，又募山南骁锐，沿河而下，复遣北上稽胡，绝其并晋之路。凡此诸军，仍令各募关河之外，劲勇之士，厚其爵赏，使为前驱，岳动川移，雷骇电激，百道俱进，并趋虏廷，必当望风奔溃，所向摧殄，一戎大定，实在此机，此一策也。若国家更为
772. 后图，未即大举，宜与陈人分其兵势。三鵶以北，万春以南，广事屯田，预为储积。募其骁悍，立为部伍。彼既东南有敌，戎马相持，我出奇兵破其疆场；彼若兴师赴援，我则坚壁清野，待其去远，还复出师，常以边外之军，引其腹心之众。我无宿舂之费，彼有奔命之劳，一二年中，必自离叛。且齐氏昏暴，政出多门，鬻狱卖官，唯利是视，荒淫酒色，忌害忠良，阖境嗷然，不胜其敝，以此而观，覆亡可待。然后乘间电扫，事等摧枯，此二策也。我周土宇，跨据关河，蓄席卷之威，持建瓴之势，南清江汉，西戡巴蜀，塞表无虞，河右底定。惟彼赵魏，独为榛梗者，正以有事三方，未遑东略，遂使漳滏游魂，更存余晷。昔勾践亡吴，尚期十载，武王取乱，犹烦再举。今若更存遵养，且复相时，臣谓宜还从邻好，申其盟约，安人

和众，通商惠工，蓄锐养威，观衅而动，斯则长驾远驭，坐待兼并，亦未始非良策也。何去何从？孰先孰后？惟陛下择之。

周主览到此书，乃召入开府仪同三司伊娄谦，从容问道：“朕欲用兵，当先何国？”谦答道：“齐氏沉溺倡优，耽恋麹糵，良将斛律明月已被谗人谮死，上下离心，道路侧目，这却最是易取哩。”周主笑道：“朕早有此意，烦卿以聘问为名，借觇虚实。”谦受命而出，周主再遣小司寇元卫偕谦同行。谦至齐廷，照常纳币。齐主纬昏昏愦愦，也不知谦怀别意，惟权贵等略闻周事，密为盘诘。谦当然守着秘密，惟参军高遵，稍稍吐实。齐遂留住谦等，不肯遣回。何不亟使备御，乃徒留使挑衅，安得不亡！

周主邕待谦不归，乃下诏伐齐。命柱国陈王纯、荥阳公司马消难、即齐相司马子如子，高洋时，惧罪奔周。郑公达奚震，为前三军，总管越王盛、赵王招，俱周主弟。周昌公侯莫陈琼，为后三军，总管齐王宪，率众二万，趋黎阳，随公杨坚、广宁公薛迥，率舟师三万，自渭入河。梁公侯莫陈芮率众守太行道，申公李穆率众三万守河阳道，常山公于翼率众二万出陈汝。周主邕亲率六军，有众六万，出发长安。将至河阳，内史上士宇文㢸，古文弼字。谓不如出师汾曲，民部中大夫赵煚，音憬。又谓应从河北趋太原，遂伯下大夫赵宏且请进兵汾潞，直掩晋阳。彼此各执一词，周主一概不依，竟从河阳趋河阴。前汾州刺史杨敷子素，愿率乃父旧部为先驱。敷死已见七十五回，素从军以此为始。周主称为壮士，许令前行。

既入齐境，即下令军中，禁止伐树践禾，违令即斩。进至河阴城下，由周主亲自督攻，数日即下。齐王宪也攻入武济，进围洛口，拔东、西二城，纵火船焚毁河桥。齐永桥大都督傅伏，夜驰入中潬城，竭力保守，周军攻至二旬，尚未能拔。周主邕又亲攻金墉，守将独孤永业亦防御甚严，无懈可击。周主连攻经旬，不觉过劳，竟至生疾，乃按兵罢攻。时齐廷宿将，多半丧亡，连司空赵彦深都已逝世，只好推那高阿那肱前去拒敌。高阿那肱已为右丞相，因朝中无人督师，没奈何引兵出晋阳，进援河阳。周主闻齐军将至，自己又患不豫，不如从孝宽言，暂且退兵，再图后举，因乘夜下令班师。齐都督傅伏语行台乞伏贵和道："周师疲敝，愿得精骑二千追击，定可得功！"也恐未必。贵和不从，一任周军退去。周齐王宪、于翼、李穆等，连下齐三十余城，闻周主旋师，亦皆弃城西归。齐右丞相高阿那肱，当然东还，还道是周军畏惮，所以退去，越觉趾高气扬，睥睨一切了。

774. 周主邕还至长安，更命太子赟巡抚西土，顺道伐吐谷浑。见前。吐谷浑素为魏属，受魏封册，得膺王爵。至魏分东西，不暇西顾，吐谷浑王夸吕，始自称可汗，居伏俟城，据青海西，有地长三千里，阔千余里，所置官属，也仿魏制，有王公仆射尚书及郎中将军等名号。风俗与突厥相同，以畜牧为生计。尝至魏境抄掠，魏凉州刺史史宁，与突厥木杆可汗，袭击夸吕。夸吕遁去，妻子为史宁所虏，所贮珍物杂畜亦被两军掠散。夸吕乃遣使谢罪。及宇文氏篡魏称周，夸吕复寇周境，攻凉、鄯、河三州，凉州刺史是云宝战殁。周遣贺兰祥宇文贵往讨，击退夸吕，乘胜拔洮阳、洪和二城，改置洮州，方才还师。夸吕叛服无常，周主乃命太子西略，令大将军王轨、宫正宇文孝伯从行。太子赟未谙兵略，但好戏狎，宫尹郑译、王端等又恃太子宠幸，不服军法。好容易到了伏俟城，夸吕坚壁清野，毫无动静。王轨因敌情难测，不如全军早归，老成知几。乃请诸太子从速还军。太子赟乐得依议，便即东返。此役未见一敌，亦无从侵掠，免不得受周主诘责。王轨详述军情，面劾郑译、王端，周主怒起，杖太子赟数十下，除译等名。及周主再行东伐，太子赟复召入译等，宠任如初。

看官听着！周主初次伐齐，是在周建德四年秋间，至二次伐齐，乃在建德五年冬季，便是齐主纬武平七年。特书年月，以志齐亡。周主邕重议伐齐，召谕群臣道："朕去岁行军，适有疹疾，因不得荡平逋寇。惟前入齐境，具见敌情，看彼行兵，几同儿戏，又闻他朝政益紊，群小益横，百姓嗷嗷，朝不保夕，天与不取，反贻后悔。若复如往年出军河外，徒足拊背，未足扼喉，晋州本高氏根本地，常为重镇，我若往攻，彼必来援，我严军以待，定足胜敌，乘势杀入，直捣巢穴，灭齐不难了。"诸将尚多有难色，周主邕勃然道："机不可失，时不再来，如有阻挠我军，朕当以军法从事！"英武之主亦赖独断。乃命越王盛杞公亮、宇文泰从孙。随公杨坚，分率右三军，谯王俭、周主邕异母弟。大将军宝泰、广化公邱崇，分率左三军，齐王宪、陈王纯为前军，依次出发。周主邕留太子居守，自督各军趋晋州，或守或攻，部署停当。因自汾曲至晋州城下，围攻数日，城中窘急。齐行台左丞侯子钦及晋州刺史崔景嵩均暗地通款，乞降周军。周大将军王轨率同偏将段文振等，乘夜登城，城中已有内应，顿时哗溃。周军一拥而入，遂克晋州，擒住齐大行台尉相贵及甲士八千人。别遣内史王谊监领诸军，攻克平阳城。

齐主纬方挈冯淑妃出猎天池，晋州及平阳警报，自辰至午，已到三次，右丞高阿那肱道："大家正游猎为乐，边鄙稍有战争，乃是常事，何必急急奏闻？”可笑。延至日暮，平阳报称失守，齐主纬也未免吃惊，便欲还集将卒。偏冯淑妃兴尚未尽，固请更杀一围，纬不得不从，又猎了好多时，获得几头野兽，方才还宫。越日大集各军，出拒周师，使高阿那肱率前军先进，自挈冯淑妃后行。不可一日无此妃。周主命开府大将军梁士彦统兵万人，镇守晋州，自至平阳督师。途次接着军报，谓齐军大举来援，周主因欲西还长安，暂避敌锋。开府大将军宇文忻忻系宇文贵子，与周同姓不宗。进谏道：“如陛下圣武，乘敌人荒纵，似汤沃雪，何患不克？若使齐得令主，君臣协力，就使汤武复生，亦未易荡平了。”军正王韶亦进言道：“齐失纪纲，已历数世，天奖周室，一战得扼住敌喉。取乱侮亡，正在今日，乃舍此遽退，臣实未解！”周主道：“卿等言非不是，但朕也自有主张。”无非用韦孝宽第二策。说毕，竟麾军西还，留齐王宪为后拒。

齐主闻周已退师，亟遣骁将贺兰豹子等追击周军。宪与宇文忻各率百骑，轮流交战，且战且行。贺兰豹子穷追勿舍，被宪等诱入绝地，麾骑四蹙，得将贺兰豹子击死，然后徐徐引归。齐主纬遂围平阳，昼夜猛扑，毁堞摧墙，势焰甚盛。周晋州刺史梁士彦入城守御，令军士血薄捍城，且慷慨语将士道：“死在今日，我为尔先！”于是勇烈齐奋，呼声动地，无不以一当百。齐兵少却，士彦令军士修城，军士不足，取诸人民，人民不足，济以妇女，甚至士彦妻妾，亦夹入妇女队中，搬土运石，补葺城堞，三日告成。齐人更掘通地道，轰陷城垣十余丈，将士乘势欲入，偏被齐主纬暂入，敕令暂停。看官道为何因？相传晋州城西石上，有圣人迹，纬欲召冯淑妃同观，淑妃画眉刷鬓，抹粉搽脂，好多时方才召到。那城墙缺处，已由守兵用木为栅，堵塞坚固。齐兵失了时机，无从冲入，个个怨气吞声，暗骂冯妃。齐主纬又恐城中弩矢射及爱妾，特抽出攻城木具，筑造远桥，俾冯妃得登桥遥视。哪知桥脚未坚，禁不起马足往来，恐由军士怀恨，故意筑此危桥。砉然一声，坍坏数尺。还幸齐主及冯妃，尚立在危墙上面，不致失足，总算免做了水底鸳鸯。还是此时溺死，或可保全齐宗。

周主先令齐王宪出屯涑川，遥为平阳声援。旋由平阳告急，日紧一日，乃敕宪率领部曲，先向平阳进发，再集诸军八万人，亲自统带，直指平阳。齐人也恐周师猝至，先在城南穿堑，依堑自守。及闻周主到来，便在堑北列陈，张皇兵势。周主命齐王宪往觇齐阵，宪复命道："齐兵虽多，均无斗志，我军尽足破敌，今日可灭此朝食了！"周主喜道："果如汝言，我无忧了。"遂命进逼齐军。堑阔数丈，无人敢逾，只在堑南鼓噪。

自旦至申，南北两军，相持未决，齐主问高阿那肱道："今日可战否？"高阿那肱道："我兵虽众，能战不满十万人，不如勿战为是，且退守高梁桥，以逸待劳。"言未已，忽闪出一员猛将道："一撮许贼人，马上刺取，掷入汾水中，便可了事。"一怯一骄，俱足败事。齐主纬瞧着，乃是武卫安吐根，正在徬徨未决，诸内参又齐声道："彼亦天子，我亦天子，彼尚能远来，我如何守堑示弱呢！"纬点首道："说得甚是！"即令军士填堑争锋。周主大喜，麾动各军，向前进击。两军方合，兵刃初交，齐主纬与冯淑妃并骑观战。但见周军来得凶猛，齐左军似难招架，向后倒退。冯淑妃遽变色道："败了！败了！"娘子军只耐肉战，不耐兵战。穆提婆忙接入道："大家快走！"齐主纬也不及辨明，竟挈冯淑妃奔高梁桥。

开府奚长谏阻道："半进半退，用兵常事，今兵众未曾伤损，陛下骤然返驾，恐马足一动，人情散乱，那才是真败了！愿速西向，镇定各军！"齐主纬不禁沉吟，俄而武卫张常山亦自追至，忙报齐主道："军已收讫，完整如故，围城兵仍然不动，至尊即宜回至军前，如若不信，乞命内参往视。"齐主闻言，勒马欲回，穆提婆引动齐主右肘道："此言未可轻信。"冯淑妃又在旁作态，柳眉锁翠，杏靥敛红，一双翦水秋瞳，几乎要垂下泪来。前日曾请杀一围，此时何胆怯乃尔？弄得齐主仓皇失措，不由地扬鞭再走。齐军失去主子，当然心乱，再经周军奋勇杀来，顿时大溃，死亡至万余人，军资器械，委弃如山，惟安德王延宗全军引还，齐主纬奔至洪洞，才得稍息，冯淑妃出镜照面，重匀脂粉，突闻后面又报寇至，纬即掖冯妃上马，再行北遁。

778. 先是齐主因平阳将下，欲归功冯淑妃，立她为左皇后，曾遣内侍至晋阳，取得皇后服御。登途复命，可巧遇着齐主，呈上袆翟等衣，齐主即代冯妃按辔，令将后服穿上，然后奔回晋阳。时平阳城下，齐兵统已溃去，不留一人，周主邕安稳入城。梁士彦出迎周主，持须涕泣道："臣几不得见陛下！"周主亦为之流涕。因见士卒疲敝，又欲还师，士彦道："齐兵已溃，众心尽离，乘胜灭齐，正在此举！"周主执士彦手道："朕得此城，为平齐初基，若不固守，便难成事。朕既纾前忧，复滋后患，卿宜为朕守着，朕决计再进平齐。"乃复督动诸将，追击齐军。

齐主纬闻周军进逼，慌得不知所为，急向群臣问计。群臣并献议道："为今日计，急宜省赋息役，安慰民心，一面收集溃兵，背城一战，以安社稷。"齐主乃下诏大赦。旋复有急报到来，周军入汾水关，开府贺拔伏恩等降齐，高阿那肱留守高壁，又被周军击走，周军将长驱到来了。齐主纬乃令安德王延宗、广宁王孝珩，募兵守晋阳，自拟奔避北朔州，若晋阳失守，再奔突厥。延宗得此消息，一再谏阻。齐主不从，密遣心腹数人，送胡太后及太子恒往北朔州，自与冯淑妃整顿行装，亦欲乘夜出奔。诸将俱相率谏诤，不使北去。

过了数日，城外鼓声大震，周军已杀到晋阳，齐主大惊，再下赦书，改元隆化，授安德王延宗为相国，领并州刺史，且召入与语道："并州由兄自取，儿今去了！"语无伦次。延宗泣谏道："陛下为社稷勿动，臣为陛下效死力战，决可破敌！"穆提婆在旁道："至尊已经决计，王不必再行阻挠。"延宗含泪趋退，齐主纬带领冯淑妃，夜开五龙门出走。意欲奔向突厥，从官多半散去。领军梅胜郎叩马固谏，乃转趋邺都。途中相随只有高阿那肱及广宁王孝珩、襄城王彦道等数十人。穆提婆初尚从行，约经数里，竟杳如黄鹤，不知所之。小子有诗叹道：

城狐社鼠最堪忧，搅碎河山便远投；
假使当年能幸免，人生何苦不忮求！

究竟穆提婆如何下落，待至下回再详。

韦孝宽所陈三策，原足制齐人之死命，周之伐齐，再驾而定山东，卒如孝宽所言。惟齐纬之覆国，实误于冯淑妃一人。夫妇人在军，士气不扬；就使齐主暱爱淑妃，亦不应挈入战场，使罹锋镝。况平阳已可攻入，乃偏欲使观圣迹，勒兵勿进。及两军大战，成败胜负，悬诸呼吸，乃东偏少却，遽因宠妃之一呼，仓猝北遁。兵可败，国可亡，而宠妃不可舍，试思兵已败矣，国已亡矣，宠妃尚能独存乎？昏愚至此，不死何为？即邻国无韦孝宽，但能稍知兵法，要未有不能灭齐者；矧又有穆提婆辈之益促其亡耶！

第七十八回　陷晋州转败为胜
擒齐主取乱侮亡

却说穆提婆随主北行，途次见从官四散，料知齐亡在迩，不如降敌求荣，遂暗地奔回，往投周军。周主邕令提婆为柱国，领宜州刺史，且传檄齐境，晓谕君臣，谓齐主能深达天命，衔璧牵羊，当焚榇示惠，待若列侯，将相王公以下及士民各族，有能深识事宜，建功立效，当不吝爵赏。或如我周将卒，逃逸彼朝，不问贵贱，概许自新。倘下愚不移，守迷莫改，不得不付诸执宪，明正典刑云云。这文一传，齐臣陆续奔周。齐始知穆提婆为首导，乃捕诛提婆家属。刁狡阴险的陆令萱至此也无法自免，不待铁链套头，已是服毒自尽。究竟还是聪明，免得一刀两段。

先是齐高祖相魏尝令唐邕典外兵，很是信任。及齐已篡位，邕以老成硕望，官至录尚书事，兼领度支。齐主纬宠任宵小，高阿那肱与邕有隙，谮诸齐主，将邕免官，另用侍中斛律孝卿代任，邕由是怏怏。时邕留寓晋阳，因与并州将帅推立安德王延宗为主。延宗固辞，将帅等齐声道："王若不为天子，诸人懈体，恐不能为王效死了！"延宗没法，只好勉循众请，即皇帝位，并下玺书，略云武平孱弱，政由宦竖，斩关夜遁，不知所之，今王公卿士，猥见推逼，不得已祗承宝位。乃大赦中外，改元德昌，授唐邕为宰相，进封晋昌王，更命齐昌王莫多娄敬显、沭阳王和阿干子、右卫大将军段畅、武卫大将军相里僧伽、开府韩骨胡等为将帅，募集兵民，抵御周师。众闻新主登基，颇觉踊跃，往往不召自来。于是发府藏金帛，出后宫妇女，赐给将士，并籍没内参十余家，充作军费。延宗每见将吏，必执手称名，流涕呜咽，士皆致死。妇孺亦乘屋攘袂，投砖石拒敌。

周主督军围晋阳，劲骑四合，好似黑云一般。延宗命莫多娄敬显、韩骨胡拒城南，和阿干子、段畅拒城东，自率众拒城北。延宗素来肥壮，前如偃，后如伏，人常笑他臃肿无用，至是独开城搦战，手执大槊，驰骋行阵，往来若飞；尚书令史沮山亦肥大多力，手握长刀，步随延宗，左斫右劈，毙敌甚多。惟武卫兰芙蓉、綦连延长战死。周主命齐王宪对敌延宗，自督将士攻东门，齐段畅和阿干子竟开门迎纳周师。

周主乘晚进城，先纵火焚烧佛寺。周主最不信佛，故先毁去佛寺。延宗见东门失火，料知周师入城，忙令北门暂闭，自由城外绕至东门。可巧莫多娄敬显从城内率兵东援，与延宗表里夹攻，延宗杀入，敬显杀出，把周军裹住门中。周军争门夺路，自相填压，伤亡至数千人。周主邕进退两难，忙领亲兵冲突，从大刀长槊中，寻一生路。左右为敌械所伤，纷纷倒地，还亏承御上士张寿牵住马首，贺拔伏恩执鞭后随，拚命驰走，得出城闉。齐人从昏夜中乱击一阵，竟被周主逃脱，时已四鼓，城中已无周人，延宗还道周主已死，使人就乱尸堆中寻觅长须的尸首，终无所得。惟军士已得大捷，各入肆饮酒，醉后酣卧，延宗亦劳乏归寝。大敌未去，如何疏忽至此？

周主出城，腹中甚饥，意欲乘夜西去。诸将亦多欲退还，独宇文忻勃然进言道："陛下得克晋州，乘胜至此，今伪主奔波，关东响应，自古至今，无此神速，昨日破城，将士轻敌，稍稍失利，何足介意！大丈夫当从死中求生，败中取胜，今齐亡在迩，奈何弃此他去？"齐王宪等亦以为不宜退师，降将段畅，又说是城中空虚。周主乃驻马停辔，鸣角收兵。不到天明，散军尽集，兵势复振。诘旦还攻东门，齐人尚高卧未起。延宗从梦中惊醒，忙披甲上马，出拒周军。但见东门已被攻破，自顾手下，只有数人随着，如何抵敌得住。没奈何奔往南门。哪知南门亦已失陷，勉强上前拦阻，究竟寡不敌众。再走至城北，投入民家，周军紧紧追来，任你延宗力大无穷，到此已成孤立，撑拒多时，终为所擒。押至周主面前，周主下马，握延宗手。延宗推辞道："死人手何敢迫至尊！"周主道："两国天子，本无嫌怨，我但为救民至此。汝且勿怖，当不相害！"说着，仍给还衣冠，款待颇优。唐邕等并皆请降，惟莫多娄敬显奔赴邺都，齐主纬命为司徒。

延宗初称尊号，曾致书瀛州刺史任城王湝，系小尔朱氏所生，曾见前注。略言至尊出奔，宗庙事重，群公劝进，权主号令，战事幸平，终归叔父云云。湝正色道："我乃人臣，怎得轻受此书！"因执来使送邺，齐主纬愤愤道："我宁使周得并州，不愿为安德有！"前说由兄自取，此时又复变调。总计延宗称尊，未及两日，便即残灭。周主下令大赦，除齐苛制，并出齐宫中金银宝器、珠翠丽服及宫女二千人，班赐将士。前使伊娄谦，被齐拘住晋阳，见前回。至此得释，由周主面加慰劳。且因参军高遵曾将秘谋告齐，责他不忠，使谦量罪加罚。谦顿首请赦高遵，周主道：“卿可聚众唾面，使他知愧。”谦答道：“如遵罪状，唾面亦不足责；陛下德量宽弘，索性付诸不校罢！”周主乃止，谦仍待遵如初。遵罪可诛，周主与谦未免两失。

周主欲进兵取邺，召问延宗，延宗道：“亡国大夫，何足图存！”延宗为高澄子，与高氏休戚相关，亦不宜以李左车自比。周主再三问及，延宗道：“若任城王据邺，臣不能知，但由今上自守，陛下可兵不血刃了。”此语愈谬。周主即命齐王宪先行，留陈王纯为并州总督，自率六军赴邺。邺中迭接警耗，齐主纬悬赏募军及兵士应募，又无一物颁给，广宁王孝珩请使任城王湝率幽州道兵入土门，扬言趋并州，独孤永业率洛州道兵入潼关，扬言趋长安，自率京畿兵出滏口，逆击周师，如虑士气不振，亟应出

宫人珍宝，作为赏赐，以便鼓励等语。齐主不从，斛律孝卿又请齐主亲劳将士，代为撰词，并谓宜慷慨流涕，感动人心。齐主纬倒也应允，及出语诸将，竟将孝卿所授，一律忘记，不由地痴笑起来，左右亦不禁失笑，将士皆含怒道：“本身尚且如此，我辈何必拚死！”嗣是皆无斗志。

适北朔州行台仆射高励、护卫胡太后及太子恒，自土门道还邺，路见宦官苟子溢强取民间鸡彘，励不觉怒起，即将子溢拘住，将要处斩。偏胡太后在旁劝阻，乃释缚使去。既送太后等入宫，或语励道：“子溢等受宠两宫，言出祸随，公难道不虑后患么？”励勃然道：“今西寇已据并州，达官并皆叛贰，正坐此辈浊乱朝廷；若今日得斩此辈，明日受诛，亦属无恨！”励系高岳子，此时颇具忠愤，惜乎晚节不终！当下入见齐主道：“臣见朝中叛贰，皆属贵人，若士卒未尽离心，今请追五品以上家属，悉

置三台，迫令出战；倘若不胜，将台焚毁，若辈顾惜妻子，必当死战。且王师屡败，寇众轻我，果能背城一决，也足吓寇示威！”此计亦属轻率。齐主纬不能用，但命一品以上各大臣，入朱华门，遍赐酒食，分给纸笔，令他各书所见，献策御敌。及大众录呈，又是人各一词，无所适从。

会有史官望气，谓国家当有变易，齐主纬遂引尚书令高元海等入议，决依天统故事，禅位太子。太子恒年才八岁，晓得甚么国事，那齐主纬欲上应天象，竟想这八岁小儿支持危局。看官，试想能不能呢！酒色昏迷，一至于此。是时已值残年，转瞬间即至元旦，齐太子恒居然即皇帝位，改元承光，下令大赦。尊齐主纬为太上皇，皇太后胡氏为太皇太后，皇后穆氏为太上皇后。命广宁王孝珩为太宰。孝珩嫉视高阿那肱，因与莫多娄敬显等同谋，使敬显伏兵千秋门，更令领军尉相愿，率禁兵为内应，拟俟高阿那肱入朝，把他捕诛。不意高阿那肱自别宅取便路入宫，计不得行。孝珩乃求拒西师，高阿那肱、韩长鸾犹防他为变，使为沧州刺史。孝珩临行，向高阿那肱道：“朝廷不赐遣击贼，想是怕孝珩造反呢！孝珩若得破宇文邕，进军长安，就使造反，亦与国家无与。事至今日，危急万状，尚如此猜忌，岂不可叹！”说毕，太息自去。尉相愿拔刀斫柱道：“大事已去，尚复何言！”

齐主使长乐王尉世辩领着千骑，往探周师。行出滏口，登高西望，但见群鸟飞起，即疑周师已至，策马奔还，报称寇至。黄门侍郎颜之推、中书侍郎薛道衡、侍中陈德信等，因劝上皇往河外募兵，更为经略，事若不济，亦可南投陈国。上皇依议，遂先使太皇太后、太上皇后往趋济州，继又遣幼主东行。自己不及登程，即闻周师薄城，没奈何调兵出战。不到半时，已被周军杀败，或溃去，或奔还，齐上皇忙挈冯淑妃等，尤物断不可舍。从东门出走，使武卫大将军慕容三藏守邺宫。

周师毁门突入，齐王公以下皆降，惟三藏拒守不出。领军大将军鲜于世荣为齐宿将，尚鸣鼓三台，与周相抗。周主遣人招降世荣，赐给玛瑙杯，被世荣击碎。周主乃令将士往执世荣，世荣独力难支，受擒后仍然不屈，致为所杀。周主复招降三藏，三藏自知不支，始出见周主。周主优礼相待，面授仪同大将军，究竟有愧世荣。独拘住莫多娄敬显，数责罪状道：“汝前守晋阳，遁入邺中，携妾弃母，是为不孝；外似为齐戮力，暗中向朕通款，是为不忠；既已送款与朕，尚且阴怀两端，是为不信。有此三罪，不死何待！”遂命推出斩首。也是一番权术。一面颁敕安民。

齐国子博士熊安生博通五经，闻周主入邺，遽令扫门。家

人问为何因，安生道：“周主重道尊儒，必来见我。”果然过了半日，周主亲至熊家，握手引坐，赐给安车驷马，然后别去。又礼延齐中书侍郎李道林入宫，使内史宇文昂访问齐朝政教风俗及人物善恶，留宿三日，方才送归。周主颇知礼士，熊、李亦颇疚心否？

邺城大定，遂遣将军尉迟勤等东追齐主。齐上皇纬渡河入济州，又令幼主恒禅位任城王湝。且替湝作诏，尊上皇谓无上皇，幼主为宋国天王，真是儿戏。使侍中斛律孝卿送禅文及玺绂往瀛州。孝卿竟持入邺城，献与周主，湝全不得闻。齐洛州刺史独孤永业有甲士三万人，前闻晋州失守，表请出兵击周，并不见报。至并州又陷，长叹数声，乃遣子须达奉款周军。周主遥授永业为上柱国，加封应公。齐上皇纬穷蹙无援，更思南奔，留胡太后居济州，使高阿那肱守济州关，觇候周师，自与

穆后、冯淑妃、幼主恒及韩长鸾、邓长颙等数十人，奔往青州，母可弃，妻妾子孥等不可舍。令内参田鹏鸾西出，伺敌动静。途次为周师所获，诘问齐主何在，鹏鸾但说齐主南行，想当出境。周人知系谎言，杖击鹏鸾手足，每折一肢，词色愈厉，至四肢俱折，奄然毕命，终不肯言。齐上皇至青州，即欲入陈，偏高阿那肱密召周师，愿生致齐主，作为贽仪。一面启达青州，只说周师尚远，已令部众截断桥路，定保无虞。齐上皇乃留住不行。哪知周师到济州关，高阿那肱便即迎降。周将尉迟勤驰入济州，先将胡太后掳去，复进军青州。距城不过一二十里，齐上皇方才闻知，亟用囊贮金，系诸鞍后，与后妃幼主等十余骑，南走至南邓村。方拟小憩，忽听后面喊声大起，不瞧犹可，回头一瞧，吓得魂飞天外。原来正是士强马壮的周军。看官，试想此时齐上皇以下十数人，半系妇女，半系童仆，就使插翅也难飞去。眼见得束手受擒，被周将尉迟勤带回邺城去了。妻妾同受磨劫，好算是休戚与共了。

周主邕住邺数日，赈贫拔困，彰善瘅恶。因故齐臣斛律光、崔季舒等，无罪遭戮，特为昭雪，并加赠谥，且令改葬。子孙各得荫叙，所有家口田宅，没入官库，概令发还。周主尝语左右道："斛律明月若尚在世，朕怎得至邺呢！"还有齐故中书监魏收，时已去世。收生前修撰魏史，意为褒贬，毫不秉公，每言何物小子，敢与魏收作色，我欲举扬，便使他上天，我欲按抑，便使他入地。及修史告成，众口喧然，号为秽史。邺城失陷，收塚被怨家发掘，暴骨道中。特志此事，为秉笔不公者戒。周公邕仍命检埋，收有从子仁表，曾为尚书膳部郎中，至是仍许为官。就是《魏书》百三十卷，亦不使铲削，迄今尚复流行。

高纬至邺，周主邕降阶相迎，待以宾礼，令与太后幼主及后妃诸王等暂处邺宫。当下派兵监守，不烦细述。总计高纬在位，历十有二年，幼主恒受禅称帝，未及一月，延宗在晋阳称尊，只阅二日，任城王湝未接禅位谕旨。所以北齐历数，后世相传，自高洋篡魏为始，至幼主被擒为止，凡六主二十八年；延宗与湝不得列入。湝闻邺都失守，当然悲愤，可巧广宁王孝珩行至沧州，即作书遗湝，共谋匡复。湝遂与孝珩相会信都，彼此召募得士卒四万余人。领军尉相愿亦带领家属自邺奔至，湝仍令督率兵士，共抗周师。周主先令高纬致书招湝，湝拒绝使人，乃遣齐王宪、柱国杨坚等，统兵往击。途中获得信都谍骑，宪纵令还报，并委他寄书与湝。略云足下间谍，为我候骑所拘，彼此情实，应各了然。足下战非上计，守亦下策，所望幡然变计，不失知几。现已勒诸军分道并进，相会非遥，凭轼有期，不俟终日云云。湝得书不省，但出兵城南，列营待着。

过了两日，已见周军掩至。两下对阵，齐领军尉相愿，佯为出战，竟率所部降周师。湝与孝珩忙收军入城，捕诛相愿妻子。越日复战，信都兵新经募集，毫无纪律，怎能敌得过百战周师？甫经交绥，即纷纷散去。周师或斫或缚，好似虎入羊群，无一敢当。结果是齐军全覆，连湝与孝珩均被周师擒住。周齐王宪语湝道："任城王何苦至此！"湝叹道："下官乃神武皇帝第十子，兄弟十五人，惟湝独存，不幸宗社颠覆，湝为国捐躯，至地下得见先人，也可无遗恨了！"宪颇为赞叹，命归湝妻孥。再召孝珩入问，孝珩自陈国难，归咎高阿那肱等，说得声泪俱下。宪不禁改容，亲为洗疮敷药，礼遇甚厚。孝珩慨然道："自神武皇帝以外，我诸父兄弟，无一人年至四十，岂非命数？况嗣主不明，宰相不法，从前李穆叔谓齐氏只二十八年，竟成谶语。我恨不得入握兵符，受斧钺，展我心力，今已至此，尚有何言！”欢有子湝，澄有子孝珩，虽无救国亡，还算有些气节。宪执二王还邺，周主也温颜接见，暂留军中。

忽闻齐定州刺史范阳王绍义，高洋第二子。与灵州刺史袁洪猛引兵南出，欲取并州，自肆州以北城戍二百余所，尽从绍义，周主急命东平公宇文神举，泰之族子。统兵北行。略定肆州，进拔显州，执刺史陆琼又乘势攻陷诸城。绍义退保北朔州，遣部将杜明达拒敌。明达至马邑，正值周兵到来，如风扫残云一般，明达大败奔还。绍义见明达败还，且惊且叹道：“周为我仇，怎可轻降？不如北去罢！”遂拟奔突厥。部众尚有三千人，绍义下令道：“愿从者听，不愿从者亦听。”于是部下辞去大半，涕泣告别。绍义只率着千骑，往投突厥去了。自绍义北去，所有北齐行台州镇，悉为周有。惟东雍州行台傅伏、营州刺史高宝宁尚不肯归周。

周主遂命将所得各州郡，各派官吏监守，然后启节西还。凡齐上皇高纬以下，一律带回。道出晋州，遣高阿那肱等百余人，至汾水旁，召傅伏出降。伏整军出城，隔水问道：“今至尊何在？”高阿那肱道：“已受擒了。”伏仰天大哭，率众再返，就厅前北面哀号，约阅多时，才复出城降周。同是一降，何必做作？周主见伏道：“何不早降？”伏流涕答道：“臣三世仕齐，累食齐禄。不能自死，愧见天地！”却是有愧。周主下座握手道：“为臣正当如此。”乃举所食羊肋骨赐伏道：“骨亲肉疏，所以相付。”遂引为宿卫，授上仪同大将军。及西入关中，已至长安，周主命将高纬置诸前列，齐王公大臣等随纬后行。凡齐国车舆旗帜器物，依次列陈，自备大驾，张六军，奏凯乐，献俘太庙，然后还朝御殿，受百官朝贺。高纬以下，亦不得不俯伏周廷。周主封纬为温国公，齐诸王三十余人亦悉授封爵。纬自幸得生，深感周恩，惟失去一个活宝贝未蒙赐还，不得不上前乞请，叩首哀求。小子有诗叹道：

无愁天子本风流，家国危亡两不忧；
只有情人难割舍，哀鸣阙下愿低头。

究竟所求何物，且看下回说明。

高延宗困守晋阳，受迫称尊，原其本意，实出于不得已，非觊觎神器者比也。东门一役，几毙周主，以危如累卵之孤城，尚能力挫强敌，亦云豪矣。及周师再振，鸣角还军，城内皆醉人，守者尚寝处，因至城破兵溃，力屈守擒，虽不可谓非疏忽之咎，然其胜也，固第出于一时之锐气，可暂而不可久。周主邕去而复还，卒拔晋阳，此乃天意之亡齐，不得尽为延宗责也。齐主纬穷蹙无策，禅位幼子，一何可笑！岂以帝位不居，便足却敌欤？彼平时之所最倚任者为穆提婆、高阿那肱。穆提婆先已降周，高阿那肱且倒戈投敌，及此不悟，尚复猜忌宗戚，信用阉人，宜其国亡身虏也。任城广宁，继安德而起，终致覆亡。厥后又有范阳，亦一战即遁，强弩之末，势不能穿鲁缟，固然无足怪耳。然如齐之世无令德，尚得四五传而亡，其犹为高氏之幸事也夫！

第七十九回　老将失谋还师被虏
昏君嗣位惨戮沉冤

却说高纬受封温公，尚向周主哀求一人，这人为谁？就是淑妃冯小怜。念兹在兹，可算情种。周主邕微哂道："朕视天下如脱屣，一妇人岂为公惜！"遂仍将冯妃给还高纬。纬拜谢而起，挈妃自出。既而周主召纬入宴，并及高氏诸王公，酒至半酣，令纬起舞，纬毫无难色，乘着三分酒意，舞了一回。差不多似虞廷之百兽。高延宗独悲不自胜，至宴罢归寓，即欲仰药，侍婢再三劝止，乃暂自偷生。到了秋尽冬来，有人诬告温公高纬与宜州刺史穆提婆谋反。周主召还穆提婆，与纬等对簿，大众同声呼冤。惟延宗饮泣无言，用椒塞口，未几气绝。高纬父子及齐宗室诸王并皆赐死。穆提婆亦当然伏诛，独孝珩先期病逝，得归葬山东。纬弟仁英患狂，仁雅患瘖，亦均得免死，流徙蜀中。其余亲属故旧，一并流配，概死边疆。高纬虽在位十二年，死时尚只二十二岁，纬子恒只八岁而终。史称纬为齐后主，恒为齐幼主。

纬母胡氏年已四十，尚有冶容，恒母穆氏年仅二十有奇，自然更艳。两人流落无依，竟在长安市中操着皮肉生涯，日与少年游狎。相传胡氏得陈夏姬术，陈夏姬系春秋时人，有内视法。与人欢会，常如处子，因此张帜平康，室无虚客。穆黄花妖冶善媚，亦得狎客欢心。胡氏尝语穆氏道："为后不如为娼，更饶乐趣。"无耻至此，未始非高氏好淫的果报呢！登徒子其听之。齐任城王湝与纬同死。湝妃卢氏，由周主赐与亲将斛斯征。卢氏蓬头垢面，长斋持佛，不与征同言笑，征乃听令为尼。独纬妃冯小怜，亦由周主命令，赏与代王达为妾婢。达本不好色，偏得了这个冯淑妃，竟被迷住，非常爱宠。冯尝弹琵琶，忽断一弦，因随口吟诗道："虽蒙今日宠，犹忆昔时怜！欲知心断绝，应看胶上弦。"你若果不忘旧情，何不早死，还可谢齐后主！达妃李氏，与达本伉俪相谐，自经冯小怜入门，屡致夫妻反目，大妇含酸，小妻构衅，不问可知。后来达为杨坚所杀，坚篡周祚，又将冯氏赐与李询，询即达妃李氏兄。询母为女报怨，令小怜改着布裙，逐日舂米，弱质柔姿，怎禁贱役，再加询母多方谩骂，不堪蹂躏，只好自寻死路，赴入冥途，人生总有一死，死到此时，乃弄得无名无望了。覆国亡家，都由此辈。话休叙烦。

且说齐范阳王高绍义投入突厥，突厥木杆可汗已早去世，弟佗钵可汗继立，很加爱重，凡在北齐人，悉归隶属。齐营州刺史高宝宁与绍义同宗，久镇和龙，即营州治所。颇得夷夏人心。周主遣使招降，宝宁不从，竟使人至绍义前，上表劝进。突厥亦许为臂助，绍义遂进据平州，自称齐帝，改元武平。命宝宁为丞相，佗钵可汗亦召集诸部，举众南向，声言立范阳王为齐帝，代齐报仇。周主邕正拟进讨，忽闻陈司空吴明彻等出兵吕梁，进围彭城，乃先务南顾，亟遣大将军王轨率兵赴援。原来陈主顼闻周人灭齐，欲争徐、兖，因命吴明彻督军北伐。行至吕梁，周徐州总管梁士彦率众拒战，为明彻所破，斩获万计。乘胜进围彭城，月余不下，陈中书舍人蔡景历进谏道："师老将骄，不宜过穷远略，请下敕班师。"陈主顼不从景历，反说他阻惑众心，免官放归。

吴明彻在军日久，仍然无功，且年将七十，不堪久劳，没奈何力疾从事。那周大将军王轨已出兵南下，来救彭城。明彻得周军出发消息，益锐意进攻，就清水筑起长堰，引波流至城下，环列舟舰，日夕猛扑。梁士彦多方抵御，仍不得下。适探报传入陈营，谓周将王轨，已引军入淮口，用铁锁贯住车轮数百，沉清水中，遏断陈军归路，且在两旁筑垒屯戍云云。陈军不禁恟惧。部将萧摩诃献议道："王轨始锁下流，两旁虽已筑垒，总还未就，速宜分兵往争，否则归路一断，我辈均为所虏了。"此策确是要紧。明彻掀髯微笑道："搴旗陷阵，属诸将军；长算远略，归诸老夫，老夫自有主裁，将军不必躁急！"老昏颠倒。摩诃失色而退。

蹉跎过了旬余，下流已被锁住，水路遂断。周军遂来救城，明彻正苦背疾，不能支持。萧摩诃复入请道："今求战不得，进退失据，看来只好潜军突围，方保生还，请公率领步卒，乘车徐行。摩诃领铁骑数千，驱驰前后，必能保公安达京邑。此机一失，生还无望了！"明彻怅然道："将军所言，原是良图；但我为总督，必须亲自断后，马军宜在前列，愿将军统率前行。"摩诃因率马军先发，乘夜登程。明彻亦决堰退军，自领舟师至清口。水势渐微，舟被车轮塞住，不能前进。周将王轨正督军待着，一声胡哨，四面环击。杀得陈军无路可奔，纷纷投水自尽。明彻病不能军，连人带船，被周军掳去。将士辎重，悉数陷没，惟萧摩诃与将军任忠、周罗睺，从陆路偷过周营，全师得还。

陈主顼闻明彻被擒，始悔不用蔡景历言，即日召景历入都，令为鄱阳王，名伯山，陈世祖蒨第三子。谘议参军，才阅数日，即迁员外散骑常侍，兼御史中丞。是岁景历病终，享寿六十，赠太常卿，追谥曰“敬”。景历为陈高祖佐命功臣，故后来复得配享高祖庙廷。吴明彻被掳至长安，忧恚而死，年已六十七岁。一失足成千古恨。及陈后主叔宝嗣位，也得追赠为邵陵县侯，这且休表。

惟周主邕得彭城捷报，赏功有差，且下诏改元宣政。自往云阳宫，大集各军，决计北讨。不料天不假年，二竖忽侵，兵马尚未调齐，皇躬竟致不起。乃下敕暂停军事，驿召宗师宇文孝伯，到了行在，由周主握手与语道：“我已疾亟，恐无生理，后事当尽付与君。君勉辅太子，勿负我言！”孝伯垂涕受嘱，且请乘舆还都。周主面授孝伯为司卫上大夫，总宿卫兵马事，先令驰驿还京，守备非常，自用卧床载归。途次气息仅属，甫近都门，骤致痰涌，喘息数声，竟尔归天。年只三十六岁，在位计十九年。

周主邕沉毅有智，即位时深自韬晦，至宇文护受诛，始亲万机。治事甚勤，持身甚俭，平居常自服布袍，寝用布被，后宫惟置妃二人，世妇三人，御妻三人，此外一律裁损。后宫服饰，概尚朴实，凡从前宇文护所筑宫室，并嫌过丽，悉令毁撤，改为土阶数尺，不施栌栱。所有雕斲各物，并赐贫民。至若校兵阅武，步行山谷，皆不惮劳苦。每当宴会将士，又必执杯劝酒，或手付赐物。平齐时见一军士跣行，即脱靴为赐，所以士皆用命，人愿效死。独太子赟不肖乃父，性好淫僻，宇文孝伯尝入白道："皇太子关系民社，未闻令德，臣忝列宫官，责难旁贷。今太子春秋尚少，志业未成，请妙选正人，辅导东宫，尚望迁善改过，否则后悔无及了！"周主道："正人岂复过君！君宜为我辅导太子。"及孝伯趋退，即命尉迟运为右宫正，孝伯为左宫正，寻擢孝伯为宗师中大夫。已而复召孝伯入问道："我儿近日渐长进否？"孝伯答道："皇太子近惧天威，尚无过失。"周主稍有喜色。嗣由王轨侍宴，起捋周主髯道："可爱好老公，但恨后嗣阘弱！"周主失色，竟命撤席，且责孝伯道："君常与我云：'太子无过。'今轨有此言，显见是君多诳语了。"孝伯拜谢道："臣闻父子至亲，人所难言。陛下不能割情忍爱，臣亦只好结舌了！"周主沉吟良久，方徐谕道："朕已将太子委公，愿公勉力！"孝伯乃再拜而退。孝伯不能导正东宫，何如先几引退？若周主之舐犊情深，其失愈甚。至周主疾殂，太子赟迎尸入都，一经棺殓，便由赟嗣皇帝位，尊谥故主邕为武皇帝，庙号"高祖"。奉嫡母阿史那氏为皇太后，本生母李氏为帝太后。立妃杨氏为皇后，杨氏小名丽华，就是柱国随公杨坚长女。周建德二年，纳为太子赟妃，此时册为皇后，杨家权势，从此益盛了。为杨坚篡周伏笔。

赟本无令行，只因父教甚严，不得不勉强矜持，涂饰耳目。既得登位，遂复萌故态，渐渐地放纵起来。当时周室勋亲，第一人要算齐王宪，赟夙加忌惮，即令武卫长孙览总兵辅政，收夺齐王宪兵权。又密令开府于智察宪动静，智遂诬宪有异谋，请先时防范。赟已授宇文孝伯为小冢宰，因召入密嘱道："公能为朕图齐王，当即令代齐王职使。"孝伯叩头道："先帝遗诏，不许滥诛骨肉。齐王系陛下叔父，戚近功高，社稷重臣，栋梁所寄，陛下若妄加刑戮，微臣又阿旨曲从，是臣为不忠，陛下亦难免不孝呢！”赟默然不答，孝伯自然退出。赟自是疏远孝伯，潜与于智等设谋除宪，计划已定，仍遣宇文孝伯传命，往语宪道：“三公位置，应属亲贤，今欲授叔为太师，九叔为太傅，九叔指陈王纯。十一叔为太保，十一叔指越王盛。叔以为何如？”宪答道：“臣才轻位重，早惧满盈，三师重任，非所敢当；且太祖勋臣，宜膺此选，若专用臣兄弟，恐滋物议，还请陛下三思！”孝伯依言返报，未几复来，谓今晚召诸王入殿议事，王勿爽约。宪当然应命，孝伯自去。

转瞬天晚，宪遵召前往，行至殿门，并不见诸王到来，恰也不免惊疑，但已经趋入，只好坦然前进。不意门内伏着壮士，见宪入门，便即突出，把宪拿下。宪辞色不挠，自陈无罪，蓦见于智出殿，与宪对质，统是捕风捉影，含血喷人。宪目光似炬，口辩如河，说得于智理屈词穷，只有支吾对付。或

语宪道：“如王今日事势，何用多言！”宪太息道：“我位重望尊，一旦至此，死生有命，不复图存；但老母在堂，尚留遗恨，罢罢！我也顾不得许多了。”说着将笏投地，竟被壮士缢死，年才三十五岁。

宪为周太祖泰第五子，幼即岐嶷，风采朗然。太祖泰尝赐诸子良马，任他取择，宪独取驳马。太祖问故？宪答道：“此马色类不同，或多骏逸，将来从军征伐，牧圉亦容易辨明，岂不较善？”太祖道：“此儿智识不凡，当成伟器。”后来果武略超群，累战皆捷。平时抚御士卒，甘苦同尝，平齐一役，长驱敌境，刍牧不扰，尤得民心。至是无辜被戮，远近含哀。大将军安邑公王兴，开府独孤熊、豆卢绍等，俱与宪相暱。嗣主赟诛宪无名，诬称兴等与宪谋叛，一并处死。宪母连步干氏，系柔然人，封齐国太妃。宪事母甚孝，母尝患风热，宪衣不解

带，扶持左右。及宪冤死，母亦惊泣成疾，便即告终。宪长子贵早卒，余子质、賨、贡、乾禧、乾洽，并封公爵，亦连坐被戮。梓宫在殡，遽戮勋亲，周事已可知了。这一着便已致亡。

于智得晋位柱国，封齐国公，授赵王招为太师，陈王纯为太傅，越王盛为太保，代王达，滕王逌，宇文泰幼子。及卢国公尉迟运、薛国公长孙览，并为上柱国。后父杨坚亦得进任上柱国兼大司马。从前王轨尝语武帝道："太子非社稷主，普六茹坚有反相。"周曾赐杨忠姓为普六茹氏，坚为忠子，故称普六茹坚。武帝艴然道："若天命有在，亦无可如何！"坚闻轨言，尝自晦匿，至此得掌军政，方握重权。会幽州人卢昌期据住范阳，起应高绍义。绍义引突厥兵赴范阳城，周廷即遣宇文神举往讨。神举兼程北进，行至范阳，卢昌期前来迎战，被神举用诱敌计一鼓围攻，得擒昌期，遂克范阳。高绍义尚在途中，得知范阳失陷，昌期被虏，因素服举哀，折回突厥。营州刺史高宝宁亦率数万
骑救范阳。中途闻变，仍然退据和龙。宇文神举奏凯班师，送昌期入长安，当然枭斩，不在话下。

周主赟以内外粗安，乐得恣情声色，任意荒淫。尝自扪杖痕，向梓宫前恨骂道："汝死已太迟了！"因此托名居丧，毫无戚容。整日里在宫中游狎，见有姿色的宫嫔，即逼与淫乱。拜郑译为内史中大夫，委以朝政。又嫌梓宫在堂，未便改吉，便不守遗制，即令移葬山陵。约计殡灵期间，尚未逾月。一经葬毕，即易吉服，京兆郡丞乐运上疏，略言葬期既促，事讫即除，太为急急，不可训后。赟置诸不理。是年冬月，稽胡帅刘受逻千起反汾州，诏令越王盛为行军元帅，宇文神举为副，进军西河。稽胡向突厥求援，突厥遣骑赴救，为神举所侦悉，中途设伏，掩击突厥骑兵。突厥败走，稽胡帅刘受逻千惶惧乞

降。越王盛振旅还朝，神举留镇并、潞、肆、石等四州，号为并州总管。

越年正月朔日，周主赟在露门受朝，始服通天冠，绛纱袍，令群臣并服汉、魏衣冠，颁诏大赦，改元大成。初置四辅官，命越王盛为大前疑，蜀公尉迟迥为大右弼，申公李穆为大左辅，随公杨坚为大后丞，大陈鱼龙百戏，庆赏太平，好几日尚未撤去，免不得有几个直臣，上书谏阻。赟非但不从，反越加恣肆，一不做，二不休，令百戏日演殿前，夜以继昼。又广采美女，罗列声伎，增筑离宫，大兴徭役，真个是穷奢极欲，惟恐不及。想是自知速死，故不惮横行。起初即位，尚嫌高祖时刑书要制，太觉从严，特为减轻条例，时加赦宥。此次因民多犯法，吏好强谏，因欲为威虐，慑服群下，乃更定刑名，务尚苛刻，叫作刑经圣制。便在正武殿大醮告天，颁示刑法。一面令左右密伺群臣，小有过失，即加诛谴。自己独游宴沉湎，旬日不朝，群臣请事，统由宦官代奏。于是京兆郡丞乐运，舆榇入朝，陈主八失：（一）事多独断，不令宰辅参议。（二）采女实宫，仪同以上诸女，不许擅嫁。（三）至尊入宫，数日不出，所有奏闻，统归阉人出纳。（四）下诏宽刑，未及半年，更严前制。（五）高祖斵雕为朴，崩未逾年，遽违遗训，妄穷奢丽。（六）劳役下民，供奉俳优角觝。（七）上书字误，辄令治罪，杜绝言路。（八）玄象垂诫，荧惑屡现，未能谘诹善道，修布德政。结末数语，乃是八过未改，臣见周庙将不血食了！看官，试想这种直言不讳的谏草，就使遇着中主，尚且忍受不起；况周主赟庸昏淫暴，哪肯听受直言。当下勃然大怒，命运入狱，即欲加运死罪。朝臣相率惶怖，莫敢营救，独内史中大夫元岩叹道："臧洪同死，人且称愿；臧洪事见《三国志》。况同时遇着比干，岩情愿与他同毙。”遂诣阁入谏道：“乐运不惜一死，实欲沽名，陛下不如好言遣归，借示圣度！”也是讽谏。赟怒乃少解，越日召运与语道：“朕昨夜思卿所奏，实为忠臣。”乃赐运御食，运拜谢而出。朝臣初见周主盛怒，莫不为运寒心，及见运释归，乃为运道贺，说是虎口余生，不可多得了。

时大将军王轨出为徐州总管，因见上昏下蔽，恐祸及己身，私语亲属道：“我昔在先朝，屡言储君失德，实欲为社稷图存。今事已至此，祸变可知，本州控带淮南，近接强寇，欲为身计，易如反掌，但忠义大节，究不可亏，况素受先帝厚恩，志在效死，怎得因获罪嗣主，遽背先朝？今惟有待死罢了！千载以后，或得谅我本心。”果然不到数月，大祸临头，好好一位百战功臣，又复死于非命。原来中大夫郑译与轨有嫌，又恨及宇文孝伯，屡思报怨。事见七十八回，吐谷浑之役。可巧周主自扪杖痕，谓是何人所致？译乘机答道：“事由王轨、宇文孝伯。”赟恨恨道：“我誓当杀彼！”译复述及王轨捋须事，见上。越激动周主怒意，遂遣内史杜虔，赍敕杀轨。中大夫元岩不肯署敕，御正中大夫颜之仪进谏不从。岩复继脱巾顿首，三拜三进，周主怒道：“汝欲党轨么？”岩答道：“臣非党轨，正恐滥诛功臣，失天下望！”周主赟叱令内侍，殴击岩面，将他逐出，即日免官。并促令杜虔就道，未几即由虔返报，轨已诛讫。

上柱国尉迟运私语孝伯道：“我等与王公同事先朝，素怀忠直，今王公枉死，我辈亦将及难，奈何奈何？”孝伯道：“今堂上有老母，地下有武帝，为臣为子，去将何往？且委贽事人，义难逃死。足下若为身计，何勿亟求外调，还可免祸。”尉迟运依计而行，得出为秦州总管。才阅数日，周主赟召问孝伯道："公知齐王谋反，何故不言？"孝伯道："齐王效忠社稷，实为群小所谮，因致冤戮，臣受先帝嘱托，方愧不能切谏，此外尚有何言！陛下如欲罪臣，臣有负先帝，死亦甘心了！"周主赟也觉怀惭，俯首不语，待孝伯告退，竟下敕赐死。又因宇文神举受宠先朝，亦尝毁己，索性尽加辣手，命内史赍着鸩酒，速赴并州，逼令饮鸩自尽。尉迟运至秦州，迭闻孝伯、神举依次毕命，不由地忧惧成疾，也即暴亡。小子有诗叹道：

未信仁贤国已虚，哪堪勋旧尽诛锄！
人亡邦瘁由来久，黑獭从兹不食余。

周主赟既滥杀勋臣，又想出一种奇事，即拟施行。欲知周主有何设施，且至下回再表。

周主邕为一英武主，平齐以后，又复败陈，虽由陈将吴明彻之昏耄失算，以致兵败受擒，然非周将王轨之锁断下流，亦不至挫失如此。败陈者王轨，用轨者周主邕，推原立论，宁非由周主之英明乎？独周主邕号称知人，而不能自知其子，昏庸如赟，安得以大统相属？就令诸子尚幼，不堪承嗣，何妨援兄终弟及之例，传位同胞！况世宗毓已为前导，邕正可步厥后尘，奈何徒为子嗣计，不思为社稷计乎？及赟嗣位后，戮勋戚，杀功臣，种种失德，史不绝书，皆周主之贻谋不臧，有以致之。然当时如齐王宪辈，不能为伊霍之行，徒拱手而受戮，忠而近愚，亦不足取，身亡而国俱亡，此任圣之所以敻绝古今也！

第八十回　宇文妇醉酒失身　尉迟公登城誓众

却说周主赟嗣位改元，即封皇子衍为鲁王，未几立衍为太子。又未几即欲传位与衍。看官听着！赟年方逾冠，太子衍甫及七龄，如何骤欲内禅？这岂非出人意外的奇事！其实他的意见，是因耽恋酒色，不愿早起视朝，所以将帝座传与幼儿。诸王大臣无敢违忤，只好请出东宫太子，扶上御座，大家排班朝贺。太子衍莫明其妙，几乎要号哭出来。当下草草成礼，仍送衍入东宫。赟令衍易名为阐，改大成元年为大象元年，号东宫为正阳宫，令置纳言御正诸卫等官。自称天元皇帝，尊皇太后为天元皇太后。所居宫殿，称为天台，冕用二十四旒，车旗章服，皆倍常制，每与皇后妃嫔等列坐宴饮，概用宗庙礼器，罇彝珪瓒，作为常品。每对臣下，自称为天，臣下朝见，必先致斋三日，清身一日，然后许入。又不准臣民有“高”“大”的称呼，高祖改称长祖，姓高改作姓姜，官名称上称大，悉改为长，并令国中车制，只用浑成木为轮，不得用辐。境内妇人，不得施粉黛，惟宫人得乘辐车，用粉黛为饰。宫室窗牖，概用玻璃，帷帐多嵌金玉，五光十色，炫耀耳目。更命修复佛道二像，与己并坐，大陈杂戏，令士民纵观。继又集百官宫人外命妇，具列妓乐，作乞寒胡戏，乞寒亦名泼寒，是西域乐名。臣下稍或忤意，便加楚挞，每一笞杖，以百二十为度，叫做天杖。就是宫人内职，甚至皇后宠妃，亦所不免。历历写来，全是儿戏。

皇后为杨坚女，已见前回。次为朱氏，芳名满月，本系吴人，因家属坐事，没入东宫，时年已二十余岁，掌赟衣服。赟年甫十余，已是好色，见朱氏貌美多姿，便引与同寝，数次欢狎，即得成孕，分娩时产下一男，就是小皇帝阐。又次为元氏，系开府元晟次女，十五岁被选入宫，容貌秀丽，比朱氏更胜一筹。且年龄较穉，正如荳蔻梢头，非常娇嫩，一经侍寝，大惬赟心，当即拜为贵妃。惟赟多多益善，得陇更思望蜀，复

选得大将军陈山提第八女，轻盈袅娜，不让元妃，年龄亦不相上下。尤妙在柔情善媚，腻骨凝酥，不但朱氏无此温柔，就是元氏亦未堪仿佛，一宵受宠，立拜德妃。史官又揣摩迎合，奏称日月当蚀不蚀，乃称皇后杨氏为天元皇后，册妃朱氏为天元帝后。已而复纳司马消难女为正阳宫皇后，乃复尊帝太后李氏为天皇太后，改天元帝后朱氏为天皇后，并立妃元氏为天右皇后，陈氏为天左皇后。名位俱由独创，赟可谓大思想家。元氏父晟封翼国公，陈氏父山提封鄅国公。内史大夫郑译本非懿戚，因执政有功，特别荣宠，亦封为沛国公。

正在天花乱坠、举国若狂的时候，忽闻突厥遣使请和，乃即令引见。突厥使乞请和亲，赟慨然允诺，特令赵王招女为千金公主，许字突厥。惟必须执送高绍义，方遣公主出嫁。突厥使唯唯而去，好几旬不见复命。赟因北方无事，欲南略示威，

乃命上柱国韦孝宽为行军元帅，率同行军总管杞国公亮、赟从祖兄。郧国公梁士彦，出兵伐陈。孝宽进拔寿阳，亮拔黄城，士彦拔广陵，陈人望风退走，江北一带，陆续归周。

周主赟骄侈益甚，更命营造洛阳宫，遣使简视京兆及诸州，凡有民家美女，一律采选，充入宫中。又恐宫制狭陋，未如所望，特挈四皇后巡幸，赟亲御驿马，日驰三百里，命四皇后方驾齐驱，或有先后，便加谴责。文武侍卫，不下千人，并乘驿相随，人马劳敝，颠仆相继，赟反视为乐事。及至洛阳，宫尚未成，规模已经草创，壮丽异常。赟颇觉快意，乃但作十日游，命驾还都。都中所筑离宫，以天兴宫、道会苑为最大，赟随时行幸，晨出夜还，习以为常，侍臣皆不堪奔命。

大象二年正月朔，至道会苑受朝，命御座旁增造二扆，左绘日，右绘月，又改称诏制为天制，诏敕为天敕。过了数日，又尊皇太后阿史那氏为天元上皇太后，帝太后李氏为天元圣皇太后，立天元皇后杨氏为天元太皇后，天皇后朱氏为天太皇后，天右皇后元氏为天右太皇后，天左皇后陈氏为天左太皇后，正阳宫皇后司马氏，直称皇后。宫中大庆，所有王公大臣诸命妇，不得不联袂入朝。就中有一杞国公子妇尉迟氏，乃是蜀国公尉迟迥孙女，西阳公宇文温的妻室，生得丰容盛鬋，玉骨冰姿，当时亦入朝与宴，为赟所见，竟惹动欲念，想与她并效鸾凰。但命妇与座，不下数百，如何同她苟合？便想出一计，暗嘱宫女，迭劝尉迟氏进酒，把她灌得烂醉。待至宴毕撤席，大众散归，尉迟氏酒尚未醒，不能行动，当然扶入床帏，使她酣寝。赟见尉迟氏中计，心下大喜，便至尉迟氏卧处，把她卸去外衣，任意奸污。尉迟氏动弹不得，只好由他所为，占宿一宵。越日尚留住宫中，不肯放归，转眼间将要浃旬，始令归第。

杞国公亮已料子妇着了道儿，密嘱子温彻底盘问。尉迟氏不能自讳，据实说明，温当然悔恨，亮也觉懊怅。子妇被淫，与汝何涉？遂语长史杜士峻道："主上淫纵日甚，社稷将危，我忝列宗支，不忍坐见倾覆。今拟袭取韦公营寨，并有彼部，别推诸父为主，鼓行而前，谁敢不从？"士峻也以为然，遂夜率数百骑，往袭韦孝宽营。到了营前，遥望营内刁斗无声，只有数点星火，亮不辨好歹，麾众杀入，乃是一座空营，并无一人。当下情急胆虚，自知不妙，忙引众奔还，突听得一声呐喊，伏兵四至，把亮困住。亮拚命冲突，杀透一层，又有一层，好容易杀开血路，慌忙奔走。手下已只剩数人。约行半里，忽有大将带领人马，从斜刺里冲出，截住去路。亮望将过去，这员大将，正是上柱国郧国公韦孝宽。此时冤家路狭，无处逃生，不得已抵死力争。怎奈寡不敌众，被韦军用槭乱刺，身受重伤，坠落马下，再经一刀，结果性命。孝宽传首入报，赟即命宿卫军抄斩亮家，把亮子温明等，尽行杀死，独赦免温妻尉迟氏，令带回宫中。倾家亡国，多缘美色。

嗣是得与尉迟氏连宵取乐，公然拜为长贵妃。嗣又欲立她为后，召问小宗伯辛彦之。彦之答道："皇后与天子敌体，不应有五。"赟怫然不悦，转问博士何妥，妥进谀道："帝喾四妃，虞舜二妃，先代立后，并无定限。"赟始易怒为喜道："究竟是个博士，实获我心。"遂免彦之官，特添置天中太皇后位号，令天左太皇后陈氏充任。即立尉迟氏为天左太皇后。因造玉帐五具，使五后各居一帐，又用五辂相载，每有游幸，必令从行。或且令五辂为前驱，自率左右步随。寻复想入非非，募取京城少年，使乔扮作妇女装，入殿歌舞，自与五后及其他嫔御列坐观演，恣为笑乐。不怕戴绿头巾么？

天元太皇后杨氏性情柔婉，素来顺旨，就是四皇后与她同处，班次相亚，亦从未闻杨后有嫌，所以互相敬爱，情好甚谐。惟赟好色过度，尝饵金石，渐渐地阳竭精枯，神精瞀乱，暴喜暴怒，越令人不可测摸，朝晚施行天杖，动辄数百，连五皇后亦尝受天刑。杨后究系结发夫妻，免不得婉言规劝，顿时触动赟怒，命杖背百二十下。杨后仍从容面谏，词色如恒，赟大怒道："汝可先死，我且灭汝家！"遂命将杨后牵入别宫，逼令自杀。当由宫监报知杨后母家，后母独孤氏大惊，亟诣阁陈谢，叩头流血，方得将杨后释出，仍还原宫。

既而赟又欲杀杨坚，召他入阁，先语左右道："坚若变色，汝等即可为我动手。"左右领命待着。及坚入见，容止端详，言貌自若，乃得免祸，安然退出。

坚少与郑译同学，译见坚龙颜凤表，额上有五柱入顶，手中又有王字纹，知非常相，因深与结交。坚虑在朝罹祸，尝密语译道："久愿出藩，公所深悉，何勿为我留意？"译答道："如公德望，天下归心，欲求多福，自当代谋。"坚喜为道谢。未几译被召入内，与商南略事宜，译请简元帅，赟便令译举荐，译即以坚对。乃授坚为扬州总管，使偕译统兵伐陈。适坚有足疾，尚未果行。

时值仲夏，天气暴热，赟备法驾往天兴宫，为避暑计，是夕即病。次日复患喉痛，匆匆还宫，便召小御正刘昉，中大夫颜之仪，同入卧室，拟嘱后事。偏偏喉咙声哑，挣不成声，竟说不出一句话来。昉等慰解数语，便即趋出。之仪自归，昉独与郑译等商议国事。译引入御饰大夫柳裘、内使大夫韦誉、御正下士皇甫绩，公同议决，请后父杨坚辅政。坚辞不敢当，昉作色道："公若肯为，便当速为；必欲固辞，昉将自为了。"坚乃允诺。昉素以狡谄得幸，至是因幼主无用，乃更媚事杨坚。可见憸人万不可用，即如内史郑译亦可类推。既与坚有定约，因引坚入宫，托词受诏，居中侍疾，赟竟尔绝命。由昉、译主持宫禁，矫诏令坚总知中外兵马事。昉等一一署名，独颜之仪抗声道："主上升遐，嗣子幼冲，阿衡重任，宜属宗英，方今赵王最长，议亲议德，合膺重寄。公等备受朝恩，当思尽忠报国。奈何欲以神器假人？之仪宁为忠义鬼，不敢诬罔先帝！"可谓朝阳鸣凤。昉等知不可屈，代为署敕，颁发出去，诸卫军遵敕行事，各听坚节制。坚乃就之仪索取符玺，之仪复正色道："符玺系天子物，自有专属，宰相何事，乃欲索此？"坚不禁动怒，令卫士将他扶出，意欲置诸死刑，转思他有关民望，乃但黜为西边郡守。于是为故主赟发丧，迎幼主阐入居天台，罢正阳宫，大赦刑人，停止洛阳宫作。尊阿史那太后为太皇太后，杨后为皇太后，朱后为帝太后，所有陈后、元后、尉迟后，勒令出宫，并皆为尼。尉迟氏最不值得。追谥赟为宣皇帝，逾月奉葬。赟在位只越一年，禅位后又越一年，总算合成三年，殁时才二十二岁。得保首领，大幸大幸。

赟有六弟，介弟名赞，封汉王；次名贽，封秦王；又次名允，封曹王；又次名充，封道王；又次名兑，封蔡王；最幼名元，封荆王。汉王赞年将及冠，姿性庸愚，杨坚推他为上柱国右大丞相，阳示尊崇，实无权柄。自己为左大丞相，兼假黄钺，秦王贽为上柱国，此外皇叔并幼，不得入居朝列。幼主阐谅闇居丧，百官总己，听命左大丞相杨坚。坚又恐藩王有变，征令入朝，赵王招、陈王纯、越王盛、代王达、滕王逌五人，时皆就国。诸王皆不在朝，怪不得杨坚逞志，但赟俱皆遣散，自翦羽翼，安得不亡！至此闻有大丧，且接受诏旨，当然联翩入关。适突厥他钵可汗遣使吊丧，并迎千金公主。坚以为遗命当遵，遂与赵王招熟商，令他嫁女出番。特遣建威侯贺若谊等送往，多赍金帛，馈赠他钵，令执送高绍义。他钵乃伪邀绍义出猎，使谊候着，掩他不备，执还长安，坚因赦文甫下，免绍义死，流徙蜀中。绍义忧郁成瘵，不久即亡。了结高齐，缴足前文。

坚擅改正阳宫为丞相府，引司武上士郑赍为卫，潜令整顿兵仗，随坚入相府中。赍又召公卿与语道："公等欲求富贵，宜即随行。"公卿相率骇愕，互谋去就，不意卫兵大至，迫众随入相府。众不敢违，相偕至正阳宫，又为门吏所阻，被赍瞋目叱去，坚乃得入。赍遂得典丞相府宿卫，郑译为丞相府长史，刘昉为司马。御正下大夫李德林自齐入周，尝司诏诰，坚知他文艺优长，特召入与语道："朝廷赐令总文武事，经国重任，今欲与公共事，愿公勿辞！"德林答道："愿以死奉公！"坚闻言大喜，即令德林为府属。内史大夫高颎明敏有识，习兵事，多计略，坚又引为司录，遂改革秕政，豁除苛禁，删略旧律，更作刑书要制，奏请施行。躬履节俭，政尚清简，中外被他笼络，相率归心。汉王赞常居禁中，与幼主阐同帐并坐，有所议论，当然主谋。坚尚以为忌。相府司马刘昉为坚设法，特饰美妓数人，亲送与赞。赞少年贪色，喜得心花怒开，便视昉为好友，尝相往来。昉因说赞道："大王系先帝介弟，时望所归，孺子幼冲，岂堪大事！今先帝甫崩，群情尚扰，王且归第，待事宁后，入为天子，乃是万全计策呢。"赞信为真言，便出居私第，日与美妓饮酒取乐，不问朝政。

那时内外政权都归左大丞相杨坚，坚遂欲篡周祚，夜召太史中大夫庾季才问道："我以庸材，受兹顾命，天时人事，卿以为何如？”季才已知坚意，顺口答道：“天道精微，不能臆察，惟卜诸人事，符兆已定，季才纵言不可，公岂复得为巢、许么？”巢父、许由皆古隐士。坚沉思良久道：“诚如君言。”坚妻独孤夫人为前卫公独孤信女，亦密语坚道：“大事至此，势成骑虎，必不得下，宜勉图为要！”欲作皇后耶？抑欲报父仇耶？坚很以为然，特恐相州总管蜀国公尉迟迥为周室勋戚，迥母为宇文泰姊。位望素重，或有异图。乃使迥子魏安公惇赍诏至相州，饬令入都会葬，另派上柱国韦孝宽为相州总管，即日启行。

迥得诏书，料知坚谋篡逆，未肯应召，但遣都督贺兰贵，往候韦孝宽。孝宽行至朝歌，与贵相遇，晤谈多时，见贵目动言肆，察知有变，因称疾徐行，且使人至相州求取医药，阴伺动静。迥即令魏郡太守韦艺持送药物，并促孝宽莅镇，以便交卸。艺系孝宽兄子，与迥相善，及见孝宽，但传述迥命，未肯实言。孝宽再三研诘，仍然不答，乃拔剑起座，竟欲斩艺，艺不觉大骇，始言迥有诡谋，不如勿往。孝宽即挈艺西走，每过亭驿，尽驱传马而去。且语驿司道：“蜀公将至，宜速具酒食！”驿司依言照办。过了一日，果有数百骑到来，为首的并非尉迟迥，乃是奉迥所遣的将军梁子康，阳言来迎孝宽，实是追袭孝宽。驿中已无快马，只有盛馔备着，子康也是个酒肉朋友，乐得过门大嚼，聊充一饱。那孝宽叔侄已早驰入关中去了。孝宽不谓无智，但助坚篡周，终属非是。

杨坚闻孝宽脱归，再令侯正破六韩裒，诣迥谕旨。并密贻相州长史晋昶等书，嘱令图迥。迥察泄隐情，杀裒及昶，遂召集文武官民，登城与语道：“杨坚自恃后父，挟持幼主，擅作威福，逆迹昭彰，行路皆知。我与国家谊属舅甥，任兼将相，先帝命我处此，寄托安危，今欲纠合义勇，匡国庇民，君等以为何如？”大众齐声应命。迥乃自称大总管，起兵讨坚。坚即令韦孝宽为行军元帅，辅以梁士彦、元谐、宇文忻、宇文述、崔弘度、杨素、李询等七总管，大发关中士卒，往击尉迟迥。孝宽方才起行，雍州牧毕王贤，明帝毓长子。恰潜与五王同谋，五王即赵、陈、越、代、滕诸王。意欲杀坚，偏为坚所察觉，诬贤谋反，将贤捕戮，并及贤三子。只因外乱方起，未便尽杀五王，但佯作不知，且令秦王贽为大冢宰，杞公椿杞公亮弟，亮诛后，椿继任。为大司徒，暂安众心。一面调兵转饷，专力图外。

青州总管尉迟勤，系迥从子，初由迥贻书相招，勤把原书赍送长安，自明绝迥。嗣闻相、卫、黎、沼、贝、赵、冀、沧、瀛各州，俱与迥相联络，更兼荣、申、楚、潼各刺史，亦应迥发难，单剩青州一隅，孤悬海表，如何抵挡得住，乃亦答复迥书，愿同戮力。迥又遣使联结并州刺史李穆，穆子士荣劝穆从迥。穆独不愿，锁住来使，封上迥书。坚使内史大夫柳裘驰驿慰穆，与陈利害，又使穆子左侍浑往布腹心。穆即遣浑还报，奉一尉斗与坚，嘱浑致词道：“愿执持威柄，尉安天下！”还有十三镮金带，亦令浑带去持赠，十三镮金带，是天子服，明明是阴寓劝进的意思。专冀富贵，不顾名义。坚当然大悦，答书道谢，并令浑诣韦孝宽军前详述穆意，免得孝宽后顾，好教他锐意前进。穆兄子崇为怀州刺史，本欲应迥，后知穆已附坚，慨然太息道：“阖门富贵，至数十人，今国家有难，竟不能扶倾定危，尚何面目处天地间呢！”话虽如此，怎奈孤掌难鸣，没奈何迁延从事。迥再招东郡守于仲文，仲文不从，迥即令大将军宇文胄、宇文济，分道攻仲文。仲文不能守，弃郡奔长安，妻孥不及随奔，尽被杀毙。迥又遣大将军檀让略地河南，杨坚因命于仲文为河南道行军总管，使击檀让。另调清河公杨素，使击宇文胄、宇文济。并自为都督中外诸军事。会郧州总管荥阳公司马消难，亦因身为后父，愿保周室，亦举兵应迥。消难女为幼主阐后见前。坚乃复遣柱国王谊为行军元帅，出攻消难。军书旁午，日无暇晷，更兼天气盛暑，将士出发，亦未能兼程急进，害得杨坚欲罢不能，免不得日夕忧烦。

赵王招等入长安后，已见坚怀不轨，常欲杀坚，自毕王贤被杀，心愈不安，乃想出一法，邀坚过饮。坚亦防招下毒，特自备酒肴，令左右担至招第，方才敢往。招引坚入寝室，使坚左右留住外厢，惟坚从祖弟大将军弘及大将军元胄随坚入户，并坐户侧，招与坚同饮，酒至半酣，招拔佩刀刺瓜，接连啖坚。元胄瞧着，恐招乘势行刺，即挺身至座前道："相府有事，不便久留，请相公速归！"招怒目呵叱道："我方与丞相畅叙，汝欲何为？"胄亦厉声道："王欲何为？敢叱壮士！"招始佯笑道："我有甚么歹意？卿乃这般猜疑。"因酌酒赐胄，胄一饮而尽，站立坚旁。仿佛鸿门会上时。招与坚续饮数觥，伪醉欲呕，将入后阁，胄恐他为变，扶令上坐，至再至三。招复自称喉渴，令胄就厨取饮，胄仍屹然不动。适滕王逌后至，坚降阶出迎，胄乃得与坚耳语道："事势大异，可速告归！"坚答道："彼无兵马，何足为虑！"胄又低声道："兵马统是彼物，彼若先发，大事去了！胄不辞死，恐死无益！"坚似信非信，重复入座。胄格外留意，忽听室后有被甲声，亟扶坚下座道："相府事繁，公何得流连至此？"一面说，一面扯坚出走，招不禁着急，亦下座追坚。胄让坚出户，呼弘保坚同行，自奋身挡住户门，不令招出。小子演述至此，随笔写成一诗道：

欲为壮士贵争名，保主何如保国诚！
当户虽然资大力，公私两字欠分明。

毕竟杨坚如何脱身，待看下回表明。

周主赟淫昏失德，并立五后，其最称丑秽者，为西阳公温妻尉迟氏。温父亮为赟从祖兄，温妻尉迟氏，赟之从祖侄妇也。尉迟氏有美色，赟乘其入朝，灌酒使醉，逼而淫之，亮因此谋叛，祸及一门，尉迟氏被迫入宫，公然为后。赟之不道，原不足责；尉迟氏不能保身，复不能保家，甘心受污，侈服翚翟，以视春秋时之怀嬴，其犹有愧辞乎？及昏君毕命，仍出为尼，嗟何及哉！尉迟迥累世贵戚，地居形胜，愤坚专擅，誓众兴师，不可谓非忠义士。司马消难，亦举兵响应，名正言顺，事若可成。然试思淫暴如赟，宁尚能泽及后嗣耶！天意亡周，人力亦乌能挽之？徒见其倏起倏败而已。然如尉迟迥之为国死义，亦足垂千古矣！

第八十一回　失郢城皇亲自刎
篡周室勋戚代兴

却说杨坚为赵王招所诱，几乎遭害，幸亏大将军元胄将坚扶出，奋身当户，阻住赵王招，待至坚已去远，才转身趋归。赵王招见胄勇武，不敢与抗，眼见是纵虎出柙，自恨不先下手，因致迟误，徒落得弹指出血，结愤填胸。那杨坚怎肯罢休，即诬称赵王招图逆，与越王盛通谋，立刻驱策兵士，围住两王府第，屠戮全家；惟赏赐元胄，不可胜计。元胄、宇文弘，仿佛许褚、曹洪。会益州总管王谦亦自蜀起兵，与尉迟迥、司马消难等，互相联络，尉迟迥更贻书后梁，请为声援。后梁诸将竞劝梁主举兵，谓与迥等连盟，进可尽节周氏，退可席卷山南。梁主岿踌躇未决，岿嗣晉位，见七十二回。乃使中书舍人柳庄入周观衅。杨坚握手与语道："孤昔开府，尝从役江陵，深蒙梁主殊眷，今主幼时艰，猥蒙顾托，与梁主共保岁寒，勿爽旧约，请君为我达意！"柳庄应命而还，具述坚言，且语梁主岿道："尉迟迥虽是旧将，昏耄已甚，消难王谦，才具庸劣，更不足道。

周朝将相，多为身计，统已归附杨氏，看来迥等终当覆灭，随公必移周祚，不若保境息民，静观时变为是。”梁主岿因敛兵不动，作壁上观。

周行军元帅韦孝宽已引军至武陟，与尉迟迥军隔一沁水，水势适涨，两下相持不战。孝宽长史李询密报杨坚，谓总管梁士彦等并受迥金，所以逗留。坚很加忧虑，与内史郑译等商议易将。李德林独进言道：“公与诸将皆国家贵臣，未相服从，今但由公挟主示威，勉从号令，若非推诚相与，动辄猜疑，将来如何使人？况取金纳赂，事实难明，今或临敌易将，恐郧公以下，莫不自危，军心一离，大势尽去了。”坚谔然道：“今将奈何？”德林道：“依愚见，速遣一才望并优的干员往达军前，察看情伪，诸将果有异心，亦不敢立时变动；万一变起，也是容易制驭哩。”坚大悟道：“非公言，几误大事。”乃命少内史崔仲方往监诸军。仲方以父在山东，不愿受命，改遣刘昉、郑
译。昉说是未尝为将，译又以母老为辞。无非怕死而已。坚不禁着急，幸司录高颎请行，乃即命出发，倍道至军，商诸孝宽，择沁水较浅处，筑桥渡军，一决胜负。

迥子魏安公惇率众十万，列阵至二十余里，麾兵少却，拟俟孝宽军半渡，然后进击。孝宽乘势渡桥，鸣鼓齐进。惇兵上前堵截，尽被杀退。颎又命将浮桥毁去，自断归路，使将士上前死战，将士果然拚生杀去，尉迟惇不能抵挡，奔回邺城，军多散失。韦孝宽麾动各军，乘势追至邺下。惇父迥与惇弟祐尽驱部卒出城，共十三万众，屯驻城南。迥自统万人，均戴绿巾，着锦袄，号称黄龙兵。迥弟勤又集众五万，由青州援兄，自领三千骑先至。迥素习军旅，老犹被甲临阵，麾下兵多关中人，相率力战。孝宽与战不利，只好退走。邺下士民观战，

亦不下数万人。行军总管宇文忻道："事已急了，我当用计破敌。"说着，即命兵士各拈弓搭箭，竞射观战的士民。士民当然骇走，哗声如雷。忻即大呼道："贼败了，贼败了，我等将士，奈何不乘势立功？"众闻忻言，气势复振，再接再厉，杀入迥阵。迥众已为士民所扰，心神惶乱，怎禁得敌军大至，不由地仓皇四溃。迥无法支持，急与二子走回城中。孝宽纵兵围攻，毁城直入，邺城遂陷。迥窘迫升楼，由周将崔弘度追入，弘度妹曾嫁迥子为妻，至是见迥弯弓欲射，索性脱去兜鍪，遥语迥道："颇相识否？今日各图国事，不得顾私，但亲谊相关，谨当禁遏乱兵，不许侵辱。事已至此，请公早自为计，不必多费踌躇了。"弘度果知为国么？迥自知难免，把弓掷下，极口骂坚十余声，拔剑自刎。弘度顾弟弘升道："汝可取迥头。"弘升乃枭首而去，持献孝宽。勤与惇祐俱东走青州。孝宽遣开府大将

军郭衍率兵追获，与迥首同送入长安。杨坚因勤尝呈入迥书，初意未差，特令赦罪，惟将惇祐处刑。总计尉迟迥起兵，只六十八日而败，后人说他举事颇正，驭变无才，所以有此败亡呢。论断谨严。

孝宽更分兵讨关东叛吏，依次削平。坚命徙相州治所至安阳，毁去邺城及邑居，分置相州为毛州、魏州，无非是地小力分，化险为夷的意思。时周行军总管于仲文，军至蓼堤，距梁郡约七里许，檀让引众数万，前来搦击。仲文用羸兵挑战，佯作败状，退走十里。让恃胜生骄，竟不设备，夜间被仲文还袭，霎时惊散，被俘五千余人。仲文进攻梁郡，守将刘子宽弃城遁去；再进击曹州，擒住尉迟迥所署刺史李仲康，又追檀让至成武。让再战再败，东窜数十里，终为仲文所获，槛送长安，眼见得是不能活命了。檀让又了，顾应前回。还有宇文威、宇

文曹等，亦由杨素剿平，报捷复命。两宇文亦随笔了结。惟司马消难及王谦两军尚未扑灭，坚深以为忧，促王谊进军郧州，速平消难，一面使上柱国梁睿为西征元帅，进图益州。司马消难素无才略，但因尉迟迥发难，也想乘势图利，出些风头，淫烝父妾，让你出头，战乃危事，如何轻试？一闻尉迟迥败灭，吓得魂不附身，忙遣人至建康，向陈乞援。陈军尚未出发，王谊军已将驰至，消难不待王谊攻城，便夤夜南奔，投降南朝。陈主顼命为车骑将军，兼职司空，加封随公。王谊当然告捷。坚以外患将平，功成在迩，便自为大丞相，罢去左右丞相官衔，又杀害陈王纯及纯子数人。

益州总管王谦但望各军得胜，自出兵为后继，哪知各处军报，都化作瓦解烟消，免不得心惊肉跳，非常忧虑。隆州刺史高阿那肱，此子尚在耶？因被坚外调，怏怏失望，遂向谦献计道：“公若亲率精锐，直指散关，蜀人知公仗义勤王，必肯为公效
命，这是上策。出兵梁汉，占据腹地，这是中策。若坐守剑南，发兵自卫，这便成为下策了。”谦因上策太险，欲参用中、下二策，总管长史乙弗虔、益州刺史达奚惎谓：“蜀道崎岖，来兵不能飞越，但当据险自固，俟衅出兵。”谦乃令两人率众十万，往堵利州。周西征元帅梁睿调集利、凤、文、秦、成各州兵马，直向利州进发。途次与蜀兵相值，蜀兵不待交绥，便即溃散。乙弗虔、达奚惎两人，节节退走，梁睿节节进逼，两人无法可施，乃潜遣人至睿军，愿为内应，借赎前愆。睿当然允行。虔与惎遂退还成都。谦尚未知二人情伪，还道是自己心腹，令他守城，又命惎、虔子为左右军，仓猝出战。及睿军掩至，左右两翼，先已叛去，谦手下只数十骑，逃回城下，但见城门紧闭，城上立着乙弗虔、达奚惎，同声语谦道：“我等已

归附梁元帅，公请自便。”还算客气。谦不能入城，窜往新都。县令王宝，假意出迎，诱谦入城，把他杀毙，传首长安。梁睿驰入成都，擒得高阿那肱，械送入关。坚斩高阿那肱首，令与谦头一并示众。高阿那肱至此方死，也是出人意料。又传语梁睿谓：“綦、虔二人，本是首谋，不应贷死。”睿乃将二人斩首了事。数路大兵，统已荡平，权焰熏天的随公坚，便安安稳稳地好篡那周室江山了。

郧国公韦孝宽班师未几，便即病殁，年已七十有二。孝宽智勇深沉，世称良将，每遇勍敌，从容布置，常为人所未解。及成功以后，众才惊服。平时在军，笃意文史，有暇輙自披阅。又早丧父母，事兄嫂加谨，所得俸禄，不入私房，亲族孤贫，必加赈给，士论更翕然称颂。惟甘心为杨坚爪牙，铲灭义师，酿成杨氏篡周的祸祟，徒落得晚节不终，遗讥千古，这岂非一大可惜么？特为孝宽加评，隐寓惜才之意。杨坚很是悲悼，追赠太傅，予谥曰“襄”。高颎随军还朝，益得坚宠，命代刘昉为司马，且因此与郑译渐疏，虽未撤译官，独阴戒官属，不必向译白事。译渐觉自危，乞求解职。坚尚加慰勉，敷衍面子，但礼貌已是寖衰了。周室五王，已被坚害三人，只剩得代王达与滕王逌，毫无权力。坚尚不肯放过，索性也诬他通叛，均令自尽。于是胁周主阐下诏，进坚为相国，总百揆，进爵随王，以安陆等二十郡为随国。坚佯为谦让，但受十郡。已而复有敕颁下，加随王九锡礼，得建台置官，且进随王妃独孤氏为王后，世子勇为王太子，坚三让乃受。开府仪同大将军庾季才、卢贲及太傅李穆等，俱劝坚应天受命，坚尚未肯遽允。又迁延逾年，至大象三年二月间，乃逼周主阐禅位，当有一道逊国诏书，略云：

元气肇辟，树之以君。有命不恒，所辅惟德。天心人事，选贤与能，尽四海而乐推，非一人所独有。周德将尽，妖孽递生，骨肉多虞，藩维构衅，影响同恶，过半区宇，或小或大，图帝国王，则我祖宗之业，不绝如线。相国随王，叡圣自天，英华独秀，刑法与礼仪同运，文德与武功并传。爱万物其如己，任兆庶以为忧。手运玑衡，躬命将士，芟夷奸宄，刷荡氛祲，化通冠带，威震幽遐。虞舜之大功二十，未足相比，姬发之合位三五，岂可并论？况木行已谢，火运既兴，河、洛出革命之符，星辰表代终之象，烟云改色，笙簧变音，狱讼咸归，讴歌尽至。且天地合德，日月贞明，故已称大为王，照临下土，朕虽寡昧，未达变通，幽显之情，皎然易识。今便祗顺天命，出逊别宫，禅位于随，一依唐、虞、汉、魏故事。王其恪膺帝箓，幸勿再辞！

杨坚得此诏书，当然躇踌满志，惟表面上不得不三辞三让。乃再遣兼太傅杞公宇文椿奉册，大宗伯赵煚奉玺至随王府中劝进，册书有云：

咨尔相国随王，粤若上古之初，爰启清浊，降符授圣，为天下君，事上帝而利兆人，和百灵而利万物，非以区宇之富，未以宸极为尊。大庭、轩辕以前，骊连、赫胥之日，咸以无为无欲，不将不迎。遐哉其详，不可闻已。厥有载籍，遗文可观，圣莫逾于尧，美未过于舜。尧得太尉，已作运衡之篇，舜遇司空，便叙精华之竭。彼褰裳脱屣，贰宫设飨，百辟归禹，若帝之初，斯盖上则天时，不敢不授，下祗天命，不可不受。汤代于夏，武革于殷，干戈揖让，虽复异揆，应天顺人，其道靡异。自汉迄晋，有魏至周，天历逐狱讼之归，神鼎随讴歌而去。道高者称帝，箓尽者不王，与夫父祖神宗，无以别也。周德将尽，祸难频兴，宗戚奸回，咸将窃发。顾瞻宫阙，将图宗社，藩维连率，逆乱相寻，摇荡三方，不合如砺，蛇行鸟攫，投足无所。王受天明命，睿德在躬，救颓运之艰，匡坠地之业，拯大川之溺，扑燎原之火，除群凶于城社，廓妖氛于远服，至德合于造化，神用洽于天壤，八极九野，万方四裔，圜首方足，罔不乐推。往岁长星夜扫，经天昼现，八风比夏后之作，五纬同汉帝之聚，除旧之征，昭然在上。近者赤雀降祉，玄龟效灵，钟石变音，蛟鱼出穴，布新之征，焕焉在下。九区归往，百灵协赞，人神属望，我不独知，仰祗皇灵，俯顺人愿。今敬以帝位禅于尔躬，天祚告穷，天禄永终。於戏！王宜允执厥和，仪刑典训，升圜丘而敬苍昊，御皇格而抚黔黎，副率土之心，恢无疆之祚，可不盛欤！

杨坚收受册书，及皇帝玺绶，便直任不辞。大事告成，何必再辞。庾季才谓二月甲子日，应即帝位，坚依言办理。届期早起，召集百官，乘车入宫。宫中仪卫已备齐衮冕，奉至坚前。坚立即被服，由百官拥至临光殿，升座受朝。一班舍旧从新的官吏，当然是舞蹈山呼，齐称万岁。国号随，改元开皇，坚本袭父封，号为随公，他却以随字中箝一辵旁，辵与辶同，音绰。义训为走，作为朝名，恐有不遑安处的预兆，所以去辵作隋，想望升平。徒从字义上着想，究有何益？命有司奉册至南郊，燔燎告天，兼祀地祇。少内史崔仲方请改周氏官仪，仍依汉、魏旧制，诏如所请。乃置三师三公，及尚书、门下、内史、秘书、内侍等五省，御史都水二台，太常等十一寺，左右卫等十二府，分司定职。又设上柱国至都督共十一等勋官，所以报功，特进至朝散大夫七等散官，所以旌贤。改称侍中为纳言，命相国司马高颎为尚书左仆射，兼纳言一职。相国司录虞庆则为内史监，兼吏部尚书。相国内郎李德林为内史令，典军元胄为左卫将军，追尊皇考忠为武元皇帝，庙号“太祖”。皇妣吕氏为元明皇后，立独孤氏为皇后，长子勇为皇太子。

杨氏系出弘农，相传为汉太尉杨震后裔。坚六世祖元寿为后魏武川镇司马，遂留居武川。元寿玄孙就是杨忠，忠从周太祖举兵关西，赐姓普六茹氏，妻吕氏，生坚时，紫气充庭，有一尼来自河东，语吕氏道：“此儿骨相非凡，不宜留处尘俗。”吕氏乃托尼择一别馆，移坚居养，尼亦尝往来省视。一日，吕氏抱坚在怀，忽见坚头上出角，遍体鳞起，不禁大骇，将坚置地。尼适从外趋入，忙把坚抱起道：“已惊我儿，致令晚得天下。”吕氏再为复视，并无鳞角，依然形相如常。及坚既长成，尼已他去，不知下落。后来坚累迁显要，周室君臣，多加猜忌，竟得不死。至是竟篡周称帝，史家于一代崛兴，往往叙及祯祥，这也是习见之谈。降周主阐为介公，迁居别宫，食邑万户。车服礼乐，仍用周制。上书不为表，答表不称诏，似乎有永作隋宾的意义。阐后司马氏坐父消难叛周罪，已早废为庶人，独周太后杨氏，系坚长女，年不过二十有奇，从前坚入宫辅政，杨太后本未与谋，但因嗣主幼冲，恐权畀他族，与己不利，既得乃父秉权，倒也喜如所愿。后来见父有异图，意颇不平，形诸词色，只是一介女流，如何抗得过当朝宰相？没奈何忍气吞声，迁延过去。既而周竟被篡，杨氏越加愤惋，屡思与父面争。坚也自觉惭愧，不令入见，惟遣独孤后好言抚慰。嗣复改封为乐平公主。且见她芳年尚盛，欲令改嫁，杨氏誓死不从，方得守志终身。尚有周太皇太后阿史那氏，经隋革命，便即病终。坚却令有司仍用后礼，祔葬周武帝陵。周太帝太后李氏与介公阐迁居别宫，李氏不免愤懑，情愿出俗为尼，改名常悲。就是介公阐生母朱氏亦随着李氏一同削发披缁，改名法净。周宣帝赟五后，惟杨氏留居宫中，陈、元、尉迟三后已早为尼，见前回。与李、朱二氏同心念佛。朱氏首先逝世，李氏继殁，尉迟氏亦即随殒。陈、元二后，直至唐贞观年间，方才告终。杨后至隋炀帝大业五年病逝，得祔葬周宣帝陵。那被废的司马皇后却改嫁与司州刺史李丹为妻，仍去做那宦家妇了。总结一段，缴足前文。

周氏诸王，尽降为公，另封皇弟邵国公慧为滕王，同安公

爽为卫王，皇子雁门公广为晋王、俊为秦王、秀为越王、谅为汉王，命并州总管申国公李穆为太师，邓国公窦炽为太傅，幽州总管任国公于翼为太尉，金城公赵煚为尚书右仆射，汉安公韦世康为礼部尚书，义宁公元晖为都官尚书，昌国公元岩为兵部尚书，上仪同长孙毗为工部尚书，杨尚希为度支尚书，族子雍州牧邗国公杨惠为左卫大将军，从祖弟永康公杨弘为右卫大将军，从子陈留公杨智积为蔡王、杨静为道王。寻又令晋王广为并州总管、上柱国元景山为安州总管、当亭公贺若弼为楚州总管、新义公韩擒虎为庐州总管、神武公窦毅为定州总管。毅为邓国公窦炽从子，曾尚周太祖第五女襄阳公主，生有一女，尚未及笄，闻隋主受禅，自投堂下抚膺太息道："恨我不为男子，救舅氏患。"毅夫妇忙掩女口道："汝休妄言！恐灭我族。"满朝官吏，不及一窦氏女儿。后来此女嫁与唐公李渊，得做唐朝的开

国皇后。可见人世无论男女，总要有些志向，志向一定，将来自然有一番事业哩！唤醒庸人。

话休叙烦。且说内史监虞庆则，劝隋主坚尽灭宇文氏，断绝后患。高颎、杨惠亦附和同声，独李德林力言不可。隋主坚变色道："君系书生，不足与语大事。"遂令宿卫各军，搜捕宇文氏宗族，所有周太祖泰孙谯公乾恽、冀公绚、闵帝觉子纪公湜、明帝毓子酆公贞、宋公实、武帝邕子汉公赞、秦公贽、曹公允、蔡公兑、荆公元、宣帝赟子莱公衍、郢公术等，一古脑儿拘到狱中，勒令自杀。未几，又将介公阐害死宫中，谥曰"静帝"，年仅九龄，总算做了两年有零的小皇帝。统计周自闵帝觉篡魏，至静帝阐亡国，中历五主，共得二十五年。小子有诗叹道：

九龄幼主罪难论，惨祸临头忽灭门；
莫道覆宗由外戚，厉阶毕竟自天元。

隋主坚已灭尽宇文氏，安然为帝，从此疏远李德林，又另征一人为亲信侍臣。究竟此人为谁，待至下回报明。

周末起兵讨坚，以尉迟迥为首难，故本回于尉迟迥之死，叙述较详，隐寓惋惜之意。韦孝宽为北周大臣，义同休戚，乃甘心助坚，致迥败死，迥才不及孝宽，乃舍生取义，死且留名，孝宽之死，阒然而已，后世或且有鄙夷之者。本回叙孝宽行谊，似有褒词，实则褒之正所以贬之耳。杨后丽华，柔婉不忌，周旋暴君，接御妃嫔，颇有卫风硕人之德，及乃父受禅，愤惋不平，虽未能保全周祚，以视盈廷大臣之卖国求荣，相去固有间也，至若窦毅之女，年未及笄，且自恨不能救舅氏患，巾帼妇女，犹知节义，彼昂藏七尺躯，自命为须眉男子者，曾亦自觉汗颜否耶？

第八十二回　挥刀遇救逆弟败谋
酣宴联吟艳妃专宠

却说隋主坚起用一人，令为太子少保，兼纳言度支尚书。这人为谁？就是西魏度支尚书苏绰子威。先出官名，后出姓氏，笔法特变。威五岁丧父，哀毁若成人，及长颇有令名，周太祖泰代为申请，令袭爵美阳县公。嗣由大冢宰晋公宇文护，强妻以女。威见护擅权，恐自遭祸累，遁入山中，栖寺读书，后来屡征不起。至隋主坚为丞相时，因高颎荐引，召入与语，很加器重，约居月余，威闻坚将受禅，又遁归田里。颎请遣人追还，坚撚须道："彼不欲预闻我事，且从缓召至。"受禅数月，坚与李德林有嫌，乃复召威入朝，处以清要，追封绰为邳公，令威袭爵，观威后此行状，实是沽名钓誉。威遂得与高颎并参朝政，日见亲信。尝劝隋主减徭轻赋，尚俭戒奢，隋主坚很是嘉纳，除去一切苛征，所有雕饰旧物，悉命毁除。威又入白道："臣先人每戒臣云，但读《孝经》一卷，便足立身治国。"隋主坚亦深以为然。

先是周定刑律，颇从宽简，隋既建国，更命高颎、杨素等修正，上采魏、晋旧律，下至齐梁，沿革重轻，务取折衷主义，删去枭𫐐鞭各法，非谋反无族诛罪。始制定死刑二条，一绞一斩；流刑三条，自二千里至三千里：徒刑五条，自一年至三年；杖刑五条，自六十至百下；笞刑五条，自十至五十。士大夫有罪，必先经群臣公议，然后上请。罪有可原，酌量从减，或许赎金，或罚官物。人民有罪，须用刑讯拷掠，不得过二百，枷杖大小，俱有定式。民有枉屈，县不为理，得依次诉诸州郡省。州郡省仍不为理，准令诣阙申诉。自是法律简明，恩威两济。嗣隋主坚览刑部奏狱，数犹至万，尚嫌律法太严，乃敕苏威再从减省，法益简要，疏而不漏，且仍置法律博士弟子员研究律意，随时改订，这也未始非慎重人命的美意。心乎爱民，宜加称扬。且隋、唐以后，刑法简明，亦皆导源于此。

824. 惟郑译解职归第，尚留上柱国官俸。译怏怏失望，阴呼道士醮章祈福。适有婢女为译所殴，计奏译为厌蛊术，隋主坚召译入问道：“我不负公，公怀何意？”译不能答辩，顿首谢罪。隋主仍不忍加谴，敕令闭门思过，译遵旨自去。会宪司劾译不孝，尝与母别居，隋主乃下诏道：“译嘉谟良策，寂尔无闻，鬻狱卖官，沸腾盈耳，若留诸世间，在人为不道之臣，戮诸朝市，入地为不孝之鬼。有累幽显，无可处置，宜赐以《孝经》，令彼熟读。”仍遣使与母同居。周之亡，译为首恶，隋主不忍加诛，反出此诙谐敕文，殊失政体。已而复授译为隆州刺史，译赴任未几，请还治疾，又得赐宴醴泉宫，许还官爵，这且慢表。

惟是时岐州刺史梁彦光、新丰令房恭懿，治绩称最，有诏迁彦光为相州刺史，擢恭懿为海州刺史，且饬令全国牧守，以二人为法。自是吏多称职，民物乂安。寻又因宇文孤弱，遂至亡国，特使三皇子分莅方面，作为屏藩。晋王广为河北行台尚书令，蜀王秀为西南行台尚书令，秦王俊为河南行台尚书令，一面通好南朝，与民休息。边境每获陈谍，皆赐给衣马，遣令南归。独陈尚未禁侵掠，并遣将军周罗睺、萧摩诃等，侵入隋境。隋主坚乃命上柱国长孙览、元景山两人，并为行军元帅，出兵攻陈，且持简尚书左仆射高颎，节度诸军。颎奉命南行，适值陈主顼新殂，太子叔宝嗣立，调回北军，且遣人至隋军求和。颎仰承上意，因奏请礼不发丧，隋主果然依议，诏令班师。

那陈朝却为了大丧，生出内乱，好容易才得荡平，说来亦是一番事迹，不得不约略表明。陈主顼子嗣最多，共生四十二男，长子就是叔宝，已立为皇太子，次子叫作叔陵，曾封始兴王，见第七十四回。累任方镇，性情淫暴，征求役使，无有纪极。夜常不寐，专召僚佐侍坐，谈论民间琐事，作为笑谑。且多置馐蔵，昼夜噉嚼，自快朵颐，独不喜饮酒。每当入朝，却佯为修饰，车中马上，执简读书，高声朗诵，掩人耳目。陈主顼亦为所欺，迁擢至扬州刺史，都督扬、徐、东扬、南豫四军事。既而入治东府，好用私人，一经推荐，必须省阁依议，倘微有违忤，即设法中伤，使陷大辟。平时居府舍中，尝自执斧斤，为沐猴戏；又好游塚墓间，遇有著名茔表，辄令左右发掘取归，石志古器，并尸骸骨骼，持为玩物，藏诸库中；民间有少妇处子，略可悦目，即强取入府，逼为妾婢。及生母彭贵人病逝，他却请葬梅岭，就晋太傅谢安茔间，掘去谢棺，窆入母柩，又伪作哀毁形状，自称刺血写涅槃经，为母超荐，暗中即令厨子日进鲜食，且私召左右妻女，与他奸合。左右惮他淫威，不敢与校，但不免有怨言传出，为上所闻。陈主顼素来溺爱，不过召入呵责，并未加谴，因此叔陵得益加恣肆，潜蓄邪谋。

新安王伯固，系文帝蒨第五子，与叔陵为从父昆弟，形状眇小，独善为谐谑，得陈主欢。陈主顼宴集百官，往往引他入座，目为东方朔一流人物。溺爱己子，尚还不足，还要添入一侄，宜乎陈祚速亡。太子叔宝更喜与伯固相狎，日必过从。叔陵却起了妒意，阴伺伯固过失，意欲加害。偏伯固生性聪明，做出一番柔媚手段，讨好叔陵，叔陵渐被笼络，不但变易恶念，反视伯固为腹心。叔陵好游，伯固好射，两人相从郊野，大加款暱。陈主顼怎知微意，用伯固为侍中，伯固有所闻知，必密告叔陵。太建十年，陈主命在娄湖旁筑方明坛，授叔陵为王官伯，使盟百官。又自幸娄湖誓众，分遣大使，颁诰四方。这是何意？适以阶身后之乱。叔陵既得为盟主，愈思夺嫡，只因乃父清明，未敢冒昧从事。

826. 到了太建十四年春间，陈主顼忽然不豫，医药罔效，病且日深，太子叔宝当然入侍，叔陵与弟长沙王叔坚，陈主顼第四子。也入宫侍疾。叔坚生母何氏，本吴中酒家女，陈主顼微时，尝至酒肆沽饮，见何氏有色，密与通奸，至贵为天子，遂召何女为淑仪，生子叔坚，长有膂力，酗虐使酒。是谓遗传性。叔陵因何为贱隶，不愿与叔坚序齿，所以积不相容，常时入省，辄互相趋避。此次入侍父疾，只好一同进去。叔陵顾语典药吏道：“切药刀太钝，汝应磨砺，方好使用。”机事不密则害成，况自露意旨耶？典药吏不知何意。叔陵却扬扬踱入，在宫中厮混了两三日，忽见陈主病变，气壅痰塞，立致绝命。宫中仓猝举哀，准备丧事。那叔陵反嘱令左右，向外取剑，左右莫名其妙，取得朝服木剑，呈缴叔陵。叔陵大怒，顺手一掌，把他打出。似此粗莽，也想谋逆，一何可笑？叔坚在侧，已经瞧透隐情，留心伺变。越日昧爽，陈主小殓，太子叔宝伏地哀恸，叔陵觅得剉药刀，趋至叔宝背后，斫将下去，正中项上，叔宝猛叫一声，晕绝苫地。柳皇后惊骇异常，慌忙趋救叔宝，又被叔陵连斫数下。叔宝乳母吴氏急至叔陵后面，掣住右肘，叔坚亦抢步上前，叉住叔陵喉管，叔陵不能再行乱斫，柳皇后才得走开。叔宝晕绝复苏，仓皇扒起。看官听说！这剉药刀究竟钝锋，不利杀人，故叔宝母子，虽然受伤，未曾致命。叔陵尚牵住叔宝衣裾，叔宝情急自奋，竟得扯脱。叔坚手扼叔陵，夺去剉药刀，牵就柱间，自劈衣袖一幅，将他缚住。且呼问叔宝道："杀却呢？还是少待呢？"叔宝已随吴媪入内，未及应答。叔坚还想追问，才移数步，叔陵已扯断衣袖，脱身逃出云龙门，驰还东府，亟召左右截住青溪道，赦东城囚犯，充做战士，发库中金帛，取做赏赐。又遣人驰往新林，征集部曲，自被甲胄，着白布帽，登城西门，号召兵民及诸王将帅，竟无一应命。独新安王伯固单骑赴召，助叔陵指麾部众。叔陵部兵约千人，尽令登陴，为自守计。

叔坚见叔陵脱走，急向柳后请命，使太子舍人司马申往召右卫将军萧摩诃。摩诃入见受敕，率马、步数百人，趋攻东府，屯城西门。叔陵不免惶急，因遣记室韦谅，送鼓吹一部与萧摩诃，且与约道："事若得捷，必使公为台辅。"摩诃笑答道："请王遣心膂节将，前来订约，方可从命。"叔陵乃复遣亲臣戴温、谭骐驎，出与订盟。摩诃把二人执送台省，立即斩首，枭示城下，城中大骇。叔陵自知不济，仓皇入内，驱妃张氏及宠妾七人，俱沉入井中，自领步、骑数百，与伯固夤夜出走，乘小舟渡江，欲自新林奔隋，行至白杨路，后面追兵大至，伯固避入小巷，叔陵亲自追还，拟与追军决一死战。锋刃未交，部下已弃甲溃奔。萧摩诃部将马容、陈智深双刺叔陵，叔陵坠落马下，即被杀死。伯固亦为乱兵所杀，两首并传入都门，当下自宫中颁敕，所有叔陵诸子一体赐死，伯固诸子废为庶人。余党韦谅、彭暠、郑信、俞公喜等，并皆伏诛。于是叔宝即皇帝位，援例大赦，命叔坚为骠骑将军，领扬州刺史。萧摩诃为车骑将军，领南徐州刺史，晋封绥远公。立皇十四弟叔重为始兴王，奉昭烈王宗祀。余弟已经封王，一概照旧，未经封王，亦皆加封。尊谥大行皇帝为孝宣皇帝，庙号“高宗”，皇后柳氏为皇太后。总计陈主顼在位十四年，享年五十三，这十四年间，起兵数次，既得淮南，仍复失去，对齐有余，对周不足，只好算做一个中主。而且得国未正，传统未贤，偌大江东，终归覆灭，史称他德不逮文，智不及武，恰也是一时定评呢。褒贬得当。

828. 叔宝已经嗣位，项痛未愈，病卧承香殿，不能听政，内事决诸柳太后，外事决诸长沙王叔坚。叔坚渐渐骄纵，势倾朝廷，叔宝未免加忌，只因他讨逆有功，含忍过去。寻且加官司空，仍兼将军刺史原官。立妃沈氏为皇后，皇子胤为皇太子。胤系孙姬所出。因产暴亡，沈后特别哀怜，养为己子。太建五年，已受册为嫡孙，寻封永康公，聪颖好学，常执经肄业，终日不倦；博通大义，兼善属文。既得立为储君，朝野慰望，共称得人。反射下文。越年正月，改元至德。叔宝疮疾早痊，亲自听政，都官尚书孔范、中书舍人施文庆，皆东宫旧侍，并得邀宠，遂日夕在叔宝前陈论叔坚过失。叔宝本已相猜，更兼二人从旁构煽，越加动疑，遂调回皇弟江州刺史豫章王叔英，陈主项第三子。令为中卫大将军出叔坚为江州刺史，另用晋熙王叔文陈主项第十二子。代刺扬州。叔坚入朝辞行，又由叔宝当面慰谕，留任司空，再调叔文往江州，命始兴王叔重为扬州刺史。甫经莅政，便已朝令暮改，自相矛盾。叔坚既不得专政，又不得外调，郁郁困居，绝无聊赖，乃雕刻木偶为道人装，中设机关，能自拜跪，使在日月下，醮祷求福。真是呆想。当有人讦他咒诅，被逮下狱，由内侍传敕问罪。叔坚答道：“臣本无他意，不过前亲后疏，意欲求媚，所以祈神保祐。今既犯天宪，罪当万死，但臣死以后，必见叔陵，愿陛下先传明诏，责诸泉下，方免为叔陵侮弄。”仍是呆话。这一席话由内侍还报。叔宝也记念前勋，不思加刑，乃特下赦书，但免司空职衔，仍使还第，食亲王俸。过了数月，复起为侍中，兼镇左将军。

前太子詹事江总，素长文辞，与叔宝相暱，叔宝为太子时，总自侍东宫，为长夜饮，且养良娣陈氏为女，导太子微行。陈主顼闻总不法，将他黜免。叔宝嗣位，即除授总为祠部尚书，未几又迁为吏部尚书，又未几且超拜尚书仆射。尝引总至内廷，作乐赋诗，互相唱和。侍中毛喜系累朝勋旧，叔陵谋逆，喜与叔坚并主军事，更得纪功。叔宝亦颇加优礼，或令入宴。喜因山陵初毕，丧服未除，不应如此酣饮；且见后庭陈乐，所作诗章，多淫艳语，更觉看不过去，只一时不好多言。可巧叔宝酒酣，命喜赋诗，喜即欲规诫，又恐叔宝酒后动怒，乃徐徐升阶，佯为心疾，扑仆阶下。叔宝即命左右扶起，掖出省中。及叔宝酒醒，忆喜情状，顾语江总道：“我悔召毛喜，彼实无疾，不过欲阻我欢饮，托疾相欺，如此奸诈，实属可恨。”说着，即欲使人系喜，还是中书舍人傅縡谓喜系先帝遗臣，不宜重谴，乃谪喜为永嘉内史。

自喜被外谪，言官相率箝口，无人进规，叔宝日益荒淫，不是使酒，就是渔色。沈皇后为望蔡侯沈君理女，母即高祖女会稽公主，公主早亡，后年尚幼，哀毁如成人。宣帝顼闻后孝思，所以待后及笄，纳为冢妇。已而君理逝世，后复出处别舍，日夕衔哀，叔宝目为迂愚。且因后端静寡欲，很不惬意，另纳龚、孔二女为良娣。龚氏有婢张丽华，系兵家女，家事中落，父兄以织席为业，不得已鬻女为奴。丽华得随龚入宫，年只十岁，龚、孔饶有容色。当然为叔宝所爱，张丽华生小玲珑，周旋主侧，善承意旨，早得叔宝欢心，越两三年，更出落得娉婷袅娜，妖艳风流，叔宝即欲染指禁脔，迫与淫狎。丽华半推半就，曲尽绸缪，惹得这位陈叔宝，魂魄颠倒，无梦不恬。好容易生下一男，取名为深，益令叔宝由爱生宠，视若奇珍。胡天胡帝，号称专房。就是龚、孔二氏，也俱落丽华后尘。叔宝即位，册丽华为贵妃，龚、孔二氏为贵嫔，贵妃位置，与皇后只隔一级，贵嫔又在贵妃下。沈皇后本来恬淡，竟把六宫事宜，让与贵妃主持，自己不过挂个皇后虚名，居处俭约，服无华饰，左右侍女，亦寥寥无几，但静阅图史，闲诵佛经，作为消遣。张贵妃百端献媚，与叔宝朝夕不离，叔宝卧病承香阁，屏去诸姬，独留张贵妃随侍。病痊后又采选美女，得王、李二美人，张、薛二淑媛，并袁昭仪、何婕妤、江修容等七人，轮流召幸，但不及张贵妃的宠眷。至德二年，特命在光照殿前，添筑临春、结绮、望仙三阁，各高数十丈，袤延数十间，凡窗牖壁带，悬楣栏槛，均用沉檀香木制成，炫饰金玉，杂嵌珠翠，外施珠帘，内设宝床宝帐，一切服玩，统是瑰奇珍丽，光怪陆离。每遇微风吹送，香达数里，旭日映照，光激后庭。阁下积石为山，引水为池，种奇花，植异卉，备极点染。叔宝自居临春阁，张贵妃居结绮阁，龚、孔二贵嫔居望仙阁。三阁并有复道，互便往来。

仆射江总虽为宰辅，不亲政务，常与都管尚书孔范、散骑常侍王瑳等十余人，入阁侍宴，称为狎客。宫人袁大舍等颇通翰墨，能作诗歌，叔宝命为女学士。每一宴会，妃嫔群集，女学士及诸狎客两旁列坐，飞觞醉月，即夕联吟，彼唱此酬，无非是曼词艳语，靡靡动人。又选入慧女千余名，叫她学习新声，按歌度曲，分部迭进，更番传唱。歌曲有《玉树后庭花》及《临春乐》等名目，统由狎客女学士编成。叔宝亦素工词赋，间加点窜，大略是赞美妃嫔，夸张乐事。最传诵的有二语，是“璧户夜夜满，琼树朝朝新”十字。此十字亦无甚佳妙，不过似近今吴人小调而已。且狎客名目，尤属非宜，岂叔宝特开妓馆耶？一笑。

张贵妃发长七尺，鬒黑如漆，光可照物，并且脸若朝霞，肤如白雪，目似秋水，眉比远山。偶一眄睐，光彩四溢，每在阁上靓妆玉立，凭轩凝眺，飘飘乎如蓬岛仙姝，下临尘世，性尤慧黠，才辩强记。起初但执掌内事，后来干预外政。叔宝荒耽酒色，尝不视朝，所有百司启奏，统由宦官蔡脱儿、李喜度传递。叔宝将贵妃抱置膝上，共决可否。李、蔡或不能悉记，贵妃即逐条裁答，无一遗漏。又好笼络内侍，无论太监宫女，都盛称贵妃德惠，芳名鹊起，益得主欢。自是内外连结，表里为奸，后宫家属，招摇罹法，但教向贵妃乞求，无不代为洗刷。王公大臣如不从内旨，亦只由贵妃一言，便即疏斥。因此江东小朝廷，不知有陈叔宝，但知有张贵妃。妇女擅权，势必至此。

还有都官孔范，与孔贵嫔结为姊妹，阿谀迎合，善伺主意。舍人施文庆心算口占，権算甚工，并得叔宝亲幸。文庆且荐引沈客卿、阳惠朗、徐哲、暨慧景等，概邀擢用。客卿为中书舍人，惠朗为大市令，哲为刑法监，慧景为尚书都令史，数人皆以小吏起家，不达大体，督责苛碎，聚敛无厌。叔宝方大兴土木，供亿浩繁，国用正虑不给，经数人爬罗剔抉，取供内库，当然得哄动天颜。叔宝大喜过望，重任施文庆，叹为知人。孔范又自称有文武才，举朝莫及，尝从容入白道："外间诸将，起自行伍，统不过一匹夫敌，若望他有深见远虑，怎能及此？"叔宝信以为然，见将帅稍有过失，便黜夺兵权，把部曲分配文吏。领军将军任忠，素有战功，偶挂吏议，即夺忠部卒，交与孔范等分管。忠被徙为吴兴内史。于是文武懈体，士庶离心，覆亡即不远了。小子有诗叹道：

宵小都缘女蛊来，玄妻覆祀古同哀；
临春三阁今何在？空向江东话劫灰。

叔宝既已荒淫，又复骄侈，夜郎自大，挑衅强邻，欲知底细，容待下回再详。

叔陵之谋杀乃兄，残忍无亲，原为名教罪人，但实受教于乃父。乃父虽未尝杀兄，而兄子伯宗，因曾篡废之而贼害之也。兄子可杀，去杀兄仅一间耳。幸而药刀锋钝，手刃不殊，叔坚助顺，逆弟脱逃，卒窜死白杨道中，叔宝始得安然嗣立。厥后耽情酒色，恣意声歌，疏骨肉，宠妇寺，终致亡国败家。陈主顼欲为子孙计，而子孙仍为俘虏，谋国不仁，殃必及之，不于其身，必于其子，天道岂真无知欤？张丽华为江南尤物，与邺下之冯小怜相似，小怜亡齐，丽华亡陈，乃知尤物之贻祸国家，无古今中外一也。

第八十三回　长孙晟献谋制突厥
沙钵略稽首服隋朝

却说陈主叔宝，习成骄佚，当居丧时，隋主坚尝遣使赴吊，国书中自称姓名，并列顿首字样。叔宝疑为畏怯，答书多不逊语。隋主坚当然愤怒，出示廷臣。廷臣多献议伐陈，隋主方建筑新都，并因突厥未平，不遑南顾，乃暂从缓图。原来长安城制度狭小，宫阙亦多从简陋，隋主尝以为嫌。尚书苏威，亦劝隋主迁都，无非希旨。隋主再与高颎熟商，颎即为规划新都，夜半方休。翌晨，即由庾季才入奏道："臣仰观玄象，俯察图记，必有迁都情事。此城自两汉营建，将八百年，水皆咸卤，不甚宜人，愿陛下应天顺人，为迁徙计。"隋主愕然，顾语颎、威，诧为神奇。有何神奇，不过巧为迎合。乃诏颎等营造新都，择地龙首山麓，兴工赶筑。约近期年，新都告成，取名大兴城，涓吉移徙。一切规模，比旧都雄壮加倍。隋主坚自然惬心，遂遣将兴师，北图突厥。

突厥称雄朔漠，自伊利可汗为始，伊利传子科罗，科罗舍子摄图，独传弟俟斤。俟斤就是木杆可汗，木杆可汗临死，复舍子大逻便，立弟佗钵可汗。均见七十二回及七十九回。佗钵可汗封兄子摄图为尔伏可汗，使统东方，弟褥但子为步离可汗，使居西方。当时北齐尚存，与北周争媚突厥，岁给缯絮锦彩，各数万匹。佗钵尝呼周、齐为两儿，谓："两儿常孝，何忧国贫？"已而齐为周灭，佗钵不及援齐，乃屡寇周边，且纳齐范阳王高绍义。周主赟与他和亲，封赵王招女为千金公主，嫁与佗钵。佗钵始执送高绍义，与周通好。才越一年，佗钵忽得暴病，自知将死，召子庵逻入嘱道："我兄舍子立我，我今病危，死在朝夕，但兄德未忘，汝当让与大逻便，休得相争！"佗钵尚知有兄，不如诸夏之亡。庵逻涕泣遵教。及佗钵已殂，庵逻果依父命，拟迎立大逻便，偏突厥部众谓："大逻便生母微贱，不愿相迎。"摄图亦奔丧到来，慨语国人道："若立庵逻，我愿率兄弟服事，若立大逻便，我必据境与争，备着长刃利矛，决一雌雄。"国人闻摄图言，越加踊跃，决立庵逻为嗣。大逻便不得入立，心常怏怏，常遣人詈辱庵逻。庵逻不能制，复让与摄图，摄图年长有力，国人归心，因即迎摄图，居都斤山，自号沙钵略可汗。庵逻降居独洛水，称第二可汗。大逻便又遣人语沙钵略道："我与尔俱可汗子，各承父后，尔今极尊，我独无位，可算得公平么？"沙钵略无词可驳，乃使为阿波可汗，使领北部。又令从父玷厥为达头可汗，管辖西方。诸可汗各统部众，分镇四面。沙钵略居中抚驭，颇得众心。突厥遗俗，父兄死后，子弟得妻后母及嫂。千金公主出塞和亲，甫及一载，便成嫠妇，年龄不过及笄，当然是华色鲜妍。沙钵略很是羡慕，便援着俗例，纳千金公主为妻。千金公主也乐得另配，好做第二次的可贺敦。可贺敦三字，便是番俗对后的称呼。番俗原是如此，华女未免无耻。

是时隋已篡周，千金公主闻宗祀覆没，未免伤心，遂日夜请求沙钵略，为周复仇。沙钵略得了佳妇，正是新婚燕尔，鱼水情深，当下召集臣属，慷慨与语道：“我是周室亲戚，今隋公无故篡周，若非代为报仇，尚何面目见可贺敦呢？”臣下相率听命，沙钵略即遣使营州，与故齐刺史高宝宁连约，合兵攻隋。隋主坚甫经受禅，不暇北伐，但遣上柱国阴寿镇幽州，京兆尹虞庆则镇并州，屯边修城，以守为战。先是千金公主入突厥，司卫上士长孙晟亦随送出塞，为突厥所留。沙钵略弟处罗侯，号称突利设。突厥称军帅为设。爱晟善射，密与相暱，至沙钵略继立，阴忌处罗侯。处罗侯潜与晟盟，约为心腹。沙钵略稍有所闻，乃遣晟南归，晟留居突厥年余，得考察山川形势及部众强弱。既返长安，便一一启闻。隋主坚很是嘉奖，擢为奉车都尉。及突厥入寇，晟上书计事，略云：

臣闻丧乱之极，必致升平，是故上天放其机，圣人成其务。伏维皇帝陛下，当百王之末，膺千载之期，诸夏虽安，戎虏犹梗，兴师致讨，尚非其时，弃诸度外，又来侵扰。故宜密运筹策，渐以攘之。玷厥之于摄图，兵强而位下，外名相属，内隙已彰，鼓动其情，必将自战。处罗侯为摄图之弟，奸多势弱，曲取众心，国人爱之，因为摄图所忌，其心殊不自安，迹示弥缝，实怀疑惧。阿波首鼠，介在其间，摄图受其牵率，惟强是与，未有定心。今宜远交而近攻，离强而合弱，通使玷厥，说合阿波，则摄图回兵，自防右地，又引处罗，遣连奚霫，则摄图分众，还备左方，首尾猜嫌，腹心离沮，十数年后，乘衅讨之，必可一举而空其国矣。

隋主览表，叹为至计，因召晟与语战守事宜。晟复口陈形势，手画山川，状写虚实，皆如指掌。隋主益喜，悉依晟议，乃遣太仆元晖出伊吾道，往诣达头可汗，赐给狼头纛。达头答使报谢，得隋优待，欢跃而去。又授晟为车骑将军，使出黄龙道，赍着金帛，颁赐奚霫、契丹等国。契丹愿为向导，密引晟至处罗侯所，重申前约，诱令内附。处罗侯恰也依从，晟即归报。沙钵略可汗，尚未知隋廷计划，号召五可汗部众，得四十万骑，突入长城，自兰州趋至周槃。隋行军总管达奚长儒，屯兵只二千人，与突厥兵相遇，沙钵略亲率十万骑挑战，长儒明知不敌，颜色却甚是镇定，且战且行；中途被番兵冲击，屡散屡聚，转斗三昼夜，交战十四次，刀兵皆折，士卒但徒手相搏，肉尽骨现。突厥兵损伤数千，且恐长儒诱敌，才停军不追。长儒身受五创，幸得生还，因功封上柱国，并荫一子。那

沙钵略分兵四掠，击逐隋戍，且欲乘胜深入，偏达头可汗不从，引兵自去。长孙晟前策，已一次见效。

长孙晟又布散谣言，谓："铁勒已与隋联络，将袭沙钵略牙帐。"沙钵略闻谣生惧，乃收兵出塞。越年为隋开皇三年，春暖草肥，突厥复寇隋北境。隋主坚乃决计出师，命卫王爽为行军元帅，率同河间王弘，爽与弘俱见八十一回。及豆卢勣、窦荣定、高颎、虞庆则等，分八道出塞，往击突厥。爽行次朔州，探得沙钵略已至白道，距军营仅数十里。总管李充进议道："突厥骤胜而骄，必不设备，若用精兵袭击，定可破敌。"诸将闻言，多以为疑。独长史李彻赞成充议，爽亦以为可行，即与充率精骑五千，夜袭突厥兵营。沙钵略果然无备，从睡梦中惊起，但见火炬荧荧，刀光闪闪，隋军四面冲入，几不知有若干万人，吓得心胆俱碎，见部众都已骇散，连左右都不知去向，

一时仓皇失措，不及穿甲，就从帐后逃出，潜伏草中。还算有智。待隋军踏破营帐，寻不出沙钵略，方收拾驼马辎重，得胜回去。

沙钵略方敢出头，召集残众，急奔出塞，途次无粮，惟粉骨为食。又兼天热暑蒸，疫死甚众。幽州总管阴寿闻突厥败还，乘势出卢龙塞，往攻齐营州刺史高宝宁。宝宁拒守数日，突厥不能救，势甚危急，乃弃城出奔，嗣为麾下所杀，传首军前，和龙遂平。卫王爽等多半归朝，但留窦荣定为秦州总管，并遣长孙晟辅佐荣定。荣定率步骑三万人，径出凉州，与阿波可汗相拒。阿波引众至高越原，屡战屡败，守寨自固。适前大将军史万岁坐事褫职，流戍敦煌，至此诣荣定营，面请效力。荣定素闻万岁勇名，相见大悦，留居麾下，因遣使语阿波道："士卒何罪？久战甚苦，今但各遣一壮士，与决胜负，我若不胜，愿即退兵。"阿波许诺，即遣一骑讨战。荣定语万岁道："今日劳君一往，正效命立功的时候了。"万岁欣然应命，披甲上马，趋出营门。才阅半时，已斩得虏首，驰回报功。荣定益喜，自然叙功上闻。阿波大惊，不敢再战，遣使乞盟，引众自归。长孙晟却遣一辩士追语阿波道："摄图南来，每战辄胜，阿波才入，便即奔败，这岂非突厥的耻事吗？且摄图、阿波势均力敌，今摄图日胜，阿波不利，摄图必进灭阿波，为阿波计，不若与隋连和，结连达头，相合图强，才算是万全上策。"明明是反间计，但愚诱番酋，即此已足。阿波竟信晟言，遣使随晟入朝。

沙钵略已得知消息，不待阿波返帐，急引兵往袭阿波居庐，一鼓掩入，杀死阿波母妻。阿波还无所归，西奔达头。达头愿助阿波，使率部众攻沙钵略，连战皆捷，得复故地，势日强盛。沙钵略部众多叛归阿波，沙钵略因此寖衰。长孙晟前策二次见效。惟为了夫妻情谊，尚未肯与隋甘休，又复鼓动余勇，入寇幽州。幽州总管阴寿已经去任，后任叫做李崇，崇兵只有三千，转战数旬，卒因寡不敌众，中箭身亡。隋廷闻报，厚赠李崇，特遣高颎出宁州，虞庆则出原州，控骑数万，大攻突厥，且使人传语阿波，令与达头夹攻沙钵略。阿波果转告达头，并劝达头朝隋，达头遂派人向隋乞降，决与沙钵略断绝关系，定议东攻。沙钵略三面受敌，惊慌得了不得，没奈何与可贺敦熟商，只好委曲迁就，暂救燃眉。千金公主为势所迫，勉强承认，沙钵略乃使人往隋，乞请和亲，且为千金公主代作一表，自请改姓杨氏，为隋主女。认仇为父，也属过甚。隋主因遣开府徐平和，出使突厥，册封千金公主为大义公主，许与通好。沙钵略复书隋主，尚自称天生大突厥天下贤圣天子沙钵略可汗，隋主也不与多校，但答书云“朕为沙钵略妇翁，应视沙钵略如儿子，此后当时遣大臣，出塞省女，亦省沙钵略”云云。

未几，即授虞庆则为尚书右仆射，长孙晟为车骑将军，同赴突厥。既至沙钵略庐帐，使沙钵略拜受敕书。沙钵略盛兵相见，高坐帐中，诈称有病不能起立，且狞笑道：“我诸父以来，从未向人下拜。”庆则正言诘责，沙钵略仍不肯从。长孙晟接入道：“突厥与隋俱大国天子，可汗不起，也不便违意，但可贺敦为隋帝女，可汗就是大隋女婿，怎得不敬礼妇翁？”沙钵略乃笑顾群下道：“须拜妇翁吗？”乃起拜顿颡，跪受玺书，戴诸首上，方才起身，嘱达官款待隋使。待庆则等退往别帐，沙钵略又不禁自惭，甚至悲恸。越日，庆则又入见沙钵略，迫令称臣。沙钵略又顾左右道：“‘臣’字是甚么讲解？”左右答道：“隋朝称臣，就是我国称奴呢。”沙钵略道：“得为大隋天子奴，统由虞仆射的功劳，不可无物相酬。”番奴究有呆气。乃馈庆则马十四，并妻以从妹，留住数旬，方才遣归。

惟阿波可汗既与沙钵略有隙，独立北方，渐渐地拓土略地，役使诸胡，东控都斥，西越金山，所有龟兹、铁勒、伊吾诸部落及西域各小国，相率投附，阿波遂自称西突厥。沙钵略隐惮阿波，又畏达头，复遣人向隋告急，愿率部众度漠南，寄居白道川。隋主允如所请，并命晋王广带兵往援，赍给粮食，赐以车服鼓吹。沙钵略得此资助，因西击阿波，得胜而归，乃与晋王广立约，指碛为界，且上表道：“天无二日，土无二王，大隋皇帝是真皇帝，从此屈膝稽颡，永为藩附。”长孙晟之策，可算完功。当下遣子库合真入朝。库合真至隋都，隋主下诏道：“沙钵略前虽通好，尚为二国，今作君臣，便成一体，华夷合德，共庆升平。”乃肃告郊庙，颁诏远近。且召库合真至内殿，赐以盛宴；又引见皇后，赏劳甚厚。库合真拜舞辞行，归报沙钵略，沙钵略大喜。嗣是岁时贡献，相续不绝。

隋主虽服役沙钵略，尚恐胡人为寇，乃更发丁夫，修筑长城。内地择要置仓，转运入关，使不乏食。又自大兴城东至潼关，凿渠引渭，借通运道，名为广通渠。尚书长孙平奏称：“每年秋季，令民家各出粟麦一石，贫富为差，储诸里社，预备凶荒。”隋主亦当然依议，取名义仓，一面减徭役，弛酒盐禁，求遗书，修五礼，罢郡为州，颁甲子元历，端的是兴朝气象，国泰民安。隋朝统一，实肇于此。

西方有党项羌，闻风款关，请求内附。隋主慰谕来使，礼遣归国，独吐谷浑太子诃乞降请兵，隋主不许，原来吐谷浑王夸吕，见七十七回。在位日久，尝出兵寇掠陇西，惟不敢深入。隋初亦屡为边患，多被戍军击退。开皇六年，夸吕年已昏耄，喜怒无常，好几次废杀太子，少子嵬王诃依次为储，惩戒前辙，欲率部落万余户降隋，因上表隋廷，请兵出迎。隋主坚慨然道："吐谷浑风俗浇漓，大异中华，父既不慈，子又不孝，朕以德训人，奈何反助成恶逆呢？"乃召来使入见，正色与语道："父有过失，子当谏诤，岂可潜谋非法，自居不孝？普天下皆朕臣妾，各为善事，便副朕心，汝嵬王既欲归朕，朕但饬嵬王谨守子道，怎得远遣兵马，助他为恶呢！"隋主此诏甚是，奈何教子无方，后来自蹈此辙。来使唯唯自去。诃乃不至。

先是尉迟迥败殁，隋用梁士彦为相州刺史，未几即召还京师，置诸散秩。士彦自恃功高，甚怀怨望。宇文忻与士彦同功，封拜右领军大将军，恩眷甚隆。独高颎谓忻有异志，不可久握兵权，乃免去官职，忻亦因此怏怏。两人闲居京师，屡相往来。忻遂密语士彦道："帝王岂有定种？但得有人相扶，何不可为？公可往蒲州起事，我必从征，两阵相当，即可从中取事，天下不难手定哩。"士彦甚喜，密商诸柱国刘昉，昉极力赞成，愿推士彦为帝。看官听说！这刘昉自撤去司马，见疏隋主，本已抑郁无聊，此次推戴士彦，又别有一种用意。士彦继妻有美色，为昉所羡，因与士彦格外亲暱，交游日久，竟得把士彦妻勾搭上手，暗地通奸，士彦尚似睡在梦中，反引昉为知己。昉乃随口附和，幸得事成，当然是佐命元勋，否即归罪士彦，自己好设法摆脱，或得与士彦妻永久欢娱，亦未可知。淫恶已甚，天道难容。偏偏事出意外，三人密谋，竟被士彦甥裴通上书讦奏。隋主坚疑通挟嫌，或有诬控情事，因特授士彦为晋州刺史，且使人潜伺情伪。士彦语忻及昉道："这真是天意了。"言下很有喜色。隋主得报，待士彦入朝辞行，乃令卫士将他拿下，并饬拘忻及昉，研鞫得实，一并伏诛。士彦年已七十二，忻亦已六十四岁，惟昉尚不过半百。怪不得士彦继妻与他通奸。老且谋逆，真是何苦！徒落得身首异处，贻臭万年，这且不必细表。

且说开皇七年，突厥沙钵略可汗遣子入贡，且请游猎恒、代间，隋主优诏允许，更遣人驰至猎场，赐给酒食。沙钵略挈领徒众，再拜受赐。及还归营帐，得病身亡，讣达隋廷，隋主坚辍朝三日，并请太常卿吊祭，隐示怀柔。沙钵略有子雍虞闾，性质懦弱，所以沙钵略遗命，传位与弟处罗侯。处罗侯不受，且语雍虞闾道："我突厥自木杆可汗以来，尝以弟代兄，以庶夺嫡，违背祖训，不相敬畏。汝今当嗣位，我愿拜汝。"雍虞闾道："叔与我父共根连体，我乃枝叶，怎得不顾本根，屈尊就卑，况系亡父遗命，不可不遵，愿叔父勿疑！"两人逊让至五六次。处罗侯始入嗣兄位，号为莫何可汗，叔侄相让，不意复出诸番俗。遣使至隋，上表言状。隋使车骑将军长孙晟，驰节加封，并赐鼓吹旗幡，处罗侯自然拜谢，厚礼待晟，派兵送至境上。当下将所赐旗鼓，耀武扬威，西击阿波。阿波各部众惊为隋兵相助，望风降附。处罗侯又素谙武略，竟得捣入北牙，擒住阿波，奏凯东归，上书隋朝，请处置阿波生死。隋主召群臣会议，安乐公元谐谓宜就地枭斩，武阳公李充谓宜生取入朝显戮，以示百姓。独长孙晟献议道："今若突厥叛命，原应正刑敕法，今彼兄弟自相残灭，并非由阿波负我国家，倘因彼穷困，便即取戮，转非招远怀携的至意，不如两存为是。"左仆射高颎亦谓："骨肉相残，不足示训，请从晟言以示宽大。"隋主乃赦免阿波，徙置荒郊，令处罗侯乘便管束，阿波愤郁而死。已而处罗侯西略诸胡，身中流矢，创重致毙。部众因拥立雍虞闾，号为都蓝可汗。千金公主还是一个半老徐娘，尚存丰韵，雍虞闾又援引俗例，据为己妇，于是千金公主做了第三次的可贺敦。小子有诗叹道：

夷俗原来惯聚麀，如何汉女亦相侔？
堪嗟廉耻凌夷尽，淫妇宁能报国仇！

雍虞闾嗣立以后，仍然累岁朝贡，通使不绝。隋廷既得抚定西北，遂议经略东南，欲知后事，请看官续阅下回。

以夷攻夷，为中国制夷之上策，汉班超之所以制匈奴者在此，隋长孙晟之所以制突厥者亦在此。盖夷人无亲，又无信义，诱之以利，怵之以威，未有不为人所欺，而自相残杀者。晟上书计事，不过寥寥数语，而夷虏已在目中，厥后依策施行，无不获效，乃知制夷不难，难在无制夷之策，与制夷之人耳。千金公主，不忘宗祀，尚知不共戴天之义，然始妻佗钵，继妻沙钵略，最后又妻都蓝，节且不顾，义乎何有？况反颜事仇，甘为杨氏女耶？妇女见浅识微，断不足与语大事，有如此夫！

第八十四回　设行省遣子督师
避敌兵携妃投井

却说隋主坚既平西北，便思规划东南，可巧后梁启衅，召动隋师，于是后梁被灭，陈亦随亡。后梁主岿，孝慈俭约，颇得民心，尉迟迥发难，岿用柳庄言，不与联络，及闻迥等败殁，召庄入语道："我若不从卿言，社稷已不守了。"嗣是贺隋登极，岁时致贡。隋主坚亦恩礼相加，屡给厚赐，寻且纳岿女为晋王广妃。补叙隋、梁交涉，为前后呼应文字。岿在位二十三年，至开皇五年五月病终，后梁谥为孝明帝，庙号"世宗"，子琮嗣位，年号广运，时人已谓运字从军从走，目为不祥。年号何关兴亡？附会之谈，不足尽信。琮在位后，遣大将军戚昕率舟师袭陈境，不克乃还。未几有将军许世武潜谋通陈，谋泄被诛。越年，隋主坚征琮入朝，江陵父老送琮下舟，相率陨涕道："我君恐不复返了。"如何晓得？隋廷因琮离江陵，特遣武乡公崔弘度引兵代守，行次都州，琮叔父岩及弟瓛等恐弘度掩袭，遽向陈荆州刺史陈慧纪处通使乞降。慧纪引兵至江陵，岩等遂驱文武官民一万余口，东奔陈国。隋主闻报，忙令高颎率兵往援，陈军乃退。颎留兵驻守，返报隋主。隋主不使琮南返，竟将江陵夷为郡县，派官治民，于是后梁灭亡。后梁自萧詧称帝，共历三世，合计得三十三年。琮留寓长安，受封莒国公，后幸得善终，不消细述。

先是隋主坚有意图陈，尝向高颎问计，颎答道："江北地寒，收成较晚，江南水田早熟，若乘彼收获，稍征士马，扬言掩袭，彼必屯兵守御，旷废农时。彼既聚兵，我便解甲。如此数次，彼必谓我虚声恫吓，不足为虑，我乃济师渡江，直指建康，彼怠我奋，定可取胜。又江南土薄，舍多茅竹，所有储积，皆非地窖，当密遣人因风纵火，毁彼粮储，彼兵备既弛，粮食又罄，尚能不为我灭么？"隋主一再称善，如法困陈。陈人果困，至陈纳萧岩等降人，隋主益愤，顾语高颎道："我为民父母，岂可限一衣带水，不往拯救么？"颎因请指日伐陈。隋主命大造战船，为出兵计，群臣请秘密从事，隋主道："我将显行天诛，何必守密呢？"并使投柹江中，任他东下，且颁谕道："若彼知惧改过，我复何求？"居然想为仁义师。那陈主叔宝却深居高阁，整日里花天酒地，不闻外事。中书舍人傅縡直谏被杀，江总、孔范专务贡谀，反得加官进禄。至德五年元日，有人报称甘露降，灵芝生，叔宝大喜，改年应瑞，就称是年为祯明元年。诏敕方颁，即闻地震，媚臣谐子，且随口捏造，称为阳气振动，万汇昭苏的吉兆。及萧岩、萧瓛渡江请降，陈廷又是一番庆贺，颁诏大赦，立授岩为平东将军，领东扬州刺史，瓛为安东将军，领吴州刺史，还道是布德行惠，近悦远来。太子胤未闻失德，尝在太学讲诵《孝经》，志在身体力行，尝使人入省母后，问安视暖。母后沈氏免不得遣令左右，谕慰东宫。张贵妃宠冠后庭，密谋夺嫡，竟与孔贵嫔串同一气，谗构皇后太子，但说他往来秘密，恐有异图。孔范等又入为证人，更兼沈皇后素来无宠，遂致有道储君，无辜被废，降为吴兴王。张贵妃所生子深，竟得立为太子。已而妖异迭出，雨旸不时，郢州水黑，淮渚暴溢，有群鼠渡淮入江，无数漂没。东冶铸铁，空中忽堕下一物，隆隆如雷形，色甚赤，铁汁致飞出墙外，毁及民居；还有蔓草久塞的临平湖，无故自辟，草死波流，朝野诧为奇事，哗传一时。叔宝才有所闻，心中亦未免惊异，因卖身佛寺，自愿为奴，作为厌胜。张贵妃本来佞佛，往往托词神鬼，蛊惑叔宝，至此在宫中竞设淫祀，召集妖巫，祈福禳灾。叔宝又敕建大皇寺，内造七级浮图，工尚未竣，为火所焚。那祭天告庙的礼仪反多阙略，好几年不见驾临。大市令章华博学能文，因为朝臣所抑，尝郁郁不得志，至是独上书极谏，略云：

昔高祖南平百越，北诛逆虏，世祖东定吴会，西破王琳，高宗克复淮南，辟地千里，三祖之功勤亦至矣。陛下即位，于今五年，不思先帝之艰难，不知天命之可畏，溺于嬖宠，惑于酒色，祠七庙而不出，拜三妃而临轩，老臣宿将，弃之草莽，谄谀谗邪，升之朝廷。今疆埸日蹙，隋军压境，陛下犹不改弦更张，臣见麋鹿复游于姑苏矣。

这书呈入，顿时大触主怒，即令斩首，且益逞荒淫。一年容易，又是春来，叔宝遣散骑常侍袁雅等聘隋，又令散骑常侍周罗睺，出屯峡口，侵隋峡州。和中寓战，叔宝亦自诩妙计耶？隋主正令散骑常侍程尚贤等报聘，忽闻峡州被侵消息，乃决计伐陈，传敕中外，敕文有云：

昔有苗不宾，唐尧薄伐，孙皓僭虐，晋武行诛。有陈窃据江表，逆天暴物，朕初受命，陈顼尚存，厚纳叛亡，侵犯城戍。勾吴闽越，肆厥残忍，于时王师大举，将一车书。陈顼返地收兵，深怀震惧，责躬请约，俄而致殒。朕矜其丧祸，特诏班师。叔宝承风，因求继好，载伫克念，共敦行李。每见珪璪入朝，輶轩出使，何尝不殷勤晓谕，戒以维新？而狼子之心，出而弥野，威侮五行，怠弃三正，诛翦骨肉，夷灭才良，据手掌之地，恣溪壑之险，劫夺闾阎，资产俱竭，驱蹙内外，劳役弗已，微责女子，擅造宫室，日增月益，止足无期，帷薄嫔嫱，几逾万数，宝衣玉食，穷奢极侈，淫声乐饮，俾昼作夜，斩直言之客，灭无罪之家。欺天造恶，祭鬼求恩，盛粉黛而执干戈，曳罗绮而呼警跸，自古昏乱，罕或可比。介士武夫，饥寒力役，筋髓罄于土木，性命俟于沟渠。君子潜逃，小人得志，天灾地孽，物怪人妖，衣冠钳口，道路以目。倾心翘足，誓告于我。日月以冀，父奏相寻。重以背德违言，摇荡疆埸，巴峡之下，海澨以西，江北江南，为鬼为域，死坔穷发掘之酷，生居极攘夺之苦。抄掠人畜，断绝樵苏，市井不立，农事废寝。历阳、广陵，窥觎相继，或谋图城邑，或劫剥吏人，昼伏夜游，鼠窜狗盗。

彼则羸兵敝卒，来必就擒，此则重门设险，有劳藩捍。天之所覆，无非朕臣，每关听览，有怀伤恻。有梁之国，我南藩也，其君入朝，潜相招诱，不顾朕恩。士女深迫胁之悲，城府致空虚之叹，非直朕居人上，怀此不忘，且百辟屡以为言，兆庶不堪其请，岂容对而不诛，忍而不救。近方秋始，谋欲吊民，益部楼船，尽令东骛，便有神龙数十，腾跃江流，引伐罪之师，向金陵之路，船住则龙止，船行则龙去，三日之内，三军皆睹，岂非苍昊爱人，幽明展事，降神先路，协赞军威？以上天之灵，助戡定之力，便可出师授律，应机诛殄，在斯举也，永清吴越。其将士粮仗水陆资，须期会进止，一准别敕。特此颁告天下，使众周知！

敕书既发，又令钞录三十万纸，传示江南。陈廷闻隋将大举，再遣散骑常侍许善心诣隋修和。隋主留置客馆，不复遣归，一面贻送玺书，数陈主二十过恶，并命就寿春设淮南行省，即用晋王广为行省尚书令，告诸太庙，授钺南征。再令秦王俊及清河公杨素俱为行军元帅，使广出六合，俊出襄阳，素出永安，并饬荆州刺史刘仁恩出江陵，蕲州刺史王世积出寿春，庐州总管韩擒虎出庐州，吴州总管贺若弼出广陵，凡总管九十人，兵五十一万八千人，统受晋王广节度，旌旗舟楫，横亘数十里。重用次子，已开逆恶之萌。授左仆射高颎为晋王元帅府长史，右仆射王韶为司马，军事皆由二人参决，相机进行。

隋主相率临江，高颎问郎中薛道衡道：“江东可攻取否？”道衡道：“此去定可成功。尝闻晋郭璞有言，江东分王三百年，复与中国统合，今此数将周，是一可取；主上恭俭勤劳，叔宝荒淫骄侈，是二可取；国家安危，寄诸将相，彼用江总为相，惟事诗酒，萧摩诃、任蛮奴即任忠小字。为大将，不过匹夫小勇，怎能当我大敌？是三可取；我有道，国势复大，彼无德，国势又小，彼甲士不过十万，西自巫峡，东至沧海，分戍即势悬力弱，合屯又守此失彼，是四可取。有此四机，席卷江东不难了，何必多疑。”颎欣然道：“得君数言，成败已可预定，素知君才，今益令人信服了。”遂驱军前进。

陈命散骑常侍周罗睺都督巴峡沿江诸军，堵御隋师。隋秦王俊屯兵汉口，节制上流。杨素率舟师下三峡，径至流头滩，与狼尾滩相近。狼尾滩地形险峭，却有陈将戚昕带着战舰扼守。素待至夜间，亲督黄龙舟数千艘，衔枚疾进，冲击陈舰。昕仓猝遇敌，与战失利，弃滩东走。素俘得陈人，悉数纵还，秋毫无犯，遂驱水军东下，舳舻蔽江，旌旗耀日。素容貌壮伟，坐大船中，好似金甲神一般，陈人惊为江神，沿途溃散。江滨诸戍，相继告警。施文庆、沈客卿反匿不上闻。陈江中无一战船，上流戍兵又皆为杨素军所阻，不得入援，眼见是长江天堑，为敌所逾。陈护军将军樊毅闻隋军逼近，忙进白仆射袁宪道：“京口、采石俱系要地，须各出锐兵五千，分载金翅舟二百艘，沿江守御，借备不虞。”宪亦以为然，乃与文武群臣共议，请如毅策。独施文庆、沈客卿以为多事，仍然迁延。宪又邀同萧摩诃再三奏请，叔宝亦欲依议，偏文庆、客卿共启叔宝道：“寇敌入境，已成常事，边城将帅，尽足堵御，何必多出兵船，自致惊扰。”叔宝再召江总熟商，总亦依违两可，未能决定。孔范独大言道：“长江天堑，限制南北，今日虏军，岂能飞渡么？”叔宝遂耽乐如常，奏乐侑酒，赋诗不辍，且从容语侍臣道：“金陵素钟王气，齐兵三来，周师再至，无不摧败。隋军亦何能为呢？”嗣是警报频来，悉置不问。

祯明三年正月朔，陈主叔宝朝会群臣，大雾四塞，殿中皆黑，叔宝不以为奇。退朝以后，张贵妃以下俱来庆贺，当下开筵欢饮，灌得烂醉如泥，入寝鼾睡，直至昏黄，方才醒觉。越日，由采石镇驰到急报，乃是隋将贺若弼自广陵引兵渡江，韩擒虎亦自横江夜渡采石，沿江一带，多已失守了。虽有天堑，无人如何为守。文庆等也不便抑置，只好奏闻叔宝。叔宝才觉惊忙，召公卿入议军情，内外戒严。命骠骑将军萧摩诃、护军将军樊毅、中领军鲁广达，并为都督，司空司马消难及新除湘州刺史施文庆并为大监军，南豫州刺史樊猛率舟师出白下，散骑常侍皋文奏率兵镇南豫州，重立赏格，招募兵士，僧尼道士，尽令执役。急时抱佛脚，恐已来不及了。这边方调将遣兵，陆续出发，那边已乘风破浪，踊跃前来。贺若弼攻拔京口，擒住南徐州刺史黄恪，恪部下六千人，也尽作俘囚。弼给粮慰道，各付敕书，嘱他分道宣谕，于是所至风靡。韩擒虎先下采石，继陷姑熟，入南豫州城。皋文奏弃城东奔，所有樊猛妻子悉被虏去。猛方与左卫将军蒋元逊，游弋白下，突闻妻子被虏，当然心惊。叔宝还防他有异志，欲遣镇东大将军任忠代猛，先令萧摩河谕意。看官！试想这樊猛愿意不愿意呢？摩诃因猛不愿意，启闻叔宝，叔宝又不便改调，仍令猛照旧办事。如此驭将，怎得死力？

鲁广达子世真留屯新蔡，与弟世雄同降隋军，且为隋招降广达。广达将书呈奏，并自劾待罪。叔宝传敕抚慰，仍使督军如故。怎奈隋军所向无前，贺若弼从南道进兵，韩擒虎从北道进兵，势如破竹，如入无人之境。叔宝连接警耗，亟使司徒豫章王叔英屯朝堂，萧摩诃屯乐游苑，樊毅屯耆阇寺，鲁广达屯白土冈，孔范屯宝田寺。适任忠自吴兴入援，令屯朱雀门。偏贺若弼进据钟山，韩擒虎进踞新林，隋元帅晋王广又遣总管杜彦助新林军。陈将纪瑱驻守蕲口，复被隋蕲州总管王世积击走，陈人大骇，相率降隋。

叔宝素来淫佚，不达军事，至此已成眉急，才觉易喜为忧，昼夜啼泣，台中处分，尽任施文庆。文庆忌诸将有功，每遇将帅启请，皆搁置不行。萧摩诃屡请出战，并不见从。既而奉命入议，摩诃尚欲袭击钟山，任忠时亦在侧，独出言谏阻道："兵法有言：'客贵速战，主贵持重。'今国家足食足兵，还应固守台城，沿淮立栅，北军虽来，勿与交战，但分兵阻截江路，又给臣精兵一万，金翅舟三百艘，下江径掩六合，且扬言欲往徐州，断彼归途，彼军前不得进，后不得归，必致惊乱，不战自走。待春水既涨上江，周罗睺等得顺流来援，表里夹攻，必可破敌，这岂非是良策吗？"此策若用，陈可不亡。叔宝终未能决，踌躇了一昼夜，忽跃然出殿道："兵久相持，未分胜负，朕已厌烦得很，可呼萧郎出战。"摩诃承宣趋入。叔宝忙说道："公可为我决一胜负！"摩诃答道："出兵打仗，无非为国为身，今日出战，兼为妻子。"叔宝大喜道："公能为我却敌，愿与公家共同休戚。"摩诃拜谢而退。任忠叩首力谏，坚请勿战。叔宝不答，但宣摩诃妻子入宫，先加封号，一面颁发金帛，犒军充赏。

摩诃部署军伍，严装戎行，令妻子入宫候命，自出都门御敌。摩诃前妻已殁，娶得一个继室，却是妙年丽色，貌可倾城，当下艳妆入宫，拜谒叔宝。叔宝见色动心，乃不料摩诃有此艳妻，一经见面，又把那国家大事，置诸度外，便令设宴相待，留住宫中。摩诃子引见后，嘱令出宫候封，自与摩诃妻调情纵乐，作长夜欢。妇人多半势利，况摩诃老迈，未及叔宝风流，一时情志昏迷，竟被叔宝引入龙床，勉承雨露。亡国已在目前，还要这般淫纵，真是无心肝。摩诃哪里知晓，出与诸军组织阵势，自南至北，从白土冈起头，最南属鲁广达，次为任忠，又次为樊毅、孔范，摩诃最北，好似一字长蛇阵，但断断续续，延袤达二十里，首尾进退，不得相闻。隋将贺若弼轻骑登山，望见陈军形势，已知大略，即驰下山麓，勒阵以待。鲁广达出军与战，势颇锐悍，隋军三战三却，约死二百余人。弼令军士纵火放烟，眯住敌目，方得再整阵脚，排齐队伍，暂守勿动。

萧摩诃闻南军交战，正拟发兵夹攻，忽有家报传到，妻室被宫中留住，已有数日，料知情事不佳，暗地里骂了几声昏君，不愿尽力，遂致观望不前。鲁广达部下初战得胜，枭得隋军首级，即纷纷还都求赏。贺若弼见陈军不整，复驱军再进，自率精兵攻孔范。范素未经战，蓦与若弼相值，不禁气馁。兵士方才交锋，他已拨马返走。主帅一奔，全军皆溃，就是鲁广达、樊毅两军也被牵动，一并哗散。任忠本不欲战，自然退去。萧摩诃心灰意懒，也拟奔回。哪知隋军四面杀到，害得孤掌难鸣，且自己年力又衰，比不得少年猛健，一时冲突不出，竟被隋将员明擒去，送至贺若弼前。若弼命推出斩首，摩诃面不改色，反令若弼称奇，乃释缚不杀，留居营中。

任忠驰回都阙，报称败状，并向叔宝道："官家好住，臣无所用力了。"叔宝着急，尚给金两縢，使募人出战。忠徐徐道："陛下但当备具舟楫，往就上流诸军，臣愿效死奉卫。"叔宝应诺，命忠出集舟师，自嘱宫人装束以待。哪知忠已变意，潜赴石子冈，往迎韩擒虎军，直入朱雀门。守军欲战，忠摇手示意道："老夫尚降，诸军何事？"虽由主听不聪，如此作为，终属不忠。大众听了，便即散走。台城内风声骤紧，文武百官，一概遁去。惟尚书仆射袁宪在殿中，尚书令江总在省中，叔宝见殿中无人，只留一宪，不禁泣语道："我向来待卿，未及他人，今日惟卿尚留，不胜追愧，朕原不德，也是江东气数，已经垂尽了。"尚不肯全然责己，还想诿诸气数。说着，匆遽入内，意欲避匿。

宪正色道："北兵入都，料不相犯，事已至此，陛下去将何往？不若正衣冠，御正殿，依梁武帝见侯景故事。"叔宝不待说完，便摇首道："兵锋怎好轻试？我自有计。"言已趋入，急引张贵妃、孔贵嫔两人，至景阳殿后，三人并作一束，同投井中。

台城已无守吏，一任隋军驰入。韩擒虎既至殿中，令部众搜寻叔宝，四觅无着，及见景阳井上有绳系着，趋近探视，见下面有人悬住，连呼不应，乃拾石投入，才闻有号痛声。原来井中水浅，不致溺毙，隋军引绳而上，势若甚重，经数人提起，始见有一男二女，男子便是陈叔宝，当然大喜，即牵送至韩擒虎处，听候发落。豫章王叔英已经出降，沈皇后居处如常，太子深年方十五，开阁静坐，至隋军排闼进去，深从容与语道："戎旅在涂，得勿劳苦么？"隋军见他颜色自若，却向他致敬，不敢相侵。鲁广达退守乐游苑，未肯降敌，贺

若弼乘胜与争，广达苦斗不息，战至日暮，手下将尽，始解甲面台，再拜恸哭道："我身不能救国，负罪实深了。"乃出降隋军。

若弼闻韩擒虎已得叔宝，呼令相见。叔宝惶惧异常，向弼再拜。弼与语道："小国君主，只当大国上卿，拜亦常礼，入朝不失作归命侯，何必多惧呢？"乃使叔宝居德教殿，用兵监守，自恨功落人后，与韩擒虎龃龉，且欲令叔宝作降笺，归己报闻。事尚未行，晋王广已使高颎入建康，料理善后事宜。颎子德弘，随后踵至，传述广命，使留张丽华。颎勃然道："昔太公灭纣，尝蒙面斩妲己，此等妖妃，岂可留得？"说着，便令兵士取入张贵妃，斩首以徇。小子有诗叹道：

国既亡时身亦亡，临刑反为美人伤；
蛾眉螓首成虚影，地下可曾悔惹殃？

晋王广既遣德弘传命，复启节东下，来视张丽华，途次闻丽华已死，禁不住愤闷起来。欲知后事，且阅下回。

叔宝之恶，不如子业、宝卷之甚。子业屠灭宗族，宝卷渎乱天伦，而叔宝无是也。但宠艳妃，嬖狎客，杀谏臣，有一于此，未或不亡，况并三者而具备耶。隋军大举，鼓檝渡江。沿江各戍，望风奔溃，叔宝尚委政宵小，恣情声色，可战不战，不可战而战，甚至敌临城下，犹奸通萧摩诃妻，如此淫肆，欲不亡得乎？景阳殿后，挈妃入井，向使毕命井中，即未足与殉社稷者比，而井底鸳鸯，冢成连理，未始非江东佳话。为叔宝计，其亦差足自慰欤？然天不从愿，出井见敌，再拜隋将，徒自贻羞，而张贵妃且难免刀头之阨，红颜白骨，作孽难逃，观于此而世之为妃妾者，可以返矣；世之为人主者，亦可以戒矣。

第八十五回　据湘州陈宗殉国
抚岭表冼氏平蛮

却说晋王广系念张丽华，驰诣建康，途中闻高颎违命，竟把丽华杀死，不由地惊愤道：“古云无德不报，我必有以报高公。”言下犹恨恨不已。及既入建康，高颎等上前迎接，广虽心恨高颎，面上却不露声色，仍然照常相见，随即慰劳三军，安抚百姓，一面拿住施文庆、沈客卿、阳惠朗、徐哲、暨慧景五人，责他蔽主害民，一并斩首，即令高颎与元帅府记室裴矩，收图籍，封府库，所有金帛珍玩，广皆不取。当时军民人等统说晋王贤德，哪知他是沽名钓誉、笼络人心呢。隐伏下文。

贺若弼先期决战，违背军令，广收付属吏，并遣使驰驿奏闻。隋主闻江南已平，很是欣慰，且传诏示广，谓：“平定江表，功出韩、贺二人，不应吹求微疵，可将功抵罪，各赐帛万匹。”又别诏褒美韩、贺，并及前敌各将士。陈使许善心尚留隋客馆中，隋主坚遣人相告，谓陈已灭亡，可归诚我朝。善心不禁大恸，改著缞服，就西阶下席草危坐，东向涕泣，三日不移。隋主复颁敕慰唁，越日又有诏至馆，命为通直散骑常侍，赐衣一袭。善心号哭尽哀，乃入房改服，出就北面，垂泪再拜，受隋敕书。既愿事仇，何必如许做作。翌晨，诣阙谢敕，伏泣殿下，悲不能兴。隋主顾左右道："我平陈国，只幸得此人，彼能怀念旧君，他日即我朝纯臣呢。"遂谕令平身，入直门下省，善心泣拜而退。从此遂低首下心，长作隋朝臣仆了。含蓄不尽。

陈水军都督周罗睺与郢州刺史荀法尚守江夏。隋秦王俊督三十六总管及水陆十余万众，屯驻汉口，不得前进。陈荆州刺史陈慧纪又遣内史吕忠肃进据巫峡，凿岩系链，锁住上流，堵遏隋师，且自出私财，充作军用。隋清河公杨素，麾兵奋击，与忠肃大小四十余战，忠肃踞险力争，杀死隋兵五千余人。嗣闻建康被困，士无斗志，杨素乘间猛攻，忠肃不能固守，弃栅南奔，退据荆门境内的延洲，素驶舟追击，大破忠肃，俘得甲士三千余人，忠肃孑身遁去。于是陈慧纪亦自知难守，毁去储蓄，引兵东下。巴陵以东，尽为隋有。陈晋王叔文方卸任湘州，还至巴县，慧纪欲推为盟主，号召沿江各军，入援建康，偏被隋秦王俊军阻住。叔文又率巴州刺史毕宝等，向俊请降。慧纪徒望东慨叹，无计可施。

会建康已平，晋王广命陈叔宝作书，招谕上江诸将，诸城闻风解甲。周罗睺与诸将大哭三日，放兵散马，乞降俊军。陈慧纪势孤力蹙，也只好出降，上江皆平。隋将王世积在蕲口，移书告谕江南诸郡，江州、豫章依次降隋，隋遂撤去淮南行省，但命诸将分途略定。陈吴州刺史萧瓛自梁投陈，料知隋不相容，独募兵抗隋。隋大将军宇文述等引兵进击，瓛连战皆败，竟为所擒。东扬州刺史萧岩以会稽降，述将他弟兄并入囚车，押解长安。隋主坚责他负国忘恩，立命处斩。了结岩、瓛，顾应八十三回。

独湘州刺史岳阳王陈叔慎，系高宗顼第十六子，年甫十八，方才莅任，城中将士闻隋军已据荆门，相距不远，相率谋降。叔慎设宴厅中，召集文武僚吏，举酒相属道："君臣大义，就此扫地么？"长史谢基，投袂起座，伏地呜咽，助防遂兴侯陈正理，陈宗室。亦慨然起语道："主辱臣死，诸君独非陈臣么？今天下有难，正当见危授命，就使无成，尚见臣节，今日不宜再误，宜力图恢复，后应者斩！"众闻此言，乃齐声许诺，自是刑牲结盟，誓同生死。适隋将庞晖奉杨素命，招抚湘州，正理与叔慎商定密计，遣人赍诈降书，往迎庞晖。晖贸然驰至，叔慎伏甲待着，一俟晖入城门，发伏执晖，斩首徇

众。晖手下有数十人，也同时拘住，杀得一个不留。叔慎亲至射堂，募集兵士，数日间得五千人。衡阳太守樊通、武州刺史邬居业，皆举兵入助。隋正命薛胄为湘州刺史，道过荆州，得见杨素，已知湘州拒命，便与素部下行军总管刘仁恩，会师进攻。行至湘州城下，陈正理、樊通督兵迎战，两下相交，隋军比守军加倍，且都是惯战健卒，哪里是陈、樊二人所能抵挡？战不多时，守兵四溃，陈、樊逃回城中，门未及阖，薛胄已加鞭追入，顺手一槊，击毙樊通。隋军一拥而上，突进城中，先擒正理，次擒叔慎。刘仁恩不欲收兵，即往击横桥。横桥为邬居业屯守地，当下拒战失利，也为所擒。三人俱被解至汉口，秦王俊诘问数语，叔慎词色不挠，即为所害。正理、居业相继受刑。叔慎虽死，义烈可风。

湘州已下，进略岭南，高凉郡太夫人冼氏威爱素孚，望重

岭外。子石龙太守冯仆壮年不禄，竟尔去世。回应第七十六回。仆长子魂，尚在少年，赖冼太夫人主持郡事，所有岭南数郡，畏服如初。及陈为隋灭，岭南未有所属，便奉冼太夫人为主，称为圣母，保境安民。陈豫章太守徐璒，自豫章奔据南康，意欲联结岭南，独霸一方。隋命柱国韦洸等持节安抚，为璒所拒，洸等不得进，晋王广因岭南未平，复令叔宝作书，往贻冼太夫人，谕以陈亡，使她归隋。冼太夫人乃召集首领会议，相对恸哭，结果是慎重民命，决迎隋使，乃遣冯魂率众迎洸。洸已调动军士，击杀徐璒，凑巧冯魂来迎，遂驰至广州，慰谕诸郡，略定岭南。表冯魂为仪同三司，册封冼太夫人为宋康郡夫人。衡州司马任瓌劝都督王勇据岭南，求陈氏子孙立以为帝。勇不能用，率部众降隋。瓌弃官自去，于是陈地悉入隋朝，得州三十，郡一百，县四百，陈亡。总计陈自武帝篡梁，至叔宝止，共历五主，凡三十二年。且由晋元帝东渡，偏安江左，中阅东晋、宋、齐、梁、陈五朝，共得二百七十三年，始为北朝所并，中国复归统一。唐李延寿作《南北史》把隋朝列入《北史》中，无非因他起自朔方，脱胎北周，后又仅得一传，便为李唐所灭，所以因类相聚，不复另起炉灶。小子就遵循故例，随笔叙下，看官不要疑我界划不明，模糊了事呢。再顾本书卷首，并将南北纪年叙清起讫，一笔不漏。

闲文少叙。且说晋王广振旅将归，奉诏毁平建康宫阙，俾民耕垦，更就石头城增置蒋州，派吏置兵，俱已就绪，乃奏凯还朝。所有陈叔宝以下，如后妃子女、公卿大臣，一并带归。水陆相继，累累不绝，隋主坚亲至骊山，慰劳旋师诸军，并入长安，献俘太庙。陈叔宝为首列，王公将相，并乘舆服御，天文图籍等，依次继进。两旁用铁骑夹道，由晋王广、秦王俊引入庙中，献告如仪。礼毕入朝，晋授晋王广为太尉，特赐辂车乘马，衮冕圭璧。广谢恩而出。越日，由隋主坚坐广阳门观，召见陈叔宝等，使纳言宣诏抚慰，又令内史传敕，责他君昏臣佞，乃至灭亡。叔宝及王公大臣，并惶惧伏地，不敢答词。屏息良久，始下赦书。叔宝舞蹈谢恩，余众亦随着叩谢。惟陈司空司马消难前曾得罪奔陈，此次陈、隋交战，受任大监军，一筹莫展，也为所虏。隋主坚本欲加诛，因消难尝为父执，权从末减，特免他死罪，配为乐户。甫阅二旬，又加恩释免，特别引见，消难未免增惭；年又垂老，未几即死。鲁广达自悼国亡，遇疾不医，也即病终。

隋主坚再御广阳门，赐宴将士，门外堆满布帛，直达南郭，按班赏赐，计用三百余万匹，封杨素为越国公，贺若弼为宋国公，各赐金宝。惟韩擒虎为有司所劾，说他驭下不严，士

卒在建康时，尝淫污陈宫，所以不得爵赏。擒虎心甚不平，遂与若弼争功御前，若弼道："臣在蒋山死战，破陈锐卒，擒陈骁将，震扬威武，遂平陈国，韩擒虎并未剧战，怎得与臣比功?"擒虎道："本奉明旨，令臣与弼同时合势，进取伪都，弼乃先期进兵，遇贼即战，致将士伤毙甚多，臣但率轻骑五百，直捣金陵，降任蛮奴，注见前。执陈叔宝，据府库，倾巢穴，弼至夕方扣北掖门，由臣开关纳入。据此看来，弼功何在，尚得与臣比论么?"仿佛晋初浑浚。隋主坚温颜与语道："两将俱为上勋，休得相争。"乃进擒虎位上柱国，赐帛八千匹，但仍未得封公。擒虎乃退。

隋主又召入高颎，面授上柱国，进爵齐公，赐帛九千匹，且面谕道："公伐陈后，有人诬称公反，朕已将他斩讫。君臣道合，岂青蝇所得相间么?"颎再拜称谢。隋主又使与若弼论

平陈事，颎答说道："贺若弼先献十策，后在蒋山苦战破贼，功劳甚大。臣乃文吏，怎敢与大将论功？"隋主大笑道："让德如公，真不可多得了。"嗣命秦王俊为扬州总管，都督四十四州军事，使镇广陵，令晋王广还镇并州。陈都官尚书孔范，散骑常侍王瑳、王仪，御史中丞沈瓘，统是误国佞臣。晋王广尚未加罪，至是由隋廷按查得实，投诸四裔，以谢吴、越。陈叔宝留寓隋都，尚蒙优待，惟宫人姊妹多被没入掖廷，一妹进宫为嫔，就是将来的宣华夫人，一妹由隋主赐与杨素，一妹赐与贺若弼。叔宝全不在意，惟屡与监守官言，求一官号。监守官上白隋主，隋主坚微哂道："叔宝全无心肝。"说着，又问叔宝平日何事？监守官答称："叔宝常醉，少有醒时。"隋主又问他饮酒若干，监守官又答道："每日与子弟共饮，约需一石。"隋主惊诧道："一石如何使得，须要他节饮方好。"监守官应旨欲退，隋主又与语道："随他罢，否则叫他如何过日。"因即命陈氏子弟，分置边州，使给田业，作为生计。又常给叔宝衣食，且随时引见，班同三品。并授陈尚书令江总，为上开府仪同三司。陈仆射袁宪、骠骑将军萧摩诃、领军任忠，为开府仪同三司。陈吏部尚书姚察为秘书丞。袁宪素有清操，且建康被陷，百官逃散，惟宪尚留住殿中，此事已为隋主所闻，隋主以为江表称首，陈散骑常侍袁元友，屡谏叔宝，隋主嘉他忠直，亦擢拜为主爵侍郎。隋主又尝语群臣道："平陈时候，我悔不杀任蛮奴，彼受人荣禄，兼当重寄，不能横尸徇国，乃云无所用力。古有卫弘演纳肝，见列国时代。今乃有此任蛮奴，相差真太远了。"既知任忠不忠，奈何授为开府？况任忠以外，又有误国之江总，不诛而赏，俱属谬误。及陈水军都督周罗睺，入见隋主。隋主许以富贵，罗睺垂涕答道："臣荷陈氏厚遇，坐视沦亡，无节可纪，今得免死，已沐陛下厚赐，还想什么富贵呢?”隋主颇为嘉叹，竟授为上仪同三司。南北混一，朝野清平，乃令武夫子弟，一体学经，所有民间甲仗，悉皆除毁。

贺若弼自矜前功，备述平陈计划，称为御授平陈七策，呈入殿廷。隋主坚不愿披阅，当即发还，且语若弼道：“公欲发扬我名吗?我不求名，公可自载家传。”若弼授书，怀惭退去。左卫将军庞晃等入谮高颎，俱被隋主叱退，并召语颎道：“独孤公可比一镜，每被磨莹，皎然益明。”看官！你道隋主何故呼颎为独孤公？原来颎父宾尝为独孤信僚佐，赐姓独孤氏，所以呼为独孤公，优礼不名。颎前为帅府长史，曾奉隋主意旨，向上仪同三司李德林问计，转授晋王广。隋主坚因德林有功，加封郡公，已经宣诏。或语高颎道：“今若归功李德林，诸将必多愤惋，且公亦虚此一行了。”颎乃入白隋主，谓德林不应

重赏，乃收回成命。德林本恃才好胜，累年不得升级，已是愤懑不堪，至此又不得叙功，未免恨上加恨。当时颎与苏威大蒙宠任，德林屡与苏威异议，颎又尝左袒苏威，排斥德林。德林遂被黜为湖州刺史，未几复转徙怀州，竟致病死。德林为三朝臣，死不足惜，但高颎亦未免营私。楚州参军李君才上书劾颎，隋主大怒，召君才入问。君才抗辞如故，益致隋主增恼，立命捶毙。

隋主自平陈以后，免不得猜忌臣僚，往往密遣左右，觇视内外，察知微过，辄加重罪。又患令史赃污，私令人赂遗金帛，得犯立斩。每在殿中捶人，鞭挞至死，不死亦即斩首。高颎等屡谏不省，兵部侍郎冯基亦再三切谏，方有悔意。然转恨群臣不谏，又谴责数人。柱国郑译乘时贡谀，请修正雅乐。此子又来出头。隋主命太常卿牛弘、国子祭酒辛彦之、博士何妥等，会议音律。弘奏言中国旧音多在江南，今既得梁、陈旧乐，请

加修缉，以备雅乐。所有后魏、后周等乐声，未叶宫商，可悉令停罢。乃诏与许善心、姚察等参酌订正。

乐尚未成，一声遥警，江南各州郡，又复大乱。越州乱首高智慧、苏州乱首沈玄侩皆揭竿起事，自称天子，东攻西掠，陷没许多州县，所有陈国故土，大半震动，几乎前功尽隳，南北又要分疆。笔亦不测。原来江东习成奢靡，历代刑法，又多疏缓，自隋军平陈，尽反旧政，苏威复作五教，使民传诵，士民遂有怨言，并且谣诼纷纭，谓隋将尽徙南人，转入关中，于是民情益骇。至高、沈两人作乱，百姓相率依附，夺城池，戕守令，且哗然道："尚能使我诵五教么？"这消息传到隋廷，隋主当然忧虑，即遣越国公杨素率兵南征。素即日登程，将要渡江，先使部将麦铁杖夜乘苇筏，越江战贼，还而复往，为贼所擒。贼使三十人监守，铁杖夺取贼刀，乱斫守役，三十人多被杀伤，脱械逃归。素大加赏识，奏授仪同三司，因即麾动舟师，自扬子津逾江击贼。玄侩败走，追擒伏诛。素乘胜进攻越州，用裨将来护儿为前驱，南下浙江，但见江东岸上，贼营编列，绵亘数十里。江中贼船，亦不可胜计。护儿用轻舸数百，直登江岸，袭破贼营，复顺风纵火，烟焰蔽天。素麾众继进，大破智慧。智慧逃入海中，走保闽越。

素遣总管史万岁率兵二千，陆行逾岭，堵截海岸，自率大舰浮海，奄至泉州，贼众皆散。智慧穷蹙无归，由贼党执送军前，当然枭首。又分兵追捕余贼，约阅数旬，悉数荡平。惟史万岁杳无音信，还道他全军陷没，因致消息不通。后由海中得一竹筩，内藏万岁书函，略言："逾岭越海，攻破溪洞无数，前后七十余战，转斗至千余里，现已肃清海贼，指日北返"等语。素大喜过望，因即班师。且上奏万岁功绩，隋主也为叹美，厚赐万岁家属。此外平南诸将，自杨素以下，俱优叙有差。

素既北归，番禺夷人王仲宣忽然起反，纠合叛众，围攻广州。柱国韦洸尚在广州驻节，急忙招募兵士，开城拒贼，贼势甚是凶悍。洸与战不利，退回城中，登陴督御，一面向高谅乞援。冼太夫人遣孙冯暄领兵援洸。暄至衡岭，遇着贼党陈佛智屯兵岭上。佛智与暄素来认识，彼此通问往来，竟将战事搁起。冼夫人闻暄逗留，遣使执暄，拘系州狱，另遣孙冯盎往袭佛智。佛智未曾防备，突见盎军杀入，不及逃去，遂为所杀。时韦洸中箭身亡，副使慕容三藏，代理军事。隋廷亦遣给事郎裴矩，南行剿抚，矩至南康，发兵数千人，击斩仲宣别将，进至南海。可巧冯盎与三藏会合，击走仲宣。冼夫人又亲自接应，共至南海迎接裴矩。矩闻冼夫人到来，却也不敢生慢，更命军士排班恭待。过了片刻，前驱已至，来了一位少年军将，唇红齿白，烨烨有光，料知他就是冯盎，已足令人生羡，后面便是宋康郡冼夫人，首戴金冠，身披银铠，上张锦伞，下跨介马，前导骑士，后拥甲楯，虽已年越花龄，尚是春盈眉宇。矩不禁暗暗喝采，未与晤谈，先已下马待着。非写裴矩有礼，实为冼夫人生色。冼夫人老眼无花，忙令孙儿下骑，自己亦从容下鞍。当由慕容三藏从后趋到，邀同冼夫人及冯盎上前见矩。彼此行过了礼，略谈数语，便相偕回入广州。矩因冼夫人望重岭南，请她一同巡行，安抚诸州。冼夫人绝不推辞，即同矩带着兵士，出城巡抚。苍梧首领陈坦、冈州首领冯岑翁、梁化首领邓马头、藤州首领李光略、罗州首领庞靖等，皆来参谒。矩承制署为刺史县令，还镇旧部，各首领欢跃而去。

岭南复定，矩使人驰驿上闻，有诏拜盎为高州刺史，追赠盎祖宝为谯国公，冼夫人为谯国夫人，特给印章，许开幕府，置官属，得征发六州兵马，便宜行事。且赦免冯暄前罪，拜为罗州刺史。待裴矩归朝后，复降敕褒美，赐帛五千匹。皇后独孤氏亦颁给服饰。冼夫人并收贮金箧，并将梁、陈赐物亦各藏一库，每岁大会，皆陈列庭中，指示子孙道："汝等宜尽赤心向天子，我事三代主，惟用一好心，今赐物具存，便是忠孝的食报呢。"后来复抚定俚獠，劾诛贪污，岭南无不称颂。至仁寿初年，才报寿终，隋廷谥为诚敬夫人。小子有诗赞道：

几番平虏见奇功，岭表扬仁众口同。
《南北史》中争一席，休言巾帼不英雄！

欲知隋朝后事，待至下回再表。

隋文平陈，与晋武平吴相似，惟陈之亡，与吴不同，迹其情事，颇似蜀汉。刘禅乐不思蜀，叔宝全无心肝，其类似一也；刘禅乞降，犹有北地王谌，叔宝被虏，犹有岳阳王叔慎，其类似二也。故北地王谌死而蜀始亡，岳阳王叔慎死而陈始亡，特为标叙，正以存臣子之大节耳。冼夫人保境拒守，得叔宝书，乃召集首领，相向恸哭，妇人犹知枕戈之义，叔宝何心？乃稽颡隋阙，伈伈伣伣，为民吏羞乎？厥后为民命计，始迎隋使，及番禺之乱，发兵助讨，嗣复与裴矩巡抚诸州，易乱为治，岭南之得免兵戈，未始非冼夫人之所赐也。本回叙冼夫人处，亦特笔表明，借巾帼以励须眉，作书者固隐寓深心欤？

第八十六回　反罪为功筑宫邀赏
寓剿于抚徙虏实边

却说隋左卫大将军杨惠，佐命有功，易名为雄，初封邗国公，旋且晋封广平王，见八十一回。职掌禁旅，宠绝一时。长安人士，号为四贵中第一人。四贵除杨雄外，就是苏威、高颎、虞庆则。雄又宽容下士，甚得众心。隋主坚因此加忌，改拜雄为司空。雄知隋主夺他兵柄，虚示推崇，乃杜门谢客，不闻政事。寻改封为清漳王，未几又改封为安德王。还算明哲保身。滕王杨慧，亦见八十一回。曾尚周武帝邕妹顺阳公主，美秀而文，时人号为杨三郎。隋主命为雍州牧，且常引与同坐，呼为阿三，嗣复易名为瓒。瓒虽为隋主同母弟，但因隋主篡周，屠灭宇文氏，未免目为残忍。顺阳公主轸念宗亲，更觉得日夕悲伤，阴生咒诅；且与独孤后素不相容，益增怅触。独孤后家世贵盛，姿禀聪明，书史无所不晓，隋主甚加宠爱。每当隋主临朝，后辄与并辇而进，至阁方止。密遣宦官伺察朝政，稍有所失，便即记忆，俟隋主退朝，同返燕寝，婉言规谏，十从八九，宫中号为二圣。又尝与隋主密誓，不得有异生子。悍妒可知。看官！试想独孤后如此专宠，怎能不恨及顺阳公主，从中构煽呢？果然隋主听信后言，劝瓒离婚。瓒暱情伉俪，不忍相离，再三乞请，始蒙隋主俞允，但从此恩礼益衰。开皇十一年，瓒从事栗园，侍宴方终，忽然腹痛异常，片刻即毙。隋主坚并未加赠，且徙出顺阳公主，除去属籍。看官不必细猜，便可知瓒被毒死了。是夕，上柱国郑译病死，却遗书吊祭，赐谥曰"达"。朝臣因瓒不得谥，代为申请，才勉强谥一"穆"字。

太子通事舍人苏夔系尚书右仆射苏威子，少年能文，尤长音律，本名伯尼，因以知乐著名，威特令改名为夔。越公杨素每加器重，尝戏语威道："杨素无儿，苏夔无父。"是时夔与国子博士何妥等，共议正乐，互有龃龉，相持不决，并使百僚会议。大众多阿附苏威，不敢黜夔。于是赞同夔议，十得八九。妥愤愤道："我席间函丈四十余年，为后生小子所屈辱么？"遂上书劾威父子，并及礼部尚书卢恺，吏部侍郎薛道衡、尚书右丞王弘、考功侍郎李同和等，说他朋比为奸，滥用私人。隋主令第四子蜀王秀，秀本封越王，见八十一回，后复改封蜀王。及上柱国虞庆则等，推按得实，乃免威官爵，令以开封就第。卢恺私受威嘱，用王孝逸为书学博士，因坐罪除名。薛道衡等但加薄谴，未曾免官，遂任杨素为右仆射，与高颎共掌朝政。素风度比颎为优，器量远不如颎，朝贵如苏威以下，多被陵蔑，遂致侧目。大将军宋国公贺若弼尤为不服，且自思功出素右，理当为相，至此反为素所夺，越觉不平；有时入朝晋谒，语多不逊，隋主坚与语道："我用高颎、杨素为宰相，汝尝谓此二人只能啖饭，究是何意？"若弼应声道："颎与臣故交，素系臣舅子，臣素知二人材具，原有此语。"骄矜已极。隋主不禁变色。公卿等仰承风旨，遂劾若弼意存怨望，罪当处死。隋主即谕令系狱，未几又召问道："臣下守法不移，公可自思，有无生理？"若弼道："臣将八千兵擒陈叔宝，愿因此事望活。"叔宝为韩擒虎所絷，若弼仍引为己功，始终不脱一矜字。隋主道："这事已格外重赏。"若弼道："臣今还格外望活。"隋主踌躇良久，始贷免死罪，革职为民。过了年余，乃仍赐还爵位。苏威亦复爵邳公，仍为纳言。上柱国韩擒虎与若弼互争短长，也是个矜才使气的人物，幸亏享年不永，尚得善终。

相传开皇十六年十一月，擒虎在家，邻母见擒虎门前仪卫甚盛，因不禁诧问。卫吏答道："我等特来迎王。"言讫不见。已而邻人暴疾，忽惊走入擒虎门，为门吏所阻，病人大言道："我来谒王。"门吏问为何王？病人答称阎罗王。两下里喧噪起来，为擒虎子弟所闻，出探得实，欲挞病人。擒虎亦闻声出阻，遣归病人，且语子弟道："生为上柱国，死作阎罗王，我愿亦足了。"是夕便即罹疾，未几即逝。享年五十有五。究竟擒虎是否作阎罗王，此事无从确证，但不过付诸疑案罢了。

越年二月，隋主命杨素至岐州北，督造仁寿宫。素奏举宇文恺、封德彝为土木监，恺与德彝，专知谀媚，一经委任，格外效力监工，于是夷山堙谷，创立宫殿，崇台累榭，相属不绝。可怜这班丁夫工匠，昼不得安，夜不得休，害得身疲力乏，也没有医生疗治，到了奄奄就毙，便把尸骸推入坑谷，尸上填尸，差不多似小山一般。当下充作基址，筑成平地，好容易过了两年有余，才把仁寿宫造成。端的是规模闳丽，金碧辉煌，只人数却死了万余，模模糊糊地上了一个总账。完全是膏血涂成，怎得称为仁寿？

隋主坚令仆射高颎前往探视，还称奢华过甚，徒伤人丁。

隋主本来节俭，得颎复奏，当然恨及杨素。素颇加忧惧，急遣人密启独孤后，谓："历代帝王，统有离宫别馆，今天下太平，仅造一宫，何足言费?"独孤后即日复报，叫素不必耽忧，自然有法转圜。既而隋主坚亲往仁寿宫，巡视一周，果嫌太侈，便召素面诘道："朕叫汝督造此宫，原因汝老成勤慎，酌量丰俭，能体我意，为何造得这般绮丽，使我结怨天下?"素无言可答，不得不叩头谢罪。隋主坚全不理睬，自往便殿小憩。素忐忑不安，恐遭严谴，封德彝密语道："公勿过忧！俟皇后到来，必有恩诏。"话才说毕，已有人报称皇后驾到。素忙上前迎谒，由独孤后面加慰劳，随即入见隋主。素尚不敢随入，过了半晌，已有旨宣素入对。隋主上坐，尚未开言，独孤后便从旁婉谕道："公知我夫妇年老，无以自娱，故盛饰此宫，使我夫妇安享天年，公真可谓忠孝了。"我夫妇二字，便已见得独孤权宠。隋主虽未加劳，面色已是温和，绝不似先前严厉。素当即拜谢。独孤后又代为申请，赐素钱百万缗，绢三千匹。素复启独孤后道："老臣无功可言，监役勤劳，要推封德彝为首。"佞人入朝，素实罪魁。独孤后点首道："德彝自当另赏，公不必让赐。"素因谢赐而退。未几，即有诏擢德彝为内史舍人。嗣是隋主尝幸仁寿宫，每出必与后同行，且拨遣宫女，使在仁寿宫中常住，充当盥馈洒扫诸役。宫中不足，随时选入，隋主坚也心为物役，渐渐地爱恋声色了。习俗移人，中主不免。

先是隋平江南，得陈叔宝屏风，颁赐突厥大义公主。即千金公主，见八十三回。大义公主已做了都蓝可汗的可贺敦，前虽改姓杨氏，终非所愿，不过暂救目前，勉强承认。及屏风赐至，复触动旧感，特借陈亡作诗，书入屏中。诗云：

盛衰等朝露，世道若浮萍。荣华实难守，池台终自平。富贵今安在？空事写丹青。杯酒恒无乐，弦歌讵有声？余本皇家子，漂流入虏庭。一朝睹成败，怀抱忽纵横。古来共如此，非我独申名。惟有昭君在，偏伤远嫁情。

这首诗传入隋廷，隋主知她诗中寓意，不免怀恨，自是礼赐寝薄。那大义公主却也无义，既已三次改醮，复与胡人安遂迦暗地私通，适有流人杨钦亡入突厥，谬云："彭国公刘昶已与妻族宇文氏联络，指日起事，请突厥发兵外应，定可灭隋"云云。大义公主以为有隙可乘，遂煽动都蓝可汗，不修职贡，潜出扰边。隋主复使车骑将军长孙晟驰往突厥，传敕诘问。晟见大义公主颇有微辞，公主语亦不屈。晟不与多

辩，但在突厥住了旬日，侦察机密，已知都蓝叛隋，衅由杨钦及公主，且将公主私事，亦诇得大略，当即起程归朝，详报隋主。

隋主再遣晟往索杨钦，都蓝不与，但诡称无此流人。晟密赂突厥达官，访得杨钦所在，乘夜掩捕，果得获钦，遂牵示都蓝，都蓝无词可对。晟索性直言不讳，竟将公主私通安遂迦一并说出。都蓝可汗也不禁羞惭满面，立把安遂迦拿下，交付与晟。番酋尚有耻心，不若千金公主之厚颜。晟即将二人押回，并处死刑。隋主嘉晟有功，加授开府仪同三司，仍使赍敕西行，传语都蓝，废去大义公主名号。都蓝可汗尚怜爱公主，不忍废斥，隋再赐送美妓四人，饵诱都蓝。都蓝得了四个美人儿，自然把大义公主冷淡下去。

隋内史侍郎裴矩谓必使都蓝杀死公主，方无后患。一再传

谕，都蓝不从。时处罗侯子染干自号突利可汗，镇守北方，独遣人至隋，乞许和亲。隋主使裴矩与语道：“能杀大义公主，方可许婚。”突利闻言，便捏造谣传，谓：“公主将谋害都蓝。”一面贻都蓝书，挑动怒意。都蓝果然中计，竟将大义公主杀死。淫妇该死久矣。当下报达隋廷，更上表求婚。长孙晟已早归国，独入阙献议道：“臣观雍虞闾即都蓝可汗，见八十三回。反复无信，不过与玷厥有隙，欲依我朝，就使许结婚姻，将来必致叛去。况今使得尚主，仰托声威，玷厥、染干力不能拒，或且受彼驱策，更为我患，计不如招抚染干，许与通婚，使他南徙入边，为我保障，雍虞闾虽有异心，料亦无能为了。”始终不外反间计。隋主依议，即遣晟慰谕染干，许尚公主。染干喜出望外，厚待长孙晟，优礼送归。惟公主尚未指定，染干也未遽来迎，又延宕了三四年。

这三四年间，事迹不一，未便缕述，所有内外大事，荦荦可纪：一是史万岁征服南宁蛮酋爨震，收降三十余部落，勒石铭功；二是周法尚讨平桂州俚帅李光仕，另遣令狐整为总管，镇定华夷；三是汉王谅东伐高丽，无功而还，高丽王元亦遣使谢罪。这三件是对外的军政。还有并州总管晋王广调镇扬州，弟秦王俊调镇并州。俊性好奢，又多内宠，妃崔氏奇妒，置毒瓜中，俊食瓜致疾，征还免官，崔妃赐死。杨素进谏隋主，谓不应严谴秦王。隋主道：“周公尚诛管蔡，我不及周公，怎能为子废法?”后来俊病已笃，始复拜上柱国，未几即殁。还是速死为幸。鲁公虞庆则，有爱妾与长史什柱相奸，什柱诬告庆则谋反，竟杀庆则，什柱得受封柱国。宜阳公王世积出镇凉州，与皇甫孝谐有隙，孝谐上书告变，谓世积尝令道人相面，道人谓相法大贵，并言世积妻应作皇后，世积因此生谋，请早日惩处。隋主也不辨虚实，便召还世积，置诸死刑。左卫大将军元旻、右卫大将军元胄及左仆射高颎，曾受世积馈遗，至是并发。两元罢官，惟颎得幸免，孝谐又得拜为上大将军。都由猜忌功臣，以致信谗戮旧。大都督崔长仁犯法当斩，隋主因崔与后有中表亲，意欲减免，后独慨请道："既犯国法，怎得顾私？"长仁遂坐死。后异母弟独孤陀为延州刺史，有婢事猫鬼，能驱令杀人。会后与杨素妻同时罹病，医官目为猫鬼疾，隋主疑由陀所为，令高颎等讯鞫，得了证据，有诏赐陀自尽。后三日不食，替陀请命，且泣语隋主道："陀若蛊政害民，妾不敢言。今为妾致死，妾实痛心，敢乞加恩赦宥。"乃减陀死罪一等，独孤后可谓刁狡，看官莫被瞒过！惟严禁蛊毒魇魅等邪术，有犯必惩，投御四裔，这数件是治内的刑政。略叙一斑，已见隋主晚政之多失。

到了开皇十九年，复从事西征，特命汉王谅为元帅，使率高颎、杨素、燕荣等分讨突厥。突厥北部突利可汗，即染干。既得隋主许婚，约越三年有余，乃遣使迎女。隋主令番使居太常寺，演习六礼，又经数旬，方遣宗女安义公主随番使出塞和亲，并令牛弘、苏威、斛律孝卿等，相继为使，厚结突利。突利亦屡次朝贡，前后不绝。隋主依长孙晟议，谕突利南徙，使仍居都斤山，作为屏藩，突利当然遵命。都蓝可汗闻突利得尚公主，自己反不得所求，气得无名火高起三丈，遂召语部众道："我乃突厥大可汗，难道反不及染干么？"部众亦为不平，遂怂恿都蓝入寇。都蓝便誓绝朝贡，侵掠隋边。突利伺知动静，辄遣使奏闻，边鄙得预先戒备，不使都蓝逞志。都蓝因大修攻具，谋入寇大同城，又由突利遣人驰报。隋主亟使左仆射高颎率兵出朔州道，右仆射杨素率兵出灵州道，上柱国燕荣率兵出幽州道，统归元帅汉王谅节制。谅为隋主少子，素蒙宠爱，不愿临戎，乃延期出发，贻误军情。都蓝可汗竟与达头可汗合兵，袭击突利，突利仓猝出战，一败涂地，弃帐南奔，兄弟子侄尽为所杀。都蓝追击突利，渡河入蔚州，突利部落散亡。巧值长孙晟出使突利，中途相值，遂与晟一同南走，手下只有五人，沿途收得番众数百骑。突利即与密谋道："今兵败入朝，不过一个降人，大隋天子，岂肯礼我？我与达头本无仇隙，不若投彼为是。"晟见他附耳密谈，料知突利已有异图，遂密遣从人往伏远镇，令速举四烽。突利远远瞧着，见有四烽齐起，不禁诧问。晟随答道："我国边防，贼少，举二烽，来多，举三烽，大逼，举四烽。今四烽俱举，定是望见贼至，多而且近哩。"突利为晟所绐，不得已随晟南下，驰驿入朝。隋主厚赐突利，并迁晟为左勋卫骠骑将军。

适都蓝可汗亦遣使至隋廷，隋主令与突利辩难。突利理直气壮，乃叱退都蓝使人。都蓝弟都速六亦不直都蓝所为，弃家奔隋。隋主发出珍玩，使突利转赠都速六，都速六亦快慰异常。于是敕书分逮，催促高颎、杨素等，进军西讨。高颎出朔州，使上柱国赵仲卿率兵三千为先锋，至族蠡山，与都蓝军相遇。交战七日，大破都蓝军，追奔至乞伏泊。都蓝大举前来，围住仲卿，仲卿摆设方阵，四面拒战，相持至五日。高颎自率军往援，合兵夹击，复破都蓝，追奔七百余里，虏得牲畜人口，以千万计，乃收军而还。杨素出灵州，可巧遇着达头，素不设鹿角，但令诸军上马列阵。达头大喜，称为天赐，即麾精骑十余万，来突素军。上仪同三司周罗睺，随素从军，忙向素献议道："贼阵未整，速击为是。"素点首称善。罗睺遂率锐骑出战，素督大兵接应。突厥向恃骑兵，冲突无前，不意此次隋军却也非常厉害，纵横驰骤，不可抵挡，番兵立即奔散。达头迟了一步，身上已受了数创，只好忍痛急奔。隋军追杀一阵，俘获甚多，两路番军都窜出塞外去了。番兵实是无用。

隋主因封突利为启民可汗，使长孙晟至朔州，督建大利城，为启民宅居地。突厥散众，多归启民，男女共约万余口。安义公主虽由启民挈徙，途中迭受惊苦，竟致病殁。隋主复遣宗女义成公主嫁与启民，且辟夏、胜二州间旷地，使得畜牧，再令上柱国赵仲卿屯兵五原，为启民代御达头。代州总管韩洪等率步骑一万，往镇恒安，作为声援。达头复集十万骑入寇，韩洪出战败绩。惟仲卿邀击达头，得斩虏首千余级，达头驰去。隋主用长孙晟言，复将启民徙至五原，免致不测，一面再遣杨素等出击都蓝。师未出塞，都蓝已为部下所杀，达头自立为步迦可汗，突厥大乱。启民奉隋主命，遣部吏分道招慰，降附甚众。越年孟夏，达头已抚定境内，复来犯塞。有诏令晋

王广为统帅，带同杨素、史万岁、长孙晟等，分途出击。晟命置毒水中，突厥人畜，取饮多死，即惊为天殃，夤夜遁去。愚如犬豕。史万岁追出塞外，至大斤山，将及达头。达头问隋将为谁？探骑说是史万岁。达头大惧，飞马急奔，余众不及遁走，被万岁督兵纵击，斩首数千，又北入沙碛数百里，见四处乏人，方才南归。既而达头复遣从子俟利伐，来攻启民，隋又发兵往救，与启民击退俟利伐。启民上表陈谢道：“大隋圣人可汗，如天无不复，地无不载，染干似枯木更荣，枯骨更肉。千世万世，当为大隋典司羊马哩。”隋主又令赵仲卿增筑金河、定襄二城，保护启民，启民益感恩不置。小子有诗咏道：

区区小惠示羁縻，愚虏何知坐被欺。
只是和亲终下策，伤心远嫁感流离。

启民既诚心内属，北顾无忧，隋主调还各军帅，共享太平，究竟隋廷能否久安，容至下回续叙。

萧何筑未央宫，汉高以其壮丽而斥之，杨素筑仁寿宫，隋主亦以其壮丽而嫉之，两主初意，固甚善也。乃汉高因萧何之狡辩，易怒为喜，隋主因独孤后之回护，反罪为功，是皆为物欲所蔽，以致自相矛盾，前后不符。且隋主之猜忌功臣，亦与汉高相类，一念为民，转念即为妻孥，妻孥之念一生，于是种种猜嫌，因之而起。惟隋之历世，远不若汉之灵长者，汉之得国以正，而隋实篡窃而来，况更有屠灭周氏之大恶耶？长孙晟两谋突厥，先以反间计制沙钵略，继以反间计驭突利，番奴宗族，自相屠翦，而隋适收渔人之利，晟固有大造于隋者。然娄敬和亲，功不补患，汉之饵匈奴，隋之诱突厥，皆不得为上策。天子有道，守在四夷，岂必诈术为哉？岂必用儿女子以啗之哉？而番虏之贪利无亲，更不足道矣。

第八十七回　恨妒后御驾入山乡
谋夺嫡计臣赂朝贵

却说隋主享国，已有十八九年，内安外攘，物阜民康，好算是太平世界。古人有言："存不忘亡，安不忘危。"这正是持盈保泰的至理。无如饥寒思盗，饱暖思淫，乃是人人常态，隋主坚虽称英武，究竟不是圣主明王，自筑造仁寿宫后，渐渐地系情酒色，役志纷华，只因独孤后生性奇妒，别事或尚可通融，惟不许隋主召幸宫娥，所以宫中彩女盈丛，花一团，锦一簇，徒供那隋主双目，不能与之亲近，图一夕欢。小子却有一比，好比那哑子吃黄连，说不出的苦况。一日，独孤后稍有不适，在宫调养，隋主得了这个空隙，便自往仁寿宫，消遣愁怀。仁寿宫内，宫女已不下数百，妍媸作队，老少成行，隋主左顾右盼，却都是寻常姿色，没有十分当意。信步行来，踱入一座别苑中，适有一妙年女郎，轻卷珠帘，正与隋主打个照面，慌忙出来迎驾，上前叩头。隋主谕令起来，那宫女方遵旨起立，站住一旁。当由隋主仔细端详，但见她秋水为神，梨云为骨，乌云为发，白雪为肤，更有一种娇羞形态，令人销魂。隋主见所未见，禁不住心痒难熬，便开口问道："你姓甚名谁？何时进宫？"宫女复跪答道："贱婢乃尉迟迥女孙，坐罪入宫，拨充此间洒扫。"隋主又说是不必多礼，可导朕入苑闲游。尉迟女便即起身，冉冉前行，引隋主入苑。隋主心中，只注意女郎，所有苑中琪花瑶草，不过略略赏玩，随口与尉迟女问答。尉迟女情窦已开，料知隋主有意宠幸，乐得柔声娇语，卖弄风骚。错了错了，难道不闻有母夜叉么？隋主越加情动，竟与尉迟女趋入室中，使侍役供入酒肴，叫尉迟女在旁侍饮。尉迟女骤邀恩宠，正出意外，遂承旨饮了几杯，红霞上脸，越觉鲜妍。隋主越看越俏，连喝数觥，酒意已有五六分，索性开放情怀，与尉迟女调起情来。尉迟女若即若离，半推半就，那时隋主还记得甚么皇后、甚么旧盟，待至日暮，竟在苑中住宿。一宵快意，不消多说。嗣是绸缪数夕，方才还朝听政。

这独孤后病已略痊，见隋主数夕不归，早已含着醋意，密遣内侍侦探行止。还报得实，气得三尸暴炸，七窍生烟，便伺隋主临朝时候，悄悄带着宫监侍女，乘辇往仁寿宫去了。隋主视朝已毕，入宫去探皇后，哪知独孤后早已他去，旁问内侍，还是含糊对答，经隋主动了怒意，方说皇后往仁寿宫。隋主听了，竟吓得非同小可，便也跨马追去。到了仁寿宫，急诣尉迟女住室，正值独孤后高声喝骂，声达户外，向内一望，摆着一个血肉模糊的尸体，细看不是别人，正是前日相偎相倚的尉迟女。痛煞！急煞！再看独孤后坐在上面，好似母夜叉一般，双眉直竖，两目圆睁，分明瞧着隋主，却尚是满口胡言，兀坐不动。气杀！隋主本是有名的惧内，一时不敢发作，只因悲愤交并，索性转身上马，扬鞭径去。独孤后恃宠作威，正望隋主趋入，再好发泄数语，偏隋主变色自行，倒也着忙起来，便下座追出，连呼陛下快回。隋主全不理睬，只没路地乱跑，急得独孤后仓皇失措，慌忙分遣内侍，宣召高、杨二相及高颎、杨素，闻命驰至，距着隋主去时，已过了好一歇。既问明情由，便带着内侍数名，相偕追去。

究竟两人是出将入相的豪杰，走马如飞，足足赶了二三十里，方见隋主在山村间慢骑前行。二人齐声叫道："陛下何往？"隋主闻声回顾，见高、杨二相赶来，乃勒马停住。二人忙即下马，趋至隋主马前，挽住丝韁，跪地进谏道："至尊有何急事？竟尔轻身自出，难道可不顾社稷么？"隋主不禁长叹道："说也可羞，自古帝王，莫不有三宫九嫔，朕召幸一个宫女，偏被独孤后殴死，朕想田家翁多收几斛麦，要思易妻，家有千金，也要买几个歌婢，朕贵为天子，反不得自由，何如出居民间，倒

还逍遥自在呢？"高颎道："陛下错了。陛下进身劳思，得有天下，岂可为一妇人，反把天下看轻？愿陛下三思，速即还驾！"隋主沉吟不语。杨素亦从旁力谏，且言："山僻村乡，断非御驾可以留憩。"隋主也自觉为难，可巧日已西沉，仪仗舆辇，并文武百官，一齐来迎。隋主怒亦稍平，方徐徐还朝。及驰入宫阙，已近夜半，独孤后倚阁待着，心下很是不安。你也有惶急时么？及闻御驾已回，方才放下了心。隋主尚不肯入宫，再由高颎、杨素苦劝始入。行至阁门，独孤后见了，忙下拜道："贱妾一时暴戾，触怒圣衷，死罪死罪。但念妾十四于归，至今已数十年，与陛下无纤芥嫌，今因宫人得罪，还乞陛下恩宥！"隋主方答道："朕非不念夫妇旧情，但卿亦太觉忍心。事已至此，也不必多说了。"独孤后涕泣拜谢，依旧并辇入宫。高、杨二相也即随入，由隋主赐他夜宴，自与独孤后亦开樽饮酒，

饮了数杯，不免记着尉迟女，露出悲悼情态。高、杨二相与隋主虽然异席，却是相隔不远，又各出婉言和解，隋主始破涕为欢。待至斗转更阑，才命撤席。高、杨二相辞去，隋主与独孤后返入寝室，一宵易过，无容细表。自是独孤后稍易前情，从前选入的陈叔宝妹子，方许隋主得尝禁脔。见八十五回。陈家女国色天姿，不亚尉迟女孙，李代桃僵，老怀已适，当然把尉迟女的惨死搬置脑后了。皇帝统是负心汉。

惟当时追还隋主，多亏高、杨二相，但颎有一语，传入后耳，竟致怀恨在心，看官道是何语？便是上文载着扣马力谏的数语。独孤后因他目为妇人，未免意存藐视，所以怏怏不乐，尝语心腹内侍道："我道高颎是我父执，时常敬礼，不意他藐我至此，我乃堂堂国母，怎得轻我为妇人呢？"你难道变做男子么？颎哪里知晓。一日，复应召入对，隋主与语道："有神告晋王妃，谓晋王必有天下，卿意以为如何？"颎正色答道："立储已定，怎可轻易？况长幼原有定序呢。"隋主嘿然，颎即趋出。为此一言，遂令独孤后怒上加怒，恨不得将高颎即日除去。看官听着！隋主生有五子，都是独孤后所出。隋主尝语群臣，谓："朕旁无姬侍，五子同母，可谓真兄弟，当不致有争立情事。"哪知一母所生的兄弟，也暗中相轧，并亲生母自己偏爱，酿成废立，反致正言相告的高仆射，无端牵入漩涡，坐罹谴谪，这也是出人意外的事情。大气盘旋。

太子勇小字睍地伐，系隋主坚长子，素性坦率，不尚矫情，常参决军国大事，言多见纳。惟隋主尚俭，勇独文饰蜀铠，为父所见，尝面责道："从古帝王，好奢必亡，汝为储君，当先知俭约，乃能奉承宗庙，我平时衣服，各留一袭，汝可随时取观，作为榜样。且赐汝旧刀一柄，菹酱一盒，令汝服食，汝宜默体我心。”勇虽应命趋出，但事过境迁，又复如常。会遇长至节日，百官皆往东宫贺节，勇张乐受贺，事为隋主所闻，愈滋不悦，特下诏戒谕群臣，此后不得擅贺东宫，嗣是恩宠渐衰，勇又多内嬖，昭训云氏，昭训系东宫女职。姿貌殊丽，尤得欢心，生子三人，还有高良娣、王良媛、成姬等，亦产下数男。独嫡妃元氏无宠，亦不闻生育。隋主坚却不暇计及，惟皇后独孤氏最恨人宠妾忘妻，平时闻王置妾，或妾有怀孕等事，辄劝隋主惩诫，甚至免官。干卿甚事？偏皇太子亲蹈此辙，怎得不令独孤后生愤？冤冤相凑，那太子妃元氏遇着心疾，两日即殁，独孤后疑为云氏下毒，越觉不平，每当太子入省，尝带怒容。太子勇亦漫不加察，竟使云氏专掌内政，居然视若嫡妃，益敦情好。独孤后暗暗咒骂，并尝遣内侍侦察，俟太子另有过失，便当请诸隋主，把他废斥。

878. 就中有个阴谋诡计的晋王广，有心夺嫡，默窥父母隐情，巧为迎合，姬妾虽有数人，他却与萧妃日夕同居，就使后庭生子，亦不使养育，但说是未曾产男。有时隋主及后，亲临广第，广只留老丑婢仆，充当役使，自与萧妃又止衣敝缯，屏帐亦改用缣素，乐器任积尘埃，毫不拂拭，隋主当然惬意，独孤后愈觉生欢。及父母回宫，另遣左右探视，广不问贵贱，必与萧妃迎候门前，待以美馔，申以厚礼，因此宫中内侍，无不称晋王仁孝。隋主坚密遣相士来和遍视诸子，和答道：“晋王眉骨隆起，贵不可言。”隋主又问上仪同三司韦鼎，谓诸子谁当嗣立？鼎随口奏道：“至尊皇后，最爱何人，便使嗣统，此外非臣所敢知了。”来、韦二人，恐亦得杨广好处。隋主笑道：“卿尚不肯明言么？”鼎又道：“事在陛下，臣何必多言。”说毕自退。

会晋王广出镇扬州，甫经半载，便表请入觐，有旨允准。

广即入觐父母，语言容止，无不加谨；就是接待朝臣，亦格外谦恭。宫廷内外，有口皆碑。及辞行还镇，并入宫别母，叙谈半日，无非是远离膝下、常怀孺慕的套话。待到天色将晚，将要出宫，又故意装出欲去不去的光景，欲言不言的情状。独孤后未免动疑，便问他有甚言语？广请屏去左右，只剩得母子两人，便伏地泣诉道："臣儿愚蠢，不知忌讳，每念亲恩难报，所以上表请朝，不知东宫何意，怒及臣儿，谓臣儿觊觎名器，欲加屠陷，臣儿远到外藩，东宫日侍朝夕，倘若谗言交入，天高难辩，或赐三尺帛，或给一杯鸩，臣儿不知死所，恐未能再觐慈颜了。"好一张似簧利口。说至此，呜咽不止。独孤后且怜且恨道："睍地伐见上。真令人难耐，我为他娶元氏女，向无疾病，忽然一旦暴亡，他却与阿云等日夕淫乐，生了许多豚犬。我长媳遇毒丧生，我尚未曾穷治，他竟又想害汝，我在尚然，我死后，汝等只合配他做鱼肉了。况东宫今无嫡妃，至尊万岁千秋后，汝等兄弟，且向阿云前再拜问候，这不是更加苦痛么？"说着，亦泫然泣下。广又假意劝慰，说是："臣儿不肖，转累慈圣伤心，更增罪戾。"云云。一擒一纵，独孤虽狡，怎能不堕入彀中？独孤后又咬牙密谕道："汝尽管放心还镇，我自有区处，不使我儿屈死。"广闻言暗喜，面上尚带着惨容，再拜而去。

独孤后遂决意废立，屡在隋主面前挑唆是非。隋主因令选东宫卫士，入台宿卫。朝臣无人敢谏，独高颎入奏道："东宫宿卫，不便多调。"隋主不待说毕，便作色道："朕有时出巡，卫士应求雄毅，太子毓德东宫，何须壮士？我熟见前朝旧事，公不必再循覆辙了。"这一席话，说得高颎面有惭色，只好退出。原来颎子表仁，曾娶太子勇女为妇，隋主言中寓意，越令高颎难以为情。既而颎妻病卒，独孤后乘间进言道："高仆射年已将老，骤致悼亡，陛下奈何不为颎娶？”隋主因召颎入阙，面述后言。颎含泪答道：“臣今已老，退朝后惟斋居诵经，不愿再纳继室了。”隋主亦为悼叹，因即罢议。过了数月，颎妾生下一男。隋主颇为颎喜慰，惟独孤后很是不乐。隋主问为何因？后答道：“陛下尚再信高颎么？前陛下欲为颎续娶，颎心存爱妾；面欺陛下，今诈情已见，怎能再信？”看到此语，方知前时劝颎复娶，已寓阴谋。隋主亦以为然。及与颎商废立事，颎又提出长幼伦序，对答隋主，见上。于是隋主益疑颎有私，拟加谴谪。复忆及王世积一案，再加复验。有司希旨锻炼，谓颎实有通叛情事，乃即罢隋左仆射，以公爵就第。

先是汉王谅东伐高丽，尝令颎为长史，面加重托。谅年少任气，与颎言多不合意，遂致无功而归。谅入见独孤后道：“儿幸免为高颎所杀。”独孤后原记在心中，谅亦怀恨不休，常欲

置颎死地。还有晋王广为张丽华事，又挟嫌伺颎，为此种种积仇，遂阴唆颎吏上书，讦颎私事，诬称颎子表仁劝慰乃父，谓：“司马仲达，尝托疾不朝，卒有天下，父今遇此，安知非福”等语。隋主得书大怒，遂拘颎至内史省，备加讯鞫。法司按不得实，反捏报他事，谓：“沙门真觉，曾语颎云，明年国有大丧，尼令晖亦与颎言，皇帝将有大厄，十九年恐不可过。”隋主益怒，顾语群臣道：“帝王岂可力求？孔子为古来大圣人，作法垂世，岂不欲有天下？但天命未归，只好作罢了。”孔子岂肯效法篡逆么？有司请即诛颎，隋主复叹道：“去年杀虞庆则，今年斩王世积，若更诛颎，天下总道我残害功臣了。”乃褫颎爵邑，除名为民。颎有老母，尝诫颎道：“汝富贵已极，但欠一斫头呢，奈何不慎？”颎既被黜，回忆母言，尚自幸不死，倒也没有恨色。哪知生死有命，后来终难免一刀，这且慢表。

且说晋王广闻高颎免官，又少了一个对头，自思储君一席，此时不夺，更待何时？但一时也想不出妙计，默思安州总管宇文述足智多谋，何不将他奏调过来？好与他秘密商量。当下写定一表，奏调宇文述为寿州刺史。隋主怎识秘谋，便即批准。述受调南来，顺道谒广。广殷勤款待，向述问计。述答道："皇太子失爱已久，令德仁闻，无一可及大王，将来入承正统，舍王为谁？但废立大事，实不易言，大王虽经二圣宠爱，究竟事关重大，未便遽移，必须有一亲信大臣，从中怂恿，方可成功。"广皱眉道："亲信大臣，莫如杨素，但恐他不肯助我，奈何？"述接口道："这也何难？大理少卿杨约为杨仆射亲弟，事必与谋，述与约相识，愿入朝京师，乘便语约，为大王效劳，何如？"广大喜过望，便多出金宝，令述携带入关。

一到长安，述即往访约，彼此相别有年，欢然道故，自在意中。述即赠约珍玩数件，适合约意，当即开筵接风，备极款洽，尽兴始散。越日，述早起入朝，隋主照例召见，寥寥数语，即令退班。述回寓后，约正踵门答拜，述当然迎入，也即设宴相待，酒过数巡，席上陈设多是南方佳玩，就是银杯象箸，亦无不雕刻玲珑。约且饮且赏，啧啧称美。述慨然道："公既见爱，便当相赠。"说着，复取出周彝商鼎等类，与约过目。约爱不释手，赞不绝口，述见他已经入彀，复语约道："述愿与公掷卢赌胜，就以此物为彩，可好么？"约趁着三分酒兴，便与述共博，述佯为不胜，把鼎彝等悉数输去。约得彩既多，也觉得难以为情，有谦让意。述附耳道："公以为此物是述所输么？述哪能有此？实是晋王所赐，令述与公交欢呢。"约愕然道："兄赐尚不敢当，若是晋王所赐，更不敢受。"述笑答道："这些须珍玩，何足稀罕？尚有一场永远大富贵，送与令昆玉。"

约愈觉失惊。述从容道：“如公兄弟，功名盖世，当涂用事，已历多年，朝臣为公家所屈辱，岂止一二人？且储君因所欲不行，往往切齿执政，一旦得志，至亲有云定兴等，定兴即昭训父。宫僚有唐令则等，试问公家兄弟，尚能长保富贵吗？”约不禁失色道：“如此奈何？”述又道：“今皇太子失爱慈圣，主上已有废黜的微意，想公家兄弟，谅亦窥悉，若请立晋王，但教贤兄一语，便可做到，诚使因时立功，晋王必感念不忘，这岂非避危就安，是一场永远大富贵吗？”娓娓动人。约点首道：“君言甚是，待商诸家兄，再行报命。”说着，又畅饮数杯，方才告别。述将所赠珍玩，遣人送往杨家，自不消说。

约即往告素，素大喜道：“我尚想不到此，赖汝有此计策，我便照行便了。”约复道：“今皇后所言，上无不用，兄须看着机会，早自结托，庶可长保富贵，若再迟疑，一旦有变，令太子用事，祸至无日了。”素掀须道：“这个自然。”约见素已允，便悄悄地报知宇文述。述当然返报晋王广，不在话下。惟杨素怀着鬼胎，日思进言，可巧隋主召令侍宴，独孤后亦在座中。素即称赞晋王孝悌恭俭，酷肖至尊。隋主尚未开口，独孤后已顾素道：“公亦看重我次儿么？我儿大孝，每值内史往问，他知为我夫妇所遣，必迎接境上，言及违离，未尝不泣，且新妇萧氏，亦很觉可怜，我使婢去，必与她共寝同食，岂若睍地伐宠恋阿云，猜忌骨肉，全不像个储君体统？我所以益爱阿麽，常恐他被人暗害呢。”说至此，不禁泣下。看官道阿麽为谁？就是晋王广的小名。广将生时，独孤后梦见金龙入室，红光缭绕，后来忽堕落地上，跌断龙尾，变成一只老鼠模样，形大如牛。后猛然惊醒，随即产广。广生得丰颐广额，头角峥嵘，后甚是喜欢。及三日取名，后与隋主述及梦境，隋主半喜半惊，仔细忖量，似乎凶多吉少，但后事茫茫，究难预料，因他眉开额阔，便取名为广，小字阿麽。俗本易麽为摩，大误。所以独孤后向素答言，随口呼及晋王广的小名。素揣知后意，索性把东宫过失直陈了一大篇，惹得隋主愈加懊恼，感叹了好几回。待素辞退后，独孤后又暗遣内侍，赍金赐素，素乐得拜受。小子有诗叹道：

漫言五子属同胞，偏爱偏憎已混淆；
更有权奸承内旨，几多谗口共嚣嚣。

这事传入太子勇耳中，勇自然忧惧，要想设法保全，毕竟有无良策，容至下回再详。

古人有言："哲妇倾城。"又云："谋及妇人，宜其死也。"夫古今来非无才智之妇人，但明通者少，悍妒者多。试观尉迟女之一经召幸，即被独孤后殴死，妒悍如此，尚能知大体乎？隋主坚不自类推，反以为五子同母，少长咸序，可无后患，讵知势均位敌，虽属同产至亲，不能无倾夺之害，况妇人最多偏爱，孽子又肆阴谋，浸润之谮，肤受之愬，非洞烛其奸，几何不为所蒙蔽也。高颎重臣，忠而见斥，杨素贪恋富贵，致为宇文述所饵，嬖子匹嫡，外宠贰政，而废立之衅成，而弑逆之祸，亦自此兆矣。

第八十八回　太子勇遭谗被废
庶人秀幽锢蒙冤

却说太子勇安居东宫，喜近声色，免不得有三五媚臣，导为淫佚。就是云昭训父定兴，亦出入无节，尝献入奇服异器，求悦太子。左庶子裴政，屡谏不从。政因语定兴道："公所为不合法度。且元妃暴薨，人言藉藉，公宜亟自引退，方可免祸。"定兴不以为然，并将政语转告太子。太子勇便即疏政，出襄州总管，改用唐令则为左庶子。令则素擅音乐，勇使他教导宫人，弦歌不辍。右庶子刘行本尝责令则道："庶子当以正道佐储君，奈何取媚房帷，自干罪戾？"令则闻言，也觉赧然，但欲讨好东宫，仍然不改。会太子召集宫僚，开筵夜饮，令则手弹琵琶，歌斌媚娘，太子大悦。当时恼动了一位直臣，便起座进规道："令则身为宫僚，职当调护，今乃广座前，自比倡优，进淫声，秽视听，事若上闻，令则罪在不测，殿下宁能免累么？"太子勇怫然道："我欲行乐，君勿多事！"说至此，那直臣知话不投机，也即趋出。这人为谁？就是太子洗马李纲。

叙法侧重李纲，为下文伏线。勇由他自去，并不追问，仍使令则弹唱终席，方才遣散。嗣复与左卫率夏侯福手搏为戏，笑声外达。刘行本待福出来，召福面数道："殿下宽容，赐汝颜色，汝何物小人，敢如此恣肆无礼呢?"因将福执付法吏。勇反替福请免，乃得释出。还有典膳监元淹、太子家令邹文腾、前礼部侍郎萧子宝、前主玺下士何竦等，俱专务谐媚，导勇非法。

勇内多姬媵，外多幸臣，整日里歌宴陶情，不顾后患。至废立消息，传到东宫，勇才觉着忙，闻新丰人王辅贤素善占候，因召问吉凶。辅贤道："近来太白袭月，白虹贯东宫门，均与太子有碍，不可不防。"勇越加惶急，遂与邹文腾、元淹熟商引入巫觋，作种种厌胜术，又在后园内设庶人才，屋宇卑陋。勇常往寝处，布衣草褥，为厌禳计。全是愚夫、愚妇的作为。隋主坚颇有所闻，遂使杨素詗视虚实。素至东宫，已经递入名刺，却故意徘徊不进。勇束带正冠，伫待多时，方见素徐徐进来。勇不觉懊恼，语多唐突。素即还报太子怨望，恐有他变。隋主尚将信将疑，再经独孤后遣人伺勇，每得小过，无不上闻，甚且架词诬陷，构成勇罪，说得隋主不能不信，乃自玄武门达至德门，分置候人，窥察东宫动静，所有东宫宿卫及侍官以上名籍，悉令移交诸卫府。宫廷内外，俱知废立在迩，乐得顺风敲锣，投穽下石，至如晋王广盼望佳音，更觉迫不及待，密嘱督王府军事段达，贿通东宫幸臣姬威，使伺太子过失，密告杨素。于是内外喧谤，说得这个太子勇无恶不作，自古罕闻。

会隋主幸仁寿宫，将要回銮，段达往胁姬威道："东宫罪恶，皇上尽知，已奉密诏，定当废立，君能和盘托出，大富贵就在目前了。"威满口应承。未几，隋主还朝，才阅一宵，已听得许多蜚语，越宿御大兴殿，即宣召东宫官属，怒目与语道：“仁寿宫去此不远，乃令我每还京师，严备仗卫，好似身入敌国一般。我近患下痢，寝不解衣，昨夜至后房登厕，恐有警急，又还就前殿，岂非尔辈欲坏我家国么？”说至此，即叱令左右，拿下左庶子唐令则等数人，付法司讯鞫，一面命杨素陈述东宫事状，宣告群臣。素竟随口编造，说出太子许多骄倨，且有密谋不轨等情。隋主喟然道：“此儿过恶久闻，皇后每劝我废去，我因此儿居长，且是布素时所生，格外容忍，望他渐改，不料他怙恶不悛，反敢私怨阿孃，不与一好妇女；且指皇后侍儿，谓将来终是我物。新妇元氏，性质柔淑，忽然暴亡，我疑他别有隐情，召他入问，他便抗辞道：‘会当杀元孝矩。’试想孝矩为元氏父，现为庐州刺史，相隔甚远，何罪当杀？他无非意欲害我，借此迁怒呢。皇长孙俨，为云氏所出，

朕与皇后老年得孙，抱养宫中，他偏不放心，遣人屡索，由今思昔，云氏系定兴女，与不肖儿在外私合，安知不是异种？昔晋太子取屠家女，生儿即好屠割，今若非类，便乱宗社。又闻不肖儿引入曹妙达，与定兴女同宴，妙达在外扬言，我今得劝妃酒，如此乖谬，想是因诸子庶出，恐人不服，特故意纵妾，欲收时望，我虽德惭尧、舜，怎可将社稷人民，付与这不肖子呢？”多是妇女琐亵之谈，奈何出诸帝口？语尚未毕，左卫大将军五原公元旻听不入耳，竟出班面奏道：“废立大事，天子无二言，诏旨若行，后悔无及。谗言罔极，请陛下三思！”隋主全然不理。

旻尚欲再言，偏姬威入朝抗表，迭称太子失德，隋主览表已毕，复传威入见，谕令尽言。看官！你想威有甚么好话？无非说太子好奢好淫，好杀好忌，又把那厌蛊诸术尽情说出，最

后一语，谓太子尝令师姥卜吉凶，转语臣道："至尊忌在十八年，今已过期，好令人快意了。"隋主听到此言，气得老泪潸潸，且泣且叹道："谁非父母所生？乃竟至此。朕近览齐书，见高欢纵子为恶，不胜忿懑，我怎可效尤哩？"说着，即传敕禁勇诸子及勇党羽，令杨素讯谳，自下御座退朝。素与弟约深文巧诋，锻炼成狱，有司更希承素意，奏称："元旻尝曲意事勇，当御驾在仁寿宫时，勇尝遣心腹裴弘，致书与旻，外面写着'毋令人知'。"既云密书，又云外面有此数字，明明是诬蔑之言，构陷元旻。隋主看了，便失声道："朕在仁寿宫，事无巨细，东宫即已闻知，比驿马还要迅速，朕尝称为怪事，哪知有此辈引线呢。"遂遣武士拘旻下狱，并裴弘亦被拘入。右卫大将军元胄尝入值帝前，时当退班，尚留连不去，至此始面奏道："臣向不退值，正为陛下防着元旻呢。"可恶之极。隋主被胄所欺，面加褒奖，胄欢跃而出。开皇二十年十月，隋主决意废太子勇，使人召勇入见。勇见朝使失色道："莫非欲杀我不成？"使臣支吾对付。勇只好硬着头皮，随使入武德殿。但见殿阶上下，兵甲森列，殿内东立百官，西立诸王，御座中坐着一位甲胄耀煌、威灵赫濯的大皇帝，不由地心胆俱碎，匍伏阶前。内史侍郎薛道衡在阶上站着，朗声宣诏道：

太子之位，实为国本，苟非其人，不可虚立。自古储副，或有不才，长恶不悛，仍令守器，皆由情溺宠爱，失于至理，致使宗社沦亡，苍生涂地。由此言之，天下安危，系乎上嗣。大业传世，岂不重哉？皇太子勇，地则居长，情所钟爱，初登大位，即建春宫，方冀德业日新，隆兹负荷，而乃性识庸闇，仁孝无闻，暱近小人，委任奸佞，前后愆戾，难以具纪。但百姓者天之百姓，朕恭膺天命，属当安育，虽欲爱子，实负上灵，岂敢以不肖之子而乱天下？勇及其男女为王公主者，并废为庶人，顾维兆庶，事不获已，兴言及此，良深愧叹！

诏书读毕，当有卫士引勇诸子，趋入殿庭，褫去冠带，并由道衡传谕及勇道："如尔罪恶，人神共弃，欲求免废，尚可得么？"勇即免冠再拜道："臣合尸都市，为将来鉴，幸蒙哀怜，得全性命。"说着，泪如雨下，良久始舞蹈而去。盈廷诸臣，莫不感悯，但也不便多言。勇有十子，亦一并牵出。长子俨曾封长宁王，尚表乞宿卫，情词恳切。隋主览表心动，意欲留俨，杨素进言道："伏愿圣心同诸螫手，不宜再事矜怜。"素实可杀。隋主乃怏怏入内。越日，又下诏书，斩元旻、唐令则、

邹文腾、夏侯福、元淹、萧子宝、何竦七人，妻妾子孙并没入官庭。还有车骑将军阎毗、东郡公崔君绰、游骑尉沈福宝、术士章仇太翼，各杖百下，身及妻子为奴，资财田宅充公。副将作大匠高龙义率更令晋文建，通直散骑郎元衡，并赐自尽。

太平公史万岁与将士等共列朝堂，见太子被废，暗暗称冤，不辞而退。隋主记忆起来，召问杨素道："万岁为何遽退？"素答道："想是去谒东宫了。"隋主即召万岁入问，万岁为素所诬，当然不服，且言："前征突厥，被杨素抑功不赏，将士多半怨素，素实老奸巨猾，不可轻信。"隋主此时正深信杨素，便极口驳斥，万岁仍然反抗，词色益厉，顿时恼动上意，遽命左右推出朝门，把他击毙。已而不禁自悔，复令追还，那万岁的魂灵已入枉死城，哪里还追得转呢。当下赐杨素帛三千段，元胄、杨约各千段。文林郎杨孝政进谏道："皇太子为小人所

误，宜加训诲，不宜废黜。”隋主又怒，喝令挞孝政胸，至数十下。孝政只得自认晦气，忍痛而出。隋主复召东宫官属，责他辅导无方，众皆惶惧，莫敢答言。独太子洗马李纲道：“废立大事，满朝文武大臣，皆知事不可行，但莫敢发言，臣何惜一死，不为陛下直陈。太子性本中人，可与为善，亦可与为恶。向使陛下选择正人，辅导太子，非不可嗣守鸿业，乃用唐令则为左庶子，邹文腾为家令，二人惟知谄媚取容，怎得不败？这乃陛下自误，不得尽归罪太子。”说至此，伏地呜咽。隋主亦不觉惨然，欷歔良久道：“李纲责我，不为无理，但徒知其一，未知其二，我本择汝为宫僚，勇不肯亲信，虽有正人，究属何益？”纲又答道：“臣所以不见亲信，实由奸人在侧，蒙蔽东宫，若陛下早斩令则、文腾，更选贤才辅佐太子，臣何致终被疏弃哩？从古来国家废立冢嫡，每至倾危，愿陛下深留圣恩，无贻后悔。”胆愈壮则词愈达。隋主听了，勃然变色，抽身入内。左右皆为纲寒心，纲却从容退归。已而有诏传出，移置废太子勇至内史省，恩给五品料食，又擢李纲为尚书右丞。朝臣始服纲胆识，交口称颂了。

过了数日，即立晋王广为太子，全国地震。广还要讨好父前，表请减杀章服，所用官僚不向东宫称臣。隋主坚嘉他礼让，优诏允从。广即调用宇文述为左卫率，又因洪州总管郭衍亦曾与谋夺嫡，召为左监门率。隋主又移废太子勇至东宫，锢置幽室，令广管束。勇自思罪不当废，屡请见父申冤。广不肯允，勇升树号呼，期达上闻。广商诸杨素，素即上言：“勇志日昏，想为癫鬼所祟，不可复收。”隋主乃令广从严锢勇。勇遂如罪犯一般，不许自由。从此九重远隔，永不得见天日了。

先是隋主克陈，天下多想望太平，监察御史房彦谦私语亲友道："主上忌刻苛酷，太子卑弱，诸王擅权，天下虽得暂安，不久必生祸乱。"彦谦子玄龄亦密白乃父道："主上本无功德，徒用诈术取天下，诸子又皆骄奢不仁，将来必自相诛夷，危亡即不远了。"会新乐告成，协律郎祖孝孙及乐工万宝常按律谱音，皆不见用，但创出一种繁闹的乐音，奉敕施行。宝常泫然道："淫厉而哀，天下不久便乱了。"自是辞去役使，情愿稿饿，并取乐谱毁去，且自叹道："用此何为？"未几竟绝粒而死。回应八十六回中订乐事，笔法不漏，且以见隋代之将亡。

隋主还道是立储得人，可无后忧。太史令袁充当废立东宫时，曾进言天象告变，应该废立，至此又表称："隋兴以后，昼日渐长，兆庆升平。"隋主大喜，即改开皇二十一年为仁寿元年，大赦天下。地球绕日，自有常度，乌有无故增长之理？进杨素为左仆射，苏威为右仆射，文武百官，加秩有差。惟因日影增长，

令百工作役，概加程课。丁匠等不免叫苦，隋主怎得与闻。散骑侍郎王劭乘势献谀，谓自大隋受命，符瑞甚多，特辑成《皇隋灵感志》三十卷，进呈御览。隋主取阅全书，内容多系采集歌谣，旁及谶纬，并且掇拾佛书，意为注释，虽未免牵强附会，但自思得国未正，士民或有异议，正好借此宣示四方，表明应天顺人的征验。当下将劭书颁行天下，并赏劭金帛千匹，且亲祀南郊，答谢天庥。

才阅一年，岐、雍二州地震，毁坏民庐，不可胜计。到了孟秋，独孤后受凉感疾，饮食无味，寝卧不安。御医逐日诊治，毫不见效，反且沉重起来。天文似亦预兆灾祲，八月初旬，月晕四重，又越五日，太白犯轩辕，是夜独孤后病殁永安宫，年正五十。隋主感伤数次，乃命礼官治办丧仪，殡灵白虎殿下。太子广至灵柩前，哀号擗踊，若不胜情，至退处私室，

饮食言笑，仍如平时。又每朝令进二溢米，暗中却嘱取肥肉脯鲊，置竹筩中，用蜡封口，裹着衣襆，悄悄纳入，外人无从得知，反盛称太子孝思，誉不绝口。转眼间已过了三月，奉柩出葬泰陵，追谥“文献”。这泰陵地域，是由上仪同三司萧吉所择，奏云：“卜年三千，卜世二百。”隋主说道：“吉凶由人，不关墓兆。”话虽如此，意中实喜得嘉地，竟从吉言。言不由衷，无怪生儿更诈。吉密语知友道：“前太子尝遣宇文左率，嘱我善择山陵，令太子早日得立，必当厚报。我答言地已择就，不出四年，太子必御天下。实告诸君，太子嗣位，隋必致亡。我所云三千年，乃系三十,二百世乃系二传。诸君记着！看我言果有验否？”吉为梁长沙王萧懿孙，既有此技，何前此无救国亡？吉友闻言，也似信非信，搁过一边。

且说隋主第四子蜀王秀，容貌壮伟，很有胆力，年未及壮，即多须髯，常为朝臣所侧目。隋主尝语独孤后道：“秀将来恐不令终，我在尚可无虑，至兄弟时必反无疑。”独孤后以秀无他过，置诸不理。隋主乃命秀镇蜀，秀莅治益州，奢侈逾制，车马衣服，僭拟天子。隋主稍有所闻，即语群臣道：“坏我家法，必在子孙。”因遣使赍敕谴责，秀终未肯改。及太子勇遭谗被废，晋王广得为太子，秀意甚不平。广亦防秀有变，阴令杨素进谗，构成罪状。隋主乃召秀还朝，秀入都进谒，但见隋主满面怒容，不与一言。秀再拜而出，隋主乃使朝臣责秀，秀答谢道：“臣忝荷国恩，出临藩岳，不能奉法，罪当万死。”太子广闻秀被责，很是欣慰，外面装出爱弟形状，邀同诸王入宫，替秀解免。隋主反加怒道：“从前秦王縻费，我以父道相责，今秀蠹害生民，我当以君道相绳。汝等不必多言，我自有法处治呢。”说着，即令将秀付诸法司。开府仪同三司庆整进谏道："庶人勇既废，秦王已薨，秦王俊病殁，见八十六回。陛下儿子无多，奈何屡加严谴？且蜀王性甚耿介，今被重责，或且不愿生全，也是可虑。"隋主大怒道："你敢来多嘴么，我且断你舌根。"随即顾群臣道："当斩秀市中，以谢百姓。"群臣俱跪伏殿庭，代为乞免，乃令杨素、苏威、牛弘、柳述等，再加按治。太子广阴作木偶，缚手钉心，上书隋主及汉王姓名，下署数语云："请西岳慈父圣母，速遣神兵，收系杨坚、杨谅神魂。"令人埋诸华山下。一面使杨素发掘，作为罪证。又云："秀妄造图谶，迭言京师妖异，捏称蜀地祯祥。"并有檄文草稿，略云："逆臣贼子，专弄威福，当盛甲陈兵，指期问罪"等语。罪证已具，一并上奏。隋主见了，拍案盛怒道："天下有这等不肖子么？"便令废秀为庶人，幽锢内侍省，不得与妻孥相见，但给獠婢二人，充当役使。且缘秀连坐，计百余人。又中了逆子奸相的诡计。秀上表称谢，表文中有云："伏愿慈恩，垂赐矜悯。今兹残息未尽，愿与瓜子相见，请赐一穴，令骸骨有归。""瓜子"二字，是指自己的爱子言。隋主反下诏数秀十罪，略云：

汝地居臣子，情兼家国。庸蜀重要，委以镇之。汝乃干纪乱常，怀恶乐祸，睥睨二宫，伫望灾衅，我有不和，汝便觇候，望我不起，便有异心。皇太子汝兄也，次当建立，汝假托妖言，乃云不终其位。自言骨相非人臣，德业堪承重器，诈称益州龙现，托言吉兆，重述木易之姓，更治成都之宫。妄说禾乃之名，以当八千之运，横生京师妖异，以证父兄之灾，妄造蜀地祯祥，以符己身之箓。鸠集左道，符书厌镇。汉王于汝，亲则弟也，乃画其形像，书其姓名。缚手钉心，妄云请西岳华山慈父圣母，收杨谅魂神。我之于汝，亲则父也，又画我形像，缚首撮头．仍云请西岳神兵，收杨坚魂神，如此悖谬，我不知杨坚、杨谅，果是汝何亲也。包藏凶慝，图谋不轨，逆臣之迹也。希父之灾，以为身幸，贼子之心也。怀非分之望，肆毒心于兄，悖弟之行也。嫉妒于弟，无恶不为，无孔怀之情也。违犯制度，坏乱之极也。多杀不辜，豺狼之暴也。剥削民庶，酷虐之甚也。惟求财货，市井之业也。专事妖邪，顽嚚之性也。弗克负荷，不材之器也。凡此十者，灭天理，逆人伦，汝皆为之，不祥之甚也。欲免祸患，长守富贵，其可得乎？

庶人秀得见此诏，吓得莫名其妙，自思诏书所言，纯是冤诬，不知被何人构造出来，锻成这般大罪。禁门深远，无从申诉，只好饮恨泣血，静坐囹圄。贝州长史裴肃独遣使上书，谓："二庶人得罪已久，宁不革心，愿陛下弘君父之慈，顾天性之义，各封小国，再观后效，若能迁善，渐更增益，如或不悛，贬削未迟。"这书奏入，隋主顾杨素道："裴肃忧我家事，也是一片诚心。"素默然不答。不劾裴肃，还算厚道。于是征肃入朝，面谕二庶人不能曲恕，且罢肃原官，放归田里。惟庶人秀诸子听令同处，小子有诗叹道：

谗言蔽主益神昏，父子相夷最贼恩；
一摘已稀偏再摘，可怜皇嗣两含冤！

二庶人不得出头，太子广得步进步，更要做出逆天害理的大事来了。欲知他如何行事，请看下回便知。

太子勇非无过失，误在无正人以辅导之。如洗马李纲言，最为剀切。然有独孤后之偏爱，与晋王广之诡谋，就使勇无失德，亦必致废黜，况更有杨素之助桀为虐耶？隋主坚惩高欢覆辙，自谓不致纵子，而抑知妻儿谮愬，堕彼术中，其惑且比高欢为尤甚也。蜀王秀虽未免僭踰，而较诸废太子勇，更属无甚大罪，乃广、素相毗，百端构陷，复被废为庶人。自来阴贼险狠，莫如杨广，而隋主坚屡为所欺，溺爱不明，一至于此，有子者尚其鉴诸！

第八十九回　侍病父密谋行逆
烝庶母强结同心

却说太子广诈谋百出，构陷兄弟，全亏杨素一力帮助，因得如愿。素亦威权日盛，兄弟诸父，并为尚书列卿，诸子亦多为柱国刺史。广营资产，家僮数千，妓妾亦数千，第宅华侈，制拟宫禁。朝右诸臣，莫不畏附。惟尚书右丞相李纲及大理卿梁毗，正直不阿，与素异趋。毗且上书劾素，说他："权势日隆，威焰无比，所私无忠说，所进皆亲戚，子弟布列，兼州连县，天下无事，容息异图，四海有虞，必为祸始。陛下以素为阿衡，臣恐他心同莽懿，伏愿揆鉴古今，量为处置，使得鸿基永固，率土幸甚。"隋主览奏大怒，收毗系狱，亲加鞫问。毗毫不畏缩，且极言："素擅宠弄权，杀戮无道，太子及蜀王得罪遭废，臣僚无不震悚，独素扬眉奋肘，喜见颜色，利灾乐祸，不问可知。"隋主听到此语，不由地忆念二子，发现天性，暗暗地吞声饮泪，不愿再鞫，乃命毗还系狱中，越日传敕赦毗。嗣又诏谕杨素道："仆射系国家宰辅，不应躬亲细务，但阅三五日，一至省中，评论大事，便为尽职”等语。又出杨约为伊州刺史。素知隋主阴怀猜忌，更不自安；又见吏部尚书柳述进参机密，得握政权，尤觉得心如芒刺，愤闷不平。好与杨广同谋弑逆了。

先是隋主第五女兰陵公主下嫁仪同王奉孝，奉孝早逝，公主年才十八，隋主欲令她改嫁，晋王广因妻弟萧玚正在择配，拟请将公主嫁玚。偏是乃父不从，令适内史柳述。隋主最爱此女，更闻她敬事舅姑，力循妇道，益加心慰，遂累擢述至吏部尚书。广既为太子，与述未协，并见述徼宠预政，越觉生嫌，再加杨素亦常憾述，眼见是虎狼在侧，怎得相安？当时龙门人王通具有道艺，讲学河汾间，门徒甚众，目睹朝政日非，孽子权臣，互为表里，料知祸乱不远，因诣阙上书，胪陈太平十二策。隋主不能采用，通即拟告归。杨素夙慕通名，留通至

第，劝他出仕。通答道：“通尚有先人敝庐，足庇风雨，薄田数亩，足供饘粥，读书谈道，尽堪自乐，愿明公正己正人，治平天下，通得为太平百姓，受赐已多，何必定要出仕呢？”素闻通言，敬礼有加，因馆待数日。有人向素进谗道：“通实慢公，公何故敬通。”素亦不觉生疑，转以问通。通从容道：“公若可慢，是仆得计；不可慢，是仆失人。得失在仆，与公何伤？”素一笑而罢。不必多辩，已使权奸心折。通见素终未肯改过，便即辞归，仍然居家课徒。后来唐朝开国，如房玄龄、魏徵诸贤臣，皆受教通门。通至隋大业末年，大业系隋炀帝年号，见下文。在家病卒，门人私谥为文中子，毋庸多表。不略王通，足补史传之阙。

会突厥步迦可汗，即达头可汗，见八十六回。屡扰隋边，并寇掠启民可汗庐帐，杨素发兵奋击，大破步迦。步迦穷蹙遁归，部

众因此离心，铁勒仆骨等十余部落并内附启用，突厥大乱。步迦奔往吐谷浑，隋主令启民归统部众，使长孙晟送出碛口。启民益感隋恩，岁修朝贡，亦不消细说。

且说隋主坚自皇后死后，不必惧内，遂专宠陈叔宝妹子，赐号贵人。叔宝亦得时常召见，隋主命修陈氏宗祀，令叔宝岁时致祭，且因此惠及齐梁，特许齐后高仁英、梁后萧琮，修葺祖陵，逐年祭扫。叔宝因妹邀宠，早把亡国的痛苦撇置脑后。此之谓全无心肝。一日，从隋主登邙山，奉谕侍饮。叔宝即席赋诗道："日月光天德，山河壮帝居。太平无以报，愿上东封书。"隋主亦不加可否。至陪辇回朝，叔宝又表请封禅。当下接得复敕，暂从缓议。过了旬月，复召叔宝入宴。叔宝本来好酒，见着这杯中物，胜似性命，连喝了数大觥，酒意醺醺，方才罢席，拜谢而出。隋主目视叔宝道："亡国败家，莫非嗜酒，与其作诗邀功，何如回忆危亡时事。当贺若弼入京口时，陈人密启告急，叔宝饮酒不省；及高颎入宫，犹见启在床下，岂不可笑？这是天意亡陈，所以出此不肖子孙。昔苻秦征伐各国，俘得亡国主，概赐爵禄，意欲沽名，实是违天，所以苻氏享国，亦未能长久呢。"休说别人，自己也要死亡了。仁寿四年，叔宝病死隋都，年五十二。隋廷追赠叔宝为长城县公，予谥曰"炀"。史家称为陈后主，或沿隋赠号，呼为长城公。但叔宝死时，在仁寿四年仲冬，隋主坚却比他早死了几个月，并且死得不明不白。照此看来，一个统领中原的主子，结果反不及一亡国奴，说来也觉得可怜可痛呢！从陈女递入叔宝，从叔宝之死，回溯隋主之殁，叙笔不漏不紊。

原来隋主坚既宠一陈贵人，领袖六宫，复在后宫选一丽姝，随时召幸。这丽姝也由陈宫没入，母家姓蔡，籍隶丹阳，姿容秀媚，与陈贵人相差不远，隋主早已钟情，只因独孤后奇妒，不便染指。后死后，乃进蔡氏为世妇，享受温柔滋味，日加宠遇。寻亦拜为贵人。两贵人并沐皇恩，轮流服侍，隋主虽然快意，究竟消耗精神；况日间要治理万几，夜间要周旋二美，六十多岁的老头儿，哪里禁受得起？起初还是勉强支撑，至敷衍了一年有余，终累得骨瘦如柴，百病层出。仁寿四年孟春，尚挈二贵人往仁寿宫，想去调养身体，一切国事，均令太子广代理。无如万几虽卸，二美未离，总不免旦旦伐性。一住三月，偶感风寒，内外交迫，即致卧床不起，葠苓罔效，芣苢无灵。两贵人原是惶急，此外随驾人员，亦无不耽忧，便报知东宫太子及在朝王公。太子广便即驰省，余如左仆射杨素、吏部尚书兼摄兵部尚书柳述、黄门侍郎元岩等，亦皆随往问疾。大众到了大宝殿，里面就是隋主寝所，便鱼贯而进，并至榻前。隋主正含糊自念，若使皇后尚存，朕不致有此重疾了。谁叫你老且渔色？还劳记忆妒后吗？太子广已经听着，默忖一番，已寓后日诈谋。才开口启呼父皇。隋主始张目外视道：“汝来了吗？我念汝已久了。”广故作愁容，详问病状，语带凄音。隋主略略相告，并由杨素等上前请安。隋主亦握手欷歔，自言凶多吉少。素等俱出言劝慰，方得隋主颔首，面命太子广居大宝殿，俾便侍奉。杨素等出外伺候，太子广等领命退出。广与素密谈数语，素唯唯而去。看官听说！这太子广见隋主病重，料知死期在迩，心下很是喜欢，便嘱令杨素预先留意，准备登基。及素去后，又因言不尽意，常自作手书，封出问素。素条陈事状，复报太子。

偏偏冤家有孽，宫人误将杨素复书，传入御寝，隋主取来展阅，大略一瞧，已是肝气上冲，喘急异常。两贵人慌忙过侍，一捶背，一摩胸，劳动了好多时，方渐渐地平复原状，悲叹数声，始蒙眬睡去。这一睡却经过半日有余，醒来已是夜半，寝室中灯烛犹明，两贵人尚是侍着。隋主不禁怜惜道：“我病日剧，累汝两人侍我，劳苦得很，可惜我将不起，汝两人均尚盛年，不知将如何了局哩？”自然有人代汝效力，汝且不必耽忧。两贵人听了，连忙上前慰解，但心中各怀酸楚，虽勉强忍住珠泪，已是眼眦荧荧，隋主愈觉不忍，但又无可再言，只得命她寝息。越日传谕出去，加号陈氏为宣华夫人，蔡氏为容华夫人。两夫人得了敕旨，均加服环珮，并至榻前叩谢，隋主谕令平身。两人谢恩起立，容华夫人先出更衣，宣华夫人因隋主有所嘱咐，迟了一步，方才得出。

隋主见两夫人并去更衣，暂且闭目养神，似寐非寐，忽听得门帷一动，不同常响，急忙睁目外望，见有一人抢步进来，趋至榻前，露出一种慌张态度；再行审视，珮环依旧，钗钿已偏，不由地惊问道：“你为何事着忙？”那人欲言未言，经隋主一再诘问，不禁泣下，且呜呜咽咽地说出“太子无礼”四字。隋主忽跃然起坐，用手捶床道：“畜生何足付大事？独孤误我！”悔已迟了。说着，即呼内侍入室，命速召柳述、元岩，宣华亦劝阻不住。及述与岩奉召进来，隋主喘着道：“快……快召我儿！”述答道：“太子现往殿外，臣即去召来。”隋主又复喘着，说了“勇、勇”两声。述、岩应声出阁，互相商议道：“废太子勇现锢东宫，须特下敕书，方可召入。”乃取觅纸笔，代为草敕。敕文颇难措词，又经两人磋磨多时，方得告就。正要着人往召，不防外面跑入许多卫士，竟将两人牵去，两人问为何因，卫士并不与言，乱推乱扯，拥至大理狱中，始见太子左卫率宇文述趋至，手执诏书，对他宣读，说他侍疾谋变，图害东宫，着即将两人拘系下狱。两人好似做梦一般，明明由隋主亲口，嘱令召勇，如何从中又有变卦，另颁出一道诏书？看官！试想这诏书究从何来？若果是真，如何有这般迅速哩？原来太子广调戏宣华，见宣华不从，当然慌乱，便密召杨素入商。素惊诧道："坏了！坏了！"广愈觉着急，求素设法，几乎要跪将下去。素用手挽住，口中还是吞吞吐吐，老贼狡猾，非极力描摹，不足示奸。急得广向天设誓，有永不负德等语。素始拈须沉吟，想了一会，方与广附耳数语。广乃易忧为喜，立召东宫卫士，驰入殿中。正值述、岩两人商议草敕，便命卫士掩入，拘去两人，随即令宇文述写起伪诏，持示述、岩，一面发出东宫兵帖，上台宿卫，门禁出入，均由宇文述、郭衍监查；再派右庶子张衡入殿问疾，密嘱了许多话儿。

衡放步进去，正值隋主痰壅，只是睁着两眼，喉中已噎不

能言。陈、蔡两夫人，脚忙手乱，在侧抚摩。衡抗声道："圣上抱疾至此，两夫人尚未宣召大臣，面受遗命，究竟怀着甚么异图？"蔡夫人被他一诘，吓得哑口无言，还是陈夫人稍能辩驳，含泪答道："妾蒙皇上深恩，恨不能以身代死，倘有不讳，敢望独生？汝休得无故罪人！"衡又作色道："自古以来的帝王，只有顾命宰辅，从没有顾命妃嫔，况我皇上创业开国，何等英明，岂可轻落诸儿女子手中？今宰辅等俱在外伺候，两夫人速即回避，区区殉节，无关大局。且皇上两目炯炯，怎见得便要升遐，何用夫人咒诅呢。"陈夫人见拗他不过，只得与蔡夫人同出寝室，自往后宫。去不多时，即由张衡出报太子，说是皇上驾崩。太子广与杨素等，同入检视，果见隋主一命呜呼，气息全无，只是目尚开着。太子广便即哀号，杨素摇手道："休哭！休哭！"广即停住哭声，向素问故。素说道："此时不便

发丧，须俟殿下登极，然后颁行遗诏，方出万全。”广当即依议，便遣心腹守住寝门，不准宫嫔内侍等入视。就是殿外亦屯着东宫卫士，不得放入外人，倘有王公大臣等问安，但言圣驾少安，尽可无虑。又令杨素出草遗诏，并安排即位事宜。素也即去讫。可怜这枭雄盖世的隋主坚，活了六十四岁的年纪，做了二十四年大皇帝，徒落得一朝冤死，没人送终，反将尸骸搁起龙床，无人伴灵，冷清清地过了一日一夜，究竟是命数使然呢？还是果报使然呢？数语足惊心动魄。

但外面虽秘不发丧，宫中总不免有些消息，宣华夫人陈氏自退入后宫后，很是惊疑，未几即有人传报驾崩，更觉凄惶无主，要想往视帝尸，又闻得内外有人监守，俱是东宫吏卒，越吓得玉容惨澹，坐立不安。到了夕阳将下，忽有内使到来，呈入一个小金盒，说由东宫殿下嘱令传送，宣华一想，这盒中必是鸩毒，不觉浑身发抖，且颤且泣道：“我自国亡被俘，已是拚着一生，得蒙先帝宠幸，如同再造，哪知红颜薄命，到头终是一死。罢罢！今日便从死地下，了我余生便了。”说至此，欲要取盒开视，又觉两手不能动弹，复哽咽道：“昨日为了名义关系，得罪东宫，哪知他这般无情，竟要我死。”说了复哭，内使急拟返报，便催促道：“盒中未必定是鸩毒，何弗开视，再作计较？”宣华不得已取过金盒，揭起封条，开盒一看，并不是什么鸩毒，乃是几个彩线制成的同心结。心下虽然少安，但面庞上又突然生热，手内一松，将盒子置在案上，倒退数步，坐下不语。何必做作。内使又催逼道：“既是这般喜事，应该收下。”宣华尚俯首无言，不肯起身。诸宫人便在旁相劝道：“一误不宜再误，今日太子，明日皇上，娘娘得享荣华，奈何不谢？”你一句，我一句，逼得宣华不能自主，乃勉强立起身来，取出同心结，对着金盒，拜了一拜。一拜足矣。内使见收了结子，便取着空盒，出宫自去。宣华夫人满腹踌躇，悲喜参半，宫人进陈夜膳，她也无心取食，胡乱吃了一碗，便即罢手。寻又倒身床上，长吁短叹。好一歇欲入黑甜，恍惚似身侍龙床，犹见隋主喘息模样，耳中复听到“畜生”二字，竟致惊醒，向外一望，灯光月色，映入床帷，正是一派新秋夜景。蓦闻有人传语道：“东宫太子来了。”宣华胸中，突突乱跳，几不知将如何对待。接连又走进几个宫女，拽的拽，扶的扶，竟将她搀起床中，你推我挽，出迎太子。太子广已入室门，春风满面，趋近芳颜，宣华只好敛衽上前，轻轻地呼了一声殿下。广即含笑相答道：“夫人请坐！”一面说，一面注视宣华，但见她黛眉半锁，翠鬓微松，穿一套淡素衣裳，不妆不束，别饶丰韵。越是美人，越是浅妆的好看。广又惊又爱道：“夫人何必自苦，韶华不再，好景难留，今宵月影团圞，正好及时行乐哩。”宣华斜坐一旁，似醉似痴，低头不答。广又道：“我为了夫人，倾心已久，几蹈不测，承夫人回心转意，辱收证物，所以特来践约，望夫人勿再却情！”说着，竟扬着右手，意欲来扯宣华。宣华方惊答道：“妾蒙殿下错爱，非不知感，但此身已侍先皇，义难再荐。况殿下登基在即，一经采选，岂无倾国姿容？如妾败柳残花，何足垂盼。还愿殿下尊重，勿使贻诮宫闱！”广复笑道：“夫人错了。西施、王嫱，已在目前，何必再劳采访？如为礼义起见，何以文君夜奔，反称韵事？请夫人不必拘执了。”宣华还要推却，广已欲火如焚，竟起身离座道：“千不是，万不是，都由夫人不是，如何生得这般美貌，使我寝食难忘？我情愿敝屣富贵，不愿错过佳人。”说到此处，又左右一顾，诸宫人统已识窍，纷纷避去。当即牵动宣华玉臂，曳入寝室。宣华自料难免，更且娇怯怯的身躯，如何挣扎，只好随广同入。广顺手关了寝门，拥入罗帏，于是舌吐丁香，芳舒荳蔻，国风好色，痴情适等鹑奔，巫雨迷情，非偶竟成鸳侣。蜂狂蝶采，几曾顾方寸花心？凤倒鸾颠，管甚么前宵荼苦。好骈文。一夜欢娱，倏忽天晓，广因与杨素订定，当日即位，没奈何起床梳洗，衣冠出去。素已在大宝殿中，伫候多时，一见便嚷道：“殿下奈何这般宴起，须知今日是何日哩。”广微笑不答。素复道：“文武百官已在殿外候朝，请殿下速穿法服，出升御座。”广乃趋入殿旁左厢，已有人备好裳冕，立即穿戴，由左右簇拥出殿。广心悸足弱，升座时几乎跌倒，幸杨素从旁扶住，方得坐定。当下传入王大臣，排班谒贺，素从袖中取出遗诏，付宣诏官朗读道：

嗟乎！自昔晋室播迁，天下丧乱，四海不一，以至周齐，战争相寻，生灵涂炭。上天降鉴，爰命于朕，拨乱反正，偃武修文，天下大同，声教远被。此乃天意欲宁区夏，所以昧旦临朝，不遑逸豫，一日万几，留心亲览。匪曰朕躬，盖为百姓计也。朕方欲令率土之人，永得安乐，不谓遘疾弥留，至于大渐。自思年逾六十，死不为夭，但筋力精神，一时劳竭，为国为民，所以致此。人生子孙，谁不爱念？既为天下，事须割爱。勇及秀并怀悖恶，不惮废斥，古人有言：“知臣莫若君，知子莫若父。”若令勇秀得志，共治国家，必当戮辱遍于公卿，酷毒流于民庶。今恶子孙已为民屏黜，好子孙足堪负荷大业。乃父方死，到夜即烝庶母，真是个好子孙。太子广地居上嗣，仁孝著闻，内外群官，相与同心戮力，共治天下。朕虽瞑目，何所复恨？自古哲王，因人作法，前帝后帝，沿革随时。律令格式，或有不便于事者，宜依前敕修改，务当政要。列此数语，导广种种妄为。呜呼！敬之哉！无坠朕命！

群臣闻诏，哪个来分辨真假，无非是舞蹈殿墀，山呼新天子万岁罢了。就中有个伊州刺史杨约，也入贺新君，广瞧在眼里，待退朝后，复宣约兄弟入殿。彼此商议多时，又由杨素捏造遗诏，使约迅赴都中，然后令素主持丧事，颁发讣音。广既得素治丧，乐得自寻快活，踱入后宫，再与那宣华夫人调情去了。小子有诗叹道：

人禽界划判几希，礼教防嫌在慎微。
何物阿麽同兽类？居然霸占父皇妃。

欲知后宫情事，且至下回再表。

隋主坚以诈术得国，卒能平齐灭陈，混一中国，几若有逆取顺守之才，史家谓其明敏有大略，亦多溢美之词，庸讵知其天性雄猜，素无学术，徼幸于一时，安能垂贻于后世？况周族何辜，乃俱为之屠灭乎？夫绝人之后者，人亦必绝其后。而天意好奇，又故假手于其妻若孥，先令翦除骨肉，然后身遭子祸，亦一举而殉之，痛矣哉杨坚之不得其死也！宣华为杨坚宠妾，复为逆子广所烝，如宣华之贪生怕死，贻丑中冓，固不得为无咎，然谁纵逆子，以至于此？本回逐节演述，逐节描摹，禹鼎铸奸，穷形极相，尤令人不胜击节云。

第九十回　攻并州分遣兵戎
幸洛阳大兴土木

却说宣华夫人，已经被烝失节，迟明起床，自思夜间情事，未免萦羞，但木已成舟，无法挽回，不如将错便错，再博新皇恩宠。主意已定，遂复重施粉泽，再画眉山，打扮得娇娇滴滴，准备那新主退朝，好去谒贺。转念一想，中冓丑事，如何对人？倘或出迎御驾，越觉惹人讥笑。乃靓妆待着，俟至傍晚，方由宫人报称驾到。宣华便含羞相迎，俯伏门前，口称："陛下万岁，臣妾陈氏朝贺。"新皇帝当然大喜，亲手搀扶，同入寝宫，便令左右排上宴来。看官记着！这位弑父烝母的杨广，实与畜类相同，但后人沿袭旧史，统称他为隋炀帝，小子编述历史演义，凡统一中原的主子，大都以庙谥相呼，隋主坚庙谥为"文"，独不称为隋文帝，无非因他巧行篡夺，名为统一，仍与宋、齐、梁、陈，异辙同途，所以沿例顺叙。只隋炀帝是古今相传，如出一口，"炀"字本不是甚么美谥，小子为看官便览起见，也只好称为炀帝，看官不要疑我变例呢。依俗道俗，应该如此。

炀帝既与宣华夫人宴叙，把酒言欢，备极温存。宣华亦放开情怀，浅挑微逗，更觉旖旎可人。况炀帝力逾壮年，春秋鼎盛，若与乃父相比，风流倜傥，胜过十倍，两下里我瞧你觑，风情毕露，且并有这红友儿助着雅兴，益觉情不自禁，更尚未起，酒即撤回，两人携手入床，再演那高唐故事，真个是男贪女爱，比昨宵的快乐，又自不同。偏晨鸡复来催逼，新天子又要视朝，免不得辜负香衾，出理国事。可巧杨约已来复命，由炀帝褒劳数语，约即拜谢而退。炀帝亦退入后庭，召语杨素道："令弟果堪大任，我好从此释忧了。"看官道是何事？原来使约入都，便是矫诏缢杀故太子勇，且顺便谪徙柳述、元岩，不但将官职尽行削去，还要将两人充戍岭南。杨素请封勇为王，掩饰人目，炀帝依了素议，追封勇为房陵王，但仍不为置嗣。

忽由外面呈入表章，便即取阅表文，乃是兰陵公主署名，请撤免公主名称，愿与本夫柳述同徙。炀帝冷笑道："世上有这等呆女儿，且与我宣进来！我当面为诱导。"语甫说出，即有内侍应声往召，不到半日，兰陵公主已至，行过了礼，炀帝便劝她改嫁，公主抵死不从。炀帝大怒道："天下岂无好男子？难道必与述同徙么？我偏不令汝随述。"公主泣答道："先帝遣妾适柳家，今述有罪，妾当从坐，不愿陛下屈法申恩。"公主前曾改醮，此时何必欲守节，但论人亦当节取，杨家有此令女，足愧阿麽。炀帝始终不允，叱令退去。兰陵公主号恸而出，自与柳述诀别。咫尺天涯，两不相见，公主竟忧郁成瘵，旋即告终。临殁时复上遗表道："昔共姜自誓，著美前诗，息妫不言，传芳往诰。此语亦谬。妾虽负罪，窃慕古人，生既不得从夫，死乞葬诸柳氏。"炀帝览表益怒，但使瘗诸洪渎川。柳述亦不得赦还，流死岭表。这是后话不题。

且说炀帝叱退公主，天色已晚，又记起那宣华夫人，偏又来了一个美貌宫嫔，且泣且拜，自称为尼。炀帝凝神一瞧，乃是容华夫人蔡氏，颦眉泪眼，仿佛似带雨海棠，虽比宣华稍逊一筹，也觉得世间少有，姿色过人。天下好色的男子，往往得陇望蜀，既已污了宣华，何不可再污容华？当下好言劝慰，仍叫她安居后宫，决不亏待。容华始收泪退入。哪知炀帝到了晚间，竟踱入容华宫中，也与宣华处同一作用。容华胆子更小，且知宣华已为先导，何妨勉步后尘，暂图目前快乐，于是曲从意旨，也与炀帝作长夜欢。一箭双雕，真大快事。容华被烝，见《隋书》后妃列传，并非无端污蔑。又过了六七宵，始奉梓宫还京师，谥隋主坚为文皇帝，庙号"高祖"。再阅两月，奉葬泰陵。太史令袁充又来献谀，谓："新皇即位，与帝尧受命，年月适合，应大开庆贺。"独礼部侍郎许善心以为国哀未了，不宜称贺。宇文述素嫉善心，竟讽令御史交上弹章。善心降级二等，贬为给事中。

炀帝又恐汉王谅作乱，屡征入朝，第一道敕旨，还是在炀帝即位前，伪托乃父玺书，使车骑将军屈突通赍去。第二道敕旨，始由炀帝自己出名，哪知汉王谅始终拒绝，反发出大兵，惹起一场骨肉战争。先是谅出镇并州，乃父曾密谕道："若有玺书召汝，敕字旁当另加一点。又与玉麟符相合，方可前来。"玉麟符系刻玉为符，上作麟形。及屈突通赍书前去，书中与前言不符，谅知有他变，一再诘通。通终不吐实，方得遣还。至二次传敕，谅亦不肯就征，即调兵发难。他尚未识弑逆阴谋，只托言杨素谋反，当入清君侧。总管司马皇甫诞泣谏不从，为谅所囚，遂遣所署大将军余公理出太谷，进趋河阳。大将军綦良出滏口，进逼黎阳，大将军刘建出井陉，进略燕赵。柱国乔钟葵出雁门，并署府兵曹裴文安为柱国，使与柱国纥单贵王聃等直指京师。谅自简精锐数百骑，各戴羃䍦，系妇人帷帽。诈称宫人还长安，径入蒲州。城中骤乱，蒲州刺史邱和逾城逃去。谅既得蒲州，忽变易前策，召还裴文安。文安本劝谅直捣长安，中途闻召，只好驰还，入与谅语道："兵宜从速，本欲出其不意，一鼓入京，今王既不行，文安又返，使彼得着着防备，大事去了。"谅竟不答言，但令文安为晋州刺史，王聃为蒲州刺史，并使纥单贵堵住河桥，扼守蒲州。代州总管李景起兵拒谅，谅遣部将刘暠袭景，为景所觉，邀斩暠首，悬示城门。谅闻报大愤，再遣乔钟葵率兵三万，往攻代州。代州战士，不过数千，更且城垣不固，崩陷相继。景且战且筑，麾兵死斗，反得屡挫钟葵，屹然自固。

这消息传达隋廷，炀帝商诸杨素。素从容定计，自请一行。果然老将善谋，奉命就道，但率轻骑五千，夜至河滨，收得商贾船数百艘，席草载兵，悄悄地渡往蒲州。纥单贵未曾预备，天明方起，已被杨素兵登岸杀入，仓猝遇敌，如何交锋？不由地一哄而散。纥单贵匹马逃归。素进蒲州城下，王聃料知难守，便即出降。真是易得易失。素入城安民，上书报捷，有诏召素还朝，授素为并州道行军总管，兼河北道安抚大使，统着大军，再出讨谅。谅闻隋军大举，乃自往介州堵御，令府主簿豆卢毓及总管朱涛留守。毓为谅妃兄，尝阻谅起兵，谅不能用，毓私语弟懿道："我匹马归朝，亦得免祸，但只为身计，非为国计，不若且静守待变。"及留守并州，召涛与语道："汉王构逆，败不旋踵，我辈岂可坐受夷灭，辜负国家？当与君出兵拒绝，不令叛王入城。”涛大惊道：“王以大事付我二人，怎得有此异语？”因拂衣径去。毓见涛不肯相从，竟惹动杀心，立率左右追涛，把他杀死。又从狱中释出皇甫诞，协商军事，且与开府仪同三司宿勤武等，闭城拒谅。毓似有大义灭亲之志，但甘助枭獍，亦不足取。部署未定，已有人急往报谅，谅慌忙引还，西门守卒，纳谅入城，毓与诞俱被杀死。

谅将余公理自太行下河内，正值隋行军总管史祥出守河阴。祥语军吏道：“余公理轻率无谋，且恃众生骄，若能智取，一战就可破灭呢。”因具舟南岸，佯欲渡兵，自率精锐潜出下流，乘夜渡河。公理只防南岸渡兵，聚众抵御，哪知祥从旁面杀到，一时措手不及，即被捣乱队伍，再加对面隋军，乘机急渡，也来夹攻公理。公理逃命要紧，当即返奔，余众死了一半，逃去一半。祥东向黎阳，谅将綦良，方从滏口攻黎州，屯兵白马津，一闻公理败还，祥军掩至，便吓得魂胆飞扬，不战自溃。惟代州城尚在围中，李景与乔钟葵相持约一月有余。朔州刺史杨义臣奉敕往援，道出西陉，闻钟葵移兵逆击，自顾麾下兵寡，恐不能敌，乃想出一法，悉取军中牛驴，得数千头，复令数百人各持一鼓，潜匿涧谷间，然后进击乔钟葵。时已天晚，两军初交，义臣命谷中伏兵，驱着牛驴，鸣鼓疾进，顿时尘埃蔽天，喧声动地。钟葵军疑是伏兵，又兼天色将昏，无从细辨，不由地纷纷倒退。义臣复纵兵奋击，大破钟葵，钟葵落荒窜去，代州解围。杨素引兵四万，沿途招降。晋、绛、吕三州，俱向军前投诚。谅遣部将赵子开拥众十万，栅断径路，屯踞高壁，列营延五十里。素令诸将攻栅，自引奇兵潜入霍山，攀藤援葛，穿出前谷，得绕至赵子开军后面，击鼓纵火，直捣子开各营。子开不知所为，麾众亟遁，自相蹂躏，杀伤至数万人。

谅得子开败报，很是惊惶，搜括部下兵士，尚有十万人，乃悉众出城，往堵嵩泽。会秋雨连绵，不便行军，谅欲引军退还，谘议参军王頍道："杨素悬军深入，士马疲敝，王率锐骑往击，定可得胜。今未战先怯，挠动众心，待素军长驱到来，何人再为王效力呢？"谅不能用，竟退保清源。既不从裴文安，又不从王頍，怎得不败？王頍为梁朝王僧辩子，颇有智略，因见谅不肯依议，退回诫子道："汉王必败，汝宜随我，免为所擒。"遂密整行装，伺机潜遁。还有陈氏旧将萧摩诃亦随谅麾下，年已七十有三，谅倚若长城，及素军进逼，摩诃率众出战，将士俱无斗志，单靠一个老摩诃，有何用处，反被素军擒去。谅弃了清源，走保晋阳。他本来仗着王頍、萧摩诃两人，偏偏一遁一擒，害得两臂俱失，不由地焦灼异常。素军又乘胜攻城，围得铁桶相似，眼见得朝不保暮，只得登城请降。素允他免死，谅即开城迎素，素系谅送长安，再分兵搜捕余党，或降或诛，悉数荡平。王頍欲出奔突厥，路梗道绝，自知不免，因即自刎；惟嘱子勿往故人家。頍子就石窟中，瘗埋父尸，自在山谷内躲避数日，无从得食，不得已违了父训，出访故人。果然被故人擒献军前，并因此获得頍尸，一并在晋阳枭首。萧摩诃亦即伏诛，妻子籍没。不知他继妻容色，又仍依旧否？并州吏民，坐谅死徙，共二十余万家。谅虽得免刑，终废为庶人，幽锢别室，竟致瘐死。隋文五子，除炀帝广外，已死三人，惟蜀王秀废锢如初，尚未遭害，俟后再表。

且说炀帝既得平并州，又好恣意淫乐，坐享太平。惟宣华、容华两夫人，究不便明日张胆，收为嫔御，只好令之出居别宫，有时私往续欢，却被萧妃瞧透机关，冷讥热讽，说得天良发现，也觉怀惭。自思闷坐深宫，太无兴味，因欲出外巡游，可巧术士章仇太翼伺旨希宠，上言：“雍州地居西位，西是属金，与陛下木命相冲，不宜久居。且谶文有云：‘修治洛阳还晋家’，陛下何不营洛应谶。”炀帝大喜，即留长子晋王昭居守长安，自率妃嫔王公等往幸洛阳，一面发丁夫数十万，掘堑为防，自龙门直达上洛，择要置关，借资守御。又改洛阳为东京，营建宫阙。当时尚有与奢宁俭的敕文欺人耳目，一班曲意逢迎的官吏，奉命监工，昼夜赶筑，先创造了几座大厦，作为行宫，以便驻跸。炀帝就此居住，过了残冬。

次年元旦，便在行宫受朝，改元大业，大赦天下，立萧妃为皇后，并使侍臣赍敕至长安，立晋王昭为皇太子，授宇文述为左卫大将军，郭衍为左武卫大将军，于仲文为右卫大将军，改豫州为溱州，洛州为豫州，废诸州总管府。过了两三旬，杨素自并州还朝，进谒行在，因敕有司大陈金宝器玩、锦彩车马，引素及从军有功诸将士，班列殿前，令奇章公牛弘宣诏，进素为尚书令，特给上赏。诸将依次进秩，赏赉有差。才阅片时，已将所陈各物分给无遗，大众统叩首谢恩，欢呼万岁。炀帝亦欣然大悦，乃命素为东京总监工，盛造宫室，四处召募工役，多至二百万人，百堵皆兴，众擎易举，约阅月余，便已造成许多屋宇，统是规模闳敞，制度裔皇。炀帝因东京人少，未免萧条，乃徙洛州郭内居民及诸州富商大贾凡数万户，尽至宫旁居住，蔚成一个繁华胜地，富庶名区，又嫌杨素所筑宫室，虽然宽展，未尽美丽，复命将大匠宇文恺与内史舍人封德彝，另造离宫，再求精美。恺与德彝，是隋朝著名的佞臣，一奉命令，便至洛水南滨，相度形势，辟地数十里，迤南直至皂涧，造起地盘，大兴土木，一面差人分往东南，选办奇材异石，陆路用夫，水路用舟，所有江岭以南，水陆输运，络绎不绝。还要觅取奇花佳木，珍禽异兽，不论海内海外，但教寡二少双，总要采选来作为点缀。看官！试想为了一座离宫，须费财力多少，不要说几十围的大木、三五丈的大石，搬运艰难，就是一草一木，一禽一兽，也不知縻费若干钱粮，累死若干性命，方才得到洛阳。宇文恺、封德彝两人，只顾炀帝快意，不管那民间死活，府藏空虚，好容易造就一座宫室，上表告竣，请御驾亲幸落成。炀帝即日往阅，由恺与德彝迎入，东眺西瞩，端的是金辉玉映，翠绕珠围，当下笑语二人道：“从前江南的临春结绮，哪有这般富丽！似此华厦，方惬朕心。二卿功劳，诚不小了。”恺与德彝忙即拜谢。炀帝留宫数日，一一游赏，无不合意，遂定名为显仁宫，且命皇后妃嫔等概行迁入，索性就此安居。

912. 萧后本后梁主萧岿女儿，才色兼优，也是个宫闱翘楚，士女班头，平时与炀帝很是恩爱，从未反目，此外有几个妃嫔，统生得绰约多姿，炀帝得了这般妻妾，也好算是人生艳福，他忽然记起宣华夫人，不觉易喜为愁，整日里眉头不展，好似有一桩绝大心事，挂在面上。萧后素来婉顺，多方迎合，总未得炀帝欢心，至再三研诘，方由炀帝吐出实情。萧后微笑道：“妾还道是甚么大事，原来为此。陛下既不忍割舍，妾若再来阻挠，便变一个妒妇了。好在此处不是长安，请遣使密召入宫，聊慰圣怀。”炀帝大喜称谢，即着内使飞马入都，往迎宣华。宣华正居仙都宫，虽觉寂寞寡欢，却还清闲自在，偏由内使到来，促她应召，她只得重加妆饰，出乘轻舆，兼程至洛阳显仁宫，炀帝正与萧后晚宴，得闻宣华到来，当即起座相见，不待宣华拜下，早已将她搀住，握手慰问。宣华见萧后在旁，便用目示意，请炀帝放手，然后至萧后面前，屈膝谒贺。亏她厚脸。萧后虽不惬意，但既许炀帝宣召，不如卖个人情，起身还了半礼，并令侍女扶起宣华，一同侍饮。席间有谈有笑，顿令炀帝心花怒开，宽饮了好几觥，连宣华也灌个半酣。萧后乐得做美，待至酒阑席撤，便令宫女掌灯，将炀帝、宣华两人，送入别宫。久旱逢甘，乐不胜言。自是今日赏花，明日玩月，饮酒赋诗，备极愉快。

惟显仁宫中的花木，多半从江南采来，炀帝是个贪得无厌的主子，有了这种，还想那种，自思江南山水，比洛阳还要秀丽，况且六朝金粉，传播一时，从前平陈时候，还想做些名誉，不便留恋江南，此时贵为天子，动作任情，何妨借名巡狩，一游江淮。但要去巡幸，也须铺排一番局面，方显得皇帝威风。当下传出诏旨，谓将巡历淮海，观风问俗。此诏一下，那宇文恺、封德彝等便争来献言，或说是如何通道，或说是如何登程，独有尚书右丞皇甫议谓："陆行不便，须由水路南下，方可沿途观览，不致劳苦。惟江河俱向东流，欲要南北通道，必须开通济渠，引谷洛水达河，再引河水入汴，引汴入泗，才得与淮水相通。"看官！你想如议所言，这样的开凿工程，所需几何？炀帝也不管财力，但教有水可通，便即照办。皇甫议当然监工，发丁百万，依照自己的条陈，逐段开掘；还要沟通江淮，发民十万，疏凿邗沟，直达江都，沟广四十步，旁筑御道，遍植杨柳，且自长安至江都，每隔百里，筑一行宫，总计得四十余所。更由黄门侍郎王弘等奉遣南下，特往江南督造龙舟及杂船数十艘。郡县当差，人民执役，已是痛苦得很；再加这般巨工，须限日告竣，朝夜督促，不得少延，可怜这班工役，不胜劳苦，往往僵毙道旁，做了许多无告冤魂。小子有诗叹道：

衰朝政令半烦苛，不似隋家役更多；
筑室开渠成惯事，可怜民血已成河！

炀帝如此劳民，却有一位老年宰相不甚赞成，意欲入宫谏阻，可巧炀帝召他入宴，未知能否直言，且至下回再详。

汉王谅起兵晋阳，不讨杨广，独讨杨素，始谋已误。或者谓谅未识弑逆情事，不能无端罪广，似矣，然敕书不符，其由于杨之矫擅，已可概见。况太子被废，蜀王遭黜，祸皆起自杨广一人，欲加之罪，岂犹患无辞乎？裴文安劝谅直捣京师，名已不正，已非胜算，至王頍之请为孤注，更不足道，无怪其一败涂地也。炀帝未曾改元，便即幸洛，命以洛阳为东京。夫成周定鼎，曾设陪都，由后追前，非不足法，但迹若相同，心则大异，炀帝为淫侈计，岂有宅中而治之思？筑宫不足，又复开渠，极天下之财力民力，以供一人之耳目，试思民殚财尽，尚能独享繁华耶？故后世之论杨广者，或詈其狡，或病其淫，或斥其奢，而吾则蔽以一言曰："愚而已矣。"

第九十一回　促蛾眉宣华归地府
驾龙舟炀帝赴江都

却说杨素奉召入显仁宫，见过炀帝，满肚中怀着谏议，但一时未便开口，只好入座侍宴，才经数觥，即停住不饮。炀帝一再劝酒，素起座答道："老臣闻得酒荒色荒，有一必亡，不但臣宜节饮，就是陛下亦不宜耽情酒色。"炀帝听了，不免拂意，便道："卿言虽是有理，但目今天下太平，朝廷无事，把酒消遣，亦没有甚么大害。况我朝勋旧，似公能有几人？今得一堂共乐，尽可畅饮数杯。"素见话不投机，便又说道："天下事都起自细微，渐成放荡，从前圣帝明王，慎微谨小，亦是为此。"杨素前营仁寿宫，继复为炀帝监造东京宫室，职为厉阶，奈何不思？炀帝默然不答。适宫人上前斟酒，素恐他再来加斟，用袖一拂，宫人不及防备，竟将手中所执的酒壶斜倾在素身上，浇湿蟒袍。素正在恼怅，无从发泄，至此便迁怒宫人，勃然变色道："这般蠢才，如此无礼！怎敢在天子前，戏弄大臣？要朝廷法度何用？请陛下加重惩责！"炀帝仍然无语。素竟叱左右，迫令牵出宫人，且厉声道："国家政令，全被汝等妇女小人弄坏，怎得不惩？"左右见炀帝无言，又见素怒不可遏，只得把宫人拿了下去，敲责了一二十下。素方向炀帝道："不是老臣无状，但由今日惩治，使这班宦官宫妾，晓得陛下虽然仁爱，还有老臣执法相绳，当不敢如此放肆了。"炀帝已十分不悦，但自思夺嫡秘谋，全仗他一人做成，就是万分难耐，也只好含忍过去，当下强颜为笑道："公为朕执法无私，整肃宫廷，真好算是功臣了。"素即起座告辞。炀帝也不挽留，由他自去，一面退入后宫，另与后妃等调情解闷，不消细说。

素悻悻归第，顾语家人道："偌大郎君，由我一力提起，使作大家，现在酒色昏迷，不知他如何了得哩。"谁叫你提他起来？看官阅此，应知郎君二字，便是指着隋炀帝，素自恃功高，有时对着炀帝，亦直呼为郎君。炀帝终未曾驳斥，无非为了前时私约，不敢辜负的意思。还算能践前言。一日，素复入宫白事，炀帝正在池中钓鱼，待素将国事说明，便邀素坐下同钓。素也不管君臣上下，即令左右移过金交椅，与炀帝并坐垂纶。时方初夏，日光渐热，炀帝命取过御盖，罩住上面。御盖颇大，巧巧蔽住两人。素毫不避让，从容钓鱼。炀帝钓了数尾，偏素不得一鱼，炀帝顾素道："公文武兼全，也有一长未擅，如何钓了许久，尚是无着？"素本来好胜，怎禁得炀帝奚落，便应口道："陛下只得小鱼，老臣却要钓一大鱼，岂不闻大器晚成么？"炀帝闻言，不由地忿恚交乘，又见素在赭伞下，风神秀异，相貌堂堂，数绺长髯，飘动如银，恍然有帝王气象，因此愈加生忌，遂投下钓竿，托词如厕，竟向后宫进去。当由萧后接着，见炀帝面带怒容，便即问为何事？炀帝道："杨素老贼，骄肆得很，朕意拟嘱遣内侍，杀死此贼。"萧后不待说毕，忙阻住道："使不得！使不得！杨素系先朝老臣，又有功陛下，今日诱杀了他，外官如何肯服？况素又是猛将，亦非几个内侍，可以制服，一被漏脱，出外弄兵，陛下将如何对待呢？"炀帝半晌才道："投鼠原是忌器，且从缓议罢了。"乃长叹数声，仍复出外。适杨素钓了一尾金色鲤鱼，即向炀帝夸说道："有志竟成，老臣已得一鱼。"炀帝强笑不答。素已略窥炀帝微意，也即辞出。

炀帝当然退入，踱往宣华夫人住室。甫至室门，即由宫人迎驾，报称宣华有病在身，未能起迎。炀帝大惊，抢步入室，揭起床帏探视，但见双蛾敛翠，两鬓雉青，病态恹恹，似睡非睡。炀帝轻轻地问道："夫人今日为何不快？"宣华闻声，方睁眼瞧着，见炀帝亲来问疾，意欲勉强起坐，无如挣扎不住，稍稍抬头，已是晕痛难支，禁不住有娇吁模样。炀帝知情识意，忙用言温存道："夫人切勿拘礼，仍应安睡。"说至此，用手按宣华额上，很觉有些烫热，便道："夫人如此病重，奈何不速召御医？"宣华答道："妾病非药可治，看来要与陛下长辞了。"说着，腮边已流下泪来。胡不遄死？炀帝大加不忍，几乎也要泪下，徐徐说道："偶尔违和，医治即愈，奈何说此惊人语？"宣华且泣且语道："妾……妾负大罪，无所逃命，别人病原可治，妾病实不可为。"炀帝听她话中有因，便道："夫人有何罪过，速即明告，朕可代为设法消愆。"宣华欲言不言，如是数四。经炀帝催问数次，方从帐外四瞧。炀帝会意，即令宫人退去，始由宣华泣答道："妾近日屡觉头痛，不过忽痛忽止，尚可支持，昨更饮食无味，夜间睡着，很是不安，恍惚入梦，头被猛击，痛得不可名状，醒来仍然不解，所以妾自知不久了。"炀帝惊讶道："谁敢擅击夫人？"宣华道："陛下定要问妾，妾只好实告。妾梦中实见先帝，责妾不贞，亲执沉香如意，击妾头上，且云死罪难饶，妾辩无可辩，已拚一死，但愿陛下慎自珍重，勿再念妾了！”说毕，哽咽不止。炀帝也不觉大骇，勉强支吾道：“梦幻事不足凭信，夫人不必胡思，但教安心调养，自可无虞。”宣华不再答言，惟有涕泣。炀帝又劝慰了数语，且语宣华道：“我即去宣召御医，夫人万勿过虑为是。”宣华只答了一个“是”字。炀帝匆匆退出，传旨召医官诊治宣华，医官不敢迟挨，当即入诊。未几有复奏呈入，说是：“病入膏肓，不可救药”等语，急得炀帝心如辘轳，正在没法摆布，忽有宫人入报道：“宣华夫人危急了。”炀帝三脚两步，驰往宣华寝宫。宣华气已上逆，见了炀帝，还错疑是文帝，硬挣着娇喉道：“罢罢！事由太子，妾甘认罪，愿随陛下同去罢！”说毕，两眼一番，呜呼哀哉！迟死一年，贻臭千载。年才二十九岁，炀帝不禁大恸。比父死时何如？可巧萧后亦来视疾，入见宣华已逝，也洒了数点珠泪。这是假哭。随即劝慰炀帝，挽出寝室，一面命有司厚办衣殓，择吉安葬。

只炀帝悲念宣华，连日不已，甚至好几天不能视朝。王公大臣统入宫问安，杨素亦当然进去，甫至殿门，忽遇着一阵阴风，扑面吹来，不由得毛发森竖，定睛一瞧，见有一人首戴冕旒，身穿衮服，手中拿着一把金钺斧，下殿出来，这位威灵显赫的大皇帝，并不是炀帝杨广，乃是文帝杨坚。素不禁着忙，转身急走，耳边只听得厉声道：“此贼休走！我欲立勇，汝不从我言，反与逆子广同来谋我，我死得不明不白，今日特来杀汝。”素越觉惶骇，脚下好似有物绊住，欲前反却，后面已像被他追着，扑的一声，头脑上着了一下，痛不可耐，便即晕倒，口吐鲜血不止。殿上本有卫士，一见杨素跌倒，忙来搀扶，素尚不省人事，当由卫士舁入卧舆，送归私第。家人忙即延医，用药灌治，半晌才得醒来，开目顾视家人，凄声叹息道：“我不得久活了，汝等可备办后事罢。”贼胆心虚。家人虽然应命，总还望他再生，四处访请名医，朝夕诊治。炀帝也遣御医往视，及御医返报，素一时虽不致死，但也不过苟延时日，难望痊愈。炀帝却很是喜欢，惟忆及宣华，总不免短叹长吁，萧后尝在旁劝慰道：“人死不能复生，何必过悲？”炀帝道：“佳人难再得，教朕如何忘怀？”萧后微笑道：“天下甚大，难道除宣华外，就没有佳丽么？”这一语提醒炀帝，便命内监许廷辅等，出外采选，无论官宦士庶各家，视有绝色女子，速即选取入宫。

廷辅等奉差四出，格外巴结，不到月余，已各缮册入报，多约数十名，少约十余名，统共有好几十处，由炀帝通盘筹算，不下一二千人，便自忖道：“天下难道有许多美女么？大约连嫫母、无盐，都采取了来。”继又转念道：“既已选集许多女子，总有几个可合朕意，且宫中充备洒扫，愈多愈妙，只显仁宫虽然浩大，究竟是个宫殿体裁，须要另辟一所大花园，方好安插许多女子。”计划已定，便召入一班佞臣，与他商议，就中有个内史侍郎虞世基，所议条陈，最为称旨，当即命他督造苑囿。世基就在洛阳西偏，辟地二百里，内为海，外为湖，湖分五处，暗寓天下五湖的意思。每湖周围十里，四面砌成长堤，尽种奇花异草，且百步一亭，五十步一榭，亭榭两旁，无非栽植红桃绿柳，湖内有青雀舫，翠凤舸，并有龙舟一艘，准备御驾乘坐。这五湖流水，均与内海相通，海周四十里，中筑三座大山，一名蓬莱，一名方丈，一名瀛洲，好似海外三神山一般，山上添造楼台殿阁，备极工巧，山顶高出百丈，西可回眺长安，南可远望江淮，湖海交界，造了一所正殿，轮奂崇闳，自不消说。海北一带，委委曲曲，筑成一道长渠，引接海中活水，纡回潆带，傍渠胜处，便置一院。院计十有六处，可以安顿宫人，在内供奉。天下无难事，总教现银子，世基监工才及数月，已是规模粗具，楚楚可观。适许廷辅等送入选女，炀帝便令往新苑中，候旨定夺，自挈萧后及妃嫔，乘舆至新苑游幸。虞世基当然接驾，由炀帝命为前导，逐段看来，无非钩心斗角，竞巧争新；更兼那海水澄青，湖光漾碧，三神山葱茏佳气，十六院点缀风流，桃成蹊，李列径，芙蕖满沼，松竹盈途，白鹤成行，锦鸡作对，金猿共啸，仙鹿交游，仿佛是缥缈云天，嫏嬛福地。炀帝非常愉快，便问世基道："五湖十六苑，可曾有名？"世基道："臣怎敢自专？还乞陛下圣裁！"炀帝道："这苑造在西偏，就可取名西苑。"世基才答一"是"字。炀帝又道："苑中万汇毕呈，无香不备，亦可称为芳华苑。"实可名为腥血苑。世基极口称扬，炀帝徐徐地行入正殿，下舆小憩，用过茶点，便令世基取过纸笔，酌取五湖十六苑名号。炀帝本是个风流皇帝，颇有才思，世基又是个风流狎客，夙长文笔。一君一臣，你倡我和，费了两三小时，已将各名号裁定，由世基一一录出。小子亦照述如下：

五湖名称：东湖名为翠光湖，西湖名为金光湖，南湖名为迎阳湖，北湖名为洁水湖，中湖名为广明湖。

十六院名称：（一）景明院。（二）迎晖院。（三）栖鸾院。（四）晨光院。（五）明霞院。（六）翠华院。（七）文安院。（八）积珍院。（九）影纹院。（十）仪凤院。（十一）仁智院。（十二）清修院。（十三）宝林院。（十四）和明院。

（十五）绮阴院。（十六）降阳院。

名称既定，已近昏黄，四面八方，悬灯爇烛，几似万点明光，绕成霞彩。炀帝格外动兴，乐不忘疲，便命内侍整办御肴，自与萧后等退入后殿。不消半时，酒肴等已依次陈上，炀帝就座取饮，后妃等列坐相陪，酒过数巡，炀帝顾语萧后道："十六院已将造就，只不过少缺装潢。虞内侍煞是能干，眼见得指日告成，朕意各院中不可无主，须选择佳丽谨厚的淑媛，作为每院的主持，卿以为何如？"萧后乐得凑机，便含笑答道："妾闻许廷辅等，已选入若干美人，何不就此挑选，充作十六院的夫人？"炀帝大喜道："似卿雅量宽洪，周后妃不能专美了。"不妒却是妇人好处，然亦有坏处，试看萧后便知。当下乘着酒兴，宣召许廷辅入苑，命将所选采女，一起起地带引进来。廷辅等便即领命，逐名点入。炀帝且饮且瞧，真是柳媚花娇，目不胜接；况且灯光半焰，醉眼微蒙，急切里也辨不出什么妍媸，但只见得一簇娇娃，眩人心目。还是萧后替他品评，这一个是肉不胜骨，那一个是骨不胜肉，这一个是瑜不掩瑕，那一个是瑕不掩瑜，好容易选定了十六人，好算得姿容窈窕，体态幽娴。炀帝便亲自面谕，各封四品夫人，分管十六院事。又命虞世基监制玉印，上面镌着院名及某夫人姓氏，制就后便即分给，又选得三百二十名，充作美人，每院分二十名，叫她们学习吹弹歌舞，以备侍宴。此外或十名，或二十名，分拨各处楼台亭榭，充当职役。千余名选女，拜谢皇恩，陆续散去，又好似风卷残云，浪逐桃花，俱去得无影无踪了。忽聚忽散，此中已可悟幻景。时已更阑，酒兴亦衰，炀帝方命撤席，与萧后还入显仁宫。

越日，命太监马忠为西苑令，专管出入启闭，且命虞世基逐处加饰，并诏天下境内所有嘉木异卉、珍禽奇兽，一古脑儿运至西苑，点缀胜景。于是二百里的灵囿灵沼，倏变作锦绣河山，繁华世界。就是十六院中的四品夫人，都打扮得齐齐整整，袅袅婷婷，一心思想，盼望君王宠幸。那炀帝往来无时，或至这院，或至那院。运气的得博一欢，晦气的未邀一盼。

炀帝尚嫌不足，还想南下赏花，凑巧皇甫议等奏请河渠已通，龙舟亦成，喜得炀帝游兴勃发，便下了一道诏书，安排仪卫，出幸江都。宫廷内外，接读这道诏书，都要筹备起来，且知炀帝素来性急，一经出口，便要照行，势不能少许延挨，接连备办了十余日，忙碌得甚么相似，方才有点眉目，上表请期，好几日不见批答。看官道是何因？原来滕王瓒暴死栗园，见前文。嗣王纶曾拜邵州刺史，镇王爽亦已去世，嗣王集留居京师，未闻外调。纶与集俱系炀帝从弟，历见炀帝摧残骨肉，未免加忧。炀帝也只恐同族为变，虽是留恋洛阳，作宫作苑，但暗中却密遣心腹，伺察诸王，此次又要南幸，更宜格外加防。纶、集二人常虑得罪，时呼术士入室，访问吉凶，并使巫祝章醮求福，有了这种动作，便被侦探得了隙头，立即报闻。炀帝趁这机会，想除二人，便将两人怨望咒诅的罪名，令公卿议定谳案。公卿统是希旨承颜，复称两人厌蛊恶逆，罪在不赦。炀帝假作慈悲，只说是："谊关宗族，不忍加诛，特减罪宥死，除名为民，坐徙边郡。"两王已经迁谪，炀帝方安然无忌，始将南行的日期批定仲秋出发，令左武卫大将军郭衍为前军统领，右武卫大将军李景为后军统领，扈驾南巡。文武官五品以上，赐坐楼船，九品以上，赐坐黄篾，并令黄门侍郎王弘监督龙舟，奉迎车驾。

转眼间已是届期，炀帝与萧后龙章凤藻，打扮得非常华丽，并坐着一乘金围玉盖的逍遥辇，率领显仁宫、芳华苑内三千粉黛，出发东京，前后左右统是宝马香车，簇拥徐行。扈从人员又都穿服蟒衣玉带，跨马随着，前导的是左卫大将军郭衍，后护的是右卫大将军李景，各带着千军万马，迤逦至通济渠。王弘早拢舟伺候，这通济渠虽经开凿，还嫌浅狭，非龙舟所能出入，只好另用小航，渡出洛口，方得驾御龙舟。炀帝乃与萧后下辇，共入小朱航，此外男女人等，统有便舟乘载，鱼贯而下。一出洛口，方见有巨舟二艘，泊住中流，最大一艘，便是龙舟，内容分四重，高四十五尺，长二百尺，上重有正殿、内殿、东西朝堂，中二重有百二十号房间，俱用金玉饰成，下重体制较铩，乃是内侍所居。这舟为炀帝所乘，不消细说。比龙舟稍小的一艘，叫作翔螭舟，制度略卑，装饰无异，系是萧后坐船。另外有浮景九艘，中隔三重，充作水殿，又有漾彩、朱鸟、苍螭、白虎、玄武、飞翔、青凫、陵江、楼船、板舱、黄篾等数千艘，分坐诸王百官、妃嫔公主及载内外百司供奉物品。最奇怪的是有五楼、道场、玄坛等数十艘，为僧尼道士蕃客所乘，统共用挽船士八万余人，内有九千余名，系挽龙舟翔螭舟，各用锦彩为袍。卫兵所乘，又分平乘、青龙、艨艟、艚艕、八棹、艇舸等数千艘，挽船不用人夫，须由兵士自引。龙旂舞彩，画舫联镳，相接至二百余里。岸上又有骑兵数队，夹河卫行，所过州县五百里内，概令献食，往往一州供至数百车，穷极水陆珍馐。炀帝、萧后及后宫诸妃嫔，反视同草具，饮食有余，辄抛置河中。自来帝王巡幸天下，哪里有这般奢侈，这般骄淫？小子有诗叹道：

帝王多半好风流，欲比隋炀问孰侔？
南北舆图方混一，可怜只博两番游。

欲知炀帝南巡后事，下回再行表明。

写宣华夫人之死及杨素之遇鬼，似属冤仇相报，跃然纸上，虽未必实有其事，而疑心生鬼，亦人情所常有。且以见人生之不可亏心，心苟一亏，魂魄不摇而自悸，有不致死地不止者，此作者警世之苦心也。炀帝穷奢极欲，为古今所罕闻，极力摹写，愈见其蹧蹋妇女，荼毒生灵，天下宁有若是淫昏之主，而能长享太平，任所欲为耶？况事本韩偓《海山记》，并非无稽，而江都之游，又为大业元年间事，此系炀帝南巡第一次，趁年仍返东京，俗小说中却谓其一去不回，竟似炀帝十年外事。夫炀帝固尝死于江都，然事在后起，并非一次即了，隋史中自有年月可证，得此编以序明之，而史事乃有条不紊，非杂乱无章之俗小说所得同日语也。

第九十二回　巡塞北厚抚启民汗
幸河西穷讨吐谷浑

却说炀帝南幸江都，在途约历数旬，所有四十余所的杂宫，统是赶紧筑造，大致粗就，炀帝到一处，留一二日，尚嫌它未尽完善，所以不愿稽延，便扬帆直下，竟达江都。江都为南中胜地，山水文秀，扬名海内，炀帝与后妃人等，朝赏夕宴，不暇细表，好容易又阅残年，便是大业二年元旦。炀帝在江都升殿，受文武百官朝贺，越日，得东京将作大匠宇文恺奏报，内称洛阳宫苑，一体告成，当即进授文恺为开府仪同三司。过了正月，又诏吏部尚书牛弘、内史侍郎虞世基等，议定舆服仪卫，始备辇路及五时副车，命开府仪同三司何稠为太府少卿，使他监造车服，由东京送达江都。稠智思精巧，参酌古今，衮冕统绣日月星辰，皮弁用漆纱制成，又作黄麾三万六千人仪仗，此外如皇后卤簿及百官仪服，无非极意求华，仰称上意。尝责州县官采办羽毛，州县官使民弋捕大鸟，四处网罗，几无遗类。乌程有一大树，高逾百尺，上有鹤巢，卵育已久，百姓奉令取求，因高不可攀，特用刀刈根，为倒树计。鹤似解人意，恐雏为所杀，亟自拔氅毛，抛掷地上，时人反称为瑞兆，彼此谣传道："天子造羽仪，鸟自献毛羽。"州县官乐得谀媚，遂将民间歌谣，充作贺表中文料，炀帝格外欣慰，待羽仪汇集，四面翼卫，每出游幸，卫士各执麾羽，填街塞路，绵亘约二十余里。不愧为大畜类。

再过了两月有余，江南春暮，桃柳将残，炀帝方欲返东京，下诏北归。月杪自江都出发，一切仪制，比南下时更加华丽。四月下澣，行抵伊阙，陈列法驾，备具千乘万骑，驰入东京。炀帝自御端门，颁达赦书，豁免本年全国租赋，凡五品以上文官得乘车，在朝弁服佩玉，武官得跨马加珂，戴帻服袴褶，衣冠文物，盛极一时。太子昭本留守长安，闻炀帝已回东京，乃上表请觐，有旨准奏。昭即至洛阳，父子相见，免不得有一番恩谊。但炀帝是酒色迷心，把父子有亲的古训当然忘记。既已无父，何知有子。昭入见时，不过淡淡地问了数语，便令退出，嗣是不复召见。昭一住数旬，再请入省，炀帝虽未曾拒绝，惟面谕他速回长安。昭叩请少留，以便定省，反被炀帝叱责出去，惹得懊怅成疾；更兼形体素肥，天又盛暑，内外交迫，竟致绝命。炀帝闻耗，只哭了数声，便即止哀，草草丧葬，予谥"元德"。昭有三子，长名倓，次名侗，又次名侑，总算俱封王爵。倓为燕王，侗为越王，侑为代王，又立秦孝王俊子浩为秦王。俊为炀帝弟，见前文。可巧楚公杨素亦同时病死。素本受封越公，太史尝言隋分野当有大丧，炀帝南幸时，特徙封素为楚公，因隋与楚同一分野，意欲移祸与素。素老病居家，未尝从游，至将死时，弟约尚觅名医调治。素张目道："我岂尚想求活么？"炀帝得素死信，喜语左右道："使素不死，当灭他九族。”但表面上不好不敷衍过去，追赠素光禄大夫太尉公，赐谥“景武”，特给辒车班剑四十人，前后部羽葆鼓吹，粟麦五千石，赙帛五千段，命鸿胪卿监护丧事，也好算是生荣死哀，福寿全归了。句中有刺。

先是废太子勇生有十男，长男名俨，为云昭训所出，曾受封长宁郡王。勇被废后，俨亦坐斥。俨弟平原王裕、安城王筠、安平王嶷、襄城王恪、高阳王该、建安王韶、颍川王煚，均褫爵削籍。云昭训父云定兴，因纵勇为非，坐罪夺官，与妻子俱没为官奴。炀帝嗣位，闻定兴具有巧思，召至东京，襄办营造。定兴见宇文述得宠，曲意谀媚，特购集珍珠，络成宝帐，奉献与述。述喜出望外，兄事定兴，荐使督造兵器，且与语道：“兄所作器仗，悉合上意。惟始终不得好官，无非为长宁兄弟，尚未处死哩。”定兴愤然道：“此等俱无用物，何不劝上一体就诛。”忍哉定兴！述遂奏请处置俨等，炀帝当即依议，命鸩杀故长宁王俨，并将俨弟七人充戍极边。襄城王恪妃柳氏，姿容端丽，四德俱全，恪前被废黜，柳氏毫无怨言，事夫益谨。及恪奉诏徙边，与妻诀别，柳氏泣语道：“君若不讳，妾誓不独生。”恪亦呜咽不能成词，彼此大哭一场，怆颜别去。行至中途，复有诏使到来，勒令自尽。恪与兄弟七人同时骈死。至恪柩发还，柳氏语朝使道：“妾誓与杨氏同穴，若身死后，得免别埋，就是朝廷的恩惠了。”说罢，抚棺一恸，自缢身亡，里人均为下泪。特叙入以彰女贞。勇十男已去其八，只幼子孝实、孝范后来也不见史传，想是贬为庶人，终身不得出头，小子也只好搁过不提。

且说突厥启民可汗，自徙居碛口，尽有达头遗众，尝感隋室旧恩，岁遣朝贡。大业二年冬季，复上表自请入朝。炀帝欲张皇威德，夸示番俗，因命太常少卿裴蕴征集天下前世乐家子弟，充作乐户，就是庶民百姓，能谱音乐，俱令入肆太常，于是四方散乐，大集东京。不但八音六律，吹拍成腔，并演习各种鱼龙山车等杂戏，务为淫巧，悦人耳目。俟演习成熟，便在西苑中精翠池侧，依次奏技。炀帝亲挈后妃诸人往阅，但见有一舍利兽，先来跳跃，激水满衢，继而鼋鼍鱼鳖俱从水中浮出，丛集两岸又有鲸鱼喷雾翳日，倏忽化成黄龙，长七八尺。未几复见二人戴笠，笠上各登一人，体轻善舞，欻然腾过，左右易处。最可怪的是神鳌负山，幻人喷火，千变万化，备极神妙。炀帝非常称赏，饬京兆、河南两尹为伎人赶制锦衣，两京彩缎，搜括一空。甚且御制艳篇，令乐正白明达凑造新声，按曲度腔，声极哀艳。一面特建进士科，视有诗歌纤冶，即令入选。

928. 故相高颎闲居有年，不知炀帝寓着何意，偏召令为太常卿。想是颎命中应该斫头。颎独不赞成散乐，奏言："弃本逐末，有碍盛治。"炀帝哪里肯依，反把从前的积恨记忆起来。并见前文。颎又私语太常丞李懿道："从前周天元好乐致亡，殷鉴不远，怎可效尤？"汝奈何不记母言？这数语又被炀帝闻知，越加生嫌，惟一时未便发作，姑从缓图。大业三年，启民可汗来贺元日，炀帝命大陈文物，内外鼓吹。启民入朝拜谒，由炀帝赐他旁坐。启民东张西望，颇艳羡汉官威仪，急切未敢陈请。至退入客馆，方修表请袭冠带。炀帝初尚未许，及表文再上，乃准令易服。且语尚书牛弘道："目今衣冠大备，使单于亦为解辫，岂不是古今盛治么？"弘极口称贺。炀帝又道："这也未始非卿等功劳。"说至此，令侍臣出帛百匹，赐与牛弘。弘谢恩而退。启民可汗一住数日，宴赐甚厚。辞行时请车驾北巡，正合炀帝意旨，便即俞允，启民乃去。待至初夏，天气清和，炀帝借安抚河北为名，下诏首途，发河北十余郡丁男，凿穿太行山，北达并州，使通驰道，一面启行至赤岸泽。启民遣兄子毗黎伽特勒入朝行在，且附表请入塞迎驾。炀帝不允，遣归毗黎伽特勒。令启民在帐守候。又过二月有余，山路始通，方再从赤岸泽出发，北至榆林郡，意欲出塞耀兵，道出突厥部落，进指涿郡，恐启民不免惊惶，特先遣武卫将军长孙晟往谕帝意。启民奉旨，召集属部各酋长约数十人，与晟相见。晟见牙帐中芜秽拉杂，欲令启民亲自芟薙，为诸部倡，乃佯指帐前青草道："此草留植帐前，大约根必甚香。"启民未悟，拔草嗅鼻，毫无香气，遂答言不香。晟微哂道："天子巡幸，诸侯王宜躬自扫除，表明敬意。今牙内芜秽，我还道是留种香草，哪知却是寻常植物呢。"启民至此，始知晟有意嘲讽，慌忙谢罪道："这是奴不经意的过失。奴辈骨肉，皆天子所赐，得效筋力，岂敢惮劳？不过因僻居塞外，未知大法，今幸将军教奴，使奴得达诚驾前，受惠正不少哩。"说着，即拔佩刀自芟庭草。帐下贵人达官及诸部酋长，亦相率仿效，才阅数刻，已将庭草除尽。他如帐外杂草，亦遣番役随处扫除，长孙晟辞回榆林，报明炀帝。晟用伪言说动启民，亦非待人以诚之道。炀帝便发榆林北境，东达蓟州。沿途建筑御道，长三千里，广且百步。启民可汗带同义成公主来朝行宫，还有吐谷浑、高昌两国，亦遣使入贡。炀帝大悦，盛宴启民夫妇，与两国使臣，越宿复亲御北楼，望河观渔，并赐百僚会宴。启民可汗又献名马至三千匹，炀帝赐帛至一万三千匹，启民复上表道：

窃念圣人先帝怜臣，赐臣安义公主，种种无乏，臣兄弟嫉妒，共欲杀臣，臣当是时，走无所适，仰视惟天，俯视惟地，奉身委命，依归先帝。先帝怜臣且死，养而生之，以臣为大可汗，还抚突厥之民，至尊今御天下，仍如先帝养生，臣及突厥之民，种种无乏。臣荷戴圣恩，言不能尽，臣今非昔日之突厥可汗，乃是至尊臣民，愿率部落，变改衣服，一如华夏，仰乞天慈，不违所请，谨此上闻！

炀帝览表，未以为然，因令群臣集议，群臣多请依启民言。炀帝始终不从，乃下诏答启民道：

先王建国，夷夏殊风，君子教民，不求变俗，断发文身，咸安其性，旃裘卉服，各尚所宜。因而利之，其道弘矣，何必拘拘削衽，縻以长缨，岂遂性之至理，非包含之远度。衣服不同，既辨要荒之叙，庶类区别，弥见天地之情。况碛北未静，犹须征战，峨冠博带，更属非宜，但使好心恭顺，固无庸变服为也。特此复谕！

这谕既下，又令宇文恺特设大帐，帐中可容数千人。炀帝亲御大帐，南向高坐，两旁备设仪卫，下作散乐。启民率酋长三千五百人，入帐朝谒，由炀帝尽赐盛宴，筵醴杂陈。诸胡骇悦，争献牛羊驼马数千万蹄。炀帝亦命发帛二十万段，作为答赐，并赏启民辂车乘马，鼓吹幡旗，赞拜不名，位在诸侯王上。寻又发丁男百余万人增筑长城，西距榆林，东至紫河。尚书左仆射苏威力谏不听，太常卿高颎、礼部尚书宇文㢸，音注见前。光禄大夫贺若弼，互有私议，大略谓：“待遇启民，未免过厚。”偏有媚臣谄子，奏劾三人怨谤，炀帝最恨直言，既有所闻，也不暇辨明是非，况与高熲本有宿忿，贺若弼又为熲所荐引，宇文弢也与熲友善，索性一律加罪，并置死刑。诏敕一颁，可怜三大臣俱无辜遭戮，骈首行辕。苏威亦连坐罢官。还有内史令萧琮，系是萧皇后兄弟，素邀恩眷，受爵莒国公，他与贺若弼往来莫逆，弼既被杀，复有童谣云：“萧萧亦复起。”炀帝因疑及萧琮，亦令罢官还家。嗣又出巡云中，溯金河而上，甲士前呼后拥，共达五十余万，旌旗辎重，千里不绝。令宇文恺等造观风行殿，内容数百人，可离可合，下施轮轴，倏忽推移，并筑置行城，周二千步，用布为干，上蔽以布。涂饰丹青，楼橹悉备，胡人俱惊为神奇。每在御营十里外，屈膝稽颡，无敢乘马。启民还至牙帐，饰庐清道，恭候乘舆。越旬余始见驾至，由启民跪迎入帐，奉觞上寿。王侯以下，均袒割帐前，莫或仰视。炀帝万分快活，即事赋诗道：

鹿塞鸿旗驻，龙庭翠辇回。毡帷望风举，穹庐向日开。呼韩顿颡至，屠耆接踵来。呼韩、屠耆皆汉时单于名。索辫擎膻肉，韦鞲献酒杯。何如汉天子，空上单于台。

启民奉觞既毕，面奏有高丽使臣来聘，不敢隐讳。炀帝即传高丽使臣入见，使臣惶恐顿首，乃使牛弘宣旨，谕高丽使臣道：“朕因启民诚心奉国，所以亲至彼帐，明年当诣涿郡，汝可还语汝王，宜早来朝，勿生疑惧。朕一视同仁，待遇亦如启民，若敢违朕命，必与启民同巡汝土，休得后悔！”为后文东征张本。高丽使唯唯而去。炀帝留宿启民牙帐，约有数日，萧后亦幸义成公主帐中。炀帝赐启民夫妇金瓮各一，他如衣服被褥锦彩等，不可胜计。番酋以下，各赏赍有差。时已仲秋，启蛮南归，使启民扈从入塞，行至定襄，乃令归藩。车驾返至太原，更营晋阳宫，为李渊据宫伏案。遂上太行山，开直道九十里，南通济源。幸御史大夫张衡宅中，留宴三日，才回东京。会西域诸胡，多至张掖交市，有诏使吏部侍郎裴矩掌管市易事宜。矩访诸商胡，得悉西域山川风俗，特撰西域图记三卷，入朝奏闻。且别绘道里，分为三路。北路入伊吾，中路入高昌，南路入鄯善，总汇处在敦煌。略言“国家威德及远，欲西度昆仑，易如反掌，只因突厥吐谷浑，分领羌胡，遏绝道途，所以未通朝贡。今得商胡密送诚款，愿为臣妾，但使一介行人，往抚诸番，自然帖服，无烦兵革”云云。炀帝大喜，赐帛五百匹，每日引矩至御座前，问西域事。矩复盛称胡地多产珍宝，吐谷浑容易吞灭，惹得炀帝野心勃勃，也想似秦皇、汉武一般，侥功外域。于是任矩为黄门侍郎，使至张掖，引致诸胡。胡人本无意服隋，由矩用利相啖，诱令入朝，西域诸国，贪利东来，络绎不绝，所经郡县，动需送迎，糜费以亿万计，这也是中国疲敝的一大原因。

炀帝意尚未餍，至大业四年春季，复发河北诸军百余万众，穿永济渠引沁水南达黄河，北通涿郡，丁壮不敷差遣，竟至役及妇女。一面再筑长城，自榆谷东迤，又数百里，劳民伤财，不问可知。炀帝复游幸五原，顺道巡阅长城，仪卫繁盛，不亚前时。更有一种极大坏处为炀帝杀身亡国的祸根，他生平喜新厌故，无论子女玉帛，宫室苑囿，一经享受，便觉生厌，暇时辄搜罗各处舆图，一一亲览，遇有胜地名区，常令建设行宫，所以晋阳宫尚未告竣，汾阳宫又复兴工，视民命如草芥，看金钱如粪土。又遣谒者崔君肃赍诏往谕西突厥，征使朝贡。

自大逻便据突厥西境，号阿波可汗，突厥遂分东西二部，阿波旋为处罗侯所执，事见前文。国人另拥立泥利可汗。泥利传子达漫，称泥撅处罗可汗。处罗可汗母向氏，本中国人，因泥利病死，不耐寡居，转嫁泥利弟婆实特勒。开皇末年，向氏夫妇入朝，适值达头为乱，不敢西归，乃留居长安。及达头逃亡，西路少通。处罗可汗颇忆念生母，遣使入塞，访母所在。可巧裴矩出屯敦煌，得知此信，遂奏请招抚处罗。崔君肃奉诏西行，驰入西突厥牙帐，处罗踞坐胡床，不肯起迎，君肃正色与语道："突厥中分为二，每岁交兵，经数十年，莫能相灭。今启民举部内附，借兵天朝，共灭可汗，天子已经俯允，师出有期，只因可汗母向夫人留住京师，日夕守阙，吁请停兵，愿嘱可汗内属。天子格外加怜，故遣我到此，传达谕旨。今可汗乃如此倨慢，是向夫人有欺君大罪，必将伏尸都市，传首虏庭。且发大隋将士，合东国部众，左提右挈，来击可汗，试问可汗能自保否？奈何争小节，昧大局，违君弃母，自取灭亡？"说到"亡"字，那处罗已矍然起座，流涕再拜，跪受诏书。君肃又说处罗道："启民内属，受赐甚厚，所以国富兵强。今可汗后附，欲与启民争宠，必须深结天子，方得如愿。"处罗闻言，忙向君肃问计。君肃道："吐谷浑为启民妇家，今天子以义成公主嫁启民，启民畏天子威灵，与吐谷浑断绝亲交，吐谷浑亦因此怀恨，不修职贡，可汗若请讨吐谷浑，会同上国兵马，出境夹攻，定可破虏，然后躬自入朝，既邀主眷，复谒母颜，岂非一举两得么？"娓娓动听，才辩颇类长孙晟。处罗大喜，厚待君肃，寻即遣使随行，贡汗血马。并表请会讨吐谷浑。炀帝面谕来使，以隔岁为期，来使奉命去讫。

流光如驶，一瞬经年，已是大业五年。春光明媚，冰泮雪融。

炀帝乃整顿行装，出巡河右，时裴矩已诱令铁勒部袭破吐谷浑，吐谷浑可汗伏允，夸吕次子。东走西平境，遣人入塞，乞请援师。炀帝正欲击吐谷浑，乘机发兵，即遣安德王杨雄出浇河。许公宇文述出西平，托词迎允，实嘱使袭取虏帐。伏允却也狡猾，探知隋兵势盛，不敢迎降，复率众奔雪山。宇文述引兵追住，连拔曼头、赤水二城，斩首三千余级，获王公以下二百人，虏男女四千口而还。所有吐谷浑故地，东西亘四千里，南北阔二千里，皆为隋有。分置郡县镇守，徙天下轻罪实边。炀帝又欲亲自耀威，出临平关，越黄河，入西平，陈兵阅武，将穷讨吐谷浑，特命内史元寿南逼金山，兵部尚书段文振北逼雪山，太仆卿杨义臣东屯琵琶峡，将军张寿西屯泥岭，四面围聚，为掩取伏允计。伏允率数十骑潜遁，嘱部酋诈为伏允，保守车我真山。隋右屯卫大将军张定和恃勇无谋，自请往捕，身不被甲即入山搜寻，不料山谷里面伏兵四布，任你如何能耐，终是双手不敌四拳，白白地丧失性命。只有裨将柳武建步步为营，得免险难。且斩俘吐谷浑兵数百人，左光禄大夫梁默等追讨伏允，也被伏允诱斩。卫尉卿刘权出伊吾道，总算虏得千余口，回来报功。炀帝亲至燕支山，高昌王麴伯雅，伊吾吐屯没官名，系突厥之监守伊吾者。及西域二十七国使臣，俱伏谒道旁。炀帝预嘱河西士女，盛饰纵观，夸耀富有，如有车服未鲜，令郡县督率改制，因此骑乘炫目，绵亘通衢。吐屯没请献地数千里，炀帝当然喜慰，分置西海、河源、鄯善、且末等郡，令刘权居守河源，大开屯田，扞御吐谷浑；通道西域。并因裴矩绥远有功，进授银青光禄大夫。小子有诗叹道：

有道明王守四夷，何劳玉帛示羁縻？
凿空博望犹遭议，况复隋臣好尚欺。

欲知炀帝西巡余事，待至下回再详。

本回述炀帝之好大喜功，北巡西讨，可谓隋朝极盛时代。突厥内附，启民可汗恭顺无违，炀帝亲幸庐帐，索辫擎肉，韦耩献酒，何其盛也？及西巡河右，出临平关，穷追吐谷浑，虽张定和、梁默等，均陷没敌中，然观燕支山之受谒诸羌，道旁罗拜，亦曷尝不足夸人？奢淫如炀帝，有此幸遇，岂非意外尊荣？然炎炎者灭，隆隆者绝，以炀帝之无功无德，乃有此羌胡之归命，是正所谓天夺之鉴而益其疾也。况外人并非心悦诚服，无非贪利而来，我之利有穷时，彼之贪无穷境，利尽而彼即掉头去矣，彼去而我益困。外患未来，内讧先起，瓦解土崩，有必然者，此裴矩之所以难辞祸首也。

第九十三回　端门街陈戏示番夷 观澜亭献诗逢鬼魅

却说高昌王曲伯雅及伊吾吐屯没等来朝行在，由炀帝特设观风行殿，召入赐宴；此外如蛮夷使臣，陪列阶庭，差不多有一二千人。炀帝命奏九部乐，并及鱼龙杂戏，备极喧阗。宴罢散席，复搬出许多绢帛，遍赐夷人，不过博得几声万岁的欢呼，又耗去若干资财。至车驾东还时，行过大斗拔谷，山路仄狭，仅容一人一骑，鱼贯而行；又值天气寒冷，风雪晦冥，前后不能相顾，累得断断续续，劳乏不堪；驴马十死八九，吏卒亦多致僵毙，后宫妃主，或狼狈相失，与军士杂宿山间，徒落得男女无别，一塌糊涂。跟畜生同行，还要辨甚么雌雄？

炀帝顺便入西京，住了两三个月，因长安无可游玩，很不耐烦，仍转赴东京。时已改称东京为东都，视为乐国，不愿再入长安。从此朝朝暮暮，酒地花天，再加四面八方，按时进贡，有献明珠异宝，有献虎豹犀象，有献名马，有献美女，一古脑儿收入西苑，留供宸赏。独道州献入一个矮民，姓王名义，生得眉浓目秀，舌巧心灵。炀帝召入，见他身材短小，举止玲珑，也觉奇异得很，却故意地诘问道："汝有甚么技能，敢来自献？"王义从容答道："陛下怀柔远人，不弃刍荛，所以南楚小民也来观化。虽无奇能绝技，却有一片愚忱，仰乞圣恩收录！"炀帝笑道："朕有无数文臣猛将，没一个不竭诚事朕，要汝何用？"义又道："圣恩宽大，惠及困穷，小臣系远方废民，无处求生，只好自投阙下，冀沐生成。"炀帝最喜谀言，听得王义数语，如漆投胶，不熔自化，使命他留侍左右，就便驱策。好在王义知情识意，一经差遣，俱能曲体上心，无孔不入，因此炀帝逐渐宠爱，几乎顷刻不能相离。

一日辍朝入宫，回头见王义随着，不禁皱眉道："汝事朕多时，深合朕意，可惜非宫中物，不能随入宫中。"说着，又叹了几声，竟自入宫。义不好随入，但在宫门外痴然立着。凑巧有个老太监张成自宫中出来，瞧着王义情状，问为何事踌躇，义便将炀帝谕言重述一遍，且欲张成设法，为入宫计。张成微哂道："如欲入宫，除非净身不可。"义尚未知净身二字的意义，及张成再与说明，义竟不管死活，托张成替他买药，忍心自宫，接连病了数日。炀帝不免问及，经张成代为报明，益使炀帝感动，叹为忠义。及王义疮痕既愈，便令出入宫寝，有时使睡御榻下面，视作宫女一般。割势以媚君，殊非人情。

至大业六年正月，有盗数十人，素冠练衣，焚香持花，自称弥勒佛，竟潜入建国门，劫夺卫士甲仗，共谋作乱。亏得炀帝次子齐王暕率兵出御，得将群盗诛死。暕有此功绩，并因元德太子早世，位次当立，但暕生平渔色，尝私纳柳氏女为妾，并与妃姊韦氏相奸。韦氏已为元氏妇，无端为齐王所占，当然不服，虽未敢上书诉讼，怨谤已传达都中。暕毫不顾忌，反召相士，遍视后庭。相士谓韦氏当为皇后，暕益自喜，且恐炀帝册立嫡孙，阴嘱巫觋为厌蛊术，事皆被泄。府僚如长史柳謇之以下，多半得罪，韦氏亦坐是赐死。大约是阎罗王请去为后了。暕爵位未削，已失宠爱，故始终不得立储。惟都中有盗，也是一种骇闻，炀帝不以为意，仍然照常行乐。

会值诸番入朝，酋长毕集东都，炀帝又要夸张富丽，暗暗传旨，不论城内城外，所有酒馆饭肆，如遇番人饮食，俱要将上等酒肴款待，不得索钱；再命有司在端门街上，搭设许多锦棚，排列许多绣帐，就是丛林杂树中，也都缠着缯帛，一面传集乐户，或歌或舞，有几处放烟火，有几处打鞦韆，有几处要长竿，有几处蹴圆球，百戏杂陈，哗闹得不可名状。即如吹箫品竹的伶工且多至万八千人。自昏达旦，连日不休，外人看了，相率惊异道："中国如此繁华，真不愧为天朝哩。"于是成群结队，纷纷游赏，或到酒肆中饮酒，或到饭店中吃饭，壶中无非佳酿，盘中悉是珍馐；及醉饱以后，取钱给值，偏肆主俱摇手道："不要不要，我中国富饶得很，区区酒肴，算甚么钱哩！"外人越觉称奇，便来来往往，饮过了酒，又去重饮，吃过了饭，又去重吃，乐得屠门大嚼，快我朵颐。有几个狡黠的胡奴，穿街逐巷，偶见穷民褴褛得很，体无完褐，不禁笑问市人道："中国亦有贫家，何不将树上缯帛，给与了他，免得悬鹑百结哩？"市人惭不能答。炀帝哪里得知，一任外人游宴兼旬，方才遣归；且盛称裴矩才能，顾语群臣道："裴矩大识朕意，凡所奏陈，统是朕欲行未行，倘非奉国尽心，怎能得此？"群臣无敢异议，也不过随声附和罢了。

是时炀帝幸臣，除裴矩外，尚有大将军宇文述、内史侍郎虞世基、御史大夫裴蕴、光禄大夫郭衍、工部尚书宇文恺等，皆以谄媚得宠。衍尝劝炀帝五日一视朝，炀帝嗫嚅道：“恐违先例。”衍又说道：“陛下御宇，与高祖不同，高祖手定天下，应该宵衣旰食，今四海承平，府库充实，何必效法先人，自取勤苦呢？”炀帝乃心喜道：“郭衍与朕同心，才不愧是忠臣。”以佞为忠，怎能长治？独司隶大夫薛道衡上高祖颂，炀帝怅然道：“这乃是《鱼藻》的寓意哩。”看官听着！《鱼藻》是《小雅》篇名，诗序谓刺周幽王。炀帝以道衡隐寓讥刺，将加罪谴，会议行新令，历久未决。道衡语人道：“向使高熲不死，裁决已多时了。”裴蕴与道衡未协，因劾道衡负才怨望，目无君上。炀帝即收系道衡，处以绞罪，妻子俱流徙且末，天下称冤。御史大夫张衡已出为榆林太守，寻复调督江都宫役。衡恃有旧功，颇自骄贵，惟闻薛道衡被戮，也为不平。适礼部尚书杨玄感，即杨素子。奉使至江都，与衡相见。衡他无所言，但说薛道衡枉死，至再至三。玄感即据言上报，又有江都丞王世充奏称衡克减顿具，两人共劾一衡，不由炀帝不信，立发缇骑械衡，即欲加诛，转思大宝殿事，全出衡力，见九十回。不得不暂从宽典，免官贷死，放归田里。吏部尚书牛弘学博量宏，素安沉默，得进位上大将军，改授右光禄大夫，至是病死，赙赠甚厚，追封文安侯，赐谥曰“宪”。隋朝文武官吏，惟弘富贵终身，不遭侮吝。史称他事上尽礼，待下尽仁，所以无好无恶，安然没世。弘弟名弼，好酒使性，尝射杀弘驾车牛，弘自公退食，妻迎语道：“叔射杀牛。”弘怡然道：“便可作脯。”至弘既坐定，妻又与语道：“叔忽射杀牛，大是异事。”弘但言已知，仍然无言。宽和如此，故终得免难。看官以为如弘行止，究竟可取不可取？想列位自有定评，无庸小子哓哓了。同流合污，为德之贼。

且说炀帝安处东都，与萧后及十六院夫人整日行乐。显仁宫及芳华苑，两处交通，中为复道，夹植长松高柳，御驾往来无常时，侍卫多夹道值宿，后庭佳丽，日多一日，今夕到这院留宿，明日到那院盘桓，或私自勾挑，或暗中牵合，不但十六院夫人多被宠幸，就是三百二十名美女，有时凑着机缘，也得幸沾雨露。最邀宠的有几个芳名，甚么朱贵儿，甚么袁宝儿，甚么韩俊娥，还有雅娘、杳娘、妥娘等美人，几不辨甚么姓氏，但教容貌生得俊媚，身材生得袅娜，都蒙皇恩下逮，命抱衾裯。甚至僧尼道士，亦召入同游，叫作四道场。或在苑中盛陈酒馔，不分男女，随派入座。从前高祖嫔御，往往令与皇孙燕王倓、梁公萧巨、千牛官名。左右宇文晶同列一席；僧尼道士，令与女官同列一席；自与后妃宠姬同列一席。履舄交错，巾钗厮混，简直是不拘形迹，杂乱无章。甚至杨氏妇女，擅有姿色，亦公然留髡。就是妃嫔公主亦免不得与幸臣交欢。女官尼觋，勾通僧道，炀帝也置诸不问，算是盛世宏恩。诙谐得妙。又尝泛舟五湖，御制《望江南》八阕，分咏湖上八景，小子叙录如下：

（一）湖上月，偏照列仙家。水浸寒光铺枕簟，浪摇晴影走金蛇，偏欲泛灵槎。光景好，轻彩望中斜。清露冷侵银兔影，西风吹落桂枝花，开宴思无涯。

（二）湖上柳，烟里不胜摧。宿雾洗开明媚眼，东风摇动好腰肢，烟雨更相宜。环曲岸，阴伏画桥低。线拂行人春晚后，絮飞晴雪暖风时，幽意更依依。

（三）湖上雪，风急堕还多。轻片有时敲竹户，素华无韵入澄波，望外玉相磨。湖水远，天地色相和。仰面莫思梁苑赋，朝来且听玉人歌，不醉拟如何？

（四）湖上草，碧翠浪通津。修带不为歌舞缓，浓铺堪作醉人茵，无意衬香衾。晴霁后，颜色一般新。游子不归生满地，佳人远意寄青春，留咏卒难伸。

（五）湖上花，天水浸灵芽。浅蕊水边匀玉粉，浓苞天外剪明霞，只在列仙家。开烂漫，插鬓若相遮。水殿春寒幽冷艳，玉轩晴照暖添华，清赏思何赊？

（六）湖上女，精选正轻盈。犹恨乍离金殿侣，相将尽是采莲人，清唱漫频频。轩内好，嬉戏下龙津。玉管朱弦闻尽夜，踏青斗草事青春，玉辇从群真。

（七）湖上酒，终日助清欢。檀板轻声银甲缓，醅浮香米玉蛆寒，醉眼暗相看。春殿晚，仙艳奉杯盘。湖上风光真可爱，醉乡天地就中宽，帝主正清安。

（八）湖上水，流绕禁园中。斜日缓摇清翠动，落花香暖众纹红，蘋末起清风。闲纵目，鱼跃小莲东。泛泛轻摇兰棹稳，沉沉寒影上仙宫，远意更重重。

这八阕词句，令宫女演习歌唱，每当月夜泛湖，歌声四起，一派脆生生的娇喉，真个似黄莺百啭，悦耳动人。就中有几个通文侍女，更将原阕分成波折，抑扬顿挫，愈觉旖旎风光，足动炀帝游兴。

一夕，炀帝泛舟北海，与内侍十数人同登海山，忽月光被薄云遮住，夜色迷濛，当然是不便上登，就在海旁观澜亭中小憩。炀帝正带着三分酒意，醉眼模糊，凭栏四望，恍惚有一扁舟过来，舟中似有数人，还疑是十六院中的美人儿，前来迎驾。霎时间驶在亭前，有一人首先登岸，报称陈后主谒驾。炀帝忘他已死，且前与陈后主时常会晤，颇觉气味相投，至此即令传见，才阅片时，果见陈后主款段前来，所着服饰，仿佛似做长城公形状。炀帝忙起身相迎，陈后主屈身再拜。炀帝忙用手搀住道：“朕与卿本是故交，何必拘此大礼。”说着，便令他旁坐。彼此已经坐定，陈后主开口道：“忆昔与陛下交游，情爱与骨肉相同，今日陛下贵为天子，富有四海，尚记得陈叔宝否？”炀帝惊问道：“卿别来已久，今在何处？”陈后主道：“亡国主子，何处寄身？无非往来飘泊，做一个异乡孤客罢了。”炀帝又道：“卿如何知朕在此，前来一会？”陈后主道：“闻陛下得登大宝，安享承平，心甚钦服，但初意总道陛下勤政爱民，得臻至治，哪知陛下亦纵乐忘返，取快目前，无甚美政。今又凿通洪渠，东游维扬，自觉一时技痒，特来献诗数章。”说罢，便从怀中取出一纸，捧呈炀帝。炀帝闻陈后主言，已是不悦，勉强接阅诗词，巧值月色渐明，乃凝神细视，但见纸上写着：

隋室开兹水，初心谋大赊。一千里力役，百万民吁嗟。水殿不复返，龙舟成小瑕。溢流随陡岸，浊浪喷黄沙。两人迎客至，三月柳飞花。日脚沉云外，榆梢噪冥鸦。如今游子俗，异日便天家。且乐人间景，休寻海上槎。人喧舟番岸，风细锦帆斜。莫言无后利，千古壮京华。

炀帝阅罢，似解非解，但诗意总带着讥讽，不由地愤怒起来，便拂衣起坐道：“死生有命，兴亡有数，尔怎知我开河通渠，徒利后人？”陈后主亦起身道：“看汝豪气，能得几日，恐将来结果，还不及我哩。”一面说，一面走。炀帝亦从后追逐，又听陈后主揶揄道："且去且去！后日吴公台下，少不得与汝相见。"炀帝也不辨语意，尚用力追去。那陈后主已是下舟，舟中有一绝世美人，花容玉貌，倾国倾城，可惜月光半明半灭，急切里看不清楚，正思回呼左右，拘留此舟，不料海面上卷起一阵阴风，吹得毛骨森竖，待至风过浪平，连扁舟俱已不见，还有什么丽姝。观此可以悟道。炀帝到了此时，方猛然惊悟，自思叔宝早死，舟中美人大约便是张丽华，两人都是鬼魂，如何与我相见？当下吓了一身冷汗，便把双眼睁开，仔细一望，仍然坐在亭中，便问左右道："你等曾看见甚么？"左右道："不曾看见甚么，但见万岁爷默然无言，恍似假寐，所以不敢惊动。"炀帝越加惊疑，忙出乘原舟，返入西苑，就近至迎晖院来。院妃王夫人接着，炀帝便与谈及陈后主相见事，王夫人也觉称奇，独朱贵儿入传道："日有所思，夜有所梦，莫非陛下回忆张丽华，所以幻出这般奇梦。且怎知非花月精魂，晓得万岁在海中寂寞，故来与陛下相戏，此等幻梦，何足介意！"实是被鬼揶揄。炀帝听了，方才释疑。是夕便在迎晖院留宿，不劳絮叙。

既而夏气暄烦，苑中草木虽多，遮不住天空炎日，昼间未便冶游，到了日沉月上，清风拂暑，院落迎凉，炀帝但带着矮民王义，悄悄地入栖鸾院，院妃李庆儿方仰卧帘下，沉睡未醒，可巧月光映面，炀帝见她柳眉半蹙，檀口微张，杏靥上现出一种慌张情态，好似欲言难言，炀帝指语王义道："她莫非梦魇不成，快与我叫她醒来！"义走到榻前，连叫数声李娘娘。庆儿方得醒寤，已挣得满身珠汗，弱不胜娇。炀帝亲自将她扶起，坐了半晌，方才明白，起身下拜道："妾适在梦寐，未知驾临，有失迎候。"炀帝道："且住！卿梦中有何急事，露出这般慌张。”庆儿道：“妾正在梦魇，亏得陛下着人唤醒，但梦中情节支离，是吉是凶，妾不敢直说。”炀帝道：“但说何妨。”庆儿道：“妾梦见陛下如平时一般，携了妾臂，往游各院，到了第十院中，李花盛开，陛下入院高坐，开宴赏花，妾仍侍侧，哪知一阵风起，花光变作火光，烈腾腾的烧将过来，妾避火急奔，回视陛下尚在烈焰中，急忙呼人救驾，偏偏四面无人，妾正急杀，却得陛下唤醒，这梦不知主何吉凶。”炀帝沉吟半晌，方强解道：“梦兆往往相反，梦死正是得生，火势威烈，朕坐火中，正是得威得势，有何不吉？”庆儿乃喜。炀帝复令摆酒压惊，饮到夜静更阑，方共作阳台好梦。

晓起已迟，出过明霞院，正与院妃杨夫人相值。杨夫人且笑且语道：“陛下来得正好，妾正要前来报喜。”炀帝问有甚么喜事？杨夫人道：“酸枣县所献玉李，竟尔暴兴，荫达数亩。”

炀帝淡淡地答道：“玉李何故忽盛？”杨夫人道：“昨夕院中各人闻空中有人聚语道：‘李木当茂’，今晓往视，果然茂盛无比。”炀帝正因庆儿梦见李花，今又闻玉李忽盛，料知不是吉兆，便顾语王义道：“你去传语院役，还将玉李伐去。”义答道，“木德来助，正是瑞应，即使不祥，亦望陛下修德禳灾，伐树何益？”语颇有理。炀帝乃止，就在明霞院中勾留一日。越宿，往幸晨光院，院妃周夫人迎报道：“院中杨梅，今已繁盛。”炀帝喜问道，“杨梅茂盛，能如玉李否？”旁有宫女答道：“尚不及玉李的浓荫。”炀帝不答，掉头径去。后来梅李同时结实，院妃采实进献。炀帝问二果孰佳，院妃道：“杨梅虽好，味带清酸，终不若玉李甘美。”炀帝叹道：“恶梅好李，岂是人情，莫非此中寓有天意么？”小子叙述至此，因作诗评驳道：

汤孙修德蹷祥桑，玉李何能为国殃？
怪底昏君终不悟，徒将气运诿穹苍。

未几夏尽秋来，草木皆凋，炀帝又欲往幸江都，后妃等多不愿行，设法阻止。究竟能否阻住炀帝，且至下回续叙。

陈百戏于端门，全是一种张皇气象。不知外夷之向背，非在中国之富贫。且糜费愈甚，财力益楞，国赋所出，全在民力，民力已尽，试问将何以御外人？甚矣哉炀帝之愚也！且外人谓中国亦有贫民，何不将树上缯帛与之？其于中国之情势，已了如指掌；德不足怀，威不足畏，徒为外人所嘲讽，果奚补乎？海山见陈后主一节，正史不详，惟韩偓《海山记》却有此说。运衰遇鬼，炀帝之气焰已将尽矣。后文如庆儿之梦魇，玉李之忽茂，俱自韩偓记中采取而来。近如坊间之《隋唐演义》、《隋炀艳史》，亦尝采入，但彼多附会，此从简明，终非穿凿者所得比也。

第九十四回　征高丽劳兵动众
溃萨水折将丧师

却说大业六年，炀帝又欲南幸江都，因为洛阳宫苑，草木俱凋，无可留玩，偶然忆及江都富丽，且有琼花一株，非常鲜艳，前次曾经看过，此时不知如何景色，所以更欲一观。惟萧后以下，不耐跋涉，好好地婉言劝阻，偏炀帝执意不从，且对后妃等说道："卿等俱到过江都，应亦领略风景与此处不同，不要说山川秀美，就是一花一木，也比此地格外鲜妍。并有琼花一株，是绝无仅有的珍品，今虽草木零落，当不似此间寂寞，所以朕更欲一游，聊抒愁闷。"说至此，有一美人接入道："陛下要不致寂寞，亦没有难事，限妾三日，管教这芳华苑中，百花开放。"炀帝瞧着，乃是清修院内的秦夫人，不禁冷笑道："卿有什么神术，能使万象回春？"秦夫人嫣然道："妾怎敢在天子前谬作诳言？待三日后，自见分晓。"炀帝将信将疑，好容易过了三日，便至苑中探验真伪，一入苑门，果然花木盛开，芳菲斗艳，就是池沼中荷芰菱芡等类，亦皆翠叶纷披，澄鲜可爱。当下惊喜得很，极口称奇。那十六院夫人，已带了许多宫女，出来迎驾。秦夫人先笑问道："苑中花木，比江都何如？"炀帝迟疑道："朕且问卿这般幻术，从何处学来？否则现在天气，哪里有这样繁盛？"众夫人听了此语，不禁哑然失笑，惹得炀帝越觉动疑。再三穷诘，方由大众奏明，乃是翦彩为花，制锦作叶，费了三日三夜的工夫，才布置得簇簇新新。炀帝仔细审视，方能辨明赝鼎，确是一个糊涂虫。又向秦夫人说道："似卿这么慧想，也好算巧夺天工了。"遂与众夫人到处游玩，但见红一团，绿一簇，仿佛与春间无二。待至游兴已阑，便往清修院中小作勾留。秦夫人早已备好肴馔，请炀帝上坐，自与众夫人递相劝酬，把炀帝灌得烂醉，便在院中倦卧。到了酒消醉醒，已是昏黄，众夫人俱已散去，但有秦夫人侍坐榻前，瞧见炀帝醒来，当然递过香茗，畀他解渴。炀帝见秦夫人晚妆如画，别饶丰韵，不由地引起欲火，索性叫她卸衣侍寝。秦夫人乐得承恩，先替炀帝脱去龙袍，然后自己亦解衣入帏，云雨巫山，销魂真个，这也是数见不鲜，不容描摹了。

且说秦夫人翦彩为花，制锦作叶，又把炀帝留住游赏，安居一二旬，但假花假叶，色易黯敝，虽经宫人时常掉换，终究是鱼目混珠，艳而不芳。炀帝复觉生厌，仍决计往江都一行。后妃等不好拦阻，听他启銮，惟萧后未曾随往，十六院夫人也不过去了一小半。外如宫娥彩女，随意拣选数百名，随着炀帝，仍坐龙舟南驶。沿途自有卫士拥护，不过比第一次南下时，已觉得轻车减从，许多简便，途中观山览水，随意消遣，不多日已抵江都。江都宫监王世充已将宫室赶筑，大致告成，并选得若干美女，入宫执役，一闻驾到，便出郊迎谒，导引炀帝入城。炀帝至宫中巡视，凡一切布置，尽皆合意，又见诸宫女统来叩谒，无一非仪容俊雅，眉目轻盈。炀帝顾着世充，很是嘉奖。世充口才本来便佞，又经炀帝奖赏，更觉极口献谀，炀帝便将所携金帛赏给若干，世充当然拜谢。且知炀帝嗜好惟酒与色，便即呈上美酒盛馔，并令在宫女役，各携乐器，弹唱歌舞。那吴女一副歌喉，乃是天生成的娇脆，不比那北里胭脂，细中带粗，炀帝听了，只觉得靡靡动人，沁及心脾。惟所歌的多是本乡小调，不甚合宜，乃命世充录述《清夜游》曲，指导宫女，这《清夜游》曲系炀帝自撰，东都宫女都能口诵，经世充录示诸女，到底吴中丽质，聪慧过人，有一半粗通文墨，用心默记，便能一一背诵，随口成腔；于是一半儿唱歌，一半儿鼓乐，炀帝且饮且听，但闻清声摇曳，歌云：

948. 洛阳城里清夜矣，见碧云散尽，凉天如水，须臾山川生色，河汉无声，一轮金镜飞起，照琼楼玉宇，银殿瑶台，清虚澄澈真无比。良夜情不已，数千万乘骑，纵游西苑，天街御道平如砥，马上乐竹媚丝姣，舆中宴金甘玉旨。试凭三吊五，能几人不愧圣德穷华靡，须记取隋家潇洒王妃，风流天子。这是补录《清夜游》曲，故借此叙入，看官莫被瞒过！

炀帝见吴女绣口锦心，乐不可支，等到酒阑歌罢，便就吴女中拣选数名，留之旁侍。世充已知炀帝微意，即请炀帝安寝，拜辞出宫。炀帝挈领数名侍女，退入寝室，大约是轮流供御，从心所欲便了。但琼花已是凋谢，须待明春再开，炀帝就羁留江都，且思东游会稽，便命凿通江南河，自京口直达余杭，共计八百余里，使得通行龙舟。怎奈一时不能告成，只好耐心待着。

会接虎贲郎将陈棱捷报，乃是发兵航海，袭破琉球，击毙国王遏刺兜，虏归男女数千人，因此报功。原来琉球为东海岛国，风俗略似倭人，倭人即日本国，比琉球为大，大业四年，倭王阿每多利思北孤，日史称推古帝。曾贻隋书，有云："日出处天子致书日没处天子无恙。"炀帝览书不悦，传旨鸿胪卿，谓蛮夷书如或无礼，勿再上闻。越年，乃遣文林郎裴清使倭国，倭王却优礼相待，并遣使人随贡方物。炀帝面问倭使，方知倭国东南尚有琉球，因遣羽骑尉朱宽入海，赍诏宣抚。偏琉球国王不肯奉诏，宽当即还报，始令陈棱袭击。棱既得破灭琉球，炀帝更欲从事高丽，征高丽王高元入朝。看官阅过上文，应知炀帝在突厥时，已谕令高丽使臣饬令朝贡。见九十二回。此时已越两年，高丽王并未应命，再行遣使征召，仍然不至。炀帝不禁动怒，拟即发兵亲征，课令天下富民，买马给役，每匹贵至十万钱，并饬戍官镇将，简阅器仗，务求精新，如或滥恶，立诛无贷。为这一役，又不免骚动中原。天下本无事，庸人自扰之。

到了大业七年的仲春，炀帝自江都出发，带了许多宫女，仍驾龙舟，经过永济渠，北向涿郡，途次颁诏四方，不论远近将士，概令会齐涿郡，东讨高丽。又敕幽州总管元弘嗣，速往东莱海口，造船三百艘。弘嗣不敢违慢，带同属吏，昼夜督造，工役日立水中，未尝少休，自腰以下，均皆生蛆，几乎十死三四。炀帝轻视民命，又发江、淮以南水手万人，弩手三万人，岭南排镩手三万人，并饬河南、淮南、江南三处，造戎车五万乘，送至高阳，供载衣甲幔幕，令兵士自挽赴军，再调两河民夫，供给军需。嗣又拨派江、淮民船，输运黎阳及洛口诸仓米，并至涿郡。舳舻千里，往返常数十万人，日夕不停，死亡相继。炀帝行抵涿郡，驻驾临朔宫，所有文武从官，俱令给宅安居，自在宫中迷恋酒色，不减平时。惟朝征粮、暮征兵，三令五申，不管兵民死活。可奈道途多阻，转运维艰，一时不能会集，没奈何捱延过去。自大业七年初夏开始，直至次年孟春，天下兵民，方趋集涿郡。

炀帝召入合水令庾质，当面询问道："高丽兵民，不能当我一郡，今朕悉众往讨，卿以为必克否？"庾质答道："以众临寡，何患不克？但不愿陛下亲行。"炀帝变色道："朕统兵至此，怎可未战先退，自挫锐气？"质又说道："胜负乃兵家常事，战若未克，反损威灵，不如车驾留此，但命猛将劲卒，指授方略，倍道兼行，出敌不意，方可必克。兵贵神速，迂缓便恐无功了。"炀帝不从，反叱责道："汝既惮行，尽可留此。"遂诏分全军为左右两翼，左十二军出镂方、乐浪等道，右十二军出粘蝉、襄平等道，络绎登程，总集平壤，共得一百十三万三千八百人，号称二百万，馈运饷糈，人数加倍。炀帝祃纛启行，亲授节度，每军置大将、亚将各一人，骑兵四十队，队各百人，十队为团，步兵八十队，分作四团，团各有偏将一人，铠胄缨拂旗旛，每团异色，辎重散兵等，亦为四团，令步兵夹进，进止立营，各有次序。前军先行，后军继进，相距约四十里。御营六军，最后出发。历四十日，方才尽出涿城，首尾衔接。鼓角相闻，旌旗绵亘九百六十里，直是近古以来少见少闻的军仪。不是行军，实同儿戏。途次，复令段文振为左候卫大将军，出南苏道，文振在道中婴疾，上表行在，略云：

窃见辽东小丑，未服严刑，远降六师，亲劳万乘。但夷狄多诈，须随时加防，即日陈降款，亦不宜遽受。惟虑水潦方降，毋或淹迟，伏愿严勒诸军，星驰速发，水陆俱前，出其不意，则平壤孤城，势可拔也。若倾其本根，余城自克。如不及早裁定，待遇秋霖，必多艰阻，兵粮既竭，强敌在前，靺鞨出后，迟疑不决，非上策也。臣不幸遘疾，命在须臾，恐不能效力戎行，为国杀贼，自知罪戾，有辜圣恩，所望陛下扫除小丑，指日凯旋，则臣虽死，亦瞑目矣。谨此上闻！

炀帝览表，尚未以为然，未几，即接到文振死耗，炀帝虽然痛惜，但如文振表中所言，仍是疑信参半，好几日始至辽水，众军总会，临水为阵。高丽兵阻水拒守，隋军不得前济。右屯卫大将军麦铁杖语人道："丈夫性命，自有定数，怎能卧死儿女子手中呢？"乃自请为前锋，并语三子道："我受国厚恩，今当死战。我若战死，汝等得长保富贵了。"为儿孙作马牛，亦属何苦。会工部尚书宇文恺奉敕造浮桥三道，夤夜告成，引桥架辽水上面，自西至东，桥短丈余，不能相通，高丽兵大至，隋兵赴水接战，溺死甚众。麦铁杖一跃登岸，闯入高丽阵内，虎贲郎将钱世雄、孟义亦跃过中流，与麦铁杖先后杀入，十荡十决，差不多与猛虎一般，高丽兵亦被杀无数。怎奈后队不能跃上，徒令三人奋身死斗，毕竟势孤力竭，相继捐躯。隋军不得已敛兵引桥，复就西岸。

炀帝闻铁杖战死，追赠为宿郡公，使长子孟才袭爵，次子仲才、季才，并拜正议大夫。更命少府监何稠督工接桥，二日乃成，再架水上。诸军依次奋进，得渡辽水，大战东岸，杀得高丽兵七零八落，死了万人，余众都遁入辽东城。隋军乘势进攻，把辽东城团团围住。炀帝亦渡辽东进，命尚书卫文升招抚辽左人民，免役十年，且下诏戒谕诸将道："朕此次东征，吊民伐罪，并非为功名起见，诸将或不识朕意，轻兵袭击，孤军独斗，徒思为己立功，冀邀爵赏，实非大军行法本旨。卿等进军，但当分为三道，有所攻击，必须三道相知，毋得轻进，猝致丧亡。并且军事进止，概宜预先奏闻，静待复报，如有专擅，就使有功，亦必加罪。"还想沽名，比宋襄犹且不如。诸将接到这道谕旨，莫敢先动。

高丽兵守御辽东城，日久未下。炀帝又觉焦急，亲阅城池形势，但见城不甚高，濠亦不甚广，偏如此旷日无功，想是将士疲玩所致，因复召诸将诘责道："尔等竟视朕为木偶么？朕欲东征，尔等多不愿朕来，今朕既到此，正欲观尔等所为，果

然尔等畏死，不肯尽力，难道朕不能加刑，乃敢这般玩法么？"说至此，声色俱厉。自相矛盾，叫人如何措手？诸将相率惊惶，并皆谢罪。于是右翊卫大将军来护儿决计进攻平壤，自率江、淮水军浮海先进，渡入浿水，去平壤约六十里，与高丽兵遇，乘锐邀击，大破敌兵，便麾兵进攻平壤城。副总管周法尚从旁谏阻，谓宜俟各军偕至，然后进攻。护儿不听，即简精甲四万，直逼城下。高丽兵出来搦战，护儿督兵交锋，未及数合，高丽兵便即退回。护儿驱军入城，城门却也未闭，一任隋军掩入。明是诈计。隋军一入城闉，就分头四掠，无复步伍，哪知城闉左右的空寺中都有高丽兵伏着，一声胡哨，两旁杀出，好似斫瓜切菜一般。护儿见不是路，忙鸣金收军，军士半在城内，半在城外，内外不复相顾，死的死，逃的逃。护儿狼狈逃回，高丽兵在后追逐，还亏周法尚整军接战，方将高丽兵击退。护儿收

拾残众，还屯海浦，不敢再进。其进锐者其退速。

左翊卫大将军宇文述出扶余道，右翊卫大将军于仲文出乐浪道，左骁卫大将军荆元恒出辽东道，右翊卫将军薛世雄出沃沮道，右屯卫将军辛世雄出玄菟道，右御卫将军张瑾出襄平道，右武候将军赵孝才出碣石道，涿郡太守左武卫将军崔弘升出遂城道，右御卫虎贲郎将卫文升出增地道。这九军同时出发，约至鸭绿水西岸会齐。人马皆赍百日粮，又给排甲枪槊，并衣资戎具营帐等类，每人须负重三石，力不能胜。宇文述下令军中，如有遗弃粮仗，立斩无赦。士卒不堪负担，悄悄地掘了坑堑，埋窖粟米，才至中道，粮已将尽。高丽遣大臣乙支文德诣营诈降。于仲文拟拘住文德，偏尚书右丞刘士龙为慰抚使，谓不应遽执来使，失外人心。仲文乃遣归文德，嗣复自悔，遣人往追，但说是尚有余议，诱令复来，那文德掉头不顾，渡江自去。仲文既失文德，甚是懊怅，及与宇文述相会，述因粮尽欲归，仲文还说是亟追文德可以报功，述不愿再行。仲文悻然道："将军统十万众，不能击破小丑，何面目回见主上？且仲文此行，早知无功，试想将多士众，人不一心，如何胜敌？"述不得已与诸将渡过鸭绿水，力追文德。

高丽将士见隋军已有饥色，料知不能久持，佯用羸兵诱敌，每战辄走。自朝至暮，述七战七捷，恃胜骤骄，遂东渡萨水，距平壤城三十里，因山为营。文德复遣人诈降，向述传语道："公若旋师，当奉高元来朝行在。"述见士卒疲敝，不可复战，又见平壤城险固难下，权时允许，引军西还。令部众结一方阵，防备不虞。果然高丽兵四面抄击，没奈何且战且行。及回渡萨水，各军半济，高丽兵从后掩击，隋将军辛世雄阵亡。隋军已无斗志，又见世雄战死，顿时惊溃，不可禁止。一日一夜，奔还鸭绿水，行至四百五十里。来护儿闻述等败归，亦自海浦奔回，惟卫文升一军独全。

先是九军渡辽，共三十万五千人，及返至辽东城，止二千七百人，资储器械，丧失殆尽。炀帝大怒，锁系宇文述等，收军驰还，留民部尚书樊子盖居守涿郡，自驾龙舟还东都。宇文述素得上宠，子士及又尚帝女南阳公主，故炀帝不忍加诛，独斩刘士龙以谢天下，夺于仲文等官爵，进卫文升为金紫光禄大夫。诸将皆委罪仲文，所以诸将得释，惟仲文不赦。仲文忧恚成疾，方得出狱，但已是病重身危，未几即死。得保首领，还是幸事。前御史大夫张衡已经放黜，炀帝恐他怨谤，尝令人伺察，至从辽东还驾，忽由衡妾上书告变，讦衡怨望谤讪。衡不知有君，无怪衡妾不知有衡。有诏赐令自尽，遣使监视。衡临死大言道："我为人作何等事，还敢望久活么？"监刑官自塞两耳，促令搤毙。

未几，又是大业九年，炀帝复欲再征高丽，征集天下兵至涿郡，且募民为骁果，因命代王侑留守西京，授卫文升为刑部尚书，使辅代王。越王侗留守东都，民部尚书樊子盖为辅，再议东击高丽，并诏复宇文述官爵，谓前时兵粮不继，致丧王师，这是由军吏供应不周，并非述罪，可仍令以原官统军，寻又加开府仪同三司。孟夏四月，复启跸东征，遣宇文述为前驱，与上大将军杨义臣同趋平壤。左光禄大夫王仁恭出扶余道，仁恭进军至新城，高丽兵数万拒战，仁恭率劲骑千人首先突阵，击破高丽兵。高丽兵入城固守，炀帝自统大军攻辽东城，守兵随机守御，兼旬不拔，炀帝遍征攻具，四面扑城，仰攻用楼梯，俯攻用锹凿，终不见效。乃又饬造布囊百余万件，满贮土石，堆积城下，高与城齐，令战士上登攒击。又制八轮楼车，高出城墙，车上乘了弩手数百人，弯弓竞射。城中防不胜防，危蹙万状，正要一鼓攻入，不料内讧迭起，警报频来，遂令这位荒淫骄纵的隋炀帝只好引军折回。小子有诗叹道：

无端劳动四方兵，功未成时祸已成。
试看黎阳生巨变，乱阶毕竟始东征。

欲知内乱详情，请看官续阅下回。

炀帝之征高丽，聚天下兵顿于一城，彼不过夸耀兵威而已，安知兵法？夫曹操赤壁，苻坚淝水，皆以兵多致败，岂有劳师万里，水陆淹留，尚可痴望成功耶？庾质、段文振，相继进谏，言皆可行，乃听之藐藐，反戒诸军轻进，坐误因循，及辽东城相持不下，乃责诸军疲玩，以致来护儿、宇文述等躁进丧师。至于督兵再举，不惩前辙，是即无内讧之猝起，恐亦不败不止耳。王者耀德不观兵，德无可言，徒欲以兵力屈人，试鉴诸隋炀而已然矣。

第九十五回　杨玄感兵败死穷途
解斯政拘回遭惨戮

却说高丽事起，征兵索粮，骚动天下，百姓不堪供亿，铤而走险，相聚为盗。邹平民王薄据长白山，此系山东之长白山。自称知世郎。平原民刘霸道据豆子䴚，号为阿舅贼。蓨人高士达聚众清河，鄃人张金称聚众河曲，还有漳南人窦建德，也与同县孙安祖戕官起事，攻陷高鸡泊，做起草头大王来了。既而济阴孟海公、齐郡孟让、北海郭方预、平原郝孝德、河间格谦、渤海孙宣雅，接踵为乱。暴客饥民，相率趋集，多或至十余万人，少亦数万，所在剽掠，村邑为墟。是时承平日久，人不习兵，地方官吏与贼接战，往往败却。惟齐郡丞张须陁骁勇果决，连败王薄、郭方预等，须陁部下有罗士信，年方十四，持槊当先，贼不敢进，每次交锋，必与须陁并进，贼众无不辟易，所以战无不克。但群盗如毛，山东糜烂，单靠张须陁一军，也只能保护一方，不能四面兼顾，坐是彼出此没，无术荡平。炀帝虽有所闻，尚说是幺麽小贼，不足为虑，所以再出东征。偏有一个勋臣后裔也乘势揭竿，起兵黎阳，遂令炀帝心中惶急，不得不搁起外事，还戢内忧。

看官道黎阳起事，究是何人？原来就是楚国公杨素子玄感。本回以玄感为主，故上文群盗，只用简笔略过。玄感体貌雄伟，膂力强盛，善骑射，好宾客。蒲山郡公李密，世为北周将领，父宽为隋初柱国，密得袭父爵，官左亲侍，与玄感为刎颈交。密有智术，尝语玄感道："临阵决胜，密不如公；居内运筹，公不如密。"玄感深服密言，故往来莫逆。会玄感迁任礼部尚书，奉炀帝诏敕，至黎阳督运，因闻山东盗起，乱事已发，料知天下从此多事，且乃父死时，炀帝尝谓素若不死，终当族灭，因此引以为忧。虎贲郎将王仲伯、汲郡赞治赵怀义，并为玄感腹心。玄感密与计议，欲令东征各军，乏粮致变，特使粮船故意逗留，可以伺隙起兵。玄感弟武贲郎将玄纵及鹰扬郎将万硕，均从征辽东，由玄感密书招还。又令人至京师召出李密，令与季弟玄挺同抵黎阳。适将军来护儿调集舟师，从东莱入海，将趋平壤。玄感即欲发难，暗遣家奴绕道东方，伪充驿使入城，托言护儿愆期谋反，煽惑人心，遂径入黎阳城，大索男夫。并移书旁郡，以讨护儿为名，令各发兵，会集仓所。既欲发难，何妨声明昏主过恶。乃徒诬及来护儿，欺诱军吏，是与汉王谅起兵时同一谬误。即用赵怀义为卫州刺史，东光县尉元务本为黎州刺史，河内主簿唐祎为怀州刺史。唐祎不肯受令，暗地逃回。

御史游元与玄感共同督运，亦有违言。玄感与语道："独夫肆虐，陷身绝域，正是天使灭亡，我今大举义师，往诛无道，君意以为何如？"元正色道："尊公荷国宠荣，近古无比，公门皆拖青纡紫，正应竭诚尽节，上答鸿恩，奈何坟土未干，即图反噬？仆但知以死报君，不敢闻命。"玄感怒起，把他囚住，元始终不屈，竟为玄感所杀。乃就运夫中选集丁壮，得五千余人，舟子三千余人，刑牲誓众，当面宣谕道：“主上无道，不念民生，天下骚扰，从征辽东的兵民，死了无数，今与君等起兵，往救百姓，岂不甚善？”大众踊跃听命。玄感大喜，遂勒兵分部。可巧李密与玄挺偕来，玄感倒屣迎入，向密问计。密答说道：“天子远在辽东，公能出其不意，长驱入蓟，扼住咽喉，高丽闻有内变，必从后蹑击。不出旬日，征东各军，资粮皆尽，就使不降，亦必溃散，这乃是今日的上计。”玄感道：“中策若何？”密又道：“关中为都城所在，今若率众西行，经城勿攻，直取长安，天子虽还，根本已失。公据险临敌，进可战，退可守，尚不失为中计。”玄感又道：“此外便为下策吗？”密复道：“公若随近逐便，直向东都，一鼓突入，亦足号令四方，但恐唐祎往告，先已固守，引兵攻战，必延岁月。百日不克，天下兵四面兜聚，大势一去，恐无能为了。”李密三策，剀切详明。玄感笑道：“今百官家口，俱在东都，我若得取，先声夺人，从征官吏，不寒而栗，如公下计，实是上策。若冒险入蓟，恐成孤注，改图关中，又嫌迂远。且经城勿攻，如何示威？我却不愿出此哩。”遂不从密言，竟引众向洛阳，遣弟玄挺率骁勇千人，充作前锋，先取河内。唐祎已入城拒守，一面飞报东都留守越王侗。侗急与樊子盖等勒兵为备，修武县兵民，亦相率守临清关。玄感不能度，乃至汲郡南渡河，亡命诸徒，相从如市。不到数日，有众数万，乃使弟积善，率兵三千，自偃师南沿洛水，向西进取，玄挺自白司马坡逾邙山，向南进行，玄感自领三千余人，从后接应。

东都留守越王侗遣河南令达奚善意，统兵五千人，出拒积善，将作监河南赞治裴弘策统兵八千人，出拒玄挺。善意至洛南，立营汉王寺，及积善兵到，未战即溃，铠仗皆为积善所取。弘策行至白司马坡，一战败走，退三四里，复收集散兵，列阵待着。玄挺徐至，连战至四五次，弘策皆败，奔还东都，玄挺直抵大阳门，玄感亦从后继至，屯上春门，尝对众宣誓道："我身为上柱国，家累巨万金，还要求什么富贵？今起兵来此，不顾灭族，无非欲解百姓倒悬，不得不尔，请大众原谅？"众闻言皆悦，父老争献牛酒，子弟亦诣军门自效，每日不下千数。内史舍人韦福嗣出敌玄感，兵败被擒。玄感优礼相待，使掌文翰，令贻樊子盖书，直数炀帝罪恶，谓欲废昏立明，请勿拘小礼，自贻伊戚。子盖不答，复使裴弘策出战，弘策失利而还。子盖部署败军，再使弘策出击，弘策不肯行，被子盖叱出斩首，由是将吏震肃，令行禁止。玄感尽锐攻城，子盖随方拒守，一守一攻，杀伤相当。

西京留守代王侑闻东都被围，忙遣副守卫文升督兵往援。文升至华阴，掘杨素冢，暴骨扬灰。遂鼓行出崤渑，直趋东都，率二万骑挑战。玄感用羸兵诱敌，精兵后伏，引卫文升兵追来，一声鼓号，四面伏发，杀死文升兵无数。文升慌忙逃回，前驱已经尽毙，无一得生。越三日再行交兵，两军初合，玄感诈使人大呼道："官军已获得玄感了。"文升兵莫名其妙，东张西望，心不一致，那玄感却带领精骑数千，突入文升阵内。文升麾下，统被吓退，就是文升亦似入梦中，只好随众并走。玄感趁势斩获，一场蹂躏，把文升部曲三四万人，杀死了一大半，单剩了八千人保护文升，狼狈退去。玄感却是能兵，可惜初计不善。玄感兵威大震，趋附益众，多至十万人。

右武候大将军李子雄曾坐事除名，诏令从来护儿东征，图功赎罪。自玄感变起，炀帝防他潜应玄感，令锁子雄达行在，子雄竟杀死诏使，逃奔洛阳，投入玄感军中，劝玄感速称尊号。玄感转问李密，密答道：“秦陈胜自欲称王，张耳进谏被斥，魏武帝将求九锡，荀彧劝阻见诛，今密欲正言相规，还恐追踪二子，若阿谀顺意，又与密本意相违，试想公自黎阳起兵，虽得战胜数次，究竟未定一郡，未服一县，至若东都守御，坚固难拔，天下救兵，指日将至，公不速挺身力战，早定关中，乃急欲自尊，未免示人不广，请公三思！”玄感狞笑无言，暂将称尊事缓议，但心中不免芥蒂，渐与密疏，专任元福嗣为心膂。福嗣每与划策，首鼠两端，密复谏玄感道：“福嗣本非同盟，实怀观望，明公初起大事，乃令奸人在侧，为所摇惑，他日必误军机，不如先诛为是。”玄感摇首道：“君所言太过，福嗣亦何至如此。”密退语所亲道：“杨公不信忠言，反昵匪类，恐我辈将一同为虏了。”何不速去？

960. 已而炀帝返至涿郡，发兵四逼，使武贲郎将陈棱攻黎阳，武卫将军屈突通诣河阳，左翊卫大将军宇文述继进，右骁卫大将军来护儿又从东莱还援，就是两战两败的卫文升亦收拾余烬，进屯邙山南面，来决死战，与玄感一日数斗。玄感弟玄挺伤重而死，余众少却。玄感方才知惧，又闻屈突通引兵将到，忙与李子雄商量对敌。子雄道：“屈突通晓习兵事，一得渡河，胜负难料，宜速分兵往拒，休使越河前来。”玄感依议，便欲遣兵拒通，偏樊子盖瞧破机关，屡出兵来扰玄感军营。玄感无暇分兵，眼见得屈突通军长驱直至，于是东有屈突通，西有卫文升，更兼樊子盖自出夹攻，三路动手，任尔杨玄感如何骁勇，也是招架不住，三战三北，无法支持。玄感再向李子雄请计，子雄道：“东都援军四集，我师屡败，怎可久留？不如直入关中，据有府库，东向争天下，尚不失为霸王事业哩。”迟了。

玄感乃释洛阳围，引众西行，至弘农宫。父老遮说玄感道：“宫城空虚，又多积粟，何不急攻？”玄感遂留兵攻扑，李密以为未可，促令急行，玄感仍然不从。督攻三日，终不能拔。还贪近利，不亡何时？那屈突通、宇文述等，陆续追至，玄感又不得不走，与追军且战且行。路过董杜原，为追军所困，玄感大败，仅率十余骑溃围出走，窜林木间，辗转至葭芦戍，饥渴交迫。玄感自知不免，返顾后面，只弟积善随着，乃泣叹道：“一败至此，尚有何言？我不能受人戮辱，汝可杀我。”积善情尚未忍，忽见后面尘头大起，料有官军追来，因抽刀斫死玄感，继即自刺，手颤刀落，已有追兵驰至，拘住积善，并玄感首俱送行在。积善伏诛，玄感首悬示行宫，并命将遗尸磔陈东都市。越三日，脔割付火，尽成灰烬。玄感弟玄纵、万硕，自辽东潜逃，万硕至高阳，为监军许华所执，送斩涿郡；玄纵至黎阳，探得玄感败亡，微服私奔，不知下落。尚有义阳太守玄奖、朝请大夫仁行，皆玄感弟，一在义阳受诛，一在长安被磔，余党悉平，独李密逃去。为后文伏案。

炀帝尚欲穷治党羽，命大理卿郑善果至东都，从严推勘。善果奋然道：“玄感一呼，相从至十万人，可见天下不欲人多，多即为盗，不尽加诛，如何惩后？”遂派兵四捕，不分首从，一概枭首，所杀至三万余人。兵部侍郎斛斯政从驾东征，曾与玄感暗地通谋，至是恐株连坐罪，亡入高丽。政与弘化留守元弘嗣有婚媾谊，炀帝因政逃亡，遂疑及弘嗣，立遣卫尉少卿李渊驰至弘化，把弘嗣拘入狱中，即令渊为留守。看官听说！这卫尉少卿李渊，系陇西郡成纪人，表字叔德，生得仪表雄伟，日角龙庭，若要追溯李氏世系，就是西凉武昭王暠七世孙，祖名虎，佐周代魏，赐姓大野氏。虎殁时得加封唐公，子昞袭爵。渊即昞子，复袭荣封，官拜卫尉少卿。至是留守弘化，便是唐朝发轫的初基。唐室始祖，应该详叙。炀帝怎能预料，总道他事君不贰，简放出去。那时李渊也确是效忠，依诏奉行。

炀帝自涿郡西还，安安稳稳地到了长安，但各处盗贼仍所在蜂起。余杭人刘元进，手长尺余，臂垂过膝，自谓相表非常，阴蓄异志，当玄感起兵时，亦召集徒党，臂应玄感。玄感败死，元进气焰未衰，反得众数万人。吴郡人朱燮、晋陵人管崇，且纠合亡命，攻破吴郡，迎入刘元进，奉为天子。燮与崇为左右尚书仆射，署置百官。毗陵、会稽、建安诸郡民，多半响应。炀帝闻报，亟遣将军吐万绪、光禄大夫鱼俱罗，率兵南讨，击斩管崇。元进与燮结栅拒绪，屡败屡战，终不少怠。绪因士卒疲敝，奏称天气骤寒，请待来春进讨。俱罗亦上言贼难

骤平，且因诸子在洛，潜遣家仆往迎，偏为炀帝所闻，敕诛俱罗，召绪还京，另遣江都丞王世充讨元进，绪在道忧死。世充调兵渡江，连战皆捷，毙朱燮，枭刘元进，余贼四散。世充佯为下令，投降免死。散贼多闻风来降，共约三万余人，被世充引至黄亭涧，悉数坑死。尚有未降诸贼，自知不能逃生，索性再聚为盗，出没江淮。章邱、杜伏威，年仅十六，勇冠贼中，共推为主。临济辅公祏，下邳苗海潮，亦勾通伏威，横行淮南。就是山东诸盗亦迭起不已。惟唐县出了一个妖人宋子贤，自称弥勒佛出世，不到数月，总算伏法。哪知东边的弥勒佛方才扑灭，西方的弥勒佛又复出现。扶风僧徒向海明也自号弥勒佛，哄动愚夫愚妇，居然造反，旋且僭称皇帝，改元白乌。还是隋廷用了太仆卿杨义臣出讨海明，才得将这位弥勒皇帝赶往西方。弥勒佛想做皇帝，无怪他不能济事。偏又贼帅唐弼拥立李弘芝为

主，有众十万，号称唐主。东反西乱，此仆彼兴，已闹得不可开交。独炀帝念念不忘高丽，反以为刁民作乱，不足计较，仍征天下兵东征，群臣莫敢进谏。

大业十年仲春，炀帝复往涿郡，士卒在途，逃亡相继，好容易到了怀远镇，已是夏尽秋来，将军来护儿为前锋，引兵至卑沙城，高丽发兵迎战，阵亡甚众，败奔平壤。护儿当然追逼，途中接得高丽来使，奉书乞降，且愿送还斛斯政。护儿飞报行在，炀帝大喜，命执斛斯政班师。护儿奉诏，报知高丽。高丽即将斛斯政交出，令护儿带归行在。炀帝命将士奏凯入关，即将高丽使臣与罪犯斛斯政献告太庙。出甚么风头？大将军宇文述进奏道："斛斯政有大罪，天地不容，人神同忿，若徒照国法处死，怎得惩戒乱贼？请变例处置！"炀帝允议，乃把政牵出金光门，缚诸柱上，令公卿百僚更番迭射，以政为的。至矢集如猬，再将政尸支解，用镬烹炙，分食百官。百官多暗地抛去，惟几个佞臣媚吏，执肉大嚼，食至果腹，方才罢休。肉味如何？高丽使臣，赦免不诛，令他归语高元，速即入朝。高丽使去了多日，高元终不就征。炀帝再敕将帅整顿兵马，更图后举，但也是有名无实，行不顾言罢了。

未几，又有离石胡刘苗王造反，自称天子。汲郡人王德仁亦起兵据林虑山，炀帝仍不以为意，又从西京出幸东都，太史令庾质谏阻道："近年三次伐辽，民实劳敝，陛下宜镇抚关内，使百姓尽力农桑，阅三、五年，四海人民，稍得丰实，然后出巡东都，方为合宜。"炀帝不悦，决计东幸。质辞疾不从，竟至激怒炀帝，系质下狱，质旋即瘐死。炀帝径往东都，犹幸宫苑依然，后妃无恙，彼此重谈旧事，叙及东都被围情状，统是欷歔泣下。炀帝在石榴裙下，最能体心着意，好好的温存一番，能使人破涕为笑，于是红灯绿酒，檀板金樽，重复陈设，三千粉黛又各使出狐媚手段，挑逗炀帝。炀帝恣情拥抱，挺次交欢，又不知有撩乱事。

温柔乡里，再过一年，是大业十一年。外面有军书报到，王世充大破齐郡贼孟让，还有余贼左孝文也由齐郡丞张须陁讨平。炀帝很是喜慰，进世充为江都通守，须陁为河南讨捕大使。会涿郡人卢明月作乱，有众十余万，驻扎视阿。须陁发兵邀击，相持十余日，粮尽将退，顾语将士道："贼见我退，必悉众来追，若率千人掩袭贼营，定可大捷，但不知何人敢往？"大众统面面相觑，不敢应令。独罗士信上前道："小将愿往。"言未已，又有一裨将应声道："琼亦愿往！"须陁大悦，便命两人悄悄出马，带着精兵千名，从旁道趋去。看官道琼是何人？原来就是历城人秦琼，表字叔宝，后来佐唐受命，绘像凌烟阁上，正是一位著名的健将。为了此人，方不略须陁之战。须陁弃营伪遁，果然贼渠卢明月驱众力追，那罗、秦两将探得贼众大出，便衔枚疾进，趋至贼栅。栅门已闭，两将猱升而入，杀死守贼数人，大开栅门，纳入外兵，随即放起一把无名火来，把贼寨三十余栅一齐毁去。明月正追赶须陁，偶然回顾，遥见有一片火光，冲起霄汉，已是心惊，忽又来了一个贼目，报称营寨被焚，不得不还救根本，当下收众退回。须陁得趁势返击，大破贼众，明月只率数百骑遁去，后来转掠河南，为王世充所杀，当时谓须陁破贼，实是秦、罗二将力破贼栅，因得立功。小子有诗叹道：

捣巢杀贼姓名标，列栅全归一炬烧。
可惜隋家王气尽，要图立绩在新朝。

须陁虽得破明月，但余贼四出，始终未能肃清，反且日甚一日。欲知后事，试看下回说明。

杨玄感发难黎阳，乘炀帝东征高丽，突然起兵，不可谓非良好之机会。但李密三策，以上策为最善。自来枭雄起事，非冒险不易成功。若中策则难得关中，安见隋军之不能四集？转斗于蜗角之中，坐自困敝，吾知其难也。或谓李渊得关中，终足兴唐，但彼一时，此一时，时势不同，安得相比？至下策则更不足道矣。玄感急进图功，至中策且不能用，兵败族夷，亦何足怪？但乃父杨素，实为弑君之首贼；首贼后嗣，苟能建功立业，天道何存？迫之反而绝其后，乃正所以见天道之昭昭也。斛斯政阴通玄感，亡入高丽，寻被高丽执送行在，惨死长安，政固自取其感。而炀帝之酷虐不仁，亦可概见。况用兵三次，仅得一逃犯而归。乃尚告诸太庙，置诸极刑，彼以为刑一儆百，足以威民，讵知民不畏死，奈何以死惧之？此盗贼之所以迭兴，而隋之所以终亡也。

第九十六回　犯乘舆围攻紫寨
造迷楼望断红颜

却说涿郡贼卢明月虽然败死，上谷贼王须拔复自称漫天王，据地称燕国，更有贼渠魏刀儿自称历山飞，彼此各拥众十万，北连突厥，南掠燕赵。炀帝闻盗贼蜂起，户口逃亡，乃诏百姓各徙入城，就近给田。郡县驿亭村坞，概令增筑城垒，随时加防。适有方士安伽陀，上言李氏当为天子，劝炀帝尽诛李姓。炀帝正怀隐忌，又记起乃父在日，尝梦洪水淹没都城，因迁都大兴。此时有郕公李浑，为隋初太师李穆第十子，世受崇封，宗族强盛。且既是李姓，浑字右旁又是从水，并浑从子将作监李敏，小名洪儿，有此种种疑案，不能不先发制人，因召李敏入内，说他小名不佳，适应谶语。敏愿即改名，哪知炀帝是叫他自杀，免受明刑，惟一时不便出口。敏惶惧得很，及退归后，便告知从叔李浑，两下里设法求生，免不得日夕私议密图良策。偏有人传将出去，竟被宇文述闻知，这宇文述正是李浑冤家，前此李穆病殁，嫡孙筠应该袭爵，浑将筠谋死，且向述乞援，愿将采邑所出一半酬劳，述因代为吹嘘，使浑得袭父封。后来浑竟背了前约，毫不酬述，述大生忿恨，日思报怨，可巧炀帝有疑浑意，遂暗嘱郎将裴仁基等劾浑与敏背人私议，潜图不轨。述固贪狠，浑亦自取。炀帝遂收浑叔侄，饬问刑官从严鞫治，始终不得确证。述恐案狱平反，又使人诈诱浑妻，教她急速自首，免累家族。浑妻但求活命，竟依述言。述代为作表，诬供浑久蓄反意，前曾因车驾征辽，谋立敏为天子，事虽不果，心终未忘。这道表文，迫浑妻签名上呈，眼见是将无作有，浑与敏死有余辜了。浑欲袭封而图侄，其妻欲活命而诬夫，天道好还，安得不畏。当下颁敕诛浑，并及侄敏。浑妻总道得生，偏又被述遣人鸩死。就是李浑宗族，也一古脑儿坐罪遭刑，一班冤死鬼，共入冥府，这真叫做死不瞑目呢。都人统为浑、敏呼冤，偏亲卫校尉高德儒奏称鸾集朝堂，显符瑞应。炀帝召问百官，是否属实，百官明知德儒捣鬼，只好说是也曾目睹，俯伏称贺。炀帝色喜，擢德儒为朝散大夫，赐帛百端。及百僚退班，互问真伪，有几个说是孔雀二头，由西苑飞集朝中，转睛间即已翔去，大家始付诸一笑，散归私第去了。这与指鹿为马，相去不远。

是时突厥启民可汗已死，子咄吉世嗣立，亦受隋廷册封，赐号始毕可汗。始毕因义成公主尚在盛年，未免暗中生羡，即欲据为己妻，好在公主随缘乐助，也肯降尊就卑，竟与始毕成为夫妇。始毕遂援着胡俗，表请尚主，炀帝推己及人，并不加驳，反说是从俗从宜，应该准奏。始毕喜出望外，亲至东都朝谒，炀帝照章优待，慰劳有加，好几日方才辞去。始毕颇有勇略，招兵养马，部落渐盛，隋黄门侍郎裴矩，因始毕日强，恐为后患，奏请封始毕弟咄吉设为南面可汗，分减突厥势力。炀帝却也依议，便遣使册封咄吉设，怎奈咄吉设素性懦弱，不敢受诏，隋使徒劳跋涉，捧诏还朝。始毕闻报，明知隋廷是有意播弄，暗生怨怼。裴矩因初计不成，复探得突厥达官史蜀胡为始毕谋主，遂用甘言厚币诱他入边，暗中却设着埋伏，把史蜀胡杀死。始毕失了谋臣，越觉怀恨，从此与隋有仇。无故开衅，裴矩可杀。

会因汾阳宫告成，炀帝挈领妃嫔多名，并第三子赵王杲往幸汾阳，且恐途中遇盗，特调李渊为山西、河东抚慰大使，先往清道。渊亦姓李，名旁从水。奈何屡次重任，岂真王者不死耶？果然有贼目母端儿及敬盘陀等，往来龙门左右。渊发河东兵剿捕，击破母端儿，收降敬盘陀，道途肃清。炀帝乃得安抵汾阳宫，宫由新建，当然华丽异常，但为地所限，不甚闳敞。百官士卒，不能入居宫城，没奈何布散山谷，结草为营，暂时栖止。时为大业十一年初夏，天气渐暖，炀帝欲在宫中避暑，竟留住了百余日，待至秋高气爽，本好启跸南归，偏他欲顺道北巡，复从汾阳出发，竟往塞外。既出长城，忽由突厥来了密使，乃是奉义成公主差遣前来上书。炀帝取书披览，略瞧数行，便失色道："不好了！不好了！始毕欲来袭我了！"说着，即命将来使留住，一面即饬扈从人等，速即回马，驰入雁门。大众闻有急变，仓猝回头，才将车驾拥返长城，把雁门关闭住。蓦闻胡哨声、号炮声、人马声杂沓前来，当下登城北望，遥见胡骑漫山遍野，一齐驱至，前队统是弓弩手，未到关下，已是弯弓搭矢，似雨点般射来，飕的一声，把炀帝御盖穿通。炀帝把头一摸，侥幸脑上未被射着，那五尺有余的一支硬箭，从炀帝袍袖下拂落。炀帝吓得一身冷汗，忙趋还城下，与赵王杲相持涕泣，哭得双目皆肿，悔不可追。将士等前来请旨，报称始毕兵马约有数十万人，倘若开关搦战，恐众寡不敌，不如拒守为是。炀帝踌躇多时，强勉镇定心神，令将士出外听宣，自己上马亲巡，传谕大众道："可恨始毕，无端掩袭，尔等当努力拒贼，苟能保全，无患不富贵，向有官职，依次进阶，向无官职，便除六品。"将士等闻言踊跃，齐呼万岁，就是寻常兵民，也想乘此邀功，无一不摩拳擦掌，据关拒战。始毕麾众猛扑，守卒亦抵死不退，足足坚持了一二旬。

炀帝又诏令天下募兵，邻近守吏各来勤王，屯卫将军云定兴亦募集壮丁，遣令赴急，就中有一个少年豪杰前来应募，定兴见他器宇非凡，便召问籍贯，那人答称姓李，名叫世民，乃是现任抚慰大使李渊次子。唐太宗出现。定兴喜道："将门生将，古语不虚，但看汝尚属青年，恐未能为国效力。"世民朗声道："世民年已十六，怎见得不能效劳？况将在谋不在勇，岂必临阵杀敌，方可为将么？"定兴不禁称奇，延令旁坐，问及救驾计策。世民道："始毕骤举大兵，来围天子，必谓我仓猝不能赴援，故敢如此猖獗，此处兵少，应募诸徒，又皆乌合，不堪临敌，计惟有虚张声势，作为疑兵，日间引动旌旗，緜布数十里，夜间钲鼓相应，喧声四达，虏谓我救兵大至，不得逞志，自然望风遁去了。"一鸣惊人。定兴鼓掌称善，依计施行。始毕果然疑惧，不敢急攻雁门关。

炀帝又特遣密使，令突厥来使为导，相偕出关，从间道绕至突厥牙帐，请义成公主设法解围。义成公主乃致书始毕，伪称北方有急，促始毕还军。始毕不能前进，更致后顾，只得撤兵解围，嗒然引去。炀帝因始毕退还，又放大了胆，遣骑兵追蹑。始毕已经去远，只后面剩着老弱残兵，约有一二千人，被官军掳掠归来，复命报功。炀帝多命枭首，悬示关门，终不脱虚恢故智。然后启程南返。行次太原，宇文述等请仍还东都，忽有一老臣进谏道：“近来盗贼不息，士马疲敝，愿陛下亟还西京，深根固本，为社稷计。”炀帝瞧着，乃是光禄大夫苏威，便怃然道：“卿言甚是，朕当依卿。”威乃趋出。原来苏威自阻筑长城，忤旨被黜，未几复起任纳言，寻且进位光禄大夫，加封房公，此次亦从幸雁门，因有此请。炀帝见威已退出，复召宇文述入议。述答道：“从官妻子多在东都，就使欲还西京，亦何妨先到洛阳，勾留数日，再从潼关入京，也不为迟。”炀帝本意，原欲赴洛，述希旨承颜，巧为迎合，当然语语投机，无不中听，遂不往关中，竟自太原南下，直达东都。炀帝顾视街衢，面语侍臣道：“尚大有人在，不可不防。”侍臣多未明语意，唯唯而罢。嗣经慧黠诸徒从旁窥测，才知炀帝此言，还以为前平玄感杀人未多，余党或混迹都中，故不能无虑。其实是人民反侧，全仗君相善为慰抚，岂是一味嗜杀所能治平？并且炀帝喜杀靳赏，性多刻薄，从前平玄感时，赏不副功，此番将士固守雁门，共计万七千人，事后录勋，只千五百人得进官阶，与在雁门时所颁谕旨全不相符。将士以王言似戏，互有怨言，樊子盖为众上请，亦谓不宜失信。炀帝变色道：“公欲收揽人心么？”子盖碰了一个钉子，哪里还敢复言。自是将士解体，各启贰心。

那炀帝益流连忘返，始终不愿入关中，整日里沉迷酒色，喝黄汤，偎红颜，尤雨殢云，不顾性命。一日，顾语近侍道：“人主享天下富贵，应该竭天下欢乐，今宫苑建筑有年，虽是壮丽闳敞，足示尊荣，但可惜没有曲房小室，幽轩短槛，悄悄的寻乐追欢，若使今日有此良工，为朕造一精巧室宇，朕生平愿足，决计从此终老了。”得了大厦，还想小屋，真是欲望无穷。言未已，有近侍高昌奏陈道：“臣有一友，姓项名升，系浙江人氏，尝自言能造精巧宫室，请陛下召他入问，定能别出心裁，曲中圣意。”炀帝道：“既有此人，汝快去与我召来！”高昌领旨，飞马往召项升，才阅旬余，已将项升引至，入见炀帝。炀帝道：“高昌荐汝能造宫室，朕嫌此处宫殿，统是阔大，没有逶迤曲折的妙趣，所以令汝另造。”升答道：“小臣虽粗谙制造，只恐未当圣意，容先绘就图样，进候圣裁，然后开工。”炀帝道：“汝说得甚是，但不可延挨。”升应旨出去，赶紧画图，费了好几日工夫，方将图样画就，面呈进去。炀帝展开细看，见上面绘一大楼，却有无数房间，无数门户，左一转，右一折，离离奇奇，竟看不明白。经项升在旁指示，方觉得有些头绪，便怡然道：“图中有这般曲折，造将起来，当然精巧玲珑，得遂朕意。”说着，即令内侍取出彩帛百端，赏给项升，并面命即日兴工，升拜谢而出。炀帝复连下二诏，一是饬四方输运材木，一是催各郡征纳钱粮，并令舍人封德彝监督催办，如有迟延，指名参劾，不得徇私。于是募工调匠，陆续趋集，就在芳华苑东偏拣了一块幽雅地方，依图赶筑。看官试想！天下能有多少财力，怎禁得穷奢极欲的隋炀帝今日造宫、明日辟苑？东京才成，西苑又作，长城未了，河工又兴。还要南巡北狩，东征西略，把金钱浪掷虚化，一些儿不知节俭。就是隋文帝二十多年的积蓄，千辛万苦省下来的民脂民膏，也被这位无道嗣君挥霍垂尽。古人谓大俭以后，必生奢男，想是隋文帝俭啬太甚，所以有此果报呢。好大议论。

且说项升奉命筑楼，日夕构造，端的是人多事举，巧夺天工，才阅半年有余，已是十成八九，但教随处装潢，便可竣工。炀帝眼巴巴的专望楼成，一闻工将告竣，便亲往游幸，令项升引导进去，先从外面远望，楼阁参差，轩窗掩映，或斜露出几曲朱栏，或微窥见一带绣幕，珠光玉色，与日影相斗生辉，已觉得光怪陆离，异样精彩。及趋入门内，逐层游览，当中一座正殿，画栋雕甍，不胜靡丽，还是不在话下。到了楼上，只见幽房密室，错杂相间，令人接应不暇，好在万折千回，前遮后映，步步引入胜境，处处匪夷所思。玉栏朱楯，互相连属，重门复户，巧合回环，明明是在前轩，几个转湾，竟在后院；明明是在外廊，约略环绕，已在内房。这边是金虬绕栋，那边是玉兽卫门；这里是锁窗衔月，那里是珠牖迎风。炀帝东探西望，左顾右盼，累得目眩神迷，几不知身在何处，因向项升说道："汝有这般巧思，真是难得。朕虽未到过神仙洞府，想亦不过如是了。"升笑答道："还有幽秘房室，陛下尚未曾遍游。"炀帝又令项升导入，左一穿，右一折，果有许多幽

奇去处。至行到绝底，已是水穷山尽，不知怎么一曲，露出一条狭路，从狭路走将过去，豁然开朗，又有好几间琼室瑶阶，仿佛是别有洞天，不可思议。炀帝大喜道："此楼曲折迷离，不但世人到此，沉冥不知，就使真仙来游，亦为所迷，今可特赐嘉名，叫作迷楼。"愈迷愈昏，至死不悟。随即面授项升五品官阶。升俯伏谢恩。炀帝不愿再还西苑，却叫中使许廷辅速至宫苑中，选召若干美人，俱至迷楼。一面搬运细软物件到楼使用，就便腾出上等紬缎千匹赏与项升。一面加选良家童女三千名，入迷楼充作宫女，又在楼上四阁中铺设大帐四处，逐帐赐名，第一帐叫做散春愁，第二帐叫做醉忘归，第三帐叫做夜酣香，第四帐叫做延秋月。每帐中约容数十宫女，更番轮值。炀帝除游宴外，没一日不在四帐中干那风流勾当，所以军国大事撇置脑后；甚至经旬匝月，不览奏牍，一任那三五幸臣，舞文

弄法，搅乱朝纲。

少府监何稠又费尽巧思，造出一乘御女车，献与炀帝。甚么叫做御女车呢？原来车制窄小，只容一人，惟车下备有各种机关，随意上下，可使男女交欢，不劳费力，自能控送。更有一种妙处，无论什么女子，一经上车，手足俱被钩住，不能动弹，只好躺着身子，供人摆弄。炀帝好幸童女，每嫌她娇怯推避，不能任意宣淫，既得此车，便挑选一个体态轻盈的处女，叫她上车仰卧。那处女怎知就里，即奉命登车，甫经睡倒，机关一动，立被钩住四肢，正要用力挣扎，不意龙体已压在身上，褫衣强合，无从躲闪，霎时间落红殷褥，痛痒交并，既不敢啼，又不敢骂，并且不能自主，磬控纵送，欲罢不能，没奈何咬定牙关，任他所为。炀帝此时是快活极了，好容易过了一二时，云收雨散，方才下车。又将那女解脱身体，听她自去。破题儿第一遭，一个是半嗔半喜，一个是似醉似痴，彼此各要休养半天，毋容细叙。越日，赏赐何稠千金，稠入内叩谢，退与同僚谈及，自夸巧制。旁有一人冷笑道："一车只容一人，尚不能算作佳器，况天子日居迷楼，正嫌楼中不能乘辇，到处须要步行，君何不续造一车，既便御女，又便登高，才算是心灵手敏呢。"稠被他一说，默然归家，日夜构思，又制了一乘转关车，几经拆造，始得告成。天下无难事，总教有心人，这乘车儿，下面架着双轮，左右暗藏枢纽，可上可下，登楼入阁，如行平地，尤妙在车中御女，仍与前车相似，自能摇动，曲尽所欢。稠既造成此车，复献将进去。炀帝当即面试，一经推动，果然是转弯抹角，上下如飞。炀帝喜不自禁，便向稠说道："朕正苦足力难胜，今得此车，可快意逍遥，卿功甚大，但未知此车何名？"稠答道："臣任意造成，未有定名，还求御赐名号。”炀帝道：“卿任意成车，朕任意行乐，就名为任意车罢。”一面说，一面又命取金帛，作为赏赐，且加稠为金紫光禄大夫。稠再拜而退。

嗣是炀帝在迷楼中，逐日乘着任意车往来取乐，又命画工精绘春意图数十幅，分挂阁中，引动宫女情欲，使她人人望幸，可以竭尽欢娱。凑巧有外官卸职来朝，献入乌铜屏数十面，高五尺，阔三尺，系是磨铜为镜，光可照人。炀帝即命取入寝宫，环列榻前，每夕御女，各种情态俱映入铜镜中，丝毫毕露。炀帝大喜道：“绘画统是虚像，惟此方得真容，胜过绘像万倍了。”魑魅魍魉，莫能遁形。遂厚赏外官，调赴美缺。只是一人的精力有限，哪能把数千美女一一召幸？就中进御的原是不少，不得进御的也是甚多。一日，由内侍呈上锦囊，内贮诗笺，不可胜计。炀帝随意抽阅数首，书法原是秀丽，诗意又极

哀感，便轻轻地吟诵起来。第一纸为自感三首，诗云：

> 庭绝玉辇迹，芳草渐成窠。隐隐闻箫鼓，君恩何处多？欲泣不成泪，悲来强自歌。庭花方烂漫，无计奈春何？春阴正无际，独步意如何？不及闲花草，翻承雨露多。

炀帝读罢，不禁大惊道：“这明明是怨及朕躬，但既有此诗才，必具美貌，如何朕竟失记？”再阅第二纸，乃是看梅二首，诗云：

> 砌雪无消日，卷帘时自颦。庭梅对我有怜意，先露枝头一点春。香清寒艳好，谁惜是天真？玉梅谢后和阳至，散与群芳自在春。

再阅第三纸，有妆成一首，自伤一首，更依次看下。妆成诗云：

妆成多自惜，梦好却成悲，不及杨花意，春来到处飞。

自伤诗云：

初入承明殿，深深报未央。长门七八载，无复见君王。春寒侵入骨，独卧愁空房。飒履步庭下，幽怀空感伤。平日新爱惜，自待聊非常。色美反成弃，命薄何可量？君恩实疏远，妾意待彷徨。家岂无骨肉？偏亲老北堂。此方无双翼，何计出高墙？性命诚所重，弃割良可伤。悬帛朱梁上，肝肠如沸汤。引颈又自惜，有若丝牵肠。毅然就死地，从此归冥乡。

炀帝看到此首，越觉失惊道："阿哟！敢是已死了么？"随即问内侍道："此囊究是何人所遗？"内侍答道："是宫女侯氏遗下的，现在她已缢死了。"炀帝泫然泪下，手中正取过第四纸，上有遗意一首云：

秘洞扃仙卉，幽窗锁玉人。毛君真可戮，不肯写昭君。

炀帝阅到此诗，转悲为怒道："原来是这厮误事。左右快与我拿来。"左右问是何人，炀帝说是许廷辅。待左右去讫，复问内侍道："侯女死在何处？"内侍答在显仁宫。炀帝忙驾着任意车，驰往宫中。内侍引入侯氏寝室，但见侯女已经小殓，尚是颦眉倏目，含着愁容，两腮上的红晕好似一朵带露娇花，未曾敛艳。炀帝顿足道：“此已死颜色，犹美如桃花，可痛！可惜！”小子叙述至此，也不禁恻然，随笔写下一诗道：

深宫寂寞有谁怜，拚死宁将丽质捐。
我为佳人犹一慰，尚完贞体返重泉。

炀帝见侯女死状，也不顾什么秽恶，便抚尸泣语，异常悲切。欲知他如何说法，下回自当表明。

雁门之围，为炀帝一大打击，若为中知以上之君，当痛加猛省，乐不可极，欲不可穷，诚使脱围返都，改过不吝，励精图治，天下事尚可为也。乃不从苏威之言，仍至东都淫乐，项升作迷楼，何稠献御女车及任意车，竭天下之财力，供一人之荒淫，虽欲不亡，讵可得乎？惟迷楼一事，未见正史，而韩偓撰《迷楼记》，当必有所本，至若侯夫人缢死，亦在《迷楼记》中叙及，本编所采，皆出自文献所遗，非徒录坊间小说者，所得借口也。

第九十七回　御苑赏花巧演古剧　隋堤种柳快意南游

却说炀帝抚侯女遗骸，且泣且语道：“朕本爱才好色，不意宫帏里面，有卿才貌，偏不相逢，朕虽未免负卿，但卿亦命薄，朕又缘悭，此去泉台，幸勿怨朕。”说罢又哭，哭罢又说，絮絮叨叨，好似潘岳悼亡，感念不休。忽有侍卫入报道：“许廷辅拿到了。”炀帝乃出宫御殿，见了廷辅，恨不得将他一脚踢死，当下厉声诘责，问他选召宫人，何故失却侯女？就中定有隐情，速即供明。廷辅极口抵赖，炀帝即把他叱出，付与刑官严讯。及刑官承旨拷问，方知侯女不得入选，实是廷辅索赂不遂，把她埋没。刑官当即复陈，炀帝怒不可遏，立将廷辅赐死，一面自制祭文，令内侍备好香果，至侯女柩前，亲奠三樽，并朗诵祭文道：

呜呼妃子！痛哉苍天！天生妃子，貌丽色妍，奈何无禄，不享以年。十五入宫，二十归泉。长门掩采，冷月寒烟。既不遇朕，谁为妃怜？呜呼痛哉！一旦自捐，览诗追悼，已无及焉。岂无雨露，痛不妃沾，虽妃之命，实朕之愆。悲抚残生，犹似花鲜。不知色笑，何如嫣然？泪下几行，心伤如煎。纵有美酒，食不下咽。非无丝竹，耳若充瑱。妃不遇朕，长夜孤眠，朕不遇妃，遗恨九原。朕伤死后，妃苦生前。死生虽隔，情则不迁。千秋万岁，愿化双鸳。念妃香洁，酬妃兰荃。妃其有灵，来享兹筵。呜呼哀哉，痛不可言！

读罢，复泪下如丝，呜咽不止。经内侍在旁劝解，方才收泪，命照夫人礼厚葬，又敕郡县官厚恤侯夫人父母。侯氏虽生前不得受用，死后倒也备极荣华。侯女之死，还算值得。惟炀帝犹怀伤感，无从排遣，没情没趣地乘着原车，回到迷楼。众美人都已得报，联翩前来，替炀帝设法解闷，就是萧皇后也登楼劝慰，炀帝终有几分不快。凡家人到死过以后，往往令人追忆，把从前歹事撇去，专记起他的好处。况侯夫人入宫多年，并未与炀帝相会，此番见她如许清才，如许美色，怎得不悲悔交乘？体会入微。钟情深处，容易成痴，几视迷楼中许多佳丽，没一个得及侯夫人，因此闲居索兴，游玩无心。芳草尽成无意绿，夕阳都作可怜红，正是炀帝当日情景。

萧后本逢场作戏，顺风敲锣，目睹炀帝如此凄切，便乘间进言道："侯女既死，想她何益？况天下甚大，岂无第二个侯夫人？但教留意采选，包管有绝色到来。"炀帝听了，不觉又触起往事，又想到那江都风景，便对萧后道："朕前观壁上广陵图，忆及江东春色，贤卿劝我一游，果得饱尝风味，那年再往游览，为了东征高丽，不得久留，今日欲选择美女，除非是六朝金粉，或有遗留，若长在关洛，恐今生不能相遇了。”从炀帝口中，追叙观图一事，是为补笔。萧后自觉失言，忙转机道：“陛下何必多劳跋涉，只简放官吏数人，令往江东物色，便易办到。”炀帝道：“俗语说得好：‘眼见是真。’朕看内外官吏，多半是靠不住的，倘都是许廷辅一流人物，岂不是一误再误么?”说着，即命左右往整龙舟，克日南巡。萧后知不可阻，只好听他自由。炀帝又令妃嫔侍御等整顿行装，满望即日就道，偏经内使返报：“龙舟遭劫，统被杨玄感乱党焚毁无遗，现在只好另造了。”炀帝闻报，立即颁敕，命江都再造龙舟。江都通守王世充素来是奉君为恶，一经奉旨，便即督工赶造，但终非咄嗟可办，总须经过若干时日，方能有成。炀帝虽然性急，也只好勉强忍耐。

那四面八方的盗贼又复竞起。东海出了剧盗李子通，与章邱杜伏威相合，嗣复分作两路，自据海陵。城父县内的朱粲，本是一个县佐，亡命为盗，自称迦楼逻王，众至十余万。淮北贼左才相又复四出骚扰，残忍好杀，可怜人民涂炭，家室仳离，炀帝但在迷楼中，终日沉湎，不闻世事。至大业十二年元旦，御殿受朝，有二十余郡的守吏未尝遣使表贺，才知寇盗未靖，道梗不通，乃分遣朝使赴十二道，发兵讨捕盗贼，一面诏毗陵通守路道德，在郡东南筑造宫苑，候驾巡幸。转眼间又是上巳，天和日暖，草绿花红，西苑中湖海风光，格外明媚。炀帝召集群臣，至西苑水上会宴，命学士杜宝撰水师图经，采古水事七十二种，使朝散大夫黄衮督率伎士，演剧水中，作傀儡戏。人物俱能自动，击鼓敲钟，不烦人力，能成节奏。又遣妓航酒船，往来穿梭，画桨齐飞，绿波似织，端的是赏心悦耳，游目骋怀。待至夕阳西下，灯火齐明，才命停罢，尽兴而归。

又越一月，西苑忽然失火，炀帝正在苑中，疑是有盗入苑，急忙避匿草间，亏得苑中人多，七手八脚，环绕拢来，你挑水，我扑火，方将祝融氏驱回。炀帝经此一吓，遂成了心悸病，每夕在睡梦中，辄呼有贼，必由数妇人在旁摇抚，乃得少眠。未几又是夏天，腐草为萤，纷飞不绝。炀帝想入非非，令宫苑内侍，齐捉萤火，收贮纱囊，得数百斛。遂乘着五月朔日，夜游海山，把纱囊中的萤火一齐放出，光遍岩谷。都人远远望见，还道苑中又复失火，哪晓得是一片萤光呢。总算会寻快乐。

炀帝喜极归寝，酣睡一宵，越宿接到急报，乃是魏刀儿部贼甄翟儿，率众十万寇太原，将军潘长文战死。炀帝因太原要地有此贼焰，也觉心惊，亟调山西、河东慰抚大使李渊，往讨甄翟儿。嗣是连得军警，左翊卫大将军宇文述恐炀帝不乐，往往匿不上陈，炀帝稍有所闻，一日临朝，顾问群臣道："近来盗贼如何？"宇文述出班奏道："近已渐少。"光禄大夫苏威独引身隐柱。炀帝召威过问，威答道："臣未主军旅，不知盗贼多少，但虑盗贼渐近。"炀帝问为何因，威说道："前日贼据长白山，今近在汜水，且往日租赋丁役，今皆无着，岂不是尽化为盗么？"炀帝道："区区小贼，尚不足虑。惟高丽王高元，至今未见来朝，实属可恨！"威复答道："高丽在外，盗贼在内，臣谓外不足恨，内实可忧。况陛下在雁门时，许罢东征，今复欲征发，民不聊生，怎能不相率为盗呢？"炀帝勃然变色，拂袖退朝。到了端午节，百僚竞献珍玩，威独献入《尚书》一部，有人从旁谮威道："《尚书》有五子之歌，威欲借此谤上。"炀帝正未明威意，听到此言，当然愈怒。既而复议伐高丽，廷臣莫敢进谏，独威入内奏请道："欲讨高丽，何必发兵，但赦免各处盗贼，便可得数百万人，饬令东征，必能立功赎罪，高丽不难平服了。”炀帝不答，面有愠色，威当即趋出，御史大夫裴蕴进奏道：“威大不逊，天下何处有许多盗贼。”炀帝恨恨道：“老革犹言多兵。多奸，虚张贼势，意欲胁朕，朕拟令人批颊，因念他是多年耆旧，所以忍耐一二。”蕴亦辞退，另唆人上章劾威，说他前时典选，滥授人官。炀帝即夺去威官，除名为民。过了月余，又有人讦威私通突厥。裴蕴奏诏推按，证成威罪，请即处死。还是炀帝不忍加诛，许贷一死，惟并威子孙三世除名。

时光易过，又是秋来，江都新造龙舟报称完工，制度比前日宏丽。炀帝甚喜，即拟南幸，江都留越王侗居守。右候卫大将军赵才进谏道：“今百姓疲劳，府藏空竭，盗贼蜂起，禁令不行，愿陛下亟还西京，安抚兆庶，奈何反欲南巡呢？”炀帝大怒，命将才拘系狱中。建节尉任宗、奉信郎崔民象及王爱仁先后谏阻，均为所杀。他人乃莫敢进言。这番南巡，自后妃以下，尽行带去，外如仪仗一切，比第一次还要繁盛。甫出西苑，见有一人俯伏在地，口称小臣送驾，语带呜咽。炀帝从辇中俯视，乃是西苑令马守忠，便道：“汝在此看守西苑，不劳送行。”守忠道：“銮舆已经出发，料难挽回，只望陛下早日还驾，小臣愿整顿西苑，敬候乘舆。”说罢，泪如雨下。炀帝亦不觉怅然，半晌又说道：“朕偶然游幸，自当早回，何必这般过悲。”守忠道：“陛下造这西苑，不知费了多少财力，始得有此五湖四海三神山十六院的风景，陛下岂不爱恋？乃舍此远游，致小臣对景伤心，故不禁下泪。”炀帝黯然道：“朕难道永离此苑？但教汝好生看守，毋使园林零落，殿宇萧条。”说至此，因口占一诗道：“我慕江都好，征辽亦偶然。但存颜色在，离别只今年。”吟罢，命从吏录出，递与守忠，留别宫人。守忠乃起，让过銮驾。左右见守忠奏请，炀帝答言，均寓悲感，统有些诧异起来，死机已兆。但也只好隐忍过去，拥了御驾，行至河滨。炀帝下辇登舟，望见新造船只，多半有云龙装饰，灿烂夺目，当然欣慰，便与萧后分坐最大的龙舟。十六院夫人，亦各坐龙舟一艘，规模略小。此外美人也都一一分派，各有坐船。文武百官，或在船中居住，或在岸上夹护，鱼贯前进，连绵不绝。非奉停泊号令，就是夜间，亦要进行。起程这一夕，秋高气爽，水面上的凉飔阵阵，拂除那日间余暑，炀帝却不能安睡，起开舰窗，眺望夜景，但听得一片歌声，顺风刮来。歌云：

我兄征辽东，饿死青山下；今我挽龙舟，又困隋堤道。方今天下饥，路粮无些小，前去千万里，此身安可保？暴骨枕荒沙，幽魂泣烟草；悲损门内妻，望断吾家老。安得义男儿？焚此无主尸；引其孤魂回，负其白骨归。

炀帝听罢，禁不住心中气愤，便令左右缉捕歌夫。左右奉命往捕，闹了半夜，并无踪迹，炀帝亦傍徨不寐，等到天晓，经左右复报，但说是没人唱歌，所以无从缉捕。炀帝虽然惊疑，却也只好略过一边，仍命启行。越日，天气忽然暴热，竟致秋行夏令，好似盛暑一般。龙舟虽然宽敞，尚觉得天气困人。岸上牵缆诸役夫，统是挥汗如雨，不胜劳惫。炀帝亦为怜悯，用翰林学士虞世基言，令就汴渠两堤，移种柳枝。且诏谕地方人民，献柳一株，即赏一缣。是时柳尚未凋，百姓都掘柳来献，炀帝从舟中登岸，自种一株，作为首倡，百官亦各种一株，然后令百姓分种，照柳给赏。百姓非常踊跃，越种越多，且随口编出几句歌谣道：“栽柳树，大家来，好遮阴又好当柴。天子自栽，然后百姓栽。”炀帝听着，满心欢喜，又取钱散给百姓，并亲书金牌，悬挂最高的柳树上，赐柳姓杨，因此后人呼柳为杨柳。说本韩偓《开河记》，但古时杨柳并称，训诂家谓杨枝上挺，柳枝下垂，今混称杨柳，是否起于隋时，待考。

嗣是柳荫满堤，迷天一碧，自大梁迤逦南下，到处都种柳树，顿时化热为凉，无风亦韵。江都通守王世充又献上吴越女子五百名，在半途供应役使。炀帝也不暇细阅，但使彼充作殿脚女，在岸上同牵船缆。每船用殿脚女十人，嫩羊十口，相间而行。于是蛾眉成队，粉黛分行，彩袖飏空，一路上绮罗荡漾，香风蹴地，两岸边兰麝氤氲。炀帝看了，喜不自胜，蓦见一个女子，生得非常俊俏，也夹在殿脚女中，好似鹤立鸡群，不同凡艳。炀帝不觉失声道：“如此妙女，怎得使充贱役？”遂令左右宣召进来。既到面前，果然是明眸皓齿，玉貌花肤，更有两道黛眉，状如新月，格外动怜。炀帝笑孜孜的问道：“汝是何处人？姓甚名谁？”那女子跪答道：“贱婢乃姑苏人氏，姓吴名绛仙。”炀帝赞叹道：“好一个绛仙眉黛，可留此侍朕，不劳牵缆。”当下传将出去，着派他女另补，就叫绛仙在旁侍酒。到了夜间，便挽绛仙入帏，演了一出水上鸳鸯，不消细说。又是一好女儿晦气。绛仙既得宠幸，便珠膏玉沐，愈觉鲜妍，那黛眉更画得精工，就是文君再世，亦恐要输她一筹，又妙在知书识字，颇善诗歌。炀帝似遇洛妃，如逢神女，覆雨翻云，一些儿不嫌寂寞。

及行过雍邱，渐达宁陵地界，忽由虎贲郎将护缆使鲜于俱入奏道：“前面水势湍急，阻碍龙舟，急切里驶不上去。”炀帝道："朕尝两幸江都，并没有甚么搁浅，为何今日有此阻碍？"说着，便召宇文述等同入御舟，问个明白。宇文述道："从前占天监耿纯臣上言，睢阳有王气环绕，此处地近睢阳，想是地脉灵长，所以浅深忽变。"炀帝道："就是地脉变迁，也没有这般迅速。"当下检查当日凿河人员，所有宁陵至睢阳一路，乃是总管麻叔谋监工，可巧麻叔谋亦扈驾同行，一召便至。炀帝当即盘问，叔谋道："臣前时监工凿河，测量甚准，并没有甚么浅深。今日忽然淤浅，连臣也不知何因。"炀帝道："想是开河工役，偷工躲懒，不曾挖得妥当，遂致今日搁浅，这却如何区处？"叔谋道："容臣再去开挖，将功赎罪。"炀帝道："若只一处搁浅，还易为力，只怕前途还有浅处，须要探视才是。"护缆使鲜于俱道："臣看水势湍急，人不能下去，篙又打不到底，怎能探试明白？"翰林学士虞世基接入道："这却不难，请

为铁脚木鹅，长一丈二尺，上流放下，如木鹅拦住，便是浅处。"炀帝依议，亟令右翊卫将军刘岑制造木鹅，往验浅深。及刘岑返报，自雍邱至灌口，共有一百二十九处淤浅。炀帝大怒道："这明明是从前工役不肯尽心开掘，致误国家大事，若非严法处死，如何震压天下？"遂令刘岑往淤浅处，查究役夫姓名，悉行捕住，把他倒埋岸下，教他生作开河夫，死作抱沙鬼，可怜这一百二十九处地方，共捕得五万余人，照敕处置，活埋了事。令人发指。

麻叔谋见坑杀了许多丁夫，也觉寒心，连夜催督兵民，掘通淤道，请龙舟逐段过去。炀帝得了吴绛仙，日日纵欢，也不十分催促。每日或行三十里，或行二十里，或行十里，并未计较，因此麻叔谋得有工夫，逐节疏通，得至睢阳。炀帝猛记得宇文述语，睢阳留有王气，应该掘断龙脉，方可免患。当即召

入麻叔谋，正色问道："睢阳地方，曾掘去多少坊市？"叔谋道："睢阳地灵，不好触犯，臣所以未敢开掘。"炀帝勃然道："朕为天子，百灵均当效命，有什么不好触犯，显见汝挟有隐情。"叔谋无可回答，只得饰词答辩道："陛下以爱民为心，臣见坊市复杂，好罢手便即罢手，况改道开河，相去不远，何必定就道睢阳。"炀帝听说，尚属有理，即命刘岑查探河道，究竟有无远近。哪知刘岑却是叔谋的对头，一经查勘，迂远至二十里左右，便据实报明。炀帝遂将叔谋拿下，囚系狱中。

究竟叔谋何故剩出睢阳，小子查阅稗史，却是别有原因。叔谋本是个贪暴人物，从前奉旨开河，管甚么民居多少。当督工开掘时，在上源驿旁发得一口绝大棺木，叔谋疑棺内必有宝藏，揭盖启视，一尸容貌如生，发从前覆，长过胸腹，此外别无珍宝，只搜得一石铭，上有古篆，多不能识。只有一下邳人能读，篆文中云："我是大金仙，死来一千年；数满一千年，背下有流泉。得逢麻叔谋，葬我在高原，发长至泥丸；更候一千年，方登兜率天。"叔谋听着，乃自备棺椁，安葬城北隅。偷鸡勿着蚀把米。及掘至陈留，可巧有朝使到来，用少牢礼，并白璧一双，祭留侯张良庙中，向神假道。祭毕风起，失去白璧，后来有一中牟丁夫，在途中遇一贵人，峨冠博带，跨马前来。前后有人呵护，召夫至前，取白璧相授道："与我报尔十二郎，还尔白璧一双，尔当宾诸天。"中牟夫莫明其妙，跪拜受讫，不见贵人，当时非常惊愕，料知此璧定有来历，不敢隐匿，即奉献叔谋，并述神语。叔谋细忖一番，也想不出语中寓意，但见白璧很是莹洁，便充入私囊，且杀死中牟夫，为灭口计。天下事若要不知，除非莫为，当然有人传说。后来炀帝缢死江都，在位虽有十三年，扣足只有十二年，才知十二郎三字，便是指着炀帝。叔谋贪匿白璧，复监工至雍邱。适有一祠宇当道，叔谋问为何祠？村人答道："古老相传，内有隐士墓，甚有灵兆。"叔谋道："何物隐士？敢当此冲。"遂命丁夫入祠掘墓，才经数尺，忽听得一声怪响，下露一洞，里面灯火荧荧，无人敢入。独有武平郎将狄去邪，愿往一窥，叔谋喜道："狄郎将胆量过人，真好算荆轲。聂政。一流哩。"去邪扎束停当，用绳系腰，命役夫执住绳端，缒将下去。小子有诗咏道：

奋身下穴入幽城，聂政荆卿足并名；
若使逡巡甘却步，何来仙引得长生？

毕竟狄去邪所见何物，且待下回再表。

986.

纲目于大业十二年三月，大书特书曰："宴群臣于西苑。"夫自西苑告成以后，宁独此次召宴群臣？其所以大书特书者，志其末也，盖是年七月，炀帝幸江都，自是不得复返，而西苑之设宴演剧，为东都淫乐之结局，越月而西苑遂火，天之儆炀帝也，亦可谓至矣。昏主不悟，犹决意南游，除苏威名，连杀谏官任宗、崔民象、王爱仁，言莫予违，写尽昏淫气象。至隋堤种柳，令种柳一株，赏帛一缣，虽有利民生，而无故费财，要不得谓仁恩之下逮。及宁陵搁浅，枉杀丁役至五万人，彼岂尚有爱民之心欤？正史中于麻叔谋一事，未曾叙及，而韩偓《开河记》言之甚详，是与上回迷楼相类，想不至全出虚诬也。

第九十八回　麻叔谋罪发受金刀
李玄邃谋成建帅府

却说狄去邪缒入深穴，约数十丈，脚方及地。去邪见有路可通，竟将腰中绳索解去，鼓勇前进，约行百余步，入一石室，东北各有四石柱，铁索二条，系一巨兽，形状似牛，仔细一瞧，乃是一个人间罕有的巨鼠，不由地骇了一惊。蓦闻石室西面，砉然一声，慌忙回顾，门已洞开，有一道童模样，出问去邪道："汝非狄去邪么？"去邪答声称"是。"道童道："皇甫君待汝已久，汝可速入。"去邪乃随他进去，见里面有一大堂，颇也宽敞，堂上坐着一位方面长髯的神君，服朱衣，戴云冠，也不知为何神，只好倒身下拜。那神君端坐不动，亦不发言，旁立一绿衣吏，待去邪拜讫，令他起身，引出西阶上立着。约过片时，里面有声传出道："快取阿麽来！"阶下即有人应声而去。须臾，即见武夫数人，牵入一物，就是柱上系着的大鼠。去邪本知炀帝小字叫作阿麽，此时也无从访问，只得屏气待着，但听堂上神责鼠道："我遣尔暂脱皮毛，为中国主，如何虐民害物，不遵天道?”大鼠本不能言，但点头摇尾，作冥顽状。堂上神益怒，命武士挝击鼠脑，鼠即大吼，声似雷鸣。武士再拟击下，俄一童子捧天符下来，堂上神起座降陛，俯伏听旨。童子宣言道：“阿麼数本一纪，今尚未满，俟限期既届，当用练巾系颈而死，今尚不必动刑。”说罢自去，堂上神仍然复位，令将巨鼠仍系原处，并召语去邪道：“为我告麻叔谋，谢他掘我茔域，来年当赠他二金刀，勿嫌我轻酧哩。”说罢，即令绿衣吏引了去邪，自他门趋出，经过一林，径回路仄，蹑石扳藤，方得过去。回顾已失绿衣吏，去邪只好踽踽独行。又约三里许，见有茅舍，一老叟坐土塌上，去邪上前问讯，老叟道：“此地为嵩阳少室山下，汝从何处来此?”去邪具述所由。老叟道：“汝已亲见各状，想亦能悟通玄机，汝能辞官，便能脱身虎口了。”想是去邪人品循良，故得种种指引。去邪称谢而行。回

视茅屋，又无影迹，自知身入仙境，已蒙指迷，惟不能不复报麻叔谋。乃趋往宁阳，得与叔谋相见，约略叙明。先是去邪入墓，墓忽崩陷。叔谋谓去邪已死，今日却来，目为狂人。去邪将错便错，即佯狂自去，隐居终南山。闻炀帝正患脑痛，月余不愈，益信冥中挝击，果然不虚。嗣是修道辟谷，竟得无疾而终。此身原是有道骨。

那叔谋既至宁陵，适患风逆，起坐不安。医生谓用羊羔蒸熟，糁药同食，方可疗治。叔谋如法泡制，果得全愈。嗣是蒸食羊羔，习以为常。宁陵人陶榔儿，家中巨富，性甚凶悖，恐先茔逼近河道，或为所掘，乃盗他人婴儿，割去头足，蒸献叔谋。叔谋咀嚼甚美，远胜羊羔，因召榔儿穷诘。榔儿初尚讳言，叔谋使人劝酒，把他灌醉，才得榔儿实告。叔谋不以为忍，反赏金十两，令工役保护榔儿先茔，一面专窃他人婴孩，

宰割供食。宁陵、睢阳境内，失去婴孩数百，哀声四达。左屯卫将军令狐达，曾为开渠副使，上书弹劾，被中门使段达遏住，不使上闻。段达尝受叔谋巨贿，所以代为蒙蔽。叔谋法外逍遥，凿河至睢阳城。睢阳坊市豪民，都恐宅墓被掘，醵金三千两，将献叔谋，尚苦无人介绍。适叔谋监掘古塚，穿通石室，室中漆灯棺木等，遇风化灰，惟得一石铭云："睢阳土地高，竹木可为壕；若也不回避，奉赠二金刀。"叔谋不解，转问土人。答言故老传闻，谓是宋司马华元墓。叔谋奋然道："小国陪臣，怕他甚么？"

到了夜睡蒙眬，忽有一人宣召，即随与同行，约经里许，恍惚见有宫殿，由来使导入，上面坐着一王，着绛绡衣，戴进贤冠。叔谋向他再拜，王亦起座答拜，且与语道："寡人便是宋襄公，奉上帝命，镇守此地，将二千年，今将军来此掘河，幸回护此城，勿使人民失所。"叔谋不答。王又说道："此地
五百年后，当有兴王崛起，上帝命寡人保护，岂可为了暴主逸游，掘伤王气？"暗指宋太祖事。叔谋仍然不答。忽殿外有人入报道："大司马华元来了。"未几，即有一紫衣官趋入，拜觐王前，王与言保护睢阳事，未得叔谋允许，紫衣官怒视叔谋道："上帝有命，保护此城，何物顽奴，既毁我墓，又欲把此城毁掘？"便向王进议道："顽奴倔强，应用严刑。"是极。王说道："何刑最酷？"紫衣官道："熔铜灌口，烂腐肠胃，此为最酷。"王点首称善。紫衣官叱令左右，把叔谋曳至铁柱前，褫去衣冠，缚诸柱上，复有一人持过铜汁，盂中犹沸，欲灌入叔谋口中。叔谋吓得魂不附体，连声大呼道："愿依尊命，回护此城。"读至此，我为一快。当由殿中传令解缚，给还衣冠，入殿拜谢。紫衣官微笑道："上帝赐叔谋金三千两，令取诸民间。"说毕，挥手令人

引出叔谋。叔谋闻有金可赐，因私问冥使道："上帝如何赐金？"冥使道："阴注阳受，自有睢阳百姓献汝，汝放心去罢。"一面说，一面推仆叔谋。叔谋出一大惊，便即醒寤，方知乃是一梦。越日，果有家奴持入黄金三千两，说是睢阳坊市所献，请免掘城市。叔谋回忆梦中情状，老实收受，令役夫绕道西偏，委屈东回，竟将睢阳城腾出。

掘至彭城，路经大林，中有徐偃王墓，令人开掘，掘至数尺，里面坚不可发，乃是生铁熔成，旁竖石门，键鐍甚严。叔谋用鄚人杨民计议，用巨石撞开墓门，叔谋自往探望，有二童子在门内迎接，且语叔谋道："我王久望将军，请速进来！"叔谋亦不知不觉，随他进去。内有宫殿，差不多与前梦相似。殿上亦坐着一王，冠服雍容，叔谋下拜，王起身答礼，和颜与语道："寡人茔域，适当河道，今请将军保护，愿奉玉宝为酬。"

言讫，取出玉印，给与叔谋。叔谋瞧着，乃是历代帝王受命符玺，不觉又惊又喜，但闻王又续说道："将军须保重此宝，这是刀刀的预兆哩。"叔谋茫乎若迷，谢别出墓，传令役夫将墓盖好，仍复原状。时炀帝正失去国宝，四处搜觅，并无下落，只好秘密不宣。那叔谋得了国宝，还道是神灵相助，将来可身登九五，非常快乐，就把国宝好好藏着，不令外人知道。

至拘入睢阳狱中，正在惶急得很，偏经令狐达再上弹章，历述"叔谋盗食人子，义贼陶榔儿私受睢阳民金三千两，擅易河道"等情。炀帝问他何不早奏，令狐达谓"臣早经奏报，想被段达扼定，不得进呈"。炀帝即命查抄叔谋私产，得黄金若干，尚辨不出是睢阳贿赂。这留侯所还白璧及一颗受命符宝搜将出来，却是字纹明显，一见便知。炀帝大惊道："金与璧尚是微物，不必说起，只朕的国宝，如何被他取来？"便召令狐达入问。令狐达道："闻叔谋尝令陶榔儿窃取人子，莫非国宝亦被盗不成？"炀帝失色道："叔谋今日盗我宝，明日将盗我头，这还了得！"你的首级，却是不甚牢固。便令法司严鞫叔谋，且捕得陶榔儿，一并审问。叔谋据实招供，问官尚说是凭空捏造，便指榔儿为巨窃。榔儿只供称窃儿是实，不敢窃宝。问官如何肯信，再四拷逼，竟将榔儿毙诸杖下，且定了谳案，请置叔谋极刑。炀帝道："叔谋原有大罪，姑念他开河有功，赦免子孙，但将叔谋腰斩结案。"先一夕，叔谋在狱，梦一童子从天降语道："宋襄公与大司马华元特遣我来，感念将军护城厚意，因将去年所许二金刀，命我奉赠。"叔谋尚不知金刀为何物，向他索取。童子厉声道："死且不悟，明晨自见分晓了。"叔谋惊觉，细思梦境，才悟不祥，喟然叹道："我腰领恐难保了。"还想食婴孩否？越日辰牌，已有敕文传至，将叔谋如法捆绑，驱至河滨，斩为三段，家产籍没。中门使段达助守东都，未曾扈驾，由炀帝遥传诏敕，加恩贷死，贬为洛阳监门令。睢阳、宁陵一带的百胜，闻叔谋被诛，相率称快，男男女女，都到河边来看叔谋死尸，你一砖，我一石，掷成肉酱，方才散去，这且不必细表。

且说炀帝小住睢阳，约过数天，复启程南下，沿途无甚阻碍，惟大将军许公宇文述在道病亡，述子化及、智及，统皆无赖，前次尝从幸榆林，两人干犯禁令，与突厥互市。炀帝本欲骈诛，因念述有旧勋，特从宽免。述死，厚加赙恤，予谥曰"恭"。且授化及为右屯卫将军，智及为将作少监，仍令从行。智及弟士及尚炀帝长女南阳公主，还称循谨，一对青年夫妇亦随幸江都，后文自有表见。

惟一方面銮驾畅游，一方面寇盗益炽，前此在逃未获的李密，往投王薄、郝孝德，均见九十五回。皆不见礼，乃走匿淮阳村舍，变姓名为刘智远，聚徒教授，郡县长官，颇以为疑，遣吏往捕，又被遁去。适东都法曹翟让坐事当斩，狱吏黄君汉惜他骁勇，破械出狱，令自逃生。让拜谢而去，潜往瓦岗寨为盗。同郡人单雄信善用马槊，雄长乡里，也纠合少年，入寨助让。还有离狐人徐世勣，年少多才，亦至让处献议道："东郡于公，与世勣谊属同乡，人多相识，不宜侵掠。荥阳、梁郡，系是汴水通流，商旅不绝，若剽掠商舟，便足自给了。"世勣即徐懋功，初次献议，即导让剽掠商舟，无怪子孙被夷。让即依议，令徒党入二郡间，掠夺商舟财货，充作用费。当时人心思乱，辗转引附，不多时便至万余人。此外有外黄盗王当仁、济阳盗王伯当、韦城盗周文举、雍邱盗李公逸，与翟让各据一方，不相通问。

992. 李密既得漏网，往来诸贼帅间，劝他乘乱崛兴，规取中原。各贼帅初尚未信，经密说得天花乱坠，也觉动心，推为谋主。密互为联络，差不多如苏秦约纵一般，大家互相告语道："今人皆云杨氏当灭，李氏将兴，此人得一再脱险，莫非就是古人所言，王者不死么?"因相率敬密。会王伯当与翟让交通，互相往来，密即由伯当介绍，往见翟让，为让划策，并替他说降诸小盗。让遂与亲爱，尝同计事。密因说让道："刘、项皆起自布衣，得为帝王，今主德日昏，民生日困，大乱已起，正是刘、项奋起的机会，如足下雄才大略，拥众万余，若席卷二京，诛除暴虐，怎见得不如刘、项呢?"让谢不敢当。会东都有李玄英亡命，径访李密，倾心相事，他人问为何因?玄英道："近来民间歌谣，有桃李章云：'桃李子，皇后绕扬州，宛转花园里，勿浪语，谁道许?'这数语隐寓预谶。'桃李子'，谓李子逃亡，‘皇后宛转扬州’，是天子将在扬州毕命，‘勿浪语，谁道许’，是隐隐藏一‘密’字，他日身为真主，所以特来投诚。”既而宋城尉房彦藻等亦来依密，共处瓦岗寨中。密又与瓦岗军师于雄结交，令说让出图中原。雄因说让道：“公若自立，恐未必成事，若立蒲山公，事无不济。”蒲山公见前。让笑道：“蒲山公果得为王，何必依我？”雄答道：“将军姓翟，翟义为泽，蒲非泽不生，所以来依将军。”亏他附会。让信为真言，遂依密前议，发兵攻取荥阳诸县。

荥阳通守郇王庆懦弱无能，急向行在求援。炀帝特调张须陁为荥阳通守，使讨翟让。须陁系百战骁将，到了荥阳，屡破让众。让勒兵欲遁，密坦然道：“须陁有勇无谋，兵又骤胜，既骄且狠，再战必败，公且列阵待着，密自有计破他，万勿加忧。”让不得已麾众再战。须陁已经轻让，直前搏击，让众已似惊弓之鸟，哪里支撑得住，纷纷却退。须陁驱兵追赶，约十余里，过一大林，林内一声号炮，杀出两支生力军，左为王伯当，右为徐世勣，合裹拢来，围住须陁。须陁冲突出围，见左右不能尽出，再跃马突入，欲救余众，李密在高阜望见，急命弓弩手四面注射，箭如飞蝗，可怜一员隋朝勇将，竟堕入李密狡计，中箭身亡。部兵除被杀外，狼狈遁去，号泣不止。河南郡县，统皆丧气。有诏令光禄大夫裴仁基为河南道讨捕大使，徙镇虎牢。

翟让经此大胜，喜出望外，乃分兵与密，别建一营，号为蒲山营。让获得辎重甲仗，便欲还向瓦岗。实无大志。密苦劝不从，竟与密别去。密独率麾下西行，沿路招降诸城，大获资储。让闻报甚悔，因复引众从密。密遂拟进击东都，忽闻太仆杨义臣击毙张金称、高士达，逐走窦建德，兵势甚盛。密恐他还援东都，未敢骤进。后来又探得义臣罢归，窦建德复取饶阳，乃再议进行。这位隋太仆杨义臣，本是一个庸中佼佼的好官，自出兵河北，迭破群盗，辄列状上闻。内史虞世基专事谄谀，谓义臣虚张贼势，居心叵测，不如撤归为是，炀帝深信世基，竟追还义臣，且遣散他麾下士卒，于是贼势复张。鄱阳复出一个剧盗，姓林名士弘，有众数万，攻杀隋御史刘子翊，居然自称楚帝，建元太平，据有九江、临川、南康、宜春等郡，猖獗南方。涿郡虎贲郎将罗艺亦称兵造反，自称幽州总管，骚扰北境。惟伪燕王格谦，见四十五回。总算由王世充击死，但谦党高开道，收集败众，又复出掠燕地，气焰复张。光禄大夫陈棱往讨杜伏威，又为所败，再加鲁郡起了徐圆朗，马邑起了刘武周，朔方起了梁师都，真是一波未平，一波又起，直使四方官吏，无可措手，只好得过且过，任盗所为。随笔插叙，省却无数笔墨。

李密闻天下大乱，亟欲进取东都，据有腹地，号召四方，乃屡语翟让道："今东都空虚，越王年幼，留守诸官，皆非将军敌手，若将军能用仆计，天下可指麾即定哩。"让犹怀疑惧，因遣党人裴叔方往觇东都虚实。留守诸官方才察觉，缮城为备，且驰表告急行在。时已为大业十三年，翟让得叔方还报，谓东都有备，又生疑阻。密语让道："事已如此，不得不发。密闻洛口仓储粟甚多，若引众袭取，赈给贫乏，远近孰不趋附？百万众亦可立集。然后檄召四方，引贤豪，选骁悍，智勇俱备，得天下如反掌了。"让答道："这是英雄计略，非仆所能，但任君指麾，尽力从事，请君先发，仆为后殿。"密乃选三千人为前驱，让率四千人继进，出阳城，北逾方山，直抵洛口仓。仓中守卒，寥寥无几，顿时骇散。密攻破仓门，让亦踵至，开仓发粟，任民恣取，穷民大悦。前朝议大夫时德叡、举尉氏县应密、故宿城令祖君彦，亦自昌平来附。君彦素有才名，密引为记室，令掌书牍。

东都留守越王侗遣虎贲郎将刘长恭、光禄少卿房崱，率步骑万五千人来援洛口，又使河南讨捕使裴仁基自汜水西进，从后夹攻。密已探知信息，分部众为十队，四队伏横岭下，截住仁基，六队列阵石子河，静待长恭等军。长恭鼓锐前来，势甚汹涌。让出当敌冲，接战不利，且战且走。长恭未曾朝食，忍饥追逐。中途被李密率兵冲出，截为两橛，军士已皆枵腹，不耐久战。更因遇伏心慌，统吓得弃甲曳兵，仓皇逃散。长恭见不可支，也解衣潜窜，遁归东都。隋兵十死五六，资械荡尽无余。密与让威名大振，让乃推密为主，号为魏公，自称元年。密登坛置吏，拜让为上柱国，兼司徒东郡公。单雄信、徐世勣为左右大将军，此外各封拜有差。凡赵魏以北，江淮以南，许多贼帅多闻风响应，愿受节制。密悉给官爵，仍使统领原部，自就洛口城扩地为垣，周围四十里，作为根据地，特设行军元帅府，分兵四出，迭取河南郡县，并授齐郡盗孟让为总管，使他夤夜往袭东都。让至洛阳城下，城上不及防备，竟被让众扒入，焚掠外郭，还亏内城急忙抵御，才得保全。让手下只二千人，恐一经天晓，内城发兵来攻，不能抵挡，乃鼓啸而去。

河南讨捕使裴仁基遇事迁延，洛口一战愆期不至，又恐得罪朝廷，进退维谷。李密知他狼狈，使人诱降。仁基竟举虎牢降密，密封他为上柱国，使与翟让同袭回洛东仓，应手而下，遂烧天津桥，纵兵大掠。适东都出兵堵击，仁基等与战败绩，相率退还。李密督众自往回洛仓，大修营垒，进逼东都。还有秦叔宝、罗士信等，本在张须陁部下，须陁战死，秦、罗失了主帅，无处可依，也来投密。更有程咬金、赵仁基诸人，亦率众归密，密皆署为总管，分统部卒，遂令记室祖君彦，草就檄文，堂堂正正的声讨炀帝，数他十罪，恰是有理。略云：

宛公大元帅李密，谨以大义布告天下！隋帝以诈谋入承大统，罪恶滔天，不可胜数。素乱天伦，谋夺太子，罪之一也；弑父自立，罪之二也；伪诏杀弟，罪之三也；迫奸父妃，罪之四也；诛戮先朝大臣，罪之五也；听信奸佞，罪之六也；开市扰民，征辽黩武，罪之七也；大兴宫室，开掘河道，土木之工遍天下，虐民无已，罪之八也；荒淫无度，巡游忘返，不理政事，罪之九也；政烦赋重，民不聊生，毫不知恤，罪之十也。有此十罪，何以君临天下？可谓罄南山之竹，书罪无穷，决东海之波，流恶难尽。密今不敢自专，愿择有德以为天下君，仗义讨贼，望兴仁义之师，共安天下，拯救生灵之苦。檄文到日，速为奉行！

檄语煌煌，钲鼓渊渊，乱世枭雄李玄邃，是密表字。得机得势，风靡海内，似乎兴王盛业，要属此人，哪知后来的真命天子，不是此李，却是别有一李。小子有诗咏道：

历代兴亡几变迁，半由人事半由天。
刘歆应谶翻遭戮，谁识玄机在事先？

究竟李密以外，尚有何处李姓，得成帝业，容待下回叙明。

麻叔谋腰斩一事，亦见韩偓《开河记》，正史中略而不详，意者以事同微渺，不可尽信欤？然既有文献之足征，不得谓竟无其事。况韩偓作记，年月并详，当非寓言可比。本编依记演述，存其真也。瓦岗寨始于翟让，而李密因之，密之自号魏公，已在洛口城中，并不在瓦岗寨，且秦叔宝、罗士信、程咬金等之依附，均在密称魏公之后，所与翟让共起寨中者，第单雄信、徐世勣二人已耳。《隋唐演义》，混叙不明，且以瓦岗寨为绝大根据地，此于正史杂记中，向无所见，故绝不混述，可采者从之，不可采者舍之，下笔时固自有斟酌也。

第九十九回　迫起兵李氏入关中
嘱献书矮奴死阙下

却说李密传檄四方，余盗响应，总道是唾手中原，可以应谶，偏偏天命所归，不属李密，却付诸太原留守李渊。渊奉炀帝敕旨，调兵击破甄翟儿，遂在太原镇守。会晋阳令刘文静与李密素有婚谊，坐罪除名，囚系狱中。渊子世民，已随父至太原，与文静素来友善，屡往探视，且代为叹惜。文静怅然道：“近来天下大乱，性命原轻似鸿毛，除非汉高祖、光武帝复生，或能重见天日。”世民道：“君怎知今世无人？我来相省，正欲与君共议大事，难道效儿女子哭泣么？”文静乃与世民密谈，想出一种下手方法，请世民父子掩取关中。世民颇费踌躇，再经文静附耳授计，始喜跃而去。

原来晋阳宫监裴寂为渊旧友，文静知世民不便劝父，特嘱他结好裴寂，作为导线。寂尝使酒好博，世民投寂所好，尝引与宴暱，且故意输钱。寂遂日夕过从，彼此甚是欢洽。世民因举密谋相告，寂徐徐答道：“恐尊公不从奈何？”世民一再相恳，寂想了片时，方道："有了有了，他日报命。"过了一两天，寂引渊入晋阳宫，盛宴相待，饮至半醉，却走出两个美人儿，前来侑觞。渊已酒醉糊涂，也不问明底细，还道是歌伎一流，乐得借色陶情，畅饮遣怀，不多时颓倒玉山，沉沉欲睡。酒色两字，最足迷人，古来多少英雄，往往逃不过此关。两美人扶他入寝，伴宿一宵。及天已黎明，渊才醒来，开眼一瞧，竟有两美人侍着，不禁咄咄称奇，连忙问及来历，乃是晋阳宫中的尹、张二妃。渊大惊而起，慌忙趋出，召问裴寂。寂答称不妨。渊失色道："这宫是天子的行宫，尹、张二美人，是天子留住行宫的嫔御，如何叫她侍寝？若被天子闻知，我还想保全性命吗？"谁叫你着了道儿？寂笑道："唐公！为何这般胆小？不要说起几个宫人，就是隋室江山，也可唾手取来。"渊只是顿足，连呼："误我。"忽有一人走报，突厥兵进寇马邑。渊只好匆匆出宫，亟遣副留守高君雅率兵出援。

君雅去了数日，即有败报到来，渊很是不安。世民乘间进言，请渊速图大事。渊叱他妄言，嘱令缄口。越日，世民再向渊密陈利害，渊始觉心动，喟然叹道："今日破家亡躯，由汝一人，化家为国，亦由汝一人了。"话虽如此，但因眷属尚在河东，一时不敢发难，忽由江都传到消息，乃是炀帝疑忌李渊，说他不能御寇，将遣使执诣江都，渊益加惊惧。世民复约同裴寂，共劝渊及早定计。渊为保身起见，也只好依他所议，勒兵待发。会江都又传到赦诏，仍令渊照旧供职，渊稍稍放心，暂且按兵不动。那世民却急不暇待，已暗地差遣心腹，赴河东去接家眷，一俟眷属至太原，便拟兴师。看官听着！这李渊的妻室，便是北周上柱国窦毅的女儿。毅曾尚周武帝姊襄阳公主，隋受周禅，窦女曾自恨我非男子，不能救舅家，见八十一回。毅已目为奇女。后来画屏射雀，因渊得中目，招为女夫。生子四，女一，长名建成，次即世民，又次名玄霸、元吉，一女适临汾人柴绍。是时窦氏已殁，可惜不得见隋灭唐兴。玄霸亦早世，建成、元吉接到世民密书，便邀同柴绍，同赴太原。那刘文静已与世民密谋起事，怂恿裴寂速即劝渊。寂正恐宫人侍寝，事泄被罪，屡次催渊起兵。渊乃释出文静，令他诈为敕书，发太原、西河、雁门、马邑人民，使讨高丽。百姓怎知诈谋，急得魂梦不安，日夕思乱。

偏马邑乱首刘武周闯入汾阳宫，掠得宫中妇女，往献突厥，请他为助。突厥竟立武周为定杨可汗，僭号称元。又有流人郭子和起兵榆林，金城校尉薛举起兵陇西，西北一带，几无宁宇。武周又逼近太原，闹得李渊无法图存，不得已冒险起事。可巧高君雅回城乞援，渊佯与议事，还有副留守王威也在座中。刘文静引入司马刘政会，讦告威与君雅潜召突厥入寇。两人怎肯诬认，正在辩论，世民已引兵趋入，立将两人拿下，送入狱中。才阅两日，突厥兵数万人，果入寇晋阳，即太原。渊命裴寂等埋伏城闉，竟将城门洞开。突厥兵不敢驰入，回头径去。渊遂诬称威与君雅实召外寇，斩首以徇。兵民信为实事，哪个为两人呼冤！

建成、元吉与柴绍同至太原，渊因家眷已至，便好安心发兵。刘文静恐突厥牵制，劝渊自作手书，通好突厥，啗以厚利。突厥始毕可汗，惟利是图，当然应允。且云唐公当自为天子，方出兵马相助。渊不敢骤然称尊，用裴寂计，尊隋帝为太上皇，立代王侑为帝，移檄郡县，改易旗帜，阳示突厥有更新意；并与突厥订约，共定京师，有土地归唐公、子女玉帛归突厥等语。突厥遂馈马千匹，作为军资。渊即遣建成、世民往攻西河郡，一鼓即下，擒住郡丞高德儒。世民面责德儒道：“汝指野鸟为鸾，欺惑人主，见九十六回。我故特兴义师，前来诛汝。”说至此，即令将德儒推出斩首，此外不戮一人，令百姓各安旧业，远近称颂。建成、世民引还晋阳，往返只越九日。渊大喜过望，遂自称大将军，开府置官，发仓赈民。裴寂为大将军府长史，遂将晋阳宫中子女玉帛，俱移送将军府中。于是尹、张二妃，由渊老实受用，左拥右抱，趣味可知。已开后世宫闱之祸。

待至新秋，渊自督兵西行，留季子元吉居守晋阳，传檄示众，无非说是发兵入关，拥立代王。代王侑却遣郎将宋老生屯霍邑，大将军屈突通屯河东，两路拒渊。渊途中遇雨，不能急进。会接李密来书，自恃兵强，欲为盟主。渊姑与周旋，复书推密，令他塞住河洛，牵缀隋兵。好几日才得天晴，用建成、元吉为前驱，进攻霍邑，阵斩宋老生，乘胜下临汾、绛郡，招降韩城。刘文静出使突厥，也引突厥兵五百人、马二千匹，前来相会。关中积盗孙华望风投顺，愿为向导，遂引渊渡河。另在河东留住偏师，围攻屈突通。关中士民陆续趋附，冯翊太守萧造亦输款投诚。渊再命建成、刘文静等屯永丰仓，守住潼关，控制河东。世民、刘弘基等往略渭北，自寓长春宫，居中调度。忽来了一队娘子军，为首的女英雄就是李渊女儿，柴绍妻室。她本熟谙武略，因与从叔神通，募集丁壮，起应父兄，夫妻相聚，骨肉重逢，自有一番欢愉气象。世民进屯泾阳，收降关中群盗，有众九万人。柴绍夫妇各置幕府，亦随世民同进。代王侑急命将军阴世师、郡丞骨仪，保守关中，登城备御。那世民复自泾阳出发，一路秋毫无犯，经过延安、上郡、雕阴诸境，无不叩马迎降，因向长春宫报捷，请渊督兵会攻。渊乃启节西行，往会世民。世民已先抵长安城下，至渊来会师，合兵二十余万，先遣使传谕守吏，愿拥立代王。守将阴世师不服，叱回去使。渊乃下令攻城，并约将士入城后，不得犯隋七庙及代王宗室。将士奉令攻扑，前仆后继，连日不退。军头雷永吉首先登城，余众随上，杀散城头守卒，逾城开门，迎纳渊军。阴世师、骨仪战败被擒。代王侑年只十三，有甚么能力，逃匿东宫，抖做一团。渊率军搜寻，得见代王，当下将他拥出，徙居大兴殿后厅，自寓长乐宫，与民约法十二条，悉除从前苛禁，杀阴世师、骨仪等十数人，余皆不问。越日即拥立代王侑为皇帝，遥尊炀帝为太上皇，改元义宁。此举毋乃多事。渊自为大丞相，都督内外军事，晋封唐王。命建成为世子，世民为秦公，元吉为齐公。

嗣接刘文静军报，已擒住屈突通，械送长安。原来河东各隋军闻长安失守，家属被虏，当然恟惧。屈突通留部将桑显和镇守潼关，自率众趋洛阳。显和举关降刘文静，并与文静偏将窦琮，合兵追通。两下相见，显和大呼道："今京城已陷，汝等皆关中人，去将何往？"通众闻言，即释仗愿降，且将通执住，送至文静营中。文静乃转解长安。渊见了屈突通，忙令释缚，好言劝慰。通无法反抗，只得唯命是从。渊命通为兵部尚书，兼封蒋公，遣往河东城下，招谕通守尧君素。君素却是一个硬头子，但知为隋效死，不肯屈节，且举正言责通，说得通羞惭满面，还报李渊。渊暂将河东搁置，专探听东都消息。

自李密进逼东都，越王侗一再遣使向江都告急，虞世基尚谓越王少不更事，太属慌张，炀帝也以为然。至警报迭来，始命将军庞玉等往援东都。越王侗亦使段达出兵，夜会庞玉，夹攻李密。密将柴孝和劝密速袭长安，密不肯从，但在东都城下搏战。偏被庞段两军掩击，竟致大败。密身中流矢，奔回洛口。既而复部署散卒，再向东都，杀败隋军，又遣徐世勣袭取黎阳仓。泰山道士徐洪客向密上书，谓："宜沿流东指，直向江都，执取独夫，号令天下。"此计最佳，比柴孝和之策，尤见优胜。密也为称善，作书招致洪客，竟不知去向。适王世充等奉炀帝命，带领江淮劲卒来击李密。密不能东行，只好与世充对垒。又值军中有变，正要设法除患，遂令徐洪客一条好计，徒作虚言。

先是密为翟让所推，得为主帅，让却虚心乐戴，偏让兄翟弘心下不服，尝语让道："汝不欲为天子，尽可与我，何必与人。"让司马王儒信亦劝让自为冢宰，让置诸不答。偏密得此信息，不免怀疑。左司马郑颋更劝密除让，密因与颋等计议，竟诱让入宴，把他杀死，并捕戮翟弘、王儒信。部众以密忍心负友，多半不平，经密历加慰抚，方才少定。王世充私料李、翟二人必不相容，拟乘他自乱，乘间进击。及闻让死，顿觉失望；且与密数次交锋，败多胜少，徘徊洛水，不得进救东都。这消息传入长安，李渊特命建成为抚宁大将军，世民为副，渡河南下，声言为东都援应，实是牵制李密，与他争鹿中原。

忽由江都传到急报，炀帝被弑，宇文化及另立秦王浩为帝，渊不禁恸哭道："我北面事人，不能救主，怎得不哀恸呢？"恐是喜极成泪。看官听说！自炀帝到了江都，荒淫益甚，宫中设百余房舍，各盛供张，每房居一美人，轮流作东道主。炀帝自作上客，东游西宴，天天的酒色昏迷。时炀帝年将半百，怎能禁此朝朝红友，夜夜新郎？更兼平时屡服春药，为纵欢计，当时原是百战不疲，一夕能御数女，后来力尽精枯，诸病杂起，并因天下危乱，也觉不安，尝戴幅巾，着短衣，策杖步游，遍历宫院，汲汲顾影；或夜与后妃至高台中，一面饮酒，一面观星，顾着萧后，效为吴语道："外间大有人图侬，侬虽失天下，当不失为长城公，卿亦不失为沈后，且暂管眼前行乐罢！"萧后素来柔顺，但知随声附和，因循过去。妇人过柔，亦有坏处。又越数日，晨起揽镜，复语萧后道："好头颅谁当斫我？"也自知不得为长城公么？萧后惊问何因？炀帝道："贵贱苦乐，循环相寻，有甚么可惊哩！"已而江都粮尽，扈驾兵多关中人，久客思归，炀帝见中原已乱，无志北还，且欲徙都丹阳，士卒多半不愿。郎将窦贤竟不别而行，率部西去。炀帝急遣卫士追杀窦贤，无如人不畏死，仍然悄悄逃走。虎贲郎将司马德戡与直阁将军裴虔通等，也密议西归，辗转勾引，有一宫人闻知，报知萧后道："外间已人人欲反了。"萧后道："汝可奏达上闻。"宫人因申奏炀帝，炀帝怒道："汝晓得甚么国事，乃来妄言？"随叱令左右牵出宫人，把她处死。自是无人敢言。

1004. 虎牙郎将赵元枢已由司马德戡、裴虔通等串同一气，约期西遁，他本与将作少监宇文智及为莫逆交，因将密谋转告。智及微哂道："主上虽然淫虐，威令尚行，君等亡去，亦恐蹈窦贤覆辙，自取死亡了。"元枢皱眉道："如此奈何？"智及道："今天已丧隋，英雄并起，同心谋叛，眼前且不下数万人，若因此举事，小为王，大且为帝呢。"元枢半晌才答道："欲行大事，必推主帅，看来惟公兄弟，足当此任。"智及道："这却须与我兄熟商。"元枢乃出，告知同党，德戡等亦皆赞成。又复约同智及，相偕至化及居处，推他为帅。化及胆怯，蓦闻此谋，不由地大惊失色。嗣经党人怂恿，再由智及力劝，方勉强允诺。德戡出召骁果军吏，晓示密谋，大众齐声道："惟将军命！"于是摩厉以须，戒期行事。炀帝未尝不防，并因微识星象，往往夜起观天，望见天象不佳，即召问太史令袁充。充伏地垂涕道："星文大恶，贼星逼帝座甚急，恐祸生旦夕，非修德无以禳灾。"炀帝愀然不乐，起入便殿，俯首欷歔。回顾见王义在侧，乃与语道："汝知天下将乱么？汝何故不言？"义泣对道："天下大乱，由来已久，小臣服役深宫，不敢预政，如或越俎早言，恐臣骨已早朽了。"炀帝炫然道："卿今为我直陈，令我知晓。"迟了迟了。义答道："待小子具牍奏明。"说毕趋退。越宿即面呈一书，究竟是否出自义手，亦不得而知。但书中指陈前弊，却是深切著明，书云：

臣本南楚卑薄之民，逢圣明为治之时，不爱此身，愿从入贡，出入左右，积有岁华，浓被恩私，皆逾素望，臣虽至鄙，颇好穷经，略知善恶之本源，少识兴亡之所以，深蒙顾问，方敢敷陈。自陛下嗣守元符，体临大器，圣神独断，谏议莫从。独发睿谋，不容人献。大兴西苑，两至辽东，龙舟逾于万艘，宫阙遍于天下，兵甲常役百万，士民穷乎山谷。征辽者百不存十，没葬者十未有一。帑藏全虚，谷粟涌贵，乘舆竟往，行幸无时，遂令四方失望，天下为墟。方今有家之村，存者可数，子弟死兵役，老弱困蓬蒿，饿莩盈郊，尸骸如岳，膏血草野，狐犬尽肥。阴风无人之墟，鬼哭寒草之下。目断平野，千里无烟，万民剥落，莫保朝昏。父遗幼子，妻号故夫，孤若何多？饥荒尤甚，乱离方始，生死孰知？人主爱人，一何如此？陛下恒性毅然，孰敢上谏，或有鲠言，又令赐死。臣下相顾，箝结自全。龙逢复生，安敢议奏？左右近臣，阿谀顺旨，迎合帝意，造作拒谏，皆出此途，乃蒙富贵。陛下过恶，从何得闻？方今又败辽师，再幸东土，社稷危于春雪，干戈遍于四方，生民已入涂炭，官吏犹未敢言。陛下自维，若何为计？陛下欲幸永嘉，坐延岁月，神武威严，一何销铄？陛下欲兴师，则兵吏不顺，欲行幸则侍卫莫从，适当此时，如何自处？陛下虽欲发愤修德，加意爱民，然大势已去，时不再来。巨厦之倾，一木不能支，洪河已决，掬壤不能救。臣本远人，不知忌讳，事已至此，安敢不言？臣今不死，后必死兵。敢献此书，延颈待尽，窃不胜惶切待命之至。

炀帝看罢，不禁太息道："从古以来，哪有不亡的国家、不死的主子？"义跪伏涕泣道："陛下到了今日，尚自饰己过，臣闻陛下尝言，朕当跨三皇、超五帝，俯视商周，为万世不可及的圣主。今日时势至此，连乘舆都不能回京，岂非大悖前言么？"炀帝也不能自辩，只泣下沾襟道："汝真忠臣，朕悔已无及了。"义又泣道："臣昔不言，尚是贪生，今既具奏，愿一死报谢圣恩，请陛下自爱！"说至此，即叩头辞去。炀帝方再阅义书，有一人入报道："王义自刎了。"却也难得，可惜徒死无益，未当国殇。炀帝惊叹道："有这等事吗？可悲可痛！"遂命有司具礼厚葬。是日又接到几处警报，武威司马李轨占据河西，自称凉王。罗川令萧铣占据巴陵，自称梁王。还有金城乱首薛举，前僭号西秦霸王，今且移据天水，居然自称秦帝了。两路新发，一路已见上文。炀帝急得没法，只有自嗟自叹。好容易又阅数宵，正与后妃等饮酒排遣，忽见东南角上，火光冲天，且有一片喧噪声，慌忙召入直阁将军，问为何因。那直阁将军不是别人，正是密谋作乱的裴虔通。虔通入对炀帝道："不过草坊中失火，外面兵民扑救，所以有此哗声，愿陛下勿虑！"炀帝遂放了心，但令虔通出外严守，自己酣饮至醉，挈了萧后、朱贵儿，安然同寝去了。只有此宵。

未几，鸡声报晓，天色微明，那叛兵已拥入玄武门，大刀阔斧，杀入宫来。玄武门前本有宫奴数百人，统皆强壮，由炀帝特别简选，给他重饷，常令把守，是夕由司宫魏氏得了叛党的贿嘱，矫诏放出，令得休息。司马德勘先驱进宫，如入无人之境，再加裴虔通作为内应，将宫门一律闭住，只开了东门，驱出宿卫，容纳叛党。惟右屯卫将车独孤盛与千牛备身独孤开远，尚未与叛党勾通，眼见得情势不佳，即出来诘问虔通。虔通道："事已至此，与将军无干，将军不必动手，同保富贵。"独孤盛怒骂道："老贼说出甚么话来？"遂拔刀与虔通奋斗，战约数合，司马德戡已率叛众直入，来助虔通，独孤盛手下，只有数人，哪能敌得住许多的叛党，霎时间盛被刺死，左右逃散，独孤开远忙驰叩阁门，请炀帝亲自督战。途中集卫兵数百名，至阁门外大呼大叫，并没有一人答应，叛党已经驰到。开远回马接战，也是寡不敌众，被他刺中马首，掀落地上，为乱兵牵扯去了。阁内无人守住，由叛党斩门突入，趋至寝殿，来寻炀帝。小子有诗叹道：

群雄逐鹿几经秋，锦绣河山已半休。
到此昏君犹不悟，萧墙怎得免戈矛？

欲知炀帝曾否起床，且看后文结束的一回。

李渊之起兵，实不及李密之光明。狎宫妃，事突厥，铤而走险，不过为身家计。初无吊民伐罪之心，其所由得入关中者，全仗世民一人。世民才智，远过乃父，而李密无此佳儿，此其所以终落人后也。且李密曾劝杨玄感入关，及其自为元帅，反顿兵东都，利令智昏，不败不止，徒恃一祖君彦之文笔，究何益乎？炀帝至濒亡之际，戎虏伏于帷墙，尚自荒淫不悟，王义一书，痛快淋漓，读之令人酸鼻，而正史不录其事，岂因义为宫掖小人，本不足道，且一死谢君，固不过如匹夫匹妇之为谅乎？韩偓《海山记》，独表而出之，故本编亦不肯苟略云。

第一百回　弑昏君隋家数尽
鸩少主杨氏凶终

却说裴虔通、司马德戡等人寻炀帝，趋至正寝，空帏寂寂，不见一人，当即退出，另向各处搜寻。行至永巷，撞着了一个宫人，挟了细软物件，拟往别处逃生。适被裴虔通一把拿住，便问主上现在何处，宫人尚推说不知。虔通举刀相逼，只得手指西阁，向他明示。虔通乃放去宫人，领着乱党，闯入西阁，校尉令狐行达拔刀先进。炀帝正与萧后、朱贵儿闻变急起，自正寝逃匿西阁，猛闻阁下人声喧杂，亟开窗俯瞩，正值行达耀武扬威，恶狠狠地持刀过来，便惊问道："汝欲来杀我么？"行达道："臣不敢为逆，但欲奉陛下西还哩。"说着，即突入阁门，登楼逼下炀帝。虔通亦入，炀帝与语道："汝非我故人么？何为叛我？"虔通道："臣不敢反，只因将士思归，即奉陛下还京。"炀帝道："朕非不思归，正为上江米船未至，是以迟迟，今便与汝等同归罢！"虔通乃出，但令行达等把守阁门，不准外人出入。一面遣同党孟秉往迎化及。化及驰入朝堂，由司马德戡迎谒。化及犹俯首据鞍，自称罪过。实是无用。德戡等扶他下马，拥入殿中，推为丞相，宣召百僚。

裴虔通复入语炀帝道："百官统在朝堂，俟陛下亲出慰谕。"炀帝尚不欲出阁，由虔通迫令上马，挟出宫门。萧后、朱贵儿俱未及晓妆，蓬头披发，随在马后，将欲出殿，被化及瞧着，忙向虔通摇手道："何用持此物来！"虔通乃引炀帝至寝殿，自与德戡持刃夹侍。炀帝问世基何在，下面立着叛党马文举，厉声答应道："已枭首了。"炀帝叹道："我何罪至此？"文举道："陛下违弃宗庙，巡游不息，外勤征讨，内极奢淫，丁壮毙锋刃，老弱转沟壑，四民丧业，专任佞谀，拒谏饰非，怎得说是无罪？"炀帝道："朕负百姓，不负汝等。汝等荣禄兼至，奈何负朕？今日事孰为戎首？"德戡应声道："普天同怨，何止一人？"言未已，忽有一女子振着娇喉，挺身出骂道："何等狂奴，胆大妄言。试想天子至尊，就使小有过失，亦望汝等好生辅导，怎得无礼至此？况三日以前，曾有诏令宫人各制絮袍，分赐汝等，天子方很加体恤，奈何汝等负恩，反敢迫胁乘舆？"德戡怒目注视，乃是炀帝幸姬朱贵儿，便反唇道："天子不德，都是汝等淫婢巧为蛊惑，以致如此。今日反来多言吗？"朱贵儿尚大骂逆贼不止，惹得德戡性起，顺手一刀，把贵儿砍死，一道芳魂，已先入鬼门关，静候炀帝去了。《海山记》载及此事，故特录及以表节烈。德戡复语炀帝道："臣等原负陛下，但今天下俱乱，两京已为贼据，陛下欲归无路，臣等亦求生无门，且自思已亏臣节，不能中止，愿借陛下首以谢天下。"炀帝听了，吓得魂飞天外，哑口无言。蓦见舍人封德彝趋入，还道他是心腹忠臣，必来救护，哪知德彝亦满口胡言，历数炀帝罪恶，促令自裁。炀帝不禁动怒道："武夫不知名分，还可说得，汝乃士人，读书明礼，也来助贼欺君。汝且自想，该不该呢？”德彝也不觉自惭，赧颜退出。可为信佞者作一榜样。赵王杲系炀帝幼子，年仅十二，见炀帝如此被逼，竟上牵父衣，号啕大哭。虔通听得讨厌，索性也赠他一刀，杲当然倒毙，血溅御袍，便欲顺手行弑。炀帝道：“天子死自有法，怎得横加锋刃？快去取鸩酒来。”叛党不许。令狐行达复上前逼帝自决，炀帝乃自解练巾，授与行达。行达便将巾套帝颈上，用力一绞，一个淫昏无道的主子，气绝归天。总计炀帝在位十三年，享年五十。

叛党既弑了炀帝，便出报宇文化及，化及语众道：“昏主已死，宜立新帝，前蜀王秀尚被囚禁，近亦随至东都，不如迎立为主罢。”大众喧嚷道：“斩草须要除根，奈何再立蜀王？”遂不待化及命令，分头搜戮，杀死蜀王秀、齐王暕、燕王倓，并及杨氏宗戚，无论少长，一律斩首。惟皇侄秦王浩，系炀帝弟秦王俊子，炀帝曾令他袭封，平素与智及往来，智及一力保
护，幸得免死。又杀内史侍郎虞世基、御史大夫裴蕴、左翊卫大将军来护儿、太史令袁充、右翊卫将军宇文协、千牛宇文晶、梁公萧钜等十数大臣。黄门侍郎裴矩向来是炀帝幸臣，因他扈驾东都，曾替将士献议，搜括寡妇处女，分配将士，颇得众欢；且当化及入宫时，迎拜马首，所以得免。前光禄大夫苏威亦往贺化及，化及优礼相待，推为耆硕。百官闻威亦入贺，相率趋集。实是怕死。独给事郎许善心不至，化及恨他反对，即遣骑士就善心家，把他擒至朝堂，问他何故不贺，善心道：“公为隋臣，善心亦食隋禄，难道天子被戕，尚有心称贺么？”化及无言可驳，乃令释缚。善心拂衣趋出，绝不道谢。化及又不禁动怒道：“此人负气太甚，决不可留。”因复遣党人擒回，把他斩首，发尸还葬。善心母范氏，已九十二岁，抚柩不哭，但

向尸叹息道：“能死国难，不愧我子。”说着，扶杖还卧，绝粒数日而终。母子同心，足愧佞臣。

化及自称大丞相，总掌百揆，令弟智及为左仆射，士及为内史令，裴矩为右仆射，司马德戡、裴虔通等各有封赏。时已天暮，乱党统喜跃而归。化及闲着，便带着亲丁数名，入视宫寝，行至正宫，但见一班妇女，围住萧皇后，在那里啼哭。化及朗声道：“汝等在此哭什么？”萧后前见朱贵儿被杀，吓得魂胆飞扬，逃入后宫，抖个不住，此时听得化及一声，又道他前来加刃，不由地起身离座，向后躲避。化及见她玉容乱颤，翠袖斜欹，已觉可怜得很，再从左右顾盼，无一非钗鬟半亸，眉目含颦，当下且怜且语道：“主上无道，故遭横祸，与汝等本无干涉，不必过慌。”一班美人儿，你觑我，我觑你，莫敢发言。还是萧后接着道：“将军请坐，我等命在须臾，幸乞将军保全！”叫你献出禁脔，自然保全。化及再注视萧后，更暗暗称奇。原来萧后虽已四十许人，望去却与盛年无二，依然是丰容盛鬋，秀色可餐，便趋近一步道：“皇后不必过悲，倘不见嫌，愿共保富贵。”说着，复回顾亲丁道：“快到御厨中往取酒肴，与后妃等压惊。”亲丁奉令自去。化及复顾语萧后道：“十六院夫人，俱在此处否？”萧后道：“多半在此。”化及道：“快去召齐，到此饮酒。”萧后乃遣宫女分头往召，不一时俱已到来。好在酒肴亦俱搬入，化及分定宾主，自坐客席。萧后以下，列坐主席。起初尚觉有些羞耻，及饮了几杯，彼此忘怀，居然有说有笑，好似化及是个炀帝转身，一些儿不分同异。惟萧后婉语道：“将军既有此义举，何不立杨氏后人，自明无私？”化及道：“我亦做这般想。现惟秦王浩尚存，明日立他为帝便了。”萧后称谢。到了酒酣饭罢，席撤更阑，化及醉意醺醺，令众美人散归本室，自己搂住萧皇后，同入欢帏。萧后贪生怕死，也顾不得甚么名义，屈节受污。嗣是化及占据六宫，把十六院夫人，挨次淫乱，就是吴绛仙、袁宝儿一班美人，也难幸免。一班畜生。看官听着！这隋炀帝烝淫无忌，纵欲无度，已受了白练套头的惨报，凡从前所有的预兆一一应验，并且子孙被人诛，妻妾被人淫，好一座锦绣江山，平空断送，可见得衣冠禽兽，总要遭殃，就是贵为天子，也难逃此重谴哩。如闻响钟。

且说宇文化及占住后妃，方依萧后所请，托奉皇后命令，立秦王浩为帝，草草把炀帝棺殓，殡诸西院流珠堂。此外被杀各人，俱命藁葬。秦王浩惟一坐正殿，朝见百官，嗣后迁居尚书省，用卫士十余人监守，差不多与罪犯一般。国家大事，均归化及兄弟专断，但遣令史至尚书省，迫浩画敕。百官亦不得见浩。化及自奉，一如炀帝生前，纵恣月余，始从众议，欲还长安，命左武卫将军陈棱为江都太守，领留后事。

当下出令戒行，皇后六宫仍依旧式为御营，营前立帐。化及居中视事，仪卫队伍，概拟乘舆。凡少帝浩以下，并令登程，夺江都人民舟楫，取道彭城水路，向西进行。到了显福宫，虎贲郎将麦孟才、虎牙郎钱杰与折冲郎将沈光，拟乘夜袭杀化及，为炀帝报仇，不幸事泄，被司马德戡引兵围住，一律斗死。及行抵彭城，水路不通，夺得民间牛车二千辆，并载宫人珍宝。此外器仗，悉令兵士背负，道远力疲，俱有怨言，就是司马德戡、赵行枢等，亦皆生悔意，谋杀化及。偏又为化及所闻，遣士及诱他入谒，一并擒斩，该死的坏党。复带领部众，向巩洛进发。途次为李密所阻，不得西进，乃暂入东郡，借图休息，再与李密交兵。

唐王李渊本欲掩取东都，才拟称帝，适建成、世民自东都引归，劝渊称尊，号召天下，渊乃自为相国，职总百揆。过了数日，群僚再三劝进，因迫隋帝侑禅位，唐王渊公然称帝，即位受朝，改义宁二年为武德元年，废帝侑为酅国公，追谥太上皇为炀帝，但选录杨氏宗室，量才授职，总算与前朝篡国的主子稍稍异趋，若要正名立论，恐终难免一篡字呢。月旦公评。李氏自起兵至即位，俱用简文，详见《唐史演义》。

那东都留守各官，既闻炀帝凶耗，又接关中警信，遂推越王侗嗣皇帝位，改元皇泰，进用段达、王世充为纳言，元文都为内史令，共掌朝政。会闻宇文化及率众西来，东都人民相率恟惧。有士人盖琮上书，请招谕李密，合拒化及，元文都等颇以为然，即授琮为通直散骑常侍，赍敕赐密。密与东都相持多日，又恐世充化及，左右夹攻，也乐得将计就计，复书乞降，愿讨化及以赎罪。皇泰主册拜密为太尉，兼魏国公，令先平化

及，然后入朝辅政。密乃与世充息争，专拒化及。世充引众入东都，正值元文都等，张饮上东门，设乐侑觞。世充忿然道："汝等谓李密可恃么？"密恐陷入围中，假意求降，宁有真心？况朝廷官爵，轻授贼人，试问诸君意欲何为？乃反置酒作乐，自鸣得意么？"文都虽不与多辩，心下很是不平，遂与世充有隙。嗣接李密连番捷报，已将化及杀退。东都官僚互相称贺，独世充扬言道："文都等皆刀笔吏，未知贼情，将来必为李密所擒。况我军屡与密战，杀伤不可胜计，密若入都辅政，必图报复，我等将无噍类了。"这一席话，明明是挑动部曲，反抗朝议。文都情急，忙与段达密议，欲乘世充入朝，伏甲除患。偏段达转告世充，世充遂勒兵夜袭含嘉门，斩关直入。文都闻变，亟奉皇泰主御乾阳殿，派兵出拒世充。世充逐节杀入，无人敢当，进攻紫微宫门，皇泰主使人登紫微观，问世充何故兴

兵，世充下马谢过，且言："文都私通外寇，请先杀文都，然后杀臣。"皇泰主得报，迟疑未决。可巧段达趋进，顾视将军黄桃树，把文都拿下。文都语皇秦主道："臣今朝死，恐陛下也不能保暮了。"说虽甚是，但也失之过激。皇泰主无法调停，只得垂泪相送，一经文都出门，便被世充麾下乱刀斫死。世充趋入殿门，谒见皇泰主，皇泰主愀然道："未曾闻奏，擅相诛戮，臣道岂应如此？公自逞强力，莫非又欲及我么？"世充拜伏流涕道："文都包藏祸心，欲召李密，共危社稷，臣不得已称兵加诛。臣受先帝殊恩，誓不敢负陛下，若有异心，天日在上，使臣族灭无遗。"仿佛猪八戒罚咒。皇泰主信为真言，乃引令升殿，命世充为左仆射，总督内外诸军事。世充又收杀文都党羽，令兄弟典兵独揽大权，势倾内外，皇泰主但拱手画诺罢了。

李密追击宇文化及直至魏县，乃引兵趋还东都，到了温县，闻东都有变，始还屯金墉城。适东都大饥，流民出都觅食，密开洛口仓赈济难民，收降甚众。王世充伪与密和，愿以布易米。密军多米乏衣，许与交易，东都得食，遂无人往降。密方知堕世充狡计，绝不与交。哪知世充已挑选精锐，前来攻密。密留王伯当守金墉，邴元真守洛口，自引众出偃师北境，抵御世充。世充夜遣轻骑，潜入北山，伏溪谷中。更命军士秣马蓐食，待晓即发，掩击密军。密藐视世充，不设壁垒，被世充麾兵杀入，行伍大乱。再由北山伏兵，乘高驰下，锐不可当。密众大溃，遁回洛口。邴元真已愿降世充，闭门不纳。密东奔虎牢，王伯当亦弃金墉城，来与密会议行止。诸将多半解体。密乃决计入关，往降唐朝。当时随密同行，只一王伯当，他将多投入世充。唐授密为光禄卿，赐爵邢国公，密意尚未足，后来又与王伯当叛唐，终为唐行军总管盛彦卿所杀。王伯当亦死。惟徐世勣曾为密所遣，居守黎阳，寻即受唐招谕，赐姓李氏。

李渊因河东未下，尝遣刺史韦义节往攻，不利，再命华州刺史赵慈景与工部尚书独孤怀恩率兵往攻。怀恩行至蒲坂，未曾设备，被河东守将尧君素发兵掩袭，怀恩败走，赵慈景挺身断后，力屈被擒，枭首城外。慈景曾尚李渊女桂阳公主，听得女夫战死，当然悲悼，桂阳公主更哭得似泪人儿一般，力请为夫复仇。渊劝她返家守丧，更促怀恩进攻，且查得君素妻室尚在长安，特遣人执住，送至河东城下，使招君素。君素怒道："天下名义，岂妇女所能知晓？"说至此，即弯弓发矢，将妻射倒。又复誓众死守，决计不降。后来粮食告罄，守兵惶急，君素部下薛宗，竟刺杀君素，持首出降。偏别将王行本又登陴拒守，趁着怀恩无备，鼓众出击，杀退怀恩，复得向别处运粮，接济城中士卒。唐廷责备怀恩，怀恩心怀怨望，反与行本联络，谋附刘武周。嗣经唐廷察觉，方将怀恩调回治罪，另遣将军秦武通往代，方得攻下河东，擒斩行本，但已是二年有余了。

这二年内，四方扰攘，迭起不已，吴兴太守沈法兴独树一帜，据有江表十余郡，自称江南道大总管。东南亦不能安枕，就是前时剧盗，称帝称王，亦屡有所闻。此外小盗，忽起忽灭，不可胜数。那宇文化及退至魏县，兵势日衰，因怨智及无故发难，徒负弑君恶名。智及不服，彼此交哄，众益离叛。化及叹道："人生总有一死，但得能一日为帝，死也甘心。"皇帝滋味，果如是甘美么？遂鸩杀秦王浩，僭称许帝。才阅半年，为唐淮南王李神通所破，逃往聊城。可巧窦建德驱众杀来，化及等不能抵挡，生生被他擒住。惟建德对着萧后，却拱手称臣，不敢亵慢。恐淫妇未必见情。复立炀帝神位，素服发哀，把宇文智及等枭斩致祭。独化及尚囚住槛车，载归乐寿，斩首示众。建德素不好色，因将隋家妃妾，悉数遣归，只萧后无从安顿，令她安居别室。嗣经突厥可敦义成公主遣使来迎，方送她出塞。还有炀帝幼孙杨政道，系齐王暕遗腹子，未曾遭害，也随萧后同赴突厥。突厥立政道为隋主，令与萧后同居定襄，萧后方安心住下了。姑作一束，详见《唐史演义》。

东都既归王世充掌握，渐渐地骄恣不法，俄而自封太尉尚书令，俄而自称郑王加九锡，又俄而背了前言，竟将皇泰主废去，自做皇帝，国号郑。皇泰主降为潞公，不到一月，遣人致鸩皇泰主。皇泰主布席礼佛道："愿自今以后，不复生帝王家。"乃取鸩饮下，一时尚未绝气，竟被来使用帛勒死。尤可怪的是东死一侗，西死一侑，两兄弟不约而同，好似冥冥中注有定数，要他一年间同见阎王。于是杨家称帝的子孙覆亡净尽。唐谥侑为恭帝，王世充亦谥侗为恭帝，两恭帝在位，又同是二年。《隋书》帝纪，但录恭帝侑，不及恭帝侗，这是唐臣书法，不免徇私，其实是侑已被废，侗才嗣立，就隋论隋，未始非一线所存，应该称为隋朝皇帝。总计隋自文帝篡周，共历四主，凡三十七年。隋史自此告终，南北史也即收场，欲要问及群雄的结果，请看小子所编的《唐史通俗演义》，本书恕不缕述了。戛然而止，余音绕梁。看官不要遽尔掉头，尚有俚句二首，作为全书的锻尾声。

南北纷争二百年，隋家崛起始安全；
如何骤出淫昏主，破碎江山又荡然。
六朝金粉尽成空，殿血模糊尚带红；

漫道帝王真个贵，谁家全始得全终？

炀帝恶贯满盈，到头应有此劫，三千粉黛，殉主只一朱贵儿，而正史不载，非《海山记》之特为表彰，几何不同流合污，泯没无闻耶？化及立秦王浩，浩不能讨贼，且仍为贼所弑，原不足道。代王侑为李氏所立，越王侗为东都所立，虽其后同归废死，然李渊、王世充等，究与化及有间，侑废而唐兴，侗死而隋乃亡，稽古者固不得徒据隋书，存侑而略侗也。观隋家之如此收场，益见主德之不可不明，过眼繁华，皆泡影耳。人能悟此，庶乎近道矣。